BASTEI
LÜBBE
TASCHENBUCH

David Winter

SHAKRAN

Thriller

BASTEI
LÜBBE
TASCHENBUCH

BASTEI LÜBBE TASCHENBUCH
Band 16 482

1. Auflage: Oktober 2010

Bastei Lübbe Taschenbuch in der Bastei Lübbe GmbH & Co. KG

Originalausgabe

Dieses Werk wurde vermittelt durch die
Michael Meller Literary Agency GmbH, München

Textredaktion: Dr. Lutz Steinhoff
Titelillustration: © getty-images/Peter Holst
Umschlaggestaltung: Gisela Kullowatz
Satz: Urban SatzKonzept, Düsseldorf
Gesetzt aus der Baskerville
Druck und Verarbeitung: GGP Media GmbH, Pößneck
Printed in Germany
ISBN 987-3-404-16482-0

Sie finden uns im Internet unter
www.luebbe.de
Bitte beachten Sie auch:
www.lesejury.de

Der Preis dieses Bandes versteht sich einschließlich
der gesetzlichen Mehrwertsteuer.

1

Es war ein langer Flug gewesen. Ann beugte sich vor. Sie musterte sich kritisch im Spiegel des Waschraums und strich die Haare nach hinten. Jetzt entdeckte sie auch die feinen weißen Linien. Ganz ohne Make-up und wenn sie so müde war wie jetzt, konnte man die Narben sehen. Aber nur dann.

Sie sah sich das Gesicht an, das ihr entgegenblickte. Es war ein schönes Gesicht, gerade klassische Nase, geschwungene Augenbrauen, ein voller, sinnlicher Mund, ein Kinn, das vielleicht ein wenig zu eckig und zu stur war, das dem Gesicht aber Charakter verlieh. Ein paar wenige Sommersprossen waren auf den hohen Wangen verteilt. Zumindest die Sommersprossen sollten ihre eigenen sein.

Es war *ihr* Gesicht. Sie fuhr mit der Hand über ihren rechten Wangenknochen und fühlte die feine Unebenheit unter der Haut. Heute schmerzte er wieder.

Nach so einem langen Flug tat ihr alles weh.

Schulterlange braune Haare. Sie war groß, fast eins achtzig, schlank, athletisch. War sie hübsch? Die Leute sagten es, aber sie wusste es nicht. Durchschnitt vielleicht. Wenn sie lächelte, war es anders, dann hatte die Maske Leben und Charakter. Auch nach so vielen Jahren fühlte sich ihr Gesicht noch immer fremd an. Eine Maske, unter der sie sich nicht finden konnte.

Langsam, sorgfältig legte sie Make-up auf. Es war wie ein Ritual, wie eine Neuerschaffung ihrer selbst.

Manchmal, wenn sie die Augen schloss, sah sie die Bilder aus dem Polizeibericht. Heute war es besonders schlimm gewesen. Es war schon im Flugzeug losgegangen, noch bevor der Jet in Rom abgehoben hatte. Rasende Kopfschmerzen, Flattern in der Brust, Schweißausbrüche.

Die Frau im Spiegel wirkte selbstbewusst, doch Ann wusste es besser. Sie fühlte die Angst, eine Angst, die so viel schlimmer war, weil sie keine Erklärung dafür fand.

Sie ließ den Kopf sinken und schloss die Augen.

Was war heute nur mit ihr los? Es war Wochen her, dass es sie so sehr getroffen hatte wie heute.

Sie dachte zurück. Als sie in Rom das Flugzeug bestiegen hatte, war sie noch bester Laune gewesen, hatte sogar über den seichten Witz lachen können, den ihr irgendein Passagier erzählt hatte.

Das Schicksal hatte ihr einen ganz besonderen Streich gespielt. Hier stand sie, und sie wusste nicht, wer die Frau im Spiegel war. Sie konnte sich an alles erinnern – bis hin zu jenem Augenblick vor acht Jahren, als sie im Krankenhaus aufgewacht war.

Sie kannte einen Trick. Wenn sie die Augen schloss, konnte sie sich exakt erinnern. Als liefe ein Film ab. Farben, Schatten, Gerüche, die Farbe der Krawatte vom Nachbarn, die Ohrringe der Stewardess, die Leute im Overall, die draußen auf der Landebahn einen Container vor sich herschoben. Fotografisches Gedächtnis nannte man das wohl. Was für eine Ironie. Sie konnte sich an alles erinnern – nur nicht an sich selbst.

Sie ging weiter zurück in ihrer Erinnerung, studierte ein zweites Mal das Menü, entschied sich ein zweites Mal dafür, den Film im italienischen Original zu sehen, sah ein zweites Mal den Passagier im grauen Anzug, der sie freundlich, aber desinteressiert ansah.

Sie merkte, wie sich ihr Magen verkrampfte.

Sie öffnete die Augen wieder und sah ihr Spiegelbild, das auf einmal nicht mehr selbstbewusst wirkte. Es war Angst, sie sah Angst in ihren eigenen Augen. Sie hatte Angst vor diesem Mann.

Sie schüttelte den Kopf. Vielleicht hatte sie ihn schon einmal gesehen, und sie konnte sich nur nicht an ihn erinnern. Und er nicht an sie. Wahrscheinlich nur Einbildung.

Diesmal nicht. Und das weißt du auch.

Sie hörte nicht hin, nahm die Bürste aus der Tasche, begann, mit langsamen ruhigen Bewegungen ihre Haare zu bürsten. Auch das war ein Ritual. Sie hatte es in der Therapie gelernt. Es half gegen die Angstattacken. Man musste nur die Bürste gleichmäßig durch die Haare ziehen und dabei an irgendetwas denken, nur nicht an das, was einen erschreckte.

Solange du wegläufst, wird nichts helfen.

Der Haaransatz. Wenn sie genau hinsah, war er wieder zu erkennen. Zeit für eine neue Tönung. Sie schüttelte den Kopf wie die Frau in der Fernsehwerbung, nur nicht in Zeitlupe, schüttelte alles einfach aus. Sie musste grinsen und streckte ihrem Ebenbild im Spiegel die Zunge heraus.

Ein Schuss? Sie war sich nicht sicher. Wahrscheinlich Einbildung.

Natürlich war das ein Schuss.

Vielleicht eine Fehlzündung.

Auf der anderen Seite der Wand? Klar doch. Tu was!

Wieder ein Schuss.

Kleines Kaliber, schallgedämpft. Vielleicht eine Walther. Tu was, steh nicht dumm rum!

Ein dritter Schuss, weniger als eine Sekunde später, wieder

gedämpft, überlagert von einer Lautsprecherdurchsage. Jemand hatte einen Koffer gefunden und abgegeben.

Jetzt tu was!

Ann bewegte sich. Sie rannte nicht, aber sie bewegte sich zügig. Sie hatte den Riemen der Handtasche in der rechten Hand, die linke blieb frei. Frei wofür?

Sie wusste nicht, warum sie es tat. Sie wusste nur, dass sie etwas tun musste. Ann erreichte die Tür, sie atmete schnell und tief, ihr Herz raste. Während sie sie öffnete, fragte sie sich, wieso sie so sicher war, dass es sich um Schüsse handelte. Im Fernsehen hörte sich so was immer anders an.

Hör auf, dir was einzureden! Wir wissen beide, dass es Schüsse waren.

Auf dem Gang wandte sie sich nach rechts, zur Herrentoilette. Die Tür ging auf. Er kam so schnell heraus, dass er sie beinahe umrannte.

Mein Gott!

Sie sah, wie seine Augen die Umgebung musterten, dann sie. Es war ein ausdrucksloser Blick.

»Entschuldigung.« Er nickte ihr zu, ging um sie herum, ging einfach weiter.

Ein Glück, dachte Ann, sonst hätte er gesehen, wie sie fassungslos hinter ihm hersah, kreidebleich, als hätte sie einen Geist gesehen. Es war der Mann aus dem Flugzeug. Der Mann aus Rom. Mitte dreißig, schmales Gesicht, vielleicht Spanier oder Italiener. Die Kleidung war europäisch, italienisches Design, die Schuhe handgearbeitet, schwarzes Hemd, weiße Krawatte, von einem goldenen Kettchen gehalten, dunkle Augen, dunkle Haare, kurz geschnitten, aber nicht militärisch, schmale Lippen, eine kleine Narbe unter dem linken Auge. Phillip-Piaget-Uhr am rechten Handgelenk.

Ein gut aussehender Mann, dieser Mann aus Rom. Nur dass ihr übel wurde, wenn sie an ihn dachte.

Er ist es.

Sie unterdrückte einen Fluch. Es wäre hilfreich, wenn sie ihre innere Stimme auch mal etwas fragen könnte, aber das war irgendwie gegen die Regeln. Die Stimme sagte etwas, und Ann musste raten, was sie damit meinte. Fragen waren nicht vorgesehen.

Tief in ihr regte sich etwas, während sie hinter dem Mann hersah und zu zittern anfing. Es dauerte eine Weile, bis sie verstand, was es war.

Es war Wut. Nein, keine Wut. Kühle Entschlossenheit.

Diesmal laufen wir nicht weg!

Sie schüttelte den Kopf, holte tief Luft und blieb für einen langen Augenblick unschlüssig stehen. Plötzlich wusste sie, was sie so sehr beunruhigte.

Siehst du? Keine Einbildung.

Richtig. Er hatte sich das Sakko zugeknöpft, während er die Toilette verlassen hatte, und sie hatte es gesehen. Ein Schulterholster. Nur einen Sekundenbruchteil lang, aber lange genug, um sogar die Waffe zu erkennen, die darin steckte. Eine Walther Kaliber 7.65. Aber eigentlich hatte sie es schon vorher gewusst, schon als sie den Mann in Rom ins Flugzeug hatte steigen sehen.

Nur, wie hatte er die Waffe durch die Kontrollen bekommen?

Gar nicht. Jemand hat sie für ihn deponiert. Und jetzt geh endlich hinein!

Sie zögerte noch. Das Symbol an der Tür schreckte sie tatsächlich ab. Vielleicht hatte sie sich doch getäuscht?

Mach schon!

Fast automatisch drückte sie mit der Linken die Klinke hinunter und schob die Tür auf, ihre Rechte verkrampfte sich um den Riemen der Handtasche. Niemand zu sehen.

Ann ging hinein, einen Schritt nur, dann noch einen, blieb stehen, wartete. Ihre linke Hand griff unter die Kostümjacke, als würde sie dort etwas suchen. Aber was?

Der Raum war L-förmig. Links von ihr hing der große Spiegel mit den Waschbecken darunter, auf der rechten Seite reihten sich die Kabinen aneinander, alle Türen offen und angelehnt. Weiter hinten knickte der Raum nach rechts ab. Sehr oft war sie noch nicht auf einer Herrentoilette gewesen, aber dort waren wahrscheinlich die Urinale.

Auf den ersten Blick schien alles ganz normal zu sein. Sie sollte gehen.

Du riechst es. Sieh um die Ecke.

Sie roch es tatsächlich. Blut. Es überlagerte all die anderen Gerüche. Trotzdem zögerte sie immer noch.

Bis sie das Stöhnen hörte.

Vorsichtig bewegte sie sich weiter, das Gewicht nur auf den Fußballen, fließend, lautlos.

Die beiden Männer, die sie hinter der Ecke auf dem Boden liegen sah, waren keine Gefahr. Sie waren gut, sogar elegant gekleidet. Einer war ziemlich groß, stattlich, mit dem breiten Kreuz eines Bodybuilders. Der andere wirkte schlank, fast zierlich. Sein Gesicht war ihr vertraut. Seit dem Wahlkampf letztes Jahr gab es wohl kaum jemanden, der ihn nicht erkennen würde. Senator Malvern. Immer dieses strahlende Lächeln, diese Zuversicht ... Er gehörte auf ein Podium, nicht auf die kalten Fliesen einer Herrentoilette auf dem Flughafen!

Bei dem anderen Mann, der direkt vor ihr lag, entdeckte sie zwei kleine Löcher in seinem feinen Anzugstoff.

Einschusslöcher.

Seltsam, sie sah das alles, versuchte, zu verstehen, was es bedeutete, und zugleich wusste sie ganz genau, was passiert war. Sie sah die Konturen einer schusssicheren Weste unter dem Jackett, und sie sah, dass die Löcher an der Seite waren, genau da, wo eine solche Weste am dünnsten war. Die beiden Löcher sahen harmlos aus.

Eine rote Flüssigkeit breitete sich unter dem Mann aus, färbte den Stoff um die zwei Löcher dunkel.

Spezialmunition. Cop-Killer-Munition. Gemacht, um Westen zu durchschlagen.

Sie verzog das Gesicht. Woher wusste sie das? Vielleicht aus dem Fernsehen.

Das glaubst du doch selbst nicht.

Sie musste akzeptieren, dass es wirklich war, dass hier wirklich zwei Männer in ihrem Blut lagen. Und wenn sie weiter nur dumm herumstand und nichts tat, würden sie sterben.

Die Blutlache breitete sich immer weiter aus, der Kräftige lebte also noch.

Sie wandte sich dem Senator zu. Er lag auf dem Rücken und sah sie an. Bei ihm befand sich das kleine Loch genau über dem Herzen. Auch er lebte noch. Die Lippen bewegten sich, blutiger Schaum lief die Mundwinkel hinab, aber seine Augen sahen sie an, seine rechte Hand zitterte, bewegte sich leicht.

Ann verstand. Sie holte tief Luft, ging zu ihm hinüber. Vorsichtig kniete sie sich neben ihn. Der Mann griff nach ihrer Hand.

»Ganz ruhig, Senator, gleich kommt Hilfe.«

Sein Blick veränderte sich. Fast schien er zu lächeln, als amüsierte er sich über ihren Versuch, ihm etwas zu versprechen, was sie nicht halten konnte.

Er wollte etwas sagen, aber sie konnte ihn nicht verstehen. Jetzt ergriff er ihre Hand mit beiden Händen, drückte mit überraschend großer Kraft zu, während sein Blick in sie drang, als würde er sie erkennen, als wollte er sie zwingen, zu verstehen. Seine Augen waren von einem klaren, blassen Blau, dachte sie noch. Dann lächelte er kurz, und sein Blick brach.

Seltsam, wie deutlich der Tod sein kann, dachte Ann betroffen.

Sie löste ihre Hand aus seinem Griff und stellte fest, dass sie blutete, so fest hatte er zugedrückt. In ihrer Hand lag ein kompliziert aussehender Schlüssel. Wie von einem Schließfach. Woher hatte er die Kraft genommen, so fest zuzudrücken?

»Miss ...?«

Schnell steckte sie den Schlüssel in ihre Handtasche, dann erst drehte sie sich um. Der andere Mann hatte sich auf die Seite gedreht. Er hielt eine Glock 10 mm in der Hand, aber die Mündung der Waffe war nicht auf sie gerichtet, sondern zeigte schlaff zu Boden.

»Ist er ...?«

»Es tut mir leid, er ist tot.«

Sie stand auf und ging zu ihm. Sie kniete sich neben ihn, spürte das Blut an ihren Knien. Als Erstes öffnete sie sein Hemd. Er trug tatsächlich eine kugelsichere Weste, aber die Schüsse waren von der Seite gekommen und hatten die Weste durchschlagen. Sie benutzte ihr Taschenmesser, um das Hemd aufzuschneiden, dann schälte sie ihm Hemd und Jacke vom Oberkörper. Er sah hoch zu ihr, die Waffe kraftlos in seiner Hand. Vorsichtig öffnete sie die Weste. Er sah in ihr Gesicht, als sie die Wunden freilegte.

»Sieht es schlimm aus?«

Sie wusste nicht, woher er die Kraft nahm. Dass er noch atmen konnte, war allein schon ein Wunder. Das Blut war hellrot und schäumte. Die Lunge war getroffen.

»Sieht übel aus.«

Sie stand auf, eilte zu einem Spender für Papiertaschentücher, riss eine Ladung heraus, eilte zurück und drückte sie auf die Wunde.

Er murmelte etwas.

»Bitte?«, fragte sie gedankenversunken. Sie musste die Wunden schließen, aber wie? Vielleicht sollte sie die Weste dazu verwenden. Sie musste einen Sanitäter rufen. Den Notarzt. Hatte denn sonst niemand etwas gehört oder gesehen? Rasch holte sie ihr Handy aus der Handtasche. Mist! Kein Empfang.

»... ich sagte, schonender wäre nett gewesen ...«

Sie lächelte.

»Tut mir leid. Ich bin keine Krankenschwester.«

Er hustete. »... bin im Moment nicht wählerisch ...«

Sie lachte leise. Es war nur zum Teil aufgesetzt. Sie mochte diesen Mann.

»Was ist passiert?«, fragte sie, während sie die Weste vorsichtig über die Papiertaschentücher legte.

»Ich warte hier, da kommt der Kerl rein, nickt mir zu, als wäre nichts, dann hat er plötzlich die Pistole in der Hand und schießt ...« Er holte tief Luft und fing an zu husten. Blut lief ihm aus dem Mundwinkel. Er versuchte, die Wunde an der Seite zu ertasten, aber sie schob seine Hand vorsichtig weg. Viel Kraft hatte er nicht mehr.

»Woher hatte er die Pistole?«, fragte sie, zog die Klettverschlüsse der Weste straff und schloss sie. Er stöhnte auf.

»Ich weiß es nicht ...«

»Eine Walther«, sagte sie.

»Stimmt. Woher wissen Sie …?« Er hustete wieder. »Warum habe ich keine Schmerzen?«

»Das ist ein gutes Zeichen.«

»Ich bin mir sicher, der Senator kannte den Killer nicht, aber irgendwie wusste er … Wie sieht's aus mit mir?«

»Sie können es schaffen.«

Der dunkle Fleck wurde immer noch größer. Er brauchte professionelle Hilfe. Schnell.

»Hören Sie, Mister …«

»Acorn, Walter Acorn …«

»Mr Acorn … Ich werde versuchen, die Blutung zu stoppen, und dann hole ich Hilfe.« Sie lockerte die Weste wieder, um noch mehr Papierhandtücher darunterzustopfen.

Er stöhnte auf.

Immer wieder sah sie sich um. Warum kam denn keiner? Hatte keiner außer ihr die Schüsse gehört?

Sie trocknete ihm mit einem Papierhandtuch die Stirn ab.

»Wer sind Sie?«, fragte er. Seine Stimme war nur noch ein Flüstern. »Ich will wissen, wie mein Engel heißt.«

Sag ihm, du heißt Juliet.

»Juliet.«

Warum Juliet?, fragte sie sich selbst. Diesmal bekam sie sogar eine Antwort. *Weil es die Wahrheit ist. Juliet Kilo Alpha. Und jetzt nimm die Waffe!*

Sie blinzelte überrascht. Juliet Kilo Alpha?

Seine Waffe lag neben ihm auf dem Boden. Sie nahm sie, stand auf, sah zu ihm hinunter. »Ich gehe jetzt Hilfe holen. Halten Sie durch. Gleich wird sich jemand um Sie kümmern.«

Er sah hoch zu ihr, hilflos, aber entschlossen.

Sie steckte die Pistole in ihre Handtasche, wischte mit einem Papiertuch das Blut von ihren Knien, eilte zur Tür und dann hinaus. Überall Menschen. Menschen, die ihr normales Leben lebten, Menschen, die nicht wussten, was hier passiert war. Endlich entdeckte sie eine Polizeistreife und rannte los …

2

Auf dem Monitor sah man den Elektrowagen heranrasen, zwei weiß gekleidete Sanitäter mit ihren großen Erste-Hilfe-Koffern abspringen und in die Herrentoilette rennen. Man sah auch die junge Frau, wie sie sich ganz normal verhielt, ganz einfach wegging.

»Ein besseres Bild haben wir nicht von ihr?«, fragte Mark Bridges ungläubig.

»Ich fürchte, nein«, kam die Antwort.

Das Bild war grob und unscharf. Die Kamera war achtzig Meter entfernt angebracht, mehr konnten die Computer aus der Aufzeichnung nicht herausholen.

Special Agent Mark Bridges gähnte. Er war hundemüde. Gerade erst war er mit seiner Partnerin Valerie St. Clair nach Washington zurückgekommen, nachdem sie gemeinsam einen komplizierten Fall geklärt hatten. Mark hatte sich auf ein paar Tage Nichtstun gefreut. Und jetzt das.

Mark war achtunddreißig, seit fast neun Jahren beim FBI, davor zwölf Jahre beim Nachrichtendienst der Marines. Irgendwo, wo es viel Wasser und viel Sand gab, hatte er eine Kugel in die Lunge bekommen. Alles war perfekt verheilt, aber jetzt war er Special Agent. Er war knapp eins neunzig groß und breitschultrig, immer noch recht gut trainiert, aber der leichte Bauchansatz ärgerte ihn. Er sah sympathisch aus mit seinen kurzen braunen Haaren, den blassgrauen Augen und der zweimal gebrochenen Nase. Kinder, Hunde und Frauen unter sechzehn und über sechzig liebten ihn. Die

Frauen im Alter dazwischen ... Warum wollten sie ihn ändern? Warum wollten sie mehr wissen über ihn? Das hatte seine Ehe ruiniert. Logische Folge: Scheidung. Mittlerweile war er vorsichtig geworden,

Valerie St. Clair, Marks Partnerin, war drei Jahre jünger, rothaarig, hübsch, jederzeit kontrolliert, Markenzeichen klassisch geschnittene Kostüme. Sie hatte den Ruf einer Eiskönigin, was wahrscheinlich daran lag, wie sie einen ansah, wenn man ihr zu nahekam. Sie war verheiratet, ihr Mann hieß Tom, war leicht übergewichtig, Inhaber von vierzehn Burger Restaurants, reich wie Krösus und Vater einer von ihm abgöttisch geliebten Tochter.

Val saß auf einem der Stühle, die Beine hochgelegt. Sie schien zu schlafen.

Jeder internationale Flughafen in den USA war kameraüberwacht. Hunderte von elektronischen Augen beobachteten sämtliche Bereiche des Flughafens, die Terminals genauso wie die Zollstationen. Alle elektronischen Signale liefen hier, in der Sicherheitszentrale des Washingtoner Flughafens, zusammen, wo hochmoderne und komplexe Systeme versuchten, aus den gewonnenen Bildern die Personen herauszufiltern, an denen die Dienststellen der Regierung, des FBI und anderer Organisationen ein Interesse hatten.

Alle Pässe wurden digital erfasst und online auf Echtheit überprüft. Die Einführung der biometrischen Ausweise nach dem elften September hätte dies alles unterstützen sollen. Dass die Partnerstaaten mit der Nachrüstung der Ausweise nicht nachkamen, war nur ein kleines Problem, viel ärgerlicher war es, dass selbst bei den neuen amerikanischen Pässen der integrierte Chip häufig genug versagte. Aber es gab noch andere Möglichkeiten. So versuchten hochmoderne

Rechnersysteme, Bewegungsmuster zu erfassen und auf diese Weise Menschen zu erkennen.

Aber das am besten funktionierende System war noch immer das menschliche Auge. Und genau deswegen gab es Menschen wie Clarence Bartok.

Es war ein anstrengender Job, der schnell langweilig werden konnte, der aber durchgängig höchste Konzentration erforderte.

Verschiedene Regierungsstellen hatten je einen Mitarbeiter für diesen Job abgestellt. Voraussetzung dafür waren ein gutes Gedächtnis und die Fähigkeit, bestimmte Gesichter in den unterschiedlichsten Verkleidungen zu entdecken.

Clarence Bartok vom FBI hatte heute Dienst. Er und Mark kannten sich von früher. Sie hatten zusammen ihre Ausbildung absolviert.

Mittlerweile lag das Attentat auf den Senator schon zwei Stunden zurück. Mark und Val hatten den Fall zugeteilt bekommen, weil sie zufällig vor Ort waren. Und weil Mark so dumm gewesen war, Clarence anzurufen, um sich mit ihm für eine Partie Squash zu verabreden.

Aus dem Squash, da war Mark sich sicher, würde wohl nichts mehr werden.

»... und das war's dann«, beendete Clarence seine Darstellung der Ereignisse. »Als sich die Lage etwas beruhigte und Officer Miller wieder an die junge Frau dachte, war sie spurlos verschwunden.«

»Auf irgendwelchen Aufzeichnungen muss sie zu finden sein«, meinte Mark. Er zog eine zerknitterte Schachtel Zigaretten aus seiner Tasche und musterte mit säuerlicher Miene den mageren Inhalt. Nur noch eine Zigarette war drin. Seit der Scheidung vor fünf Jahren rauchte er wieder. Ziemlich viel.

»Das glaube ich auch. Nur auf welchem?«, antwortete Clarence irritiert und fummelte an einem Regler herum. Das Bild löste sich in grobkörnige Pixel auf. Nichts zu erkennen. Er fluchte leise.

»Hätten wir ein paar Parameter, könnte ich die Software nach ihr suchen lassen«, sagte er. »Aber wir haben nichts.«

»Irgendeine Chance, herauszufinden, wer sie ist?«, fragte Mark und zündete sich die Zigarette an. Die leere Schachtel beförderte er in hohem Bogen in den nächsten Papierkorb. »Treffer.«

Val öffnete kurz die Augen und sah ihn wortlos an.

Mark trank einen Schluck von seinem Kaffee und schüttelte sich. »Brr!«

»Wir machen das Zeug aus gebrauchtem Terpentin. Damit lösen sie hier den Lack von den Flugzeugen«, sagte Clarence abwesend. Er drückte eine Taste, und ein Drucker fing an zu surren und zu klicken.

»Das Zeug ist besser als das im Hauptquartier.« Mark trank noch einen Schluck.

Clarence sah ihn zweifelnd an »Hier.« Er hielt ihm den Ausdruck hin. »Das ist sie, in all ihrer Pracht und Schönheit.«

Mark musterte das Bild. Es war von schräg hinten aufgenommen, viel war nicht zu erkennen.

»Das mit der Schönheit ist aber nur eine Vermutung. Da ist ja überhaupt nichts zu erkennen Sie muss doch irgendwann mal in eine Kamera gesehen haben ...« Mark musterte das Bild. Es zeigte sie, wie sie vom Tatort wegeilte.

»Sie nicht.« Clarence warf einen zweiten Blick auf das Bild. »Auf jeden Fall hat sie einen netten Hintern. Wir müssen alle Aufzeichnungen von den ankommenden Flügen durchsehen. Vielleicht finden wir sie.«

»Gepäck scheint sie keins zu haben«, stellte Mark fest.

»Das muss nichts bedeuten«, erklärte Clarence. »Es gibt viele Menschen, die nicht mehr als eine kleine Tasche bei sich haben.«

Mark sah zu Valerie und nickte, bei ihr war es nicht anders. Er rieb sich den verspannten Nacken.

»Vielleicht sollte man doch Kameras in den Toiletten anbringen …«

»Keine Chance. Das würde einen Aufschrei geben!« Clarence lachte. »Wie geht's eigentlich Acorn, dem Bodyguard?«, fragte er.

»Scheint über'n Berg zu sein. Ich habe mit dem Notarzt gesprochen. Der meint, wer auch immer Erste Hilfe geleistet hat, hat ihm den Arsch gerettet. Acorn ist allerdings zurzeit nicht vernehmungsfähig. Morgen früh werden wir ihn verhören.« Mark unterdrückte einen Seufzer. »Ich hab das Gefühl, als ob das hier ein Scheißfall wird.«

Clarence nickte. »Hat die Spurensicherung eigentlich schon was rausgefunden?«

Mark zuckte mit den Schultern. »Jede Menge, aber ob uns das weiterbringt? Der Schauplatz ist denkbar ungünstig. Die Herrentoilette wurde drei Stunden vorher gereinigt, und danach waren wahrscheinlich Hunderte von Leuten da drin. Wir haben uns auf den Tathergang konzentriert. Eins ist seltsam an der Sache.«

»Die Waffe?«

»Richtig. Eine Walther 7.65, mit Schalldämpfer. Ein Spielzeug, wenn du mich fragst.«

»James Bond lässt grüßen«, meinte Clarence sarkastisch.

»Richtig. Der Täter hat sie verwendet, weil sie klein und unauffällig ist. Aber bei den Kontrollen hier im Flughafen macht es keinen Unterschied, ob klein oder groß, also hätte er auch eine andere Waffe nehmen können. Eine mit mehr Bumm. Das Kaliber ist zu klein, man muss sehr genau treffen, um jemanden umzulegen. Einen Vorteil hat sie allerdings, sie ist sehr leise.«

»Ich möchte wetten, dieser Acorn ist froh, dass sie nicht mehr Bumm hatte. Habt ihr sonst noch was?«, fragte Clarence, beugte sich plötzlich vor, um auf einem der Monitore eine Person genauer zu beobachten, entspannte sich dann aber wieder.

»Wir haben die Projektile. Kupfermantelgeschosse mit hoher Durchschlagskraft. Ein Knieabdruck im Blut, wahrscheinlich von der Frau, von der Acorn gesprochen hat. Das ist es auch schon.«

Mark öffnete seine Aktentasche und verstaute das Bild der Frau darin. »Nach Acorns Aussage hat es sich folgendermaßen abgespielt: Der Typ kam zur Tür rein, schoss zweimal auf ihn, dann einmal auf den Senator, und ging wieder. Hat keine drei Sekunden gedauert.«

»Und was ist jetzt mit der Frau? Was hat die damit zu tun?«

»Acorn wurde kurz ohnmächtig. Als er wieder zu sich kam, sah er die Frau. Sie hielt dem Senator die Hand, während er starb. Dann leistete sie Erste Hilfe bei ihm, ohne irgendwelche Fragen zu stellen. Danach nahm sie seine Pistole, sagte, sie würde Hilfe holen, und ging. Kurze Zeit später war die Polizei da.«

»Sie hat Acorns Waffe?«

»Acorn hat gesagt, dass sie die Waffe ganz selbstverständlich mitgenommen hat«, mischte Val sich ein.

Mark sah zu ihr hinüber. Sie hatte die Augen immer noch geschlossen. »Acorn war zu diesem Zeitpunkt vollgepumpt mit Schmerzmitteln und brauchte unbedingt Ruhe. Aber bevor er einschlief, sagte er noch was Interessantes«, fuhr Mark fort.

»Acorn hielt sie für eine Kollegin. Secret Service oder so. Sie wirkte kompetent und eiskalt«, sagte Val, die sich immer noch nicht bewegt hatte. »Ich glaube nicht an Zufälle. Deshalb will ich die Frau.«

»Eigentlich hat er nur gesagt, sie wäre ziemlich cool geblieben«, korrigierte Mark.

Val zog die Augenbrauen hoch und sah ihn spöttisch an. »Ich nenne das eiskalt. Sie wusste genau, was zu tun war, sie war nicht im Geringsten überrascht.«

»Hhm.« Vor Clarence lag ein Päckchen Zigaretten. Clarence griff danach und zündete sich eine Zigarette an. »Aber es ist eindeutig, dass der Mann geschossen hat, oder?«

»Ja.«

»Und die Frau?«

»Sie ist viel zu professionell vorgegangen. Sie war nicht rein zufällig da.« Val stand auf und streckte sich. Die Männer in dem Raum sahen ihr fasziniert zu. Val ignorierte sie.

»Aber der Beamte hat ausgesagt, dass sie völlig hysterisch war, als sie den Vorfall gemeldet hat«, meinte Mark. Er sah Val immer noch an. Val gefiel ihm, das war schon immer so gewesen.

»Ja, klar. Hysterisch und hilflos. Sie hat gerade einen Mord gesehen, einem der Opfer wahrscheinlich durch kompetente Erste Hilfe das Leben gerettet, und jetzt ist sie hysterisch und hilflos. Aber klar doch!« Vals Stimme triefte vor Sarkasmus. »Ich sage euch, die Frau ist ein Profi. Aber wir haben einen Namen. Juliet.«

»Die Frau hat Acorn ihren Namen gesagt?«, fragte Clarence erstaunt.

Val nickte und ging zum Fenster.

Es gab tatsächlich noch Fenster in der Sicherheitszentrale. Große, breite Fenster aus Panzerglas, die einen Blick auf das Rollfeld erlaubten. Fünf Stockwerke unter ihr fuhr gerade einer dieser Flugzeugschlepper an eine 747 heran und klinkte eine Stange an das Bugfahrwerk an. Dann stieg der Fahrer aus, ging zum anderen Ende des Schleppers und stieg dort in das zweite Führerhaus. Diese Schlepper hatten Val schon immer fasziniert. Sie wirkten viel zu klein, um eine 747 zu bewegen, aber sie bewegte sich doch. Die Flügel wackelten. Eine Ameise, die einen Elefanten zog. Manchmal kam sie sich auch vor wie eine Ameise.

Sie drehte sich wieder um. Mark hatte sich in einen Sessel gesetzt und massierte sich die Schläfen. Er sah fix und fertig aus.

»Wie in Romeo und Juliet«, meinte er, richtete sich auf und fischte sich eine Zigarette aus der Schachtel von Clarence. »Wir haben nachgefragt, ob irgendwer Malvern beschatten ließ. Das wäre eine denkbare Erklärung für die Frau. CIA, NSA und so weiter. Alle haben verneint.«

»Natürlich«, meinte Clarence und lachte auf. »Als ob einer von denen es zugeben würde ...«

3

Der Mann, der auf der Parkbank saß und die Vögel fütterte, war blond und hatte einen Kinnbart. Er war gekleidet wie irgendein Arbeiter. Er war bleich, schien nicht viel in der Sonne zu sein, trug am linken Handgelenk eine billige Swatch und aß in aller Ruhe ein belegtes Brot aus einer grün-gelben Plastikschachtel.

Während sich die Vögel um die Brotkrumen stritten, nahm er sein Handy, steckte die Freisprecheinrichtung an und rief eine Nummer an. Das Kabel führte in eine kleine Blackbox und dann erst zum Mikrofon und zum Ohrstöpsel. Ein kleines, aber feines Zubehörteil, das man für fünf Dollar fünfundsiebzig kaufen konnte.

Der Mann auf der Parkbank fand es amüsant, dass Amerika den größten Abhöraufwand aller Industriestaaten betrieb, dass man aber in jedem Bastelgeschäft alles kaufen konnte, was man brauchte, um sich Big Brother zu entziehen. Die Investition lohnte sich, wenn man nicht wollte, dass irgendwer mithörte. Sogar die NSA, die National Security Agency, hatte noch Schwierigkeiten damit.

Dem Mann auf der Parkbank war das nur recht. Es war ideal für seinen Job.

Er wählte eine Nummer, fütterte die Vögel und wartete. Es klingelte ewig.

»Ja?« Die Stimme auf der anderen Seite klang kultiviert, ein wenig nach Boston.

»Es gab ein kleines Problem mit dem Geschäft.« Eine

Taube flatterte erschrocken hoch, der Gewinner des Zweikampfs verlor keine Zeit, schnappte sich den Brotkrumen und flog weg.

»Einen Moment.«

Es piepste kurz. Er sah sich um. Vor ihm erstreckte sich ein kleiner Teich, er sah nur Passanten, zwei Teenager, die oben ohne in der Sonne lagen, einen Rentner, der seinen Hund ausführte, mit einer Schaufel und einer Tüte in der Hand.

Natürlich könnte jeder von ihnen vom FBI sein, und da drüben in den Büschen lag wahrscheinlich ein Agent mit einem Richtmikrofon. Aber er glaubte es nicht. Mittlerweile hatte er einen Instinkt dafür entwickelt, und der sagte ihm, dass alles so war, wie es aussah. Wenigstens hier.

»Was ist passiert?« Es war dieselbe kultivierte Stimme, nur vom Zerhacker leicht verzerrt. »Ich habe gehört, das Geschäft wäre gelaufen.«

»Nicht ganz problemlos.«

»Was heißt das?«

»Es gibt eine Zeugin.«

»Ich habe nichts gehört von einer Zeugin.«

»Dann behält das FBI es für sich.«

»Okay, dann haben Sie eine Zeugin. Na und? Ich wette, dass die Frau Sie nicht wiedererkennen wird.«

»Da bin ich mir nicht so sicher. Es ist nur ein Gefühl. Auf jeden Fall saßen wir im selben Flugzeug. Zuerst Rom – Frankfurt mit Alitalia 672, dann Frankfurt – Washington mit Lufthansa 556. Das sind mir zu viele Zufälle.«

»Zufälle gibt es nun mal.«

»Ja. Aber das Ganze war zu überhastet. Ich hätte meinen Termin beinahe noch verpasst, so knapp war es. Vielleicht hat die Frau mich beschattet.«

»Seien Sie nicht gleich paranoid. Wenn jemand auf Sie

angesetzt wäre, wüssten wir es. Wahrscheinlich ist sie nur eine Frau, die zufällig zur falschen Zeit am falschen Ort war.«

»Es gibt allerdings ein kleines Problem«, gab der Mann auf der Parkbank zurück.

»Und das wäre?«

»Ich bin sicher, dass ich sie kenne.«

»Beschreiben Sie die Frau.«

»Ungefähr eins achtzig groß, schlank, athletisch. Braune Haare, schulterlang, braune Augen, voller Mund, gerade Nase. Sommersprossen. Sieht man nicht so oft bei Braunhaarigen. Hellgrünes Kostüm, der Rock bis übers Knie, weiße Bluse, große weiße Handtasche aus Lackleder, ein Riesending, passende Schuhe mit mittelhohen Absätzen. Wenig Make-up, farblos lackierte kurze Fingernägel. Las *Die Jagd auf Roter Oktober.* Auf Italienisch.«

»Eine Italienerin?«

»Nein. Sie ist mit einem amerikanischen Pass durch den Zoll gegangen. Ich stand fast hinter ihr.«

»Gut. Wir werden herausfinden, wer sie ist. Wenn es mehrere Möglichkeiten gibt, maile ich Ihnen die entsprechenden Videoaufzeichnungen zu. Sind Sie sicher, dass dieser Aufwand notwendig ist?«

Der Mann zögerte einen Moment. »Ja«, sagte er schließlich. »In solchen Dingen irre ich mich nie.«

»Gut. Ich kümmere mich um sie. Alles klar mit dem nächsten Geschäft?«

»Innerhalb der nächsten drei Tage. Ich will mich erst mal umsehen und die Lage sondieren.« Der Mann aus Rom lehnte sich zurück. Er schien die Sonne zu genießen.

»Wir sind unter Zeitdruck.« Die Stimme aus dem Telefon klang angespannt.

»Drei Tage. Sie bestellen bei mir, weil ich der Beste bin.

Hetzen Sie mich nicht. Erfüllen Sie Ihre Seite der Abmachung. Und kümmern Sie sich um die Frau.«

Der Mann aus Rom wartete nicht, bis sein Gesprächspartner aufgelegt hatte, sondern klappte sein Handy zu. Er löste den Akku, um die Karte herauszufischen. Er packte seine Essensbox ein, stand auf und flanierte über den Parkweg. Eine chinesische Brücke führte über den schmalsten Teil des Teichs. Dort verlor er das Handy. Wenig später fiel die zerbrochene Telefonkarte in einen Gully.

Er war unvorsichtig gewesen, und das ärgerte ihn. Der Auftrag war zu plötzlich gekommen, mit viel zu knapper Vorbereitungszeit. Er war gezwungen gewesen, eine Identität zu verwenden, die er eigentlich vorbereitet hatte, um sich zur Ruhe zu setzen. Für seinen Geschmack sah er sich selbst zu ähnlich. Und jemand anderem. Wenn das auffiel, war sein Job gefährdet. Nun, in der Vergangenheit hatte sich gezeigt, dass sein Geschäftspartner zuverlässig war in diesen Dingen. Wenn er auch diesmal so zuverlässig arbeitete, wusste kein Computer mehr etwas von seiner Buchung oder seiner Ankunft.

Immer noch hatte er das Gefühl, sie zu kennen.

Unvermittelt blieb er stehen. Vielleicht wurde er schon seit Rom verfolgt. Vielleicht war er doch zu selbstsicher geworden, vielleicht verließ er sich doch zu sehr auf seinen Instinkt.

Ab sofort würde er noch vorsichtiger sein.

4

Das FBI-Hauptquartier in Washington war in einem schmucklosen Gebäude aus den Fünfzigern untergebracht. Zwanzigtausend Agenten arbeiteten hier, die meisten in klimatisierten Büros und an Computern. Hier befanden sich auch die besten kriminaltechnischen Labors der Welt. In den Computern waren alle Daten des FBI seit 1920 gespeichert, und wenn das nicht reichte, hatte das FBI Zugriff auf die elektronischen Akten des Verteidigungsministeriums, der nationalen Polizeidienststellen und auf die Computer der Kollegen weltweit.

Wenn man die richtigen Leute kannte, war die Welt ein Glashaus.

Marian Lester war eine erfahrene FBI-Agentin. Sie hatte alle Kurse absolviert, die Quantico anzubieten hatte, und sie hatte sie mit Auszeichnung bestanden. Ihr Spezialgebiet war die Ballistik.

»Wirf mal einen Blick auf den Monitor hier«, sagte sie zu Mark, kaum dass er durch die Tür hereingekommen war. Er zog sein Jackett aus und warf es achtlos über eine Stuhllehne.

Auf dem Monitor an ihrem Arbeitsplatz waren, stark vergrößert, zwei Projektile nebeneinander eingeblendet.

»Die meisten Handfeuerwaffen besitzen einen gezogenen Lauf«, dozierte Marian drauflos, »also spiralförmige Furchen, die dem Geschoss eine Rotation um die Längsachse verschaffen, damit die Flugbahn stabiler wird. Auch im Zeitalter der Massenproduktion ist es praktisch ausgeschlossen, dass zwei Läufe identisch sind. Jedes Projektil hat Kratzer an der Basis. Die kann man vergleichen und damit eine Waffe eindeutig identifizieren.«

Ein Blick auf die beiden Projektile zeigte Mark, dass sie aus derselben Waffe abgefeuert worden waren.

»Das ging aber schnell«, stellte er beeindruckt fest und pfiff leise durch die Zähne. »Also haben wir ihn schon mal als Kunden gehabt.«

Marian nickte. »Ja, aber ich weiß nicht, ob du damit so glücklich wirst. Wir haben bis jetzt siebenundzwanzig Treffer.«

Mark sah sie überrascht an. »Meine Güte, war der Kerl aber fleißig. Wie viele Todesopfer?«

»Seit 1953 sind es neunzehn.«

»1953?«

»Richtig.« Marian nickte in Richtung eines anderen Monitors. »Ich habe die Akten aus unserem Archiv gezogen. Unser Killer operiert seit fast fünfzig Jahren. Der Modus Operandi ist immer der gleiche. Nah und persönlich. Die meisten Schüsse wurden aus weniger als fünf Metern abgefeuert.«

»Mein Gott.« Mark setzte sich und zündete sich eine Zigarette an, während er versuchte zu verstehen, was er gerade erfahren hatte.

»Hast du einen Aschenbecher?«

Marian wies mit dem Kopf auf ein großes Nichtraucherschild. Mark hob eine Augenbraue.

Sie seufzte, holte einen kleinen Metallaschenbecher aus ihrem Schreibtisch und stellte ihn vor Mark hin.

Er nickte, schon in Gedanken bei der Akte auf dem Bildschirm. 1953. Jemand war auf der Toilette eines Restaurants erschossen worden.

»Der Torino-Fall«, sagte Marian.

»Mafia?«

»Wahrscheinlich. Niemand Wichtiges, irgendein Unterboss. Das einzige Interessante ist, dass er bereit war, als Kronzeuge auszusagen. Bevor es dazu kam, wurde er umgelegt.«

Wer auch immer den Fall damals bearbeitet hatte, er schien ein persönliches Interesse daran zu haben. Mark sah sich die Unterschriften an. Agent Sigton. Der Mann war jeder noch so kleinen Spur nachgegangen. Und überall war er gegen eine Wand gelaufen.

Der erste Fall war ein Doppelmord gewesen. Damals war der Killer in eine Bar gegangen, hatte die Waffe gezogen und den Mafioso und eine junge Frau am Nachbartisch erschossen. Es war so schnell gegangen, dass keiner der anderen Gäste etwas Besonderes wahrgenommen hatte. Jung, Mitte dreißig, schwarze Haare, gut gekleidet. Das war so ziemlich alles, worauf sich die Zeugen damals hatten einigen können.

Mark zog die Augenbrauen hoch. »Der hat sich aber was getraut.«

»Sieh dir die anderen Akten an.«

Die waren deshalb interessant, weil viele von europäischen Polizeibehörden stammten. Die meisten Opfer waren in Europa gestorben. Politisch einflussreiche Leute. Auch ein Kardinal der römisch-katholischen Kirche war dabei. In Berlin hatte man eins der Opfer in der S-Bahn gefunden. Der Mann war Heizungsbauer gewesen, die Deutschen hatten lange gerätselt, warum ausgerechnet ein Arbeiter ermordet worden war. Mark brauchte nicht lange zu rätseln, schon die nächste Akte offenbarte ihm, dass der Mann CIA-Agent gewesen war. Mark fragte sich, ob man das den Deutschen irgendwann mal mitgeteilt hatte. Er überflog die Daten. Nein.

Natürlich nicht. »Ich glaube einfach nicht, was ich hier lese«, sagte er leise. »Das kann einfach nicht sein.«

Marian nickte. »Wir haben es hier angeblich mit einem Berufskiller zu tun, der seit fast fünfzig Jahren seine Opfer mit derselben Waffe umbringt«, stellte sie nüchtern fest. »Alle ein bis drei Jahre taucht der Attentäter auf und hinterlässt eine Kugel als Signatur. Agent Sigton hat bis 1972 die meisten der Fälle bearbeitet. Ich bin alles noch einmal gründlich durchgegangen. Die ballistische Signatur ist eindeutig.«

»Der Täter müsste jetzt über achtzig sein! Das ist unmöglich!«

»Das habe ich auch gedacht«, meinte Marian. »Aber wir haben mehrere Phantombilder von ihm. Jedes Mal wurde er als ein Mann Mitte dreißig beschrieben. Mehr Übereinstimmungen gab es nicht. Hier, sieh sie dir einfach mal an.«

Sie drückte auf eine Taste, acht Bilder erschienen auf dem Monitor. Die ersten waren Schwarz-Weiß-Skizzen, dann ein paar farbige Kreidezeichnungen, das letzte schließlich ein computergeneriertes 3D-Bild. Auf den ersten Blick ähnelten sich die Bilder nicht sonderlich. Marian griff nach der Maus und kopierte die Augenpartien übereinander. Sofort war zu erkennen, dass sie sich stark glichen. »Fast alles, mal abgesehen von der Augenpartie, kann ein geschickter Maskenbildner verfälschen. Es könnte derselbe Mann sein. Oder auch nicht.«

»Ein unsterblicher Killer?«

Marian zuckte mit den Schultern. »Ich würde sagen, das wäre dann ein Fall für Akte X.«

»Du hast recht. Mulder und Scully würden das im Handumdrehen lösen.«

»In fünfundvierzig Minuten. Na, dann streng dich mal an.«

Das Büro von Mark und Val lag im fünften Stock. Es bot Platz für vier Schreibtische, hatte mit den modernsten Anti-Abhöranlagen ausgestattete große Fenster, war fast schon ein Statussymbol. Mark und Val hatten sogar einen eigenen Waschraum.

Allerdings waren die beiden viel zu selten hier. Meistens waren sie irgendwo in den Staaten unterwegs.

Als Mark das Büro betrat, kam Valerie gerade aus dem Waschraum. Ihr Make-up war aufgefrischt, sie trug ein schwarzes Kleid, knielang, mit seitlichem Schlitz. Und sie hatte, Mark pfiff anerkennend, Nahtstrümpfe an. Für ihre hochhackigen Schuhe brauchte sie bestimmt einen Waffenschein.

Grinsend deutete sie einen Knicks an. »Ich bin auf dem Weg nach Hause.« Sie pappte ihm einen gelben Zettel auf die Brust. Ein Post-it mit einem Smiley drauf. »Der Chef will uns morgen früh sehen. Um acht.«

»Moment!« Mark hielt sie zurück. »Die Ballistik hat etwas herausgefunden.«

»Und was? Mach's kurz, ich will nach Hause.«

»Die Waffe wurde bei neunzehn Morden verwendet. Seit 1953.«

Val pfiff leise durch die Zähne. »1953?«

»Kein Zweifel.«

»Das ist eine lange Zeit«, meinte Val nachdenklich. »Aber erzähl mir morgen mehr. Das ist das erste Mal in dieser Woche, dass ich zum Abendessen zu Hause sein kann. Tom ist schon da und wartet auf mich. Er sagt, er hat französisch gekocht! Du weißt, wie sehr ich die französische Küche liebe! Geh nach Hause, Mark, und schlaf dich mal aus! Cheerio!«

Sie strahlte ihn an und verließ rasch den Raum. Tick, tick, tick. Ihre Absätze klangen wie ein Metronom. Mark ließ sich in seinen Sessel fallen, lehnte sich zurück und zupfte den Zettel von seiner Brust.

Val war eine von diesen Frauen, an denen einfach alles stimmte, und von denen gab es nur sehr wenige. Es hatte lange gedauert, bis er und Val ein Team geworden waren. Er fragte sich, ob Val wusste, wie sehr er sie mochte. Wahrscheinlich schon. Kollegen gegenüber war sie meist sehr zurückhaltend, fast kühl. Nur ihm gegenüber war sie offen, fast vertraut. Manchmal, so wie heute, wünschte er, da wäre mehr. Aber sie war vergeben. Nicht nur, dass Mark ihren Mann Tom kennengelernt hatte, der mit seinen fast zwei Metern hundertdreißig Kilo auf die Waage brachte und früher mal Amateurboxer gewesen war, Mark mochte ihn auch. Nur manchmal ... manchmal wünschte er sich, Val wäre nicht vergeben.

Er drehte sich mit dem Stuhl im Kreis, stand auf, klebte das Post-it an seinen Monitor und ging zum Fenster. Die Sonne ging gerade unter, ein romantischer Anblick, aber bei ihm zu Hause wartete niemand ... außer einer Zimmerpflanze. Und die hatte er schon vor Monaten durch unterlassene Hilfeleistung ermordet.

Er öffnete seinen Aktenkoffer und nahm das Bild der Frau heraus, musterte es zum tausendsten Mal. Wo bist du?, dachte er. Und was hast du mit der ganzen Sache zu tun?

5

Ann parkte den Wagen, blieb aber sitzen. Sie versuchte zu verstehen, was mit ihr passierte.

Nachdem sie den Polizisten Bescheid gesagt hatte, hatte sie so getan, als hätte sie einen Schock, wie man es von einer jungen Frau erwartete. Der eine Polizist hatte sie gebeten, sich hinzusetzen und den Kopf zwischen die Beine zu nehmen, dann war er seinem Kollegen gefolgt.

Kaum war er außer Sichtweite gewesen, war sie aufgestanden und gegangen. Aber nicht einfach so. Sie hatte den Weg gewählt mit den wenigsten Kameras.

Das war nichts Neues, sie hatte Kameras noch nie gemocht, und es war schon fast ein Spiel für sie, ihnen auszuweichen. Doch heute war es mehr gewesen als ein Spiel. Heute trug sie die Pistole eines Agenten vom Secret Service in ihrer Handtasche, hatte im Blut eines Toten gekniet und war einem Mörder über den Weg gelaufen.

Und war geflohen. Warum? Was hatte sie zu verbergen? Warum hatte sie der Polizei nicht die Wahrheit gesagt?

Zu viele Fragen.

Sie lachte bitter auf. Das stimmte. Zu viele Fragen.

Woher wusste sie, wie man eine Pistole in Sekundenschnelle zerlegt und wieder zusammenbaut? Wie man feststellt, ob man verfolgt wird?

Beides hatte sie getan, während sie den Flughafen verlassen hatte, die Waffe mal eben schnell zerlegt, um sie zu überprüfen, und die ganze Zeit die anderen Verkehrsteilnehmer im Auge behalten, als wären sie gesuchte Terroristen, die ihr ans Leder wollten. Oder Spezialagenten des Secret Service, die sie, eine Terroristin, zu verhaften versuchten.

Ich werde langsam wahnsinnig, dachte sie.

Der heutige Tag beweist, meldete sich die kühle Stimme, *dass du es nicht bist.*

Und wieso?

Du wusstest, dass der Mann im Flugzeug ein Mörder ist. Du wusstest, dass er eine Walther benutzen würde. Du hast das alles gewusst, noch bevor es passierte. Schon in Rom, als er ins Flugzeug stieg.

Und woher soll ich das alles gewusst haben?

Weil du ihn kennst. Weil ich ihn kenne. Weil du weißt, dass er es schon einmal gemacht hat.

Was?

Jemanden auf der Toilette erschossen. Aber das ist lange her. 1963.

1963 gab es mich noch gar nicht, protestierte sie.

Ich weiß. Aber genau so hat es sich abgespielt.

Und woher willst du das alles wissen?

Du weißt es.

Nein.

Doch.

Geh weg.

Sie wohnte im obersten Stock eines hübsch renovierten Hauses im Kolonialstil. Wenn man einer lokalen Überlieferung Glauben schenken wollte, war es, ungefähr zur Zeit des Bürgerkrieges, ein Bordell gewesen. Eine breite Allee führte von hier aus direkt zum Zentrum, zur Schule waren es nicht einmal zehn Minuten zu Fuß.

Ihre Wohnung war groß, sonnig, farbenfroh eingerichtet.

Sie pflegte keinen besonderen Stil, die Einrichtung bestand aus Einzelstücken, an denen sie Gefallen gefunden hatte. In den vergangenen acht Jahren war ihre Wohnung ein Zufluchtsort für sie gewesen, ein gemütliches Nest, in dem sie sich entspannen konnte. Jetzt passte das alles irgendwie nicht mehr. Als wäre die Wohnung irgendwie geschrumpft ... oder als wäre sie selbst gewachsen.

Ann schloss die Tür zu ihrer Wohnung auf. Sie war zwei Wochen lang in Rom gewesen, eine Kollegin hatte sich um die Pflanzen gekümmert, aber es roch muffig. Sie riss alle Fenster auf, auch die im Schlafzimmer, und ging auf die Veranda hinaus. Sie sah die Allee entlang und holte tief Luft.

Sie kam nicht oft nach Washington, auch wenn es nicht einmal achtzig Meilen entfernt lag. Dennoch, wenn sie durch die Hauptstadt fuhr, ertappte sie sich dabei, wie sie in Gedanken aufzählte, welche Regierungsstellen sich hinter welchen mehr oder weniger unauffälligen Fassaden verborgen hielten.

Dann war da diese andere Erinnerung. Es war wie eine Szene aus einem Traum oder aus einem Film, nur dass sie wusste, dass es wahr war, dass sie es selbst erlebt hatte. Sie sah sich, bekleidet mit schwarzer Hose und Jacke, mit einem Ausweis auf der linken Brust, wie sie mit zwei Kollegen, beide dunkel gekleidet, einen langen Gang entlangging. Es war der Verbindungsgang zum Weißen Haus. Sie war bewaffnet. Routine ...

Ein anderer Erinnerungsfetzen. Nur kurze Zeit später. Das Oval Office, Sitz der mächtigsten Person der Welt. Niemand war da, niemand störte sie, als sie eine kleine Sprengladung unter dem Schreibtisch anbrachte. Sie wusste, dass die Kameras dies nicht zeigten, auf den Monitoren war nur zu sehen, wie sie sorgfältig nach Wanzen suchte.

Sie hatte im Internet nachgesehen, aber da gab es nichts, keinen Bericht über einen Bombenanschlag im Weißen Haus.

Vielleicht war es ja doch nur Einbildung.

Nein.

Dann sag mir, was ich da gemacht habe!

Du weißt es.

Ihre Hände krampften sich um das Balkongeländer. Immer nur diese Antwort. *Du weißt es.*

Nein, jedenfalls konnte sie sich nicht daran erinnern, wie an so vieles andere auch nicht. Aber die Wand in ihrem Gedächtnis blockierte nur die persönlichen Erinnerungen. Sie konnte sich sehr wohl daran erinnern, dass sie Berichte über den Golfkrieg gelesen oder gesehen hatte.

Und sie erinnerte sich vage an Sand und Hitze.

Blut im Sand.

Als wäre sie da gewesen. Sie versuchte, diesen Erinnerungsfetzen festzuhalten, aber er entglitt ihr, wie Sand, der zwischen den Fingern hindurchrinnt.

Sie atmete tief durch, wandte sich um, ging wieder hinein und in die Küche, um sich einen Kaffee zu machen. Erst danach holte sie die Waffe aus der Handtasche und legte sie vor sich auf den Küchentisch.

Eine Glock. Kaliber 40 oder 10 mm. Die Waffe war ihr so vertraut, als wäre sie ein Bestandteil von ihr. Sie wusste, wo der Druckpunkt des Abzugs war, wie sie bei unterschiedlichen Entfernungen zielen musste.

Diese Waffe hier, die Waffe des Bodyguards, war nicht modifiziert. Doch es gab noch eine andere Glock. Die Waffe, die sie jetzt in ihrer Erinnerung vor sich sah, hatte einen etwas längeren Lauf, ein anderes Visier, einen breiteren Sicherungsbügel und einen modifizierten Abzug …

Eine andere Erinnerung folgte. Sie hielt diese andere Waffe, diese modifizierte Glock, ihre eigene Waffe, in der Hand, in beiden Händen, ein Mann fiel mit überraschtem Gesichtsausdruck nach hinten. Sie hatte ihn erschossen. Er trug einen Smoking. Das Loch in seiner Brust sah genauso aus wie die Löcher in der Jacke des Bodyguards.

War es vielleicht doch eine Filmszene?

Ihr Hände zitterten so sehr, dass die Kanne mit einem Klirren an den Becher stieß, als sie versuchte, sich Kaffee einzuschenken. Es ging nicht, sie gab auf und sah auf die Waffe hinunter. Dann ging sie ins Bad, schaltete das Licht ein und sah sich wieder im Spiegel an.

Sie war kreidebleich, sie musste geweint haben. Ihr Make-up war verlaufen, sie sah schrecklich aus.

Acht Jahre lang hatte sie sich nichts sehnlicher gewünscht, als sich an ihre Vergangenheit zu erinnern, und jetzt, wo sie anfing, genau das zu tun, wollte sie nicht mehr.

Du machst dir was vor. Du willst immer noch weglaufen, doch jetzt ist es zu spät.

Aber ich bin Lehrerin! Ich bringe Kindern und Jugendlichen etwas bei. Ich versuche, ihnen ein Vorbild zu sein. Ich singe im Kirchenchor, und wenn ich ein bisschen Zeit habe, engagiere ich mich sozial! Ich bin keine Mörderin!

Wirklich nicht?

Ausgerechnet die Erinnerung an den Mann, wie sie ihn erschossen hatte, ausgerechnet diese eine war messerscharf und glasklar. Sie wusste sogar, was sie empfunden hatte, damals, wann immer das gewesen war. Genugtuung. Kein bisschen Mitleid. Zu klar waren diese Erinnerungen, sie konnten kein Traum sein. Irgendwann, irgendwo hat sie einen Mann im Smoking erschossen. Sie war eine Mörderin.

Sie sah sich im Spiegel an.

So fremd ihr das Gesicht auch immer noch erschien, sie konnte sich nicht beschweren, es war so gut wie perfekt. Sie hatte damals Glück im Unglück gehabt. Sie war in der Lage gewesen, sich einen der besten plastischen Chirurgen von San Francisco zu leisten. Ihr Gesicht war eine Maske, eine Neuschöpfung. Ein Dutzend Operationen. Noch so eine Erinnerung, die sie gerne vergessen würde. Der Beginn eines neuen Lebens. Mit einer Maske.

Bis heute Mittag hatte sie sich für eine Person gehalten, die nach moralischen Grundsätzen handelt. Sie hatte den Unterschied gekannt zwischen Gut und Böse, zwischen Recht und Unrecht. Ändern sich die moralischen Grundsätze, wenn man das Gedächtnis verliert?, fragte sie sich. Sie hatte keine Ahnung, aber sie hoffte, nicht.

Sie sah sich im Spiegel an, aus einem Impuls heraus entfernte sie die Kontaktlinsen und wusch die Schminke ab. Grüne Augen sahen sie an. Seit Jahren schon trug sie die dunklen Kontaktlinsen, färbte sich das Haar mausbraun. Ein grünäugiger Rotschopf fiel auf. Und auffallen wollte sie auf keinen Fall.

Ohne die Kontaktlinsen wirkten ihre Augen nicht mehr weich, sondern offen, klar. Kalte, kühle Augen. Sachlich. Vielleicht war das nur Einbildung, vielleicht war sie zu kritisch mit sich selbst. Sie löste den Knoten und ließ die Haare offen fallen, versuchte das Gesicht zu finden, das einmal ihres gewesen war, bevor man sie aus dem Wasser gezogen hatte.

Die grünen Augen schienen ein wenig zu lächeln. Dieses Bild im Spiegel war ihr vertrauter als die braune Maus, hinter der sie sich normalerweise versteckte.

Zum ersten Mal fiel ihr auf, dass sie noch nie versucht hatte, herauszufinden, wer sie war, warum man sie hatte ermorden wollen.

Sie hatte Angst davor. Eine unergründliche, tief verwurzelte Angst.

Immerhin gibst du es zu.

Auch jetzt spürte sie diese Angst. Aber irgendetwas stellte sich dieser Angst entgegen. Sie war jetzt wie alt? Neunundzwanzig. Wenn sie ihren Papieren glauben konnte. Es wurde also langsam Zeit. Der Unterschied war, sie wusste jetzt, vor wem sie Angst hatte. Die Angst hatte ein Gesicht. Der Mann aus Rom. Irgendwie machte es das einfacher.

Die letzten acht Jahre hatte sie ein Leben gelebt, das sie sich ausgesucht hatte, das ihr gefiel. Sie hatte eine sehr gute Bildung, hatte wahrscheinlich studiert. Nach dem zu urteilen, was sie wusste, was sie in ihren Unterlagen fand, war sie immer schon Lehrerin gewesen.

Es war ein schönes Leben, ein Leben, das ihr gefiel, wenigstens sagte sie sich das immer wieder, ein Leben mit Verantwortung und Freude. Ein bequemes Leben.

Die innere Stimme hatte recht. Sie hatte schon immer gewusst, dass etwas nicht stimmte, dass etwas nicht stimmen konnte. So vieles hatte sie nicht gewusst, so vieles hatte sie lernen müssen, nur ihr perfektes Gedächtnis hatte es ihr ermöglicht, das fehlende Wissen zu überspielen, die Kollegen und die Schüler zu täuschen, bis sie alles nachgeholt, alles gelernt hatte, was sie brauchte. Und dann hatte sie verdrängt, dass es eine Zeit gegeben hatte, in der sie nicht gewusst hatte, was eine Lehrerin hätte wissen müssen.

Sie wusste noch etwas. Sie wollte dieses Leben. Sie wollte Ann Mankowitz sein, die Lehrerin. Sie hatte sich dafür entschieden, und so war es richtig.

Doch wenn sie dieses Leben wirklich wollte, wenn es vollständig sein sollte, dann musste sie endlich aufhören, davonzurennen, dann musste sie herausfinden, wer die andere war, die, die sie vorher gewesen war.

Die Ärzte hatten gesagt, sie wäre fast drei Minuten lang tot gewesen. Sie musterte sich sorgfältig im Spiegel. Irgendwo unter der Maske war ihr wahres Ich verborgen.

Bist du endlich bereit, dich selbst zu sehen? Also gut ...

Eine andere Erinnerung stieg in ihr hoch, und diesmal gab es keine Wand, als sie Halt suchte.

Sie stand vor einem anderen Spiegel. Sie war jung, fast noch ein Teenager. Sie hatte rote Haare, richtig lange rote Haare, bis zur Hüfte. Grüne Augen, einen vollen Mund und Grübchen. Lachfalten in den Augenwinkeln. Man muss viel lachen, um in dem Alter schon Lachfalten zu haben. Glücklich. Sie sah glücklich aus. Die Nase war nicht ganz gerade, sie hatte ausgeprägte Wangenknochen. Ein interessantes Gesicht, ein Gesicht, das lebendig war, das schon jetzt Charakter besaß.

Wie alt war sie? Siebzehn, achtzehn?

Das Mädchen im Spiegel lächelte. Das Kleid, das sie trug, sah teuer aus. Neben ihr stand ein Mann. Er sah sie an. In seinen grünen Augen, die ihren eigenen so sehr ähnelten, stand Stolz geschrieben und dieses Unerklärliche, das man Liebe nennt. Er war um die Mitte vierzig. Groß, breitschultrig, militärisch kurz geschnittene graue Haare. Er war eigentlich zu jung dafür, aber das graue Haar stand ihm. Er trug eine Uniform, Navy, ein Pilot, den Rangabzeichen nach Captain. Sie hatte seine Augen. Auch er hatte Lachfalten, aber auch andere, die von Leid und Entbehrung zeugten, von schwierigen Entscheidungen. Und Grübchen.

Ihr Vater. Er war stolz auf sie ...

Diese Erinnerung war wie ein Kleinod für sie. Die Erinnerung hatte diesen ganz eigentümlichen Geschmack, diesen Geschmack einer besonderen Gelegenheit, eines Augenblicks, den man bewusst wahrnimmt und so, genau so, in Erinnerung behalten möchte. Ein tiefes Gefühl von Traurigkeit überkam sie. Er war tot. Wie, wo, wann ... Das wusste sie noch nicht. Aber sie fühlte es.

Das Bild verschwand. Sie fuhr sich mit der Hand vorsichtig über das Gesicht und wischte eine Träne weg. Keine Grübchen mehr. Die Haut war straff, sie spannte über den Knochen. Die Augen waren anders, der Haaransatz auch.

Keine Lachfalten mehr. Kein Lachen mehr. Die hohen Wangenknochen, die der jungen Frau in ihrer Erinnerung so viel Charakter verliehen, waren noch da, aber anders, mehr klassisch geformt. Der Chirurg hatte nicht gewusst, wie er die zerschmetterten Knochen hatte formen sollen. Woher auch? Es hatte nur wenige Bilder von ihr gegeben, die als Vorlage hätten dienen können, und die waren unscharf gewesen, kaum zu gebrauchen. Die Nase ... Jetzt, wo sie sich zum ersten Mal an ihr eigenes Gesicht erinnerte, fand sie sich hässlich.

Nein. Es war nicht ihr Gesicht.

Jetzt ist es deins. Mach etwas daraus.

Sie hatte recht, es war das einzige, das sie hatte. Sie hatte es sich mit acht Monaten Schmerzen erkauft. Die Ärzte hatten sie gewarnt, eine der Schwestern hatte sogar versucht, sie daran zu hindern, den Verband abzunehmen.

Wenn einem immer wieder mit einer Brechstange ins Gesicht geschlagen wird, dann ist das Ergebnis zwangsweise unschön ...

Sie nickte sich und der unbekannten Frau hinter dem Spiegelbild zu. Sie würde auf all diese Fragen eine Antwort finden.

Jetzt weißt du, wer du warst. Wie du ausgesehen hast.

Ann nickte. Richtig. Das war ein erster wichtiger Schritt. Jetzt konnte sie anfangen, sich zu suchen.

Sie setzte die Kontaktlinsen wieder ein, blinzelte, schenkte sich ein entschlossenes Lächeln und ging in die Küche zurück. Jetzt zitterte ihre Hand nicht mehr, als sie sich Kaffee einschenkte.

Sie kramte in ihrer Handtasche, holte den Schlüssel heraus, den ihr der Senator so fest in die Hand gedrückt hatte, und legte ihn auf den Tisch neben die Pistole. Warum hatte der Senator ihr den Schlüssel gegeben?

Sie sah ihn sich an. Ein komplizierter Schlüssel. Wahrscheinlich für ein Bankschließfach. Nein, nicht wahrscheinlich, sondern ganz bestimmt. Er kam ihr irgendwie bekannt vor. Sie musste das überprüfen. Unbedingt. Der Schaft hatte eine magnetische Kodierung. Eine Nummer war in den Schlüsselkopf eingraviert. 412.

Am Schlüssel klebten braune Flecken. Das Blut des Senators. Vielleicht auch ihrs, so fest hatte er ihre Hand gedrückt.

Sie musterte den Schlüssel, dann lachte sie bitter auf. Mit Bankschließfächern kannte sie sich aus. Ihr eigenes Leben stammte aus so einem Schließfach!

Wieder ging sie ins Badezimmer und machte sich an den Fliesen unter dem Waschbecken zu schaffen.

Bei der Renovierung des Hauses mussten die neuen Rohre irgendwie verlegt werden. Damit sie nicht störten, hatte man eine Zwischenwand eingezogen, wenige Zentimeter tief. Gerade Platz genug, um dort eine bestimmte Kiste zu verstecken. Sie wollte sie bei sich haben, griffbereit, nicht mehr in einem Bankschließfach wie am Anfang. Damals hatte sie extra eins gemietet. In Washington. Sie zog die Kiste heraus, wischte den Staub ab, ging zurück in die Küche und stellte sie zu den anderen Dingen auf den Tisch.

Eine einfache Metallkiste, nicht viel größer als eine Keksdose. Sie enthielt so viele Fragen, so viele Ungereimtheiten, dass sie Angst davor hatte, sie zu öffnen. Wie oft hatte sie dagesessen, die Dose vor sich, und sich nicht getraut, den Deckel zu öffnen? Heute ist es so weit, dachte sie und hob den Deckel ab.

Ein kompletter Satz Ausweispapiere ohne Foto, aber mit einem Gerät zum Verschweißen der Plastikkarten, dazu ein Dossier über eine junge Frau Namens Andrea Weston und ein weiteres über eine junge Frau namens Ann Maria Mankowitz.

Beide Frauen waren jetzt Ende zwanzig. Ann Mankowitz war Lehrerin. Andrea Weston war Dolmetscherin. Beide waren eins achtundsiebzig groß, hatten grüne Augen und rote Haare. Andrea spielte gern Schach, Ann liebte Tennis.

Seit acht Jahren war sie jetzt schon Ann Mankowitz. Weil sie lieber Lehrerin hatte sein wollen als Dolmetscherin. Die Unterlagen und Papiere in der Kiste waren so gut, sie mussten echt sein. Oder echt genug, denn sie hatten einer Überprüfung standgehalten, als sie sich hier an der Schule als Lehrerin beworben hatte.

Sie nahm die Dossiers heraus und musterte die gebündelten Geldscheine. Achtundfünfzigtausend Dollar in bar. In gebrauchten Scheinen unterschiedlicher Größe. Wie kam eine Lehrerin an so viel Bargeld?

Darunter lag ein Kettchen mit einem kleinen silbernen Zylinder. Darin steckte ein zusammengerollter Plastikstreifen. Darauf stand: »Bitte benachrichtigen Sie die Anwaltskanzlei Richter, Faber & Son in St. Louis«, dazu die entsprechende Telefonnummer.

Ann Mankowitz trug ein anderes Kettchen. In ihrem Fall war es eine Kanzlei in San Francisco mit Namen Sorowitz & Partner.

Sie trug das Kettchen immer noch am Fußknöchel. Es hatte ihr schon mal das Leben gerettet. Ein Talisman.

Aber sie war genauso wenig Ann Mankowitz, wie sie Andrea Weston war, beide Frauen konnten nicht mehr sein als Lügen. Sehr gute Lügen zwar, aber Lügen.

Doch wer war sie wirklich?

Du weißt, wo du suchen musst.

Ja, ich weiß es. In San Francisco. In der Stadt, in der man sie vor acht Jahren tot aus dem Wasser gefischt hatte. Es würde den Kollegen nicht gefallen, aber es war Zeit, noch etwas mehr Urlaub zu beantragen. Unbezahlt diesmal. Auf ungewisse Zeit.

Ganz unten in der Kiste lag der Schlüssel zu ihrem Bankschließfach. Es war immer noch leer. Sie nahm den Schlüssel heraus und legte ihn neben den anderen, den der sterbende Senator ihr in die Hand gedrückt hatte. Kein Zweifel. Es musste dieselbe Bank sein.

Und jetzt? Was sollte sie mit dem fremden Schlüssel machen? Natürlich könnte sie zu irgendeiner Polizeistation gehen und ihre Geschichte erzählen. Aber erst dann, wenn sie die Wahrheit über sich wusste.

Senator Malvern. Was wusste sie über ihn? Er war verheiratet, hatte eine Tochter, knapp neun oder zehn Jahre jünger als sie selbst. Audrey hieß sie. Er war eine öffentliche Person, irgendwie würde sie seine Adresse schon herausfinden.

Sie nickte. Ja, so würde sie es machen. Der Familie den Schlüssel zuschicken. Irgendjemand würde sich darum kümmern.

Aber vorher …

Sie legte alles zurück in die Kiste, auch die Pistole des Bodyguards und die beiden Schlüssel, schloss sie wieder und versteckte sie hinter der Wand.

Es war ein anstrengender Tag gewesen, sie hatte Jetlag, und sie war müde. Zeit, schlafen zu gehen.

6

Guten Abend, Mr Watier.« Der Portier begrüßte ihn freundlich. Der junge Mann nickte zurück und ging zum Schalter des Portiers. Watier war blond und hatte einen Spitzbart, er lächelte freundlich.

»Guten Abend, Richards. Ist irgendetwas für mich gekommen? Oder etwas Interessantes passiert?«

»Nein, Mr Watier. Miss Irma in Unit 17 b hatte letzte Woche einen Herzanfall, aber jetzt geht es ihr besser. Das ist so ziemlich alles.« Der Portier zuckte mit den Schultern. »Was soll hier schon passieren.«

Watier schob dem Portier einen Zwanzig-Dollar-Schein zu. »Meine Pflanzen leben noch?«

»Es ging ihnen nie besser.«

»Ich wüsste gar nicht, was ich ohne Sie tun sollte, Richards.«

»Bleiben Sie diesmal länger, Mr Watier?«

Watier sah den Portier nachdenklich an. »Ich weiß es noch nicht, aber ich denke, schon. Eine Woche sollte ich mindestens Ruhe haben, bevor ich wieder los muss.«

»Ich habe den Kühlschrank für Sie gefüllt, Ihr Apartment ist frisch gesäubert und gelüftet. Übrigens, ich habe Ihre Postkarte erhalten. Vielen Dank, mein Neffe freut sich jedes Mal wie verrückt, wenn ich ihm eine Ihrer Karten gebe. Diesmal habe ich die Briefmarke nicht erkannt. Wo kam sie denn her?«

»Birma. Da habe ich hüfttief im Schlammwasser gesteckt.

Hat sich aber rentiert. Ich habe ein paar richtig hübsche Opale gefunden.«

»Na, dann lohnt sich ja die Schufterei«, sagte der Portier.

»Ich hoffe, das bleibt so.«

Watier wandte sich um und ging zum Aufzug.

Watier war vorsichtig, als er die Tür öffnete und in sein Apartment ging. Aber es war alles so, wie es sein sollte.

Er hatte nichts zu verbergen. Ein Fremder, der das Apartment betrat und sich in Ruhe umsah, würde sofort alles wissen, was es über diesen Mr Watier zu wissen gab.

An einer Korkwand neben dem Schreibtisch hingen Postkarten von Kollegen aus der ganzen Welt, eine große Vitrine war mit schönen und interessanten Steinen gefüllt. Mr Watier trank Scotch, mochte Blumen und französische Impressionisten, und er besaß einen schönen großen Computer, auf dem er eine Website über geologische Themen hostete. Sie war sein ganzer Stolz, und sie wurde auch von Kollegen gern verwendet.

Watier ging in die Küche, goss sich ein Glas Orangensaft ein. Aus seinem Koffer nahm er einen Wanzenscanner und überprüfte in aller Ruhe die drei Räume. Nichts zu finden. Er packte den Scanner wieder weg und ging zu seinem Schreibtisch. So ein Computer konnte heutzutage eine ganze Menge und machte einem die Arbeit wirklich leichter.

Er rief eine Website auf. Hier sollte man schöne Frauen bewerten. Er bewertete sechs von ihnen, gab ihnen unterschiedlich schlechte Noten. Er blätterte noch ein wenig in der Website herum. Schließlich gab es einen leisen Gong. Er hatte Mails bekommen. Gleich zwei. Die eine bestand nur aus einer endlos langen Nummer. Die andere zeigte ein großes Bild vom Amazonasbecken in einer sehr hohen Auflösung. Anschließend rief er ein Programm auf, das zur Berechnung der Dicke von Gesteinsschichten diente. Er kopierte die Nummer in das erste Eingabefeld. Dann setzte er einen Kopfhörer mit Mikrofon auf und lehnte sich zurück. Ein paar Klicks später war er in einer Videokonferenz. Allerdings war die Kamera am anderen Ende wohl defekt. Das störte ihn nicht, seine war es auch. Das Bild des Amazonasbeckens begann sich zu verändern und zeigte schließlich den detaillierten Grundriss eines Hauses.

»Haben Sie die Pläne erhalten?«, fragte eine unpersönliche Stimme in seinem Kopfhörer. Der Bostoner Dialekt war kaum zu hören.

»Habe ich«, antwortete Watier. »Scheint alles da zu sein. Was ist mit unserem Problem?«

Er benutzte die Maus, um sich einen Überblick über das Haus zu verschaffen.

»Wenn Sie nicht so verdammt arrogant wären, hätten wir gar kein Problem! Warum, zum Teufel, haben sie die Walther verwendet?« Die Stimme am anderen Ende klang verärgert.

Watier gestattete sich ein leichtes Lächeln. Er streckte die Beine aus und sah sich seine Hände an. Eigentlich wäre wieder eine Maniküre fällig.

»Mir war danach. Sie ist handlich und leise. Fast wie eine Tradition.«

»Und jedes Mal stechen Sie damit in einen Ameisenhaufen!«

»Und? Lassen Sie die kleinen Ameisen doch wandern, wohin sie wollen.«

Die Stimme schwieg kurz. »Den Rest der Ware finden Sie im Parkhaus. Ein weißer Chevy mit den Endziffern 312.«

Er sah zur Korkwand. Dort hing seine Sammlung von Autoschlüsseln. Ein paar seltene, alte und exotische waren dabei, auch ein moderner Chevy-Schlüssel mit der Schlossnummer 312.

»Okay.«

»Übrigens, die junge Dame, die Sie heute Mittag kennengelernt haben, kann keine alte Bekannte sein.«

»Das ging aber schnell.« Watier war tatsächlich beeindruckt.

»Wir haben unsere Möglichkeiten.«

»Wer ist sie?«, fragte er und unterdrückte ein Gähnen. Der lange Flug hatte ihn müde gemacht.

»Eine Lehrerin. Unterrichtet seit fast acht Jahren an einer Highschool in Villiamsburg. Von ihr geht keine Gefahr aus. Hat noch nicht mal einen Strafzettel.«

»Habe ich auch nicht.«

»Nicht? Das ist aber unamerikanisch.«

»Ist es das?« Watiers Stimme klang mild. »Beseitigen Sie die Frau. Oder ich tue es.«

Der Mann am anderen Ende der Leitung seufzte. »Sie kümmern sich um Ihren Auftrag. Ich kümmere mich um die Frau.«

Watier nickte nur. »Stimmt die Anzahl noch?«

»Ja. Zurzeit sind vier Personen im Haus. Die nächsten Tage wird es wohl auch so bleiben. Ein älterer Mann, ein Militärkaplan, der mit dem Hausherrn seit der Militärzeit befreundet war, die Witwe, hat übrigens Beruhigungsmittel genommen, die Haushälterin und die Tochter. Die ist vor einer halben Stunde angekommen. Zwei Agenten im Haus, einer draußen, ein paar Streifenwagen zusätzlich. Wo der Tresor ist, wissen Sie ja. Sehen Sie ein Problem?«

»Bis jetzt nicht.«

»Gut. Ich höre von Ihnen, wenn das Geschäft abgeschlossen ist. Besorgen Sie das Päckchen. Nur tun Sie mir diesmal einen Gefallen, ja? Lassen Sie die verdammte Walther zu Hause!«

Watier lächelte. »Keine Sorge. Das hat wieder ein bis zwei Jahre Zeit.«

Der Bildschirm blinkte kurz auf. Die Verbindung war unterbrochen. Watier schob eine Diskette ins Laufwerk, die ein Programm enthielt, das alle Spuren dieser Videokonferenz von seinem Rechner tilgen würde.

Er wartete geduldig, bis das Programm fertig war, nahm die Diskette wieder heraus und fing an, das Haus und die Dossiers zu den Personen zu studieren.

Miss Malvern war eine wirklich hübsche junge Frau. Wie die Mutter. Er erinnerte sich, dass er sie vor vielen Jahren kennengelernt hatte. Die Tochter studierte Politik in Princeton. Wollte wahrscheinlich in die Fußstapfen von Daddy treten. Vielleicht wäre sie sogar der erste weibliche Präsident geworden, wer wusste das schon. Jetzt jedenfalls nicht mehr.

7

Villiamsburg war eine nette kleine Stadt. Keine achtzig Meilen von Washington entfernt. Weit genug weg, um nicht im großen Washingtoner Suburb unterzugehen, aber nahe genug dran, um sich am Wochenende hierher zurückzuziehen.

Villiamsburg war Kolonialstil pur, mit vielen weißen Säulen und Veranden, breiten Straßen und gepflegten Alleen. Auf Besucher wirkte Villiamsburg wie eine Reise in die Vergangenheit. Angeblich hatte man sogar überlegt, *Vom Winde verweht* hier zu drehen, aber sich dann doch dagegen entschieden. Vielleicht weil die großen Plantagen fehlen.

Holz hatte Villiamsburg zu dem gemacht, was es war. North Villiam, ein Schwede, hatte vor etwa dreihundert Jahren den Berg und den Wald erstanden, noch heute waren es die Sägewerke, die einen Großteil der Jobs boten.

Heute verdiente Villiamsburg das meiste Geld mit den Banken und den Software- und Elektronikfirmen, die sich in den letzten Jahren hier angesiedelt hatten. Diese Firmen hatten genug Geld, um sich mit einem Lächeln an ein paar altmodische Bauvorschriften zu halten, und so war Villiamsburg eine aufstrebende Gemeinde mit vielen historischen Gebäuden, die fast dreihundert Jahre alt waren, und mit fast genauso vielen Gebäuden, die so aussahen, als wären sie es.

Um eine solche Idylle aufrechtzuerhalten, hatte Villiamsburg seine Gesetzeshüter immer schon vorbildlich ausgestattet. Was hatte der Bürgermeister kürzlich zu diesem Thema gesagt? »Sicherheit ist eine Illusion. Damit sie funktioniert, muss man sie sehen.«

Das Ergebnis war, dass der langsam dahinrollende Streifenwagen schon der vierte war, den die beiden Männer innerhalb einer Stunde zu sehen bekamen, seitdem sie in dem Eiscafé saßen.

»Da sind sie wieder.« Der, der das sagte, war ein Farbiger, groß, breitschultrig, gut geklcidet in einem dezenten grauen Anzug, dazu trug er eine coole Sonnenbrille. Sein kahl geschorener Schädel glänzte in einem dunklen Kaffeebraun mit wenig Milch. Samson, so nannte er sich, trug ein goldenes Kettchen am Handgelenk und eine dickere Kette um den Hals. Alles an ihm war massiv, und wenn er sich bewegte, wirkte es täuschend schwerfällig.

Der andere Mann, drahtig, einen Kopf kleiner und nur halb so breit, trug auch einen dezenten grauen Anzug, allerdings im Stil eines Mafioso der dreißiger Jahre. Einigen Leuten war er als Richmond bekannt, aber er hörte, wie überraschend, auf den schönen Namen Tonio. Er lästerte gern, dass Samson aussehen würde wie ein erfolgreicher Zuhälter. Solange man ihn für erfolgreich hielt, war es Samson egal, wer was dachte.

Sie waren nicht unter Zeitdruck, aber der Boss hatte durchblicken lassen, er wäre sehr enttäuscht, wenn es länger dauern würde als vierundzwanzig Stunden.

Bis jetzt waren sie gut in der Zeit, es hatte keine halbe Stunde gedauert, sie zu finden.

Der eine Streifenwagen war kaum außer Sicht, da rollte schon der nächste heran.

»Sieht so aus, als wären sie jetzt alle hier gewesen«, sagte Tonio.

Samson nickte. »Das Problem ist, sie kommen unregelmäßig.« Er nippte an seinem Cappuccino und warf einen Blick auf die Villiamsburg International Highschool auf der anderen Straßenseite, gegründet 1823, wie das Messingschild am Eingang stolz verkündete. Teenager mit Energieüberschuss und viel zu viel Ungeduld drängten aus dem Gebäude, die meisten stiegen in teure Autos, europäisch, tief, breit, schnell.

»Da ist sie«, sagte er. »Das ging schneller als gedacht. Unterricht scheint sie heute keinen mehr zu haben.«

Tonio nickte. »Sexy Braut.«

Die beiden beobachteten, wie sie den Schulhof verließ. Sie blieb ab und zu stehen, sprach mit dem einen oder anderen Teenager, ging dann die Straße hinunter.

»Ihr Gang ist okay«, meinte Samson. »Für eine weiße Braut.«

»Perfekter Hüftschwung.«

Samson nickte langsam. »Aber eine weiße Lehrerin sollte sich nicht wie ein Panther bewegen.«

»Was meinst du damit?«, fragte Tonio. Er sah lange Beine in engen Jeans, einen knackigen Hintern, eine smaragdfarbene Windjacke, blondes Haar. Wie Olivia Newton-John in *Grease*.

Samson klemmte einen Zehn-Dollar-Schein unter seinen Cappuccino und stand auf. »Du siehst es wirklich nicht, oder? Die Frau läuft wie ein Raubtier.«

»Alle Frauen laufen so. Ich hab irgendwo gelesen, das hätte irgendwas mit den Hüftgelenken zu tun, die haben 'nen andern Winkel oder so.« Auch Tonio stand auf. »Sie wackelt mit dem Arsch. Was soll die große Schwarze-Jäger-Nummer?«

»Ihr Weißen habt einfach keine Instinkte mehr. Wenn irgendwas läuft wie ein Raubtier, dann ist es meist auch eins. Und diese Frau ist keine Lehrerin.«

Tonio zog ein Bild aus seiner Jackentasche, das Foto zeigte auf einer Seite Anns Ausweis, auf der anderen ihr Bild. Es war während der Passkontrolle am Flughafen aufgenommen worden.

»Das ist die Braut. Kein Zweifel. Mein Gott, sie arbeitet seit fast acht Jahren hier als Lehrerin. Sie wohnt nicht im Zoo. Worauf willst du hinaus?«

»Wir sollten vorsichtig sein.«

Tonio sah zu seinem Kollegen hoch. Beide schlenderten in aller Ruhe hinter der Lehrerin her, richtig harmlos.

Wenn Samson sagte, die Frau sei nicht so harmlos, wie sie aussah, dann würde er auch vorsichtig sein. Vorsicht zahlte sich aus in ihrem Beruf.

Sie bog nach rechts ab, nahm eine Abkürzung durch den Park. Dort gab es gepflegte Kieswege, eine Statue des Stadtgründers, einen Teich mit Schwänen, viele Bäume. In Washington oder New York würde keine Frau eine solche Abkürzung nehmen. Auch nicht am Tage. Aber dies hier war Villiamsburg, es war Nachmittag, es war hell, und es war kaum jemand zu sehen. Perfekt.

»Die Braut ist bescheuert. Aber was soll's. Wir greifen sie uns hier. Okay?«, fragte Tonio.

»Okay«, sagte Samson. Aber es war nicht okay. Er sah zu Tonio hinunter. Der schlenderte durch die Gegend, als hätte er keine Sorgen, jetzt fing er auch noch an zu pfeifen. Irgend so eine italienische Oper.

Aber Samson war beunruhigt. Wäre sein Kopf nicht kahl geschoren, seine Nackenhaare würden sich aufstellen. Sie war das Wild, er der Jäger. Sie war eine Lehrerin, er eine große schwarze bösartige Killermaschine. Er wog mehr als doppelt so viel wie sie und konnte ihr mit bloßen Händen die Taille zerquetschen.

»Wir sollten das Ganze abbrechen«, sagte er. Sein Instinkt hatte ihm schon öfter den Hintern gerettet, er hatte allen Grund, sich darauf zu verlassen.

»Quatsch!« Tonio klang genervt. »Sie ist eine verfickte Lehrerin. Willst du, dass wir uns lächerlich machen?«

Der Weg machte einen leichten Bogen um eine dichte Baumgruppe herum. Als sie den Weg wieder einsehen konnten, war die Lehrerin verschwunden.

»Verdammt! Wo ist sie hin?«, fluchte Tonio. Er bewegte sich schneller, rannte aber nicht. Seine rechte Hand öffnete das Jackett. Er blickte zu Samson zurück und schüttelte den Kopf. Dann verschwand er hinter den Bäumen.

Wenn Tonio sie nicht sah, dann war sie nicht auf dem Weg, dachte Samson. Sein Nacken kribbelte, seine Hand fuhr unter sein Jackett, er drehte sich ganz langsam um. Als er sie dort stehen sah, wusste er, dass er es eigentlich nicht anders erwartet hatte.

Sie stand dort, die Hände hinter dem Rücken versteckt, die Stirn gerunzelt. Ihre braunen Augen sahen ihn wachsam an, der Blick wirkte seltsam leer, fast schon desinteressiert. Vielleicht ein wenig verwundert. Sonst nichts.

»Was wollt ihr von mir?«

»Nichts, Schwester.« Samson sah sich um. Niemand zu sehen außer Tonio, der endlich auch bemerkt hatte, dass irgendetwas nicht so war, wie es sein sollte. Er kam den Weg hochgerannt.

»Und ich dachte schon, ihr wollt mich umbringen«, meinte sie und schüttelte den Kopf. Sie zeigte ein seltsam schiefes Lächeln, als würde sie sich über irgendetwas amüsieren. Aber ihre Augen zeigten jetzt gar keine Regung mehr. Braune Augen.

Müssten sie nicht grün sein?

Sie sahen ihn nur an. Einmal, vor Jahren, hatte er in einem Zoo einem Krokodil in die Augen gesehen. Es war der gleiche Blick. Plötzlich hatte er das drängende Gefühl, es wäre besser, wenn er jetzt einfach ging.

Ohne Tonio hätte er es vielleicht auch getan, aber aus den Augenwinkeln sah er, wie der versuchte, einen Bogen zu schlagen und dabei seine Waffe zog.

Samson wirkte gemächlich und träge. Aber das täuschte. Er konnte schnell sein. Sehr schnell.

Seine Hand schnellte zu seiner Waffe, doch sie war schneller. Sie rollte sich nach vorne ab, direkt auf ihn zu. Auf einmal erkannte er den Bewegungsablauf, auf einmal wusste er, wer sie war, wusste, was jetzt kommen würde! Da war er auch schon, der Tritt gegen seine Brust. Ein Hammerschlag, der ihm den Atem raubte. Dann spürte er, wie sie seine Waffenhand griff, er riss den Kopf zurück, sie schien an ihm hochzulaufen, als wäre das hier ein verdammter Kung-Fu-Film!

Er hörte noch Tonios schallgedämpfte Waffe, dann folgte ein furchtbar lautes Knacken. Es tat nicht einmal weh. Wieder ein Schuss. War das seine Waffe? Das Letzte, was er sah, war ein abgebrochener Absatz, der wie in Zeitlupe hoch in die Luft wirbelte.

8

Der Tag hatte bescheiden angefangen, und er wurde noch bescheidener. Mark fühlte sich übernächtigt, er hatte Kopfschmerzen, und er hätte lieber alles andere getan, als zum Dienst zu erscheinen. Wenn er auf Val gehörte hätte, wäre er nicht doch noch in die Kneipe gegangen. So aber hatte er bis morgens um eins Pool gespielt und hatte jetzt allen Grund, es zu bereuen.

Beim Frühstück las er die Zeitungen. Alle hatten Senator Malverns Ermordung als Aufmacher, alle spekulierten wild über die Hintergründe, forderten rasche Aufklärung, zweifelten unterschwellig die Kompetenz der Ermittler an. Was denn noch? Immerhin war die Tat gerade mal knapp fünfzehn Stunden her!

Im Büro erfuhr er dann, dass einer der Reporter es sogar geschafft hatte, sich die Witwe des Senators zu schnappen, noch bevor sie vom Tod ihres Mannes gehört hatte. Mrs Malvern hatte einen Nervenzusammenbruch erlitten, als der Reporter sie gefragt hatte, ob sie eine Idee hätte, wer ein Interesse haben könnte an der Ermordung ihres Mannes.

Bullshit!

Die Besprechung um acht hätte man sich seiner Meinung nach schenken können. Wie immer sollten sie die Interessen des FBI wahren, keinem auf die Füße treten und ein glänzendes Beispiel dafür abgeben, wie gut das FBI mit den lokalen Dienststellen zusammenarbeiten konnte.

Noch mal Bullshit!

Keiner mochte es, wenn das FBI sich irgendwo mit hineinhängte. Jeder Polizist im Land brannte darauf, dem FBI zu zeigen, dass er gut genug war, um den Fall allein zu lösen.

Auch ein paar Krawattenträger von der Homeland Security waren bei der Besprechung gewesen, sie hatten mehr oder weniger deutlich damit gedroht, den Fall zu übernehmen, sollte das FBI nicht bald Ergebnisse liefern.

Der Einzige, der an diesem Morgen erfreut zu sein schien, sie zu sehen, war Walter Acorn.

Halb saß er, halb lag er in seinem Bett, Infusionsschläuche in den Armen, angeschlossen an diverse medizinische Geräte. Acorn war kreidebleich, man sah ihm an, dass er Schmerzen hatte. Als er die schöne Frau ins Zimmer treten sah, lächelte er sogar. Trotzdem wollte er die Ausweise sehen. Er prüfte sie sorgfältig.

»FBI? Hab euch schon erwartet. Setzt euch.« Sein Blick folgte Val. Als sie ihn ansah und eine Augenbraue hochzog, wurde sein Lächeln noch breiter.

»Ich sehe gerne schöne Frauen an, auch wenn sie vom FBI sind. Gestern wusste ich nicht, ob ich so einen Anblick jemals wieder genießen kann, also seien Sie kein Spielverderber, und gönnen Sie es mir.«

Val lächelte.

Mark musste blinzeln. Val war berüchtigt dafür, jeden kalt abblitzen zu lassen, der sie nur schief ansah. Er blickte zu Acorn zurück. »Sie haben ja richtig gute Laune.«

»Ich habe Geburtstag. Meinen zweiten in diesem Jahr.« Das Lächeln verschwand. »Malvern nicht.«

Val sah ihn prüfend an. Acorn hatte Schweißperlen auf der Stirn, seine linke Hand zitterte leicht. »Wie geht es Ihnen? Ich gebe zu, ich war überrascht, als man mir sagte, Sie wären schon vernehmungsfähig«, begann Val.

Walter Acorn lächelte schief. »Ich hatte eine Menge Glück. Er traf mich schräg von der Seite. Es gab massive Blutungen, aber die Kugel trat knapp an der Wirbelsäule vorbei wieder aus. Ich bin vollgepumpt mit Medikamenten, seit meinen Studienzeiten war ich nicht mehr so high wie jetzt. Ich kann meine Beine nicht spüren, durch den Schock ist mein Rückenmark angeschwollen. Wenn ich Pech habe, bleibe ich behindert. Wissen Sie was?«

Mark und Val sahen ihn fragend an.

»Ich werde auf dem Grab von diesem Bastard tanzen!«

Mark räusperte sich. »Ich hoffe es für Sie«, sagte er, und er meinte es ernst.

Er griff sich einen der Stühle. Auch Val setzte sich und schlug die Beine übereinander. Heute ging ihr Rock nur knapp übers Knie. Sie sah Mark und Acorn an, verdrehte die Augen und schüttelte den Kopf.

»Geht es Ihnen gut genug, um uns den Tathergang zu schildern?«, fragte sie schließlich.

Acorn wurde ernst. »Ich habe gerade nichts Besseres zu tun.« Er drückte einen Knopf am Bett, und mit einem leisen Surren hob sich das Kopfteil ein Stück an. »Schießen Sie los.«

»Haben Sie etwas dagegen, wenn ich die Unterhaltung aufzeichne?«, fragte Mark und holte ein Aufzeichnungsgerät aus der Jackentasche.

»Machen Sie nur.«

Mark schaltete es ein, nannte zuerst seinen Namen, dann Ort, Tag und Uhrzeit und zuletzt Acorns Namen. Danach sah er Walter Acorn erwartungsvoll an.

»Es war seltsam«, begann dieser. »Man bereitet sich auf so einen Tag wie gestern jahrelang vor. Man hofft, dass man schneller ist, besser ist als der Mistkerl, der irgendwann kommt, wenn man nicht damit rechnet. Man hofft, dass man den Mumm hat, sich der Kugel in den Weg zu stellen. Und dann so was.« Er sprach langsam und bedächtig, es strengte ihn an.

Val sah ihn überrascht an. »Ich dachte, Sie hätten genau das getan?«

Acorn schüttelte den Kopf. »Ich hatte gar keine Chance. Er kam rein, nickte uns freundlich zu, dann hatte er die Waffe auch schon in der Hand und schoss. Ich kam gar nicht dazu, irgendwas zu tun.«

Stille.

»Das war's? So schnell?«, fragte Val.

Acorn nickte.

»Können Sie den Mann beschreiben?«

»Ich glaube nicht, dass ich den je wieder vergessen werde. Groß, schlank, schwarze Haare, gut gekleidet, südländischer Typ.«

Er griff nach einem Plastikbecher und nippte am Wasser. »Fragen Sie Juliet. Sie hat ihn vielleicht gesehen. Er muss ja an ihr vorbeigegangen sein.«

Mark sah Val an. »Juliet?« Bis jetzt waren sie davon ausgegangen, dass die mysteriöse Frau den Täter nicht gesehen hatte, dass sie erst nach dem Schusswechsel zum Tatort geeilt war.

»Ja. Die Frau, die mir das Leben gerettet hat.« Er sah die beiden erstaunt an. »Das habe ich doch schon alles gesagt.«

»Können Sie die Frau beschreiben?«, fragte Val.

»Natürlich. Wenn man denkt, es ist das Letzte, was man in diesem Leben sieht, dann schaut man genau hin. Außerdem ist sie eine verdammt schöne Frau. Aber warum fragt ihr? Wisst ihr nicht, wer sie ist?«

Mark zuckte mit den Schultern. »Die Zeugin hat sich nicht

gemeldet bei uns. Im Augenblick sind wir uns über ihre Rolle bei der ganzen Sache noch nicht im Klaren.«

»Ihre Rolle?«, fragte Acorn hitzig. »Sie hat mir den Arsch gerettet!«

Mark und Val wechselten einen Blick.

Acorn musterte sie. »Ihr wisst wirklich nicht, wer sie ist?«, fragte er langsam.

Beide schüttelten den Kopf.

»Ich könnte schwören, dass sie eine von uns war. Sie hatte diesen Blick. Ohne ihre schnelle Hilfe wäre ich innerhalb kürzester Zeit verblutet.«

»Das wissen wir. Abgesehen davon, dass sie Ihre Pistole mitgehen ließ, liegt auch nichts gegen sie vor. Wir suchen sie als Zeugin«, erklärte Mark. Er sah zu Val hinüber. Sie runzelte die Stirn, weil sie anderer Meinung war.

»Wenn ihr Juliet findet, richtet ihr aus, dass ich ihr was schulde.«

»Das werden wir. Könnten Sie uns jetzt die Frau beschreiben?« Mark klappte zusätzlich sein Notizbuch auf.

Acorn lehnte sich zurück und schloss die Augen. »Ungefähr so groß wie der Senator. Also etwas unter eins achtzig, ohne die Absätze. Dunkelbraune Augen, lange, glatte dunkle Haare. Sommersprossen. Benutzt das gleiche Parfüm wie meine Schwester, Saffram oder so.«

»*Sa Femme*«, sagte Val.

»Oder so. Die Haare waren gefärbt, sie ist wahrscheinlich blond oder dunkelblond. Schlank, athletisch, durchtrainiert. Nicht wie eine Bodybuilderin, eher wie bei einer Triathlonsportlerin. Schlanke Hände. Lange Finger, graziös, aber kraftvoll. Ich wette, sie hat irgendwann mal Klavier gespielt. Eine Narbe über der linken Schläfe. Direkt am Haaransatz, kaum zu sehen. Ich bin mir sicher, sie ist eine Kollegin.«

Val sah ihn forschend an. »Also gut. Wieso denken Sie das?«

»Sie hat sich als Erstes um den Senator gekümmert, dann erst um mich. Die Schutzperson zuerst. Die ganze Art, wie sie vorgegangen ist, ich hätte es genauso gemacht. Wie aus dem Lehrbuch. Und wenn sie unbewaffnet war, ist es logisch, dass sie meine Waffe mitgenommen hat. Ich hatte eh keine Verwendung mehr dafür.«

»Vielleicht wollte sie nur sicherstellen, dass er tot war. Eine Art Aufräumkommando.«

Acorn sah Val an und blinzelte. »Dann hätte sie aber nicht gut aufgeräumt.«

»War sie nervös? Aufgeregt?«, fragte Val stattdessen.

»Nein.« Acorn schüttelte den Kopf. »Eher das Gegenteil. Bestimmt, ruhig, kontrolliert. Hat sich mit mir unterhalten. Mich aufgemuntert. Jemand anderer wäre in so einer Situation so gut wie nutzlos gewesen. Sie wissen ja, die meisten laufen herum wie aufgescheuchte Hühner.«

Val nickte. Acorn hatte recht. Viel zu selten fand sich jemand, der in den ersten kritischen Minuten Ruhe bewahrte.

»Wie viele Leute, was meinen Sie, erkennen eine schallgedämpfte Waffe an ihrem Klang?«, fuhr Acorn fort.

»Hat sie das?«, fragte Mark.

»Sie hat auf eine Walther getippt. Die kleine 7.65. Damit hatte sie auch recht, genau so eine hat der Bastard verwendet.«

Mark und Val warfen sich einen Blick zu. Soeben war die Sache interessant geworden.

»Warum nennen Sie die Frau Juliet?«

»Ich habe sie nach ihrem Namen gefragt. Sie hat gesagt, ich soll sie Juliet nennen.«

Mark blinzelte. »Sie haben sie einfach nach ihrem Namen gefragt?«

Acorn schmunzelte. »Hätte ich das nicht tun sollen?«

»Können Sie uns sonst noch etwas sagen?«, fragte Val.

»Ist das nicht genug?«

»Wie meinen Sie das?«

»Schauen Sie«, meinte Acorn. »Stellen Sie sich vor, Sie haben Feierabend. Sie sind nicht bewaffnet. Sie hören einen Schuss aus der Herrentoilette. Gehen Sie der Sache nach?«

Val dachte kurz nach. »Vermutlich würde ich das tun. Es ist mein Job. Wieso?«

»Ohne Waffe?«

»Ich kann mich hoffentlich auch so verteidigen.«

»Und wenn Sie nicht die geringste Ahnung von Selbstverteidigung hätten?«

»Würde ich es mir zehnmal überlegen. Worauf wollen Sie hinaus?« Val gab sich betont neutral. Mark kannte diesen Gesichtsausdruck. Irgendetwas passte ihr nicht. Ganz und gar nicht.

»Genau das meine ich. Juliet war vom Fach. Entweder ist sie eine von uns, oder sie gehört zur Konkurrenz, auf jeden Fall ist sie ausgebildet für solche Situationen. Es gibt nicht viele, auf die das zutrifft.«

»Gut«, sagte Mark. »Wenn das so ist, was würden Sie vermuten, Agent Acorn? Militär? FBI, Homeland Security? Was denken Sie, zu welchem Verein gehört sie?«

Acorn blinzelte. »Gute Frage. Im ersten Moment habe ich an Special Forces gedacht, doch mittlerweile bin ich mir ziemlich sicher, dass sie vom Secret Service ist.«

»Warum?«

Er zuckte mit den Schultern. »Es ist nur so ein Gefühl. Vielleicht liegt es an der Art, wie sie sich umgesehen hat. Wie sie geredet hat. Ich weiß es nicht.«

»Ist sie Amerikanerin?«, fragte Val.

Acorn sah sie an. Er schien zu überlegen.

»Ich denke, schon. Oder Kanadierin. Sie hat diesen Ton, den man von Leuten kennt, die Französich sprechen.«

»Irgendeinen Akzent?«, fragte Mark nach und machte sich einen Vermerk.

»Nein.« Acorn schüttelte den Kopf. »Meine Schwester ist drei Jahre lang auf ein Internat in Frankreich gegangen. Als sie zurückkam, hatte sie auch diesen Ton in der Stimme. Es ist kein Akzent. Wissen Sie, was ich meine?«

»Ich denke, schon«, meinte Mark.

Val wechselte das Thema. »Wie lange waren Sie schon dem Senator zugeteilt?«

»Sechs Wochen. Ich wechsle mich mit drei Kollegen ab.«

»Warum hatte Senator Malvern nur einen Bodyguard?«

»Die Bedrohungsstufe für ihn wurde als gering eingestuft. Zudem mochte der Senator keine Leibwächter. Er sah darin einen zu massiven Einschnitt in sein Privatleben. Oft genug ist er ganz ohne Leibwächter unterwegs gewesen. Wir haben seinen Wohnsitz bewacht, und es war immer ein Mann von uns in seiner Nähe, wenn er auf Reisen war. Mehr nicht. Er hatte keine Angst, allein herumzulaufen. Wie Sie vielleicht wissen, war er mal Lieutenant bei den Army Rangers. Hat Vietnam mitgemacht.«

Nein, Mark hatte das nicht gewusst, aber Val nickte.

»Wissen Sie, ob er irgendwelche Drohungen bekommen hat?«, fragte sie.

»Mir ist nichts bekannt. Aber fragen Sie mal im Hauptquartier nach. Die sammeln und analysieren alles.« Er verzog das Gesicht zu einem schiefen Lächeln. »Das Dossier für

Washington ist am umfangreichsten. Nur Verrückte hier. Woran liegt das bloß?«

»Keine Ahnung«, sagte Val mit unbewegtem Gesicht. »Vielleicht irgendwas in der Luft?«

Mark grinste, wurde dann aber schnell wieder ernst. »Um noch mal auf die Frau zurückzukommen, diese Juliet. Was hatten Sie für einen Eindruck? Wusste sie, was sie auf der Toilette vorfinden würde?«

»Herrgott, nein! Hören Sie endlich auf, darauf herumzureiten! Sie war überrascht, als sie hereinkam. Als sie sah, was passiert war, wurde sie bleich um die Nase. Wenn sie nur geschauspielert hat, dann verdient sie einen Oscar. Ich verwette mein linkes Ei, dass sie nichts davon gewusst hat!« Er sah hastig zu Val. »Entschuldigung.«

Val nickte nur. »Wie gesagt, wir brauchen diese Frau als Zeugin. Bis jetzt hat sie sich bei keiner offiziellen Stelle gemeldet.«

Acorn bewegte sich, um sich anders hinzusetzen, stieß dabei einen Zischlaut aus und verzog das Gesicht. »Dann wird sie wohl einen Grund dafür haben.«

»Sie haben diese Frau vielleicht zwei, drei Minuten lang gesehen. Und in dieser kurzen Zeit haben Sie sich ein erstaunlich konkretes Bild von ihr gemacht. Woran liegt das?«, fragte Val.

»Gute Frage. Ich nehme nicht an, dass Sie jetzt hören wollen, dass sie mir sympathisch war, oder?«

Val schüttelte lächelnd den Kopf.

»Ich formuliere es mal so, Agent St. Clair. Erkennen Sie auf Anhieb einen Polizisten? Oder einen Verbrecher?«

Val nickte langsam.

»Das meine ich«, sagte Acorn. »Und warum ist das so?«

»Erfahrung, würde ich meinen«, sagte Val nachdenklich.

»Mit der Zeit erkennt man die kleinen Signale, mit denen sich die Leute verraten. Vielleicht Menschenkenntnis.«

Acorn nickte. »Ich mache den Job seit vierzehn Jahren. Und mein Instinkt und meine Erfahrung sagen mir, dass sie entweder beim Secret Service ist oder war oder dass sie zu einer ähnlichen Organisation gehört. Er beugte sich leicht vor. »Glauben Sie mir, Sie setzen aufs falsche Pferd. Sie hat mit der ganzen Sache nichts zu tun.«

Val ließ sich nicht aus der Ruhe bringen. »Hören Sie, wir sind nicht hinter ihr her. Wir wollen ihr nichts anhängen, sie steht auch nicht auf der Fahndungsliste. Sie brauchen sie also nicht so vehement zu verteidigen. Tatsache ist, dass wir sie brauchen! Eine Überwachungskamera hat aufgezeichnet, wie diese Juliet draußen vor der Toilette beinahe mit dem Attentäter zusammengestoßen ist. Sie ist die Einzige, die ihn aus nächster Nähe gesehen hat. Unser Weg zu dem Mörder führt über sie.«

»Sie ist beinahe mit ihm zusammengestoßen?« Acorn dachte nach. »Dann war es Absicht. Vielleicht war sie hinter dem Mann her. Ich würde es mir jedenfalls dreimal überlegen, bevor ich ihr Bild veröffentliche.«

»Trotzdem brauchen wir ein Bild von ihr.« Mark sah auf die Uhr. »Kann ich einen Kollegen vorbeischicken für ein Phantombild?«

Walter Acorn lächelte schief. »Dann sollten Sie sich aber beeilen. In zwei Stunden komme ich wieder unters Messer.«

»Vielen Dank. Sie haben uns sehr geholfen.« Vals Stimme klang wieder betont neutral. Sie stand auf und ging zur Tür, Mark folgte ihr.

»Könnten Sie mir eine junge hübsche Zeichnerin schicken?«, rief Acorn hinter ihnen her.

Mark drehte sich um.

Acorn grinste.

Mark grinste auch und zog die Tür hinter sich zu.

Val wandte sich an den Mann, der vor der Tür saß und Wache hielt. Vielleicht war es paranoid, schließlich war dies ein Militärhospital, aber trotzdem. Sie durften keinen Fehler machen.

»Wissen Sie, welcher Arzt Mr Acorn behandelt?«

Der Mann nickte und zeigte auf eine junge Frau, die über den Flur auf sie zukam. »Major Finette. Das ist sie.«

Die junge Frau hatte wohl ihren Namen gehört, denn sie trat zu Val und Mark und sah die beiden kritisch an. Auf ihren Kragenaufschlägen trug sie das Rangabzeichen eines Majors.

»Guten Tag, Major. Ich bin Mark Bridges, das ist meine Kollegin Valerie St. Clair. Wir sind vom FBI.« Beide hielten ihren Ausweis hoch.

Die Ärztin nickte nur. »Sie waren bei Mr Acorn?«

»Ja.« Mark steckte seinen Ausweis wieder weg.

»Ich hoffe, Sie haben ihn nicht überanstrengt.«

»Er hat uns sehr geholfen. Können Sie uns sagen, wie seine Aussichten sind?«

»Gut. Mit etwas Glück kann er vollständig genesen. Und Mr Acorn scheint Glück zu haben. Aber jetzt entschuldigen Sie mich bitte, ich habe eine Menge zu tun.« Sie wandte sich ab und verschwand in einem Zimmer.

Mark sah hinter ihr her. »Sie könnte ruhig ein bisschen freundlicher sein.«

»Sie war nicht unfreundlich. Sie hat nur nicht auf deinen jungenhaften Charme reagiert.«

Val grinste breit, als er ihr einen strafenden Blick zuwarf.

Während sie das Krankenhaus verließen und zum Auto zurückgingen, hing jeder seinen Gedanken nach.

»Ein zäher Bursche, dieser Acorn. Ich glaube, er mochte den Senator wirklich«, sagte Val in die Stille hinein.

Mark nickte. »Und die Frau?« Er ließ den Motor an und fuhr langsam los.

»Kaltblütig. Keine Panik, kein Zögern.«

»Ich weiß nicht.« Mark hielt an der Schranke an, wo ein junger Soldat sie kritisch musterte, kurz auf ein Schreibbrett in seiner Hand sah und dann erst die Schranke öffnete. Mark wartete, bis ein Van vorbeigefahren war, und fuhr vom Parkplatz. »Ruf mal im Hauptquartier an. Sie sollen eine Zeichnerin zu Acorn schicken.«

»Eine junge hübsche?«, fragte Val ironisch.

»Warum nicht? Hast du das Pflegepersonal auf der Station gesehen? Nur Männer. Bis auf die Oberschwester. Und vor der hätte sogar ein Grizzly Angst.«

»Du bist ein unverbesserlicher Chauvi.«

»Yep. Mit Mitgliedskarte«, gab Mark grinsend zurück.

Im diesem Augenblick klingelte sein Handy. Er fischte es aus seiner Tasche und gab es Val.

»Valerie St. Clair für Mark Bridges.«

Sie hörte zu. »Moment bitte.« Sie hielt eine Hand über das Mikrofon. »Wir müssen nach Villiamsburg.« Sie hörte wieder zu. »Das ist sicher?«

Mark gab Villiamsburg in den Navigationscomputer ein. Die Nächste links.

»Danke. Wir sind schon unterwegs.« Val klappte das Telefon zu und gab es Mark zurück.

»Wir haben einen Durchbruch.«

»Was ist passiert?«

Mark bog links ab. Noch zweihundert Meter, dann wieder rechts.

»Die Polizei in Villiamsburg hat eine Schießerei gemeldet. Ein Toter. Wahrscheinlich waren noch zwei weitere Personen beteiligt. Ist noch nicht mal fünfzig Minuten her.« Sie öffnete das Handschuhfach, nahm das Blaulicht heraus, kurbelte die Scheibe herunter und pappte es aufs Dach.

Mark gab Gas, ignorierte das Gehupe. »Und wie hängt das mit unserem Fall zusammen?«

»Eine der beteiligten Personen war eine Frau. Die Spurensicherung hat den abgebrochenen Absatz eines Damenschuhs entdeckt mit einem partiellen Fingerabdruck und mikroskopischen Blutspuren. Und jetzt rate mal, zu wem der Abdruck gehört.«

»Keine Ahnung.«

»Zum kleinen Finger von Senator Malverns linker Hand.«

Mark pfiff durch die Zähne. »Jetzt wird es allmählich interessant.«

9

Anderthalb Stunden später kamen Val und Mark am Tatort an. Ein Mitarbeiter vom Büro des Sheriffs erwartete sie schon. Die Rasenfläche war mit gelb-schwarzem Polizeiband weiträumig abgesperrt.

»Agent Valerie St. Clair, Agent Mark Bridges«, sagte Val.

»Sergeant Korman Smith. Wir haben telefoniert.«

Sein Blick blieb ein bisschen länger an Val haften. Dann entdeckte er ihren patentierten halb geduldigen, halb spöttischen Blick und wurde rot.

»Wie ist der Stand der Dinge?« Val erlöste den Mann mit einem Lächeln, und der nahm den Strohhalm dankend an.

»In Villiamsburg passiert normalerweise nicht viel. Der Bürgermeister und der Sheriff betonen gern, dass die Polizei ein integraler sozialer Bestandteil der Stadt ist. Wir demonstrieren Bürgernähe, helfen alten Damen über die Straße und so weiter. Wer einen ruhigen Job sucht, ist in Villiamsburg genau richtig.«

Mark sah ihn irritiert an. »Worauf wollen Sie hinaus?«

»Dies ist unser erstes Gewaltverbrechen seit über sechzig Jahren. Das gesamte Department hat sich auf den Fall gestürzt. Der erste Polizist war eine Minute, nachdem uns ein Spaziergänger über Handy informiert hatte, am Tatort. Fast zwanzig Einwohner haben sich schon freiwillig gemeldet, um mitzuhelfen. Ich glaube nicht, dass wir Hilfe vom FBI brauchen.«

Smith war direkt, das musste Mark ihm lassen.

Mitarbeiter der Spurensicherung hatten das Gebiet in Sektoren unterteilt, fotografierten und sicherten alles, was sie fanden, markierten wichtige Stellen mit Nummern. Alles wurde akribisch notiert. In ihren weißen Anzügen und ihren Gesichtsmasken wirkten sie ein wenig wie Astronauten. Eine andere Gruppe schien das ganze Areal mit kompliziert aussehenden Geräten zu vermessen. Auf einem Klapptisch war eine ganze Batterie Laptops aufgebaut, zwei Personen starrten konzentriert auf die Monitore.

Inzwischen waren fast drei Stunden vergangen seit der Tat, und trotzdem waren noch jede Menge Polizeifahrzeuge und Polizisten präsent. Alle Fahrzeuge sahen nagelneu aus, die Uniformen wie maßgeschneidert.

Mark sah an sich herunter. Sein eigener Anzug war so verknittert, als hätte er darin geschlafen. Er wusste selbst, dass das nicht stimmte, denn seine Anzüge sahen immer so aus. Also musste er es wieder einmal Val überlassen, das Bild des modisch gekleideten FBI-Agenten in der Öffentlichkeit zu vertreten.

»Unsere Leute sind hoch qualifiziert. Viele sind vom Washington Police Department zu uns gewechselt und besitzen die notwendige Erfahrung«, fuhr Smith fort.

»Entschuldigen Sie, aber wir *müssen* uns um den Fall kümmern. Wir werden versuchen, Ihnen nicht zu sehr ins Gehege zu kommen«, sagte Val mit einem freundlichen Lächeln. Ihr Ton ließ jedoch unzweideutig erkennen, wer hier die Entscheidungen traf.

Smith legte die Stirn in Falten. »Wir wissen zwar noch nicht genau, was passiert ist, aber ich kann überhaupt keinen Grund erkennen, warum sich das FBI einschalten sollte.«

»Nicht?«, fragte Val.

Smith schüttelte den Kopf.

»Nun, ich hätte gedacht, dass der Mord an Senator Malvern Grund genug ist.«

Smith sah sie überrascht an. »Was hat denn der Senator mit dem Fall zu tun?«

»Wir konnten den von Ihnen gefundenen Absatz mit dem Tatort am Flughafen in Verbindung bringen.«

Smith wirkte überrascht, seine Augen verengten sich. »Warum weiß ich nichts davon?«

»Sie wurden noch nicht informiert?«, fragte Val.

»Nein«, knurrte Smith. Der Mann war stinksauer, dachte Mark, und das mit Recht.

»Tut mir leid«, sagte Val, aber es klang nicht so. »Da hat wohl jemand etwas verbockt, aber das ist nicht unsere Schuld. Wenn Sie sich beschweren wollen, kann ich das verstehen, aber bitte nicht bei uns. Wir versuchen nur, den Fall so schnell wie möglich zu klären. Der Fingerabdruck auf dem Absatz gehört zu Senator Malvern. Die Frau, die diese Schuhe getragen hat, wird von uns als Zeugin gesucht.«

»Dass es eine Zeugin für den Mord an Malvern geben soll, habe ich auch noch nicht gewusst.«

»Das können Sie auch nicht, weil wir versuchen, die Sache geheim zu halten, bis wir die Zeugin gefunden haben«, meinte Val, während sie sich mit Mark und Sergeant Smith unter dem Absperrband hindurchduckte.

»Okay, okay.« Smith hob die Hände, als wollte er sich ergeben. »Wenn es um Senator Malvern geht, dann können Sie mit unserer Zusammenarbeit rechnen. Solange Sie fair spielen und uns mitteilen, was Sie herausfinden.«

»Selbstverständlich«, sagte Val betont freundlich.

Die nächsten zehn Minuten vergingen damit, dass sie Smith auf den aktuellen Stand ihrer Untersuchungen brachten. Vals Zusammenfassung war wie immer sorgfältig zensiert, aber sie enthielt alle Fakten, die Smith wissen durfte. Darin war Val unschlagbar.

Mittlerweile hatten sie den Toten erreicht. Mark sah Smith fragend an, der nickte, und Mark bückte sich, um die Plane anzuheben und sich den Mann anzusehen. Er sieht überrascht aus, dachte er. Ein unbekanntes Gesicht. Mark sah hoch zu Val, doch auch die schüttelte den Kopf. Er ließ die Plane wieder sinken.

»Also gut«, meinte sie. »Was war hier los?«

Smith nahm einen Notizblock heraus, schlug ihn auf und nickte dann in Richtung der Büsche.

»Wir haben eine Aufnahme von der Verkehrskamera dort hinten.« Er zeigte zur Straße. »Darauf sind zwar keine Details zu erkennen, aber es reicht aus, um nachzuvollziehen, *was* passiert ist. Der hier und ein anderer Mann, ein großer Farbiger, sind einer jungen Frau in den Park hinein gefolgt, dort vorne haben sie sich dann aufgeteilt, und hier drüben hat die Frau dann einen ihrer Verfolger gestellt. Es kam zu einem Handgemenge, der Farbige ging zu Boden, und unser Toter hier hat geschossen. Beide haben zwei Schüsse abgegeben. Unser Freund hier hat sie beide Male verfehlt, die Frau hat ihn zuerst an der Brust getroffen, er trägt allerdings eine kugelsichere Weste, und dann knapp über dem linken Auge. Wir haben zwei Zeugen ...« Smith zeigte mit seinem Stift zu der Baumgruppe. »Ein junges Paar kam gerade hinzu, als der Schusswechsel losging. Ihren Aussagen nach hat das Ganze nur wenige Sekunden gedauert. Die Frau hat den großen Farbigen durchsucht und wollte dann wohl auch zu dem Toten hier, hat es sich aber wohl anders überlegt, als sie die Zeugen kommen sah.«

»Können die Zeugen die Frau beschreiben?«, fragte Mark.

»Schlank, sportlich, braune Haare, Jeans, T-Shirt, Cowboystiefel.«

Mark sah hinüber zur anderen Straßenseite, wo Schaulustige standen und alles beobachteten. »Ich sehe da drüben gleich vier Frauen, auf die diese Beschreibung passen würde«, meinte er trocken.

Smith zuckte mit den Schultern. »Mehr war nicht rauszuholen.«

»Und was ist mit dem Farbigen?«, fragte Val.

»Nicht viel besser. Sehr groß, kräftig, gut gekleidet. Die Frau sagt, es wäre ein Maßanzug gewesen. Der männliche Zeuge gibt an, der Mann hätte eine gebrochene Nase gehabt und geblutet.«

»Blutspuren?«, fragte Mark hoffnungsvoll, doch Smith schüttelte nur den Kopf.

»Was passierte dann?«, fragte Val. »Mit dem Farbigen?«

»Der kam zu sich, noch bevor die Kollegen hier waren. Übrigens sehr schnell, keine zwei Minuten nach dem ersten Schuss. Die Kamera dort hinten hat aufgenommen, dass der Farbige aufstand, den Zeugen freundlich zunickte und dann einfach wegging. In diese Richtung ...« Smith wies mit seinem Stift auf die Querstraße, die hinter dem Park entlangführte. »Er kümmerte sich nicht um seinen Kollegen, er schien es nicht mal besonders eilig zu haben.« Smith runzelte die Stirn. »Wir wissen, dass die beiden vorher in dem Eiscafé dort drüben gesessen haben. Seltsam, der große Farbige scheint sich in Luft aufgelöst zu haben, obwohl er eigentlich jedem hier hätte auffallen müssen.«

»Und das ist alles?«, fragte Mark enttäuscht.

Smith nickte. »Bis jetzt, ja.«

»Gut«, sagte Val entschlossen. »Offensichtlich war es ein Anschlag auf unsere Zeugin. Wenn die Gegenseite sie finden kann, dann können wir das auch. Wie viele Einwohner hat Villiamsburg?«

»Knapp unter zwanzigtausend.«

»Dann sollten wir in Ihr Büro fahren und herausfinden, wer von diesen knapp zwanzigtausend gestern Grund hatte, sich am Flughafen aufzuhalten.«

»Und«, meinte Mark, als sie wieder in ihren Wagen stiegen, »hältst du sie immer noch für schuldig?«

»Ich halte sie für jemanden, der den Kampf mit zwei Profis aufnimmt, einen von beiden erschießt, den anderen, der mehr als das Doppelte wiegt, bewusstlos schlägt und immer noch nicht der Meinung ist, die offiziellen Stellen zu informieren«, antwortete Val kühl. »Wer auch immer sie ist, sie hat Dreck am Stecken. Fragt sich nur, ob der Dreck mit unserem Fall zu tun hat oder nicht.«

10

Samson musterte sich im Spiegel des Waschraums und nickte zufrieden. Besser ging es im Moment nicht.

Er wusste gar nicht mehr, wie oft er schon vorsorglich neue Kleidung irgendwo deponiert hatte, doch heute war es das erste Mal, dass er sie tatsächlich brauchte. Zwar waren hier, im Hauptbahnhof von Washington, auch überall Kameras angebracht, aber er hoffte, dass noch keiner genau wusste, wonach er suchen sollte.

Ganz in Schwarz. Man wirkte seriös, aber langweilig. Vielleicht war man in Trauer. Dann hielten die anderen pietätvoll Abstand. Gut so. Die Brille ließ ihn harmlos aussehen, soweit das bei seinem massigen Körper möglich war, und auch wenn sie höllisch wehtat, kaschierte sie wenigstens ein bisschen die gebrochene Nase, die Gott sei Dank aufgehört hatte zu bluten. Sie war dick und geschwollen, und er bekam kaum Luft. Und dann noch die bohrenden Kopfschmerzen. Aber das alles konnte man ihm nicht ansehen, und von Weitem war die Schwellung ohnehin kaum zu erkennen.

Halleluja. Er lebte noch. Wenn er daran dachte, *wer* ihm die Nase gebrochen hatte, dann war das wirklich ein kleines Wunder. Er nahm die Reisetasche mit der blutverschmierten Kleidung, setzte sich in das Bahnhofsrestaurant und bestellte sich einen Kaffee.

Die rechte Hand lag ruhig auf dem Tisch. Der Zeigefinger war geschwollen, aber solange die Knochen nicht aneinanderrieben, ging es einigermaßen.

Es gab mehrere Optionen für ihn, aber keine sagte ihm so richtig zu. Die erste und naheliegendste wäre, zu seinem Auftraggeber zurückzugehen und zu berichten, wie Tonio alles versaut hatte. Diese Option hätte den Vorteil, dass sie wahr wäre. Keine gute Idee.

Die zweite Option wäre, nach Villiamsburg zurückzukehren und Ann Mankowitz umzulegen. Auch keine gute Idee.

Die dritte Option wäre, sich aus dem Staub zu machen und zu hoffen, dass man ihn so lange nicht fand, bis sich das Thema von allein erledigt hatte. Eigentlich die schlechteste aller Optionen, aber die vernünftigste.

Vernünftig, ja. Aber seit wann war er vernünftig? Er lachte auf. Ein anderer Gast hob den Kopf und sah zu ihm herüber. Samson schenkte ihm ein freundliches Lächeln.

In seine Überlegungen schlich sich ein kleines Problem. Er wusste jetzt, wer die Frau war … Irgendetwas stank hier ganz gewaltig zum Himmel.

Es gab einen richtigen Weg, und es gab einen falschen Weg. Samson vermutete schon seit Längerem, dass er irgendwo falsch abgebogen war und den schmalen Pfad der Rechtschaffenheit verlassen hatte, und jetzt, wo er wusste, wer die Lehrerin tatsächlich war, wusste er auch, dass er sich endgültig auf der falschen Seite befand.

Die meisten seiner Kollegen wussten nicht viel über ihn, das war ihm auch ganz recht so. Kaum einer würde vermuten, wie intelligent er war. Vor Jahren, es kam ihm vor wie Jahrhunderte, hatte Samson studiert. Mit drei anderen Verrückten war er nach der Uni erst einmal zur Navy gegangen. Er wollte nicht Berufssoldat werden, aber sein Vater und sein Großvater waren in der Navy gewesen, es war so etwas wie Tradition.

Dann hatte es nicht lange gedauert, bis er bei den Marines

gelandet war. Knapp zwei Jahre später war er dann zu den SEALS gegangen. Dass er diese Entscheidung mehr als einmal bereut hatte, blieb sein Geheimnis.

Bei den SEALS herrschten eherne Gesetze. Man stellte Zweierteams zusammen, schon beim Training, und diese Teams blieben bestehen, auch bei den Einsätzen. Nach dem Motto: Und wenn es dich deinen Arsch kostet, deinen Kameraden lässt du nicht im Stich, du verlässt dich auf ihn, genauso wie er sich auf dich verlässt.

Manchmal, das war ein offenes Geheimnis, wurden die SEALS eingesetzt, um für andere Leute die Kastanien aus dem Feuer zu holen. Auch wenn das gegen die Verfassung war, ein Land musste schließlich die Möglichkeit haben, sich zu schützen, oder? Vor allem, wenn es um Terroristen ging, die sich nie an die Spielregeln hielten. Nach 9/11 galten sowieso ganz neue Spielregeln.

Bei einem dieser Einsätze war es darum gegangen, einen Top-Terroristen aus seinem Lager zu entführen. Jetzt, wo er sich daran erinnerte, konnte Samson nur den Kopf schütteln. Wie heiß sie alle darauf gewesen waren, den Kerl zu erwischen. Sie wussten, wann der Kerl wo sein würde. Dass es sich dabei um einen gottverlassenen Flecken Wüstensand irgendwo mitten in Libyen handelte, schien keinen sonderlich zu interessieren. Hauptsache, man bekam den Kerl in die Finger.

Für solche Einsätze arbeiteten die SEALS mit Spezialisten zusammen. *Ghosts* hatten sie sie genannt. Sie tauchten aus dem Nichts auf und verschwanden wieder im Nichts. Nur selten fand man etwas über sie heraus.

Juliet war so ein Ghost gewesen. Damals hätte er brennend gern gewusst, wer sie war.

So hatte er Juliet kennengelernt. Groß, schlank, viel zu

jung für das, was sie zu sein schien. Kaum älter als die meisten Rekruten. Und auf keinen Fall alt genug, um schon Major zu sein. Aber genau das sagten ihre Schulterstücke aus.

Ja, es gab auch Frauen bei den SEALS. Aber, bei Gott, sie waren und blieben eine Ausnahme. Samson hatte eine Menge Hochachtung vor jeder Frau, die das Basic Diving Training der SEALS meisterte. Er vergaß nie, wie oft er selbst drauf und dran gewesen war, aufzugeben.

Von Anfang an war Juliet ein Rätsel für ihn gewesen. Sein Kamerad war zu jenem Zeitpunkt noch im Krankenhaus gewesen und konnte für den kommenden Einsatz nicht zur Verfügung stehen. Schicksal wahrscheinlich. Im Laufe des dreiwöchigen Trainings, irgendwo in Nevada, wo die *Spooks*, die Jungs vom CIA, einen Nachbau einer Terroristenbasis aufgestellt hatten, hatte Samson sie kennengelernt.

Die Frau hatte einen eisernen Willen gehabt. Sie war schonungsloser mit sich umgegangen, als er es jemals vorher bei irgendeinem anderen gesehen hatte. Irgendwann hatte er sie gefragt, was sie antrieb. Ihre grünen Augen hatten ihn durchbohrt, als würden sie ihn wiegen, dann hatte sie langsam genickt. »Mein Vater ist für dieses Land gestorben. Er wurde ermordet. Ich will den Kerl haben, der das war, und ich will wissen, warum er es getan hat.«

Samson hatte nie nachgefragt. Es war klar, dass sie nicht mehr dazu sagen würde.

Juliet war ein Naturtalent gewesen mit außergewöhnlicher Geschicklichkeit und Präzision. Es war beinahe unheimlich gewesen, zu beobachten, wie sie aus dem zweiten Stock eines Gebäudes sprang und genau auf einer Zehn-Cent-Münze landen konnte. Ohne Ausfallschritt.

Einer der Kollegen im Team hatte sie einmal mit Lara

Croft verglichen. Juliet hatte ihn nur angesehen und kühl gelächelt. »Croft ist eine Pussy gegen mich.«

Keiner hatte ihr widersprochen.

Und dann war diese Sache in Libyen passiert.

Bauchschuss. Er hatte sich schwerverletzt hinter eine Sanddüne verkrochen, hatte *gewusst*, dass er diese Scheiße nicht überleben würde, weil ein gutes Dutzend von Schweinehirten mit Kalaschnikows hinter seinem süßen schwarzen Arsch her gewesen waren. Die ganze Mission war von Anfang an ein Fiasko gewesen.

Mehr noch. Ein Hinterhalt. Verrat. Die Terroristen hatten gewusst, dass sie kommen würden, hatten auf sie gewartet, sie in eine Falle laufen lassen.

Das Schlimme war gewesen, dass Samson genau gewusst hatte, seine Kameraden würden nicht ohne ihn abhauen. Plötzlich hatte einer das Feuer auf die Kopftuchträger eröffnet. Einzelfeuer, aber so schnell und präzise, dass man hätte denken können, es wäre ein langsames Maschinengewehr.

Sechzehn Gegner, sechzehn Schüsse. Aus der Bewegung heraus, unter schwerem Feuer. Sekunden später war der Spuk vorbei gewesen.

Obwohl Samson vollgepumpt war mit Drogen, hatte er kaum noch laufen können. Wie sie es trotzdem geschafft hatte, ihn, diesen schwergewichtigen Riesen, zum Rest des Teams zurückzubringen, hatte er nie erfahren. Sie war selbst zweimal getroffen worden, während sie ihm seinen schwarzen Arsch gerettet hatte.

Damals hatte er Juliet gerade mal vier Wochen lang gekannt. Er hatte gewusst, dass der Name falsch war. Er hatte nicht gewusst, wie alt sie war, zu welchem Buchstabensalat sie gehörte oder warum sie bei diesem Einsatz dabei war.

Keiner von ihnen war ungeschoren davongekommen. Lieutenant Martin hatte eigentlich das Kommando gehabt, aber der kleine Ire, der so schön wehmütig Mundharmonika spielen konnte, hatte es nur bis zum Flugzeugträger geschafft. Auf dem OP-Tisch war er gestorben.

Und Samantha ... Samson schloss die Augen. Samantha war nicht mal mehr aus dem Flugzeug herausgekommen.

Gott, dachte er und sah verbittert auf die kleine Reisebibel, die vor ihm auf dem Tisch lag. Wie konnte es nach all dieser Zeit immer noch so wehtun?

Er hatte Juliet danach nur noch ein Mal gesehen, ein bleiches Gesicht mit großen, viel zu erschöpften Augen. Sie war zu ihm gekommen, unmittelbar nachdem er aufgewacht war nach der Operation. Der Pilotenoverall, den sie trug, war ihr viel zu groß gewesen. Sie hatte einen Verband am Kopf gehabt, ihr rechter Arm hatte in einer Schlinge geruht.

Erst jetzt fiel ihm wieder ein, was sie gesagt hatte. »Hey, Samson. Ich bin froh, dass du es geschafft hast.«

»Habe ich das?«, hatte er gefragt. Er wusste es nicht, keiner hatte es für nötig gehalten, ihm zu sagen, wie die Operation verlaufen war.

Dieses Fiasko und dazu die zweifelhafte Ehre, einer der Überlebenden dieses offiziell nie stattgefundenen Einsatzes zu sein, waren zwei Gründe, warum er später die SEALS verlassen hatte. Der Ärger darüber, dass man nie herausgefunden hatte, wer sie damals verraten hatte, war der dritte.

Irgendwann musste er die Richtung verloren haben. Als das Angebot von der Firma kam, dachte er nicht lange darüber nach und nahm es an. Schließlich war er Patriot, oder?

Auf diese Weise arbeitete er schließlich immer noch für die Regierung.

Jetzt wusste er, dass es ein Fehler gewesen war …

Hätte sie nicht diese Kontaktlinsen getragen, er hätte sie früher erkannt, auch wenn ihr Gesicht jetzt anders aussah. Diese Augen würde er nie vergessen. Und diesen Doppelkick, mit dem sie ihm fast die Nase ins Gehirn getreten hätte, den kannte er auch, er hatte ihn damals im Training mehr als ein Mal bewundert.

Auch wenn sie jetzt älter aussah, wenn ihr Gesicht, ihre Haare und ihre Augen anders waren, sie war Juliet. Er lächelte. Als sie sich über ihn gebeugt hatte und obwohl sie ihm gerade erst die Nase gebrochen hatte, hatte er ihren Geruch erkannt. Schließlich hatten sie oft genug zusammen geschwitzt.

Das Einzige, was ihn wunderte, war, dass sie nicht reagiert hatte, dass sie kein Erkennen gezeigt hatte. Klar, er hatte auch ein neues Gesicht, aber er hatte sich längst nicht so sehr verändert wie sie.

Oder aber sie hatte ihn erkannt, und es war ihr egal. Schließlich war er es gewesen, der die Pistole gezogen hatte …

Er schuldete ihr noch immer etwas. Seinen süßen schwarzen Arsch. Er lachte leise, was ihm wieder einen Blick von seinem Tischnachbarn einbrachte.

Wenigstens gab es jetzt keinen Zweifel mehr, auf welcher Seite er stehen würde.

Als er wenig später den Bahnhof verließ, eine stattliche Erscheinung, würdevoll und freundlich lächelnd, war die Ruhe, die er ausstrahlte, nicht gespielt. Zum ersten Mal seit Jahren war er wieder mit sich im Einklang.

Samson zahlte seine Schulden.

Immer.

11

Das Büro des Sheriffs befand sich in einem Haus, das aussah, als wäre es zu Zeiten der Mayflower gebaut worden, aber die Innenräume und die Ausrüstung waren nagelneu. Auf einem Schreibtisch stand eine Büste von Theodore Roosevelt, mit einer Baseball-Mütze respektlos drapiert. An der linken Wand stand ein stabiler Waffenschrank mit Panzerglas und mehreren alten Winchester-Modellen.

»Puh!«, machte Mark und sah sich um. Selbst die Zimmerpflanzen lebten noch. »Warum sieht unser Büro nicht so aus?«

»Weil unser Büro mit Steuergeldern ausgestattet worden ist, nicht mit privaten Spenden.« Val grinste und ließ sich auf einen Stuhl fallen, Sekunden später hatte sie ihre Beine hochgelegt. Mark lächelte, es war ihre Art, einen Raum in Besitz zu nehmen. Bis jetzt hatte sich noch niemand darüber beschwert, wahrscheinlich lag es daran, dass sie sich das leisten konnte mit ihren Beinen.

»Was hältst du von der ganzen Sache?«, fragte er und fischte eine Zigarette aus der Schachtel.

»Ich bin sicher, wir haben es mit Profikillern zu tun. Das stinkt gewaltig.« Als sie sah, dass er seine Taschen abklopfte, warf sie ihm ein Feuerzeug zu. »Hier.«

»Danke. Das bedeutet, dass jemand sie vor uns gefunden hat. Irgendwas haben wir übersehen.« Er zündete sich die Zigarette an und hielt das Feuerzeug hoch, um es zurückzuwerfen.

Sie winkte ab. »Behalt es. War sowieso deins. Du hast es im Wagen liegen lassen. Es scheint, als würde unser Attentäter nicht allein operieren.«

»Wie auch immer ...« Mark gähnte. »Ich brauche jetzt erst mal einen Kaffee.«

Die Kaffeemaschine war funkelnagelneu. Sie sah aus, als gehörte sie an Bord der Enterprise. Nur eins hatte sie mit den anderen Kaffeemaschinen, die Mark in unzähligen Polizeibüros vorgefunden hatte, gemein. Sie nahm sein Geld und behielt den Kaffee.

Mark schlug mit der flachen Hand dagegen. Es gab ein schepperndes Geräusch, alle sahen zu ihm herüber, die Maschine protestierte mit einem lauten Piepsen.

Einer der Polizisten winkte ihn zu sich heran. »Agent Bridges?«

»Ja?« Am liebsten hätte er dem Automaten einen Tritt verpasst.

»Das kam eben aus Washington für Sie herein«, sagte der Polizist. Er drückte auf eine Taste, und ein Drucker begann zu surren.

Mark zog den Bogen heraus und musterte die Zeichnung. Agent Acorn hat ein gutes Auge für Details, dachte er schmunzelnd. Kein Wunder, dass die Frau ihm gefällt. Dunkle Haare, weite, geschwungene Augenbrauen, energisches Kinn.

»Das ist ja Miss Mankowitz«, stellte der Polizist überrascht fest.

»Sie kennen die Frau?«, fragte Mark, der Kaffee war vergessen.

»Klar. Sie unterrichtet meine Tochter. Sie ist Lehrerin hier an der International School.«

Mark sah den jungen Polizisten überrascht an. »Überprüfen Sie bitte, ob sie in der letzten Zeit einen Flug von oder nach Washington gebucht hat.«

»Das kann ich Ihnen auch ohne den Computer sagen. Sie war für zwei Wochen in Rom, um eine Klassenfahrt vorzubereiten. Aber sie kann es nicht sein.«

»Und warum nicht?«

»Sie ist Lehrerin.«

»Gut. Ich will alles über sie wissen.«

»Aber sie kann ...« Der Polizist nickte und fing an zu tippen.

Priester und Lehrer. Als ob die nie etwas auf dem Kerbholz haben könnten. Mark ging zu dem Kaffeeautomaten zurück und sah das Ding finster an. Der Automat blinkte lautlos. Mark sah sich um. Die Tür zu ihrem Büro war offen, aber Val war nicht zu sehen. Eben war sie doch noch da gewesen.

»Val!« Mark brüllte quer durch den großen Raum, die Leute in dem Großraumbüro zuckten zusammen. In diesem Augenblick kam Val auch schon um die Ecke. Sie ließ gerade eine Haarbürste in ihre Handtasche fallen und zog die Augenbrauen fragend hoch.

»Gehts noch ein bisschen lauter? Was gibt's?«

»Wir haben sie gefunden.« Er hielt ihr die Zeichnung hin.

»Wirklich?« Sie sah sich das Bild genauer an. »Hhm. Irgendwie habe ich sie mir anders vorgestellt. Warum brüllst du eigentlich so laut?«

Mark schlug ein zweites Mal gegen den Automaten. Noch lauteres Scheppern und Piepsen war die Folge. Es klang mitleiderregend.

Val warf einen Blick auf die Maschine und drückte sanft auf die Folientaste, auf der Mark schon herumgehämmert hatte. Diesmal piepste es leise, dann folgte ein Plopp, ein

Pappbecher tauchte in der Ausgabe auf, und mit einem fast erleichtert wirkenden Gurgeln füllte der Automat den Becher. Val nahm ihn heraus, drückte ihn Mark in die Hand und ging mit dem Bild zurück zum Büro des Sheriffs.

Mark sah hinter ihrem schlanken Rücken her, warf dem Automaten einen bösen Blick zu und folgte Val. Der Automat piepste leise weiter, es klang beinahe schüchtern.

Smith kam ihnen entgegen.

»Wir haben sie gefunden.« Val hielt das Bild hoch.

»Das ist ja Miss Mankowitz«, sagte er. »Sie kann es nicht sein. Sie ist ...«

»Lehrerin, ich weiß.« Mark klang gelangweilt. Er schob die Tür hinter sich zu, ging zum Schreibtisch, setzte sich auf die Kante und sah Smith erwartungsvoll an.

»Offensichtlich kennt jeder hier die junge Frau. Faszinierend. Jetzt möchte ich Sie bitten, alles über sie herauszufinden, was es herauszufinden gibt. Als Erstes ihre Adresse.«

Mark klopfte zum wiederholten Mal an die Wohnungstür im zweiten Stock. »Der Vogel ist schon lange ausgeflogen«, meinte er, als sich wieder nichts rührte. »Jetzt müssen wir warten, bis wir einen Durchsuchungsbefehl haben.« Er sah sich auf dem Treppenabsatz um. Weit und breit niemand zu sehen.

»Das wird nicht lange dauern«, meinte Val beruhigend.

»Ich höre es schon wieder: Aber das ist doch Miss Mankowitz!«

»Sie ist halt sehr beliebt. Geh mal zur Seite.« Val kniete sich vor das Schloss. Sie zog eine Haarnadel aus ihrem Haar, eine Sekunde später gab es ein klickendes Geräusch.

»Miss Mankowitz kommt mir fast schon vor wie Mutter Theresa«, grummelte Mark weiter. »Würde mich nicht wundern, wenn sie auch im Kirchenchor singt. Übrigens, das sieht mir nicht nach einer legalen Hausdurchsuchung aus«, bemerkte er nebenbei.

»Hey, schau mal, die Tür ist offen!«, rief er in gespielter Überraschung. »Nicht zu fassen, wie vertrauensselig manche Leute sind.« Er zog seine Waffe, Val auch.

»Fertig?«

Sie nickte.

Er stieß die Tür auf. »Keine Bewegung! FBI!«

Schnell wurde ihnen klar, dass keiner hier war. Beide sahen sich um.

»Beeindruckend. Wo hast du das gelernt?«, fragte Mark.

»St. Marys. Katholische Schule.«

»Katholische Schule? Da lernt man so was?«

»St. Marys liegt in der Bronx.« Val stand am Fenster und sah unten einen Polizeiwagen ankommen. Ein junger Polizist sprang heraus und rannte auf das Gebäude zu. In der Hand hatte er einen Umschlag. Ein zweiter Mann mit einem großen Werkzeugkoffer folgte nicht ganz so schnell.

Als er oben ankam, standen Val und Mark gelangweilt vor der Tür. Mark las den Durchsuchungsbefehl durch, dann warteten beide geduldig, bis der Polizeischlosser Miss Mankowitz' Türschloss knackte. Ganz offiziell betraten beide die Wohnung.

Mark sah, dass der junge Polizist ihn ungläubig musterte. »Was ist?«

»Ich dachte, die Frau wäre gefährlich und Sie würden hier mit gezogener Waffe reinstürmen«, meinte er und wurde rot.

Val drehte sich um und schenkte ihm ein Lächeln. »So etwas machen wir nur in Filmen.«

Es dauerte nicht lange, und die Wohnung von Ann Mankowitz war voller Menschen. Eine weibliche Polizistin durchwühlte ihre Unterwäsche, jemand anderer sezierte ihren Müll.

Mark wusste jetzt schon, dass der ganze Aufwand sinnlos war. Natürlich würde man hier alles genauestens untersuchen, jedes Bröckchen zweimal umdrehen, aber man würde hier nichts finden, das ihnen weiterhalf.

Es war nur so ein Gefühl, aber er konnte sich meistens darauf verlassen. Dieses Gefühl sagte ihm auch, dass diese Ann Mankowitz hier nie wieder auftauchen würde. Sie hatte nichts mitgenommen, zumindest nichts, was auffällig fehlte. Man würde die Person ausfindig machen, die sich um die Blumen gekümmert hatte, während sie in Europa gewesen war, und sie fragen, ob ihr oder ihm etwas auffiel, was fehlte, aber Mark war bereit, sein Gehalt nach Abzug der Alimente zu verwetten, dass Ann Mankowitz nichts mitgenommen hatte. Sie hatte die Tür hinter sich zugezogen und war gegangen. Und wer würde sich jetzt um die Blumen kümmern?

Er stand auf dem Balkon, rauchte eine Zigarette und sah die Allee hinauf und hinunter. Von hier aus konnte er das Büro des Sherriffs sehen und sogar das Fenster, hinter dem er und Val die letzten vier Stunden verbracht hatten.

Val kam heraus und lehnte sich neben ihm an das Balkongeländer. Sie sah nachdenklich aus.

»Und?«, fragte er.

»Das Ganze gefällt mir nicht.« Sie runzelte die Stirn. Das kam selten vor.

»Warum?«

»Ich bekomme langsam ein Gefühl für diese Frau.« Sie ging in die Wohnung zurück und kam mit einer gerahmten Fotografie wieder heraus. »Sieh dir mal dieses Bild an.«

Mark hatte das Bild schon gesehen, aber nur einen flüchtigen Blick daraufgeworfen. Der Ort kam ihm bekannt vor. Das Bild war im Park aufgenommen worden, nicht weit von der Stelle entfernt, wo dieser Schusswechsel stattgefunden hatte. Ann Mankowitz saß unter einem Baum, die Hände um die Beine geschlungen, und lachte in die Kamera. Sie hatte ein leichtes Sommerkleid an, wirkte unschuldig und ... nett. Um sie herum lagen fünf oder sechs Decken auf dem Rasen, darauf alberten gut zwei Dutzend Teenager herum und genossen ein Picknick im Park. Sie wirkte entspannt, glücklich, jung.

Er gab Val das Bild zurück und sah sie fragend an.

Sie machte eine weit ausholende Geste. »Schau dich nur mal um. Villiamsburg ist wie aus einem verdammten Bild von Grandma Moses. Man hat irgendwie das Gefühl, dass es hier verfassungsmäßig verboten ist, etwas Schlimmes zu tun. Ich wusste gar nicht, dass es dieses Amerika noch gibt.«

Mark schüttelte den Kopf. »Doch, das gibt es noch. Der einzige Unterschied zwischen Villiamsburg und vielen anderen Kleinstädten ist, dass man hier in Villiamsburg noch Geld hat. Und Leute, die für sich eine Zukunft sehen, ohne dass sie in den Moloch Großstadt abwandern müssen.« Er sah Val lange von der Seite an. »Du bist tatsächlich in New York aufgewachsen?«

»Ich habe es dir doch gesagt: in der Bronx. Katholisches Waisenhaus.«

Mark konnte es irgendwie nicht glauben. Val war perfekt. Er nahm sich nie die Zeit, so sorgfältig auf sein Äußeres zu achten. Er fuhr über seine kratzigen Wangen. Er brauchte keinen Blick in den Spiegel zu werfen, um zu sehen, wie verknittert sein Anzug war.

Val dagegen war gepflegt: Schuhe, Strümpfe, Kostüm, Frisur, dezentes Make-up. Man hörte bei ihr einen leichten Bostoner Akzent heraus, er wusste, dass sie Französisch und Italienisch sprach, und in einem Fünf-Sterne-Restaurant wusste sie, mit welchem Besteck man welches Gericht zu essen hatte.

Sie sah über die Stadt. »Der Blick von hier oben gefällt mir.«

Mark nickte. Ihm auch, aber es war Val, die er ansah, nicht die Stadt. Das wusste sie auch.

»Ich dachte immer, du bist mit dem berühmten silbernen Löffel im Mund aufgewachsen«, sagte er leise.

Val lachte. »Wie lange arbeiten wir jetzt zusammen? Sechs Jahre? Sieben?«

»Du hast Marcia noch gekannt. Also sind es acht.« Mark schüttelte eine Zigarette aus der Packung und zündete sie sich an.

Val sah ihn wieder an. »Ich habe hart gearbeitet, und ich habe viele Fehler gemacht. Und als Teenager … Ich kann froh sein, dass ich das alles überlebt habe. Tom und ich, wir haben uns an der Uni kennengelernt, gleich in der ersten Woche. Wir haben immer zusammengearbeitet, uns gegenseitig aus dem Dreck gezogen.«

Sie wandte sich wieder ab und betrachtete das Panorama vor ihr. »Für mich ist der amerikanische Traum Wirklichkeit geworden. Ich glaube daran, aber ich habe zu hart gearbeitet, um jetzt einfach nur die Ehefrau eines Millionärs zu sein. Nur für den Fall, dass du dich irgendwann mal darüber gewundert hast.«

Mark nahm einen tiefen Zug. »Ob du es glaubst oder nicht, ich habe nie darüber nachgedacht. Lag vielleicht daran, dass ich dich nicht als Ehefrau eines Millionärs kennengelernt habe.«

»Danke.«

Mark wartete einen Moment. »Und jetzt hat die hart arbeitende Psychologin in dir das Wort. Was stört dich hier?«

Val atmete tief durch. »Diese ganze Wohnung ... Ich weiß noch nicht viel über Miss Ann Mankowitz, aber alles, was ich hier sehe, sagt mir, dass sie hart arbeitet. Sie kümmert sich um Menschen. Das hier ist nicht nur gespielt. Nicht nur Tarnung. Wie sagt man so schön ... Sie tut etwas, das macht den Unterschied aus.«

Wie du, Val, dachte Mark.

»Irgendwie passt das alles nicht zusammen. Wir wissen noch nicht genug über den Toten im Park, aber ich wette, er war ein Profi. Sie hat ihn unschädlich gemacht. In einem, so seltsam es sich anhört, fairen Kampf. Wahrscheinlich war es wirklich so, dass er als Erster geschossen hat. Wie wärest du vorgegangen?«

Mark zuckte mit den Schultern. »Erinnerst du dich, was Acorn gesagt hat? Er ist überzeugt davon, dass Ann irgendeine Ausbildung hat. Du musst zugeben, dass Ann nett zu sein scheint, und das stört dich. Bist du ein netter Mensch, Val?«

»Keine Ahnung. Bin ich das?«

Mark antwortete nicht.

Val sah ihn lange an. »Bist du eigentlich immer noch der Meinung, dass wir eine falsche Spur verfolgen?«, fragte sie schließlich.

»Es ist die falsche Spur, aber ich werde das Gefühl nicht los, dass sie uns trotzdem zum Ziel führen wird. Wenn ich mir das hier alles ansehe und einfach mal davon ausgehe, dass die Ann Mankowitz, die man hier in Villiamsburg kennt, eine unbescholtene Bürgerin ist, die normalerweise keiner Fliege etwas zuleide tun würde, dann gibt es nur einen einzigen Grund, warum es die Schießerei im Park gegeben hat.«

»Den Mord an Senator Malvern.«

»Richtig. Wir suchen sie als Zeugin. Und irgendwer befürchtet, dass sie genug weiß, um uns weiterzuhelfen. Was mich nachdenklich stimmt, ist die Tatsache, dass dieser Jemand sie *vor* uns gefunden hat.«

Val nickte langsam.

Mark schnippte seine Zigarette über den Balkon. »Wäre Ann Mankowitz tatsächlich nur eine Lehrerin in einer amerikanischen Kleinstadt, dann läge sie jetzt im Leichenschauhaus. Und bei allem, was ich bis jetzt über sie weiß«, er sah auf das Bild in seiner Hand, »wäre das eine verdammte Schande.«

12

Mr Watier hatte den Tag ruhig angehen lassen und genoss nun ein erstklassiges Abendessen. In Washington gab es eine Menge hervorragender Restaurants, diesmal aß er persisch. Er hörte zu, wie sich die Bedienung unterhielt, und fühlte Nostalgie aufkommen. Er nahm sich vor, den Job heute Abend zu erledigen und den Rest der Woche ein wenig auszuspannen. Es war schon einige Zeit her, dass er in einem Museum gewesen war. In der Beziehung hatte Washington einiges zu bieten.

Nach dem Essen schlenderte er durch die Straßen. Nur dort, wo die Touristen sicher waren. Er hatte keine Lust, rein zufällig Ärger zu bekommen. Schließlich war Washington die gefährlichste Stadt der Vereinigten Staaten.

Der Gedanke amüsierte ihn.

Er sah auf seine Uhr. Es war Zeit. Das Handy war neu. Die Nummer, die er wählte, auch.

»Ja?«, meldete sich die Stimme mit dem Bostoner Akzent.

»Heute Abend.«

»Gut. Wir brauchen das Material. Unser Geschäft hängt davon ab.«

»Wenn es da ist, werde ich es finden. Wie ist die andere Sache ausgegangen?« Beinahe hätte er vergessen zu fragen. Für ihn war die Sache eigentlich schon erledigt.

»Schlecht. Das andere Team hatte einen Homerun, einer unserer Spieler musste vom Platz.«

Er blieb stehen. Er musste sich zwingen, sich wieder zu entspannen. »Ich dachte, das andere Team wäre nicht so gut.« Sein Ton klang betont neutral.

»Besser, als wir dachten. War wohl doch kein Amateur. Wir versuchen, mehr herauszufinden, vor allem, wer der Trainer war.«

»Stört das unser heutiges Geschäft?«

»Ich wüsste nicht, wie.«

»Ich will hoffen, dass das stimmt. Wenn da plötzlich ein Spieler der A-Klasse auftaucht, dann könnte uns das die ganze Saison kosten. Ich möchte wissen, für welches Team sie spielt.« Er fragte sich, ob er beunruhigt sein sollte. Bis jetzt noch nicht, aber dieser Misserfolg irritierte ihn. Üblicherweise waren seine Geschäftspartner zuverlässiger.

»Das wollen wir auch wissen. Hören Sie, es hat uns einen unserer Leute gekostet, und das nur, weil Sie darauf bestanden haben. Sind Sie sicher, dass Sie nicht vergessen haben, uns etwas zu sagen?«

Er überhörte die Drohung und dachte nach. »Nein. Ich glaube, es war wirklich Zufall, dass ich mit ihr zusammengestoßen bin. Es war nur ... Instinkt. Ich habe darüber nachgedacht. Ich vergesse selten ein Gesicht. Ich glaube nicht, dass ich sie jemals persönlich kennengelernt habe, aber ich habe sie gesehen oder von ihr gehört oder gelesen. Vielleicht hat sie irgendwann früher in einem anderen Team gespielt.«

»Das Büro ist ihr mittlerweile auch auf den Fersen.«

»Oh. Sie hat sich nicht mit irgendwelchen Dienststellen in Verbindung gesetzt?«

»Nein. Sie ist einfach nur nach Hause gegangen.«

»Dann hätten Sie die Sache auf sich beruhen lassen können.«

Am anderen Ende sog jemand die Luft scharf ein. »*Sie* waren es doch, der darauf bestanden hat.«

Es hört sich an, dachte er amüsiert, als ob sich da jemand aufregt. »Na und?«, gab er zurück. »Das bedeutet doch nicht, dass Sie aufhören sollen zu denken.«

»Denken Sie besser an Ihren Job heute«, kam es gereizt zurück. »Sie dürfen das heute nicht versauen.«

»Das wird nicht passieren. Finden Sie heraus, wer sie ist, und sorgen Sie dafür, dass sie nicht mehr mitspielt. In der Zwischenzeit kümmere ich mich um meinen Part.«

»Das will ich hoffen.«

Er legte auf, bevor Boston noch etwas sagen konnte, und gestattete sich ein Lächeln. Boston mochte es bestimmt nicht, wenn man vor ihm auflegte.

Er ging langsam weiter. Es waren noch zwei Blocks bis zum Parkhaus, genügend Zeit, um über alles nachzudenken. Es gefiel ihm nicht, dass seine Geschäftspartner die Sache versaut hatten, aber nach reiflicher Überlegung war er überzeugt, dass es immer noch nichts gab, das ihm gefährlich werden konnte. In den Zeitungen hatte er keine Hinweise finden können. Der FBI-Sprecher hatte auf seiner Pressekonferenz die üblichen Sprüche losgelassen. Es war noch zu früh, man verfolge noch Spuren, bla, bla, bla.

Der weiße Chevy stand genau da, wo er stehen sollte, und sprang auch beim ersten Versuch an. Das beruhigte ihn ein wenig. Seine Partner waren trotz allem Profis, manchmal konnte halt etwas schiefgehen. Meistens dann, wenn man nicht sorgfältig genug plante. Man durfte sich einfach nicht auf andere verlassen.

Genau deshalb würde er sich jetzt die Zeit nehmen, sich schon mal ein Bild von der Lage zu machen. Es waren noch zwei Stunden, bis die Sonne unterging. Viel Zeit also.

13

Ah, da sind Sie ja«, sagte der Sheriff, als er die beiden FBI-Agenten entdeckte. Er biss ein Stück von der Zigarre ab und spuckte es zielsicher in den nächsten Blumentopf. Dann klappte er ein altmodisches Zippo auf. Über der Flamme hätte man spielend ein Barbecue veranstalten können. »Immer noch bei der Arbeit, wie ich sehe.« Er qualmte bedächtig los. »Kommen Sie mal mit in mein Büro, ich habe etwas für Sie bekommen. Das dürfte Sie interessieren.«

Val und Mark sahen sich an und folgten dem Sheriff, der sich durch die Menge bewegte wie ein Eisbrecher durch Packeis, in dessen Büro.

Neu darin waren eine Golftasche, sie lag in einer Ecke, und ein riesiges Biest von einem kalbgroßen Hund, der träge ein Augenlid hob, als sie hereinkamen. Er kaute an einem 7er Eisen herum. Es sah schon ziemlich mitgenommen aus.

»Das ist Hector. Beachten Sie ihn nicht. Nehmen Sie Platz.«

Mark sah Hector skeptisch an, stieg dann über das Vieh hinüber. Es bewegte sich nicht einen Millimeter.

Der Sheriff öffnete eine Schublade und holte drei Gläser und eine Flasche heraus. »*Famous Grouse.* Guter Stoff.« Er schenkte ein, dann öffnete er eine Akte, griff nach dem obersten Blatt, es lag mit der Rückseite nach oben, und schob es über den Tisch zu den beiden FBI-Agenten.

»Auf Ihren Wunsch hin haben wir Ann Mankowitz durch den Computer gejagt. Das ist dabei herausgekommen.«

Mark hatte kein gutes Gefühl, als er das Blatt nahm und es langsam umdrehte. Unwillkürlich musste er schlucken. »Verdammte Scheiße!«

»Mein Gott!«, kam es von Val.

Das Gesicht der abgebildeten Person war nur noch an den Augen und an der Mundhöhle als menschlich zu erkennen. Aus dem rohen Fleisch ragten Knochen und Zahnsplitter heraus.

Mark hatte das Gefühl, als ob eins der Augen nicht mehr richtig in der Augenhöhle saß. Er holte tief Luft. Das Bild war, wie am oberen Rand vermerkt war, acht Jahre alt. »Ann Mankowitz ist der Name einer Toten?«, fragte er dann.

Der Sheriff schüttelte langsam den Kopf und schob den beiden die halb vollen Gläser hin.

»Nein. Das *ist* Ann Mankowitz. Ein Küstenschutzkutter hat sie vor acht Jahren aus der San Francisco Bay herausgefischt. Zwei Schussverletzungen im Brustkorb, beide knapp am Herz vorbei. Mehrere Knochenbrüche, kein Puls, aber sie hatte Glück. Der Kutter sah, wie der Wagen mit ihr hinterm Steuer über die Klippe fuhr. Der Kutter sollte eigentlich eine losgerissene Boje wieder einfangen, deshalb war ein Taucher mit an Bord. Er war schon im Wasser, bevor der Wagen unterging, und er hat es geschafft, sie da herauszuholen. Die Jungs haben für Notfälle einen hervorragend ausgerüsteten Operationsraum an Bord und konnten sie wiederbeleben.«

»Das ist Ann Mankowitz?«, fragte Val stockend. Sie war bleich geworden.

Mark fühlte sich auch nicht wohl. Er hatte schon viel gesehen, aber dieses Bild hier ... Vor allem dann, wenn er es mit dem anderen aus ihrer Wohnung verglich. Er griff nach dem Glas und trank einen Schluck. Nur einen. Val warf ihm einen

Blick zu und trank dann selbst einen Schluck. Es war schon fast ein Ritual.

Der Sheriff lehnte sich in seinem Stuhl zurück, das Glas in der einen Hand, die Zigarre in der anderen. »Sie können die ganze Akte haben. Ich habe sie durchgelesen. Keine angenehme Lektüre. Ich möchte an dieser Stelle etwas klarstellen. Bis jetzt hat Miss Mankowitz in meinen Augen kein wirkliches Verbrechen begangen. Sie hätte sich bei der Polizei melden sollen, um ihre Zeugenaussage zu machen. Gut, in Ordnung. Es wäre ihre Bürgerpflicht gewesen. Vielleicht hatte sie einfach nur Angst. Verständlich, wenn ich mir das da ansehe. Ich werde nichts tun, um sie zu finden. Ich werde niemandem hier in meinem Distrikt die Gelegenheit geben, eine Hetzjagd auf diese Zeugin zu eröffnen. Erst recht nicht nach dem, was sie durchgemacht hat.«

»Wie meinen Sie das?«, fragte Val.

»Ich kenne zufälligerweise den Mann, der damals den Fall Mankowitz bearbeitet hat. Und Captain Chet Kramer von der Mordkommission San Francisco ist der Ansicht, dass Ann Mankowitz sich damals in einem Zeugenschutzprogramm befand. Irgendein Arschloch hat sie verraten. Dadurch hat man sie gefunden und beinahe umgebracht. Noch etwas: Wenn man Kramer glauben kann, und das kann man üblicherweise, dann war es genau euer Verein, das FBI, das damals bis zur Halskrause mit dringesteckt hat.« Der Sheriff zog an seiner Zigarre und blies den beiden den Qualm entgegen. »Wenn ich es mir recht überlege, dann hat Miss Mankowitz allen Grund, euch zu meiden, besser gesagt, sie wäre bescheuert, wenn sie sich mit euch einließe.«

»Warum?«, fragte Valerie betont kühl. Mark kannte sie gut genug, um zu wissen, dass sie mit jedem Wort des Sheriffs immer wütender geworden war.

»Deshalb«, antwortete der Sheriff, hielt die Akte hoch und ließ sie wieder auf den Tisch fallen. »Lesen Sie selbst. Ich habe ihn angerufen, und er hat mir das hier geschickt. Kramer hat alles sauber aufgeschrieben. Um es kurz zusammenzufassen: Miss Mankowitz wurde leblos aus dem Wasser geholt. Genau das hat der Funker an Bord als Erstes durchgegeben. Dann waren alle zu sehr damit beschäftigt, ihr das Leben zu retten, als sich darum zu kümmern, dass der Bericht korrigiert wird. Natürlich wurde die Mordkommission und damit auch Kramer über eine tote Frau informiert. Aber bevor Kramer etwas unternehmen konnte, kam von oben die Anweisung, den Fall nicht allzu dringlich zu verfolgen.« Das Lächeln des Sheriffs sah bösartig aus. Er griff zur Akte, blätterte kurz darin und zog ein Blatt heraus. »Hier. Kramer zitiert wörtlich.«

Mark nahm es und sah auf die eng beschriebene Seite.

Anrufer: Ihr Freund Tony hat Sie informiert, dass ich Sie anrufen würde?

Eine Sekunde Pause.

Kramer: Er hat so etwas erwähnt, ja.

Anrufer: Es geht um die Frau, die vorhin tot aus dem Wasser gefischt wurde.

Kramer: Das ist eine ziemlich flotte Reaktion. Der Fall ist noch keine Stunde alt.

Anrufer: Das tut nichts zur Sache. Die Frau ist tot, lassen Sie sie tot sein. Wecken Sie keine schlafenden Hunde. Es nutzt niemandem, wenn Sie der Sache zu intensiv nachgehen, glauben Sie mir.

Zwei Sekunden Pause.

Kramer: Wenn Sie das so wünschen.

Anrufer: Genau das wünschen wir.
Anrufer legt auf.
Kramer: Arschloch.

Mark lachte leise. »Hier steht nicht, wer der Anrufer war.«

»Vielleicht sollten Sie das Kramer persönlich fragen«, meinte der Sheriff. Er sah in sein Glas und schwenkte es langsam. »Meiner Meinung nach ist das Interessanteste an dem Gespräch, dass der Anrufer noch nicht mal nach dem Namen des Opfers gefragt hat.« Die Augen des Sheriffs glänzten. »Ich habe mit Kramer gesprochen. Er kann es gar nicht erwarten, Vertreter des FBI in seinen bescheidenen Räumen zu begrüßen.«

14

Die Informationen stimmen, dachte Watier. Die Gebäude stehen, wo sie stehen sollen, die Bäume, die Hecke, die Positionen der zwei Streifenwagen, alles genau so, wie es sein soll. Einfach würde das nicht werden. Aber einfach war auch langweilig.

Die Witwe von Senator Malvern stand unter Polizeischutz, das Haus war mit einer der besten Alarmanlagen gesichert, die man für Geld kaufen konnte, und dann gab es noch die Hunde.

Endlich wieder eine Herausforderung. Watier lächelte und öffnete sein Notebook. Es dauerte nur wenige Sekunden, bis er die Verbindung hatte, dann gab er ein paar Zahlen ein und ein kompliziertes Passwort.

Vor ein paar Jahren hätte er sich noch an einem der Telefonverteiler zu schaffen machen müssen. Heutzutage wurden alle Telefonleitungen elektronisch geschaltet, und Computer entschieden darüber, wer telefonieren durfte und wer nicht. Dazu musste man keinen Draht mehr berühren. Man brauchte nur die richtige Zugangsberechtigung.

Dank 9/11 hatte er jetzt Zugang zu weit mehr als nur dem Telefonanschluss des Senators. Wenn er wollte, konnte er jetzt nachprüfen, mit wem Malvern die letzten sechs Monate gesprochen hatte. Mit einem Schmunzeln registrierte er, dass die meisten Leitungen abgehört und verfolgt wurden. Big Brother is watching you. Solange der in die falsche Richtung sah, sollte es ihm recht ein.

Er sah auf seine Uhr, kalkulierte die Zeiten durch und gab ein paar Zahlen ein. Dann loggte er sich aus und klappte das Notebook wieder zu.

Die Alarmanlage war gut und teuer. Nicht ganz so einfach angebracht wie andere, wo manchmal der Schaltkasten der Alarmanlage freundlicherweise außerhalb des Hauses lag. Insgesamt eine solide, professionelle Arbeit. Aber nichts, was *ihn* aufhalten könnte.

Am naheliegendsten wäre, sich im Schutz der Dunkelheit über die Rasenfläche an das Haus heranzuarbeiten, aber wenn er es so machte, dann würde hier alles sehr schnell sehr hell und sehr laut werden. Und wahrscheinlich auch sehr unangenehm, dachte Watier amüsiert.

Die Alarmanlage wurde innerhalb des Hauses geschaltet, von außen gab es keine Möglichkeit, sie zu manipulieren.

Wenn man in das Haus wollte, dann musste man eben klingeln. Ein Blick durch die Kamera, und der Zugang zum Haus wurde freigeschaltet. Hier warf ganz bestimmt kein Zeitungsjunge eine Zeitung vor den Eingang.

Zwei Agenten vom Secret Service waren im Haus, zwei weitere saßen in dem einen Streifenwagen. Seiner Meinung nach vollkommen sinnlos, es sei denn, die sollten Reporter abschrecken.

Ein zweiter Streifenwagen fuhr scheinbar unregelmäßig vorbei, manchmal leuchtete er die hohe Hecke aus, die das Grundstück umschloss.

Den ganzen Tag über waren hier bestimmt einige Leute vorbeigekommen, Freunde der Familie, um der Witwe und der Tochter Trost zu spenden. Das musste ziemlich genervt haben, die ganze Zeit alles aus- und wieder einzuschalten.

Die Familie hatte schon seit mehreren Jahren Hunde. Zwei Deutsche Schäferhunde. Vielleicht waren es nicht mehr die jüngsten, aber sie hatten ihr Training bestimmt nicht verlernt. Wenn man nicht mit ihnen rechnete, konnten sie zu einem Problem werden, aber so sah er keinen Grund zur Sorge.

Wenn es einfach nur darum gegangen wäre, die Familie auszuschalten, dann wäre es einfach gewesen. Leider war es damit nicht getan, er musste ins Haus und wahrscheinlich auch ein paar Fragen stellen.

Morgen Vormittag um elf war die Trauerfeier. Dann war das Haus voller Menschen und die Alarmanlage mit Sicherheit ausgeschaltet. Er hatte darüber nachgedacht, es dann zu tun, aber dann gäbe es zu viele Unwägbarkeiten. Nein, heute Nacht war es am besten. Die beiden Agenten im Haus wurden um zwei Uhr morgens und um zwei Uhr mittags abgelöst. Die Ablösung klingelte einfach vorn am Tor, dann wurde das Tor geöffnet, man ging ganz normal den Weg hinunter, und die Tür ging auf. Ein paar Minuten später verließ die alte Mannschaft das Haus.

Er rief sich noch einmal die Position der Bewegungsmelder ins Gedächtnis. Direkt am Tor gab es nur einen, die nächsten waren weiter hinten, in der Nähe des Weges. Sonst würde jedes vorbeifahrende Fahrzeug Alarm auslösen. Entlang der Hecke gab es einen zweiten Bereich, den die Bewegungsmelder nicht abdeckten. Er war nicht sonderlich breit, weniger als einen Meter, aber auch er war notwendig. Wenn ein Windstoß die Hecke bewegte, dann sollte das keinen Alarm auslösen. Dort, im Schutz der Hecke, konnte er also warten, der Rest würde sich ergeben.

Er ging im Kopf alles noch einmal durch und nickte zufrieden. So müsste es gehen. Er schob das Notebook unter den Fahrersitz, überprüfte, ob er alles dabeihatte, was er brauchen würde, und verließ den Wagen um kurz nach halb zwei.

Innerhalb der Hecke gab es einen Eisenzaun. So einen altmodischen mit Speerspitzen, dazwischen in regelmäßigen Abständen Ziegelsteinpfeiler. Hier gab es keine Sicherheitselektronik, jeder zweite Vogel würde hier Alarm auslösen. Offenbar verließ man sich mehr auf die Sensoren im Garten.

Zwei Minuten später lag er neben dem linken Torpfosten auf der Erde, unterhalb, fast innerhalb der Hecke, das Gesicht nach unten, kaum mehr als ein schwarzer Schatten. Direkt über ihm befand sich die grelle Lampe, die den Weg ausleuchtete, wenn einer der Bewegungsmelder ansprach.

Jetzt musste er nur noch warten.

Wie es aussah, war die Ablösung pünktlich. Er hörte den Wagen heranfahren, die beiden stiegen aus. Ein Mann und eine Frau. Sie klingelten, das Licht ging an. Er sah es durch die geschlossenen Augenlieder. Gleißend hell, große Scheinwerfer, die alles in hartes Licht tauchten. Wenn er sich verrechnet hatte, dann war es jetzt zu spät. Aber man müsste direkt in das Licht sehen, um ihn zu erkennen, und selbst dann wäre es unwahrscheinlich.

Das Tor schwenkte auf, jetzt gab ihm einer der Torflügel Sichtschutz. Er hörte die Schritte der Ablösung. Der Weg vom Tor zum Hauseingang war gut vierzig Meter lang. Er wartete. Es dauert eine halbe Ewigkeit, dann hörte er Schritte, die sich vom Haus näherten. Die abgelösten Agenten. Sie gingen an ihm vorbei, das Tor schloss sich.

Drei, zwei, eins ... Das Licht ging aus. Er rollte sich unter der Hecke hervor und rannte entlang des Weges zum Hauseingang. In diesen wenigen Sekunden waren alle Augen noch geblendet von dem hellen Licht der Flutlichtstrahler. Einen winzigen Augenblick lang würde man ihn sehen können ... aber dann war er auch schon am Eingang.

Der Rest war einfach. Er verwendete den Schlüssel, öffnete

die Tür und trat schnell ein. Vor ihm stand eine junge Frau, direkt neben der Alarmanlage, und sah ihn verblüfft an.

Er nickte ihr freundlich zu. »Guten Abend.«

Sie schien nicht zu wissen, was sie tun sollte, schließlich hatte er einen Schlüssel, und seine Kleidung verwirrte sie zusätzlich. Er war ganz in Schwarz gekleidet. Vor seiner Brust baumelte ein großes goldenes Kreuz. Er hielt die Bibel hoch und lächelte. »Ich bin ein Freund der Familie.«

Es ging nur um Zehntelsekunden, nur um diesen einen winzigen Moment, den die Agentin zu lange zögerte. Als er den Elektroschocker in der Bibel auslöste, war es schon zu spät für sie.

Er fing sie auf und ließ sie leise zu Boden gleiten. Dann hörte er auch schon Krallen, die über den Parkettboden kratzten. Hunde waren nicht so leicht zu täuschen. Er griff in seine Tasche und zog den zweiten Elektroschocker heraus. Der Schäferhund kam so schnell um die Ecke, dass er mit den Hinterläufen ausglitt, die Augen unverwandt auf den Fremden gerichtet. Der wartete gelassen bis zum richtigen Moment und schoss. Der Hund rutschte benommen zu Boden. Zähe Biester, diese Schäferhunde. Er schüttelte eine Schusterahle aus dem Ärmel und schob sie dem Tier tief ins Ohr, dann zerrte er den toten Hund zur Seite und legte ihn so hin, dass es aussah, als würde er schlafen. Danach erneuerte er den Aufsatz auf den Elektroschockern. Diese hier schickten dann bis zu vierzigtausend Volt durch die Drähte. Praktisch, aber nur ein Schuss pro Schocker. Deshalb hatte er zwei dabei.

Kabelbinder für die Agentin, vielleicht brauchte er sie noch. Den Knebel hatte er mitgebracht. Im Sexshop gekauft. Er fand, der Knebel stand ihr. Jetzt die Alarmanlage. Er lächelte ein wenig, als er sah, dass sie noch ausgeschaltet war, und schaltete sie selbst wieder ein.

So. Das war der erste Schritt.

Ihren Kollegen fand er in der Küche. Der Agent sah ihn genauso verblüfft an wie die Kollegin am Eingang, nur reagierte er einen Hauch schneller, er griff noch zu seiner Waffe, dann tat der Elektroschocker seine Arbeit. Der Mann riss beim Umfallen den Stuhl mit, es polterte ziemlich laut. Der Agent zuckte, als hätte er einen epileptischen Anfall, dann lag er still.

Überraschend flog die Küchentür auf, und der zweite Hund sprang ihn an. Diesmal war Watier nicht schnell genug, der Hund verbiss sich in seinen Arm, es fühlte sich an wie eine hydraulische Presse, und der Schocker fiel ihm aus der Hand. Watier kniete neben dem Agenten, deshalb schaffte das Vieh es, Watier zu Boden zu werfen. Trotzdem zog er mit der anderen Hand die Waffe.

Das ist das Problem mit Hunden, dachte Watier, man trainiert sie so lange, bis sie keinen Instinkt mehr haben. Das Vieh hätte ihm gleich die Kehle rausreißen sollen, nicht nur danach schnappen und drohen ... Jetzt war es zu spät! Mit der freien Hand setzte er dem Tier die Mündung seiner Waffe ans Ohr. Der Schalldämpfer machte aus dem Schuss einen leisen Plopp. Allerdings war jetzt das Gehirn des Tieres großflächig auf den Küchenmöbeln verteilt. Angeekelt warf er den Kadaver zur Seite und massierte seinen Arm.

Er überprüfte seine Kleidung. Offenbar hatte er Glück gehabt. Die Zähne waren nicht durch den verstärkten Stoff gedrungen. Er sah zum Eingang hinüber, wo die Agentin lag und ihn mit aufgerissenen Augen anstarrte. Er ging zu ihr, zog sie an den Haaren nach oben, bis sie auf den Beinen stand, und schob sie vor sich her, bat sie freundlich, mit ihm in die Bibliothek des Senators zu gehen. Dort führte er sie zu einem der Ledersessel. Er achtete darauf, dass sie bequem saß, und band Hände und Füße am Sessel fest.

Dann erklärte er ihr die Regeln. Er würde ihr Fragen stellen, sie würde entweder nicken oder den Kopf schütteln. War er mit ihrer Antwort nicht zufrieden, würde sie es bereuen.

Er stellte die erste Frage. Natürlich stellte sie sich stur. Er sah auf sie hinunter und schüttelte lächelnd den Kopf. »Ich habe ja gesagt, Sie werden es bereuen. Aber ich denke, danach werden wir uns besser verstehen.« Er öffnete ihre Bluse. »Normalerweise greife ich nicht zu solchen Mitteln«, erklärte er freundlich, »aber ich bin ein bisschen unter Zeitdruck. Ein wirklich schöner Busen … irgendwie schade drum.«

Sie gab gurgelnde Geräusche von sich, als er den Zigarrenschneider ansetzte und ihr die rechte Brustwarze abschnitt. Er hielt das blutige Stück hoch und warf es achtlos zur Seite.

»Das können wir nur noch ein Mal machen«, sagte er. »Aber ich denke, wir verstehen uns jetzt besser, nicht wahr?«

Sie nickte heftig, und er lächelte freundlich.

»Sehen Sie, so einfach geht das …«

Okay. Es sah so aus, als wären wirklich nur die angekündigten Personen im Haus, offenbar hielt man sich auch an den Schichtplan. So weit so gut.

Watier sah auf seine Uhr. Es blieb ihm noch etwas mehr als eine Stunde, bis man ihren Kontrollanruf erwartete. Zeit, sich um die anderen Bewohner des Hauses zu kümmern.

Der Militärkaplan schlief im Gästezimmer. Einer der ältesten Freunde des Senators, er war mit ihm in Vietnam gewesen. Watier wettete, dass der Mann schon viel erlebt hatte, doch dies war bestimmt das erste Mal, dass er mit vorgehaltener Waffe geweckt wurde.

Amüsanterweise schien sich der Kaplan über Watiers goldenes Kreuz mehr aufzuregen als über alles andere, das heißt, bis er die Agentin in der Bibliothek sah. Jetzt hatte er noch einen Grund, den Eindringling zu verdammen. Ein paar Kabelbinder später war der Kaplan sicher an der Heizung festgebunden, Watier ließ die beiden in der Bibliothek zurück. Es gab noch mehr zu tun.

Die Haushälterin und die Köchin fand er in ihren Betten. Für beide hatte er keine Verwendung. Diesmal achtete er darauf, wohin das Blut spritzte. Dann sammelte er die Hülsen ein und lud nach, bevor er vorsichtig die nächsten Türen öffnete.

Audrey Malvern, die Tochter des Senators, war nicht da. Watier stand in ihrem Zimmer und betrachtete das unbenutzte Bett. Ein richtiges Glückskind, diese Audrey.

Er ging zum Schlafzimmer des Senators und öffnete die Tür. Die Mutter lag im Bett. Sie schnarchte leise. Und da war ja auch Audrey. Sie saß auf einem Stuhl und schlief. Ein Buch lag in ihrem Schoß. Ein Gedichtband. Watier nickte erfreut. Eine Tochter sollte sich um ihre Eltern kümmern.

Audrey wachte noch nicht einmal auf, zuckte nur zusammen und fiel vom Stuhl, die Witwe war so groggy durch die Schlafmittel, dass es eine ganze Weile dauerte, bis sie verstand, was hier passierte.

Bis er alles zu seiner Zufriedenheit arrangiert hatte, gingen ihm fast die Kabelbinder aus. Die Bibliothek war gut gefüllt. Ein nettes kleines Familientreffen mit Freunden. Der Kaplan, Audrey und ihre Mutter saßen im Halbkreis vor der Agentin. Damit jeder sie gut sehen konnte.

»Dafür werden Sie in der Hölle schmoren!«, stieß der Kaplan hervor, der als Einziger nicht geknebelt war. Der Mann hat Mumm, dachte Watier. Ein echter Streiter Gottes. Nur schade, dass selbst Gott ihm nicht mehr helfen konnte.

Dann öffnete er den Tresor. Audrey und der Kaplan sahen ihn überrascht an, als er, ohne zu zögern, die richtige Kombination einstellte. Mrs Malvern war immer noch benommen.

Er fand Bargeld, Juwelen, eine Brieftasche und eine Walther. Lächelnd steckte er sie ein. Was er nicht fand, war das gesuchte Objekt. Was auch immer es war, hier war es nicht. Er hatte auch nicht wirklich damit gerechnet, dass es so einfach sein würde.

Watier sah auf die Uhr. Er hatte noch eine knappe halbe Stunde Zeit. Es half nichts, er musste ein paar Fragen stellen. Mal sehen, ob er Audrey überzeugen konnte, dass es besser wäre, alles zu sagen, was sie wusste.

Er ging in die Küche, öffnete die Schubladen, fand eine Truthahnschere und ging damit zurück. Er fragte nach dem Namen der Agentin. Sie hieß Mary Norman. Er betonte, dass es nichts Persönliches sei, sie sei ja ein tapferes Mädchen, aber er bräuchte sie, um die Ernsthaftigkeit seines Anliegens zu unterstreichen.

Er strich ihr zärtlich übers Haar, dann schnitt er ihr die beiden kleinen Finger ab, bevor er den anderen die erste Frage stellte.

Als er die entsetzten und verständnislosen Gesichter sah, war ihm schnell klar, dass niemand wusste, wovon er sprach. Malvern hatte sein kleines Geheimnis wohl mit ins Grab genommen.

Doch er musste auf Nummer sicher gehen. Agent Norman war wirklich tapfer. Als er ihr den letzten Finger abschnitt, winselte sie nicht einmal mehr, sondern bedachte ihn nur mit einem verächtlichen Blick.

Zehn Minuten später war er sich sicher. Er sah wieder auf die Uhr. Je früher er verschwand, desto besser. Watier zögerte. Er hatte versprochen, seine eigene Walther nicht zu verwenden, aber ... Er schraubte den Schalldämpfer von seiner Walther auf die Walther des Senators. Die Schüsse kamen ihm überraschend leise vor.

Er sah zu den Fingern, die auf der Schreibtischplatte lagen. Am besten, er sortierte sie nach Größe. Das gab den Bullen ein bisschen Futter. Das FBI liebte es ja, Profile zu erstellen.

15

Mittlerweile war es vier Uhr morgens. Spät genug, auch FBI-Agenten durften mal schlafen. Val hatte Mark nach Hause gefahren. Sie saßen noch in ihrem Wagen.

Mark seufzte. Der Gedanke, jetzt in sein Einzimmer-Wohnklo zu gehen, war nicht sehr reizvoll. Er war hundemüde, aber er wusste, dass seine Gedanken ihn nicht schlafen lassen würden. Außerdem hatte er Durst. Nicht weit von hier gab es eine Kneipe, die die ganze Nacht offen hatte.

Val schien seine Gedanken zu lesen. »Lass es. Geh einfach schlafen.«

Mark nickte. »Das wäre wohl das Beste. Aber dieser Fall macht mir zu schaffen.«

»Vielleicht sollte ich die Akte mitnehmen. Ich kenne dich, du brütest sonst nur drüber.«

Mark schüttelte den Kopf. »Ich kann sowieso nicht schlafen.«

Val nickte langsam. »Okay.« Als Mark keine Anstalten machte auszusteigen, sagte sie: »Ich habe das Gefühl, als würden wir den Deckel von Pandoras Büchse anheben ... Jedenfalls stinkt es jetzt schon ganz gewaltig.«

»Wenn wir die Kiste aufmachen, sollten wir dran denken, dass wir auch die Hoffnung rauslassen«, meinte Mark mit einem schiefen Lächeln. Er sah ihren Blick und lachte. »Hey, ein bisschen Bildung habe ich auch.« Er wurde schnell wieder ernst. »Diese Sache vor acht Jahren, die stinkt, da gebe ich diesem Kramer recht, aber mit Malvern kann das wohl kaum was zu tun haben.« Er verzog das Gesicht. »Mittlerweile denke ich, es wäre besser gewesen, sie da rauszuhalten.« Er sah in die Nacht hinaus. »Meinst du, es wäre möglich, dass ...«

»... es damals ein faules Ei gab?«, sagte Val, und Mark nickte. Sie zuckte mit den Schultern. »Kramer vermutet nur, dass sie im Zeugenschutzprogramm war. Gut, es liegt nahe, aber wer weiß das schon. Aber es kann nicht schaden, wenn wir etwas vorsichtiger vorgehen. Ich kann mir allerdings nicht vorstellen ...« Sie brach ab.

Mark lehnte sich zurück, schloss die Augen und massierte sich mit den Fingerspitzen die Schläfen. In seinem Kopf arbeitete ein ganzer Bautrupp mit Pressluftbohrern. Er hoffte, dass er noch ein Aspirin zu Hause hatte. Oder zwei. Oder drei. »So ein Zeugenschutzprogramm ist nie perfekt«, sagte er dann und gähnte. Dann öffnete er die Tür, stieg aus und beugte sich vor. Val sah ihn besorgt an.

»Ich werde direkt nach oben gehen. Gute Nacht«, sagte er.

Sie bedachte ihn mit einem letzten prüfenden Blick und nickte dann. »Gute Nacht, Mark.«

Er warf die Tür zu, drehte sich um und ging zum Eingang. In diesem Augenblick meldete sich sein Pieper. Er warf einen Blick auf das Display, es war das Büro. Um diese Uhrzeit? Er drehte sich um, Val stand noch da, sie winkte ihm zu, er rannte zu ihr, sie stieß die Beifahrertür auf und gab Gas, noch ehe er richtig im Wagen saß.

»Was ist los?«, rief er, während er nach dem Sicherheitsgurt griff. »Auf Malverns Familie wurde soeben ein Mordanschlag verübt!«

Mark suchte unter dem Beifahrersitz nach dem Blaulicht, kurbelte das Fenster herunter und pappte das Ding mit dem Magnetfuß aufs Dach.

»Verdammte Scheiße!« fluchte Val.

Er konnte nur nicken.

Als Val am Tatort ankam, sah sie einen Wust von Fahrzeugen vor sich, alle kreuz und quer geparkt, die meisten hatten ihr Blaulicht und ihre Scheinwerfer noch an. Vor ein paar Minuten hatte es angefangen, leicht zu nieseln. Das Flackern der Lichter auf dem glänzenden Asphalt machte die Szenerie irgendwie unwirklich. Mehrere Krankenwagen standen da, auch zwei Wagen des Gerichtsmedizinischen Instituts.

Mark unterdrückte ein Gähnen. »Dann los.« Sie stiegen aus.

Die Übertragungswagen zweier konkurrierender Nachrichtensender blockierten die Straße, beide Reporterinnen gaben ihr Bestes, indem sie sich gegenseitig mit Vermutungen überboten.

Ein junger Polizist hielt Val und Mark auf, selbst ihre FBI-Ausweise konnten ihn nicht umstimmen. Offenbar hatte der leitende Beamte angeordnet, nicht einmal Gott persönlich durchzulassen. Mark hatte Verständnis dafür, aber er war müde, durstig und frustriert, trotzdem zwang er sich, ruhig und freundlich nach dem Namen des leitenden Beamten zu fragen.

»Detective Steve Janos, Sir. Mordkommission Washington. Und Detective Terry Goldkind.«

Mark nickte zufrieden. Sie hatten Glück, er kannte sowohl Janos als auch Goldkind.

»Gut. Dann schlage ich vor, Sie benutzen Ihr Funkgerät und fragen Ihren Boss, ob Sie uns durchlassen können. Sagen Sie ihm, Agent Valerie St. Clair und Agent Mark Bridges vom FBI wären hier und würden allmählich ungeduldig werden.«

Wenige Augenblicke später standen Val und Mark an der Toreinfahrt vor den beiden Detectives. Der Empfang war nicht gerade freundlich.

Terry Goldkind war groß und athletisch. Sie trug ihre Haare jetzt kurz, es stand ihr gut, fand Mark. Einen Ehering entdeckte er auch. Janos war einen Kopf größer als sie und so dünn, dass er schon unterernährt aussah. Beide waren blass und wirkten deprimiert.

»So schlimm?«, fragte Mark.

Terry nickte nur.

»Hallo, Mark«, meinte Steve.

Mark hatte die beiden vor fünf Jahren kennengelernt, in einem der wenigen Fälle, als er nicht mit Val zusammen ermittelt hatte. Ihre Tochter hatte damals einen Blinddarmdurchbruch gehabt. Mark, Steve und Terry hatten sich zusammenraufen müssen, aber den Fall nach fast vier Wochen harter Arbeit gelöst.

»Hi, Steve, hi, Terry.« Mark machte sie mit Val bekannt.

»Eigentlich heiße ich Reuter«, meinte Terry mit einem leichten Lächeln. »Aber keiner im Revier scheint das ernst zu nehmen. Guten Morgen.« Sie musterte Val.

Die sah ausnahmsweise mal nicht geschniegelt aus. Der Nieselregen und der anstrengende Tag hatten auch bei ihr Spuren hinterlassen. Mark war erleichtert, dass Terry Val freundlich begegnete. Irgendwelche Antipathien konnte er jetzt nicht gebrauchen.

Er sah zum Haus und wieder zurück zu den beiden Detectives. Steve schüttelte den Kopf.

»Ihr könnt noch nicht rein. Die Jungs von der Spurensicherung wollen erst mal den Weg zum Tatort sichern. Die waren schon sauer wegen dem Ärzteteam.«

»Ärzteteam?«, fragte Val.

»Wir haben vielleicht eine Überlebende.«

»Vielleicht?«

»Sie hat einen Kopfschuss. Sie lebt noch, aber sie hat ein Loch mitten in der Stirn. Wir haben sechs weitere Opfer. Alle tot, alle durch Kopfschuss.«

»Eines der Opfer hat einen Kopfschuss überlebt?«

Terry nickte. »Der Täter hat den Opfern entweder in die Schläfe oder in die Stirn geschossen. Bei ihr war es die Stirn. Der Polizist, der die Opfer gefunden hat, hat beinahe einen Herzschlag bekommen, als sich die Hand der *Toten* bewegt hat. Im Moment wird das Opfer vor Ort untersucht und behandelt.«

»Wer ist die Überlebende?«, fragte Mark und schlug den Kragen seines Jacketts hoch. Es war nicht wirklich kalt, aber er fror. Wahrscheinlich die Müdigkeit.

»Die Tochter«, antwortete Steve.

»Audrey?«, fragte Val.

Steve sah sie erstaunt an, sagte aber nichts.

»Ich kenne sie. Meine Tochter und sie sind befreundet.«

Ein schlanker Mann kam aus dem Haus den Kiesweg herunter und stellte sich zu ihnen. Maßgeschneiderter Anzug, trotz des Nieselregens perfekte Frisur. Er sah aus, als hätte man ihn aus einem wichtigen Empfang herausgeholt. Männer, die um diese Uhrzeit so aussahen, waren Mark in der Regel unsympathisch.

Der Neue begrüßte Val mit einem charmanten, wie eingeübt wirkenden Lächeln. »Tony Moire. Secret Service.«

»Valerie St. Clair.«

»Sehr erfreut«, meinte Moire und hielt ihre Hand einen Augenblick länger als notwendig, erst dann bedachte er Mark mit einem fragenden Blick.

»Mark Bridges.«

Mark war überzeugt, dass der Händedruck viel über eine Person aussagte. Der von Moire war fest, kurz und sachlich. Es half nichts. Er konnte Moire trotzdem nicht ausstehen.

»Was führt Sie denn hierher?«, fragte er. Seine Stimme klang unfreundlich.

»Der Secret Service hatte zwei seiner Leute im Haus«, erklärte Steve Janos. »Beide sind unter den Opfern. Die weibliche Agentin wurde zudem noch gefoltert.«

»Ich hoffe, Sie verstehen, dass wir ein Interesse an dem Fall haben«, fügte Moire ruhig hinzu. Sein prüfender Blick musterte die beiden FBI-Agenten. »Ich habe schon viel von Ihnen gehört.«

»Wirklich?« Val zog eine Augenbraue hoch.

»Acorn. Er meinte, Sie beide sind okay.«

»Danke. Wie geht es ihm?«, fragte Val. Sie war in solchen Dingen geübter als Mark, der immer noch mit seiner Antipathie gegen Moire zu kämpfen hatte.

»Den Umständen entsprechend. Wir können nur beten.«

»Ich dachte, er hätte Glück gehabt?«, fragte Mark überrascht.

»Anscheinend gab es Komplikationen. Eine Schwellung des Rückenmarks und innere Blutungen ... Wir hoffen alle, dass er durchkommt.«

»Tut mir leid«, sagte Val leise.

»Acorn ist der, der beim Attentat auf den Senator angeschossen wurde?«, fragte Steve.

»Ja«, antwortete Moire.

Steve nickte in Richtung Haus. »Und was ist mit der Tochter? Hat sie mehr Glück gehabt?«

»Das kann man wohl sagen.« Moire lächelte. »Wie soll ich es ausdrücken ... Es ist ein Wunder.«

Steve sah ihn skeptisch an.

»Audrey muss ihren Dickkopf von ihrem Vater geerbt haben. Wie es aussieht, hat die Kugel den Stirnknochen nicht durchschlagen. Eine satte Gehirnerschütterung ist alles.« Sein Lächeln wurde breiter. »Das ist für mich ein Wunder. Mittlerweile ist sie übrigens aufgewacht. Der Doktor sagt, sie steht unter Schock, aber Miss Malvern besteht darauf, mit der Polizei zu sprechen, bevor man sie ins Krankenhaus einliefert. Sie ist erstaunlich gefasst, aber der Doc hat recht. Sie sollte schnellstens ins Krankenhaus. Vor allem wegen dem Finger.«

»Finger?«, fragte Val.

»Der Täter hat ihr einen kleinen Finger abgeschnitten. Aber auch dabei hat sie Glück gehabt. Es ist ein glatter Schnitt, der Finger kann wieder angenäht werden.«

Mark und Val sahen sich an. »Was ist eigentlich genau passiert?«, fragte Val.

»Kurz zusammengefasst: Der Täter dringt ins Haus ein, überwältigt eine unserer Agentinnen, tötet ihren Kollegen, tötet die Haushälterin und die Köchin in ihren Betten, zwingt Mrs Malvern, Audrey, einen Freund der Familie und unsere Agentin in die Bibliothek, wo er sie mit Kabelbindern fesselt. Dann verstümmelt er seine Opfer, um sie anschließend mit einer 7.65 zu erschießen.«

Mark verzog das Gesicht. »Verstümmelt?«

»Er hat mehreren Opfern die Finger abgeschnitten. Und das ist noch nicht alles.« Moire atmete tief durch.

Mark zog die frische Nachtluft durch die Zähne ein. Er

hatte den Tatort noch gar nicht gesehen, aber er hatte jetzt schon keine Lust mehr darauf.

Ein Techniker der Spurensicherung öffnete ihnen die Tür und hielt ihnen Überschuhe hin. »Bitte gehen Sie geradeaus ins Frühstückszimmer. Die Tür neben der Standuhr. Dort hielt sich der Täter nicht auf.«

Mark sah an ihm vorbei in eine holzgetäfelte Eingangshalle. Die Tür neben der Standuhr war angelehnt.

»Wo ist Miss Malvern?«, fragte Steve.

»Wartet dort. Zusammen mit dem Doc. Sie wollte einen Kaffee …« Der Techniker warf Steve einen fragenden Blick zu.

Steve nickte. »Fragen Sie mal nach, ob einer der Kollegen eine Thermoskanne dabeihat.«

Sie schlüpften in die Überschuhe, Val nahm ihre hochhackigen Schuhe in die Hand.

»Bitte gehen Sie in einer möglichst geraden Linie«, bat der Techniker.

Im Gänsemarsch gingen sie in das Frühstückszimmer.

Der Raum mit seiner freundlichen Einrichtung, den vielen Blumen und den großen Fenstern wirkte überraschend normal. Als wäre nichts passiert. Ein Polizist stand etwas abseits, am Tisch saßen zwei Personen.

Der Mann mittleren Alters war wahrscheinlich der Arzt. Er sah besorgt und mitgenommen aus. Auf seinen hochgerollten Hemdsärmeln waren Blutflecke zu sehen.

Die junge Frau im Morgenmantel blickte störrisch vor sich hin. Ihre rechte Hand war verbunden.

»Sind das schon alle, Onkel Tony?«, fragte sie ironisch. »Ich habe mit einer Invasion gerechnet.« Ihr Blick wanderte zu Val und blieb überrascht an ihr hängen.

»Hallo, Audrey.« Val lächelte.

»Mrs St. Clair«, antwortete Audrey überrascht. »Ich hatte ganz vergessen, dass Sie beim FBI sind.«

Audrey Malvern wirkte klein und zierlich in ihrem viel zu großen Morgenmantel. Ihre verbundene Hand ruhte auf dem Tisch. Dort, wo der kleine Finger hätte sein müssen, war ein kleiner Blutfleck auf dem weißen Verband. Mitten auf der Stirn hatte sie ein kleines Pflaster. Mark fand das auf eine seltsame Weise irritierend. Er hatte einen dicken Verband erwartet.

Sie hatte feine, kurze blonde Haare, ein Gesicht, das interessanter war als schön, und kornblumenblaue Augen, mit denen sie jede einzelne Person kritisch musterte. Sie hatte noch Blutflecken im Gesicht.

Offenbar kannte Audrey den Mann vom Secret Service schon länger. Klar, dachte Mark, wenn sie ihn Onkel Tony nennt. Er nickte ihr freundlich und aufmunternd zu, als Moire ihn vorstellte. Ihr Blick gefiel ihm. Offen, direkt. Man sah ihr an, dass sie etwas Traumatisches erlebte hatte, aber auch, dass sie sich dem stellen würde. Pure Willenskraft. Wie lange sie das durchhalten konnte, stand allerdings auf einem anderen Blatt.

Es klopfte. Val, die am nächsten an der Tür stand, öffnete sie zuerst nur einen Spalt breit, dann nahm sie dankbar lächelnd eine Thermoskanne und einen Plastikbecher entgegen. »Leider nur schwarz«, meinte der Techniker von draußen.

Val brachte beides zu Audrey und schenkte ihr Kaffee ein. Er roch stark und bitter. Typischer Polizeikaffee. Audrey trank einen kleinen Schluck. Ohne mit der Wimper zu zucken, stellte Mark fest.

»Danke. In der Küche ist auch was passiert, nicht wahr?« Sie sah Moire fragend an.

Der nickte. »Agent Sorensen.«

»Ich dachte mir schon so was.«

Steve und Mark legten fast gleichzeitig ein Aufnahmegerät auf den Tisch. Sofort hob der Arzt die Hand. Er wirkte ein bisschen verlegen, aber seine Stimme war fest.

»Ich möchte Sie bitten, der jungen Dame möglichst bald Ruhe zu gönnen.«

Terry lächelte den Arzt an. »Keine Sorge. Dies ist kein Verhör. Wir wollen nur so schnell wie möglich ein paar Informationen. Vielleicht hilft uns das, den Täter schnell zu fassen.«

Audrey Malvern schüttelte den Kopf. »Das bezweifle ich. Aber okay. Also: gut eins achtzig groß, schlank, leichter Bauchansatz, breite Schultern, schwarze Haare, braune Augen, ein Van-Dyke-Bärtchen, eine dünne Narbe auf der rechten Wange, ein goldener Ohrring rechts. Ganz in Schwarz gekleidet, großes goldenes Kreuz auf der Brust.«

»Das ist eine hervorragende Beschreibung«, sagte Val freundlich. Audrey lächelte gequält. »Ich habe Zeichnen als Nebenfach belegt. Man lernt dabei, Gesichter genau anzusehen.«

Ein paar Sekunden lang war es still im Raum.

Mark schob Audrey eine Zeichnung zu. Es war das Phantombild des Attentäters, das aufgrund von Acorns Beschreibung angefertigt worden war.

Sie sah das Bild lange an. »Ist das der Mann, der Daddy ...?«

Mark nickte.

Tränen traten ihr in die Augen. »Kann sein.« Sie schien erst jetzt zu bemerken, dass sie weinte, und wischte die Tränen mit dem Handrücken weg. »Er war ...« Sie stockte. »Er war sehr höflich ... Verdammte Scheiße! ... Warum hat er das getan? ... Wie ...?«

Audrey fing plötzlich an zu zittern. Val ging zu ihr und nahm sie in die Arme. Sie sah die anderen an und schüttelte den Kopf.

Mark und Steve schalteten die Recorder wieder aus. Val machte eine Kopfbewegung in Richtung Tür, warf auch dem Arzt und dem anderen Polizisten einen Blick zu.

Alle verließen leise den Raum, auch der Arzt, obwohl er nicht genau zu wissen schien, warum.

»Ich muss …«, sagte er, brach aber ab, als Mark ihn am Arm fasste und hinter sich herzog. »Agent St. Clair ist ausgebildete Psychologin. Ihre Tochter ist so alt wie Audrey. Außerdem kennen sie sich. Sie können sich darauf verlassen, dass Val auf Audrey aufpasst, Doktor.«

Der Arzt nickte erleichtert. »Ich bin Chirurg. Ich weiß, was ich tun muss, aber mit weinenden Frauen …«

Die Männer nickten, während Terry die Augenbrauen hochzog.

Steve führte sie zur Bibliothek.

Der Arzt verabschiedete sich. »Meine Arbeit ist getan. Jetzt sind Sie dran.«

Steve hatte die Klinke schon in der Hand, als er sich zu Mark umdrehte. »Ich muss dich warnen. Es ist heftig.«

Die Leichen waren noch an ihrem Platz. Die Armlehnen des Sessels in der Mitte waren blutig, Reste von Kabelbindern lagen säuberlich nebeneinander auf dem Sitzkissen.

Rechts davon saß Mrs Malvern, die Augen weit aufgerissen, ein entsetzter, ungläubiger Ausdruck lag auf ihrem Gesicht. Die einzige Verletzung, die bei ihr zu sehen war, war das Loch in der Stirn.

Links von dem leeren Sessel saß der Kaplan auf dem

Boden, er war an einem Heizkörper festgebunden. Die leeren Augenhöhlen starrten Mark vorwurfsvoll an. Er war nackt bis auf seine Unterhose. Seine Beine waren von den Knien abwärts in Blut getaucht. Der Täter hatte ihm die Kniescheiben entfernt. Mark musste blinzeln. Er hatte das Gefühl, als würde der Raum sich um ihn drehen. Er schloss die Augen und atmete tief durch.

Als er sie wieder öffnete, fiel sein Blick auf eine junge Frau. Das leere Holster an ihrem Rockgürtel sagte ihm, wer sie war. Ihre Augen waren geschwollen, das Make-up war verlaufen, sie hatte geweint, aber es war ihr Gesichtsausdruck, der Mark am tiefsten berührte. Irgendwann während der Folter hatte sie eine innere Stärke gefunden.

Er folgte dem Blick ihrer Augen und entdeckte ihre Finger. Sie lagen aufgereiht auf Senator Malverns Schreibtisch. Dahinter die Augen des Kaplans. Und zwei blutige Teile. Die Kniescheiben. Mark schluckte. Übelkeit überfiel ihn, und er wich zurück zur Tür. Er hatte schon viel gesehen in seinem Leben, aber immer wieder gab es Dinge, vor denen selbst der dickste Panzer nicht schützen konnte.

16

Andrea Weston sieht aus wie ein Model, dachte Ann, als sie sich im Spiegel musterte. Lange blonde Haare, ein lockerer, lässiger Schnitt, dem man ansah, dass er in einem exklusiven Salon mehrere Stunden Arbeit und ein paar Hundert Dollar gekostet hatte. Als Andrea Weston mochte Ann intensive Farben und modisches Flair. Das Kostüm, das sie trug, war extravagant und sexy. Ann Mankowitz war schüchtern, Andrea Weston war das genaue Gegenteil.

Die Augenbrauen waren dunkel, sie ähnelte ein wenig Brooke Shields. Wenn man sie so ansah, dachte man: jung, dynamisch, erfolgreich, vermögend. Wenn Ann raten müsste, welchen Job Andrea hätte, würde sie die Frau im Spiegel für jemanden aus einer Werbeagentur halten.

Ann war immer wieder überrascht, wie leicht es ihr fiel, die Identität zu wechseln. Aber wenn sie sich im Spiegel ansah, dann hatte sie keine Schwierigkeiten, sich zu erkennen. Schließlich wusste sie, wer sie war.

Sie zog den Lippenstift nach, sah sich kritisch an, nickte sich im Spiegel zu und verließ den Waschraum.

Das Bistro lag auf der westlichen Seite des historischen Rathausplatzes von Villiamsburg. Vor ihr erstreckte sich die Rasenfläche in der Mitte des Platzes, darauf die Flaggenmasten und die Kanone aus dem Bürgerkrieg, die genau auf das Rathaus zielte. Vor zwei Jahren hatte einer ihrer Schüler wissen wollen, ob die Kanone geladen war, und eine brennende Wunderkerze in das Zündloch gehalten. Danach war an einer

Stelle der Fassade der Putz erneuert worden. Die ganze Stadt hatte sich darüber amüsiert und sich gefragt, welchen Grund es wohl dafür gab, dass eine geladene Kanone seit über hundert Jahren auf das Fenster des Bürgermeisters zielte.

Ein leichtes Lächeln umspielte ihre Lippen. Erinnerungen und kleine Geschichten wie diese waren der Grund, warum sie sich als Ann so wohlgefühlt hatte.

Während sie zurück zu ihrem Tisch ging, merkte sie, wie die Blicke der Männer ihr folgen. Ann hatte das nie bemerkt.

Andrea hingegen wusste, dass sie attraktiv war. Sie beherrschte diesen sexy Hüftschwung, und sie flirtete gern.

Ann war eine graue Maus, Andrea war ein Schmetterling. Und irgendwo dazwischen versteckte sich ihr wahres Ich. Nur finden konnte sie es nicht. Sie hatte sich entschlossen, ihrem unbekannten Selbst den Namen Juliet zu geben. Das lag an einer anderen Erinnerung. Oder vielleicht an einem anderen Traum.

Sie war ungefähr sieben Jahre alt und wohnte in einem großen Haus, in dem viele Leute arbeiteten. An jenem Morgen wurde sie in einem großen schwarzen Wagen zur Schule gefahren. Die Kinder dort sprachen französisch. Sie konnte es nicht so gut, aber sie verstand genug, um herauszuhören, dass eine Mitschülerin sie beleidigte. Sie wehrte sich, indem sie das Mädchen fest an den Haaren zog.

Der Mann, der sie morgens immer zur Schule brachte, war nett. Er sprach englisch und hatte einen Knopf im Ohr. Wenn er losfuhr, nahm er ein Mikrofon und sprach hinein, während er sie anlächelte. »Habe Juliet Kilo Charlie an Bord. Bin auf dem Weg.«

Wenn sie nicht bei Maman war, dann passten die Männer und Frauen in den dunklen Anzügen auf sie auf. Maman nannte sie *ma chère*, Papa nannte sie *Poppet*, die netten Leute, die auf sie aufpassten, nannten sie *Juliet Kilo Charlie*. Oder nur *Juliet*. Sie verbrachte mehr Zeit mit diesen Leuten als mit Maman. Maman hatte immer viel zu tun, auch Papa war nur selten zu Hause. Juliet konnte sich in dem großen Haus frei bewegen, nur in den Keller durfte sie nicht …

Andrea gab Zucker in ihren Cappuccino und lächelte. Juliet war glücklich gewesen, damals. Sie hatte keine Probleme gekannt, keine Sorgen. Sie hatte eine Menge Fragen gehabt, und es waren meist die Männer in den dunklen Anzügen gewesen, die sie ihr beantwortet hatten.

Wenn ich heute das alles wüsste, was Juliet damals gewusst hatte, dann wäre ich jetzt weiter, dachte Andrea. Aber auch so war sie Juliet für diese Erinnerung dankbar. Sie bewahrte sie auf wie ein Kleinod. Denn es war eine glückliche Erinnerung, hell und klar, ganz ohne Schatten.

Ann, Andrea, Juliet … Wer war sie wirklich?

Nein, sie war Ann. Andrea war nur eine Rolle, und Juliet … Juliet war da, wenn man sie brauchte. Um sich beispielsweise mit zwei Männern in einem Park ein Feuergefecht zu liefern.

Sie sah nachdenklich auf ihren Kaffee vor sich. Genau da lag das Problem. Sie wollte nicht aufhören, Ann zu sein. Allein schon bei dem Gedanken, wieder zu Juliet zu werden, verkrampfte sich alles in ihr.

In ihrer Handtasche war ein Briefumschlag, adressiert an den getöteten Senator. Sie hatte den Schlüssel hineingetan, den er ihr in die Hand gedrückt hatte. Sie war schon auf dem Weg gewesen, den Brief einzuwerfen, als sie die Schlagzeile in der Zeitung las: *SENATOR MALVERNS FAMILIE ERMORDET!*

Was sollte sie jetzt machen? Den Brief trotzdem abschicken? Warum hatte der Senator ihr den Schlüssel gegeben? Ob sie es wollte oder nicht, seit sie auf dem Flughafen mit dem Mörder zusammengestoßen war, hing sie in der Sache drin. Es wurde Zeit, das zu akzeptieren.

Sie sah sich in dem Bistro um, erkannte das eine oder andere Gesicht. Villiamsburg war eine Kleinstadt, lebte man lange genug hier, kannte man jeden. Alles schien so freundlich und einladend hier, es war leicht, zu vergessen, dass es eine andere Welt gab, eine dunkle Welt voller Gefahren.

Juliet gehörte in diese dunkle Welt, in der es keine Regeln gab, außer denen, die man selbst aufstellte, um zu überleben.

Wollte sie wissen, wer sie war, dann musste sie in diese dunkle Welt zurück. In dieser dunklen Welt war sie schon einmal gestorben. Es war Mord gewesen. Irgendjemand hatte viel Mühe darauf verwendet, sicherzustellen, dass Juliet tot war.

Sie hatte einfach nur Angst. Sollte herauskommen, dass Juliet noch lebte, dann gab es in dieser dunklen Welt jemanden, der mit Sicherheit versuchen würde, das zu beenden, was er vor fast acht Jahren begonnen hatte.

Am schlimmsten war, dass sie sich nicht erinnerte. Sie konnte ihrem Mörder über den Weg laufen und nicht wissen, dass er ... *Doch. Du weißt es.*

Andreas Finger zitterten, als sie die Tasse langsam wieder absetzte und durch das Fenster nach draußen sah, ohne etwas zu erkennen. Hinter ihrer glatten Stirn überschlugen sich die Gedanken.

Er war es. Der Mann aus Rom.

Sie legte ihre Hände auf den Tisch und zwang sich zur Ruhe, konzentrierte sich, wie sie es vor langer Zeit irgendwo, irgendwie gelernt hatte.

Der Mann aus Rom war ihr Mörder.

Ja, es war der Lügner.

Wieso Lügner?, fragte sie sich. Wie erwartet, erhielt sie keine Antwort.

Dieser Blick in den Augen des Senators, als er starb. War es nur Einbildung, oder hatte er sie vielleicht doch erkannt? Aber woher sollte er sie kennen?

Wie viele Zufälle sollte es denn noch geben?

Sie legte ein paar Münzen auf den Tisch und stand auf. Juliet hatte recht. Sie sollte endlich aufhören, wegzulaufen. Malverns Tod, die Morde und der Mann aus Rom, all das hing zusammen. Und weil das so war, musste sie herausfinden, wer Juliet war. Vielleicht wusste sie dann mehr. Vielleicht wusste Juliet sogar, wer der Mann aus Rom in Wirklichkeit war.

Aber vorher musste sie herausfinden, was es mit dem Schließfach auf sich hatte.

Es war eine nützliche Aufgabenteilung, wie sie fand. Sie, Ann, dachte nach und plante, Andrea kümmerte sich um die Tarnung, und Juliet ... Juliet war fürs Grobe zuständig.

Mit schnellen Schritten verließ sie das Bistro und ging zu dem Wagen, den sie als Andrea Weston gemietet hatte.

17

Mark fühlte sich miserabel, auch wenn er frischer aussah als sonst. Vom Anwesen der Malverns aus wären es gute anderthalb Stunden durch den morgendlichen Berufsverkehr zu ihm nach Hause gewesen, während das Anwesen der St. Clairs nur etwas mehr als einen Kilometer von dem der Malverns entfernt war. Sie waren beinahe Nachbarn.

Er war viel zu müde gewesen, um Vals Vorschlag, dass er bei ihr und Tom übernachten könnte, etwas entgegenzusetzen. Wie Val schon oft gesagt hatte, die St. Clairs konnten mit mehreren leer stehenden Gästezimmern aufwarten.

Val war gerade noch rechtzeitig nach Hause gekommen, um Tom in der eleganten Eingangshalle zu begegnen, der eigentlich schon auf dem Weg zur Arbeit gewesen war. Ein Blick auf seine Frau hatte ausgereicht, um alle Morgentermine abzusagen.

Als Mark beobachtet hatte, wie Val in der Umarmung ihres Mannes versank, hatte er gelächelt. Es war wahrscheinlich das erste Mal gewesen, dass er keinerlei Eifersucht verspürt hatte, er war einfach nur froh gewesen, dass Val jemanden hatte, der sich um sie kümmerte. Vielleicht war er ein bisschen neidisch gewesen, aber mehr auf keinen Fall.

Obwohl er hundemüde gewesen war, hatte Mark kaum Schlaf gefunden. Irgendjemand hatte sich zwischendurch seiner Kleidungsstücke angenommen, den Anzug gereinigt, das Hemd gewaschen und gebügelt, die Schuhe geputzt. Dieser Jemand hatte ihm auch ein Airline-Waschset auf die Kleidung gelegt. Ein netter Hinweis darauf, dass ein FBI-Agent nicht mit einem Dreitagebart durch die Gegend laufen sollte.

Anstatt wie sonst hundemüde und verknittert zu sein, war er deshalb heute nur hundemüde gewesen. Auch das späte Frühstück, kurz nach elf, war ungewohnt gewesen.

Val war wie üblich schick angezogen, aber der harte Tag gestern hatte auch bei ihr Spuren hinterlassen. Das Blut, das man tagsüber sah, hatte nämlich die üble Angewohnheit, nachts in den Träumen zurückzukehren. Selbst ihr perfektes Make-up konnte dies nicht ganz verdecken.

Tom war einfach nur für sie da gewesen, hatte sich um sie gekümmert. Mark war erstaunt gewesen, als er erkannt hatte, wie anlehnungsbedürftig Val gewirkt hatte. Geradezu zerbrechlich. Ihn plagte das schlechte Gewissen, weil er Val eigentlich nie schonte. Er nahm sich vor, in Zukunft etwas mehr Rücksicht auf sie zu nehmen, am besten, ohne dass sie es merkte.

Zurück in Villiamsburg, erfuhren sie, dass der Tote aus dem Park noch nicht identifiziert werden konnte. Die Obduktion hatte ergeben, dass der Mann eine alte Schussverletzung am rechten Oberschenkel hatte und dass sein Gesicht operativ verändert worden war. Es gab keine Anzeichen von Verletzungen, die dies notwendig gemacht hätten, er hatte nur sein Gesicht gewechselt.

In den Datenbanken des FBI waren Ärzte erfasst, die bereit waren, solche Operationen durchzuführen. Aber die Liste war nicht vollständig, es gab auch außerhalb der USA welche, in Europa, Russland, Asien. Mit genügend Geld war fast alles möglich.

Zurzeit wurde vom Zentrallabor des FBI ein genetischer

Fingerabdruck erstellt. Vielleicht wurde man auf diese Weise fündig.

Über die Waffe des Mannes wusste man mehr. Zwar war die Seriennummer herausgeätzt worden, doch mithilfe eines Röntgenbildes war sie noch immer zu erkennen. Die Beretta war vor sieben Jahren aus Beständen des US Marine Corps gestohlen worden.

Die Dentalarbeit war hochwertig, einer der Zähne war erst vor Kurzem unter Einsatz neuester Techniken überkront worden.

Kleidung und Ausrüstung des Mannes stammten aus amerikanischer Produktion, bis auf die Krawatte und die Schuhe. Die kamen wahrscheinlich aus Italien. Genau wie der Schuh, dessen Absatz Miss Mankowitz im Park zurückgelassen hatte. Allerdings hatte man in ihrer Wohnung keine dazu passenden Schuhe gefunden. Es gab zwar ein identisches Paar, nur dass bei diesem der Absatz nicht fehlte.

»Es soll angeblich vorkommen«, meinte Val, »dass Frauen sich gleich zwei Paar von den Schuhen kaufen, die ihnen gefallen. Aber ein Nachweis ist das nicht ... Das heißt, wir haben nicht den geringsten Beweis dafür, dass Ann Mankowitz in die Sache verwickelt ist. Es ist nicht sicher, ob sie die Frau im Park ist, und da der Absatz eben *nicht* fehlt, bleibt als einzige Verbindung, dass sie genau solche Schuhe besitzt ... wie tausend andere Frauen auch.«

»Vielleicht ist sie es wirklich nicht ...«, sagte Mark. Er erntete nur einen Blick von Val, der ihm deutlich sagte, was sie davon hielt.

Natürlich war Ann Mankowitz die Frau, die sie suchten! Ihre Rolle in dem Spiel wurde umso geheimnisvoller, je mehr sie herausfanden.

»Was haben Sie jetzt vor?«, fragte der Sheriff. Auch er wirkte müde.

»Wie Sie schon vermutet haben«, meinte Val. »San Francisco ist die nächste Station.«

»Ich habe gehört, Sie waren in Senator Malverns Haus. War es wirklich so schlimm, wie man munkelt?«

»Ja«, sagte Val nur.

Der Sheriff nickte. »Was für ein Bastard. Hat es irgendwas mit unserem Fall zu tun? Mit Miss Mankowitz?«

Mark schüttelte den Kopf. »Es scheint, als ob es nicht der Täter vom Flughafen gewesen ist. Auf der anderen Seite kann ich mir einfach nicht vorstellen, dass hier kein Zusammenhang besteht. Es sieht übrigens so aus, als hätte der Täter im Haus des Senators etwas Bestimmtes gesucht.«

»Wenn wir wüssten, was«, meinte Val, »wären wir ein Stück weiter.«

»Hhm. Denken Sie immer noch, dass Miss Mankowitz Sie auf die Spur des Attentäters führen wird?«, fragte der Sheriff.

»Wir glauben, dass sie die Frau aus dem Park ist«, antwortete Val. »Und wenn das so ist, dann ist der Anschlag nicht der letzte gewesen. Sie ist in Lebensgefahr. Vielleicht denken Sie mal darüber nach.«

Der Sheriff nickte langsam. »Sie wollen Miss Mankowitz als Köder verwenden, nicht wahr?«

»Sie ist schon längst ein Köder«, erwiderte Val kühl. »Wenn wir sie finden, kann es nur gut für sie sein.«

Mark lehnte sich gegen die Wand und nippte an einem Kaffee.

»Mittlerweile hat die Spurensicherung ihre Arbeit am Flughafen abgeschlossen, ohne greifbares Ergebnis. Wir haben die Zeugenaussage von Acorn. Hat auch nichts erbracht. Vielleicht wäre Miss Mankowitz imstande, uns wichtige Details zu liefern. Ich werde das Gefühl nicht los, dass wir etwas übersehen.«

Der Sheriff sah ihn grübelnd an. »Vielleicht sollten wir die ganze Sache aus einer anderen Perspektive betrachten. Vielleicht hat Ann Mankowitz weniger mit dem Attentäter zu tun als mit dem Senator. Schließlich war es *sein* Fingerabdruck auf ihrem Absatz. Sie war die letzte Person, die den Senator lebend gesehen hat.«

Val stand plötzlich kerzengerade da. »Acorn hat ausgesagt, sie hätte dem Senator die Hand gehalten, als er starb ...«

Mark sah sie an. »Und?«

»Vielleicht hat er ihr das gegeben, was der Mörder in Malverns Haus gesucht hat. Und das würde bedeuten, dass die beiden Morde zusammenhängen.«

Mark blinzelte. »Klingt gewagt. Aber möglich wäre es. Wir sollten Acorn noch einmal befragen.«

Der Sheriff schüttelte langsam den Kopf. »Das dürfte schwierig werden. Acorn liegt seit heute im Koma. Vollkommen überraschend. Vorhin habe ich den Bericht reinbekommen. Eine Nervenentzündung oder so was. Wenn ich es richtig verstanden habe, hatten die Ärzte eigentlich vor, ihn heute von der Intensivstation auf eine normale Station zu verlegen. Es sieht nicht gut aus für ihn.«

»Verfluchte Scheiße!« Mark sah zu Val hinüber. Sie hatte die Augen geschlossen.

»Ich mochte Acorn«, sagte sie leise.

Mark schüttelte den Kopf. »Noch ist er nicht tot. Du wirst sehen, Acorn ist stur, der schafft das.«

»Ich hoffe, du hast recht«, sagte Val, aber es klang nicht sehr überzeugt.

»Du magst den Sheriff mittlerweile, oder?«, fragte Val, während sie das Gebäude verließen.

»Der Mann hat keine Angst, den Leuten auch mal auf die Füße zu treten.«

»Aus deinem Mund klingt das wie ein dickes Lob«, sagte sie.

»Ach was!« Mark lachte. »Ich mag einfach Leute, deren Haustiere Golfschläger frühstücken.«

18

Von dort aus, wo er stand, hatte Samson einen schönen Ausblick auf Washington. Er war im Büro von seinem Boss, und während er aus dem Fenster sah, äußerte der sich abfällig über den Hirnzellenmangel, die Beischlafgewohnheiten und sonstige fragwürdige Qualitäten von Monroe und Jenkins, die in militärischer Habachtstellung vor dem Schreibtisch standen und nicht besonders glücklich aussahen.

Samson kannte seinen Boss unter dem Namen Mercier. Der Name dürfte in etwa so echt sein wie der von Samson.

Das Büro gehörte zu einem privaten Sicherheitsdienst, der ähnlich aufgebaut war wie Blackwater, der nur etwas feinfühliger vorging bei der Erledigung seiner Aufgaben.

Normalerweise gab es keinen persönlichen Kontakt zwischen den Leuten, die hier arbeiteten, und denen, die, wie Samson, im Außendienst tätig waren. Es war nach langer Zeit das erste Mal, dass Samson sich hier aufhielt. Nach Samsons Überzeugung war es auch das letzte Mal.

Mercier lehnte sich zurück. Breite Schultern, muskulös, deutlicher Bauchansatz. Mit seinen kühlen grauen Augen, den buschigen Augenbrauen und dem markanten Kinn erinnerte er Samson ein wenig an Nikita Chruschtschow.

»Das Ganze war von Anfang an eine riesige Scheiße! Keine Erklärung, keine Vorbereitung, aus heiterem Himmel. Das hört jetzt auf.« Er holte tief Luft und musterte Samson. »Das hört jetzt auf«, wiederholte er langsam. »Diese Mankowitz ist spurlos verschwunden. Sie ist uns genauso durch die Lappen gegangen wie dem FBI. Nur dass die eine Spur haben, die nach San Francisco führt. Bridges und St. Clair haben die Flüge schon beantragt. Die beiden wissen mehr als wir. Hängen Sie sich an die dran, nur für den Fall, dass die beiden die Frau tatsächlich finden. Wenn Sie die Frau finden, sehen Sie zu, dass sie verschwindet. Für immer. Aber achten Sie darauf, dass Sie dabei nicht im Fernsehen zu sehen sind!«, bellte Mercier. »Ist das klar?«

Samson nickte.

»Finden Sie alles raus über diese verdammte Mankowitz, und halten Sie Kontakt. Und keine Cowboy-Aktionen!«

»Sehe ich aus wie ein Cowboy?«, fragte Samson gemächlich.

Mercier sah ihn böse an. »Wenn hier einer Witze macht, dann bin ich das! Wenn Sie die Frau finden, will ich wissen, ob sie etwas über ein kleines blaues Buch weiß oder über eine CD. Wenn ja, wollen wir das Zeug wiederhaben. Egal, wie. Das war's.«

»Da wäre noch was«, sagte Samson. Seine Stimme klang ruhig, beinahe gelangweilt. In Wirklichkeit raste sein Herz.

»Was?«

»Ich brauche Zugang zu den Datenbanken. Vielleicht finde ich etwas über sie heraus«, sagte Samson achselzuckend. Als ob es nicht so wichtig wäre.

»Von mir aus. Ich sage Bescheid und lasse einen Zugang für Sie einrichten.«

Samson zog lautlos die Tür hinter sich zu und ging gemächlich in Richtung Computerraum.

19

Der Kellner begegnete dem warmen Lächeln seines Gastes mit betont neutralem Blick. Das Bistro befand sich in einer Gegend, in der sich viele Künstlertypen eingenistet hatten. Umgebaute Lofts, Galerien, Happenings, Straßentheater. Hier war das bunte Leben von Washington zu Hause.

Der Gast gehörte dazu. Auch so ein Künstlertyp. Es gehörte schon ziemlich viel Mut dazu, ein gelbes Hemd unter einem grünen Knitterjackett zu tragen. Der hielt sich wahrscheinlich für stilvoll. Und diese Sonnenbrille! Arrgh!

Der Kellner stellte das Mineralwasser mit gewohnter Eleganz auf den Tisch und beeilte sich, dem Lächeln zu entkommen. Er kannte die Sorte, die kleinen Gesten, die Blicke. Ob jemand schwul war oder nicht, ging ihn nichts an, aber er selbst vertrat die Meinung, dass sich Gott dann ja die Erschaffung der Frau hätte schenken können, und das wäre verdammt schade. Er lächelte einer jungen Frau zu, nahm ihre Bestellung auf und mied die Ecke, in der dieser Gast saß. Dort war es ihm einfach zu warm.

Der blonde Mann mit der strassbesetzten Sonnenbrille im Audrey-Hepburn-Stil lächelte ein wenig und nippte an seinem französischen Mineralwasser. Er sah auf seine flache Swatch und zog ein grellgelbes Handy aus der Jackentasche.

»Ja?«, meldete sich sein Gesprächspartner.

»Kein Glück. Die Umfrage hat ergeben, dass unsere Kunden keine Ahnung von dem Produkt hatten«, sagte der blonde Mann und trank wieder einen Schluck Mineralwasser.

Stille.

»Ihre Marketingstrategie hat versagt. Eine unserer Kundinnen beschwert sich, die Umfrage sei zu indiskret gewesen.« Die Antwort kam spät. Die Stimme am anderen Ende der Leitung war kühl, beinahe frostig.

Der blonde Mann zog die Augenbrauen hoch. Wenn er das richtig verstanden hatte ... Interessant. »Warum?«

»Ihr Argument war nicht durchschlagend genug. Sie hat einen Dickkopf.«

»Machen Sie sich keine Gedanken.« Wer hätte das gedacht! In der Tat ein Dickkopf.

»Sie konnte Ihre Marketingstrategie beschreiben.«

Er lehnte sich zurück und sah einem der Pantomimen auf der anderen Straßenseite zu. Er fand so etwas unterhaltsam. »Meine Strategie ist flexibel. Kein Grund zur Beunruhigung.«

»Ich bin aber beunruhigt.«

»Das ist Ihr Problem. Der Auftrag ist erledigt. Übrigens, da unsere Kunden keine Ahnung von unserem Produkt haben, gehe ich davon aus, dass meine Kollegin das Produkt vertreibt. Das ist die einzige Möglichkeit. Damit ergäbe ihr Verhalten einen Sinn.« Er sah auf die Zeitung vor sich.

»Die Kritiken haben Ihren Auftritt verrissen.«

Knirschte da etwa jemand mit den Zähnen?

»Regen Sie sich nicht auf. Wie gesagt, ich ändere ab und zu meinen Stil. Damit es nicht so langweilig ist. Was ist mit meiner Kollegin?«

Richtig. Eindeutig Zähneknirschen.

Der blonde Mann lächelte. »Was ist mit dem nächsten Auftrag? Steht er noch?«

Jetzt war die Pause noch länger. »Ja. Aber diesmal möchte ich keine Kritiken lesen. Gar keine. Haben wir uns verstanden?«

Die junge Frau, die auf der anderen Straßenseite ging, wirkte jung, sexy und lebenslustig. Sie lächelte über den Pantomimen und leckte an einem Eis, das sie sich bei dem Straßenhändler gekauft hatte. Er verspürte eine gewisse Erregung. Man konnte über seinen Auftraggeber denken, was man wollte, er hatte immer wieder interessante Projekte für ihn.

»So ist es geplant«, erwiderte er ruhig.

Er legte auf, als die junge Frau in einem Hauseingang verschwand. Sein nächstes Ziel hatte Geschmack. Der blonde Mann lehnte sich zurück, legte seine Fingerspitzen aneinander und dachte nach. Ein Raubmord vielleicht? Nein, keine Kritiken. Ein Unfall? Mal sehen, was sich arrangieren ließ.

20

Gerade als Val und Mark die breiten Stufen zum Eingang des Krankenhauses hochgehen wollten, kamen ihnen Terry und Steve entgegen. Ein unbekannter Mann begleitete sie.

Mark blieb am Fuß der Treppe stehen und nutzte die Gelegenheit, sich eine Zigarette anzuzünden. Genüsslich stieß er eine Dunstwolke aus, während die anderen näher kamen. Die beiden Detectives sahen erschöpft aus.

»Hi, Mark. Val.«

»Terry, Steve.« Mark sah fragend zu dem Unbekannten hin.

Terry lächelte. »Das ist mein Mann, Captain Jason Reuter. Er ist vom 8en Revier. Er hat uns hergefahren.«

»Hallo.« Mark und Terrys Mann nickten sich zu.

Val nickte in Richtung Eingang und machte Mark auf Audrey Malvern aufmerksam, die, umgeben von Sicherheitsleuten, das Krankenhaus verließ.

Mark hörte, wie Audrey sagte, dass sie mit den Beamten sprechen wolle, die in dem Fall ermittelten, und dass von ihnen keine Gefahr drohe.

Audrey wirkte gefasst, aber Mark war bereit, das Wenige, was von seinem letzten Lohn noch übrig war, darauf zu verwetten, dass es nur eine dünne Tünche war.

»Wir wollten gerade zu Ihnen«, sagte Val nach der Begrüßung. »Darf ich fragen, wie es Ihnen geht?«

»Wie es mir geht?« Audrey zuckte mit den Schultern.

»Beschissen. Aber wenigstens ist der Finger wieder dran.« Sie hob die rechte Hand. Der schwarze Handschuh konnte nicht verbergen, dass die Hand geschwollen war.

»Dürfen Sie denn schon wieder raus?«, fragte Mark. »Vielleicht wäre es besser, wenn Sie noch ein bisschen länger im Krankenhaus bleiben ...«

»Ich habe darauf bestanden«, sagte Audrey leise.

Val sah sie an. »Das war unvernünftig, Audrey. Sie müssen ...«

»Es gibt zu viel zu tun, und ich bin die Einzige, die dafür in Frage kommt. Alle anderen sind tot«, antwortete Audrey mit überraschend fester Stimme. Sie sah Val und Mark mit geröteten Augen an. »Haben Sie schon etwas herausgefunden?«

»Leider noch nicht viel«, antwortete Mark.

»Vielleicht hilft uns das hier weiter«, sagte Terry und hielt einen Umschlag hoch. »Eine junge Frau, wahrscheinlich vom FBI, hat mir das vorhin in die Hand gedrückt. Sie hat gesagt, sie käme gerade aus Washington, und du hättest das angefordert, sie wolle aber nicht stören.«

Es war ein typischer brauner Geschäftsumschlag, wattiert, sodass man den Inhalt nicht ertasten konnte.

»Darf ich?« Mark griff nach dem Umschlag. Terry zögerte kurz, dann ließ sie ihn los.

Mark öffnete den Umschlag, nahm den Inhalt heraus und warf einen Blick darauf. »Nein«, meinte er dann, »eine Kollegin war das sicher nicht.« Er schüttelte ungläubig den Kopf und wandte sich an Audrey. »Aber vielleicht sind wir tatsächlich einen Schritt weiter gekommen. Das hier ist für Sie.« Er hielt ihr das erste Blatt hin. Sie nahm es vorsichtig entgegen. Ihre Hand zitterte.

»Hier, setzen Sie sich.« Terry fasste sie am Arm und führte sie zu einer steinernen Bank.

»Er ist an mich adressiert«, flüsterte Audrey.

Dann gab sie Terry das Blatt.

»Darf ich?«

Audrey nickte, und Terry las vor.

Miss Malvern,

ich möchte Ihnen hiermit meine Anteilnahme an Ihrem großen Verlust aussprechen. Vielleicht hilft Ihnen dies, den Bastard zu fassen.

Gott segne Sie.

Ann Mankowitz

Agent Bridges,

ich habe gehört, dass Sie mich als Zeugin suchen. Da ich aus persönlichen Gründen nicht zur Verfügung stehe, habe ich meine Zeugenaussage aufgeschrieben.

Viel Glück.

Ann Mankowitz

»Der Teil, der an Agent Bridges adressiert ist, wurde mit einem Laserdrucker ausgedruckt«, sagte Terry. »Der andere Teil, der an Miss Malvern adressiert ist, wurde nachträglich mit der Hand hinzugefügt.«

Audrey sah zu den anderen hoch.

»Wer ist diese Ann Mankowitz? Was hat sie mit mir zu tun?«

»Sie ist die Zeugin, die wir im Zusammenhang mit dem Mord an Ihrem Vater suchen«, sagte Mark, während er die Aussage überflog. Steve und Terry sahen ihn überrascht an.

»Ich wusste gar nicht, dass es einen Zeugen für den Mord an meinem Vater gibt?«, fragte Audrey überrascht.

»Wir wollen es geheim halten, bis wir sie gefunden haben. Auch sie ist in Gefahr«, erklärte Val.

Audrey sah hilfesuchend zu Mark. »Was hat das zu bedeuten?«

»Ich denke, dass sie uns helfen will«, antwortete Mark. Er rieb sich über die Stirn. Diese Ann Mankowitz hatte ihn schon wieder überrascht. Sie hatte neben ihrer ausführlichen Zeugenaussage ein paar Computerausdrucke hinzugefügt. Der Name des Programms stand oben links in der Ecke. Ein Shareware-Programm, das ähnlich wie die vom FBI und anderen Behörden verwendeten Identitikit-Programme funktionierte.

Auf den insgesamt sechzehn Bildern war ein und derselbe Mann zu sehen, mal hellhäutig, mal dunkelhäutig, mal blond, mal schwarz, mal mit Glatze, mal mit und mal ohne Bart, dazu ein Bild, auf dem nur der Mund, die Augenpartie und die Ohren zu sehen waren. Und eine feine Narbe unter dem linken Auge. Er hielt Audrey die Blätter hin. »Haben Sie diesen Mann schon einmal irgendwo gesehen?«, fragte er.

Audrey sah sie sich sorgfältig an. Terrys Mann sah ihr dabei über die Schulter und pfiff leise durch die Zähne.

Mark wandte sich ihm zu. »Was gibt's?«

»Darf ich?«, fragte er, und als Audrey nickte, hielt er ein Bild hoch. »Das ist ein alter Trick, um Leute zu identifizieren, die sich verkleidet haben. Augen, Mund und Ohren verändern sich nicht. Auf diese Weise merken sich die Leute vom Secret Service bestimmte Gesichter.«

Audrey ließ die restlichen Blätter sinken.

Mark beugte sich vor. »Was ist?«

»Das ist der Mann, der auf mich geschossen hat. An seinen Augen erkenne ich ihn wieder«, flüsterte sie.

Mark runzelte die Stirn. »Sind Sie sicher?«

Audrey nickte. »Das hier sind die Augen meines Mörders.«

Alle sahen sie überrascht an, doch Val war die Einzige, die reagierte. Sie fing Audrey gerade noch auf, als sie zur Seite wegsackte. Die Blätter rutschten zu Boden, Blut tropfte auf das Gesicht des Mörders.

Eine junge Frau hastete heran und hielt Mark ein Mikrofon unter die Nase, während sie ihrem Kameramann Zeichen gab, dass er auch ja Audrey Malvern im Bild behielt.

»Mein Name ist Gina Sanders, KLTV, wir haben die aktuellsten Nachrichten! Wir sind hier ...«

Mark riss ihr wortlos das Mikrofon aus der Hand und warf es in hohem Bogen weg.

21

Fünf Stunden später saßen Val und Mark im Besprechungsraum des 14. Polizeireviers in Washington. Es war mittlerweile Abend geworden, und beide waren völlig fertig. Val hatte, wie sie es immer tat, ihre Beine auf einen Stuhl gelegt und die Augen geschlossen.

Die Marathonsitzung war vorbei. Wegen des großen Aufsehens, das die beiden Mordfälle verursacht hatten, war von höherer Stelle beschlossen worden, eine Arbeitsgruppe zu bilden. Vier Detectives vom 2. Revier, in dessen Zuständigkeit der Mord an dem Senator fiel, waren hinzugezogen worden, Val und Mark vertraten das FBI. Terry und Steve sollten die polizeilichen Ermittlungen leiten und koordinieren. Bis der Mörder gefasst war, würden in diesem Raum alle Ermittlungen zusammenlaufen. Das hatte Captain Jorgensen angeordnet, der Leiter des 14. Reviers.

Mark stand am Fenster und sah auf die Straße hinaus. Ständig kamen und gingen Polizeibeamte, fuhren Polizeiwagen vorbei. Das 14. Revier hatte viel zu tun. Washington war nicht nur die Hauptstadt der Vereinigten Staaten, sondern auch Hauptstadt des Verbrechens.

An einer Wand waren die Grundrisse der Tatorte angebracht, daneben die Bilder der Opfer. An einer anderen Wand hingen die Bilder, die Ann Mankowitz ausgedruckt hatte. Jeder hier hatte sie gründlich studiert. Vorhin hatte Val über den bisherigen Stand der Ermittlungen Auskunft gegeben. Nachdem sie den anderen Mitgliedern der Task-Force die Ereignisse in Villiamsburg geschildert hatte, wurde viel und lange über die rätselhafte Zeugin diskutiert.

Anders als geplant war der Tag für Terry also noch nicht zu Ende. Ihr Mann hatte sie zum Revier gefahren und versprochen, sie wieder abzuholen, wenn sie so weit wäre. Mark musterte sie, sie schien sich kaum noch auf den Beinen halten zu können. Sowohl Steve als auch Terry hatten gestern eine Doppelschicht gefahren, bevor sie zu Malverns Haus gerufen worden waren. Beide waren jetzt schon mehr als achtundvierzig Stunden auf den Beinen.

»Wir sollten Schluss machen für heute«, schlug Mark vor. »Die Kollegen vom 2. können die Stellung halten, bis ihr wieder fit seid.«

Steve nickte abwesend und fuhr sich übers Kinn. »Meinst du, er schlägt noch mal zu?«, fragte er Mark, der nach einem Kaffeebecher griff, hineinsah und ihn angewidert wieder hinstellte. Der Becher war halb voll mit Kippen. Die meisten waren wahrscheinlich sogar von ihm. Der Kaffeeautomat auf dem Gang war wahrscheinlich älter als Mark, und so schmeckte der Kaffee auch.

Das 14. Revier sah aus wie jedes andere Polizeirevier, Linoleumboden, fantasielose Farben, zusammengestopselte Ausrüstung. Natürlich wurde es immer mal wieder renoviert, aber bislang war das Revier in Villiamsburg das einzige, das auf Mark nicht trostlos wirkte.

»Keine Ahnung«, antwortete er und gähnte. »Ich hoffe, nicht. Wir haben nicht die geringsten Hinweise auf ein eigenständiges Motiv des Mörders. Also vermuten wir, dass er im Auftrag arbeitet. Das Einzige, was wir im Augenblick mit ziemlicher Sicherheit sagen können, ist, dass Senator Malvern etwas besessen hat, was für diesen Auftraggeber wichtig ist. Agent St. Clair meint, dass der Senator etwas dabeihatte, es vielleicht sogar Miss Mankowitz gegeben hat, und dass das genau das ist, was der Mörder im Haus des Senators gesucht hat. Ohne Erfolg. Das bedeutet, dass er weitersuchen wird. Vielleicht auch weitermorden.«

»Vielleicht ist er ja doch fündig geworden und hat die ganze Sache nur inszeniert, weil er ein Sadist ist und seine Bedürfnisse befriedigen wollte«, gab Steve zu bedenken.

»Befriedigung durch Folter?«, fragte Mark ungläubig. »Wie kommst du denn darauf?«

Steve ließ die Akte, in der er gerade blätterte, auf den Tisch fallen. »Hier. Deine Kollegen vom FBI haben uns freundlicherweise zwei Täterprofile erstellt.«

Mark fasste die Akte nicht an. »Lasst mich raten. Profil eins: Der Täter ist ledig, Anfang bis Mitte dreißig, intelligent. Geht wahrscheinlich einer selbstständigen Arbeit nach. Weil er so selbstbewusst agiert hat. Das sind die Kernpunkte für den Attentäter am Flughafen. Profil zwei: Der Täter in Malverns Haus ist ebenfalls ledig, Anfang bis Mitte dreißig, intelligent, arbeitet wahrscheinlich als Buchhalter. Wegen der Sorgfalt im Detail. Ach ja, nicht zu vergessen, die Leute, die ihn kennen, glauben, er ist ein netter Mensch.«

Steve verzog das Gesicht. »Du hältst nicht viel von euren eigenen Profilen, oder?«

»Doch. Sie sind oft genug sehr hilfreich, und sie treffen auch ab und zu ins Schwarze, aber sie können eben auch in die Irre führen.« Er lächelte. »Auch Ted Bundy war ein netter Mensch.«

In diesem Augenblick klingelte sein Handy. Er sah die Nummer auf dem Display und stöhnte auf. Trotzdem ging er dran, sagte aber nichts.

»Hallo, Mark«, hörte er eine ihm allzu gut bekannte weibliche Stimme, sie lallte ein wenig.

Mark verdrehte die Augen und wandte sich wieder zum Fenster.

»Hallo, Marcia.«

»Du schuldest mir was.«

Natürlich, wie konnte es auch anders sein.

»Du könntest schon längst Oberst sein und im Pentagon arbeiten!«

Die alte Leier, dachte Mark. Marcia hatte sich immer als Offiziersfrau gesehen, die bei irgendwelchen Festivitäten eine graziöse Erscheinung abgegeben hätte.

»Fang nicht wieder davon an«, sagte Mark. »Wie viel brauchst du?«

»Ich rufe dich nicht an, weil ich Geld brauche!«, fauchte Marcia empört. »Aber wenn du schon mal davon sprichst ... Irgendwas ist mit meiner Kreditkarte nicht in Ordnung.«

»Wie viel?«

»Siebzehnhundert sollten reichen.«

Mark seufzte auf.

»Hey, das ist nicht so viel. Wärst du bei der Navy geblieben, würden wir jetzt viel mehr verdienen!«

»Du könntest vielleicht arbeiten gehen. Dabei könntest du dich dann selbst finden. Das wolltest du doch immer.« Mark atmete tief durch. Das brachte doch nichts. Für ihn und Marcia war es einfach zu spät.

»Krieg ich nun das Geld oder nicht?«

»Ich kümmere mich drum.«

»Die Raten für den Wagen sind auch nicht bezahlt! Irgend so ein unfreundlicher Mensch war da und hat angedroht, dass er ihn mitnimmt!«

Marcia würde wahrscheinlich nie verstehen, dass die Welt sich nicht nach ihren Vorstellungen drehte.

»War's das?«, fragte er und zwang sich, ruhig zu bleiben.

»Ich ... Ich wollte dir nur sagen, dass ich deine Versicherungsnummer angegeben habe, als ich im Krankenhaus war. Nur dass du dich nicht wunderst.«

Mark runzelte die Stirn. Irgendwann hatte es mal eine Zeit gegeben, da war Marcia alles gewesen in seinem Leben. »Was ist? Bist du krank? Hattest du einen Unfall?«

»Unfall könnte man es auch nennen.« Sie kicherte und verschluckte sich dabei. »Ich war schwanger.«

»Scheiße!«, brüllte Mark und schmiss das Handy mit voller Wut auf den Boden. Einen Augenblick lang stand er da wie erstarrt, dann drehte er sich langsam um. Alle taten, als wären sie beschäftigt, nur Val war aufgeschreckt und sah ihn fragend an. Wortlos ging er zur Tür. Val folgte ihm.

»Bis morgen.«

Val fuhr. Besser so, dachte Mark. Er wollte nur noch eins: eine Flasche Whiskey. Oder auch zwei.

»Das war Marcia, nicht wahr? Was wollte sie?«

Mark zögerte. Val und er waren schon fast ein Jahr lang Partner gewesen, als er geschieden worden war. Marcia hatte ihm sogar vorgeworfen, er hätte ein Verhältnis mit Val. Oder dass er gern eins gehabt hätte. Val kannte den größten Teil der traurigen Geschichte. »Sie hat mal wieder Geld gebraucht.«

Val nickte. »Und du Idiot gibst es ihr immer wieder.«

»Ich fühle mich immer noch verantwortlich für sie.«

»Das mit dem Geld war nicht alles, oder?«

»Sie hat eine Abtreibung machen lassen. Und ich habe das Ganze bezahlt.«

»Himmel!« Val sah zu ihm hinüber. »Warte.« Sie fuhr rechts ran und hielt an. Es war eine ruhige Seitenstraße. Mehrere Straßenlaternen waren ausgefallen, nur eine brannte. Das Halbdunkel kam Mark sehr gelegen.

»Das tut mir leid«, sagte Val.

»Du kannst ja nichts dafür! Marcia müsste sich entschuldigen!«, fauchte Mark.

Val fasste ihn am linken Arm und schüttelte ihn. »Du brauchst mich nicht anzumeckern. Du weißt, ich bin auf deiner Seite.«

Mark legte seine Hand auf ihre. »Ich weiß. Entschuldige, Val.«

Er starrte nach vorn, auf die Straße, auf die einsame Laterne, alles schien so weit weg zu sein. »Sie wollte nie Kinder, Val. Sie hat mich angelogen. Angeblich könnte sie keine bekommen. Verdammt, wenn sie mir nur was gesagt hätte! Es wäre zwar nicht von mir gewesen, aber ...«

»Was hättest du gemacht?«

»Ich weiß nicht. Vielleicht hätte ich ihr Geld gegeben, damit sie es zur Welt bringt ... Es gibt so viele Menschen, die ein Kind wollen.« Er sah zu ihr hinüber. »Ich weiß, wie gern du ...«

Val schüttelte den Kopf. »Ich bin nicht so verzweifelt. Tom und ich haben eine Tochter. An ihr erfreuen wir uns jeden Tag. Dass es nicht mehr geworden sind ... Nun, manche Dinge sind eben so, wie sie sind.« Sie lächelte und strich ihm über die Schulter. »Versuch endlich, Marcia zu vergessen. Sie will nichts von dir, außer dein Geld. Und so viel ist das bekanntlich nicht!«

»Ich hab ihr immerhin das Haus gelassen.«

»Und sie hat es auch prompt verkauft. Du bist ihr nichts mehr schuldig. Du hast drei Jahre lang Alimente gezahlt, wie es das Gericht von dir verlangt hat. Und das ist seit fast zwei Jahren vorbei.«

»Aber …«

»Nichts *aber.* Vielleicht lernt sie es doch noch, auf eigenen Beinen zu stehen. So hilfst du ihr nicht. Sie sackt nur noch weiter ab. Mark, vergiss Marcia! Du hast schon genug Probleme …«

Mark fuhr auf. »Ich bin seit vier Jahren nicht mehr betrunken gewesen …«

»Ich glaube dir ja«, unterbrach sie ihn. »Es sieht nur manchmal so aus, als hättest du die Nacht durchgezecht. Mark, der Chef hat mich schon ein paarmal gefragt, ob ich weiter mit dir zusammenarbeiten will. Du hast einen gewissen Ruf, aber nicht alles daran ist gut.«

Mark sah sie überrascht an, davon hatte er nichts gewusst.

»Hat er dich gefragt, ob ich wieder trinke?«

Val zögerte. »Er hat mich gefragt, ob ich der Meinung bin, dass du dem Job psychisch noch gewachsen bist.«

»Und was hast du geantwortet?«, fragte er. Auf einmal schwitzte er.

»Mark!« Val sah ihn beleidigt an. »Du weißt, was ich ihm gesagt habe. Wir sind Partner, und ich habe keinen Grund, mich über dich zu beschweren. Außer vielleicht, was dein Erscheinungsbild angeht. Deine Anzüge sind wirklich unmöglich! Mich hast du immer respektvoll behandelt. Wenn du es genau wissen willst, sogar höflicher und respektvoller als der Chef selbst. Hey, ich dachte, wir wären Freunde!«

Mark schluckte. »Sorry, Val, aber ich bin …«

Sie fiel ihm ins Wort. »Kaputt. Ausgebrannt. Überarbeitet. Gönnst dir keine Ruhe. Um deinen Alkoholdurst zu bekämpfen, arbeitest du Tag und Nacht.« Sie machte eine Pause. »Manchmal wünsche ich mir, du würdest dich wieder mal so richtig besaufen.«

»Das ist nicht gerade das, was ein Psychologe empfehlen würde … Ich bin …«

»Ich glaube nicht, dass du Alkoholiker bist«, unterbrach sie ihn. »Du hast schon oft bewiesen, dass du im richtigen Moment aufhören kannst. Das Trinken ist auch nicht das Problem. Was deine Karriere wirklich gefährden könnte, ist deine Unbeherrschtheit. Vorhin das mit dem Handy … Das war früher nicht so … Sag mal, hörst du mir eigentlich zu?«, fragte sie. Mark schien mit den Gedanken ganz woanders zu sein.

»Warte mal«, gab er abwesend zur Antwort, während er zwei Männer beobachtete, die aus einem Auto stiegen und sich verstohlen umsahen. Dann gingen sie schnell in Richtung der brennenden Laterne, in deren Lichtschein man das Schild eines italienischen Restaurants erkennen konnte.

»Das stinkt doch gewaltig!«

Mark wollte aussteigen, doch Val hielt ihn zurück. »Bleib hier!«

Mark zögerte. Die Männer führten irgendwas im Schilde. Oder täuschte er sich? Litt er schon unter Halluzinationen? Er sollte den Männern folgen … Aber wenn er es tat, wie würde Val reagieren? Hätte er dann den Bogen überspannt? Würde sie sich weigern, weiter mit ihm zusammenzuarbeiten? Er sah zu Val, als erwartete er eine Antwort von ihr, dann wieder zu den Männern, die gerade im Restaurant verschwanden.

Er stieg nicht aus.

»Warst du eigentlich schon mal bei einem Psychologen? Freiwillig, meine ich.«

Mark zögerte. Er hoffte, dass das Gespräch nicht die Wendung nahm, die er befürchtete. »Nein.«

Val nickte. »Ich wette, du denkst, damit kommst du auch

allein klar. Und du hast recht. Der Psychologe könnte dir aber helfen, einige Dinge objektiv zu sehen.«

Er sah sie an und zuckte mit den Schultern. »Ich halte nicht viel von Psychologen. Für mich sind sie alle Quacksalber.«

»Weißt du eigentlich, dass unsere Abteilung auch einen Psychologen hat. Soviel ich weiß, ist sie gut. Und hübsch. Und ledig. Sollte nicht so schwer sein, sich ein bisschen mit ihr zu unterhalten.«

Mark grinste schief.

Beide schwiegen und sahen in die Nacht hinaus. Eine unnatürliche Stille umgab sie.

»Darf ich dich was fragen?« Val sah Mark nicht an. »Warum hast du bei den SEALS aufgehört?«

Mark reagierte nicht.

»Major Bridges ... Uncle Sams Männerchor hat viel von dir gehalten. Du hast mal erwähnt, du hättest die Beförderung zum Oberst abgelehnt und wärst stattdessen gegangen. Wäre deine Dienstakte nicht blütenweiß, wärst du nicht beim FBI gelandet. Also, was ist damals passiert?«

Mark war lange still. Er sah durch die Windschutzscheibe die dunkle Straße entlang.

»Ich habe einen Fehler gemacht. Mein bester Freund ist dabei draufgegangen«, sagte er schließlich. Seine Stimme war leise.

»Was war das für ein Fehler?«

»Sein Fallschirm. Eine Gurtschnalle ist aufgegangen und hat sich in den Steuerleinen des Schirms verfangen. Er konnte den Schirm nicht kontrollieren, der Schirm kollabierte. Das war's dann.«

»Und was hatte das mit dir zu tun?«

»Wir haben uns und unsere Ausrüstung vor dem Sprung immer gegenseitig kontrolliert. Ich hätte es sehen müssen.«

»War der Gurt schon offen?«, fragte Val.

»Nein. Das hätte ich gesehen.«

»Führt man in einem solchen Fall nicht eine Untersuchung durch?«

»Ja.«

»Was hat man herausgefunden?«

»Materialfehler«, antwortete Mark. »Zwei andere Fallschirmgeschirre wiesen denselben Fehler auf.«

Val sah ihn lange an und nickte dann. »Du weißt aber schon, was ein Schuldkomplex ist, oder?«

Mark nickte langsam. »Aber hier geht es nicht um Logik, sondern um Gefühle.«

»Du bist dieser zähe Kerl, der alles im Griff hat, der alles allein schafft, nicht wahr?« Val ließ den Motor an und fuhr langsam los. »Sobald wir diesen Fall abgeschlossen haben, machst du einen Termin. Wenn nicht, sind wir immer noch Freunde, aber keine Partner mehr, verstanden?«

Mark nickte nur.

22

Ann Mankowitz alias Andrea Weston kam spätabends in San Francisco an. Sie nahm ein Taxi zu einem der besseren Hotels. Die junge Frau an der Rezeption nickte mitleidig, als Ann erklärte, dass ihr Gepäck wahrscheinlich auf dem Weg nach Honolulu sei. Es war wohl nicht das erste Mal, dass sie diese Geschichte hörte. Aber für solche Fälle, meinte sie hilfreich, habe man ja eine Boutique im Haus.

Ann ging erst einmal einkaufen. Einkaufen war bekanntlich gut für die Seele.

Es war schon kurz nach Mitternacht, als Ann die Bar des Hotels betrat. Dort war es ruhig, auf einer kleinen Bühne spielte jemand Klavier, nur wenige Gäste verloren sich an den Tischen. Am Nebentisch unterhielten sich zwei japanische Geschäftsleute über den Kurs des Yen, über ein Bordell in Tokio, das sie regelmäßig aufsuchten, und über Anns Busen.

Es dauerte eine Weile, bis sie bemerkte, dass die Herren am Nachbartisch sich auf Japanisch unterhielten.

Irgendwann musste sie Japanisch gelernt haben. Aber wann?

Und warum?

Andrea Weston, ihr Alter Ego, war Dolmetscherin von Beruf, aber den Unterlagen nach beherrschte Andrea nur Spanisch, Italienisch, Russisch, Französisch und Deutsch. Aber Japanisch?

Doch das war jetzt nicht wichtig. Sie hatte viel ernsthaftere

Probleme, denn sie wusste nicht, wie sie weiter vorgehen sollte. Sie hatte Agent Bridges ihre Aussage und die Zeichnungen zukommen lassen, aber sie hatte den Schlüssel zurückbehalten. Warum?

Instinkt? Reflex? Wenn sie ehrlich war, dann wollte sie selbst herausfinden, was es mit dem Schlüssel auf sich hatte. Und dann?

Das Arschloch finden und umlegen.

Okay, dachte Ann leicht amüsiert, das wäre eine Möglichkeit. Aber wie?

Sollte sie sich beim FBI melden? Gestern, beim Krankenhaus, waren die beiden FBI-Beamten keine fünf Meter entfernt an ihr vorbeigegangen. Die beiden hatten müde und frustriert ausgesehen. Der Mann hatte gewirkt wie ein betäubtes Raubtier.

Ann mochte sein kantiges Gesicht. Die Frau hatte Stil. Ann fand beide überraschend sympathisch.

Aber am meisten hatte die Tochter des Senators sie beeindruckt.

Wie es ihr jetzt wohl ging? Die Medien hatten sich natürlich auf diese Sensation gestürzt, waren voller Spekulationen und falscher Sympathie.

Zwei Männer hatten sich bereits der Polizei gestellt und den Mord an Senator Malvern und die Morde in dessen Haus gestanden. Leider hatten beide in früheren Zeiten schon den Mord an John F. Kennedy und Martin Luther King gestanden.

Ann war müde, so müde, dass sie kaum noch imstande war, einen klaren Gedanken zu fassen. Sie hasste diese Nachtflüge.

Sie streckte sich, was die Aufmerksamkeit der Japaner von Neuem weckte. Was nun?

Sie war als Andrea Weston hergeflogen. Captain Kramer kannte Andrea Weston nicht, und das war vielleicht auch ganz gut so. Dieser Gedanke bedrückte Ann, denn er zeigte, wie sehr sie sich dagegen wehrte, dem Mann zu vertrauen, dem sie ganz eindeutig ihr Leben zu verdanken hatte. Der Taucher hatte sie aus dem Wasser gezogen, aber Kramer war es gewesen, der ihr den Mut zum Leben zurückgegeben hatte. Ann erinnerte sich noch sehr gut daran, wie er sie im Krankenhaus besucht hatte, wie sehr er ihr geholfen hatte.

Er war ein Freund für sie, vielleicht der einzige, den sie hatte. Dennoch hatte sie den Kontakt zu ihm abgebrochen.

Warum?

Freunde können einen umbringen.

Danke, dachte sie bitter. Sie schüttelte leicht den Kopf. Kein Wunder, dass sie nicht wieder zurückwollte in die Welt, aus der Juliet gekommen war.

Irgendwie war ihr Glas leer geworden. Der Barkeeper war aufmerksam, als sie den Finger hob, und stellte wenige Augenblicke später ein volles Glas vor sie auf den Tisch. Die Japaner waren irgendwann gegangen.

Sie sah auf die Uhr. Egal. Chet Kramer zog sowieso die Nachtschicht vor, das wusste sie noch. Vielleicht hatte sie ja Glück.

Ann holte ein nagelneues Handy aus ihrer Handtasche, zögerte kurz, wählte dann die Nummer, die sie nicht vergessen hatte.

Vielleicht …

»Kramer, Morddezernat.«

»Hallo, Chet.«

Pause. »Tut mir leid, kenne ich nicht.« Es klickte, er hatte aufgelegt.

Ann sah fassungslos auf das Handy und klappte es langsam zu. So viel zu Freunden, dachte sie bitter, während sie versuchte, Kramers Reaktion zu verdauen. Es fühlte sich an wie ein Faustschlag in den Magen. Wenn sie ehrlich war, konnte sie es ihm wohl kaum verübeln. Sie hatte sich an ihn geklammert, als sie es brauchte, und irgendwann war sie spurlos verschwunden aus seinem Leben. So behandelte man keine Freunde.

Sie sah ihr Glas an, es überraschte sie, dass es voll war, sie hatte doch schon getrunken, oder? Noch im selben Augenblick sah sie ein anderes Glas vor sich, einen anderen Tisch …

… eine andere Hotelbar. Sie war aus Bambus, stand auf einer Terrasse; es war warm und schwül. Manila. Ihr Vater saß ihr gegenüber, sein Pilotenhemd mit den kurzen Ärmeln war schweißgetränkt. Er war unglücklich. »Der Job ist nichts für dich, Poppet. Warum denkst du jetzt schon darüber nach? Studier doch erst mal zu Ende. Genieß Paris. Es ist die Stadt der Liebe. Geh mit Charles aus. Das solltest du tun.«

Sie hörte seine Stimme, sie war wie die weiten, wogenden Kornfelder in Kansas, wo er herkam. Weit und breit kein Ozean in Sicht. Deshalb war er zur Navy gegangen.

»Ich weiß, was ich will, Papa. Und in zwei Jahren bin ich fertig«, antwortete sie. »Und Charles … Er ist manchmal so stur!«

Ihr Vater lächelte. »Vielleicht hat er seine Gründe.« Er wurde ernst. »Poppet, an so einem Job zerbrechen sogar zähe Burschen. Und ich hasse den Gedanken, dir könnte was passieren. Deine Maman hätte es sicher auch nicht gewollt.«

»Ich will es wegen uns machen. Hauptsächlich wegen Maman. Und ich habe auch ständig Angst um dich. Was ist mit Kuwait? Wird es Krieg geben, wirst du dabei sein?«

Ihr Vater lehnte sich zurück. Seine Hände umschlossen ein großes Glas Wasser. Tropfen liefen außen hinunter. Er trug immer noch seinen Ehering. Um ihren Hals hing der Ring ihrer Mutter.

Er sah sie mit diesen unmöglich grünen Augen an. »Kleines, das ist mein Job. Aber wenn es dich beruhigt ... Ich habe einer Versetzung zugestimmt. Ab September fliege ich einen Schreibtisch.«

Sie war beruhigt. Jetzt konnte ihm nichts mehr passieren ...

Ann saß in der Hotelbar und weinte. Sie hatte keine Ahnung, wieso sie es wusste. Sie wusste nur, dass sie sich damals getäuscht hatte. Es war ihm etwas passiert. Und ihr Vater hatte recht behalten.

Sie war an den Dingen zerbrochen, und es hatte keinen Sinn, sich etwas vorzumachen. Sie war nicht die große Heldin, sie konnte von Glück sagen, dass sie noch lebte. Wahrscheinlich war es besser, alles hinzuschmeißen und zu verschwinden.

Ann Mankowitz war auch nicht echter als Andrea Weston. Sie konnte ein neues Leben anfangen. Andrea war Dolmetscherin. Auch ein interessanter Job. Sie wusste nicht, wie gut sie Japanisch konnte, aber bestimmt gab es irgendwo einen Bedarf dafür.

Ihr Handy klingelte, sie zuckte zusammen. Es war neu, keiner kannte die Nummer. Sie sah es an, als wäre es eine giftige Schlange, die sie beißen könnte.

Dann ging sie doch ran. »Ja?«

»Chet hier. Sorry wegen vorhin, aber ich wollte mich mit dir nicht vom Büro aus unterhalten. Wie geht es dir?«

Chet Kramer. Seine Stimme klang immer noch so warm wie damals. Ein riesengroßer Stein fiel ihr vom Herzen. Aber ...

»Woher hast du meine Nummer? Sie wird nicht angezeigt ...«

»Normalerweise nicht. Aber du hast mich im Revier angerufen. Wir kriegen alle Nummern angezeigt.«

Merk dir das, registrierte Juliet sachlich. *Es hat sich einiges verändert in den letzten acht Jahren. So ein Fehler kann dich umbringen.*

»Wieder was gelernt«, sagte sie nur.

»Wie geht es dir?«, fragte er wieder.

»Ganz gut. Gesundheitlich. Aber ich habe Probleme, Chet.«

»Dafür hat man Freunde.«

Ann schluckte. »Es tut mir leid, dass ich mich so lange nicht gemeldet habe«, sagte sie leise.

»Macht nichts. Was kann ich für dich tun?«

»Ich würde mich gern mit dir unterhalten. Privat.«

»Inoffiziell? Ann, das FBI sucht dich.«

»Ist das ein Problem?«

Kramer überlegte nicht lange. Er lachte. »Die meisten können mir den Buckel runterrutschen. Wann?«

»Jetzt?«

»Okay. Wo?«

Ann nannte ihm den Namen des Hotels. »Ich bin in der Bar.«

»Ich brauche zwanzig Minuten, maximal.«

Ann legte auf und lehnte sich zurück. Ihre Hände waren feucht. Sie hatte Angst. Wollte am liebsten weglaufen. Aber irgendjemandem musste man doch vertrauen können ...

Jetzt musste sie nur noch warten.

Der Pianist spielte Claire de Lune … Diesmal kam die Erinnerung mit der Macht eines Dampfhammers. *Der Raum war groß und hoch, mindestens zwei Stockwerke. Die Decke war mit Stuck verziert, Kronleuchter hingen herunter. Die Männer und Frauen waren festlich gekleidet, livrierte Kellner reichten Champagner. Das Buffet war üppig. Gedämpfte Stimmen. Der Konzertflügel dominierte den Raum, genauso wie die schlanke Gestalt, die hinter den Tasten saß. Rothaarig, in einem Kleid, das Juliet für sie ausgesucht hatte. Sie lachte, sie war glücklich.*

Juliet stand in einer Ecke. Chester, ihr liebster Aufpasser, stand neben ihr, hatte ihr gerade mit einem Lächeln ein Glas Orangensaft mit ganz wenig Champagner gegeben. Sie durfte heute aufbleiben, bis Papa kam. Maman sah zu ihr herüber und zwinkerte ihr zu. Maman war die Hauptperson heute, sie hatte irgendetwas gemacht, was alle Leute toll fanden. Einige gratulierten ihr. Aber sie nahm das alles nicht ernst.

Hoffentlich würde Papa bald kommen. Maman war immer glücklich, wenn Papa kam.

Maman warf ihr einen Handkuss zu, sie spielte Claire de Lune, *Juliets Lieblingsstück.*

Chester neigte plötzlich den Kopf und hielt einen Finger an den Knopf, den er immer im Ohr trug.

»Verdammte Scheiße!«

Juliet wollte ihm gerade sagen, dass es verboten war, so etwas zu sagen … aber er ignorierte sie. Er sah hinüber zu den großen Fenstern, die auf den Garten hinausgingen. Dort rannten Leute wie wild hin und her.

Chester riss sie hoch, rannte los, hin zur Tür zum Hauptgebäude.

Dann wurde es laut …

Sie lag in einer Ecke am Boden. Sie spürte etwas Nasses, Warmes auf ihrer Haut. Chester schüttelte sie. Sein Gesicht war wie mit Kalk gepudert, darauf Schlieren einer seltsamen roten Schmiere. Seine Lippen bewegten sich, aber sie konnte nichts hören. Er hatte nur noch einen Arm. Warum hatte er nur noch einen Arm? Hatte er ihn verloren? Juliet überlegte, wie sie seinen Arm wiederfinden konnte, aber es brannte in ihrer Kehle, die Luft war voll von weißem Staub. Menschen lagen auf dem Boden. Der Flügel. Er stand nicht mehr da. Aber Maman saß immer noch auf dem Stuhl. Aber wo war ihr Kopf ...

»Ann?« Kramer stand vor ihr und sah sie ungläubig an.

Sie war kaum imstande, zu nicken. Alles brach über ihr zusammen, als sie sich in seine Arme warf und hemmungslos anfing zu weinen.

Chet! Er hatte sich nicht verändert in den vergangenen Jahren, immer noch breitschultrig und kräftig wie ein großer Bär.

»Es geht mir schon wieder besser«, sagte sie und setzte sich wieder. »Es ... Es war einfach zu viel für mich.«

Ein Kellner tauchte neben ihnen auf. Kramer bestellte ein Bier und setzte sich ihr gegenüber. »Wenn ich so höre, was alles passiert ist, dann ist das kein Wunder.«

»Es ist nicht nur das«, sagte Ann, nachdem das Bier gekommen war und er einen Schluck getrunken hatte. »Ich habe angefangen, mich zu erinnern.«

»Das ist doch gut, oder?«, fragte er.

Sie schüttelte den Kopf. »Hast du das über die Geschichte im Park erfahren?«

Er nickte langsam.

»Und? Hast du dich nicht gewundert?«

Er schüttelte den Kopf. »Eigentlich nicht. Die Sache damals ...« Er zögerte.

»Ja?«

»Die war zu professionell. Es wurde nicht einmal der Versuch unternommen, Spuren zu verwischen, es schien nur darum zu gehen, dass du nicht überlebst. Und jetzt haben sie dich wiedergefunden.« Er beugte sich vor. »Dein Fall ist immer noch nicht abgeschlossen. Beschreib mir die Täter, ich finde sie und drehe sie für dich durch den Fleischwolf. Ganz langsam, damit sie auch was davon haben.« Er sah sie erwartungsvoll an.

Ann lächelte ein wenig und schüttelte den Kopf. »Sorry, aber ich kann mich immer noch nicht an alles erinnern. Die meisten der Erinnerungen, die bisher gekommen sind, gehören zu einem kleinen Mädchen oder einer Jugendlichen ...«

Kramer sah gedankenversunken auf sein Glas. »Was anderes: Ich habe dir damals etwas verschwiegen, weil ich dich nicht beunruhigen wollte. An dem Tag, an dem du aus dem Wasser gefischt worden bist, habe ich einen Anruf bekommen, dass ich die Sache nicht mit Hochdruck verfolgen soll.«

»Wer hat dich damals angerufen?«

»Das weiß ich nicht. Ein Freund von mir war damals beim FBI. Er rief mich an und sagte mir, dass ich gleich einen Anruf bekäme und dass ich den ernst nehmen soll.«

Ann dachte nach. »Hast du deinen Freund dazu mal befragt?«

Kramer nickte.

»Ja. Aber er wollte mir nichts sagen.«

Ann spielte mit ihrem Weinglas. »Vielleicht klärst du den Fall ja noch auf«, meinte sie leise. »Du hast ja noch ein bisschen Zeit bis zur Pensionierung. Ich habe es besser als Audrey Malvern. Sie kann sich genau daran erinnern, was passiert ist. Und darum beneide ich sie nicht. Es gibt Erinnerungen, die möchte man lieber gar nicht haben.«

Er nickte. »Das geht wohl jedem Menschen so.«

Aber wenn man sich erinnert, dachte Ann, dann ist es normalerweise nicht so frisch, so unerwartet und so brutal. Juliet musste diese Erinnerungen irgendwie verarbeitet haben. Ann noch nicht. Wenn sie die Augen schloss, sah sie wieder ihre Mutter ... Sie schüttelte den Kopf, um das Bild zu vertreiben.

»Du siehst gut aus«, sagte Kramer. Wahrscheinlich wollte er sie ein bisschen aufmuntern.

»Das hört man gern. Aber im Moment ist das nur meine Tarnung.«

»Tarnung?«

»Die letzten acht Jahre habe ich so ausgesehen.« Sie kramte in ihrer Handtasche und zeigte ihm ihren Ausweis. Anns Ausweis.

Kramer pfiff leise durch die Zähne. »Ich glaube, ich hätte dich nicht wiedererkannt. Ich habe vorhin einfach nach einer Rothaarigen mit grünen Augen gesucht. Schade, dass du deine Haare und die Augen versteckst. Du trägst es wieder lang. Gefällt mir besser.«

»Typisch Mann«, sagte sie und grinste.

Kramer räusperte sich und sah sie über den Rand seines Bierglases an. »Aber jetzt zum eigentlichen Grund. Du hast gesagt, du brauchst Hilfe. Was kann ich für dich tun?«

Ann sah ihn ernst an.

Kramer wartete.

»Ich würde gern meine Polizeiakte einsehen. Meinen ärztlichen Befund. Du solltest auch noch mal nach Ann Mankowitz Ausschau halten. Vielleicht auch in den Akten über Soldaten, Agenten, Spione ... Was weiß ich. Irgendwo habe ich eine Kampfausbildung absolviert.«

Sein Pieper meldete sich. Kramer warf einen Blick darauf und fluchte leise.

»Moment.« Er holte sein Handy heraus und rief eine Nummer an. »Tut mir leid, aber ich muss zurück zum Revier.« Er stand auf.

»Ich bin froh, dass du überhaupt Zeit für mich gefunden hast«, sagte sie. Sie meinte es ernst.

»Das ist doch selbstverständlich«, antwortete Kramer. Er sah sie verärgert an. »Dafür sind Freunde da. Wir sehen uns morgen, ja?«

Sie nickte. »Morgen.«

23

Samson lehnte sich mit dem Rücken an den Tresen und sah sich um. Es war eine typische Billardbar, diese hier war besser als die meisten anderen. Mark war ganz offensichtlich Stammgast hier.

Ein paar Gäste forderten ihn zu einem Spiel auf, aber Mark lehnte ab. Er saß keine zehn Meter von Samson entfernt und schien für nichts Augen zu haben, außer für das Wasserglas vor sich. Wasser mit einer Scheibe Limone.

Als die Frau vorhin so überraschend abgebogen war, hatte Samson zuerst gedacht, sie wollte ihn abhängen. Er war einfach weitergefahren, einmal um den Block. Zu seiner Überraschung stand der Wagen, in dem Mark auf dem Beifahrersitz saß, einfach nur in der Seitenstraße. Samson parkte eine Straße weiter und ging zurück.

An eine kaputte Laterne gelehnt, hatte er dagestanden und gewartet. Mark und die Frau am Steuer, wahrscheinlich auch beim FBI, hatten endlos geredet. Irgendwann waren sie weitergefahren und hatten schließlich vor einem Apartmenthaus angehalten. Mark war ausgestiegen und im Haus verschwunden. Die Frau war weggefahren. Samson hatte richtig getippt, denn plötzlich hatte sich die Tür wieder geöffnet, und Mark war die Straße hinuntergegangen. Nicht gerade mit hängenden Schultern, aber wie jemand, der intensiv über etwas nachdenkt. Samson war hinter ihm hergegangen.

Und jetzt saß der FBI-Agent hier schon eine halbe Stunde herum und hielt sich immer noch an seinem Wasser fest.

Den Vormittag hatte Samson am Computer verbracht. Er hatte einiges herausgefunden. Ergebnis: wenige Antworten, viele Fragen.

Er hatte Anns, *Juliets* Polizeiakte aus San Francisco gelesen, er wusste jetzt auch, warum sie sich nicht an ihn erinnerte. Er schüttelte den Kopf. Es gab schon seltsame Zufälle. Da rettete sie ihm den Hintern, und kurz darauf wurde sie von irgendeinem Arschloch so zugerichtet.

Aber noch während er ihre Akte gelesen hatte, hatte er gefühlt, wie er von einer eigenartigen Ruhe erfüllt wurde. Er war das schwarze Schaf in der Familie, viel zu früh war er vom rechten Weg abgewichen. Jetzt wusste er, was er mit seinem Leben vorhatte, aber vorher gab es ein paar Kleinigkeiten zu erledigen. Er lachte leise und traf eine Entscheidung. Er nahm seinen Kaffee, schon der dritte, den er hier trank, und ging hinüber zu Mark an die Theke. Er setzte sich auf den freien Barhocker neben ihm. Mark ignorierte ihn.

»Harter Tag?«

Mark nickte nur. Dann stutzte er und sah den Fremden an. »Kennen wir uns?«

Samson lächelte. »Kann schon sein. Jedenfalls kenne ich Sie. Als Sie noch ein versnobter Offiziersanwärter bei den Marines waren. Muss so um die achtzehn, zwanzig Jahre her sein.«

Samson war sich ziemlich sicher, dass sie sich nie über den Weg gelaufen waren. Er hatte Marks Akte sorgfältig gelesen. Samson und er waren tatsächlich mal ein gutes halbes Jahr zusammen auf einem Stützpunkt gewesen. Nur begegnet waren sie sich nie.

»Wo?«

»Perry Island. Sie haben ziemlich viel Radau gemacht im Offiziersclub.«

Mark sah wieder auf sein Glas Wasser. »War nicht mein bester Tag. Trotzdem kann ich mich nicht an Sie erinnern.«

Hhm. So also nicht. »Vielleicht verwechsle ich Sie ja. Aber Sie sind jetzt beim FBI, stimmt's? Muss ein harter Tag gewesen sein. Was man so in den Zeitungen liest. Schlimme Sache, das mit Malvern.«

Mark wandte sich ihm zu und musterte ihn aus kalten Augen. »Und Sie sind jetzt Reporter für irgendein Käseblatt, stimmt's? Vergessen Sie's. Kein Kommentar.«

Dann also anders, dachte Samson und musste innerlich schmunzeln. »Sie mögen keine Nigger, ist es das?«

»Wie kommen Sie denn darauf? Ich mag keine Reporter. Außerdem will ich meine Ruhe haben.«

»Dann fange ich noch mal von vorne an. Samuel Sonata, Mark Bridges. Zwei Männer, abends, müde, in einer Bar. Einer von beiden denkt sich, man könnte vielleicht mal guten Tag sagen. Und wird gleich als Reporter beschimpft.« Samson lächelte breit, zeigte alle perlweißen Zähne. »Kann ich Sie zu einem neuen Wasser einladen? Das hier schmeckt bestimmt schon schal, so alt, wie es ist.«

Mark sah wieder sein Glas an, und er hatte das Gefühl, als würde er es zum ersten Mal sehen. Dann blickte er zu diesem Samson hinüber. Der lächelte eisern weiter.

»Von mir aus.«

Der Barmann brachte Mark ein neues Wasser, Samson einen neuen Kaffee. Der stützte sich mit einem seiner massiven Ellbogen auf den Tresen und wandte sich Mark zu, die Kaffeetasse in der Hand. »Sie müssen nichts sagen. Nur ein bisschen zuhören. Wissen Sie, ich mache mir gern so meine Gedanken. Beispielsweise, was es sein könnte, das Senator Malvern gehabt hat und das nun jemand anderer haben will. So sehr, dass er dafür sogar ein solches Gemetzel anrichtet.«

Mark war plötzlich hellwach, seine Augen verengten sich. »Was haben Sie damit zu tun?«

»Nichts«, antwortete Samson gemächlich. »Ich mache mir nur so meine Gedanken. Und dann ist da noch Miss Mankowitz. Lehrerin, oder? Jeder mag sie. Warum sollte man einen Mörder auf sie ansetzen? Vielleicht, weil Malvern ihr etwas gegeben hat? Vielleicht eine CD und ein fingerdickes blaues Büchlein, dem der Senator seine privaten Gedanken anvertraut hat?«

Mark sagte nichts.

»Dann ist da noch die Frage, ob es einen Zusammenhang gibt mit dem, was Miss Mankowitz in San Francisco passiert ist?«

»Woher wissen Sie das alles?« Marks Stimme war kühl, fast frostig.

Schade, dachte Samson. Und ich dachte schon, das wäre jetzt der Beginn einer wunderschönen neuen Freundschaft.

»Tja«, meinte Samson. »Das bringt uns zur nächsten Frage: Wie kann es sein, dass die Leute, die hinter Miss Mankowitz her sind, Zugriff auf die FBI-Computer und -Akten haben und eure Berichte fast so schnell lesen, wie ihr sie schreibt? Haben Sie schon versucht, Ihre *vollständige* Akte einzusehen, Major?«, fragte Samson. »Ich möchte wetten, das ist Ihnen bislang nicht gelungen. Aber die Jungs, hinter denen Sie her sind, wenn die Ihre Akte lesen, Major, dann können Sie darauf wetten, dass es keinen einzigen schwarzen Zensurbalken darin gibt. Ich weiß es deshalb, weil ich Ihre Akte gestern gelesen habe. Die *vollständige* Akte, wie ich betonen darf.«

Mark stand vom Barhocker auf. »Ich werde Sie jetzt bitten, mitzukommen«, sagte er knapp.

Samson lächelte beruhigend. »Setzen Sie sich wieder hin. Sie werden mich nicht verhaften.«

»Warum nicht?«

»Weil Sie nicht so dumm sind, jemanden, der auf Ihrer Seite ist, aus dem Spiel zu nehmen.«

»Wer sind Sie?«

»Samuel Sonata. Sie können mich auch Samson nennen.«

»Wie der in der Bibel?«

Samson lächelte ein wenig. »Vielleicht bin ich ja im Auftrag des Herrn unterwegs.« Er legte einen Schein auf die Theke. »Gute Nacht.«

Er nickte Mark noch einmal zu und drehte sich um. Er machte zwei Schritte, blieb stehen und drehte sich wieder um. »Ach ja, wenn Sie sich und mich umbringen wollen, dann geben Sie dieses Gespräch in irgendeinen offiziellen Computer ein. Das wär's dann für mich und wahrscheinlich auch für Sie. Ihre Entscheidung.«

Dann ging er.

24

Mark sah dem bulligen Schwarzen hinterher. Trotz seiner Größe bewegte sich der Mann leichtfüßig und grazil. Er war sich ziemlich sicher, wer der Mann war. Das Pflaster auf der Nase war wie ein riesiges Hinweisschild. Ann Mankowitz hatte ihre Begegnung im Park detailliert beschrieben. Ihre Zeugenaussage las sich seltsam vertraut. Kurz, sachlich, alles Wichtige drin, alles Überflüssige draußen.

Als er noch Offizier bei der Navy gewesen war, hatte die Beurteilung solcher Berichte zu seinen Aufgaben gehört. Ann hätte er eine gute Note gegeben.

Aber wenn dieser Samson der große Farbige aus dem Park war, warum gab er ihm dann diese Informationen? Mark hätte noch ein paar Fragen an ihn gehabt. Und eine an sich selbst. Warum hatte er Samson gehen lassen?

Hätte er ihn überhaupt aufhalten können? Samson war gute zwanzig Kilo schwerer als er, es sah auch nicht so aus, als hätte er einen Bauch. Trotzdem. Hier, in seiner Stammkneipe, hätte Mark auf die Hilfe einiger Gäste zählen können. Aber jeder FBI-Agent und Polizist kannte die Wichtigkeit von Kontakten. Und was Samson ihm gerade geliefert hatte, hatte die Wirkung von Mörsereinschlägen. Mark war erschüttert. Als Soldat und auch als FBI-Agent war er gewohnt, eine Organisation im Rücken zu haben, die ihn unterstützte. Samson hatte ihm klar und deutlich gesagt, dass das nicht der Fall war, dass die Gegenseite, wer oder was das auch immer sein mochte, über jeden Schritt, den Val und er unternahmen, informiert war.

Mark seufzte innerlich. Er holte sein Handy heraus und wählte eine Nummer.

»St. Clair Residence.« Die Stimme war weiblich, kultiviert und hellwach. Nicht Val, sondern die Haushälterin.

»Special Agent Bridges hier. Ich muss dringend mit Mrs St. Clair sprechen.«

»Ich fürchte, dass Mrs St. Clair sich schon zurückgezogen hat.«

Mark zögerte kurz. »Gut, dann ...«

Es klickte in der Leitung. »Hallo?« Es war Vals Stimme, sie klang außer Atem.

»Mach's kurz«, brummelte Tom im Hintergrund.

»Mr Bridges für Sie, Madam.« Die Haushälterin verabschiedete sich mit einem dezenten Klick aus der Leitung.

»Ich bin es, Val. Ich habe ein paar interessante Hinweise bekommen. Eben hat mich hier in meiner Kneipe ein Mann angesprochen, der vorgibt, für die Gegenseite ...«

»Ich komme dich abholen.«

»Du ...«

Val hatte schon aufgelegt.

Mark klappte langsam sein Handy zusammen. Als er bemerkt hatte, dass sie mit Tom zusammen war, hatte er sie eigentlich nicht weiter stören wollen. Mist.

Als Val ihn vor seiner Wohnung abholte, entschuldigt er sich als Erstes für die Störung. Val wischte es brüsk beiseite. Aber als er die ersten fünf Minuten der Fahrt schweigsam auf dem Beifahrersitz saß, warf sie ihm einen prüfenden Blick zu.

»Was genau ist passiert, Mark?«

»Kannst du dir vorstellen, dass die Leute, die Malvern haben umlegen lassen, Zugriff auf unsere Computer haben? Val, du kennst dich da besser aus als ich. Ist das möglich?«

Val ließ sich Zeit mit der Antwort. Obwohl die Straßen um diese Zeit leer waren, fuhr sie langsam. Für Mark war das ein Zeichen, dass sie intensiv nachdachte.

»Ich denke, schon«, sagte sie dann. »Malvern war ein wichtiger Mann. Es mag zwar persönliche Motive geben, aber bis jetzt sieht es so aus, als wäre er umgebracht worden, weil er irgendjemandem im Weg war. Wir haben definitiv Hinweise darauf, dass der Täter nicht allein arbeitet. Je nachdem, wie wichtig die Personen sind, die Malvern haben umbringen lassen ... Hier in Washington wundert mich nichts mehr.«

Mark war überrascht. »Das klingt ziemlich desillusioniert, Val. Ich dachte, du glaubst noch an den amerikanischen Traum.«

Sie wandte sich Mark so abrupt zu, sah ihn so verärgert an, dass er überrascht die Augenbrauen hochzog.

»Du hast recht, Mark«, sagte sie uns sah wieder auf die Straße. »Tom und ich haben den amerikanischen Traum gelebt. Wir sind beide aus der Gosse hochgekommen, haben uns an den eigenen Haaren aus dem Sumpf gezogen. Und dafür haben wir hart, sehr hart arbeiten müssen. Tom ist morgens um vier aufgestanden und hat in der Großmarkthalle gejobbt. Um sieben hat er dann seine Hamburger-Bude geöffnet. Nach der Uni habe ich fettige Hamburger gewendet. Er hat vier Stunden geschlafen, dann seine Fernkurse gemacht. Ich bin fünf Mal von irgendwelchen Arschlöchern überfallen worden, die den Tageserlös mitgenommen haben. Tom zwei Mal. Beim letzten Mal wollten die Jungs auch ein bisschen mit mir spielen. Wäre Tom nur fünf Minuten später aufgetaucht, säße ich nicht hier. Und dann, allmählich, kam der Erfolg. Jetzt sind wir reich, gehören zur High Society. Ich könnte mich jeden Abend mit den Reichen, Schönen und Mächtigen tummeln. Unser Geld ist wichtig genug, sodass wir zu allen Wohltätigkeitsveranstaltungen eingeladen werden. Und wenn wieder mal Wahlen sind, dann stehen die Leute vorher Schlange, um Spenden zu erbetteln. So viel Neid, Missgunst, Manövrieren und Rufmord, wie du in der sogenannten High Society hier in Washington erlebst, geht auf keine Kuhhaut! Tom ist ein Farmerjunge aus Minnesota, ich eine Göre aus einem katholischen Waisenhaus. Tom trägt heute Armani-Anzüge, ich Kleider aus Paris. Aber das sind wir nicht. Tom und ich haben mehr davon, wenn wir in Jeans und T-Shirt hinten auf der Terrasse Steaks grillen und ein Bier dazu trinken, als wenn wir aufgetakelt eine halbe Stunde warten, bis wir dem Präsidenten die Hand schütteln dürfen. Ja, du kannst es laut sagen, ich *bin* desillusioniert.«

»Ich wollte nicht …«, begann Mark, doch Val ließ ihn nicht zu Wort kommen. »Wenn du fragst, ob ich mir denken kann, dass jemand diesen Zugang zu unseren Daten besitzt, dann muss ich dir sagen, ja, denn einige dieser *wichtigen* Leute, das weiß ich aus eigener Erfahrung, glauben, dass ihnen das gesamte System gehört, dass sie unangreifbar sind. Ja, Mark, ich kann mir sehr gut vorstellen, dass unsere gesuchten Hintermänner jetzt in diesem Moment mit einem Smoking und einem Glas Champagner irgendwo irgendeine gepflegte Konversation pflegen. Ich kann es mir vorstellen, aber es muss nicht so sein. Aber auch die alten Lustmolche mit ihren Spielzeugfrauen haben ein Recht darauf, vor Verbrechen geschützt zu werden. Genau wie Kinder und die ganz normalen Leute, von denen es Gott sei Dank immer noch mehr gibt als von solchen Arschlöchern!«

»Wow!«, sagte Mark. Er war baff. »Mannomann! Da muss ich wohl auf einen Knopf gedrückt haben. Nicht zu fassen, da gibt es Leute, die behaupten, du hättest kein Temperament! Von wegen Eiskönigin …«

Val lächelte schief. »Du willst doch nur ablenken. Ich habe mich schon wieder beruhigt.«

Mark sah aus dem Seitenfenster. »Was ich dich schon immer mal fragen wollte …« Er redete nicht weiter.

»Was?«

»Tom … Was denkt er eigentlich über uns? Ich meine, ihr seht euch kaum. Wir beide sind öfter und länger zusammen als manches Ehepaar.«

»Das ist ganz einfach«, meinte Val mit einem breiten Grinsen, wie er es nur wenige Male bei ihr gesehen hatte. Sie sah aus wie eine Göre, die einen Streich ausgeheckt hatte.

»Tom vertraut mir. Und wenn er herausfinden würde, dass ich unter Geschmacksverirrung leide und mit jemandem fremdgehe, würde Tom den Typen verschwinden lassen. Ganz einfach.«

»Dann bin ich ja beruhigt«, meinte Mark trocken.

Val schmunzelte, dann wurde sie wieder ernst. »Aber was du mich vorhin gefragt hast … Hast du einen konkreten Grund, so etwas zu befürchten?«

»Ja. Der große Schwarze, der Ann im Park überfallen wollte …«

»Was ist mit dem?«

»Der kam vorhin in meine Kneipe, spendierte mir ein Wasser und sagte so nebenbei, dass eine Organisation, die hinter einer CD und einem kleinen blauen Buch her wäre, Zugriff auf unsere Computer und auch auf meine Militärakte hätte.«

»Hm«, meinte Val nachdenklich. »Du hast ihn gehen lassen?«

»Für den Moment erschien es mir am sinnvollsten. Vielleicht will er ja irgendwann einen Deal mit uns aushandeln.«

Val nickte nachdenklich. »Das wäre denkbar. Und nicht das erste Mal, dass so was passiert. Nichtsdestotrotz, der Typ hat Chuzpe. Und es geht um eine CD und ein kleines Buch?«

»Blau.«

»Aber gehört er nicht zu den Leuten, die Ann Mankowitz umbringen wollen?«

»Jetzt wohl nicht mehr.« Mark legte die Stirn in Falten. »Ich weiß auch nicht, einiges kommt mir seltsam vor. Ich sage dir, der Kerl ist irgendwie erschreckend. Er hat angedeutet, dass er auch bei der Navy gewesen war. Er ist noch größer als ich und breit wie ein Schrank. Und die zierliche Ann Mankowitz hat ihm die Nase und den rechten Zeigefinger gebrochen.«

Val sah zu ihm hinüber. »Dann sollte man vielleicht Angst haben vor ihr.«

»Das wäre nicht schlecht«, meinte Mark ernst. »Denn das würde bedeuten, dass man sich nicht mehr so große Sorgen machen müsste um sie.«

25

Es war eine lange, hohe Halle, tief unter der Erde. Leuchtröhren unter der Decke spendeten helles, schattenloses Licht. Die Temperatur war konstant, fünfzehn Grad. Obwohl niemand hier war, war es nicht still. Es klickte, surrte, ratterte manchmal. Alle paar Wochen kamen Techniker vorbei, überprüften dies und das, tauschten etwas aus, gingen wieder.

Reihen von Monolithen standen hier, gut zwei Meter hohe graue Kästen. Ein paar Lichter blinkten.

Manche hörten Stimmen. Tausende von Stimmen. Sie hörten einfach nur zu. Sie hörten nach Namen. Und nach Stimmmustern.

Vor einer halben Stunde hatte ein Monolith ein neues Update bekommen. Die Liste seiner Namen war ergänzt worden.

Bridges, Mark
Janos, Stephen
Jenssen, Thorwald
Kramer, Chet
Malvern, Audrey
Mankowitz, Ann
Reuter, Terry
Richmond, Sam
St. Clair, Valerie

Bis auf *Mankowitz, Ann* waren auch die Muster der Stimmen abgelegt worden.

Zwei Reihen und zwanzig Monolithen weiter hinten stand ein anderer schweigsamer Gigant. Er hatte eine ganz besondere Aufgabe. Er hörte anderen Computern zu, wie sie sich unterhielten. Ein Computer in Zone 2A7F881E sendete einem Computer in Zone 7B3F203C Fingerabdrücke.

Auch diese Fingerabdrücke waren auf der Liste, aber das Programm würde nichts tun, solange nicht eine andere Bedingung erfüllt war.

Und genau das geschah in diesem Augenblick. Jemand verglich einen markierten Satz Fingerabdrücke mit Archivdaten von verstorbenen Personen.

Der Monolith surrte weiter, eine Lampe brannte stetig grün. Er hatte nur eine Leitung geöffnet, schickte einem anderen Kollegen zweihundertsechsundfünfzig Buchstaben. Dann kehrte er wieder zu seiner Arbeit zurück.

26

Mark spürte, wie jemand an seiner Schulter rüttelte. Er wollte jetzt nicht aufstehen. Nur schlafen. Wieder dieses Rütteln. Irgendwo meldete sich etwas. Mark rollte sich herum, nahm irgendetwas wahr, Reflexe setzten ein. Aber der Stuhl war im Weg. Plötzlich ein dumpfer Schlag.

Er blinzelte. Er saß auf dem Küchenboden. Aus der Nähe betrachtet, war er nicht der sauberste. Neben ihm lag ein Küchenstuhl. In der Tür, in sicherer Entfernung, stand Val. Sie hatte einen Besenstiel in der Hand.

Was ... Richtig. Er hatte sich auf den Küchenstuhl gesetzt, weil es der unbequemste Stuhl in seiner Wohnung war. Man konnte unmöglich darauf einschlafen.

»Guten Morgen, Mark.« Val hatte ein neues schickes Kostüm an und sah aus, als käme sie direkt von einem Pariser Laufsteg.

Mark blinzelte wieder. Es fühlte sich an, als hätte er Sand in den Augen. Sein Kopf, seine Hände, seine Seite, sein rechtes Schienbein, alles pochte. Er sah auf die Uhr. Zwanzig nach vier. Zwei Stunden.

»Val«, sagte er und räusperte sich. Sein Mund fühlte sich staubig an.

»Meine Güte, du siehst ja fürchterlich aus!« Val grinste. Manchmal war sie ein Sadist.

Er ignorierte sie, stand auf, stellte den Stuhl hin. Auf der Anrichte köchelte der Kaffee, den er vor zwei Stunden aufgesetzt hatte. Er sah jetzt aus wie Teer. Genau richtig.

»Ich dachte, die Tür wäre zu. Wie bist du reingekommen?«

»American Express.« Sie hielt eine Kreditkarte hoch. »Das Türschloss vom Hauseingang ist kaputt.«

»Hatte ich ganz vergessen. Katholisches Waisenhaus.«

»Richtig.«

Er goss sich einen Becher Kaffee ein, trank einen Schluck und schüttelte sich. Wahrscheinlich stellen sich jetzt meine Zehennägel auf, dachte Mark. Perfekt.

Val kam in die Küche, sah sich um, griff den anderen Stuhl und setzte sich. Gott sei Dank, dachte Mark, wenigstens ist die Bude einigermaßen sauber. Sie musterte die rot karierte Plastiktischdecke. Die senffarbenen Küchenschränke. Den antiken Kühlschrank Jahrgang 1940. Den verkohlten Fleck auf der Anrichte. »Ich sehe, du hast renoviert.«

»Häh?«

»Du hast eine neue Kaffeemaschine.« Val lächelte. Für die Uhrzeit sah sie wirklich gut aus, ihre Augen glänzten, sie sprühte geradezu vor Energie.

»Ach ja. Die alte ist mir durchgebrannt. Die neue ist nicht so gut. Braucht zu lange.« Er musterte sie irritiert. »Wieso, zum Teufel, bist du so putzmunter?«

Val grinste spitzbübisch.

»Das braucht sie dir nicht zu verraten«, brummte eine tiefe Stimme. Tom. Er tauchte in der Tür auf. Mark sah von Tom zu Val und wieder zurück und lachte.

Tom kam in die Küche und lehnte sich gegen die Wand. Er hatte einen hellgrauen Anzug an und wirkte wie der erfolgreiche Geschäftsmann, der er war. Nur, wie viele andere Geschäftsleute waren wie ein Schrank gebaut? Tom und Samson nahmen sich nicht viel.

»Er bringt uns zum Flughafen. Ich habe ihn gebeten, den Flug für uns zu arrangieren«, sagte Val.

Mark nickte. »Irgendjemand Kaffee?«

»Klar.«

Val nickte.

Er schenkte beiden ein. Dass Val einen eisernen Magen hatte, wusste er schon.

Tom verzog keine Miene. »Hier wohnst du also.«

Mark zuckte mit den Schultern. »Hat ein Dach, wenn es regnet.«

»Unsere erste Bleibe war schlimmer, nicht wahr, Val?«

Sie nickte.

»Aber das hier ist nicht meine erste Bleibe. Könnten wir den Smalltalk bitte lassen? Ich habe im Handumdrehen gepackt.« Er nickte in Richtung der Sporttasche, die in seinem briefmarkengroßen Flur stand.

»Dürfen wir noch austrinken?«, fragte Val mit einem Lächeln. Sie musterte das Bild, das mit einem Magnet am Kühlschrank befestigt war. Es war das Bild von Ann mit ihrer Schulklasse im Park.

»Ich hab's aus Versehen eingesteckt. Ich gebe es ihr zurück, wenn das alles hier vorbei ist.« Mark fühlte die Hitze in seine Wangen steigen.

Tom beugte sich vor und musterte die junge Frau auf dem Bild.

»Kein Pin-up-Bild. Ich kann verstehen, warum es dir gefällt«, sagte Tom. »Sie sieht aus wie ein netter Mensch. Die Jungs und Mädels vertrauen ihr. Und sie mögen sie. Eine interessante Frau, aber unvorteilhaft zurechtgemacht.« Tom sah zu Val hinüber. Jetzt wurde sie rot.

Beide sahen Mark an, dann tauschten sie einen schnellen Blick. Mark hatte das seltsame Gefühl, als wäre eben gerade eine Entscheidung über ihn gefallen.

Toms Wagen war ein zwanzig Jahre alter Mercedes. Er klopfte mit der flachen Hand auf das Dach. »Hab ich mir gebraucht gekauft, als ich angefangen habe, Geschäfte mit Leuten zu machen, bei denen ich mit meinem alten, verrosteten Pick-up unten durch gewesen wäre.« Er schloss auf, sie stiegen ein. Der Motor surrte wie ein Kätzchen. »Hab es nie bereut.«

Val schnallte sich an und drehte sich zu Mark um, der hinten eingestiegen war. »Ich schwöre, er liebt die Kiste mehr als mich.« Sie lachte.

»Klar«, brummte Tom und fuhr los. Die unerwartete zügige Beschleunigung drückte Mark in den Sitz.

»Sechs Liter V8. Fast schon eine klassische amerikanische Maschine«, meinte Tom mit einem breiten Lächeln.

»Wann geht unser Flugzeug?«, fragte Mark.

»Die ersten fünf Flüge sind ausgebucht.« Tom zuckte mit den Schultern. »Passiert manchmal. Macht aber nichts. Wir fliegen privat.«

»Wir?«

»Ich habe auch etwas in San Francisco zu erledigen. Geschäftlich. Dachte, ich verbinde das. Ich sehe Val ein bisschen zu selten.«

Mark nickte und lehnte sich zurück.

Irgendwann öffnete Tom seine Tür. Mark schreckte hoch. War er eingeschlafen? Sie waren in der Tiefgarage des Flughafens angekommen. Mark stieg aus, rieb sich die Augen und streckte sich.

Es war ein Unterschied, ob man einen Linienflug nahm oder ob man privat flog, bemerkte Mark. Die Wege waren kürzer, es gab keine Schlangen, die Leute, die einem begegneten, lächelten öfter. Vor allem die Bedienung in dem Laden, in den er von Val plötzlich hineingeschoben wurde. Es war ein namhafter Herrenausstatter, und jeder wusste, dass die Klamotten hier am Flughafen besonders teuer waren.

»Aber …«, begann Mark, doch Val sah ihn nur an.

»Vergiss es. Meine Augen ertragen das nicht länger.«

Mark wollte etwas sagen, als Tom sich einmischte.

»Überlass das Val.« Er zeigte auf sich. »Sie weiß, was sie tut. Und du bist kreditwürdig. Tu uns den Gefallen, es macht Val großen Spaß.«

Das schien für Tom das wichtigste Argument zu sein, vielleicht auch für Mark. Val wusste tatsächlich genau, was sie wollte. Keine zehn Minuten später stand Mark vor dem Spiegel und sah sich fassungslos an.

»Ich sehe aus wie ein verdammter Schlipsträger«, beschwerte er sich, und Tom lachte. »Ich glaube, das war der Sinn des Ganzen.«

»Der Anzug steht dir«, meinte Val zufrieden und drehte sich zum Verkäufer um. »Den nehmen wir. Und da wir schon bei den Krawatten sind …«

Als Mark den Laden verließ, kam er sich komisch vor. Seinen alten Anzug hatten sie gleich dagelassen. Aber er sah auch, dass die Blicke, die man ihm zuwarf, sich verändert hatten. Nicht mehr so erstaunt, eine Vogelscheuche neben zwei gut gekleideten Menschen zu sehen.

Aber die Blicke, die er jetzt bekam, waren ihm nicht unbekannt. Als er noch Uniform getragen hatte, hatte man ihn auch so angesehen. In einer großen Glasscheibe sah er sich vorbeigehen. Er wirkte anders. Zuversichtlich, erfolgreich. Kleider machen Leute. Das wusste er schon immer, nur dachte er, es wäre ihm egal, wie man ihn wahrnahm. Aber das stimmte nicht. Bei den SEALS hatte er Respekt, Achtung und Anerkennung erfahren. Das Schöne am Militär war, dass die Qualifikation, die man sich erworben hatte, auf den Schultern zu erkennen war. Im zivilen Leben war das ähnlich, wenn auch etwas schwieriger zu bewerkstelligen.

Ein Wagen brachte sie auf das Flugfeld, wo ein Learjet wartete. Die Maschine hatte kein Firmenlogo, nur eine Registriernummer. Mark wusste nicht, ob sie nur für den Flug gemietet war oder ob sie Tom und Val gehörte. Er hatte auch nicht vor, zu fragen.

Die beiden Piloten begrüßten Val und Tom mit einem entspannten Lächeln. »Wir sind in zehn Minuten dran, Mr St. Clair. Wenn Sie so weit sind.«

»Nichts dagegen«, meinte Tom, stieg ein und nahm in einem der breiten Ledersessel Platz. Er öffnete seinen Aktenkoffer, holte einen Laptop heraus und befestigte ihn mit einer Klemme an dem kleinen Tisch vor ihm.

Val lehnte sich in ihrem Sessel zurück, zog die Schuhe aus, klemmte sie in ein Gepäcknetz, schnallte sich an und schloss die Augen.

Tom sah zu Mark und lächelte. »Faszinierend, nicht wahr? Val kann überall schlafen. Manchmal beneide ich sie darum.«

Es schienen noch keine zehn Minuten vergangen zu sein, als der Pilot sich wieder meldete.

Dann waren sie auch schon in der Luft. Mark fühlte sich an die kleinen Maschinen aus seiner Militärzeit erinnert.

»Wir sind auf Flughöhe«, meldete einer der Piloten. Tom schnallte sich los, stand auf und winkte Mark zu der kleinen Bar am Ende der Kabine. Der Innenraum war nicht sehr groß, aber die Einrichtung ließ die enge Röhre gemütlich, beinahe intim wirken.

Mark folgte Tom zur Bar. Der machte ihm, ohne zu fragen, einen Drink. Mit *viel* Soda.

»Cheers.« Tom hob sein Glas.

»Cheers.« Mark nippte vorsichtig. Der Alkohol war zu schmecken, aber nur ganz dezent. Er nippte noch einmal.

Tom sah ihn an. »Mark, wir beide, du und ich, kennen uns noch nicht so gut. Du bist Vals Freund. Sie hat nicht viele. Ich verstehe zwar nicht, warum, aber es ist so.« Tom sah sich um. »Das alles hier ist nicht wichtig. Verstehst du?« Er blickte zu Val hinüber, dann wieder zu Mark zurück. »Wenn ich morgen pleite wäre, aber Val wäre bei mir, dann hätte ich nichts verloren. Und wenn Val irgendetwas passieren würde, dann wäre das alles hier nicht viel wert.«

Mark nickte. Er konnte das gut verstehen.

»Val hat mir von dem Fall erzählt.« Tom hob beschwichtigend die Hände. »Ich weiß, dass sie das nicht darf. Aber sie tut es trotzdem. Wusstest du, dass wir die Malverns gekannt haben? Sie wohnen ... *wohnten* nur ein Stück die Straße runter. Du kennst Val. Sie wird sich an der Sache festbeißen, bis ihr den Fall gelöst habt.« Er sah sein Glas an, dann hob er wieder den Blick zu Mark. »Weißt du, ich hasse ihren Job. Ich weiß, dass sie morgen aufhören würde, wenn ich sie darum bäte. Aber es ist, wenn du so willst, ihre Berufung. Ich würde ihr etwas nehmen, das einen wesentlichen Teil von ihr ausmacht.« Er trank einen großen Schluck. »Ich habe ein Scheißgefühl bei der Sache. Ich habe Angst um Val, und ich werde nicht da sein können, wenn ihr etwas passiert.«

Mark sah Tom in die Augen. »Ich werde auf sie aufpassen.«

27

Tom setzte Val und Mark vor dem FBI-Hauptquartier in San Francisco ab. Er selbst wollte eine seiner Filialen besuchen und ein paar Takte mit einem Fleischimporteur reden, mit dem es Schwierigkeiten zu geben schien.

Das Hauptquartier war Val und Mark nicht unbekannt. In den letzten paar Jahren waren sie öfter hier gewesen. Wie üblich hatte Val das Büro über ihr Kommen informiert. Eine junge Kollegin, mit der sie früher schon einmal zusammengearbeitet hatten, empfing sie im Foyer und begleitete sie durch die Sicherheitsprüfung.

»Schön, Sie wieder hierzuhaben«, meinte sie. Ihr Name war Benning. Sie war jung und hübsch, und sie warf Mark verstohlene Blicke zu. Auch das Büro, das man ihnen zugewiesen hatte, war dasselbe wie beim letzten Mal. Als Benning die Tür hinter sich zugezogen hatte, grinste Val breit.

»Was ist?«, fragte Mark. Er hatte sein Jackett über den Stuhl gehängt und war dabei, sich am Computer anzumelden.

»Benning.«

»Was ist mit ihr?«

Val ging zu ihm hinüber, nahm das Jackett von der Stuhllehne und hängte es an die Garderobe. »Du scheinst ihr zu gefallen.«

Mark sah sie an. Er wirkte abwesend. »Wirklich? Ist mir nicht aufgefallen.«

Val lachte. »Das habe ich gemerkt.«

»Zu jung für mich. Du bist heute gut drauf, Val.«

Val nahm ihm gegenüber Platz. »Ja. Mir geht es auch besser. Ich glaube, wir kommen voran. Ich bin fest davon überzeugt, dass der Senator Ann Mankowitz etwas gegeben hat. Und mittlerweile bin ich richtig gespannt auf sie.«

Sie sah auf ihren Monitor. »Meine Güte, sind da viele Berichte eingegangen. Die Ballistik von den Malvern-Morden ist da.«

Mark sah seinen Computer frustriert an. »Wenn ich reinkommen würde, könnte ich sie mir vielleicht auch ansehen.«

Val ging zu ihm hinüber, drehte einen kleinen Schlüssel herum, der seitlich in der Tastatur steckte, und setzte sich wieder auf ihren Platz.

Diesmal klappte es. »Was für ein Schwachsinn. Die Tastatur abzuschließen und den Schlüssel stecken zu lassen ...«

»Vorschrift.«

Mark griff in seine Hosentasche und holte sein kleines schwarzes Notizbuch heraus. Das funktionierte immer. Er blätterte darin, fand die Nummer, die er suchte, und griff zum Telefon.

»Sue Kramer.«

»Mark Bridges, FBI. Ist Ihr Mann zu sprechen?«

»Tut mir leid. Er schläft. Er ist erst vor knapp einer Stunde nach Hause gekommen. Sind Sie der Ermittler aus Washington?«

Mark zog eine Augenbraue hoch. »Ja.«

»Er hat erwartet, dass Sie anrufen. Er ist ab vierzehn Uhr wieder in seinem Büro. Wenn Sie dann zu ihm gehen und nichts dazwischenkommt, wird er Zeit für Sie haben.«

»Vielen Dank.« Mark legte auf. »Kramer hat ab vierzehn Uhr Zeit für uns.«

Val nickte und warf einen Blick auf ihre Uhr. »Das sind

noch fast fünf Stunden. Vielleicht bekommen wir bis dahin einen besseren Überblick.«

»Wollen wir's hoffen.«

Als Mark den Bericht der Ballistik durchlas, pfiff er leise durch die Zähne. Marian hatte gute Arbeit geleistet und etwas Hochinteressantes herausgefunden. »Val?«

»Ja?«

»Die Waffe, mit der die Malvern-Morde verübt worden sind ... Sie ist auf den Senator registriert. Sie ist fast vierzig Jahre alt. Die Patronen hatten wahrscheinlich nur halbe Ladungen. Entweder das, oder die Munition war schon schlecht. Das ist auch der Grund, warum Audrey nicht getötet wurde. Die Haushälterin und die Köchin wurden mit einer 10 mm erschossen. Unser Attentäter wird langsam nachlässig. Hätte er nicht die Waffe des Senators verwendet, wäre Audrey jetzt tot.«

Val nickte nur. »Hier, Mark, hör dir das mal an. Du kannst dich bestimmt erinnern, dass wir wissen wollten, womit sich Malvern die letzte Zeit über beschäftigt hat?«

»Und?« Mark sah sie erwartungsvoll an.

»Zwei Dinge. Malvern saß in einem Komitee, das unser Militärbudget überprüft. Zum vierten Mal, wie es aussieht. Außerdem hat er sich mit dem Abkommen beschäftigt, das der Präsident mit den Mexikanern schließen will.«

»War er dafür oder dagegen?«

»Wie es aussieht, war er zuerst dagegen. Er scheint dann aber seine Meinung geändert zu haben.«

»Der mexikanische Deal.« Mark nickte. »Als hätte Stanton nicht schon genug zu tun! Der Mann will wahrscheinlich einen Rekord aufstellen, was man alles in einer Legislaturperiode bewegen kann.«

»Worum geht es dabei?«

»Das Abkommen mit Mexiko, sollte es je unterzeichnet werden, ist absolut notwendig, weil wir dabei sind, den Krieg gegen die Drogenmafia zu verlieren. Stanton will die Regeln ändern. Die sehen vor, dass FBI und DEA innerhalb der Grenzen Mexikos in enger Zusammenarbeit mit den Federales mit den gleichen Rechten und Befugnissen operieren können wie hier bei uns. Für dieses Zugeständnis soll Mexiko finanziell unterstützt werden, damit das Land den eigenen Polizeiapparat modernisieren kann. Geplant ist wohl, dass dieses Abkommen auf mehrere südamerikanische Staaten erweitert wird.«

»Klingt gut. Und was hältst du davon?«, fragte Val.

»Alles, was den Drogenbossen das Leben schwermacht, ist in meinen Augen eine gute Idee.«

»Hhm. Drogen sind in diesem Fall aber bisher nirgends aufgetaucht, oder?«

Mark schüttelte den Kopf. »Haben die Kollegen noch irgendwas herausgefunden über Malvern? Irgendwas Ungewöhnliches?«

»Nichts weiter. Das Einzige, was man in Malverns letzter Arbeitswoche ungewöhnlich nennen kann, ist die Tatsache, dass er sich letzten Freitag für drei Stunden von Acorn abgesetzt hat. Das steht in Acorns Bericht.«

»Wo war das?«

»Hier in San Francisco. Acorn scheint eine heimliche Liebschaft zu vermuten.«

Mark sah überrascht zu ihr hinüber. »Das glaube ich nicht«, meinte er dann. »Wann war das genau?«

»Malvern war von neun Uhr abends bis Mitternacht weg. Er hat Acorn einfach abgehängt. Es scheint zu stimmen, was Acorn gesagt hat, dass der Senator es nicht mochte, wenn ständig ein Bodyguard dabei war.«

Genutzt hatte es ihm auch nicht viel, dachte Mark grimmig. »Weshalb war der Senator eigentlich hier? Ich meine, offiziell?«, fragte er Val.

»Wenn ich das richtig sehe, hat er an einer Wohltätigkeitsveranstaltung in einem der hiesigen Jachtclubs teilgenommen. Das war am Samstag. Das Büro hier hat schon ermittelt. Die Gästeliste liest sich wie das Who is Who der amerikanischen Hochfinanz. Die anderen Gäste haben ausgesagt, Malvern hätte sich ganz normal verhalten.« Sie schmunzelte. »Eine der Damen war empört, dass man überhaupt vermutete, es könnte etwas mit ihrer Veranstaltung zu tun haben!«

»Wart ihr auch eingeladen?«

Val sah zu Mark hinüber. »Tom und ich spielen nicht in dieser Liga.«

Mark nickte nur. Er arbeitete sich gerade durch die Datenbank. Dann hatte er den Bericht gefunden, den er suchte. Er überflog ihn und seufzte. »Val, kannst du dir das mal ansehen? Acorns Krankenakte. Ich verstehe kein Wort. Kennst du dich da aus?«

Val stand auf, beugte sich über Mark und las. Irgendwann nickte sie. »Du hast recht. Die Ärzte in Walter Reed sind der Meinung, dass jemand versucht hat, Acorn umzubringen. Hier steht, dass die Proben seines Nervengewebes eine auffallende Ähnlichkeit aufweisen mit der Reaktion auf ein Nervengift. Sie können es aber nicht beweisen. Deshalb drücken sie sich so vorsichtig aus.«

»Habe ich das richtig verstanden, dass es eine Chance für Acorn gibt? Rehabilitation sagt mir was, egal, wie das Wort davor heißt.«

»Sieht so aus. Auf jeden Fall war man schnell genug bei Acorn und konnte das Schlimmste verhindern.« Sie zuckte mit den Schultern. »Optimistisch sind die Ärzte nicht. Im

Prinzip sagen sie, dass er aus dem Koma aufwachen könnte. Oder auch nicht. Sein Zustand ist aber stabil.«

»Er könnte einfach so aufwachen, als hätte er nur ein paar Tage geschlafen?«

»Oder ein paar Jahre.«

»Hhm.« Mark sah wieder auf den Bildschirm. »Ich drücke ihm jedenfalls die Daumen. Kümmert sich jemand um Acorns Fall?« Er blätterte durch die Berichte auf seinem Rechner.

»Nein«, sagte Val. »Bis jetzt noch nicht. Sollte sich jemand darum kümmern?«

»Ich denke, schon. Aber vorsichtig. Wer auch immer es war, soll nicht wissen, dass wir Verdacht geschöpft haben.«

»Das müsste sich einrichten lassen«, meinte sie nur und klickte mit der Maus auf Audreys Krankenakte. »Mist.«

»Was ist?«

»Es besteht die Gefahr, dass sie den Finger doch verliert. Und man befürchtet eine Hirnhautentzündung. Sie ist eindeutig zu früh entlassen worden.«

»Ich glaube nicht, dass das Krankenhaus eine Wahl hatte.«

Val nickte und scrollte weiter. Jetzt sahen sie eine frontale und eine seitliche Röntgenaufnahme von Audreys Schädel. Feine weiße Linien gingen sternförmig von einem deutlich zu erkennenden Projektil aus. Die seitliche Aufnahme zeigte, dass das Projektil gut zwei Millimeter in Audreys Gehirn hineinragte.«

»Mein Gott!«, entfuhr es Mark. »Als wir sie am Tatort verhört haben, steckte die Kugel noch in ihrem Kopf? Unter einem Pflaster?«

»Sieht so aus«, meinte Val. Auch sie war beeindruckt. »Audrey kann ganz schön stur sein.«

Mark nickte. »Es ist unverantwortlich, dass sie Audrey so früh entlassen haben.«

Val lächelte schief und scrollte ein Stück weiter. »Dann sieh dir das mal an.« Vier Seiten eng beschriebener Text waren eingescannt worden. »So wie es aussieht, hat Audrey mit massiven Klagen gedroht, sollte man sie gegen ihren Willen festhalten. Sie hat ihren Kopf durchgesetzt.« Sie las weiter. »Aber es geht ihr den Umständen entsprechend gut. Man ist jetzt natürlich übervorsichtig.«

Val zog sich einen Stuhl heran, und zusammen gingen sie die anderen Berichte durch. Audreys Zeugenaussage und die Berichte der Pathologie über die anderen Opfer trieben ihnen jede Fröhlichkeit aus.

Jemand hatte Mark eine Mail geschickt. *Sigton* stand im Betreff. Marian hatte die Mail weitergeleitet.

»Sigton. Den Namen habe ich schon einmal gehört«, meinte Val. Sie ging zu ihrem Platz zurück.

Mark nickte. »Das ist der Kollege, der die Morde mit der mysteriösen Walther untersucht hat. Ich hätte nicht gedacht, dass er noch lebt.« Mark öffnete die Mail. »Wie es aussieht, hat Marian Sigton ausfindig gemacht. Er scheint sich mit uns unterhalten zu wollen.« Mark schüttelte amüsiert den Kopf. »Marian schreibt, dass Sigton inzwischen siebenundneunzig ist und immer noch fit.«

Val lächelte zurück. »Wenn wir wieder in Washington sind, sollten wir uns mit ihm treffen. Ich finde es immer wieder interessant, wenn die Oldtimer von den alten Zeiten erzählen.«

Mark holte sein Büchlein heraus und trug Sigtons Adresse und Telefonnummer ein. »Ich weiß zwar nicht, was er zu unserem Fall beitragen kann, aber warum nicht.«

Zwei Stunden später saßen die beiden auf einer Bank in der kleinen Grünanlage unweit des FBI-Gebäudes. Mark hatte sich eine Zigarette angesteckt. Erst die vierte, seit sie hier waren. Überall im Gebäude war Rauchverbot. Selbst in der Kantine.

Vorhin hatte sie der Section Chief von San Francisco in sein Heiligtum beordert. Selbstverständlich konnten sie mit jeder Unterstützung rechnen. Und so weiter. Dann hatte er gefragt, warum sie gekommen seien, wo es in San Francisco doch Dutzende von Agenten gebe, die das hätten erledigen können.

Val hatte die bisherige Ermittlungsarbeit bei der Rekonstruktion von Senator Malverns letztem Wochenende gelobt und wie nebenbei von ein paar *kleinen* Details gesprochen, die man selbst überprüfen wolle. Mark hatte an den richtigen Stellen genickt. Ganz zum Schluss, während er Mark die Hand geschüttelt hatte, hatte der Chief ihm tief in die Augen gesehen und gemeint, er sei froh darüber, dass Mark seine Probleme anscheinend in den Griff bekommen habe. Musste wohl an der neuen Krawatte liegen.

Er sah zu Val hinüber. Sie hatte recht. Wenn der Chief hier in San Francisco das hervorhob, dann hatte er, Mark, sich schon ziemlich nah am Abgrund bewegt, Ermittlungserfolge hin oder her.

»Was meinst du?«, fragte er Val. Val hatte die Augen geschlossen und sich zurückgelehnt. »Sind wir irgendwie weitergekommen?«

»Nicht viel«, meinte Val, ohne die Augen zu öffnen. »Keine Spur von unserem Killer. Wir wissen nun, wie er bei Malvern ins Haus gekommen ist, allerdings wirft das schon wieder neue Fragen auf. Woher wusste er das alles so genau? Er kannte sogar die Kombination von Malverns Safe. Woher? Und keiner hat irgendwas gesehen! Ein verdammtes Phantom!«

»Wir werden ihn erwischen. Früher oder später erwischen wir sie alle.«

Val öffnete ein Auge und sah ihn an.

»Was auch immer der Senator Ann Mankowitz gegeben hat ... Das ist der Schlüssel zu dem Ganzen. Solange wir das nicht wissen, laufen wir immer nur gegen eine Wand.«

»Wenn er ihr wirklich etwas gegeben hat«, sagte Mark. »Nach allem, was wir wissen, kannten die beiden sich nicht. Warum, zum Teufel, sollte er ihr etwas geben?«

»Vielleicht, damit jemand anderer es *nicht* bekommt«, meinte Val. »Das ergäbe Sinn.«

Mark nickte. »Und was Ann Mankowitz angeht, ist die ganze Sache genauso frustrierend.«

»Es gefällt dir wohl nicht, dass Ann Mankowitz wahrscheinlich nicht als Ann Mankowitz geboren wurde, oder?«

»Ich weiß nicht«, meinte Mark.

Val stand auf. »Weißt du was? Lass uns essen gehen. Ich kenne da ein richtig gutes Restaurant.«

Mark nickte. »Ich könnte ein saftiges Steak gebrauchen.«

Als Val und Mark später, mit ihren FBI-Ausweisen am Revers, durch das Morddezernat gingen, erkannten sie die üblichen Blicke. Man war nicht erfreut, sie zu sehen. Eine junge Polizistin brachte sie in den Glaskasten, von dem aus Chet Kramer sein Revier regierte, und zog die Tür sachte hinter sich zu.

Kramer war anders, als Mark ihn sich vorgestellt hatte. Rundes Gesicht, Knollennase. Er wirkte überhaupt nicht wie ein Polizist. Würde einen guten Weihnachtsmann abgeben, dachte er. Nur die Art, wie er die beiden Besucher sorgfältig musterte, passte nicht zu dem freundlichen Eindruck. Im Gegenteil, sein Blick war frostig.

»Der Besuch aus Washington.« Er hatte eine tiefe, sonore Stimme, aber sie klang betont neutral. Kramer schien sich nicht auf das Urteil anderer zu verlassen. »Setzen Sie sich.« Er wies auf die zwei Stühle vor seinem Schreibtisch und drückte auf einen Knopf. Hinter ihnen schlossen sich die Jalousien und versperrten den Blick in sein Büro.

»Danke«, sagte Val und nahm formvollendet Platz. Kramer lehnte sich zurück und verschränkte die Arme auf dem Bauch. Mark war versucht, den Stuhl umzudrehen, sich rittlings draufzusetzen und die Arme auf der Rückenlehne zu verschränken, ließ es dann aber.

Keiner sagte etwas. Mark musterte das Büro, vor allem die bequeme Sitzecke links von ihnen, die vielen Bilder an der Wand, wahrscheinlich alles Stationen einer erfolgreichen Polizeikarriere, und die Kaffeemaschine auf einem niedrigen Beistelltisch. Der Captain hatte eine Tasse vor sich stehen. Genau in der Mitte stand eine Keramikschale mit Schreibutensilien und anderem Krimskrams. Der Rest seines Schreibtischs war leer. Kein Blatt Papier zu sehen, der Computermonitor links von ihm war schwarz.

»Agent St. Clair und Agent Bridges. Ich habe schon viel von Ihnen gelesen. Die Schöne und das Biest.« Er musterte Marks Anzug. »Offenbar verdient man gut beim FBI.«

»Ich merke schon, Sie sind ein glühender Verehrer vom FBI«, meinte Mark trocken.

Kramer wippte in seinem Sessel. »Das könnte man so sagen.« Er nahm eine kleine Packung aus seiner Hemdtasche, zog einen Zahnstocher hervor und steckte ihn zwischen die Zähne. »Schon vier Mal sind mir diese hohen Herrschaften, die alles besser wissen und alles besser können, in die Quere gekommen. Drei Mal haben sie mir einen Fall versaut, ein Mal hat es einen jungen Kollegen die Karriere gekostet. Doch, ich muss schon sagen, ich bin ein glühender Verehrer von eurem Verein.«

»Sind Sie jetzt nicht nicht ein bisschen unfair?«, fragte Val.

»Das bin ich.« Kramer nickte bedächtig. »Wenn Sie offiziell hier sein wollen, werde ich mich wie üblich bemühen, so gut wie möglich mit Ihnen zusammenzuarbeiten. So richtig offiziell. Dann können Sie aber auch gleich wieder nach Hause fliegen.« Er lehnte sich vor. Nur ein kleines bisschen.

Ein Mann der sparsamen Bewegungen, dachte Mark.

»Aber da Sie nicht offiziell hier sein wollen, bin ich auch nicht offiziell unfair. Überzeugen Sie mich doch einfach davon, dass Sie anders sind als die anderen.«

Val stand auf.

Mark sah sie überrascht an. So hatte er sie noch nie gesehen. Ihr Gesicht war unbewegt, ihre Augen blickten kalt auf ihr Gegenüber.

»Captain Kramer«, begann sie. Ihre Aussprache war perfekt, der leichte Brooklyn-Akzent, den Mark so an ihr mochte, war verschwunden. »Seit ich beim FBI bin, sind mir schon viele selbstgefällige und überhebliche Menschen begegnet. Aber keiner war so selbstgefällig und überheblich wie Sie. Sie schießen wirklich den Vogel ab. Ann Mankowitz ist in Gefahr, und Sie spielen hier Ihre Spielchen!« Sie legte ihre Hände auf die Schreibtischkante und beugte sich vor. »Ich hoffe, Sie zeichnen das alles sauber auf. Für den Bericht: Schieben Sie sich Ihre Spielchen dahin, wo Sie Ihre Manieren und Ihren Grips schon längst versenkt haben! In Ihren Arsch!«

Sie richtete sich wieder auf, zog ihre Kostümjacke zurecht und drehte sich um. Mark war schon an der Tür und öffnete sie mit einer galanten Verbeugung.

Valerie St. Clair rauschte an ihm vorbei wie die Queen Mary auf ihrer Jungfernfahrt.

Er wollte gerade die Tür hinter sich zuziehen und ihr folgen, als sie schallendes Gelächter hinter sich hörten.

Kramer saß in seinem Sessel und lachte so laut, dass er fast keine Luft mehr bekam und zu husten anfing. Mit einer Hand winkte er sie zurück. »Kommen Sie!« Er schnappte nach Luft. »Nun kommen Sie schon.«

Mark und Val sahen sich an. Die anderen Polizisten taten so, als wäre nichts passiert. Mark zuckte mit den Schultern, Val nickte. Sie gingen wieder hinein, und Mark schob die Tür hinter sich zu. Während Val in einem der bequemen Sessel Platz nahm, drehte er den Stuhl vor sich um, setzte sich rittlings darauf und verschränkte die Arme auf der Lehne.

»Okay«, meinte Kramer, der sich inzwischen beruhigt hatte. »Keine Spielchen mehr. Nehmen Sie sich einen Kaffee, zünden Sie sich eine an, machen Sie es sich bequem.«

Mark zündete sich eine Zigarette an, Kramer schob ihm einen Alu-Aschenbecher zu. »Meine Frau hat es mir vor drei Jahren verboten. Seitdem kaue ich Holz. Aber es stört mich nicht, wenn Sie sich vergiften.«

Er holte ein Aufzeichnungsgerät aus einer Schublade, spulte zurück, spielte noch einmal Vals letzte Worte ab. Mark musste schmunzeln, aber Vals Gesicht blieb unbewegt.

»Darf ich das meiner Frau vorspielen?«

Val sah ihn an. »Wieso?«

»Weil sie vermutet hat, dass so was passieren würde.« Er lächelte breit. »Sue und Sie, sie würden sich verstehen. Sie sind sich sehr ähnlich.«

Val lächelte. Aber es war nur angedeutet. »Von mir aus.«

Kramer hielt das Gerät hoch, drückte deutlich sichtbar die AUS-Taste und schob das Gerät zur Seite. Sein Gesicht wurde ernst. »Sie müssen das verstehen.«

»Muss ich das?«, fragte Val.

»Ja«, sagte Kramer. »Ich war dabei, als man Ann vom Küstenschutzkutter in den Krankenwagen verfrachtet hat. Ich habe ihr Gesicht gesehen. Damals hätte keiner auch nur einen Cent darauf gewettet, dass sie überlebt. Auch die Ärzte hatten keine Hoffnung. Aber sie hat gekämpft. Und sie hat es geschafft. Und wenn es bekannt wird, dass sie überlebt hat, dann wird man wieder versuchen, sie zu ermorden. Davon bin ich fest überzeugt.«

»Haben Sie sie gesehen?«, fragte Val.

Kramer nickte. »Gestern Abend.«

»Wie geht es ihr?«

»Ihr Gesicht ist verheilt, aber ansonsten geht es ihr nicht besonders.« Kramer sah die beiden mit ernstem Blick an. »Die ganze Zeit im Krankenhaus, bei den furchtbaren Schmerzen, die sie gehabt haben muss, hat sie nicht ein einziges Mal geweint. Aber gestern ...« Er lehnte sich zurück und griff nach seiner Kaffeetasse. »Ann weiß nichts davon, dass ich mich entschieden habe, sie beide hinzuzuziehen. Aber sie braucht Sie. Ann ist allein. Keiner hat ihr geholfen, als sie langsam wieder gesund wurde. Keiner ist gekommen, um ihr die Hand zu halten und ihr Mut zu machen. Wissen Sie, sie musste wieder lernen, zu gehen. Ganz am Anfang anfangen. Ihre Arme waren gebrochen, ihre Beine und sogar das Becken. Ich weiß nicht, woher sie die Energie genommen hat, aber zu sehen, dass sie wieder gesund ist, das hat mir gutgetan. Ich will nicht derjenige sein, der ihr Leben noch einmal aufs Spiel setzt.« Er sah die beiden FBI-Agenten eindringlich an. »Damals hat mich jemand von eurem Verein angerufen und mir ans Herz gelegt, die Finger von dem Fall zu lassen.« Er trank einen Schluck. »Es gibt noch etwas, das Sie wissen sollten. Ann hat mich gebeten, noch einmal nachzusehen, ob ich mehr herausfinden kann über sie. Das habe ich getan.« Er zögerte kurz. »Kommen Sie mal her.« Er fuhr seinen Computer hoch und loggte sich ein. »Ich möchte wetten, dass Sie das Bild kennen«, meinte er dann. Auf dem Bildschirm erschien das Symbol des FBI. Kramer gab ein paar Befehle ein. »Ihre Datenbank für Fingerabdrücke.«

Val nickte. Sie hatte sie schon tausend Mal gesehen.

»Ich starte jetzt eine Abfrage und gebe den Namen Ann Mankowitz ein. Ich will ihre Fingerabdrücke.« Er gab die Daten ein, Sekunden später begann der kleine Drucker neben dem Computer, die Karte auszuwerfen.

Auf dem Monitor war Anns Name zu sehen, dazu das Bild einer jungen Frau.

Mark musterte sie.

»Das ist ihr altes Gesicht«, sagte Kramer.

Mark konnte nur wenig Ähnlichkeit erkennen mit der Ann Mankowitz von heute.

Kramer zeigte mit dem Cursor auf einen Eintrag in Anns virtueller Akte. »Wie Sie sehen, habe ich diese Akte selbst angelegt. Die Links hier sind neu, sie bilden Querverweise zu dem Fall in Villiamsburg.« Er griff in eine Schublade und holte eine Karte heraus, wie sie standardmäßig zum Erfassen von Fingerabdrücken verwandt wurde. »Hier habe ich die Karte mit ihren Fingerabdrücken. Es ist das Original. Vielleicht wissen Sie noch, wie es geht. Vergleichen Sie die Abdrücke.«

Kramer legte den Ausdruck und die Karte auf den Tisch und gab Val eine Lupe. Sie sah sich die beiden Sätze an. »Sie sind identisch.«

»Genau«, sagte Kramer. »Und jetzt scanne ich Anns Fingerabdrücke in den Computer ein und frage, zu welcher Person sie gehören.«

Der Scanner piepste, eine Nachricht erschien auf dem Bildschirm. *No Match Found.*

Kramer drehte sich um. »Sie können es selbst probieren. Wenn Sie den Namen eingeben, bekommen Sie die korrekten Fingerabdrücke. Geben Sie die Abdrücke als Suchmuster ein, kommt nichts, nada, nix.« Er lehnte sich zurück. »Das stinkt doch gewaltig, oder?«

»Das gibt's doch gar nicht«, meinte Mark.

Kramer lächelte gequält. »Das geht noch weiter.« Er holte seine Brieftasche heraus und nahm ein Blatt Papier heraus. »Das hier ist die Nummer von Anns Führerschein. Sehen wir doch mal nach, ob sie überhaupt einen Führerschein hat.«

Kramer loggte sich in eine andere Datenbank ein. Er gab nur den Namen ein und wartete.

»*No Match Found.* Sehen sie? Frage ich so herum, bekomme ich keine Auskunft. Jetzt gebe ich die Nummer ihres Führerscheins ein, wie das jeder Verkehrspolizist tun würde.«

Sekunden später war der Führerschein von Ann Mankowitz auf dem Bildschirm zu sehen.

»Und die Welt ist wieder in Ordnung.«

»Das kann doch unmöglich wahr sein«, sagte Val.

Mark sah zu Kramer. Der zuckte mit den Schultern. »Wie gesagt, Sie können es selbst probieren, wenn Sie wollen.«

»Ich werde es von unserem Büro aus probieren«, sagte Val.

»Was haben Sie jetzt vor?«, fragte Kramer.

»Das hängt von Ihnen ab und von Ann«, antwortete Mark.

Kramer sah ihn an. »Ich werde Ann fragen, ob ich Sie mitbringen kann.« Wieder griff er in seine Schublade. »Ich werde mich im Lauf des Nachmittags bei Ihnen melden. Das hier ist übrigens die Originalakte.«

»Was ist damals eigentlich genau passiert?«, fragte Val.

Kramer lehnte sich zurück. »Es war ein Scheißtag. Anfang Februar 2001. Über acht Jahre her. Das Wetter war beschissen. Sturm, meterhohe Wellen, so gut wie keine Sicht. Der Küstenschutzkutter *Fallons Guard* hatte den Auftrag, eine Navigationsboje zu bergen, die sich losgerissen hatte. Die Boje war nah an die Küstenlinie getrieben worden, und auch die *Fallons* selbst war gefährlich nah an den Klippen, als plötzlich ein weißer Mercedes auftauchte. Als würde er vom Himmel fallen. So hat es jedenfalls der Skipper beschrieben. Der Wagen ist dann keine zwei Meter neben der *Fallon* aufs Wasser geprallt und untergetaucht. Vor den Augen der erstaunten Crew tauchte der Wagen jedoch wieder auf. Die Windschutzscheibe war gesplittert, aber immer noch dicht, die Crew konnte den Airbag sehen und, wie einer der Leute es beschrieben hat, einen Mopp aus roten Haaren und darunter zwei aufgerissene Augen. Der Steuermann hat behauptet, sie hätte ihn direkt angesehen und wäre bei Bewusstsein gewesen. Dann ist der Mercedes langsam untergegangen. So wie ich das verstanden habe, sind zwei der Küstenschutztaucher schon in voller Montur gewesen, um die abgerissene Ankerkette der Boje entweder abzuschweißen oder zu reparieren, ich weiß es nicht mehr. Muss in dem Bericht stehen. Noch während der Mercedes abgesoffen ist, sind die beiden Taucher ins Wasser gesprungen. Der eine Taucher hat hinterher gesagt, sie hätte ihren Kopf nach ihm umgedreht, während der Wagen volllief. Die stabile Karosserie hat Ann zwar das Leben gerettet, sie hat sie aber auch fast umgebracht. Bis die Taucher die Türen aufbekamen, war sie quasi schon ertrunken. Später haben wir erfahren, dass der Wagen der israelischen Botschaft gehört hat und dass dort niemand wusste, wie er nach San Francisco gekommen war. Er war zwei Wochen vorher aus einer Garage gestohlen worden.« Kramer warf den beiden FBI-Agenten einen bedeutungsvollen Blick zu. »Glauben Sie mir, wir haben jeden Stein umgedreht. Nichts. Nur dieser Wagen.« Kramer atmete tief durch. »Die verdammte Karre hatte kugelsichere Scheiben, deswegen konnten die Taucher Ann nicht durchs Fenster bergen. Wie auch immer, sie haben es geschafft. Erst an Bord haben sie die Schusswunden entdeckt. Was mit ihrem Gesicht passiert war, war ja offensichtlich.« Kramer nickte in Richtung der Akte, die unberührt auf dem Tisch lag. »Wenn Sie wissen wollen, wie viele Knochen man sich brechen kann, dann können Sie sich die Krankenberichte ansehen. Ich habe keine Lust, mir das noch mal anzutun. Beide Schenkel, beide Oberarme, alle Finger der rechten Hand. Man hat ihr die Fingernägel ausgerissen. Brandwunden an der Brust und am Unterleib. Frakturen des Schädels, der Gesichtsknochen und des Kiefers. Sie hat fünf Zähne verloren. Beide Kugeln haben ihr Herz nur knapp verfehlt. Eine der Kugeln haben wir aus der Autotür geholt. 9 mm Kupfermantelgeschoss. Europäisches Kaliber.« Kramer nippte wieder an seinem Kaffee. »Der Schiffsarzt hat nicht mehr daran geglaubt, dass er sie retten kann. Er hat ihren Tod festgestellt, aber einer der Taucher hat darauf bestanden, dass sie noch leben müsste, und dann hat der Arzt Wiederbelebungsmaßnahmen begonnen.« Kramer lächelte. »Ihr Herz hat sofort wieder angefangen zu schlagen. Und danach hat der Schiffsarzt eine Meisterleistung vollbracht. Ann ist ins Koma gefallen. Sechs Wochen lang. Zu ihrem Glück, denn das erleichterte den Heilungsprozess nach den ersten Operationen. Als sie wieder zu sich kam, konnte sie auf dem rechten Auge nichts sehen, da der Sehnerv ein Trauma hatte. Das hat sich dann zwei Monate später gegeben.« Kramer öffnete die Akte und tippte mit dem Zeigefinger auf das oberste Blatt. »Aber was ihr meiner Meinung nach wirklich das Leben gerettet hat, ist diese Funkmeldung. Der Kapitän hat sie absetzen lassen, nachdem man Ann aus dem Wasser geholt und sie für tot erklärt hatte. Hier der entscheidende Satz: *Um 3.32 wurde der Körper einer jungen Frau geborgen. Der Schiffsarzt konnte nur den Tod feststellen. Es handelt sich um ein Gewaltverbrechen, da der Leichnam zwei Einschusswunden in der Herzgegend aufweist.*« Kramer klappte die Akte wieder zu. »Die Küstenwache hat uns informiert. Ich hatte damals Nachtschicht, der Fall wurde mir zugeteilt. Ich wollte mich gerade zum Pier begeben, als das Telefon bimmelte und ein Freund mir mitteilte, dass ich erstens auf den nächsten Anruf warten solle und dass ich zweitens den nächsten Anruf todernst nehmen solle. Das waren exakt seine Worte. Übrigens saß er im FBI-Hauptquartier in Washington.«

»Saß?«, fragte Val.

»Er ist mittlerweile gestorben. Herzanfall.« Er sah Val an und zuckte mit den Schultern. »Karl, so hieß er, hatte früher schon mal einen Herzanfall gehabt. Was den ominösen Anruf angeht, der kam dann auch, und ich habe ihn sogar mitschreiben lassen.«

Mark nickte. »Wir haben die Mitschrift gelesen.«

»Dann wissen Sie, warum ich so angepisst war. Ich bin dann also zum Pier, und Sie können sich vorstellen, wie erstaunt ich war, als ich feststellen konnte, dass sie noch am Leben war. Dann habe ich ihr Gesicht gesehen. Das werde ich nie vergessen. Und genau in diesem Augenblick habe ich mir geschworen, ich finde das Arschloch, das ihr das angetan hat.« Er sah Mark an. »Geben Sie mir mal einen von den Sargnägeln.«

»Ich dachte, Sie hätten aufgehört?«

»Hab ich auch. Sue wird mir gehörig den Marsch blasen. Geben Sie schon her.«

Mark warf ihm eine Zigarette zu, Kramer fing sie auf, zündete sie sich an ... und fing an zu husten. »Anns Glückssträhne«, fuhr er stockend fort, »war damit aber nicht zu Ende. Zwei Stunden vorher war eine andere junge Frau, auch sie rothaarig, an der Busstation vor einen Bus gelaufen. Auch sie hatte es im Gesicht erwischt, aber sie hatte nicht so viel Glück. Genickbruch. Vier Stunden, nachdem sie ins Leichenschauhaus gebracht worden war, tauchten zwei Gentlemen vom FBI auf, um Anns Leiche zu identifizieren. Sie sagten, sie wäre möglicherweise eine ihrer Informantinnen. Die junge Frau vom Busbahnhof war vielleicht eine Ausreißerin. Wir werden es nie erfahren. Für uns ist sie *Jane Doe 4312* geblieben. Wie der Pathologe mir anschließend erzählt hat, haben die beiden Männer sofort abgewinkt, als sie das zerstörte Gesicht der jungen Frau gesehen haben. Wahrscheinlich waren sie überzeugt, dass es sich um Ann handelt.«

»Das legt die Vermutung nahe, dass sie konkret nach einer jungen Frau mit zerstörtem Gesicht gesucht haben«, meinte Val.

Kramer nickte. »Und damit kommen wir zum nächsten Mysterium. Ann hatte eine Silberkette mit Glücksbringern an ihrem linken Knöchel. Daran befand sich ein silbernes Röhrchen, das man aufschrauben konnte. Da drin war die Telefonnummer einer hiesigen Anwaltskanzlei. Ich habe selbst dort angerufen und den Anhänger erwähnt. Und dann sind Sorowitz und Partner auf der Bildfläche erschienen. Es sah so aus, als ob Ann ihre Unterlagen dort deponiert hätte.« Kramer pafft an seiner Zigarette. »Da kam auch der Führerschein her. Sie haben das Bild gesehen? Schön unscharf, nicht wahr? Gerade noch so, dass man es durchgehen lassen kann. Obwohl ich mir hundertprozentig sicher bin, dass die Anwälte Ann nie kennengelernt haben, haben sie sich um jedes Detail gekümmert. Sie haben dafür gesorgt, dass Ann die beste medizinische Versorgung erhielt, die man für Geld kaufen kann. Die Kanzlei Sorowitz und Partner ist eine der größten Wirtschaftskanzleien hier in der Stadt mit einem nicht zu unterschätzenden Einfluss.« Kramer verzog angewidert das Gesicht und drückte seine Zigarette aus. »Von da an hatte Ann keine Probleme mehr. Sorowitz hat alle aus dem Weg geräumt. Natürlich habe ich versucht, etwas herauszufinden. Ohne Erfolg, wie Sie sich denken können.« Kramer wippte ein paar Sekunden lang in seinem Sessel. Seine Augen blickten ins Leere.

»Der Tatort war nicht schwer zu finden. Der Mercedes ist offensichtlich mit hoher Geschwindigkeit über die Klippe gerauscht. Einer meiner Detectives war der Meinung, dass Ann selbst Gas gegeben haben muss, weil nichts gefunden worden ist, was das Pedal hätte betätigen können. Ich halte das für unwahrscheinlich. Es gab ein paar Hinweise darauf, dass es zu einem Handgemenge kam, aber nichts Konkretes. Ob der Mordversuch dort stattgefunden hat, ob man sie dort misshandelt hat oder nicht, lässt sich nicht mit Bestimmtheit sagen. Partikel an ihren Kleidern haben bestätigt, dass sie dort im Schlamm gelegen hat, das ist aber auch schon alles. Die Straße wird nur selten benutzt. Sie führt zu einer automatischen Wetterstation. Was man aber definitiv ausschließen kann, ist, dass Ann in ihrem Zustand das Fahrzeug selbst gesteuert hat.«

»Stammen die Knochenbrüche vom Sturz über die Klippen, oder waren sie schon vorher vorhanden?«, fragte Val.

Kramer schüttelte den Kopf. »Das konnte keiner sagen. Die Gesichtsverletzungen sind auf jeden Fall nicht durch den Sturz entstanden. Wir haben das Brecheisen im Kofferraum des Wagens gefunden. Rostpartikel in den Wunden und Gewebespuren an der Tatwaffe haben das eindeutig bestätigt. Aber selbst ohne die Knochenbrüche wäre Ann lebensgefährlich verletzt gewesen. Und warum sollte sie den Wagen über die Klippe fahren?«

»Die Einzige, die uns das sagen kann, ist Ann selbst«, sagte Mark.

Kramer nickte. »Sie hat es vergessen. Sie hat mir gestern Abend erzählt, dass sie anfängt, sich daran zu erinnern, aber bisher noch nicht an die Tat selbst.«

28

Der Computeroperator sah zu seinem Vorgesetzten hoch. »Schon wieder.«

Der schlanke, groß gewachsene Mann mit den grauen Haaren hinter ihm nickte nachdenklich. Er nahm seine Brille ab und klopfte mit dem Bügel gegen seine Zähne. Der rechte Ärmel seines maßgeschneiderten Anzugs war exakt zusammengefaltet. »Von wem war die Anfrage?«

»Chet Kramer, SFPD. Sitzt im Morddezernat, Sir.«

»Rufen Sie die Datei bitte noch einmal auf.«

Der Operator klickte auf den Bildschirm. »Drei Mal in den letzten vierundzwanzig Stunden wurde nach *Phoenix* gescannt. Immer von diesem Rechner aus.« Die Maus zeigte auf eine Hexadezimalnummer. »Das ist die Adresse des Computers. Davor in diesem Jahr nichts.«

»Sollte auch nicht sein«, sagte der grauhaarige Mann. Er klopfte dem jungen Mann auf die Schulter. »Gut gemacht. Achten Sie bitte weiter auf die Sache.« Er wandte sich ab.

»Sir?«, sagte der junge Mann.

»Was ist?«

»Hier ist noch ein Eintrag.« Der grauhaarige Mann drehte sich langsam um. »Wie bitte?«

»3. Januar 2001. Eine Anfrage der CIA.«

Der grauhaarige Mann beugte sich vor und sah auf den Eintrag. »Und was bedeutet das da?« Er zeigte mit seinem Brillenbügel auf eine Nummer im nächsten Feld. Dieses Feld war bei den anderen Einträgen leer gewesen.

»Das ist die Autorisierung. Ohne die hat niemand Zugang zu den Daten.«

»Ich weiß, ich bin schließlich der Einzige, der sie hätte geben dürfen. Sehen Sie nach, wer das war.« Die Stimme des Mannes klang gepresst.

Die Finger des Computeroperators flogen über die Tasten.

»Einen Moment, Sir. Hier.«

»Chester Washington Norman.« Der Computeroperator sah wieder zu seinem Vorgesetzten hoch. »Das sind Sie.«

»Ich weiß, wer ich bin«, knurrte dieser. »Ich weiß aber auch, dass ich das hier nie unterschrieben habe! Die CIA hätte nie etwas von ihr erfahren dürfen!«

»Aber so steht es hier, Sir.«

»Das sehe ich auch«, erwiderte der grauhaarige Mann grimmig. »Jetzt weiß ich auch, warum sie gestorben ist. Irgendein Dreckskerl bei der CIA hat ihre Tarnung platzen lassen!«

29

Ann stand an der Klippe und sah über die Bucht von San Francisco. Es war ein wunderschöner warmer Sommertag, das Wasser wirkte spiegelglatt. Es war windstill. Chet hatte ihr von den Ergebnissen seiner Untersuchungen erzählt, sie wusste, dass es hier gewesen sein musste. Fast acht Jahr später war nichts mehr davon zu sehen.

Vielleicht war die Kerbe hier im Gestein von ihrem Mercedes, vielleicht auch nicht. Ein einzelner großer Baum stand ein wenig abseits der asphaltierten Straße. Vielleicht konnte sie sich an den Baum erinnern, vielleicht auch nicht. Bäume waren sich irgendwie ähnlich. Der schmale Streifen Asphalt war an verschiedenen Stellen aufgeplatzt, Blumen und Gras zwängten sich durch die Risse.

Es war ein friedlicher Ort.

Ann sah an ihren Zehenspitzen vorbei hinunter auf das Meer. Es war eine fast fünfzig Meter hohe Klippe, an ihrem Fuß schwappte die Brandung gegen riesige Felsen. Erst gute dreißig Meter weiter seewärts wechselte das Wasser seine Farbe, es wurde tiefer.

Sie drehte sich um und sah den Weg hoch zur Wetterstation. Die Straße endete dort hinter einem verrosteten Gitter. Vor Jahren hatte Chet sie hierhergebracht. Damals war sie gerade wieder in der Lage gewesen zu laufen, wenn sie sich auch noch an Chets Arm hatte festhalten müssen. Er hatte ihr die Stelle gezeigt, an der der Mercedes aufs Wasser aufschlagen war, gut fünfundvierzig Meter vom Ufer entfernt.

Sie sah sich um. So ein Mercedes hat ganz schön viele PS, aber er braucht eine längere Strecke, um zu beschleunigen. Bei starkem Regen, Sturm und anderen Wetterwidrigkeiten sicherlich noch mehr.

Der Baum.

Langsam ging sie darauf zu und blieb davor stehen. Eine Eiche. Irgendwann hatte jemand sie gepflanzt. Von hier aus bis zum Rand waren es vielleicht achtzig Meter. Lang genug?

Sie lehnte sich an die Eiche und versuchte, sich zu erinnern. Nichts.

Ihr Mietwagen, ein Fiat Punto, stand weiter unten. Als sie sich wieder hinters Steuer setzte und die Straße zur Wetterstation hochsah, hatte sie plötzlich das Gefühl, zu ersticken …

Ihre Hand brannte, ihr Gesicht brannte, es wurde dunkel. Große Hände packten sie unsanft, sie wurde in die Höhe gehoben.

Nein!

Die Dunkelheit verschwand.

Sie blinzelte. Die Sonne schien, und es war wieder ein friedlicher Ort. Ein Ort für ein Picknick mit der ganzen Familie.

Plötzlich hielt sie ein Bild in den Händen. Eins dieser alten Polaroidbilder. Es war ein bisschen verwackelt, aber sie sah den jungen Mann mit den feuerroten Haaren. Die hatten ihm den Spitznamen Firefox *eingebracht. Lachend kniete er vor einer jungen Frau und küsste ihr die Hand. Maman lachte auch. Sie strich mit einer Hand über seine Haare, die andere ließ er nicht los … Eine sonnengebräunte Hand griff nach dem Bild. Es war eine kräftige Hand, mit feinen roten Haaren auf dem Handrücken. »Das Bild ist dir gut gelungen, Poppet. Genauso war es, nur dass ich nicht gelacht habe. Ich musste meinen ganzen Mut zusammennehmen. Aber deine Mutter hat gelacht.« Er lachte selbst. »Das Bild bekommt einen Ehrenplatz!«*

Ann stellte fest, dass sie lächelte, aber ihre Wangen waren feucht. Sie stieg wieder aus und ging zur Eiche zurück, strich mit der Hand über die Borke. Wie alt war sie damals gewesen? Fünf, sechs? Papa hatte ihr gezeigt, wie man die billige Kamera hielt, sie hatte einfach auf den Knopf gedrückt. Es war wie Zauberei gewesen, als das Bild herauskam.

Sie setzte sich an den Fuß der Eiche, riss einen Grashalm aus und spielte damit. Alles sprach dafür, dass dies der Ort war, an dem man versucht hatte, sie umzubringen. Aber lange davor war dies ein Ort gewesen, mit dem sie glückliche Erinnerungen verband.

Irgendwie beruhigte sie das.

Vorhin hatte sie ihren Anwalt aufgesucht. Sorowitz und Partner. Der Senior war nicht da gewesen, er wurde erst morgen wieder zurückerwartet. Ein anderer konnte ihr nicht helfen, da er der Einzige war, der ihren Vorgang kannte.

Vor fast acht Jahren war sie schon einmal bei ihm gewesen. Ein kleiner dicker Mann mit aufmerksam blickenden Augen, denen wohl nur selten etwas entging. Damals hatte er ihr die Metallkiste gegeben, die sie für sich selbst ihre *Kiste der Pandora* nannte.

Sie hätte damals mehr Fragen stellen sollen, aber er schien froh zu sein, dass sie es nicht tat. Sie wollte nur noch weg von hier. Möglichst schnell.

Diese Erinnerung ... Bedeutete sie, dass ihre Familie früher einmal hier gelebt hatte? Sie glaubte es nicht. Anders als Washington war San Francisco eine fremde Stadt für sie. Faszinierend und beeindruckend. Aber sie war hier nur Touristin. Dennoch gab es etwas, das sie verband mit diesem Ort.

Papa.

Ein Marineflieger mit dem Spitznamen *Firefox*. Hatte es nicht ein Buch mit diesem Namen gegeben? Ja. Sie erinnerte sich daran, dass sie den Buchrücken in einer Buchhandlung gesehen hatte, aber gelesen hatte sie es nie. Ihr Puls schlug schneller. Endlich hatte sie etwas. Es musste möglich sein, herauszufinden, wer ihr Vater gewesen war ... und wer sie selbst gewesen war.

Sie wartete darauf, dass sich ihre innere Stimme meldete, dass sie sie drängte, etwas zu tun, jetzt, sofort, gleich, doch Juliet sagte nichts ... und Ann spürte, wie die Angst immer höher kroch. Wenn sie herausfand, wer ihr Vater war, dann wusste sie auch, wer Juliet war ...

Sie hatte Angst vor dem, was sie dann wissen würde.

Ihr Handy klingelte, und sie zuckte so sehr zusammen, dass ihre Hände zitterten, während sie den Anruf annahm. Ihr Herz schlug so stark, dass sie dachte, es müsste platzen.

Es war Chet.

»Selber Ort wie gestern?«, fragte er ohne jede Vorrede.

Sie zögerte. Auf der einen Seite war ein öffentlicher Ort gut, aber ... »Nein. Zimmer 812. Um acht?«

»Okay. Um acht. Ann, ich habe mich mit Bridges und St. Clair unterhalten. Ich bin der Meinung, dass die beiden in Ordnung sind. Du brauchst Hilfe.«

Ann zögerte.

Nein, wir können ihnen nicht trauen!

»Nein. Nur du.« Ihre Stimme war kalt.

Er schien zu zögern. »Ich glaube, das ist ein Fehler«, sagte er schließlich.

»Dann ist es *mein* Fehler. Bitte nicht«, sagte sie.

»Gut, wenn du es so haben willst. Bis nachher.«

30

Samson mochte San Francisco. Die Stadt, die Menschen, der Geruch des Meeres, all das hob seine Laune. Er fühlte sich ausgeschlafen und entspannt, hatte sich über den neuesten Tom Clancy amüsiert, war bereit zu neuen Taten.

Am Bahnhof nahm er sich einen Mietwagen auf den Namen Simon Templar. Fassungslos schüttelte er den Kopf, als die junge Dame nicht aufmerkte bei dem Namen. Seine nächsten Ziele waren ein Internetcafé, danach ein gutes Hotel.

Im Internetcafé schlürfte er einen Cappuccino und rief seine Mails ab. Als guter Chef hielt Mercier ihn auf dem Laufenden, aber er beschwerte sich darüber, dass er Samson telefonisch nicht erreichen konnte. Samson hatte sich am Bahnhof ein neues Handy gekauft. Jetzt hatte er doch tatsächlich vergessen, Mercier die Nummer zu geben ...

Es war kein Problem, herauszufinden, wo das FBI St. Clair und Bridges untergebracht hatte. Ein kleines, gemütliches Hotel mit Blick auf die Bucht.

Samson rief dort an und erfuhr, dass die beiden FBI-Agenten bis jetzt noch nicht aufgetaucht waren und dass man wohl leider vergessen habe, ein Zimmer für ihn zu bestellen. Es tat der freundlichen Dame am Telefon fürchterlich leid, aber sie waren ausgebucht. Ob sie ihm ein anderes Hotel empfehlen dürfe, das ganz in der Nähe lag? Sie durfte.

Samson reservierte ein Zimmer und lehnte sich zurück,

um in aller Ruhe die inzwischen eingegangenen Berichte zu studieren.

Das FBI war richtig fleißig gewesen. St. Clair und Bridges hatten Malverns Tagesablauf intensiv beleuchtet. Fragen warfen nur die drei Stunden auf, in denen sich der Senator von seinem Bodyguard getrennt hatte.

Dann rief Samson Chet Kramers Akte auf. Nachdem er eine Weile darin gelesen hatte, nickte er. Samson hatte ihn noch nicht kennengelernt, aber wie es aussah, führte Kramer ein straffes, aber faires Regiment. Es gab viele Versetzungswünsche zu Kramers Abteilung, aber in den letzten sechs Jahren hatte es nur einen einzigen Mitarbeiter gegeben, der aus der Abteilung versetzt werden wollte. Drei Monate später war der Mann tatsächlich versetzt worden. Kurze Zeit später hatte man ihn wegen Beteiligung an einem Bestechungsskandal verhaftet.

Internal Affairs hatte Kramer auch schon unter die Lupe genommen ... Er war jemand, der manchmal bereit war, ein paar Regeln zu brechen, aber sonst war er sauber. Samson nickte noch einmal.

Er wollte sich in den Polizeirechner von Villiamsburg einloggen, aber der war aus unerfindlichen Gründen vom Netz genommen.

Warum war er nicht überrascht?

Er loggte sich aus, bestellte einen neuen Cappuccino und sah dem Jungen am Nachbarbildschirm zu, wie der mit einem Sturmgewehr in der Hand am Fuß der Freiheitsstatue reihenweise Leute umlegte. Der Junge bemerkte seinen Blick. »Hast du Lust, mitzumachen?«

Samson grinste breit und zeigte alle Zähne. »Worum geht es dabei?«

Der Junge grinste zurück. »Ganz einfach. Alle rot markierten Bösen abschießen.«

»Die Roten sind die Bösen?«

»Was dachtest du denn?«

Samson warf einen Blick auf die Uhr, er hatte noch Zeit. Wieder grinste er breit. »Dann mal los.«

31

Chet Kramer verließ sein Büro. Als er den Wagen vor dem Marriot Hotel parkte und dem Mitarbeiter seinen Schlüssel gab, klingelte sein Handy. Es war Ann, und einen Moment lang dachte er, ihr wäre etwas zugestoßen, doch sie rief nur an, um ihm zu sagen, dass sie sich verspäten würde. Ein paar Wagen vor ihr war ein Unfall passiert.

Kurz vor halb neun betrat Ann die Bar, die Blicke der Männer folgten ihr, als sie lächelnd auf Kramer zuging und sich zu ihm setzte. Er zahlte, beide standen auf und verließen die Bar, gefolgt von neidischen Blicken einiger Männer, die dachten, sie wüssten, wie es jetzt weiterging.

Ann war froh, Chet zu sehen. »Ich habe darüber nachgedacht, was du mir gesagt hast.« Sie standen im Aufzug. »Ich brauche Hilfe. Ich hoffe nur, dass du die beiden richtig einschätzt.«

»Dann kann ich ihnen sagen, dass du bereit bist, dich mit ihnen zu treffen?«

Ann nickte. Der Aufzug gab ein *Ping* von sich, und die Tür öffnete sich im achten Stock.

Im Zimmer angekommen, ging Ann als Erstes zum Bett, um sich zu setzen und die Schuhe auszuziehen.

Kramer zog die Augenbrauen hoch.

»Die sind neu, die bringen mich um.« Die Schuhe hatten hohe metallene Stilettoabsätze.

Kramer grinste. »Wer schön sein will, muss leiden.«

»Entschuldige mich einen Moment.« Ann ging zum Badezimmer hinüber. »Ich habe die letzten zwei Stunden im Stau gestanden.«

Kramer stellte sich ans Fenster. Die Sonne ging gerade unter, es sah spektakulär aus. Er wandte sich ab, setzte sich in einen der Sessel und wartete.

Es dauerte nicht lange, bis Ann wiederkam. Sie sah ihn unsicher an. »Ich glaube, ich gehöre zu den Menschen, die sich schwertun, Hilfe anzunehmen.« Sie ging zum Fenster und stellte sich genau dorthin, wo Kramer vor wenigen Augenblicken auch gestanden hatte. »Du bist der einzige Mensch, von dem ich Hilfe annehmen kann.«

»Du hast keine große Wahl«, sagte er trocken.

Sie drehte sich zu ihm um. »Ich will wissen, wer ich bin.«

»Ann Mankowitz?«

Sie schüttelte den Kopf. »Wer auch immer ich bin, mit Sicherheit bin ich nicht Ann Mankowitz, so gern ich es auch wäre.«

Kramer nickte. »Wie kommst du eigentlich darauf, dass du nicht Ann Mankowitz bist?«

»Ann Mankowitz korrigiert Hausarbeiten, und sie überlebt kein Feuergefecht mit zwei Profikillern«, antwortete sie trocken.

Kramer lehnte sich zurück. »Erzähl mir die ganze Geschichte. Von Anfang an.«

»Ich wüsste gar nicht, wo ich anfangen soll.«

»Vielleicht ganz am Anfang.«

Ann atmete tief durch. »Angefangen hat es, als ich aus Rom zurückgekommen bin, wo ich eine Klassenfahrt vorbereiten wollte ...«

32

Nach einem ergebnislosen Tag verließen Val und Mark das FBI-Hauptquartier in San Francisco.

»Willst du lieber ins Hotel, oder hast du Lust, zu Tom und mir mitzukommen?«, fragte Val.

»Ist in dem Hotel nicht auch ein Zimmer für dich reserviert?«, fragte Mark.

Val zog die Augenbrauen hoch. »Tom ist hier, und du fragst mich das?«

Mark lachte. »Sorry, ich bin müde. Klar. Aber bist du dir sicher, dass du mich bei euch haben willst? Ich möchte nicht stören.«

Sie schüttelte den Kopf und suchte in ihrer Handtasche nach dem Schlüssel des Dienstwagens.

»Tom hat öfter hier zu tun, deshalb hat er ein Apartment. Und es hat ein Gästezimmer. Ich bin sicher, das Bett ist besser als das im Hotel.« Sie wusste, dass Hotelbetten für Mark ein Gräuel waren, entweder waren sie zu schmal und zu kurz, oder die Matratzen waren durchgelegen.

Mark sah sie an. »Bist du dir wirklich sicher, dass ich euch nicht störe?«

Val zuckte mit den Schultern. »Ich wollte was kochen, und es macht nicht mehr Arbeit, wenn ich für drei koche. Tom hält den Kühlschrank immer gut gefüllt. Außerdem ist es Toms Idee.« Sie sah Mark spitzbübisch an. »Heute Abend gibt es irgendein Baseballspiel. Tom hat gesagt, ich wäre nicht das geeignete Publikum.«

»Du kochst selbst?«, fragte Mark. »Ich dachte, ihr habt eine Köchin.«

»Kochen beruhigt die Nerven, hilft mir beim Denken, und außerdem macht es mir Spaß, wenn ich sehe, dass mein Essen den anderen schmeckt.« Sie lachte laut. »Du kannst dir gar nicht vorstellen, wie sehr ich mich danach gesehnt habe, was Richtiges zu kochen, als ich noch in einer unserer Grillbuden Hamburger gebraten habe.«

Eine halbe Stunde später parkte Val den Dienstwagen vor einem kleineren Apartmenthaus.

»Ich hätte mir so was nie andrehen lassen!«, beschwerte sich Mark, während er mühsam ausstieg und sich streckte. Er klopfte mit der Hand auf das Dach des Wagens. Es war ein alter Honda Civic mit ein paar Kratzern und einer Beule am rechten vorderen Kotflügel. »Das ist ein Käfig auf Rädern!«

»Es ist ein beschlagnahmter Wagen. Er sieht nicht aus wie ein FBI-Fahrzeug«, meinte Val nur und schloss den Wagen ab.

»Der rote Porsche war auch beschlagnahmt. Und der sah auch nicht aus wie ein FBI-Fahrzeug«, grummelte Mark.

Tom wartete schon auf sie. Er hatte alte verwaschene Jeans an und ein bunt kariertes Hemd. In den Händen hielt er zwei Bierflaschen.

»Hi, Schatz. Mark. Kommt rein, das Spiel hat gerade angefangen.« Er drückte Mark eine Flasche in die Hand, legte den Arm um Val, gab ihr einen Kuss und ging ins Wohnzimmer. Mark folgte ihm.

Das Apartment entpuppte sich als Vierzimmerwohnung. Zwei Schlafzimmer, Wohnzimmer, Büro, große Küche, Bad. Die Einrichtung war nicht mehr neu, sondern angenehm benutzt.

Mark suchte sich einen bequemen Ledersessel aus und setzte sich. Er sah von Tom zum Fernseher, dann zur Fernbedienung, die wie vergessen auf dem Couchtisch lag, dann wieder zurück zu Tom. »Siehst du dir Baseball immer ohne Ton an?«

»Nur wenn mir was anderes wichtiger ist«, sagte Tom und trank einen Schluck aus seiner Bierflasche. »Seid ihr weitergekommen?«

»Du weißt, dass ich über den Fall nicht sprechen kann.«

»Ich weiß. Und?«

Mark seufzte und lehnte sich zurück. Der Sessel war wirklich bequem. Aus der Küche drang das Geräusch von klapperndem Geschirr.

»Störe ich euch wirklich nicht?«

Tom schloss die Augen. »Nein. Aber Val macht sich Sorgen um dich. Auf diese Weise habe ich sie hier, und sie weiß, dass du keine Scheiße baust.« Er öffnete die Augen wieder und wies auf die Bierflasche in Marks Hand. »Du kannst ruhig trinken, es ist alkoholfrei.«

Mark stellte die Flasche vor sich auf dem Couchtisch ab. »Gestern Nacht hast du selbst gesagt, dass wir beide uns noch nicht so gut kennen.« Tom nickte nur. »Du meinst es sicher gut, Tom, aber ich finde das … ein bisschen anmaßend. Wenn ich ein Problem habe, dann ist das meine Sache.«

»Das weiß ich«, sagte Tom. »Ich will dir auch nicht auf die Füße treten. Aber Val kennt dich gut, und ich weiß, dass sie sich Sorgen macht.«

»Hat sie dir gesagt, ich hätte ein Alkoholproblem?«, fragte Mark. Er fühlte sich irgendwie verraten.

Tom schüttelte den Kopf. »Nein. Das ist meine eigene Schlussfolgerung. Sie hat nur gesagt, dass du ein Problem hast.«

»Ich hab dir auch gesagt, du sollst Mark in Ruhe lassen.« Val kam herein. Sie stellte sich hinter Tom, legte ihre Hände auf seine Schultern und massierte sie leicht.

Tom sah sich zu ihr um. »Ich habe nur darauf hingewiesen, dass es ein alkoholfreies Bier ist.«

Val verdrehte die Augen und sah entschuldigend zu Mark hinüber. »Tom ist nun mal so. Er kann sich einfach nicht zurückhalten, wenn er meint, er kann helfen. Nimm es ihm nicht übel. Ich will keinen Streit.« Sie fuhr mit der Hand durch Toms Haare, lächelte beide an und ging wieder hinaus in die Küche.

»Vergiss es einfach.« Tom grinste und streckte die Hand nach der Fernbedienung aus.

»Ist schon gut«, sagte Mark und griff nach dem Bier. »Lass den Ton ruhig aus.« Er trank einen Schluck. »Manchmal habe ich einfach Lust zu trinken. Aber mich richtig betrinken, das mache ich nur selten. Das ist bisher nur vier oder fünf Mal passiert. In meinem ganzen Leben. Das Problem ist, dass Val mich nach dem letzten Mal gefunden hat. Ich hatte gerade die Scheidungspapiere bekommen, war sternhagelvoll und hatte meine Dienstwaffe in der Hand. Val hat wahrscheinlich gedacht, ich hätte genug vom Leben ...« Er lächelte schief. »Das war nicht ganz richtig. In meinem besoffenen Kopf habe ich mir vorgestellt, was es für ein Gefühl wäre, wenn ich meine Frau und ihren Liebhaber über den Haufen schießen würde ...« Mark zupfte an seiner neuen Hose herum. »Dann kam eine Zeit, da habe ich mich gehen lassen. Ich bin morgens zum Dienst erschienen, nachdem ich die Nacht durchgemacht hatte. Billard gespielt. Dabei habe ich natürlich auch was getrunken, wahrscheinlich habe ich eine Fahne gehabt. Ich habe einfach nicht darauf geachtet ...« Er zuckte mit den Schultern. »Die Kollegen haben natürlich nicht gesagt, hey, du stinkst nach Alkohol. Nur Val. Die hat keine Rücksicht genommen. Aber auch Val hat gedacht, ich hätte die Nächte durchgezecht. Ich war enttäuscht damals, und ich habe gedacht, lass sie glauben, was sie will. Ich hatte nach der Scheidung keine allzu gute Meinung von der holden Weiblichkeit. Dazu kam noch, dass Marcias Anwalt, mit dem sie schon ein Verhältnis hatte, als ich noch dachte, alles wäre in Ordnung, mich bis auf die Unterhose ausgezogen hat. Wenn ich ein warnendes Beispiel brauche für Alkoholmissbrauch, dann brauche ich mir nur meine Exfrau anzusehen. Was ich damit sagen will: Ich bin kein Alkoholiker.«

Tom nickte. »Gut zu hören. Aber mir scheint, es wäre besser, wenn das mehr Leute wüssten. Passiert das immer noch? Ich meine, dass du morgens übernächtigt zum Dienst erscheinst?«

»Manchmal. Wenn es irgendwo einen Billardwettbewerb gibt und ich die Nacht durchgefahren bin ...« Mark schüttelte den Kopf. »Aber das war nicht mein Problem. Mein Problem war, das ich nicht darauf geachtet habe. Dass ich mir nichts dabei gedacht habe. Der Anzug, den ich anhabe ... Die Kollegen hier haben gleich anders reagiert.« Er trank wieder einen Schluck. »Mir wäre es lieber, wenn sie nicht so oberflächlich wären, aber ich bin lernfähig.« Er stellte die Bierflasche auf den Tisch. »Und das ist es auch schon. Egozentrik, Unachtsamkeit, das sind meine Probleme. Nicht der Alkohol.«

Tom sah Mark prüfend an. »Okay. Wir haben auch richtiges Bier im Kühlschrank. Willst du eins?«

Mark schüttelte den Kopf. Er stand auf und streckte sich. »Nein, danke. Ich bin hundemüde. Wenn ihr nichts dagegen habt, lege ich mich bis zum Essen kurz hin. Ich helfe dafür beim Abwasch.«

»Dazu werden wir beide sowieso verdonnert«, meinte Tom schmunzelnd. »Ich zeige dir dein Zimmer.«

Mark zog gerade die Schuhe aus, als sein Handy klingelte. Seine Füße schmerzten. Neue Schuhe.

»Agent Bridges.«

»Mein Name ist Andrea Weston, ich bin eine Kusine von Chet Kramer. Er war heute Abend in meinem Hotel. Er hat mich gebeten, Sie anzurufen. Ich habe das Paket, das Sie haben wollen. Sie können es sich auf dem Revier abholen.«

»Aber ...«

»Sorry, ich muss Schluss machen. Wie gesagt, wir treffen uns auf dem Revier.« Es klickte.

Mark sah sein Telefon an und runzelte die Stirn. Andrea Weston. Wer zum Teufel ... Er riss die Tür auf und stürmte in die Küche. Tom stibitzte gerade eine Tomate vom Schneidebrett, und Val bedrohte ihn mit einem gefährlich aussehenden Messer.

»Weißt du, ob Kramer eine Kusine hat?«

Val sah ihn überrascht an. »Wie bitte?«

»Eben gerade hat mich eine Frau angerufen. Sie hat gesagt, sie wäre die Kusine von Chet Kramer. Sie will sich mit uns auf dem Revier treffen.«

»Kramer wollte sich doch heute Abend mit Ann Mankowitz treffen.«

»Aber nicht mit Andrea Weston. So nannte sich die Frau.«

Val band ihre Schürze ab. »Sorry«, sagte sie zu Tom und gab ihm die Schürze. »Du bist dran. Und lass uns Tomaten übrig.« Sie ging an ihm vorbei in den Flur und griff ihre Waffe, die auf einem kleinen Schränkchen lag. Tom folgte ihr und hielt ihr die Kostümjacke hin. »Hat sie sonst noch was gesagt?«, fragte Val. Sie zog ihr Schulterhalfter an, dann erst die Jacke, und prüfte im Spiegel, ob sie richtig saß.

»Nein, nichts.«

Mark griff sich sein Jackett. »Okay, lass uns gehen.«

Val öffnete die Tür.

Mark stutzte. »Einen Moment ...« Er eilte zurück ins Gästezimmer, zog fluchend seine Schuhe wieder an und hastete zurück.

Val und Tom grinsten ihn an.

33

Captain Kramer war nicht in seinem Büro, er lehnte an einem der Schreibtische und telefonierte. Neben ihm stand eine Frau. Mark pfiff leise durch die Zähne. Und was für eine Frau! Lange rote Haare, grüne Augen, eng anliegendes Kleid mit einer schicken Jacke darüber. So wie sie dastand, verkörperte sie Stil, Sex-Appeal und Geld. Kramers Frau vielleicht? Wenn ja, dann blieb von seinem Gehalt nicht viel übrig. Mark sah Val fragend an, aber sie sagte nichts, als hätte sie die fremde Frau noch gar nicht registriert.

Als Kramer die beiden FBI-Agenten entdeckte, nickte er ihnen zu und wies mit dem Daumen auf den Glaskasten, in dem sich sein Büro befand. Die Jalousien waren heruntergelassen und dicht gestellt, die Tür war geschlossen. Sie sollten wohl vorgehen und auf ihn warten.

Das Großraumbüro hatte bestimmt mehr als zwanzig Arbeitsplätze, die meisten davon waren besetzt.

»Was ist?«, fragte Mark, während er die Tür hinter sich zuschob. Aber erst nachdem er einen letzten Blick auf die Rothaarige geworfen hatte. Außer ihnen war niemand im Büro.

»Weit und breit keine Ann Mankowitz. Mist. Ich dachte, sie wartet hier auf uns.«

Val warf ihm ein spöttisches Lächeln zu. »Da rennst du tagelang hinter einer Frau her, und wenn du sie dann siehst, erkennst du sie nicht mal.«

»Was … Du meinst …«

Val lachte. »Du hast sie wirklich nicht erkannt?«

Mark legte einen Finger auf ein Jalousienblatt und zog es ein Stück hinunter. »Ich weiß, dass Frauen überaus wandlungsfähig sind, aber das …? Sie ist größer, hat lange Haare, ein runderes Gesicht … und sie hat eine Figur.«

»Die hat Ann Mankowitz auch. Sie hat sie nur nie gezeigt. Rot ist ihre echte Haarfarbe. Rot, dazu grüne Augen …« Val trat neben ihn und spähte auch durch die Jalousien. »Aber ich muss zugeben, ich bin beeindruckt. Ann Mankowitz ist eine graue Maus. Andrea Weston ist alles andere als das.« Sie lehnte sich an den Türrahmen und sah Mark schmunzelnd an. »Was wieder mal beweist, dass rote Haare und grüne Augen bei Männern Denkstörungen verursachen.«

Mark lachte. »Vielleicht hast du recht. Jedenfalls ist es kein Wunder, dass Ann Mankowitz wie vom Erdboden verschwunden ist. Keiner würde sie mit Andrea Weston in Verbindung bringen. Trotzdem, das ist mehr als nur Talent.«

Val nickte langsam. »Ich möchte wetten, sie ist nicht nur ein Naturtalent, sondern sie hat auch eine Schauspielausbildung absolviert. Sie ist einfach zu gut. Miss Mankowitz alias Weston fängt langsam an, mich zu interessieren.«

»Jetzt erst?«, fragte Mark.

Val lächelte nur.

In diesem Augenblick kam Kramer mit der Frau herein. Er ging um seinen Schreibtisch herum und ließ sich mit zufriedenem Gesichtsausdruck in seinen Sessel fallen.

»Agent Valerie St. Clair, Agent Mark Bridges. Miss Andrea Weston. Meine *Kusine*«, fügte er breit grinsend hinzu.

»Angenehm«, sagte Ann Mankowitz, hielt zuerst Val und dann Mark die Hand hin. Ihre Hand war kühl und ihr Händedruck selbstsicher.

»Sie ahnen gar nicht, wie gern ich Sie kennenlerne«, sagte Mark.

Ann zog eine Augenbraue hoch und lächelte knapp. »Das kann ich mir vorstellen, Agent Bridges.«

»Am liebsten würde ich Sie gar nicht mehr aus den Augen lassen.« Ihre Augenbraue stieg noch höher. »Wie schmeichelhaft, aber ich befürchte, so gut kennen wir uns nicht. Darf ich meine Hand wiederhaben?«

Mark sah hinunter. Tatsächlich hielt er ihre Hand immer noch fest. »Ungern. Aber wenn Sie darauf bestehen ...« Er musterte sie. Das Geplänkel und das freundliche Lächeln waren nur eine Kostümierung. In Wirklichkeit war ihr Blick betont neutral.

»Ja, Ann ist im Augenblick eine gefragte Frau«, sagte Kramer trocken.

Mark sah zu ihm hinüber. »Wie meinen Sie das?«

»Vorhin waren zwei Typen von der NSA da und haben nach ihr gefragt. Sie haben nicht gesagt, was sie wollten, nur, dass sie morgen wiederkommen würden.«

»Haben Sie das schon überprüft? Ich meine, ob die wirklich von der NSA waren?«

»Klar. Beide kommen direkt aus Washington. Ich habe Bild und Namen bekommen, sonst nichts. Ich traue dem Verein noch weniger als eurem«, sagte Kramer. »Mist.« Er klopfte mit dem Finger auf den Bildschirm. »Ich dachte, ich seh mal im Computer nach, ob ich irgendwas über einen der beiden rausfinden kann.«

Auf dem Bildschirm blinkten die Worte *No Match Found.*

»Schade.« Er seufzte.

Mark warf einen Blick zu Ann. Sie war auf einmal blass geworden. Sie stand langsam auf, lehnte sich über den Schreibtisch und tippte irgendetwas in den Computer ein.

Ein neues Logo tauchte auf dem Bildschirm auf. *Department of Defense.*

Kramer sah sie überrascht an und lehnte sich zurück, damit sie mehr Platz hatte.

Ann zögerte, dann betätigte sie ein paar Tasten. Der Bildschirm wurde dunkel. »Verbindung verloren ...«, murmelte sie. Trotzdem tippte sie eine lange Buchstabenkette ein.

Ein anderes Bild erschien.

Kramer pfiff leise durch die Zähne. Unter dem Bild eines Phönix stand die Warnung, dass unerlaubtes Betreten dieser Site strafbar sei und unter den Security Act falle. Ein Login erschien. Mit gefurchten Brauen gab Ann einen ellenlangen Code ein.

Die Warnung verschwand. *Phoenix* stand auf dem Schirm.

»Vom Aufbau her ist das eine ziemlich alte Seite«, stellte Val fest. Mark nickte nur.

»Setz dich«, sagte Kramer zu Ann und stand auf.

Ann nickte, zwängte sich am Captain vorbei und setzte sich.

»Query Status«, sagte Ann und gab es ein.

INACTIVE

»Query Operations.«

STARTS

Tallahassee

Manticore

Vengeance

Sunburn

Tailsting

Cheesy

ENDS

»Query Tailsting.«

STARTS
Tailsting 14. 02. 1992–19. 02. 1992
ENDS
»Query Ressources Tailsting.«
HUMAN, MATERIAL, INTEL
»Query Human.«
ACTIVE INACTIVE
»Query Active.«
NONE
»Query Human. Inactive.«
STARTS
Sgt. Lester B. Hamilton, deceased
Sgt. Laura Sutton, deceased
Crp. Roland Janish, discharged 07. 01. 1994
Lt. Thomas Sutherland, MIA
Lt. Martin McMillan, deceased
Crp. Samantha Belham, deceased
. . . .
Phoenix
ENDS
»Query Hamilton.«
STARTS
Gunnery Sergeant Lester B. Hamilton
BD: 03. 08. 1966
Operational 01. 04. 1986–01. 04. 1992
Deceased 02. 03. 1993
SEAL Team Omega (deactivated)
Operation Osram
Operation Tigerflight
Operation Pelican
Operation Thundercloud
Operation Lawrence

Operation Ottawa
Operation Vengeance
Operation Tailsting
Medical discharge
ENDS

»Query Picture.«

Ann lehnte sich zurück und beobachtete zusammen mit den anderen, wie sich ein Bild aufbaute. Ann erkannte ihn sofort. Es war Samson, deutlich jünger als heute, mit dichtem Kraushaar und einem verwegenen Grinsen.

»Mein Gott«, sagte Kramer. »Was ist das?«

Ann hatte ihre Hände im Schoß gefaltet. Sie sah zu ihm hoch. Sie war leichenblass. »Ich weiß es nicht. Als du am Computer gearbeitet hast, ist es mir eingefallen.«

»Ich habe noch nie eine Seite mit so einem Aufbau gesehen«, sagte Val.

»Ich schon.« Mark schloss die Augen und atmete tief durch. »Als ich noch bei der Navy war, hatte unser kommandierender Offizier während eines Einsatzes Zugang zu einer solchen Seite. Er hat damit einen Einsatz mit einem Deep Cover Agent koordiniert. Ich weiß nur, dass sie ultrahart abgesichert sind und dass sie nur unter ganz bestimmten Umständen benutzt werden können. Irgendwo im Pentagon bimmelt jetzt mit Sicherheit eine Klingel.«

Sie sahen sich an.

»Verdammt!«, stieß Mark hervor.

Ann beugte sich vor. »Dann sollte ich mich besser ausloggen.«

»Logout Phoenix.«

STARTS
PHOENIX LOGLIST
01.Logged 14. 08. 1990 09.00

...

...

24.Logged 02. 02. 1999 13.12

25.Logged 09. 03. 1999 19.58

26.Logged 04. 07. 2000 11.15

27.Logged 03. 11. 2000 00.15

28.Logged 02. 01. 2001 08.15

29.Logged 04. 02. 2001 09.15

30.Logged 04. 02. 2001 22.09

31.Logged 05. 02. 2001 01.13

32.Logged 05. 02. 2001 03.14

33.Logged 09. 07. 2009 22.12

ENDS

OPERATION TERMINATED

CONNECTION CANCELLED

»Hast du das gesehen?«, fragte Kramer und starrte auf den schwarzen Bildschirm.

Ann nickte. Sie sah den Bildschirm an, als ob er sie jeden Moment beißen könnte. »05. 02. 2001. Vier Logins innerhalb von vierundzwanzig Stunden. Das ist der Tag, an dem man mich aus dem Wasser gezogen hat.«

»Was ist das für eine Seite, Miss Mankowitz?«, fragte Val leise.

»Ich glaube, es ist meine eigene ...« Ann runzelte die Stirn. »Ich ... Ich bin mir nicht sicher. Eben schien alles so greifbar zu sein und jetzt ...« Sie schüttelte den Kopf. »Alles ist wie weggeblasen.«

Kramer legte ihr eine Hand auf die Schulter. »Eins wissen wir jetzt«, sagte er. »Du arbeitest für die Regierung. Zumindest hast du das früher mal getan. Und dieser Samson hat mit dir zusammengearbeitet.«

»Dann arbeitet er auch für die Regierung. Ich bin mir

aber hundertprozentig sicher, dass er mich umbringen wollte.«

»Vielleicht hat er Sie nicht erkannt?«, meinte Val.

Ann fuhr sich mit den Fingerspitzen ihrer linken Hand über die Wange und nickte nachdenklich. »Möglich. Und jetzt, wo er mich wiedererkannt hat, hilft er mir? Warum? Und bedeutet das nicht, dass die Regierung hinter mir her ist?«

»Vielleicht nur, weil Sie sich so lange nicht mehr gemeldet haben«, sagte Mark. »Vielleicht hält man Sie für einen Überläufer.«

»Was für ein beruhigender Gedanke«, antwortete Ann spitz. »Das beruhigt mich jetzt sehr!«

Mark lächelte schief. »Das wird sich alles klären.«

»Meinst du das wirklich?«, fragte Val. Sie ging ruhelos auf und ab. »Es würde passen. Welcher Verein das auch immer war, für den Sie vielleicht mal gearbeitet haben, er hätte die Möglichkeit, genau das zu tun, was wir befürchten. Das würde auch den Zugang zu unseren Computern und Berichten erklären. Aber was das Schlimmste ist ... Das würde bedeuten, dass Malvern ...«

»Das ist doch nicht dein Ernst, oder?« Mark war erregt.

»Doch. Leider.« Val nickte. Ihr Gesicht hatte sich verdunkelt.

»Wenn das so ist«, sagte Kramer verärgert, »dann sitzen wir jetzt richtig tief drin in der Scheiße!«

Val straffte die Schultern und hob das Kinn. »Noch wissen wir das nicht genau. Aber wir sind einen Schritt weitergekommen.« Sie sah auf den Monitor, der wieder das Symbol des SFPD zeigte. »Wenn ich das eben richtig gesehen habe, dann war 1990 der erste Login. Damals waren Sie noch ein Kind. Dieser Zugang kann also nicht für Sie eingerichtet worden sein. Dazu ist er zu alt.«

Mark kramte in seinem Jackett nach einer Zigarette. »Ich wusste gar nicht, dass es damals schon Internet gab.« Er zündete sich die Zigarette an und beobachtete nachdenklich, wie der Rauch aufstieg.

Val schob ihm den Aschenbecher hin. »Doch, für das Militär«, sagte sie und sah zu Ann hinüber.

Sie nickte. »Ich glaube, das ist mein Zugang. Das weiß ich jetzt. Fragen Sie mich nicht, woher ich das weiß. Ich weiß es einfach. Ich fürchte, ich bin älter, als ich aussehe. Ich glaube, damals war ich zwar noch jung, aber ich war schon lange kein Kind mehr ...«

Mark musterte sie. Ann wirkte wie Mitte zwanzig, vielleicht sogar jünger. Aber dann erinnerte er sich an das Bild aus ihrer Akte. Ann hatte Glück gehabt mit ihrem Schönheitschirurgen. Wer auch immer es war, er hatte ein Wunder vollbracht. Sie saß keine zwei Meter von ihm entfernt, und trotzdem konnte er keine Spuren der Operation sehen, keine Narben. Aber sie war geschminkt, wenn auch nur dezent.

»Wie alt ist Andrea Weston?«, fragte Kramer.

Ann zuckte mit den Schultern. »Wenn es nach meinen Papieren geht, siebenundzwanzig. Das glaube ich aber nicht. Ich bin mit Sicherheit noch keine vierzig, so fühlt es sich nicht an, aber Mitte dreißig dürfte passen ...« Sie runzelte die Stirn. »Es ist schwer, sich selbst zu schätzen, wenn man nichts weiß über sich.«

»Gut, aber so oder so, Sie waren damals noch ein Kind. Wenn das wirklich Ihre Logins sind, wieso war das erste Login dann so früh?«

»Keine Ahnung.« Ann zuckte mit den Schultern. »Fragen Sie mich noch mal, wenn es mir wieder eingefallen ist.« Sie sah Val an. »Sie sind Psychologin. Was meinen Sie? In den letzten paar Tagen hatte ich fast jeden Tag eine Erinnerung. Der Psychologe damals hat gesagt, alles käme irgendwann wieder. Ist es jetzt so weit?«

»Woher wissen Sie das?«, fragte Val überrascht. »Dass ich Psychologin bin, meine ich«

Ann lächelte. »Ich habe mir die Mühe gemacht, in älteren Zeitungsausgaben über Sie nachzulesen. Über Sie und Agent Bridges. Sie beide sind ja fast schon berühmt. Aber vielleicht können Sie mir meine Frage trotzdem beantworten.«

Val nickte langsam und sah auf ihre Hände. »Das menschliche Gehirn ist eine wundersame und schwer zu verstehende Sache. Aber ich denke, ja.« Sie sah Ann an. »Der Körper heilt schneller als der Geist. Ihrem Körper geht es wieder gut, und ihr Geist ... Ja, ich denke, dass auch dieser Heilungsprozess eingesetzt hat.«

Ann stand langsam auf und ging zu Val hinüber. Sie standen sich gegenüber und sahen sich nur an. Dann begann Ann zu sprechen, und der Ton war bitter und schneidend. »Es geht mir aber nicht gut, Agent St. Clair. Meine Knochen tun bei schlechtem Wetter weh, als wäre ich achtzig, mir fehlt mein Leben, ich weiß nicht, *wer* ich bin, und ich weiß nicht, *was* ich bin. Ich bin wie eine Blinde, die ohne Stock nach dem Weg tastet. Und dass man mich umbringen will, hebt meine Laune auch nicht gerade! Meine älteste Erinnerung an dieses Leben ist ein Jahr voller Schmerzen und Demütigungen. Wissen Sie, dass die Ärzte gesagt haben, ich würde nie wieder laufen können?«

Val hielt Anns Blick stand. »Wenn Sie mir sagen wollen, dass ich mir nicht vorstellen kann, wie es Ihnen ergangen ist, dann haben Sie recht. Aber das ist Vergangenheit. Hier und jetzt haben wir ein Problem, Miss Weston, Miss Mankowitz oder wie Sie auch immer heißen mögen. Wir sollten Sie eigentlich nach Washington bringen, Sie in Schutzhaft stecken, Sie ausquetschen wie eine Zitrone, bis wir alles haben, was Sie wissen, alles, was uns irgendwie weiterhelfen kann. Danach sollte dann ein Richter im Sinne des Gesetzes befinden, was mit Ihnen zu geschehen hat. Das ist unser Job, meiner und der von Agent Bridges. Wenn Sie Mitleid wollen, wenden Sie sich an jemand anderen. Was mich angeht, ich habe großen Respekt vor Ihnen. Aber mehr auch nicht. Mark Bridges und ich sind hier, um den Mord an Senator Malvern aufzuklären. Dabei sind Sie bislang nicht gerade eine Hilfe gewesen. Also, Miss Weston, was haben Sie uns vorenthalten?«

Val und Ann sahen sich an. Keine bewegte sich, keine blinzelte.

Plötzlich lachte Ann laut auf. Es klang erlösend. »Okay. Das war klar und deutlich.« Sie atmete tief durch, ging zum Schreibtisch und öffnete ihre Handtasche. »Das hier ...« Sie griff hinein und holte ein kleines Schminkset heraus. Sie hob den Deckel des Rougedöschens an, zog etwas darunter hervor und legte es auf den Schreibtisch.

Ein Schließfachschlüssel.

Alle sahen ihn an.

»Ich hatte ursprünglich vor, ihn der Familie Malvern zukommen zu lassen. Ich hatte schon den Brief geschrieben und war auf dem Weg zur Post, als ich von den Morden hörte.«

Alle schwiegen.

»Wie kommen Sie zu dem Schlüssel?«, fragte Val schließlich.

»Der Senator hatte den Schlüssel in der Hand, als er starb. Dass wusste ich natürlich nicht. Ich habe seine Hand genommen, und er hat sie fest gedrückt. Zuerst habe ich gar nichts gemerkt, erst als er tot war und ich seine Hand losließ, habe ich gesehen, dass ich an der Hand blutete ...«

»Gut«, sagte Val. »Dann müssen wir nur noch herausfinden, was sich in dem Schließfach verbirgt.«

34

Das Telefon klingelte und holte ihn aus dem Tiefschlaf. Er tastete nach dem Hörer und griff daneben. Fluchend richtete er sich auf und griff wieder nach dem Hörer. Diesmal mit der Hand, die er noch hatte.

»Norman.«

»Sir, Captain Collwitz, USMC. Bitte aktivieren Sie den Zerhacker.«

Norman drückte auf einen Knopf am Telefon und gab eine Nummer ein. Es pfiff kurz, dann hörte er wieder die Stimme von Collwitz.

»Sir, ich bin der Duty Officer im Rechenzentrum. Per Anweisung vom 12. März 2001 informiere ich Sie hiermit, dass der Fall *Nubuk* eingetreten ist. San Francisco, 22.12 Ortszeit. Das verwendete Terminal gehört zum SFPD. Der Login-Code des Terminals ist eingetragen auf Captain Chet Kramer. Dauer des Zugriffs: vier Minuten, dreiundzwanzig Sekunden. Nachrichten wurden keine hinterlassen.«

»Sind auf dem Verteiler andere Personen eingetragen?«

»Nein, nur Sie.«

»Gut. Entfernen Sie den Log-Eintrag.«

»Sir, es tut mir leid, das kann ich nicht.«

»Sehen Sie in Ihrer Organisationstabelle nach, wer ich bin.«

»Einen Moment, Sir.«

Es vergingen ein paar Sekunden.

»Sir, ich habe den Log-Eintrag entfernt.«

»Gut. Sie werden niemandem etwas davon erzählen. Fall *Nubuk* hat nicht stattgefunden. Ist das klar?«

»Jawohl, Sir.«

»Gut. Wie ist der Status von *Nubuk*?«

»Deaktiviert, Sir.«

»Aktivieren und updaten Sie *Nubuk*.«

»Jawohl, Sir.«

Das klang ein bisschen zögerlich. Norman seufzte. »Und damit Ihr Arsch gerettet ist, schwinge ich meinen jetzt aus dem Bett. Ich bin in zwei Stunden da, dann bekommen Sie Ihren schriftlichen Befehl.«

»Jawohl, Sir!«

Norman stand auf, ging ins Badezimmer und betrachtete sich im Spiegel. Acht Jahre. Vor acht Jahren hatte er noch keine grauen Haare gehabt. Juliet Kilo Bravo. Er lächelte. Er hatte nie daran geglaubt, dass sie gestorben war. Jetzt musste er nur noch herausfinden, was passiert war. Captain Chet Kramer. Es war das zweite Mal innerhalb kurzer Zeit, dass er diesen Namen hörte.

Vielleicht war es an der Zeit, nach San Francisco zu fliegen.

35

Danke.« Mercier legte auf. Er war nicht besonders gut gelaunt. Die ganze Angelegenheit war wie verhext. Er wandte sich seinem Computer zu und rief das Dossier über Valerie St. Clair und Mark Bridges auf.

St. Clair war die FBI-Musterfrau. Das Einzige, was man ihr, wenn überhaupt, anhängen konnte, war, dass sie zweimal abgelehnt hatte, mit einem anderen Partner zu arbeiten.

Und Bridges? Die letzte Beurteilung war nicht berauschend. Der psychologische Report klang nicht gut. Er war in finanzieller Bedrängnis, aber er hielt sich gerade so über Wasser. Dem Manne konnte geholfen werden.

Es dauerte nicht lange, und das Konto von Bridges war um fünfzigtausend Dollar reicher. Der psychologische Bericht würde länger dauern. Mercier hatte jemanden an der Hand, der sich damit auskannte. Es war faszinierend, zu verfolgen, was passierte, wenn so ein psychologischer Bericht eine leichte Korrektur erfuhr.

Vielleicht brauchte man das alles ja auch nicht, aber auf der anderen Seite …

Mercier versuchte, Samson zu erreichen, und fluchte, als er immer noch keine Verbindung bekam. Plötzlich durchzuckte ihn ein Gedanke. Samson? Nein. Nicht Samson.

Mercier lehnte sich zurück. In seinem Job konnte man leicht paranoid werden. Trotzdem. Er würde Samson im Auge behalten.

Jetzt wurde es Zeit für einen anderen Anruf.

Sein Auftraggeber war erbost, dass er mitten in der Nacht aus dem Bett geholt wurde. Nachdem Mercier mit seinem Bericht fertig war, herrschte Stille auf der anderen Seite.

»Brechen Sie die Operation ab«, sagte sein Auftraggeber schließlich.

»Sie haben recht, Sir, das ist die vernünftigste Alternative«, erwiderte Mercier. »Es wird eine andere Gelegenheit geben.«

»Sie haben mich falsch verstanden, Mercier. Ihr Haufen aus lauter Amateuren hat die ganze Sache vermasselt. Jetzt werden sich die Profis darum kümmern.«

»Wie Sie wünschen, Sir. Ab sofort ist die Operation von unserer Seite aus beendet.«

»Gut.« Klick.

Mercier legte langsam auf und sah sich um. Er war seit fünf Jahren hier, das Büro und die Aussicht gefielen ihm. Aber es wurde Zeit, sich nach einer neuen Bleibe umzusehen. Mercier hatte keine gute Meinung von seinem Auftraggeber. Der Mann kriegte zu leicht Panik. Und er hatte zu wenig Ahnung. Noch schlimmer, er dachte, er hätte Ahnung.

Er zögerte einen Moment, dann tippte er eine Nummer ein. Damit sollte man nicht warten.

»Grimsdale Foundation.«

»Hier ist Dr. Richards. Ich habe gehört, Sie haben einen Patienten Namens Arthur Emmerich?«

»Einen Moment, Sir, ich verbinde Sie weiter.«

Mercier wartete.

»Ja?«

»Es geht um einen ehemaligen Patienten von mir, Arthur Emmerich. Er wurde bei ihnen eingewiesen?«

»Nein. Warum?«

»Er ist psychisch nicht besonders stabil. Meiner Meinung nach stellt er eine Gefahr für die Bevölkerung dar.«

»Sind Sie sicher?«

»Sein Verhalten in letzter Zeit hat mich dazu gezwungen, die Behandlung abzubrechen.«

»Sollte er eingewiesen werden, werden wir ihn unter Beobachtung halten. Sie sind in Ihrer Praxis zu erreichen?«

»Ich fürchte, nein. Ich habe eine neue Praxis angeboten bekommen. Mit den alten Partnern.«

»Heutzutage muss man flexibel sein. Gute Nacht, Doktor.«

»Gute Nacht.« Mercier legte auf.

Unmittelbar danach klingelte das Telefon wieder. Mercier hob ab, hörte zu, bedankte sich, legte auf. Er nahm sich einen Bleistift, lehnte sich in seinem Sessel zurück und spielte gedankenverloren damit herum. Bridges und St. Clair waren mit Miss Mankowitz zusammen im Morddezernat gesehen worden. Beide Ermittler wirkten zufrieden, es schien Einvernehmen zu herrschen zwischen Kramer, der Mankowitz und den Agenten.

Woher kam es eigentlich, dass Miss Mankowitz und dieser Kramer sich so gut verstanden?

Eine Stunde später lehnte er sich wieder zurück. Der Bleistift war durchgekaut, er nahm einen neuen und klopfte sich damit gegen die Zähne. Noch konnte er die Zusammenhänge nicht erkennen, aber was er in der Akte gelesen hatte, gab ihm zu denken.

36

Das Handy vibrierte. Der Mann steckte gerade die letzte Kerze in den Kuchen. Er sah auf seine Uhr, zuckte mit den Schultern und holte das Handy aus der Tasche. Der Bus kam in acht Minuten, bis dahin wollte er fertig sein.

»Ja?«

»Wie sieht es aus?«

Der blonde Mann warf einen Blick auf die junge Frau und den Mann, die am Küchentisch saßen. Die Geburtstagstorte sah gut aus. Die Frau hatte sich Mühe gegeben. Sie hatte sich extra schön gemacht für ihren Liebhaber. Hatte gebadet, sich geschminkt, ihr bestes Kleid angezogen. Richtig sexy. Auch er hatte sich fein gemacht. Trug seinen Zweihundert-Dollar-Anzug. Er hatte eine kleine Schachtel mit einem Ring in der Tasche. Höchstens sechshundert Dollar. Mager. Eine Flasche Champagner stand bereit. Blumen in der Vase. Alles wie aus dem Bilderbuch. Der glasige Blick und das leichte Nasenbluten störten kaum. Sie atmeten. Noch.

»So gut wie fertig. Diesmal wird es keine Kritiken geben.«

»Gut. Was hat so lange gedauert?«

»Die Inszenierung muss stimmig sein. Das dauert manchmal etwas länger.«

»Ich habe einen neuen Auftrag für Sie. Aber das muss dann schneller gehen.«

Er sah die junge Frau an. Marianne. Sie hatte ihm von ihrem Verlobten vorgeschwärmt, dem Beamten. Und das, während er sie verführen wollte. Er zuckte mit den Schultern. Man konnte nicht alles haben. Die Geburtstagstorte hatte sie für sich selbst gebacken, aber sie hatte die Kerzen vergessen. Die hatte er mitgebracht. Damit alles perfekt war für sie. »Wenn das so weitergeht, muss ich Überstunden berechnen.«

»Von mir aus.«

Der Mann zog die Augenbrauen hoch. Es sah seinem Gesprächspartner gar nicht ähnlich, dass er so darauf reagierte. Er sah sich um. Hatte er etwas vergessen? In Gedanken ging er seine Liste noch einmal durch. Nein.

»Hallo?«

»Ja?«

»Nehmen Sie den Auftrag an?«

»Worum geht es?«

»Die junge Frau, die Sie so interessant fanden. Und deren neue Freunde.«

Der Mann verzog das Gesicht. »Ich dachte, *Sie* hätten sich darum gekümmert.«

»Mein Partner ist ein Idiot.«

»Ganz meine Meinung.«

»Sie bekommen die Details auf dem üblichen Weg.«

»Gut.«

Der Mann steckte das Handy wieder weg. Mit dem Feuerzeug des Verehrers zündete er die Geburtstagskerzen an. Dann sah er den Mann an. Er konnte gar nicht verstehen, was sie an ihm fand. Er war zwölf Jahre älter als sie, Halbglatze, leicht übergewichtig. Verdienen tat er auch nicht viel, selbst wenn er mit Millionen umging. Und er hatte wahrscheinlich keine Ahnung, wie man eine Frau richtig verwöhnte. Frauen. Wie sollte man die auch verstehen?

Er ging ins Bad. Der alte Gasboiler war ein vorsintflutliches Modell. Aber frisch gewartet. Doch auch bei der Wartung konnten Fehler passieren.

Er drückte auf den Starterknopf. Sofort begann es zu zischen. Er drehte sich um, ging hinaus und zog die Badezimmertür hinter sich zu. Es war ein altes Gebäude, Badezimmer und Küche waren früher einmal ein Raum gewesen. Er ging zur Wohnungstür, betrachtete die herausgerissene Sicherungskette, lächelte, trat ins Treppenhaus hinaus und zog die Tür hinter sich zu.

»Happy Birthday, Marianne. Happy Birthday to you.«

Nett von ihr, dass sie ausgerechnet heute Geburtstag hatte. Das hatte ihn auf die Idee gebracht. Eigentlich schade um sie. So ein gutmütiges, liebes Mädchen. So vertrauensvoll. Hatte ihm alles erzählt. Eine wirklich romantische Idee, sich an ihrem Geburtstag zu verloben.

Er ging langsam die Treppe hinunter. Vier Stockwerke. Sein Blut raste, er zwang sich, noch langsamer zu gehen. Er hatte nachgelesen, wie schnell Gas sich ausbreitete. Wenn er sich verrechnet hatte ... Nun, das war der Kick.

Er hatte sich nicht verrechnet. Er stand an der Bushaltestelle, als das Haus explodierte. Wirklich beeindruckend. Der Bus kam. Der Busfahrer beachtete seinen neuen Fahrgast kaum, wie alle anderen gaffte er das brennende Haus an. Wieder eine Explosion. Der Mann nickte. Das war der Boiler in der Wohnung darunter. Praktisch, dass der Mann in Urlaub war. So ein Glückspilz.

Während er sich einen Platz suchte, schüttelte er den Kopf. Man lernte nie aus. Heutzutage konnte es schon lebensgefährlich sein, wenn man nur in einem Finanzausschuss saß.

37

Ich glaube, damit haben wir alles erreicht, was wir hier erreichen können«, meinte Val und stand auf. »Wir begleiten Sie nach Washington …«

»Schutzhaft?«, fragte Ann.

»Wenn Sie so wollen. Aber ich kann Sie trösten. Für Sie ist der Spuk bald vorbei. Sie haben Ihre Aussage ja schon gemacht, da gibt es nur noch ein paar Details zu klären. Das, was Senator Malvern Ihnen gegeben hat, ist in unserem Besitz. Sobald die Gegenseite davon weiß, macht es keinen Sinn mehr, Sie weiter zu verfolgen. Sie haben sich mehrfach strafbar gemacht, aber ich denke, wir finden eine Lösung. Vor allem in Anbetracht Ihrer Vorgeschichte.«

Ann sah sie nur an.

Val zuckte mit den Schultern. »Niemand von uns will, dass Sie den Leuten, die Ihnen das vor acht Jahren angetan haben, wieder über den Weg laufen.«

»Sehen Sie es mal so«, schaltete Mark sich ein. »Wir werden Ihnen helfen, wieder ein richtiges Leben aufzubauen. Sie können aufhören, wegzurennen. Sie können vielleicht wieder unterrichten. Die meisten Sachen, die wir über Sie herausgefunden haben, sind für unseren Fall nicht relevant. Und sie stehen noch nicht in irgendeinem Bericht.«

Ann schüttelte den Kopf. »Wenn Sie den Mörder gefunden haben, werde ich vor Gericht gezerrt. Ganz abgesehen von den vielen ungelösten Problemen. Samson beispielsweise.«

»Wenn man den Mörder überhaupt findet. Wenn«, sagte

Kramer. Er warf den Ermittlern einen Blick zu. »Bisher scheint man nicht so besonders erfolgreich dabei zu sein. Und Samson … Wir werden sehen, was mit ihm ist.«

Val unterdrückte ein Gähnen. »Ich möchte jetzt nach Hause. Ich bin müde.«

Kramer stand auf und streckte sich. »Ann, du kannst bei uns übernachten. Meine Frau ist sowieso neugierig auf dich.«

»Danke.« Sie lächelte.

Val wollte schon protestieren, aber Mark schüttelte den Kopf.

Er nahm den Schlüssel in die Hand. »Als Erstes müssen wir herausbekommen, was für ein Bankschließfach das ist. Zu welcher Bank es gehört«, sagte er nachdenklich.

Ann wollte etwas erwidern, entschied sich jedoch, es nicht zu tun.

»Was machen wir jetzt damit? Vielleicht sollten wir den Schlüssel irgendwo deponieren? Zur Sicherheit?«

Val nickte. »Du hast recht. Aber wo?«

38

Samson hatte lange genug gewartet. Manchmal, so gestand er sich ein, war er einfach zu clever. Da er zu wissen glaubte, wo die beiden FBI-Ermittler untergebracht waren, hatte er sich dazu entschlossen, vor ihrem Hotel auf sie zu warten. Es wurde allmählich Zeit, ein paar Karten auf den Tisch zu legen.

Und dann war da noch Juliet. Er wusste, dass sie das Gedächtnis verloren hatte, das hatte in der Akte gestanden, aber erst vor Kurzen war ihm eingefallen, dass er ihr dabei helfen konnte, herauszufinden, wer sie war. Juliet war zwar nicht ihr richtiger Name, auch sie hatte verdeckt operiert, aber er konnte zumindest ins Spiel bringen, wo er sie das erste Mal gesehen hatte. Vielleicht half das, vielleicht auch nicht.

Aber jetzt stand er hier seit mehreren Stunden gelangweilt herum. Niemand war gekommen. Er zuckte mit den Schultern. Seine Nase und der Finger taten weh, er war müde. Es wurde auch für ihn Zeit, schlafen zu gehen. Er hoffte nur, dass die beiden Ermittler ihm zumindest die Chance gaben, ihnen ein paar Erklärungen zu liefern. Er sah zum Hotel hinüber. Manchmal war der direkte Weg der einfachste.

Samson betrat das Hotel. Der junge Mann an der Rezeption schlief. Als Samson auf die Klingel drückte, fiel der vor Schreck beinahe vom Stuhl.

»Ich suche Mrs St. Clair und Mr Bridges. Ich habe gehört, sie sind hier abgestiegen.«

Der irritierte Blick des Portiers glättete sich, als er den

Zwanzig-Dollar-Schein sah, den Samson ihm hinschob. »Das ist richtig. Sie haben reserviert. Für die ganze Woche. Aber sie sind nicht eingetroffen.«

»Ganz sicher?«, fragte Samson.

»Ganz sicher. Da Mrs St. Clair und Mr Bridges nicht bis zweiundzwanzig Uhr da waren, habe ich die Zimmer für heute Nacht neu vermietet. Zurzeit sind wir ausgebucht, müssen Sie wissen.«

»Die neuen Gäste ... sind das zufällig auch eine Frau und ein Mann?«

»Zufällig. Warum?«

»Könnten Sie die Leute beschreiben?«

Der Portier sah auf Samsons Hand hinunter. Der nächste Zwanzig-Dollar-Schein wechselte den Besitzer. Der Portier beschrieb die Gäste, Samson bedankte sich und ging. Es war zwar theoretisch möglich, dass St. Clair und Bridges sich verkleidet hatten, aber er sah keinen Sinn darin. Er musste sich wohl damit abfinden, dass er die beiden FBI-Agenten verpasst hatte.

Während er das Hotel verließ, sah er einen Van vorfahren. Zwei junge Männer und eine Frau stiegen aus, sie schienen angetrunken zu sein. Samson beobachtete, wie einer der Männer die Frau küsste. Er sah auf die Uhr. Kurz nach eins. Spät genug. Er stieg in seinen Mietwagen, zog die Tür hinter sich zu und gähnte. Er sollte zu seinem Hotel fahren und mal so richtig ausschlafen. Er ließ den Wagen an und fragte sich, wo die beiden steckten. Er hoffte nur, dass sie nicht schon zusammen mit Juliet in einem Flieger zurück nach Washington saßen.

39

Enrico, oder auch Rico, wie ihn seine Freunde nannten, war high. Wie ein Wolkenkratzer. Trotzdem war er nervös. Das war seine Chance. Wenn er das geschafft hatte, würde sein Chef ihn befördern. Und das bedeutete viel Geld und jede Frau, die er wollte.

Es wäre nicht das erste Mal, dass er jemanden umbrachte, aber sein letztes Opfer war gefesselt gewesen. Und Jamaikaner. Wer brauchte schon Jamaikaner?

Das hier war etwas anderes. Rico hatte großen Respekt vor dem FBI.

Trotzdem, auch FBI-Agenten mussten mal schlafen.

Schnelligkeit, Mann, Schnelligkeit. Das war der Trick.

Die anderen, auch Rita, waren nur Backup, das hier war sein Job. Mit der kichernden Rita am Arm ging er zum Portier. Der schlief. Ging ja schon gut los. Rico warf einen Blick auf den Schlüsselkasten. Die Schlüssel für Zimmer 23 und 24 fehlten. Noch besser.

Er rief Gonzo zu sich und trug Rita auf, den Portier abzulenken, sollte der wach werden. Vor den Zimmertüren stellte Rico wieder einmal das Talent unter Beweis, das ihn zur Bande gebracht hatte. Schlösser verneigten sich vor ihm, wenn er sie nur anblickte. Als beide Türen offen waren, stellte sich Rico an die mit der Nummer 23, Gonzo an die 24.

Rico atmete tief durch. Auch Gonzo wirkte nicht gerade glücklich. Für ihn war es das erste Mal.

Also los …

Als sie wieder wegfuhren, lehnte Rico sich zurück und schloss die Augen. Es hieß immer, das zweite Mal wäre einfacher. War es auch. War gar nicht so schwer. Schnelligkeit war der Trick.

Neben ihm saß Rita. Sie kicherte immer noch. Er zog ihren Kopf in seinen Schoß.

Mann, so machte das Leben Spaß.

40

Um fünf Uhr morgens klingelte bei Chet Kramer das Telefon. »Kramer«, meldete er sich schlaftrunken.

»Morgen, Chef. Mason hier. Eben kam ein Anruf, dass die beiden FBI-Ermittler in ihren Hotelzimmern ermordet worden sind. Dachte mir, das interessiert Sie vielleicht.«

»Verdammte Scheiße!«, bellte Kramer. »Ich bin gleich da.«

Die andere Nachttischlampe ging an. Seine Frau strich sich die Haare aus dem Gesicht und sah ihn fragend an. Er war kreidebleich.

»Was ist, Chet?«

Es klopfte an der Zimmertür. Ann steckte den Kopf durch die halb offene Tür.

»Komm rein«, sagte Chet. Er war schon aufgestanden und zog sich an.

»Was ist passiert?«

»Jemand hat die beiden FBI-Leute ermordet.«

»Mein Gott«, entfuhr es seiner Frau.

Kramer ging zu ihr und nahm sie in die Arme.

»Die beiden Agenten? Waren das Freunde von dir?«

Kramer schüttelte den Kopf. »Nein ... aber sie hätten es werden können.«

Ann lehnte an der Wand neben der Tür. Sie hatte die Arme vor der Brust verschränkt, als wäre ihr kalt. Sie war kreidebleich. »Es ist fast so, als wäre ich verflucht«, sagte sie leise. »Ich bringe euch alle in Gefahr, Chet. Ich sollte verschwinden ... Vielleicht hört das alles erst auf, wenn ich tot bin ...«

»Unsinn! Beeil dich, du kommst mit.«

41

Chester Norman war noch am Frühstücken, als der Fahrer an der Tür klingelte. Bevor er die Tür öffnete, warf Norman einen Blick durch den Spion. Ja, es war der übliche Fahrer, ein zweiter Mann stand am Fahrzeug und sah sich wachsam um. Beide trugen die Uniform der US Marines, die Waffen in ihrem Holster waren keine Attrappen.

»Kommen Sie rein, Sergeant.« Norman öffnete die Tür und bat den jungen Mann, ihm zu folgen. »Sie sind früher als sonst.«

»Es war nicht so viel Verkehr heute«, antwortete der Sergeant.

»Hi, Grandpa!« Nasreen kam gähnend die Treppe herunter und nickte dem Sergeant zu. »Hallo, Dennis.« Sie hatte eine Jogginghose und ein lila Tanktop an. Ihre schwarzen Haare waren zu einem Pferdeschwanz zusammengebunden.

Dennis? Norman warf dem Sergeant einen prüfenden Blick zu. Der arme Kerl wurde puterrot und sah stur geradeaus.

»Stehen Sie bequem!« Norman schmunzelte. Er hatte seine Uniform an, der Aktenkoffer war gepackt, er wollte nur noch seinen Kaffee austrinken. Die Zeitung würde er unterwegs lesen.

Nasreen wurde ihrer Mutter immer ähnlicher. Der dunkle Teint, die Augen, die eleganten Gesichtszüge ... Sie sah genauso aus wie das, was sie war, die Tochter einer persischen

Adligen. Es klopfte an der Tür. Der Sergeant drehte sich um und öffnete sie. Zwei junge Männer standen draußen. Wenn Nasreen schon so verrückt war, um fünf Uhr morgens zu joggen, dann aber nicht ohne Begleitung. Die zwei sahen aus wie Studenten, in Wirklichkeit waren sie ihre Bodyguards. Norman gab Nasreen einen Kuss und griff gerade nach seinem Koffer, als sie die Schlagzeile in der Zeitung entdeckte. »Dad?«

»Was ist?«

»Hier.«

ZWEI WASHINGTONER FBI-AGENTEN IN FRISCO IM SCHLAF ERSCHOSSEN!

Norman überflog den Artikel.

Nasreen sah ihn an. »Kennst du sie?«

»Valerie St. Clair habe ich früher mal kennengelernt«, sagte Norman. Seine Stimme klang ruhig, aber das war antrainiert. »Bridges kannte ich nicht.«

Nasreen drohte ihm mit dem Zeigefinger. »Lügner. Ich habe gestern gehört, wie du dich nach den beiden erkundigt hast«, flüsterte sie.

Norman zog sie am Pferdeschwanz. »Du solltest nicht alles mitbekommen.«

»Ich übe schon mal.«

Norman sah die drei Männer an, die in der Küche und im Flur standen. »Einen Moment bitte.«

Nasreen verdrehte die Augen, als Norman ihr bedeutete, ihm ins Arbeitszimmer zu folgen.

»Freunde haben mir gegenüber durchblicken lassen, dass du nach Westpoint willst. Stimmt das?«

»Ja.« Nasreen sah ihn unverwandt an. »Es ist so was wie Tradition, nicht wahr? Jackie würde mir beipflichten.« Ihre Augen verdunkelten sich.

»Ist es das? Du willst es ihr nachmachen?«, fragte Norman vorsichtig.

»Und dir. Aber ich habe vor, am Leben zu bleiben«, sagte Nasreen und sah nach links. An der Wand hingen unzählige Fotos. Eins davon zeigte Norman mit einer zehnjährigen Nasreen und Jackie. Alle drei lachten, Jackie hatte die Arme um Nasreen gelegt.

Norman nickte langsam und rieb sich mit dem Zeigefinger über die Nasenwurzel. Er zögerte. »Schatz, es gibt Anzeichen dafür, dass Jackie noch lebt.«

Nasreen fuhr herum. »Aber warum meldet sie sich dann nicht?«

»Gestern hat sie es getan.«

Nasreen griff mit der Hand in den Ausschnitt. An einer Kette um ihren Hals hingen eine Erkennungsmarke und zwei goldene Ringe. Sie sah die Marke und die Ringe an. »Ich kann mich noch genau daran erinnern. Ich wusste, dass irgendwas nicht stimmte, dass ihr mir irgendwas verheimlicht.«

»Und sie hat dir versprochen, dass sie zurückkommt. Als Beweis hat sie dir diese Kette gegeben«, sagte Norman leise.

»Und die ganzen Jahre habe ich mich daran festgehalten. Dass sie irgendwann zurückkommt, um sie wieder abzuholen.«

Plötzlich warf Nasreen sich in die Arme ihres Großvaters und fing an zu weinen. »Aber als ich älter wurde ...«, sagte sie schluchzend. »Ich habe immer gedacht, ich würde es spüren, wenn ihr was passiert ... Ist es wirklich wahr, Grandpa?«

Norman strich ihr durch die Haare. »Ganz sicher kann ich mir noch nicht sein, Kleines. Aber jemand hat sich mit einem Code gemeldet, den nur sie kennen kann.« Er griff nach der Erkennungsmarke und sah sie schweigend an.

Nasreen strahlte ihn mit tränenfeuchten Augen an. »Ich habe auf die Kette aufgepasst«, sagte sie dann leise. »Wie ich es ihr versprochen habe.«

»Ich weiß, mein Schatz.« Er drückte sie an sich. »Kleines, ich muss jetzt weg. Ich habe einen Termin beim Präsidenten. Es wäre unklug, ihn warten zu lassen.«

»Du sagst mir Bescheid, wenn du etwas herausfindest ...« Sie stockte. »Oh nein! Die beiden FBI-Agenten ... Hat sie was damit zu tun?«

»Ich weiß es nicht. Aber ich verspreche, ich sage es dir, wenn es mit ihr zu tun hat. Schatz, ich muss weg. Mach dir bitte keine Gedanken.«

»Früher hättest du gesagt, alles wird gut.«

Norman lächelte. »Früher hättest du mir auch noch geglaubt.«

42

Die Tür zum Oval Office öffnete sich, und der Vizepräsident stürmte heraus. Er war wütend, riss sich aber zusammen, als er den Admiral sah. Er nickte ihm kurz zu und eilte wortlos an ihm vorbei.

Der Mann vom Geheimdienst nickte Admiral Norman respektvoll zu, während er die Tür wieder öffnete.

»Er ist allein. Sie haben ein paar Minuten.«

Norman nickte, betrat den Raum und schob die Tür hinter sich zu. Präsident Stanton stand an einem der kugelsicheren Fenster. Er hatte eine Kaffeetasse in der Hand und sah gedankenverloren in den Garten hinaus.

»Guten Morgen, Chester.« Er nickte in Richtung Garten. »Ich kann mich noch erinnern, dass es mal eine Zeit gab, in der noch keine Flugabwehrraketen auf dem Rasen standen.«

»Ich auch, Mr President.«

»Aber auch daran, dass ich gesagt habe, du kannst das lassen, wenn wir allein sind?«

»Guten Morgen, *Alexander*«, sagte Norman lächelnd und setzte sich.

»Sieht er es immer noch nicht ein?«

Stanton seufzte. »Nein. Er sieht nur die Kosten, nicht die Gewinne. Das Abkommen wird die Lage in Lateinamerika stabilisieren, und das ist mehr wert als ein paar Milliarden Dollar.«

»Du wirst ihn schon noch überzeugen.«

»Ich hoffe es. Weshalb bist du so überraschend hier?«

»Es geht um Phoenix. Es gibt Hinweise darauf, dass er noch lebt, und ich will ihn reaktivieren.«

Stanton zog eine Augenbraue hoch und setzte seine Kaffeetasse ab. »Phoenix scheint eine Obsession zu sein für dich. Ich bin mir nicht sicher, ob ich zustimmen sollte.«

»Er lebt. Er hat sich gestern Nacht wieder gemeldet. Ich vermute, dass er in Schwierigkeiten ist.«

»Und du willst ihm die *Arbeit* erleichtern. Nein, Chester. Ich habe meine Meinung nicht geändert. Und was heißt hier, du vermutest es? Du weißt es also nicht?«

Norman seufzte. »Phoenix ist auf Shakran angesetzt.«

»Der ist doch seit acht Jahren tot.«

»Leider nicht. Hier ...« Norman öffnete seine Aktentasche und zog zwei Blätter heraus. Ein Identitikit-Bild und eine Zeichnung.

»Ich weiß nicht, warum ich so lange gebraucht habe, bis es mir aufgefallen ist. Schau dir die Bilder an, merk dir die Augen. Wenn du sie jemals sehen solltest, geh einfach in Deckung. Und fang an zu beten ...«

Stanton nahm die beiden Bilder und sah sie sich sorgfältig an.

»Worauf begründest du deine Vermutung, dass er noch lebt?«

»Hierauf.« Chester griff in die Jackentasche und holte ein Geschoss heraus. »Frisch aus der Ballistik des FBI. Senator Malvern wurde mit der Waffe erschossen, die Shakran schon immer verwendet hat. Sein Markenzeichen.«

»Malvern ...« Stanton ging langsam hin und her. »Dumm von ihm, nicht wahr?«

»Eher arrogant. Bis heute Nacht habe ich die Zusammenhänge auch nicht gesehen. Es scheint, als wären unsere

Freunde vom FBI nicht umfassend genug informiert worden. Sonst hätten sie den Mörder schon längst identifiziert.« Er holte eine dritte Zeichnung heraus. »Die ist nach den Angaben von Malverns Bodyguard angefertigt worden. Und dies hier«, er legte ein viertes Bild auf den Tisch und tippte mit dem Zeigefinger darauf, »von einer Zeugin. Wenn es nicht Shakran ist, dann muss er einen Zwillingsbruder haben.«

»Und zeitgleich mit Shakran taucht Phoenix wieder aus der Versenkung auf?«

»So lautete sein Auftrag. Noch weiß ich nicht, warum er sich so lange nicht gemeldet hat, aber er wird seine Gründe gehabt haben. Phoenix ist dran an der Sache.«

Stanton sah Norman durchdringend an.

»Kann ich Phoenix reaktivieren?«, fragte Norman.

»Ja. Aber du trägst die Verantwortung.«

Norman nickte und steckte die Bilder wieder ein.

»Ist sie dir so wichtig, dass du das alles riskierst?«

Norman sah ihn mit ernster Miene an. Plötzlich lächelte er. »Ich weiß nicht, wovon Sie reden, Sir.«

43

Als Ann und Kramer vor dem Hotel anhielten, ging gerade die Sonne auf. In der Morgendämmerung wirkte das alte Gebäude wie eine Filmkulisse. Für Ann sah es aus wie eine Filmszene, die sie schon hundertmal gesehen hatte. Die Polizeiwagen mit ihren Blaulichtern, der Wagen von CNN mit seinen hellen Scheinwerfern und der schicken Reporterin, die sich gerade schminken ließ, die ausdruckslosen Gesichter der Polizisten, die den Tatort sicherten.

Ein Polizist erkannte Kramers Wagen und hob das Polizeiband an, sodass er darunter hindurchgehen konnte. Ein Reporter versuchte, Kramer ein Mikrofon unter die Nase zu halten, wurde aber von zwei Polizisten zurückgedrängt.

Sergeant Mason stand in der Eingangshalle und studierte sein Notizbuch, während Sergeant Uller einen jungen Mann befragte, der bleich und nervös vor ihm stand. Im Frühstücksraum rechts vom Eingang hielten sich die anderen Gäste auf, alle mehr oder weniger vollständig bekleidet, während mehrere Polizisten versuchten, ihre Aussagen aufzunehmen. Mason kam ihnen entgegen und nickte. Dann sah er Ann an und runzelte die Stirn.

»Wenn jemand fragt, sie ist jemand aus Washington. Das stimmt sogar«, sagte Kramer.

Mason zuckte mit den Schultern. »Sie sind der Chef.« Er ging voraus zur Treppe. »Wir warten noch auf die Spurensicherung. Der Schauplatz ist jungfräulich. Der Gast im Nebenzimmer hat zum Glück genügend Filme gesehen, um zu wissen, was man *nicht* tun darf. Er hat nur einen Blick in die Zimmer geworfen und uns angerufen.«

Er wies mit dem Kopf auf den jungen Mann, der sich mit Uller unterhielt.

Mason, Kramer und Ann gingen die Treppe hoch. »Die Morde sind in den Zimmern 23 und 24 passiert«, erklärte Mason. Dann grinste er. »Tut mir leid, Chef, aber hier gibt's keinen Fahrstuhl.«

Kramer grinste zurück. »Ich werde es als mein morgendliches Training verbuchen.«

Mason ging voraus.

»Was ist mit dem Gast aus dem Nachbarzimmer?«, fragte Kramer.

»Er heißt Tommy Kowalski. Ein Polizeifan. Ich habe ihm schon gesagt, wie dankbar wir ihm sind. Er hat außer mehreren schallgedämpften Schüssen nichts mitbekommen. Er ist runtergelaufen zum Portier. Der hat die Zimmer aufgeschlossen. Dann hat er sofort die Polizei angerufen. Er hat schon mindestens zwanzigmal gesagt, er hätte die Zimmer nicht betreten und nichts angefasst.«

»Was meinst du?«

»Er wirkt glaubwürdig. Jerry überprüft ihn gerade.«

Sie waren im zweiten Stock angekommen. Mason benutzte die Spitze seines Bleistifts, um die Tür zu Zimmer 23 aufzuschieben.

Kramer und Ann betrachteten schweigend den leblosen Körper im Bett. Mehrere große Blutflecken hatten die Bettdecke dunkel gefärbt. Es roch nach frischem Blut.

Ann schloss die Augen. Der Geruch von frischem Blut, von Fäkalien und von Urin. Der typische Leichengeruch. Ein Geruch, den man nie vergaß. Es war nicht das erste Mal, dass sie an einem Tatort war, das wusste sie. Aber wann und wo …?

»Ist alles in Ordnung?«, fragte Kramer.

Sie öffnete die Augen wieder. »Es ist schon lange her, aber man vergisst den Geruch nie.«

Mason nickte. »Mich verfolgt er manchmal bis in meine Träume. Es soll Leute geben, denen es nichts mehr ausmacht, aber bei uns habe ich noch keinen kennengelernt.«

Alle drei schwiegen.

»Wie lange ist es her?«, fragte Ann schließlich in die Stille hinein.

»Nicht viel länger als eine Stunde«, antwortete Mason.

»Könnten Sie mit Ihrem Bleistift den Lichtschalter betätigen?«, bat Ann.

Mason machte das Licht an.

Der Tote lag unter der Bettdecke, nur eine Hand lugte darunter hervor. Es war die rechte.

»Das ist nicht Mark Bridges«, sagte Ann und fühlte sich seltsam erleichtert.

Die beiden anderen sahen sie an.

»Woher wollen Sie das wissen?«, fragte Mason.

»Die Hände von Agent Bridges sind größer, kräftiger. Der Mann hier hat schmale, fast grazile Hände, wie ein Klavierspieler. Darf ich mal dein Handy benutzen, Chet?«

Kramer nickte und hielt ihr sein Handy hin, dann warf er einen Blick in das andere Zimmer. Wenn die Frau unter der Bettdecke Val St. Clair war, dann hatte sie über Nacht ziemlich zugenommen.

Noch während Ann eine Nummer eintippte, kam Sergeant Uller die Treppe hochgerannt.

»Sie sind es gar nicht!«

»Haben wir schon gemerkt«, meinte Mason irritiert. Er sah zu Ann hinüber.

Sie hielt das Handy ans Ohr und wartete. Plötzlich sagte

sie: »Schatz, ich bin es. Ich warte und warte hier zu Hause. Die Gäste sind schon da. Wo bleibt ihr denn so lange?« Dann legte sie auf. »Danke.« Sie gab Kramer das Telefon zurück.

Der zog eine Augenbraue hoch. »Schatz?«

»Bridges.«

»Willst du ihn anmachen, oder was?« Kramer trat ein paar Schritte zurück, um den Leuten von der Spurensicherung Platz zu machen. In ihren weißen Overalls und mit den Schutzbrillen sahen sie aus wie Eindringlinge aus einer fremden Welt.

»Handys können abgehört werden. Aber die Computer kümmern sich nicht um solche Gespräche.«

Kramer schnaubte. »Da hätten sie auch viel zu tun, wenn sie jedes Liebesgesäusel am Telefon mitschneiden wollten. Meinst du wirklich, dass das nötig war?«

Mason nickte. »Ich glaube, schon. Miss Mankowitz tut gut daran, so vorsichtig wie möglich zu sein. Vorhin hat nämlich jemand aus Washington angerufen, um nach Ihnen zu fragen, Miss Mankowitz. Genauer gesagt, nach der Frau, die um halb elf am Computer im Büro von Captain Kramer gesessen hat.«

Kramer riss erstaunt die Augen auf. »Die wussten, dass es eine Frau war? Und was haben Sie geantwortet?«

»Dass ich mich nicht darum kümmere, wer im Büro des Chefs hinter dem Schreibtisch sitzt.«

Kramer musste wider Willen lachen. »Und was hat er daraufhin gesagt?«

»Nichts. Er hat gelacht, dann hat er aufgelegt.«

»Und wer war es?«

»Ein Admiral Norman.«

44

Mark sah schlaftrunken sein Handy an. Was hatte sie gerade gesagt? Er warf einen Blick auf die Uhr. 4 Uhr 30, Samstagmorgen.

Er schaltete die kleine Lampe auf dem Nachttisch an und rieb sich die Augen. Das Gästezimmer war ohne viel Brimborium eingerichtet. Es wirkte ziemlich unbenutzt.

Es war die Stimme von Ann Mankowitz gewesen. Er hatte sie sofort wiedererkannt. In der Nacht hatte er von Ann geträumt, ganz verworrenes Zeug. Er musste lächeln.

Er setzte sich auf und rieb sich den Schlaf aus den Augen. Was hatte sie gesagt? Er fuhr sich über die Stirn. Dass sie und die Gäste warten würden ... zu Hause ... Und *Schatz* hatte sie gesagt. Interessant. Was meinte sie bloß?

Vielleicht das Hotel? Aber warum konnte sie das nicht deutlicher sagen? Er sah sein Handy an. Vielleicht wurden sie abgehört ... Er musste zum Hotel, so schnell wie möglich. Um Ann herum waren in der letzten Zeit zu viele Sachen passiert, um so einen Anruf zu ignorieren.

Als er nach seinem Hemd griff, klingelte es an der Tür. Mark griff nach seiner Waffe und ging auf den Flur. Dort traf er Tom, der sich gerade einen Morgenmantel überwarf. Tom wirkte genauso schlaftrunken wie er, wurde aber sofort wach, als er die Waffe in Marks Hand sah.

Mark hielt einen Finger vor den Mund und stellte sich seitlich neben die Tür, sodass er Deckung hatte, als Tom sie öffnete.

»Mr St. Clair?«

Tom blinzelte die zwei Polizisten an, die mit ernster Miene vor seiner Tür standen. Beide hatten ihre Mütze abgenommen.

»Ja?«

»Ihr Büro in Washington hat uns gesagt, dass Sie hier sind. Es tut uns leid, Sir.«

Tom sah von einem Polizisten zum anderen. Ihr ernster Gesichtsausdruck gefiel ihm nicht.

»Worum geht es?«, fragte er vorsichtig.

»Es tut mir leid, aber ich muss Ihnen mitteilen, dass Ihre Frau heute Nacht ermordet worden ist.«

»Wie bitte!?« Tom war fassungslos. Er stützte sich mit einer Hand am Türrahmen ab. »Ich verstehe nicht ...«

Die beiden Beamten wechselten einen Blick. »Vielleicht sollten Sie uns reinlassen, Sir.«

Tom reagierte nicht. »Aber ... Wo soll das passiert sein?«

»In dem Hotel, in dem sie ein Zimmer gemietet hatte. Zusammen mit ihrem Kollegen, Agent Bridges. Auch er ist tot. Sollen wir nicht vielleicht doch ...?«

»Nein, vielen Dank«, sagte Tom knapp und schloss die Tür. Er lehnte den Kopf dagegen, machte die Augen zu und atmete tief durch.

Mark lehnte an der Wand neben der Tür. Er war blass, die Waffe baumelte vergessen in seiner Hand.

Tom ging in Richtung Küche, Mark folgte ihm. Auf dem Weg dorthin warf Tom einen Blick ins Schlafzimmer. Er zog die Tür zu, sah Marks Blick und öffnete sie wieder einen Spaltbreit. Mark sah ein schlankes Bein unter der Bettdecke hervorlugen und verwuschelte Haare. Langsam zog Tom die Tür wieder zu.

In der Küche setzte er Kaffee auf und lehnte sich gegen den Küchentresen. Sein Gesicht hatte wieder etwas Farbe bekommen.

»Wie geht es dir?«, fragte Mark leise.

»Schon besser.« Tom schüttelte den Kopf. »Gerade eben ist mein schlimmster Albtraum wahr geworden. Ich weiß nicht, was da passiert ist, aber du kannst dir nicht vorstellen, was das eben bedeutet hat für mich, Val im Bett schlafen zu sehen. Diesmal weiß ich, dass es nicht stimmt, aber ... Ich musste mich vergewissern.«

Mark nickte.

Tom sah die Kaffeekanne an, wie sie sich langsam füllte. »Ich halte das nicht länger aus. Irgendwann stehen sie da, und das, was sie sagen, ist die Wahrheit ...«

»Was hältst du nicht länger aus, Tom?«

Beide Männer drehten sich um. Val stand in der Tür, nur mit dem Oberteil von Toms Pyjama bekleidet.

Tom ging zu ihr und nahm sie in die Arme. Während sie seine Umarmung erwiderte, warf sie Mark einen fragenden Blick zu.

»Eben waren zwei Polizisten da, die Tom darüber informiert haben, dass die FBI-Agenten Valerie St. Clair und Mark Bridges in ihrem Hotel ermordet worden sind«, sagte Mark. Er sah auf die Pistole in seiner Hand, sicherte sie und legte sie auf den Küchentisch.

»Wie bitte!?«

»Du hast richtig verstanden. Jemand hat uns heute Nacht ermordet. Oder er ist überzeugt davon, dass er uns ermordet hat ... Wäre Tom nicht mitgekommen, dann wären wir jetzt mit ziemlicher Sicherheit *wirklich* tot. So hat es wahrscheinlich zwei arme Schweine erwischt.«

»Mein Gott«, sagte sie leise.

»Außerdem hat Ann mich angerufen und mir verschlüsselt mitgeteilt, dass wir so schnell wie möglich ins Hotel kommen sollen.«

45

Während Mark und Val sich dem Tatort näherten, hörten sie im Autoradio die aufgeregte Stimme einer Reporterin. »Bei den beiden Ermordeten handelt es sich um die FBI-Agenten Valerie St. Clair und Mark Bridges. Zuletzt waren sie mit der Aufklärung des Mordes an Senator Malvern betraut. Der Senator ...«

Mark schaltete das Radio aus.

Val bog in die Straße ein, in der das Hotel lag. Schon von Weitem sahen sie die gleißenden Lichter der Kameralampen, die sogar das Blaulicht der Polizeifahrzeuge blass erscheinen ließen. Eine größere Menschentraube hatte sich vor der Absperrung gebildet, ein Krankenwagen versuchte, sich langsam einen Weg durch die Menge zu bahnen.

»Die Piranhas lauern schon ...«, sagte Mark.

Val parkte den Wagen am Straßenrand. Sie stiegen aus und blieben einen Moment lang stehen. Es war noch kühl, aber es versprach ein wunderschöner Tag zu werden.

»Dann wollen wir mal hoffen, dass wir nicht erkannt werden«, meinte Val, als sie losgingen. Sie schienen Glück zu haben, denn niemand beachtete sie, bis sie die Absperrung erreichten. Dort stand ein junger Polizist.

»Sollen wir uns ausweisen?«, fragte Val leise.

Mark schüttelte den Kopf. »Nur wenn es unumgänglich ist.«

»Bitte bleiben Sie zurück«, sagte der Polizist ernst.

»Könnten Sie bitte Captain Kramer rufen?«, fragte Val höflich, aber bestimmt.

Der Polizist sah sie an und nickte. »Das *könnte* ich machen. Wer will ihn denn sprechen?« Er wirkte misstrauisch.

»Sehen wir aus wie Reporter?«, fragte Mark säuerlich. »Sagen Sie ihm, dass die Gäste von gestern Abend hier sind.«

Der junge Mann schüttelte den Kopf, griff aber nach seinem Funkgerät. »Captain?«

Schweigen.

»Ihre Gäste von gestern Abend sind hier.«

Schweigen.

»Okay.« Er wandte sich wieder an die beiden Fremden. »Sie werden gleich abgeholt.«

Mark wollte sich gerade bei dem Polizisten bedanken, als Val ihn am Ärmel zog. »Hör mal zu!«

»… es scheint ein schwarzer Tag für das FBI zu sein«, vermeldete gerade die Reporterin. »Soeben erfahren wir, dass eine weitere FBI-Agentin, Annette Benning, mit schweren Stichverletzungen ins Krankenhaus eingeliefert wurde. Wie mein Kollege mir berichtet, wird die junge Frau gerade operiert. Es sieht nicht besonders gut aus. Ich gebe weiter an Jason …«

Mark hielt erschrocken die Luft an. Annette Benning? Verdammte Scheiße. Vielleicht war es ja eine Verwechslung …

Ein schlaksiger junger Mann kam auf sie zu. Er nickte dem Polizisten zu, worauf dieser das Polizeiband anhob, und bedeutete ihnen, mit ihm zu kommen.

»Wissen Sie, ob das stimmt mit Agent Benning?«, fragte Mark.

Mason nickte. »Leider. Wir haben es auch erst vor ein paar Minuten gehört. Sie ist in ihrer Wohnung überfallen worden.

Man hat sie vergewaltigt und dann mit einem Messer angegriffen. Fünfzehn Einstiche.«

»Vergewaltigt?«, hauchte Val.

Mason nickte. »Ja, aber nur aus Spaß. Sie hat gesagt, die wollten den Schlüssel haben. Was auch immer sie damit gemeint hat.«

»Sie konnte noch etwas sagen?«

»Sie ist entweder ziemlich zäh, oder sie hat einfach nur Riesenglück gehabt. Ihr Zustand ist ernst, aber nicht so ernst, wie man verlauten lässt.«

Mason hielt ihnen die Tür zum Hotel auf und führte sie quer durch das Foyer die Treppe hoch.

»Wann ist es passiert?«, wollte Val wissen. Ihre Stimme klang belegt.

»Ungefähr eine Dreiviertelstunde nach der Schweinerei hier«, antwortete Mason.

Sie hatten mittlerweile den zweiten Stock erreicht. Mark und Val gingen auf Ann zu, die ihnen zunickte. Im Hintergrund sprach Kramer mit einem von der Spurensicherung. Ann kam ihnen entgegen. Sie hatte einen Notizblock in der Hand und wirkte wie eine Polizistin.

»Wissen Sie schon, was mit der FBI-Agentin Benning passiert ist?«, fragte sie.

Mark nickte.

»War das die Frau, die den Schlüssel mitgenommen hat?«, fragte sie leise.

Mark nickte wieder. »Ja, das war sie, Miss Mankowitz. Und heute würde ich weiß Gott alles tun, um es ungeschehen zu machen. Gestern Abend schien es mir eine gute Idee zu sein, ihr den Schlüssel mitzugeben. Verdammt noch mal.«

»Warum eigentlich sie?«, fragte Ann.

»Weil sie die Einzige in San Francisco ist, die ich kenne,

und weil ich weiß, dass sie ihren Job ernst genug nimmt, um uns so spät noch diesen *kleinen* Gefallen zu tun«, sagte er bitter. »Hätte ich den Schlüssel behalten, dann wäre ihr nichts passiert.«

46

Sie fühlte sich wie in einem Traum. Abseits, unsichtbar. Um sie herum handelten die anderen, die Menschen, die sie in den letzten Tagen kennengelernt hatte. Sie sehnte sich zurück nach der Schule, nach dem geordneten Leben, das sie als Ann Mankowitz geführt hatte. Da vorn im Gang standen Valerie St. Clair und Mark Bridges, die beiden FBI-Agenten, die man hatte ermorden wollen. Sie wirkten ruhig und gefasst. Nur eine Fassade? Oder waren die beiden wirklich so cool? Sie selbst fühlte sich, als ob sie im nächsten Augenblick zerspringen könnte wie ein Glas aus Kristall. Die beiden Ermittler unterhielten sich mit Chet Kramer, ihrem einzigen Freund.

In diesem Augenblick warf er ihr einen prüfenden Blick zu, sie antwortete ihm mit einem leichten Lächeln. Es sollte ihm sagen, dass es ihr gut ging.

Es war eine Lüge. Wie alles in ihrem neuen Leben. Dies war kein Spiel mehr, das war mittlerweile allen klar. Und dennoch riskierten sie ihr Leben für sie. Chet aus Freundschaft, die beiden FBI-Agenten, weil es ihr Job war.

Sie beobachtete, wie die Spezialisten von der Spurensicherung die Räume betraten und verließen, die unaufdringliche Kompetenz, mit der die Beamten der Mordkommission und der Spurensicherung den Schauplatz sicherten und durchsuchten. Sie wusste, dass sie so etwas nicht zum ersten Mal sah, dass es nicht nur in einem Film gewesen war. In den letzten paar Wochen hatte sie eine Menge über sich herausgefunden, aber es reichte einfach nicht. Sie wusste jetzt, dass sie eine Glock innerhalb von drei Sekunden auseinandernehmen konnte. Sie hatte irgendwann ein Nahkampftraining absolviert, sie konnte schießen, als ob sie John Wayne Konkurrenz machen wollte. Aber was brachte ihr das? Auf all diese Informationen würde sie liebend gern verzichten. Wenn ihr einfach nur ihr eigener Name einfallen würde, das wäre ein Anfang.

Sie sah Agent St. Clair auf sich zukommen. Wie hieß sie mit Vornamen? Man sollte wissen, wie jemand mit Vornamen heißt, der bereit ist, für und mit einem zu sterben. Eins wusste sie genau: Die beiden Agenten würden sie nicht mehr aus den Augen lassen. Sie hingen alle mit drin. Hoffentlich wollte man sie nicht in Schutzhaft stecken. Das wäre kein Schutz.

»Valerie?«

Die Agentin sah sie irritiert an. »Ist etwas, Miss Mankowitz?«

Sie durfte nicht vergessen, dass Valerie St. Clair eine ausgebildete Psychologin war. Wahrscheinlich liest sie in mir wie in einem offenen Buch, dachte Ann. Wenigstens einer hier. Vielleicht sollte ich sie fragen, was drinsteht in mir.

»Darf ich Sie Valerie nennen? Wir werden ab jetzt einige Zeit zusammen verbringen, nicht wahr?«

Die Agentin sah sie an. »Und wie soll ich Sie nennen? Ann, Andrea oder ganz anders?«

»Nennen Sie mich *Juliet*«, antwortete Ann. Es fühlte sich richtig an, Juliet war die Starke. Wer auch immer sie war, Ann wusste mittlerweile, dass alles, was hier passierte, für Juliet nicht fremd war. Es war Juliets Welt, eine Welt, die Ann nicht gefiel.

Val sah sie prüfend an. »Ich glaube, ich bleibe bei *Ann.*« Sie hielt ihr die Hand entgegen, Ann ergriff sie.

»Was passiert jetzt?«, fragte sie.

»Ab jetzt lassen wir Sie nicht mehr aus den Augen«, antwortete Val. »Der Fall hat eine neue Dimension erreicht, ab jetzt spielen wir auch nicht mehr nach den Regeln.«

»Aber Sie sind FBI-Agentin. Bedeutet das nicht, dass Sie nach den Regeln spielen *müssen*?«

»Ich bin sogar eine verdammt gute Agentin. Aber ich bin inzwischen ziemlich sauer ...« Sie sah Ann direkt in die Augen. »Ich glaube, ich werfe ab jetzt alle Regeln über Bord.«

»Das kann ich verstehen. Kannten Sie Agent Benning?«

»Vom Sehen. Aber darauf kommt es nicht an. Es hat eine von uns erwischt. Damit haben sich die Regeln geändert. Und als Erstes werden wir alles zusammenfassen, was wir wissen. Vor allem, was *Sie* wissen.«

Ann nickte. »Haben die Bastarde den Schlüssel bekommen?«

Valerie nickte. »Leider.«

Ann lächelte. Es war an der Zeit, mit offenen Karten zu spielen. »Wenn wir schnell genug sind, können wir den abfangen, der versuchen wird, an das Schließfach heranzukommen.«

»Wir wissen noch nicht einmal, zu welcher Bank der Schlüssel gehört.«

»Ich weiß es.«

Val riss die Augenbrauen hoch und wollte gerade etwas fragen, da kam Sergeant Uller die Treppe heraufgerannt. »Boss! Sie werden es nicht glauben, aber wir haben gerade den Jackpot gewonnen!«

Kramer drehte sich um. Alle sahen Uller an. Der grinste wie ein Honigkuchenpferd.

»Was haben Sie herausgefunden, Fred?«

»Die alte Hütte hier hat ein Sicherheitssystem. Der Idiot an der Rezeption weiß es noch nicht einmal!«

»Dann nichts wie hin.«

»Hier entlang«, sagte Uller und führte sie den Gang hinunter bis zu einer Tür.

»Das ist die Besenkammer«, sagte er und öffnete die Tür.

Alle sahen hinein. Uller hatte recht. Es *war* die Besenkammer. Putzeimer, Reinigungsmittel, Bohnermaschine …

»Und?«, fragte Kramer mit ironischem Unterton.

»Warten Sie's ab. Ich habe den Besitzer der Pension aus dem Bett geklingelt, um ihn zu informieren, dass wir seinen Laden eine Zeitlang dichtmachen werden. Der Mann war ziemlich angepisst. Aber er hat mir auch gesagt, dass er seit einiger Zeit vermutet, dass seine Angestellten lange Finger machen. Deshalb hat er sich vor ein paar Wochen an eine Firma gewandt, die ein Überwachungssystem installiert hat. Hier!«

Uller bückte sich und fing an, die Putzsachen hinauszustellen. Als die Besenkammer leer war, drückte er an der Rückwand herum. »Wo ist … ach ja, hier.«

Er zwängte seine Finger in einen Spalt und zog. Die falsche Rückwand kam ihm entgegen, er stellte auch sie auf den Flur. Hinter der falschen Rückwand befand sich eine ganze Reihe von Mikrorekordern.

»Das große Los der Woche!« Uller strahlte und beugte sich vor, um die Beschriftungen lesen zu können. »Lobby … Restaurant … Bar … Erster Stock … Zweiter Stock … Dritter Stock … Auffahrt … Terrasse …« Er richtete sich wieder auf. »Da wird sich jemand ganz schön ärgern«, meinte er breit grinsend und rieb sich zufrieden die Hände. »Mr Morelli, der Besitzer, hat gesagt, dass das Ganze vom Computer im Büro des Managers aus gesteuert und eingesehen werden kann.

Er hat mir die Passwörter gegeben. Ich würde vorschlagen, dass wir uns das Ganze mal ansehen, bevor die Spurensicherung den Kram hier mitnimmt.«

»Gute Arbeit, Fred«, sagte Kramer und schlug ihm anerkennend auf die Schulter.

Die erste Überraschung war Samson. Schweigend beobachteten sie, wie er hereinkam, etwas fragte und dann wieder ging.

»Schade, dass das Band ohne Ton ist«, meinte Uller.

Kramer nickte. »Wir werden erfahren, was er sagt. Dafür haben wir einen Spezialisten, der Lippenbewegungen lesen kann.«

Er ließ Uller das Bild anhalten. Die Software erlaubte eine Ausschnittvergrößerung. Der Drucker surrte, Kramer nahm das Blatt aus dem Schacht, sah sich das Bild an und gab es wortlos an Mark weiter.

»Samson. Was wollte der hier?«, fragte er.

»Ich nehme an, er wollte mit Ihnen sprechen«, sagte Ann. Sie hatte sich ein Stück abseits an die Wand gelehnt. Sie fühlte sich seltsam. Eigentlich gehörte sie nicht hierher, aber irgendwie war sie doch am richtigen Platz.

»Wir könnten den Portier fragen, was Samson wollte«, schlug Val vor. »Er ist hoffentlich noch da.«

»Bis jetzt haben wir alle hierbehalten«, antwortete Kramer. »Machen Sie weiter, Fred.«

Schweigend verfolgten sie, wie Samson die Eingangshalle wieder verließ.

»Scheint doch nicht hier abgestiegen zu sein«, stellte Mark fest und schüttelte sich eine Zigarette aus dem Päckchen. Wortlos warf Val ihm eine Schachtel Streichhölzer zu.

»Haben Sie auch eine für mich?«, fragte Kramer.

Mark gab ihm das Päckchen. Dann sahen sie weiter zu.

Gleich darauf kamen mehrere Latinos herein, zwei Männer und eine Frau. Der Portier schien zu schlafen.

»Was für ein Idiot«, sagte Val leise.

»Vielleicht hat es ihm das Leben gerettet«, meinte Ann.

Die drei gingen die Treppe hoch.

»Moment«, sagte Uller. Er tippte auf der Tastatur herum. Das Bild wurde schwarz. Fluchend tippte er weiter. Der Bildschirm wurde wieder hell und zeigte den Gang.

Schweigend beobachteten sie, wie einer der beiden Männer sich zuerst an der Tür zu Zimmer 23 und danach an der zu Zimmer 24 zu schaffen machte. Dann stellte sich jeder vor eine Tür. Schließlich zogen beide ihre Pistole, und jeder betrat eines der Zimmer.

»Halt mal an. Kleines bisschen zurück. Ja! Den einen kenne ich«, sagte Mason plötzlich, der die ganze Zeit über am Türrahmen gelehnt hatte. Jetzt ging er vor, beugte sich über den Schreibtisch und tippte mit dem Zeigefinger auf den Bildschirm. »Das ist Enrico Castandez. Als ich noch im Dezernat für Diebstahl war, hatte ich mal mit dem zu tun. Ein kleiner Fisch, aber ganz brauchbar im Umgang mit Dietrichen. Er hat zwei Jahre auf Bewährung bekommen, seitdem habe ich nichts mehr von ihm gehört.«

Uller stoppte das Bild, vergrößerte Ricos breites Grinsen, während er und der andere zurück zur Treppe gingen. Wieder surrte der Drucker.

Kramer nahm das Blatt heraus und sah zu Mason. »Diesmal bekommt er ein bisschen mehr.«

Mason nickte grimmig.

»Achtung, die Auffahrt«, sagte Uller.

Er hielt das Bild an und vergrößerte den Ausschnitt. Man

sah den Van. Uller vergrößerte ein weiteres Mal. Jetzt konnte man das Nummernschild erkennen.

Mason hatte schon sein Handy in der Hand und gab die Nummer durch. Er wartete kurz, dann nickte er. »Das Ding ist auf Pete Gronich zugelassen. *Icy Pete*, wie er auf der Straße genannt wird. Rico arbeitet für ihn. Offiziell als Auslieferer für Blumen. Das Drogendezernat hat ein gesteigertes Interesse an *Icy Pete*.«

»Ich würde sagen, den holen wir uns«, sagte Kramer grimmig.

»Können wir mitkommen?«, fragte Mark.

»Nett von Ihnen, dass Sie fragen«, antwortete Kramer. »Sie können. Ich denke, dass Sie Ann nicht mehr aus den Augen lassen wollen, oder?«

»Abgesehen davon, dass wir ein persönliches Interesse an dem Fall haben«, ergänzte Val.

Kramer nickte und sah zu Ann hinüber. »Ist das in Ordnung?«

»Sie wird bei uns mitfahren«, sagte Mark.

»Das habe ich nicht gefragt«, gab Kramer zurück. »Ich habe Ann gefragt, ob das in Ordnung ist.«

»Schon gut, Chet. Ich weiß, dass die beiden auf mich aufpassen werden.«

»Sie haben ihr versprochen, dass das alles hier bald ein Ende haben wird«, sagte Kramer und sah die beiden Ermittler vorwurfsvoll an.

»Wir haben diese Sauerei hier bestimmt nicht gewollt!«, erwiderte Val spitz.

»Wir warten draußen«, sagte Uller. Mason nickte, und die beiden Polizisten verließen den Raum. Uller zog die Tür leise hinter sich zu.

Ann lächelte gequält. »Vielleicht sollte ich erwähnen, dass

es mich allmählich anpisst, was mit mir passiert. Es wird Zeit, dass auch ein paar von meinen Fragen beantwortet werden.«

»Sie sind in diesem Fall nur der Zeuge, Miss Geheimagent«, sagte Val kalt.

»Oh ja. Sie haben recht. Ich war *nur* Zeuge, wie Senator Malvern gestorben ist. Ich bin auch *nur* auf dem Heimweg von der Schule angegriffen worden. Man hat versucht, mich *nur* ein bisschen umzubringen ...«

»Hey, Ladies!«, meldete sich Mark zu Wort. »Wir stehen alle auf derselben Seite.«

Ann sah ihn an. »Da ich nicht weiß, wer ich bin, und da ich Sie und Ihre Kollegin nicht wirklich kenne, hoffe ich mal, dass das stimmt.«

»Wir sind FBI-Agenten.« Val klang mehr als nur leicht empört.

»Richtig. Aber irgendjemand in Ihrer Organisation ist nicht *nur* für Ihre Organisation tätig«, erwiderte Ann kühl. »Ich hoffe nicht, dass Sie es sind. *Wissen* kann ich das nicht.«

Val hielt ihrem Blick stand. »Sie haben recht. *Noch* nicht.«

47

Haben Sie eigentlich Freunde?«, fragte Mark, als Ann, Val und er zum Auto gingen. Sie hatten das Hotel durch die Hintertür verlassen, während Kramer durch den Vordereingang ging. Natürlich stürzten sich sämtliche Pressehyänen auf ihn.

»Ich weiß nicht, ob ich Freunde habe. Abgesehen von Chet«, antwortete Ann. »Ich vermute mal, dass ich für Sie beide nur ein Teil Ihres Jobs bin.«

Val blieb stehen und legte Ann eine Hand auf den Arm. »Das stimmt nicht«, sagte sie leise. »Auch wenn es Ihnen nicht so vorkommt, aber wir haben Sie mittlerweile ein bisschen kennengelernt. Wir sind keine Freunde, aber wir könnten es werden. Das würde mich freuen.«

Ann sah sie an. »Meinen Sie das ernst?«

Val nickte. »Sonst würde ich es nicht sagen.«

»Abgesehen davon, dass sie doch ein paar Freunde hat. Mindestens einen«, kam eine tiefe Stimme aus einem Hauseingang.

Val, Mark und Ann fuhren herum. Nicht nur Val und Mark hatten ihre Hand unter dem Mantel. Auch Ann. Etwas, das Val und Mark sehr wohl wahrnahmen.

Das Erste, was sie sahen, war ein breites Lächeln. Weiße Zähne im Schatten. Wie dieser alte Witz, dachte Mark, während ein Farbiger vorsichtig aus dem Schatten trat, Hände erhoben.

»Wir wollen jetzt mal keinen Fehler machen, nicht wahr?«, sagte er ruhig.

Mark nickte und ließ seine Hand sinken. Der Mann schenkte ihm und Val keinen zweiten Blick, seine Augen musterten Ann. Die hatte die Hand immer noch unter ihrem Mantel.

»Sie sind doch nicht etwa bewaffnet, oder?«, fragte Val leise.

»Natürlich ist sie bewaffnet«, meinte der Mann. »Wenn man bedenkt, dass ich versucht habe, sie umzubringen, ist das gar keine so schlechte Idee.«

»Kennen wir uns? Ich meine, abgesehen von der Sache im Park«, fragte Ann. Irgendetwas regte sich in ihrer Erinnerung. Ja, sie kannte ihn. Aber es war frustrierend, dass sie nicht wusste, wieso und woher. Sie wurde noch wahnsinnig!

»Und ob, Major. Sie haben mir damals meinen süßen schwarzen Arsch gerettet. Hätten Sie sich nicht so verändert, die Sache im Park wäre nie passiert. Ich hätte den anderen Idioten am Kragen zu Ihnen gezogen, salutiert und Sie gefragt, was ich mit dem Haufen Dreck tun soll!« Er lächelte breit. »Allerdings haben Sie mir früher besser gefallen. Aber wenigstens die Augen sind dieselben.«

»Major?«

Samson nickte.

Langsam ließ sie die Hand sinken.

»Sie kennen mich wirklich?«, fragte sie leise.

Val und Mark sahen aufmerksam zu.

Der Mann zuckte mit den massiven Schultern. »Ob ich Sie wirklich kenne, steht auf einem anderen Blatt, aber ja, ich kenne Sie. Damals waren Sie Major Juliet Sebasto, USMC.« Er sprach leise und bedächtig. »Wir sollten vielleicht zum Auto gehen. Hier, auf offener Straße …«

Ann nickte.

Val wandte sich ihr zu und streckte ihr die offene Hand entgegen. »Ihre Waffe, Miss Mankowitz.«

Ann seufzte. »Jetzt wieder förmlich, oder wie?« Mit spitzen Fingern öffnete sie ihren Mantel und griff nach der Waffe im Schulterhalfter.

»Wie konnte Kramer das nur erlauben!«, sagte Val erbost.

»Er ist ihr Freund, wenn ich das richtig verstanden habe. Und sie kann damit besser umgehen als wir drei zusammen. Ich würde sie ihr lassen. Das könnte uns den Arsch retten«, meinte der Farbige trocken.

»Das wäre gegen die Regeln«, sagte Val, aber sie wirkte unschlüssig.

»Ich dachte, die Regeln hätten sich geändert«, antwortete Ann. Sie hielt die Waffe immer noch zwischen den Fingerspitzen.

Val wandte sich ab. »Behalten Sie die Waffe.« Sie warf Samson einen Blick zu. »Muss ich Sie fragen, ob Sie bewaffnet sind?«

»Natürlich nicht.«

»Das überrascht mich.«

»Ich meine, Sie müssen mich nicht fragen. Selbstverständlich bin ich bewaffnet! Ich bin ja nicht verrückt!« Der Mann grinste breit, als Val ihm einen bösen Blick zuwarf.

»Werden Sie mir die Waffe aushändigen?«

»Natürlich nicht. Obwohl ich einer charmanten Dame sonst nie eine Bitte abschlagen würde.«

»Wollen Sie uns zwingen, Sie zu verhaften?«, fragte Mark.

Es klang eher neugierig als verärgert, stellte Ann zu ihrem Erstaunen fest. Sie hatte das Gefühl, als ob die beiden sich schon kennen würden.

»Nicht doch. Dann würde ich Ihnen selbstverständlich meine Waffe aushändigen. Ich bin ein guter Staatsbürger.«

»Und ich gehe mal davon aus, dass Sie eine Lizenz besitzen«, sagte Val.

»Und ob! Ich habe alle möglichen Lizenzen, Fahrzeugpapiere, Führerschein, Waffenschein, Detektivlizenz ... alles, was Sie wollen.« Er zeigte seine Zähne. »Sie können mich gern verhaften. Allerdings wird nichts dabei herauskommen.«

»Die Sache im Park reicht, um Sie für ein paar Jahre einzusperren«, meinte Val trocken.

»Das? Da habe ich ein Alibi. Wann war das genau?« Er grinste breit.

»Finden Sie nicht, dass Sie etwas unverschämt sind?« Val war allmählich genervt.

Das Grinsen wurde noch breiter. »Schon, aber Sie wissen, dass ich recht habe.« Plötzlich verschwand das Grinsen. Er wurde ernst. »Ich habe Ihnen schon einmal geholfen. Glauben Sie mir, Sie brauchen Freunde.«

»Und Sie zählen sich dazu?«, fragte Val.

»Sie wissen doch, was man so sagt ... Dies ist der Beginn einer wunderbaren ...«

»Lassen wir das«, fiel Mark ihm ins Wort. »Im Ernst, warum sind Sie hier?«

»Weil der Major und ich wirklich befreundet sind. Oder weil wir befreundet *waren*«, antwortete der Mann. »Weil wir alle knietief in der Scheiße stecken!« Er sah Ann in die Augen. »Ich werde tun, was ich kann, um Ihnen zu helfen.«

»Ich glaube, Sie haben uns eine Menge zu erzählen«, meinte Val nur.

»Ich habe Ihnen in der Tat eine Menge zu erzählen. Deshalb habe ich Sie abgepasst. Ich habe ein Zimmer nicht weit von hier, dort sollten wir uns weiter unterhalten.«

Mark schüttelte den Kopf. »Keine Chance. Wir sind auf dem Weg, die beiden Wichser einzubuchten, die die Morde hier begangen haben.«

Val schloss das Auto auf. »Aber Sie sind herzlich eingeladen, uns zu begleiten«, ergänzte sie mit bedeutungsvollem Blick.

»Sie wollen mich doch nicht wirklich verhaften, oder?«

Mark sah ihn an. »So einen guten Kumpel wie Sie?«

Der Mann runzelte die Stirn, als er den kleinen Wagen sah. »Hauptsache, ich passe da rein.«

Alle stiegen ein, Val fuhr aber nicht los.

»Wie heißen Sie eigentlich?«, fragte sie.

Der Mann, der sich hinter sie gezwängt hatte, grinste wieder. »Habe ich mich noch gar nicht vorgestellt? Entschuldigen Sie. Samson Sonata ist mein Name. Für Sie Samson.«

»Und ich heiße wirklich Juliet? Juliet Sebasto?«, fragte Ann leise.

Samson wandte sich ihr zu. »Wahrscheinlich nicht. Aber unter diesem Namen kannten wir Sie. Ich habe Ihnen etwas mitgebracht.«

Er griff in seinen Mantel, hielt inne und zog übertrieben langsam eine große Brieftasche heraus. Er öffnete sie, nahm ein Bild heraus und gab es Ann. »Natürlich war es damals verboten, solche Bilder zu machen, aber hey ... Sie wollten damals auch einen Abzug.«

Die Morgensonne spendete gerade genug Licht für Ann, damit sie sich das Bild ansehen konnte. Neun junge Leute in Uniform standen an einem Strand. Sie sahen erschöpft aus, aber sie strahlten um die Wette. Genau in der Mitte stand eine junge Frau mit kurzen roten Haaren, mit einem Gesicht … einem Gesicht, das ihr bekannt vorkam. Ann fuhr sich mit den Fingerspitzen über ihr eigenes Gesicht. Sie hatte mal hohe Wangenknochen gehabt …

»Bin ich das?«

»Richtig. Der süßeste Hintern im Team. Natürlich haben wir das nie gesagt, wenn Sie uns hören konnten. Jedenfalls nicht laut. Der Rest war auch nicht schlecht, aber Corporal Sammy Ortas bekam mehr Stimmen. Die Blonde neben Ihnen. Größerer Busen.«

Ann sah genauer hin.

»Wirklich süß, unsere kleine Samantha.« Er grinste. »Entschuldigung, Major. Aber ja, das sind Sie.«

»Ich sehe aus, als wäre ich indianischer Abstammung«, sagte sie leise.

»Das haben wir am Anfang auch vermutet. Doch die roten Haare haben uns ein bisschen irritiert«, sagte Samson und zuckte mit den Schultern. »Sie haben gesagt, es wäre der Einfluss Ihrer kanadischen Großmutter. Die wäre zu einem Viertel Indianerin gewesen.«

»Das habe ich gesagt?«

»Ich weiß nicht, ob es wahr ist, aber sie waren so betrunken, es könnte die Wahrheit gewesen sein, Major.«

»Ich war betrunken?« Ann sah ihn verblüfft an.

»Und ob!« Er lächelte schief, als wäre es eine angenehme Erinnerung. »Ich bin auf den Fingerknöcheln heimgekrochen.«

»Sie haben gesagt, dass es wahrscheinlich nicht ihr wirklicher Name ist. War es ihr wirklicher Rang?«, fragte Mark.

»Keine Ahnung. Aber sie hatte Kommandoerfahrung. Sie gab vernünftige Befehle. Selten genug für einen Offizier. Auf der anderen Seite war sie die Jüngste von uns. Was sie nicht daran hinderte, uns rundzumachen, wenn wir nicht gespurt haben.« Er sah für einen Moment ins Leere. Dann wandte er sich Ann zu. »Wissen Sie, Major, da draußen gibt es noch sechs andere Typen, die Ihnen etwas schulden. Die würden für Sie durchs Feuer gehen. Sie brauchen es nur zu sagen, ich habe die Telefonnummern.«

»Warum?«, fragte Ann.

»Weil Sie uns den Arsch gerettet haben, indem Sie die Aktion gerade noch rechtzeitig abgebrochen haben. Sie hatten die Falle gerochen ...«

Er beugte sich vor zu Mark und fing dabei Vals Blick im Rückspiegel auf. »Wissen Sie, wir wurden verraten. Es war eine Falle. Und derjenige, der uns verraten hat, wurde nie gefunden. Wir wissen nur, dass er ein hohes Tier in einem der Buchstabendienste sein musste.«

»Was ist mit Samantha?«, fragte Ann.

Samson schüttelte den Kopf.

Ann nickte. Irgendwie hatte sie es schon gewusst. So verschlossen, wie ihr Gedächtnis sonst auch war, sie sah Sammy die Düne hinaufrennen, dann wurde sie von einem Feuerstoß getroffen, als sie fast schon in Sicherheit war. Sammy hatte blaue Augen. Daran erinnerte sie sich. Ann blinzelte. »Was wissen Sie noch?«

»Ihr Vater war ein Navy-Flieger, später sogar Admiral. Sie selbst waren Navy, seit Sie laufen konnten. *Navy Brat* haben Sie sich selbst genannt. Sie haben eine Nichte oder Tochter oder Schwester namens Nasreen. Sie haben ein Pilotenrating für eine Galaxy. Sie waren hinter dem Arschloch her, der Ihre Familie umgelegt hat. Ich kann Ihnen sogar sagen, wie er heißt.«

»Ich war wohl mächtig betrunken.«

»Das kann man wohl sagen. Es war der Todestag Ihres Vaters, Sie waren schon den ganzen Tag nicht gut drauf. Aber wofür hat man Freunde? Sie haben allerdings gesagt, wenn ich es weitererzählen würde, müssten Sie mich erschießen. Ich hoffe, das gilt nicht mehr, wenn ich es Ihnen jetzt erzähle.«

»Und wer sagt ihr, dass Sie sie jetzt nicht belügen?«, fragte Val. »Sie wissen offensichtlich, dass sie das Gedächtnis verloren hat. Und wir sind nicht sicher, ob wir Ihnen vertrauen können.«

»Sie weiß, dass ich die Wahrheit sage.« Er sah Ann an. »Nicht wahr, Major?«

»Ja.« Ann nickte langsam. »Meine Familie ist tot?«

»Bis auf die Schwester oder Nichte.«

»Oder Tochter ...« Sie flüsterte fast. Dann atmete sie tief durch. »Und wie heißt das Arschloch, das meine Familie auf dem Gewissen hat?«

»Shakran. Wie Sie mir damals erzählt haben, ist das Hebräisch und bedeutet *Lügner.*«

»Das war ein Auftragskiller. Ich habe von ihm gelesen, aber der Mann ist seit Jahren tot«, sagte Val. »Ann, wenn das, was unser neuer Freund hier erzählt, nicht erstunken und erlogen ist, haben wir genug, um herauszufinden, wer Sie sind. Ihr wahres Ich, meine ich. Es sollte nicht so viele Menschen geben, auf die all diese Fakten passen.«

Ann versuchte sich vorzustellen, wie es wäre, wenn sie wüsste, wer sie war, aber es war so wenig greifbar. Und, flüsterte ein kleiner Gedanke in einem Winkel ihres Gehirns, sie hatte Angst davor.

»Woher wissen Sie das alles, Samson?«, fragte sie.

»Weil ich aufmerksam bin. Wir sollten nicht viel über uns erzählen, aber wir haben es doch getan. Schließlich waren wir ein Team.«

Ann musterte sich auf dem Foto. »Ich sehe so jung aus.«

»Wir sehen alle jung aus«, sagte Samson und seufzte. »Soldat spielen ist etwas für die Jungen, die glauben, dass sie unsterblich sind.«

»Und die dann herausfinden, dass es nicht stimmt«, sagte Ann leise.

48

Val parkte neben Kramers Chevrolet, zwei Querstraßen von Gronichs Lagerhaus entfernt. Vier Vans standen auch hier, etwa ein Dutzend Männer in SWAT-Ausrüstung sahen auf, als Ann, Val, Mark und Samson ausstiegen.

Kramer, Uller und Mason kamen aus einem der Vans heraus. Kramer stampfte auf sie zu wie ein Schlachtschiff unter Volldampf.

»Das ist nicht mein Tag!«, knurrte er, zündete sich eine Zigarette an und hielt Mark die Packung hin. Der bediente sich dankend.

»Das Zeug bringt Sie irgendwann um«, sagte Samson.

Kramer warf ihm einen verärgerten Blick zu. »Danke für die Info. Das hätte ich sonst nie herausgefunden!« Er atmete tief durch. Dann machte er einen Schritt nach vorn, sodass er direkt vor Samson stand. »Und jetzt sagen Sie mir, was Sie hier suchen!«, brüllte er plötzlich los.

Samson blinzelte. Dann erlaubte er sich ein feines Lächeln. »Fragen Sie die hier.« Er deutete mit dem Daumen auf die beiden FBI-Agenten. »Sie haben mich gebeten, mitzukommen. So nett, wie sie gefragt haben, konnte ich nicht widerstehen.«

Kramer sah die beiden stirnrunzelnd an. »Was soll das? Ist das nicht der Joker, der Ann im Park angegriffen hat?«

Mark zuckte mit den Schultern. »Sieht so aus, als wären die beiden alte Freunde.«

Kramer sah ungläubig zu Ann, dann zu Samson, dann zu Ann zurück.

»Ist das wahr?«

Ann nickte und hielt ihm das Bild hin.

Kramer warf einen Blick darauf. Plötzlich stutzte er. Es waren zwei Frauen zu sehen, eine davon ... »Bist *du* das?«

»Ich glaube, ja.«

»Und der Große hier?« Er sah zu Samson hoch. »Sie sind tatsächlich ein Freund von Ann?«

»Ja.«

»Und warum haben Sie dann versucht, sie umzubringen?«

»Weil ich sie nicht erkannt habe.«

Kramer nickte. »Das hört sich so bescheuert an, dass ich geneigt bin, Ihnen zu glauben.« Er sah von dem Bild in seiner Hand zu Ann und zurück. »Ich kann dich kaum wiedererkennen ... Ann, es tut mir leid, aber die Chirurgen hatten nur ...«

Ann hob die Hand. »Keiner kann etwas dafür.«

Kramer sah noch einmal auf das Bild und dann wieder zu Samson. »Sie hatten wohl auch einen Unfall.«

Samson zuckte mit den Schultern. »Kann passieren.«

»Es bleibt trotzdem ein Mordversuch. Schusswaffengebrauch in der Öffentlichkeit. Dazu noch ein halbes Kilo Gesetzesparagraphen, gegen die Sie verstoßen haben.«

»Ich dachte, ich würde unsere Verfassung vor den Kommies retten«, sagte Samson.

»Und McCarthy hätte Sie wahrscheinlich adoptiert.«

»Klar. Der mochte Blackies.« Samson lächelte. »Ich mag Sie, kleiner Mann.«

Für einen Moment war Kramer sprachlos. Dann lachte er. »Wollen Sie etwa ernsthaft andeuten, dass Sie für die Regierung arbeiten?«

»Zumindest habe ich das geglaubt. Ich war ein Müllmann.«

Kramer sah ihn verständnislos an.

»Ein *was* bitte?«

»Ein Müllmann«, redete Val dazwischen. »Ich habe das schon mal gehört. Das ist einer, der den Dreck wegräumt.«

»Wie ein fucking James Bond, oder was? Mit Lizenz zum Töten und so einem Scheiß?« Kramer regte sich schon wieder auf.

»Wir sollten später darüber sprechen«, sagte Ann und legte ihm beruhigend die Hand auf den Arm. »Deswegen sind wir nicht hier.«

Kramer nickte. »Okay. Aber nachher ...« Es klang wie eine Drohung.

»Kann ich mein Bild wiederhaben?«, fragte Ann leise.

Kramer gab es ihr zurück. Sie nahm es vorsichtig entgegen.

»Ann ...« Kramers Ärger war wie verflogen, als er ihre glänzenden Augen sah.

Sie lächelte ein wenig. »Später, Chet.«

Dann trat sie auf den Mann in SWAT-Ausrüstung zu, der die ganze Zeit über im Hintergrund gewartet hatte, und hielt ihm die Hand hin. »Hallo. Mein Name ist Mankowitz. Das ist mein Kollege Mr Hamilton.« Sie sah zu Samson hinüber. Ein Lächeln huschte über dessen Gesicht. »Dies sind Special Agent Valerie St. Clair und Special Agent Mark Bridges. Auf die beiden hatten es die Mörder eigentlich abgesehen. Captain Kramer war so freundlich, uns zu erlauben, die Operation zu beobachten. Wir werden uns bemühen, Ihnen nicht im Weg zu stehen.«

49

Das Lagerhaus war ein Lagerhaus wie jedes andere. Ein paar Laderampen, Gabelstapler, Kisten türmten sich, Neonröhren flackerten an der Decke. Was es im Moment von anderen Lagerhäusern unterschied, waren die elf verschreckt aussehenden jungen Männer, die mit Kabelbindern an den Händen bäuchlings auf dem Boden lagen.

»Unser Freund Enrico ist nicht dabei«, sagte Mark. Ihm entging nicht, dass Samson seinen Arm freundschaftlich um Anns Schulter gelegt hatte. Es versetzte ihm einen Stich.

»Aber hier haben wir einen unserer Freunde«, sagte Kramer und drehte einen der Festgenommenen um. »Gonzo Vasquez. Wie er leibt und liegt.«

»Fick dich ins Knie, Bulle.«

Kramer kniete sich neben Gonzo. »Ich bin ein geduldiger Mensch, richtig großzügig. Deshalb sehe ich darüber hinweg, dass du so unfreundlich bist und keine Manieren hast. Wenn du es allerdings noch mal sagst, breche ich dir das Knie.«

»Fick dich ins Knie, Bulle.«

Selbst Samson, der direkt danebenstand, konnte nicht genau erkennen, was Kramer tat. Er schien nur an das Knie des jungen Mannes zu greifen und zuzudrücken, aber das Knirschen war laut und deutlich zu hören.

»Aargh! Verdammte Scheiße!« Gonzo krümmte sich und winselte vor Schmerz. »Habt ihr das gesehen! Er hat mir das verdammte Knie gebrochen, der Arsch!«

Die anderen Gefangenen sahen angstvoll zu ihnen hoch. Einer fing an zu weinen.

»Verstehen wir uns jetzt?« Kramer legte seine Hand auf das andere Knie.

Gonzo nickte verzweifelt.

»Fein.« Kramer nickte zufrieden.

»Das ist Polizeiwillkür!«, protestierte Gonzo.

»Ernsthaft?«, fragte Kramer. »Wie kommst du darauf?«

»Ich hab auch Rechte, Mann! Du kannst nicht so einfach ...«

Kramer hob den Finger hoch. »Psst, ich sag dir mal was ... Du bist nicht verhaftet. Weißt du, du hast mit Enrico zusammen zwei FBI-Agenten umgelegt. Klar, die mögen wir nicht besonders, weil die sich immer einmischen, aber sie waren auch so eine Art Bullen, findest du nicht? Und weißt du, was Bullen mit Typen wie dir machen, die andere Bullen umlegen?«

Gonzo schüttelte verzweifelt den Kopf. »Aber es waren doch gar keine FBI-Agenten ... Wir ...« Er sah zu Val und Mark hinüber und schluckte.

»Aber ihr habt gedacht, es wären welche, stimmt's? Das ändert nichts. Was wir mit solchen Leuten wie dir tun, ist Folgendes: Wir verhaften sie nur im Ausnahmefall. Weißt du, die meisten haben vorher irgendwelche Unfälle. Aber jetzt mal was ganz anderes ... Wo ist eigentlich Enrico?«

Gonzo war geradezu übereifrig, dem netten Polizisten zu helfen. »Das blaue Fass da drüben. Aber ich war es nicht!«

Alle drehten sich zu dem Fass um. Kramer und Mark gingen darauf zu. Dünger stand auf dem Aufkleber. Sie sahen sich an, dann zog Kramer Chirurgenhandschuhe an und fing an, den Deckel zu lockern.

»Ammoniak«, sagte er, als die ersten Gase entwichen. Er

nahm den Plastikdeckel ab, wedelte mit der Hand die aufsteigenden Dämpfe auseinander und sah hinein.

Enrico wirkte nicht mehr so zufrieden wie auf dem Video. Genauer gesagt, er hatte keine Augen mehr.

»*Icy* war es. Er hat gesagt, wenn Rico so blind ist, dass er nicht mal zwei FBI-Agenten erkennt, dann braucht er auch keine Augen mehr«, winselte Gonzo.

»Das reicht. Wir nehmen alle mit«, entschied Kramer, während sie das Lagerhaus verließen. Uniformierte Polizisten kamen ihnen entgegen, dazu die Leute von der Spurensicherung.

»Ich verstehe immer noch nicht, wie das mit Anns Fall zusammenhängt«, fuhr Kramer fort. »Aber das werden wir *Icy Pete* fragen.«

»Haben Sie ihm wirklich das Knie gebrochen?«, fragte Mark interessiert.

Kramer sah ihn beleidigt an. »Natürlich nicht. Den Trick habe ich von meinem Chiropraktiker. Ich habe mal Football gespielt, bis mein Knie kaputtging. Danach hat er das zwei Mal die Woche mit mir gemacht. Soll angeblich die Bänder entlasten oder so was.« Er grinste breit.

»Sie gefallen mir wirklich, kleiner Mann«, meinte Samson mit einem breiten Grinsen.

Kramer blieb so abrupt stehen, dass Samson beinahe in ihn hineinlief. »Wenn Sie mich noch einmal so nennen, zeige ich ihnen einen Trick, der sich anfühlt, als würde einem die Nase gebrochen.«

»Nein, danke«, Samson lachte, »den kenne ich schon.« Er warf Ann einen Blick zu.

Val sah von einem zum anderen und seufzte laut. »Ich glaub's nicht. Das ist ja wie im Kindergarten«, sagte sie zu Mark.

Der zuckte mit den Schultern. »Wusstest du das nicht? Es steht irgendwo im Anstellungsvertrag.«

»In welchem?«

»In dem, den alle Helden unterzeichnen müssen. Es reicht nicht, das Böse auf der Welt zu bekämpfen, man muss dabei auch noch einen flotten Spruch ablassen ...«

Val konnte sich ein Lächeln nicht verkneifen. »Irgendwie hast du recht ...« Sie wandte sich an die anderen. »Ich bin der Meinung, wir sollten uns mal darüber unterhalten, wie es weitergeht. Wo treffen wir uns? Im FBI-Hauptquartier?«

»Nein. Bei mir«, sagte Samson. Er nannte ihnen die Adresse.

»Okay«, meinte Kramer. »Bei mir wird es allerdings ein bisschen dauern.«

»Bei uns auch«, sagte Mark. »Kommen Sie?« Er sah zu Ann hinüber.

»Sie sollte besser mit mir kommen«, meinte Samson. »Ich bezweifle, dass sie aus dem Hauptquartier wieder rauskommt, wenn ihr sie erst mal dorthin gebracht habt.«

»Und wir sollen Ihnen so einfach vertrauen? Ihnen beiden?«, fragte Val ungläubig.

»Ja«, sagte Ann. »Irgendwann sollten Sie mal damit anfangen.«

Val sah Ann lange an. Dann nickte sie. »Gut. Aber bereiten Sie sich schon mal darauf vor, dass Sie eine Menge Fragen zu beantworten haben.«

»Das weiß ich. Und, Val?«

»Ja?«

»Danke.«

50

Ann pfiff leise, als Samson ihr die Tür zu seinem Hotelapartment öffnete. »Nobel.«

Samson ging als Erster hinein und sah sich um, dann nickte er. Ann folgte ihm, und er schloss die Tür. »Ich habe gar nicht darauf geachtet. Es war noch frei, also habe ich es genommen. Fast alle Hotels sind ausgebucht.«

»Arbeitszimmer, Wohnzimmer, Schlafzimmer ...«, sagte Ann und ließ sich auf die weiße Ledercouch fallen. »Und du hast nicht drauf geachtet?«

Samson öffnete die Tür zum Schlafzimmer. Das Bett war unberührt, darauf stand eine große schwarze Sporttasche.

»Wie du siehst, habe ich bisher nicht viel davon gehabt.« Er ging zur Minibar, holte eine Flasche Orangensaft und eine Flasche Tomatensaft heraus und füllte zwei Gläser. Den Tomatensaft gab er Ann.

Sie sah ihn erstaunt an. »Ich trinke keinen Tomatensaft.«

Samson lächelte. »Doch, tust du. Probier und sag mir, ob ich recht habe.«

Ann nippte vorsichtig. Sie war nie auf die Idee gekommen, Tomatensaft zu trinken, aber Samson hatte recht, er schmeckte ihr. Einen Augenblick lang sah sie einen deutlich jüngeren Samson in Uniform vor sich, der ihr kopfschüttelnd eine Dose Tomatensaft hinhielt.

»Du hast mich deswegen andauernd aufgezogen«, erinnerte sie sich.

Samson nickte. »Jemand musste es ja tun. Mann, warst du steif damals ...«

Sie lächelte. »Und dagegen musstest du was tun?«

»Klar. Du weißt doch, wir Schwarzen sind unsäglich cool drauf.« Er sah sie forschend an. »Du erinnerst dich?«

»Ein kleines Puzzleteilchen. Aber groß genug, um mir zu zeigen, dass du mich nicht belogen hast.«

Samson sah übertrieben beleidigt aus. »Ich? Wo ich dir doch allen Grund gegeben habe, mir zu vertrauen?« Sein Lächeln verschwand. »Die Sache im Park ... Ich habe dich zuerst nicht erkannt.« Er rieb sich vorsichtig über die Nase. »Vielleicht ganz gut so. Ich war mir nicht mehr bewusst, was ich da eigentlich mache.«

»Und was ist das?«

»Was *war* das, musst du fragen. Ich bin draußen. Ich habe nur noch nicht gekündigt. Wenn mein Boss dahinterkommt, werden sie mich genauso scheuchen wie dich.« Er sah ihren fragenden Blick. »Ich habe für eine Abteilung der CIA gearbeitet, die illegal im Inland operiert. Angeblich ausgestattet mit Extravollmachten des Präsidenten. Ultrageheim und so weiter. Mittlerweile weiß ich nicht mehr, ob das stimmt. Vielleicht war es nur ein Vorwand.« Er nippte nachdenklich an seinem Orangensaft. »Aber wie sollte ich mir sonst erklären, dass wir an alle Informationen kommen, die dem FBI, der CIA und auch der NSA zugänglich sind? Das kann doch eigentlich nur eine Regierungsstelle sein, oder?«

»Hhm«, machte Ann. Sie trank noch einen Schluck Tomatensaft und sah Samson neugierig an. »Du bist wirklich ein Müllmann? Einer, der die Leute wegräumt, die der Regierung schaden?«

»Ich dachte, ich würde die Verfassung schützen. Was für ein Witz! Wenn einer der Verfassung geschadet hat, dann wir ...« Er sah nachdenklich in sein Glas. »Eine Zeitlang bin ich damit klargekommen, aber vor ungefähr zwei Jahren kam der erste Mord. Ich habe die Unterlagen gesehen, es sah wirklich so aus, als wäre es ein Staatsfeind, den man nicht anders bekommen konnte. Er hatte Regierungsstellen erpresst, Geheimnisse ans Ausland verraten ... Dennoch, es war Mord ...« Er sah ihr Gesicht und lachte bitter. »Nein, ich habe ihn nicht umgebracht. Tatsächlich habe ich seit meiner Zeit bei den SEALS niemanden mehr getötet. Aber ich war dabei, ich hätte es verhindern können. Das kommt aufs Gleiche raus. Aber ich bin mir sicher, dass ich deswegen nie vor Gericht stehen werde. Niemand würde zulassen, dass ich aussage.«

»Willst du damit sagen, dass man versuchen könnte, dich umzubringen?«

Samson schüttelte den Kopf. »Ich glaube, nicht. Dazu ist mein Boss zu clever. Solange ich nichts Offizielles tue, wird man mich in Ruhe lassen. Die wissen, dass ich weiß, was gut für mich ist.«

»Aber das, was du jetzt tust, ist bestimmt nicht gut für dich.«

»Aber auch nicht offiziell. Ich hoffe, dass wir das Val und Mark begreiflich machen können. Sie sind überraschend flexibel. Ich wundere mich wirklich, dass sie uns beide nicht verhaftet haben.«

»Das können sie immer noch tun.«

»Wohl wahr.« Er sah sie nachdenklich an. »Ich jedenfalls werde nicht mehr rennen. Und du?«

»Ich auch nicht. Wenn es sich vermeiden lässt.« Abrupt stand sie auf und ging ruhelos hin und her. »Erzähl mir von der Operation Tailsting.«

»Einer der vielen Einsätze von Team Omega. Der letzte.

Wir waren hinter einem der Drahtzieher von 9/11 her. Der Mann nannte sich El Farain. Beraten wurde er von einem Spezialisten. Genau hinter dem warst du her. Shakran. So hieß der Kerl, zumindest war das der Name, den du angegeben hast. Ein Typ mit einer bunten Vergangenheit. Wenn ich es richtig in Erinnerung habe, ist Shakran noch vom persischen Geheimdienst unter dem Schah ausgebildet worden. Du weißt, was das heißt, die CIA steckt mit drin.«

»Und wie ging es weiter?«, fragte Ann ungeduldig.

»Ein Behelfsflugplatz im Südjemen war unser Ziel. Du bist mit uns zusammen ausgebildet worden. Neun Wochen harter Drill, aber du hast nicht klein beigegeben. Damit hast du nicht nur mich mächtig beeindruckt.« Er lächelte. »Keiner hat dir am Anfang den Rang abgenommen, mit dem du da rumgelaufen bist. So ein Milchgesicht und dann Major? Blödsinn! Aber am Ende ... Am Ende haben wir es geglaubt. Wir haben gelernt, dir zu vertrauen. Und dann ging alles in die Hose ...« Samsons Blick ging ins Leere.

»Was ist passiert?«, fragte sie leise.

»Es war eine Falle. Wir haben erst später herausgefunden, dass sie einen Tag vorher gewarnt worden waren. Nur einen Tag! Wir sind mit Fallschirmen mitten rein, mitten in die Scheiße. Du hast uns mit einer alten klapprigen Maschine rausgeflogen. Das Ding hatte so viele Löcher, dass es aussah wie ein Schweizer Käse. Ich kann mich noch erinnern, wie eiskalt du uns gesagt hast, dass du die Kiste neben der *Independence* aufs Wasser aufsetzen würdest. Wäre ich nicht so high gewesen, hätte ich mir in die Hose gemacht.«

Sie sah ihn fragend an.

»Zwei Bauchschüsse. Ich war so voll mit Drogen, dass ich fast nichts mitbekommen habe. Ich habe sozusagen über den

Dingen geschwebt. Als du die Kiste aufs Wasser aufgesetzt hast, habe ich angeblich *Ol' Man River* gesungen.«

Ann musste lächeln.

»Ich weiß nicht, wie du es gemacht hast, aber du hast mich mehr als dreihundert Meter weit geschleift, gezerrt oder getragen. Und du warst auch verletzt.« Er sah auf ihre Beine. »Das Loch im rechten Oberschenkel. Das hast du wegen mir.«

Sie tastete unwillkürlich nach dem Knoten im Muskel. »Er tut ab und zu weh, aber die Narbe sieht nicht aus wie von einer Schusswunde.«

»Wahrscheinlich hast du einen guten Schönheitschirurgen gehabt.«

Ann sah ihn nachdenklich an. »Wie ging es weiter?«

Samsons Stimme klang bitter. »Die Hengste aus dem Marineministerium haben überall die Schuld gesucht für das Desaster, nur nicht bei sich selbst. Ich habe das nicht so ganz mitbekommen, weil ich die nächsten zwei Monate im Krankenhaus lag und allerhöchstens mit den Krankenschwestern flirten konnte. Aber als ich wieder herauskam, hat man mir die vorzeitige Entlassung angeboten, mit Beförderung und Rente. Und die Übernahme in einen supergeheimen Verein. Ein Angebot, dass man nicht abschlagen konnte. Warum das so gelaufen ist, habe ich nie herausgefunden.« Er trank den Rest seines Orangensaftes in einem Zug aus. »So bin ich bei dem Verein gelandet. Und Müllmann geworden.«

»Also ist das, was du getan hast, so richtig offiziell an dich herangetragen worden?«

Samson nickte. »Und verbunden mit einer deutlichen Gehaltserhöhung. Allerdings musste ich dafür offiziell sterben. Ein paar von den anderen habe ich zwischenzeitlich wiedergefunden. Die sind sauber geblieben. Es gab offenbar die Möglichkeit, *Nein* zu sagen. Ich war nur zu blöde dazu.«

Er stand auf und stellte sein leeres Glas auf den Tisch.

»Ich will nicht unhöflich sein, aber wenn du nichts dagegen hast, werde ich mich ein bisschen hinlegen. War 'ne lange Nacht.«

»Ist in Ordnung. Ich gehe nur mal kurz was besorgen. In spätestens zwei Stunden bin ich wieder hier.« Sie lächelte. »Wenn die anderen vor mir da sind, sag ihnen, ich komme wieder. Und ja, ich passe auf mich auf.«

Samson griff sich an die Nase und grinste breit. »Ich weiß, dass du auf dich aufpassen kannst.«

51

Das Zimmertelefon riss Samson aus dem Schlaf. Er griff nach seiner Waffe, sah auf die Uhr und fluchte. Er hatte länger geschlafen, als er vorgehabt hatte, fast vier Stunden. Er hob ab.

»Sir, Mrs St. Clair und Mr Bridges für Sie.«

»Sollen raufkommen. Danke.«

Ann war immer noch nicht zurück. Auch wenn er es nicht zugeben wollte, er war jetzt doch ein wenig beunruhigt.

Val und Mark sahen nicht so aus, als hätten sie eine schöne Zeit gehabt. Val hatte sich umgezogen, sah wieder aus wie ein Filmstar, aber ihr Gesichtsausdruck ließ nichts Gutes erahnen. Marks neuer Anzug war noch ein bisschen verknitterter als vorher, sein Gesicht war wie aus Stein gemeißelt.

»Kommen Sie rein. Ann ist kurz mal weg. Sie sehen aus, als hätten Sie einen beschissenen Tag gehabt.«

»Sie haben sie gehen lassen?«, fragte Val mit ungläubigem Staunen.

»Wir sind nicht verhaftet, und dies ist ein freies Land. Sie hat gesagt, sie kommt wieder. Ich glaube ihr.«

Val schnaubte, aber Samson hatte das Gefühl, als wäre sie nicht wirklich sauer.

»Wissen Sie, was für ein Zirkus da draußen abgeht?«, fragte Mark. Er zog sein Jackett aus. Wie Samson feststellte, war sein Schulterholster leer.

»Nein. Was ist passiert?«, fragte Samson, während Mark auf die Minibar zusteuerte.

»Man hat ihn vom Dienst suspendiert. Die Dienstaufsicht ist der Meinung, dass Mark derjenige war, der die Gegenseite so hervorragend auf dem Laufenden gehalten hat«, sagte Val verbittert. Sie ließ sich auf die Ledercouch fallen.

»Angeblich habe ich meine Geldprobleme damit in den Griff bekommen. Auf meinem Konto sind fünfzigtausend Dollar eingegangen. Woher die kommen? Ich weiß es nicht.« Mark griff sich ein Bier. Er trank direkt aus der Flasche. »Ich bin ziemlich sauer deswegen.«

»Und was ist mit Ihnen, Agent St. Clair?«, fragte Samson.

Sie zuckte mit den Schultern. »Ich bin den Fall los. Ich soll mich zur Verfügung halten, wenn die Dienstaufsicht Beschwerde einlegt gegen Mark. Verdammte Sch...«

»Also arbeiten Sie gar nicht mehr an dem Fall?«

»Nein. Wir sollen so schnell wie möglich nach Washington zurück, um unsere Nachfolger über den Stand der Dinge zu informieren.«

»Taugen die Kollegen was, die den Fall übernehmen?«

Mark nickte. »Sind nicht schlecht, die beiden. Sorgfältig, vorsichtig. Aber bis die sich in den Fall eingearbeitet haben, ist die Spur längst kalt.«

»Und was passiert jetzt mit Ihnen?«, fragte Samson Mark.

Der zuckte mit den Schultern. »Ich bin sauber. Das wird früher oder später auch rauskommen. Bis dahin bin ich auf der Reservebank.«

Samson ging hinüber zur Minibar und musterte die Flaschen. Er griff sich einen Single Malt Whisky und ein Glas. Er schenkte sich ein, roch daran, trank einen Schluck und ließ ihn auf der Zunge zergehen. »Und was wird mit Ann?«, fragte er dann.

Genau in diesem Augenblick klopfte es an der Tür, »Ich bin's!«, rief Ann von draußen, dann klickte das Türschloss.

Sie kam herein, ein schiefes Lächeln auf dem Gesicht, beide Hände voller Tüten und Pakete. »Tut mir leid, dass es so lange gedauert hat, aber bis ich gefunden hatte, was ich wollte ...« Sie brach erstaunt ab. »Was ist denn hier los?«

»Unsere Ritter mit dem silbernen Schild sind den Fall los. Bridges ist suspendiert, St. Clair ist von dem Fall abgezogen«, meinte Samson, trank noch einen Schluck, nahm sich die leere kleine Whiskeyflasche und schüttelte den Kopf.

Ann stellte die Sachen ab, schloss die Tür und lehnte sich dagegen. »Ist das wahr?«

Mark nickte, Val sagte gar nichts. Sie lag halb auf der Couch, die Füße über die Lehne gelegt, die Arme hinter dem Kopf verschränkt. Sie sah zur Zimmerdecke hoch.

»Warum?«, fragte Ann.

»Weil man mich für einen Maulwurf hält«, knurrte Mark. »Auf meinem Konto sind fünfzigtausend Dollar aufgetaucht, die ich nicht erklären kann. Folglich habe ich die ganze Zeit über die andere Seite informiert. Val ist den Fall los, weil sie mir nicht in den Rücken fallen wollte, als die Dienstaufsicht Anstalten machte, mich ans Kreuz zu nageln.«

»Die Kollegen, die mich dann wohl demnächst in Schutzhaft stecken wollen, wie sind die? Kann man mit denen reden?«

»Ist das alles, was Sie dazu zu sagen haben?«, fragte Mark angesäuert.

Ann zuckte mit den Schultern. »Ich kenne Sie beide noch nicht lange genug, um ernsthaft an Ihrem Schicksal Anteil zu nehmen. Ich bin vielleicht ein bisschen zu pragmatisch, aber ich würde wirklich gern wissen, wie die Kollegen sind.«

»Keine Ahnung«, erwiderte Mark. »Vielleicht bin ich nicht pragmatisch genug, aber was das FBI angeht, sind Sie immer noch verschwunden. Sie haben mich suspendiert, bevor ich den Bericht schreiben konnte, danach hatte ich irgendwie keine Lust mehr.«

Val richtete sich auf. »Der Fall war von Anfang an falsch«, sagte sie, zog den Rock über ihre Knie und sah auf ihre Hände. »Sie hatten eigentlich nie wirklich etwas damit zu tun. Wir waren nur hinter Ihnen her, weil wir nicht den geringsten Anhaltspunkt über den Killer hatten. Wir hatten gehofft, dass Sie uns zu ihm führen würden, und genau das hat Sie in Gefahr gebracht. Der Schließfachschlüssel war unsere einzige heiße Spur, und den haben wir jetzt auch nicht mehr.« Sie sah zu Ann hoch. »Mit ein bisschen Glück sollte jetzt niemand mehr Interesse haben an Ihnen. Sie sind raus aus dem Spiel.«

Ann schüttelte den Kopf. »Sie vergessen, dass man schon versucht hat, mich umzubringen, bevor Sie überhaupt gewusst haben, wer ich bin. Ich habe Ihnen ja meine Zeugenaussage zukommen lassen. Der Mann ist mit mir zusammen von Rom aus in die Staaten geflogen. Es sollte ein Leichtes sein, ihn zu identifizieren. Vielleicht ging es genau darum, dass das nicht möglich ist.« Sie sah zu Samson hinüber. »Hat man dir eine Begründung gegeben?«

»Nein. Wir hatten nur ein Foto von deinem Pass, einen kurzen Lebensabriss, den offiziellen, sonst nichts ...« Er sah sie achselzuckend an. »Wir wussten nur, dass es schnell gehen sollte, sonst würdest du eine laufende Operation gefährden.«

»Welche laufende Operation?«, fragte Val.

»Keine Ahnung. Wir haben immer nur die Informationen bekommen, die wir unbedingt brauchten. Also ging es wahrscheinlich nur darum, die Identifizierung zu verhindern.«

Mark schüttelte den Kopf. »Wir haben alle männlichen Passagiere auf den genannten Flügen überprüft. Auf zwei hat

Ihre Beschreibung gepasst, aber die waren beide clean. Sie müssen ihn verwechselt haben.«

»Habe ich aber nicht«, antwortete Ann bestimmt. »Er war mit Sicherheit an Bord.«

»Dann stand er nicht auf der Passagierliste«, sagte Mark und rieb sich die Nasenwurzel.

»So dürfte es gewesen sein«, sagte Samson. »Heutzutage lässt sich alles über Computer machen, auch Passagierlisten verändern.«

»Klasse. Schon wieder ausmanövriert«, sagte Val. »Aber das ist jetzt sowieso egal. Die einzige Spur, die wir hatten, haben wir verloren.«

»Das stimmt nicht ganz«, sagte Ann. Sie griff in die Tasche ihres Kostüms und hielt einen Schlüssel hoch. »Dies ist der Schlüssel, den wir brauchen.«

»Sie haben uns verladen?«, fragte Mark ungläubig.

»Ich kenne Sie beide nicht, und ich hatte keinen Grund, Ihnen zu vertrauen. Ich hatte vor, Ihnen den Schlüssel zu geben, wenn ich sehe, dass Sie sich an die Abmachungen halten.«

»Welche Abmachungen?«, fragte Val spitz.

Ann lächelte. »Dass ich in Ruhe gelassen werde.«

Sie warf den Schlüssel Mark zu, der ihn reflexartig auffing.

»Und woher kommt der andere Schlüssel?«, fragte Val, während Mark sich den Schlüssel ansah.

»Der andere Schlüssel ist tatsächlich der Schlüssel, den Malvern mir gegeben hat. Ich habe den Inhalt aus dem Schließfach herausgenommen und in ein anderes Schließfach getan, zu dem dieser Schlüssel gehört. Zu *meinem* Schließfach. Das Schließfach von Senator Malvern ist jetzt leer.«

Mark schüttelte den Kopf. »Ich verstehe immer noch nicht ...«

»Der Schlüssel kam mir sofort bekannt vor. Ich habe zufällig auch so einen. Warum, weiß ich nicht. Vielleicht wollte ich irgendwann mal etwas darin aufbewahren ...« Sie zuckte mit den Schultern. »Vielleicht etwas aus meinem alten Leben ... Ich weiß es wirklich nicht. Jedenfalls war mir sofort klar, dass beide Schließfächer zu derselben Bank gehören. Chase Manhattan. Ich habe es versucht, und es hat geklappt.«

»Und was war drin in dem Schließfach des Senators?«, fragte Mark.

»Eine CD und ein kleines blaues Buch. Ich habe übrigens nichts angefasst, weil ich der Spurensicherung nicht ins Handwerk pfuschen wollte.«

Mark warf den Schlüssel in die Höhe und fing ihn wieder auf. »Damit können wir vielleicht herausfinden, was hier eigentlich gespielt wird ...«

»Aber wir sind raus aus dem Fall«, erinnerte Val ihn.

»Einfach so?«, fragte Ann. »Sie wollen denen nicht vielleicht doch beweisen, wie falsch sie liegen?«

Val sah Mark an. »Gut«, sagte sie schließlich. »Wir halten uns also nicht raus und sehen zu, dass wir den Kerl bekommen.« Sie sah zu Ann. »Aber wie stellen Sie sich das vor? Ich meine, den Typen zu erwischen? Das ganze FBI hat noch keine Spur von ihm. Wenn wir irgendwo auftauchen und Fragen stellen, gibt es nur Ärger. Schließlich dürfen wir die Fragen gar nicht mehr stellen ...«

»Dann müssen wir das ändern«, meinte Samson. »Ich habe eine Vermutung, wie Agent Bridges zu seinem unverhofften Reichtum gekommen ist.« Er streckte sich. »Das war wahrscheinlich mein Boss. *Ex*boss. Falls ja, haben Sie Glück.«

»Wie meinen Sie das?«, fragte Mark, der auf einmal wieder Aufwind spürte.

»Nun, der Kerl ist übervorsichtig. Wegen so was lässt der sich nicht an die Wand nageln. Sollte er wirklich dafür verantwortlich sein, dann hat er mit Sicherheit einen legalen Grund dafür. Wenn ich einen Computer hätte, könnte ich sofort nachsehen.«

»Das trifft sich gut«, meinte Ann. »Genau deswegen war ich einkaufen.« Sie öffnete eines der Pakete.

»Nettes Teil«, sagte Val und pfiff leise durch die Zähne.

»IBM. Quadcore 2.8 GH, acht Gigabyte RAM und alles, was das Herz sonst noch begehrt. In der Armeeausführung«, sagte Ann und klappte den Bildschirm hoch. »Stoßfest bis 12 G und angeblich schussfest. Nur knapp zwei Kilo schwer. Und jetzt das Beste!« Sie hielt ein klobiges Funktelefon hoch. »Ein Satellitentelefon. Höhere Bandbreite. Ich habe 100 Gigabyte Datenverkehr mitgekauft, ist auf der Karte mit drauf. Das Ding kann alles, außer mir den Hintern abputzen ... Entschuldigung.« Sie zuckte mit den Schultern und lächelte schief. »Ich glaube, es gab mal eine Zeit, in der ich mich mit dem Kram ausgekannt habe, aber jetzt ... Von der Hälfte der Eigenschaften, die dieses Ding hat, habe ich noch nie etwas gehört.«

»Wie sind Sie denn da drangekommen?«, fragte Val. »Ich habe so ein Ding nur einmal gesehen, das war letzten Monat in Quantico. Sie wollten von den Dingern zwanzig Stück anschaffen, für Spezialeinsätze.« Ihre Augen leuchteten, als Ann den Laptop zu ihr herumdrehte.

»Ich habe mich an Chet gewandt«, sagte Ann. »Er hat da so einen Typen auf der Liste stehen, der ihm ab und an ein paar Tipps gibt. Der hat ihn mir besorgt. Militärbestand, bezahlt vom Steuerzahler. Absolut illegal und nicht zu verfolgen.« Sie sah Samson erwartungsvoll an. »Wenn du irgendwas machen willst mit dem Ding, dann solltest du das jetzt tun. Agent

St. Clair sieht aus, als ob sie sich gerade verlieben würde. Am Ende gibt sie ihn gar nicht mehr her …«

Val lachte. »Da ist was dran. Liebe auf den ersten Blick.« Sie sah zu Mark hinüber. »Kein Wort zu Tom.«

Samson ging zu seiner Tasche, nahm eine CD heraus und setzte sich vor den Laptop. »Natürlich ist das alles illegal …« Er sah kurz zu Val und Mark hoch, die ihm neugierig über die Schulter schauten, dann fuhr er den Computer hoch.

Ann wandte sich ab. »Ich gehe duschen und mich umziehen. Viel Spaß beim Hacken.« Sie nahm eine der Tüten und ging damit ins Bad. Marks Blick folgte ihr.

Val und Samson beobachteten ihn. Val verdrehte die Augen, Samson grinste.

»Entweder geht es schnell, oder es geht gar nicht. Wir werden es herausfinden. Ich boote gerade«, sagte Samson.

Auf dem Bildschirm erschien ein Logo.

»Department of Defence?«, fragte Mark.

Samson nickte. »Ich habe es Ihnen doch erzählt. Ich dachte, ich arbeite für die Regierung. Vielleicht habe ich das auch getan, aber dann habe ich sie wohl nicht gewählt.«

»Das hat dann wohl keiner von uns«, meinte Val, die ihm fasziniert zusah.

»Ich brauche Ihre Kontoverbindung«, sagte Samson zu Mark.

Mark gab sie ihm und beobachtete fassungslos, dass auf einmal sein Kontostand zu sehen war.

»Das Bankgeheimnis wird stillschweigend ignoriert. Nach dem 11. September wirkt es schon fast unpatriotisch, wenn man der Regierung keine Bankauskunft geben will.«

»Trotzdem, was Sie hier machen, ist verfassungswidrig. Für unsere Verfassung haben Menschen mit ihrem Leben bezahlt«, sagte Val leise.

»Wahrscheinlich wird genau das mit dem Schutz eben jener Verfassung gerechtfertigt«, sagte Samson und öffnete ein Menü. »Ich verfolge jetzt die Zahlungen zurück.«

»Das hat man beim FBI auch schon getan«, sagte Mark angesäuert. »Aber dabei ist nichts rausgekommen.«

»Das lag daran, dass die Jungs keine Berechtigung haben. Und dass sie nicht wissen, von welchen vier Banken das Geld gekommen sein muss.«

»Und Sie haben diese Berechtigung?«

Samson nickte und sah auf seine Uhr. »Noch circa drei Tage, dann wird wie üblich alles neu aufgespielt. Die CD ist dann nur noch Schrott. Viel wichtiger ist, dass ich weiß, von welchen Banken das Geld gekommen sein muss. Bis jetzt sind es immer nur vier Banken gewesen, die mit unserem Verein zusammengearbeitet haben.« Er drückte die Returntaste und lehnte sich zurück. »Das Programm ist ein Tracer. Ein Schnüffler. Extra dafür programmiert.«

Val richtete sich auf. »Wird das Programm auch in drei Tagen nutzlos?«

Samson grinste sie an. »Ich weiß, worauf Sie hinauswollen. Nein, wird es nicht. Von mir aus können Sie den ganzen Kram mitnehmen, wenn wir das hier hinter uns haben. Ich werde dem Major helfen, dann bin ich raus aus dem Geschäft. Ich habe meine eigenen Pläne.«

»Okay«, meinte Val. »Was macht jetzt dieses Schnüfflerprogramm?«

»Geldbewegungen verfolgen. Wie ein Spürhund. Aber der Tracer funktioniert nur, wenn man den Zugriff auf eine Bank hat, die ihre Transaktionen mit einem bestimmten Protokoll ausführt. Sie können damit auch nichts verändern, sondern nur Geldbewegungen verfolgen. Das ist der Beitrag, den die Banken im Kampf gegen den weltweiten Terrorismus leisten.

Abgesehen davon ist es natürlich illegal, wenn das Programm von nichtautorisierten Personen benutzt wird.«

»Klar doch!«, warf Mark ein.

»Hey Mann! Im Augenblick bin ich sogar autorisiert! Moment, hier tut sich was.«

Der Rechner piepste leise. Samson klickte mit der Maus und nickte zufrieden. »Hier haben wir es ja. Eine Überweisung von einem Anwaltsbüro. Okay. Jetzt, wo ich weiß, woher es gekommen ist, brauche ich nur noch die Dokumentation zu dem Konto. Wird ja heutzutage alles eingescannt, müssen Sie wissen. Ich brauche mal die blaue CD aus meiner Tasche.«

Val gab sie ihm.

Samson legte sie ein, wieder nickte er zufrieden. »Hiermit habe ich Zugriff auf die Kontoverwaltung. Das hier sind die Daten rund um das Konto, Vollmachten, eingescannte Zeichnungsberechtigungen und so weiter. Ah ja, hier.« Er tippte mit dem stumpfen Ende eines Bleistiftes auf die entsprechende Stelle auf dem Bildschirm.

Mark beugte sich vor, um besser zu sehen.

»Diese Mail sollte Ihnen zugeschickt werden, aber das wurde vergessen. Menschliches Versagen. Das wird die offizielle Erklärung sein.« Er sah zu Mark hoch. »Wie es aussieht, hatten Sie mal eine Tante. Die ist vor fast zwölf Jahren gestorben. Das Geld lag auf einem Konto und war dem Nachlass nicht zugeordnet worden. Perfekte Arbeit, wie üblich. Die Bank fragte bei einer Routineprüfung nach, wandte sich an den Anwalt, der teilte der Bank mit, dass Sie der Erbe sind, und die Bank schickte Ihnen das Geld.«

»Reichlich dünn. Welche Bank rückt schon freiwillig Geld raus?«, sagte Mark.

»Für Banken ist es nicht so wichtig, wem das Geld gehört,

solange sie es in Verwaltung haben. Hierzu gibt es bestimmt auch einen Papierpfad. Ja, hier. Wahrscheinlich kann man dem entnehmen, dass die Bank irgendwas versäumt hat und dass sie das jetzt vertuschen will.« Er grinste. »Ich schicke Ihnen jetzt einfach die Mail zu, die man Ihnen *aus Versehen* nicht hat zukommen lassen. Ich habe Ihnen doch gesagt, der Boss arbeitet sorgfältig. Hätte man das alles zurückverfolgt, wäre es ein Versehen gewesen. Egal. Sie sind um fünfzigtausend Dollar reicher, das Geld ist jetzt clean. Missverständnis geklärt.«

»Ich hatte nie eine solche Tante«, grummelte Mark.

»Glauben Sie mir, Sie hatten. Irgendeine Verwandte ... Es ist im Computer, und das reicht. Keiner macht sich heute mehr die Mühe, die Originalpapiere zu sichten.«

»Jedenfalls vielen Dank«, sagte Mark. »Deswegen kriegen wir den Fall zwar nicht zurück«, fuhr er frustriert fort. »Aber trotzdem danke.«

»Sie müssen das so sehen«, sagte Samson. »Wir sind ein nettes kleines Bömbchen losgeworden. Besser, wir haben es jetzt entschärft, als dass wir warten, bis es Ihnen wirklich um die Ohren fliegt.«

»Was kann man so noch alles herausfinden?«, fragte Val.

Samson zuckte mit den Schultern. »Eine Menge. Wir müssten nur wissen, wie die Fragen lauten ...« Er runzelte die Stirn. »Das Problem ist, dass alles in Zellen oder Schichten unterteilt ist. Ich komme zum Beispiel an Ihre Daten heran, weil es mein Job war, Sie zu beobachten. Der Rest, der weitaus größere Teil der Daten, ist mir versperrt. Und in drei Tagen ist sowieso Schluss. Was ich allerdings tun kann, ist, mich in den FBI-Computer einklinken und Ihre Akten studieren. Oder auch bearbeiten. Falls Sie Ihren Bericht noch ergänzen wollen ...«

»Das ist alles zu verdammt einfach«, sagte Mark. Er holte sich das nächste Bier. »Ann kauft einen Computer, Sie legen eine CD ein, und wir können meine Kontostände manipulieren. Warum macht das nicht jeder? Wäre sicherlich einfacher, als Banken zu überfallen.«

»Fragen Sie nicht mich!«, antwortete Samson. »Ich kenne mich ganz gut aus mit Computern, aber was hier auf der CD ist, geht weit über mein Wissen und meinen Horizont hinaus. Ich würde vermuten, dass die CD von den besten Computerhackern gebastelt wurde, die es weltweit gibt, und dass die meisten von denen für die NSA arbeiten. Vergessen Sie auch nicht, dass diese vier Banken bereit sind, mit der Regierung zusammenzuarbeiten.«

»Und wo bleibt die Privatsphäre?«, fragte Val.

Samson lachte. »Das klingt ein bisschen naiv, Agent St. Clair. Wenn Sie jemanden überwachen, was ist dann mit der Privatsphäre?«

»Wir brauchen eine richterliche Verfügung.«

»Und wer sagt Ihnen, dass hier keine vorliegt? Begreifen Sie endlich! Ich habe für die Regierung gearbeitet. Genau wie Sie.«

»Könnten wir uns vielleicht ein anderes Mal streiten?«, fragte Ann, die gerade wieder aus dem Badezimmer herauskam.

Mark blinzelte. Sie hatte sich umgezogen und sah aus wie eine hochbezahlte Managerin. Ihre Haare, inzwischen wieder blond, waren elegant hochgesteckt. Das Kostüm schrie nach Geld und gutem Geschmack, sie hätte das Preisschild genauso gut dranlassen können. Sogar Leute, die sich mit Modelabels nicht auskannten, würden erkennen, dass hier ein Monatsgehalt herumlief. Auf hübschen Beinen.

»Nettes Outfit«, sagte er nur.

»Danke. Aber wir sollten uns jetzt überlegen, wie wir am schnellsten nach Washington kommen.«

»Das ist kein Problem«, sagte Val. »Wir fliegen.«

»Ich glaube nicht, dass wir so einfach Tickets bekommen.« Ann runzelte die Stirn. »Seit 9/11 ist das viel schwieriger geworden.«

Val schüttelte den Kopf. »Wir haben ein Privatflugzeug. Ich muss nur Tom Bescheid sagen.«

»Nett«, meinte Samson. »Und ich dachte schon, wir müssten laufen.«

52

Der neue Job ist eine echt nette Sache, dachte der junge Mann mit dem vollen schwarzen Haar und dem Schnauzbart. Er sah ein bisschen aus wie Omar Sharif. Der Name in seinem Pass lautete Thomas Jefferson. Als er sich im Motel auswies, runzelte die junge Frau an der Rezeption die Stirn.

»Sind Sie ein Star oder so was?«

Er nahm den Ausweis lächelnd wieder an sich. »Nein, bin ich nicht. Warum?«

»Ich dachte, ich hätte den Namen schon mal gehört«, sagte sie und schob den Kaugummi in die andere Backe.

Gott schütze Amerika. Unglaublich!

Im Zimmer packte er seine Reisetasche aus, legte alles, was er brauchte, auf das Bett und ging seine geistige Checkliste noch einmal durch. Alles da. Das Geheimnis des Erfolgs lag im Detail.

Vorsichtig näherte er sich von der Seite dem Fenster und beobachtete die Straße unter sich. Alles schien ganz normal zu sein. Er zuckte mit den Schultern. Wenn man hinter ihm her wäre, würde er es ohnehin nicht merken. Anders als in Filmen beherrschten die Leute, die andere verfolgten, ihr Handwerk. Trotzdem, es konnte nicht schaden, wenn man aufmerksam war.

Er packte seinen Koffer aus und schloss den Computer an. Nur wenig später blätterte er durch die Personalakten von Valerie St. Clair und Mark Bridges. Und durch eine Reihe Bilder. Die zeigten die junge Frau, mit der alles angefangen hatte. Er betrachtete ihr Gesicht. Normalerweise hätte er sie damals am Flughafen einfach ignoriert, aber irgendetwas an ihr ließ seine inneren Alarmglocken schrillen. Nein, es war die richtige Entscheidung, sie auszuschalten. Der Fehler war gewesen, die Arbeit Amateuren zu überlassen. Er hatte das Gefühl, als müsste er sie kennen, aber diesmal versagte seine phänomenale Erinnerung.

Er rief die nächste Seite auf.

Die Akte über Tom St. Clair war dicker. Der Mann gefiel Mr Jefferson. Die Personifizierung des amerikanischen Traums. Aber alle Träume hatten irgendwann ein Ende. Und Mr St. Clair machte ihm seinen Job richtig einfach. Zwei FBI-Agenten, ein Millionär, ein überraschend lästiger Zeuge. Ein Unfall war gewünscht, und das auch noch innerhalb der nächsten vierundzwanzig Stunden. Normalerweise ein schwieriger Job. Unfälle brauchten oft viel Vorbereitungszeit. Aber dieser hier war einfach. Mr Jefferson blätterte weiter. Ein Learjet tauchte auf. Alle Eier in einem Korb. Wie praktisch.

Fragte sich nur, ob er persönlich dabei sein sollte, wenn der Korb vom Himmel fiel. Thomas Jefferson mochte keine indirekten Sachen. Er war sich gerne sicher, und nichts war sicherer als eine Kugel im Kopf. Das erinnerte ihn an etwas. Sobald er wieder in Washington war, würde er sich um die Göre des Senators kümmern. Obwohl ... Vielleicht war es Gottes Wille, dass sie den Kopfschuss überlebte. Auf der anderen Seite war es ja auch Gottes Wille, wenn sie starb. Er zuckte mit den Schultern. Eins nach dem andern.

Genau wie es Gottes Wille war, wenn das Flugzeug abstürzte. Wenn Gott etwas dagegen hätte, würde es ja nicht passieren. Er lächelte amüsiert. Zugegeben, bis jetzt hatte Gott selten etwas gegen seine Arbeit einzuwenden gehabt.

Er sah die Uniform an, die auf dem Bett lag. Als kleiner Junge wollte er immer Flugkapitän werden. Höchste Zeit, sich diesen Wunsch zu erfüllen.

53

Als Tom die Tür öffnete und sie alle hereinbat, wirkte er nicht besonders überrascht. »Tut mir leid, Mark.«

»Mittlerweile hat sich die ganze Sache ziemlich aufgeklärt«, antwortete der und steuerte die Küche an. Mit dem Daumen deutete er über seine Schulter zurück.

»Die hübsche Blonde hier ist Ann Mankowitz, unser Stammeshäuptling da heißt Samson. Er hat letzte Woche versucht, sie umzubringen. Aber sie sind alte Freunde. Ist noch Bier da, Tom?«

»So viel, bis du umfällst«, sagte Tom und sah die beiden Fremden offen an. »Sie sind nicht gerade so, wie ich Sie mir vorgestellt habe.« Er streckte Ann die Hand entgegen. »Ich bin Thomas St. Clair.«

»Ann Mankowitz. Wieso? Wie haben Sie sich mich denn vorgestellt?«

»Keine Ahnung ... irgendwie anders. Vielleicht zwei Meter groß oder so«, sagte Tom mit einem leichten Lächeln und hielt Samson die Hand hin.

»Samuel Sonata. Sie sehen übrigens auch nicht aus wie ein Würstchenverkäufer«, meinte er grinsend.

Tom lachte. »Kommt rein, setzt euch. Ich brauche nur noch ein paar Minuten, dann bin ich so weit.« Er wandte sich Val zu. »Wie geht es dir?«

»Danke. Ich bin immer noch ziemlich wütend.« Val gab Tom einen Kuss auf die Wange. »Ich gehe mich umziehen«, sagte sie dann und verschwand im Schlafzimmer.

Samson stellte seine Tasche ab und schlenderte ins Wohnzimmer, wo sein Blick an einem Gemälde hängen blieb. »Ich hoffe, es ist ein Druck, oder?«

»Wohl kaum«, sagte Ann. »Vielleicht eine Kopie.« Sie drehte sich zu Tom um. »Wenn auch eine gute.«

Tom lächelte. »So viele Würstchen haben wir nun auch nicht verkauft, dass ich mir einen echten Picasso hinhängen könnte. Außerdem würden mir die Versicherungen aufs Dach steigen.«

»Auch ohne einen echten Picasso könnten Sie eine neue Alarmanlage gebrauchen«, sagte Samson, der immer noch das Bild ansah. »Im Augenblick könnten Sie die Tür auch einfach offen lassen.«

Tom sah Samson misstrauisch an. »Verstehen Sie was von Sicherheitstechnik?«

»Ein bisschen.«

»Die Alarmanlage ist noch keine zwei Jahre alt.«

»Es gibt was Besseres als einfach nur Alarmanlagen«, meinte Samson.

»Interessant. Wir können uns während des Fluges darüber unterhalten.« Er musterte Samson. »Das mit Ihrer Nase … Das war wirklich Miss Mankowitz?«

»Keine andere.« Es klang fast ein wenig stolz.

»Reiner Zufall«, sagte Ann und setzte sich. »Eigentlich hatte ich vor, ihn zu töten …«

»Ich dachte, Samson wollte *Sie* umbringen?«

»Das auch.«

»Zwischenzeitlich hat sich herausgestellt, dass wir seit vielen Jahren befreundet sind«, ergänzte Samson schmunzelnd. »Alles klar?«

Tom sah von Ann zu Samson und wieder zurück. Dann lachte er. »Wenn Sie meinen … Und jetzt entschuldigen

Sie mich bitte, ich muss nur noch ein paar Sachen packen.«

Samson sah hinter Tom her.

»Ein netter Kerl. Und so höflich«, meinte er dann.

»Und ganz und gar nicht ohne ...« Ann lächelte.

Mark kam wieder herein, eine Flasche Cola in der Hand.

»Doch kein Bier mehr da?«, fragte Ann.

»Schon. Nur ... bis wir alles hinter uns haben, sollte ich vielleicht nichts mehr trinken.«

Samson nickte nur. »Ich habe was für Sie«, sagte er dann und ging zu seiner Tasche, die immer noch im Flur stand. Er bückte sich und holte etwas heraus. »Hier ...«

Mark sah auf die Waffe, die Samson ihm entgegenhielt. »Eine Glock?«

Samson lachte. »So schlecht ist die nun auch wieder nicht. Bis wir alles hinter uns haben, sollten sie nicht so nackt herumstehen«, sagte er mit einem Blick auf Marks leeres Schulterholster.

»Vielleicht haben Sie recht. Danke.« Er nahm die Waffe, checkte sie durch und nickte. Dann schien ihm etwas einzufallen. »Könnte die mir Ärger machen?«

»Wohl kaum«, meinte Samson. »Bezahlt von Uncle Sam. Die Seriennummer ist nicht herausgefeilt. Es gibt einfach keine.«

»Na dann.«

Val kam zurück. »Wollen Sie sich vielleicht ein bisschen frisch machen?«, fragte sie Ann.

Ann nickte, stand auf, nahm ihre Reisetasche und ging ins Bad.

Als sie wenig später zurückkam, war Tom auch so weit.

»Haben Sie eine schusssichere Weste an?«, fragte Samson.

Tom schüttelte den Kopf. »Nein, warum?«

»Weil es da draußen eine Menge Verrückte gibt.« Samson holte eine Weste aus seiner Sporttasche und warf sie Tom zu. »Vorsicht ist besser als bluten.«

»Sind Sie nicht ein bisschen paranoid?«, fragte Tom und musterte die Weste.

»Schon«, gab Samson grinsend zu. »Aber ich lebe noch.«

54

Nettes Teil«, meinte Samson wenig später. »Modell 45?«

Tom nickte. »Einen eigenen Jet zu haben ist nicht unbedingt praktisch. Aber mein Buchhalter erzählt mir ständig, dass wir mehr Steuern bezahlen müssten, wenn wir ihn nicht hätten.« Er schüttelte den Kopf. »Hallo, George.«

»Guten Tag, Mr St. Clair.« Der rothaarige Copilot stand am oberen Ende der Treppe in der Tür. »Wir sind gerade beim Pre-Check. Wir können in wenigen Minuten starten.«

»Geht es Ihnen nicht gut, George? Sie sehen ein bisschen blass aus.«

»Ich habe schlecht geschlafen.« Er sah Val an. »Ich freue mich, dass Ihnen nichts passiert ist. Entschuldigen Sie, Pat will was von mir.« Er verschwand im Cockpit der Maschine.

»Pat?«, fragte Ann.

»Der Pilot«, antwortete Val.

Als alle Platz genommen hatten, schloss George die Tür zum Cockpit. Wenig später hörte man seine Stimme durch den Lautsprecher.

»Wir haben Starterlaubnis. Bitte anschnallen.«

Val machte es sich in ihrem Sitz bequem. »Er klingt irgendwie seltsam.« Sie sah zu Tom. »So förmlich. Findest du nicht auch?«

Tom zuckte mit den Achseln.

Der Jet beschleunigte, rollte auf die Startbahn und hob wenig später ab.

»Das Ding geht ab wie eine Kampfmaschine«, meinte Mark. »Wirklich beeindruckend. Val?«

Val lag zurückgelehnt in ihrem Sitz und hatte die Augen geschlossen.

»Sie schläft schon wieder«, sagte Tom lächelnd. »Vielleicht sollten wir das auch tun ...«

Mark sah Val ungläubig an. »Ich verstehe nicht, wie sie das macht.«

»Vielleicht liegt es an den Sitzen.« Samson streckte seine langen Beine aus. »So lässt es sich angenehm reisen. Bei einem Linienflug muss ich immer die Beine abmontieren.«

»Schlafen wir ein bisschen«, meinte Ann. »Ich jedenfalls bin hundemüde.«

Zehn Minuten später meldete George eine Schlechtwetterfront. »Wir überfliegen sie, aber schnallen Sie sich bitte an!«

Tom stand auf und überprüfte Vals Gurte. »Heute klingt er wirklich sehr förmlich«, sagte er, während die Maschine schnell an Höhe gewann.

55

Jefferson nickte George freundlich zu. Er vergewisserte sich, dass der Intercom ausgeschaltet war. »Das haben Sie gut gemacht. So wird niemandem etwas passieren.«

»Ich hoffe nur, dass Sie mich nicht angelogen haben«, sagte George und wischte sich den Schweiß von der Stirn.

»Doch, habe ich«, antwortete Jefferson und hob die linke Hand. Das metallische Klacken war lauter als der eigentliche Schuss. Der größte Teil von Georges Hinterkopf verteilte sich über die Tafel mit den Sicherungen, um das Loch in der Tafel herum sprühten Funken. Die Waffe zuckte noch zwei Mal. Ein paar Teile vom Autopiloten flogen weg, als die Kugeln dort einschlugen. Jefferson griff nach den Treibstoffschaltern, stellte sie auf *Ablassen*, zog die zwei Schubregler auf *Leerlauf.* Dann schaltete er die Triebwerke aus und drückte die Nase des Learjets nach unten. Fünfundvierzigtausend Fuß.

Er streifte sich die Sauerstoffmaske über und richtete sich auf.

»Rock 'n' roll!«, sagte er breit grinsend und zog die Kabinentür auf. Durch den Sturzflug herrschte fast Schwerelosigkeit, alles flog in der Gegend herum. Der große Schwarze versuchte sich aus seinem Sicherheitsgurt zu befreien. Die Waffe zuckte. Val St. Clair – Schuss, Mark Bridges – Schuss, der Wurstheini wollte etwas tun – Schuss, er flog wieder nach hinten. Dort war die Zeugin. Sie hatte eine Waffe in der Hand, woher, verdammt, war die schnell! Jefferson fühlte, wie die beiden Kugeln seine Weste durchschlugen, gleichzeitig schoss er und stellte befriedigt fest, dass auch sie nach hinten geschleudert wurde.

Sie hatte ihn tatsächlich getroffen! Nur mit Mühe gelang es ihm, bei Bewusstsein zu bleiben. Sein Blut raste in den Adern, während er den Hebel herunterdrückte. Die Sprengkapseln erledigten ihren Job, sie sprengten die Tür auf. Er musste gar nichts tun. Es war, als würde eine riesige Hand nach ihm greifen. Eben war er noch in der Maschine gewesen, jetzt riss der Sog ihn nach draußen. Fast hätte ihn der Flügel erwischt, dann zog die Maschine unter ihm davon.

Er stieß einen lauten Schrei aus, der vom Wind verweht wurde. Laut lachend brachte er sich in die Waagerechte. So war es genau richtig, es ging nichts über einen Adrenalinschub. Dann stellte er fest, dass einer von Anns Schüssen die Reißleine des Hauptschirms unbrauchbar gemacht hatte. Nur noch der Notschirm war da, und der hatte ein Loch. Jetzt wird es wenigstens mal spannend, dachte er, und lachte noch lauter. Dann sah er nach unten, sah, wie ein Blitz die Wolken unter ihm zum Leuchten brachte. Er hatte den Sturm unter sich. Den Sturm reiten! Auch das hatte er noch nie getan!

Lachend verschwand Shakran in den Wolken.

56

Als Ann wieder zu sich kam, konnte noch nicht viel Zeit vergangen sein. Zwei Dinge waren ihr sofort klar. Sie war verletzt, und die Maschine befand sich im freien Fall. Sie trudelte, überall in der Kabine war Blut, sie hörte jemanden stöhnen, trotz des Hurrikans, der in der Kabine tobte und ihr die Haare ins Gesicht peitschte. Panik stieg in ihr auf, eine Welle von Übelkeit überrollte sie. Was sollte sie machen?

Du weißt, was du machen musst.

Ja, sie wusste es. Juliet wusste es.

Sie konnte nur hoffen, dass es mit den anderen nicht so schlimm war, wie es aussah. Sie hatte keine Zeit, sich um sie zu kümmern. Wenn sie überhaupt noch für irgendetwas Zeit hatte. Außerhalb der Kabine wurde es schlagartig schwarz, die Kabinenlichter flackerten nur noch. Sie stieß sich in Richtung Cockpit ab, wurde fast aus der Tür gesogen, doch sie schaffte es in die Kanzel.

Ein Blick sagte ihr, wie ernst die Lage war. George war keine Hilfe mehr, sein Blut war überall, vermischt mit grauweißen Brocken.

Sie ergriff den Steuerknüppel und zog ihn nach hinten. Die Maschine reagierte sofort. Dann merkte sie, wie sie Ruderdruck gewann, während der Höhenmesser wie wild um seine Achse rotierte. Sie trudelten – 25 000, 24 000, 23 000, 22 000 Fuß. Scheiße, die Triebwerke waren aus. Wo waren die verdammten Startschalter? Sie wusste, wo sie bei der alten

24er Lear waren. Gott sei Dank, sie waren auch bei diesem neuen Hightech-Spielzeug an der gleichen Stelle.

Die beiden Pratt-&-Whitney-Turbojets starteten einwandfrei, die Drehzahl stieg, zweimal 3500 Kp Schub drückten sie in den Sitz. Wie viel Sprit ... Verdammt, er wurde abgelassen. Scheiße ... 12000 Fuß! Wo waren die verdammten Schalter ... Hier ... und *zu!*

Die Lampen wurden grün, nicht mehr viel Sprit da, aber ... Sie hatte jetzt Druck auf dem Höhenruder ... Jetzt nur nicht überziehen! Sie wartete kurz ab, als die Trudelbewegung sie nach rechts trieb, legte die Lear in die Kurve und gab beiden Maschinen hundertzwanzig Prozent Leistung. Genau in diesem Augenblick gab der Multifunktionsmonitor vor ihr den Geist auf, nur noch der mechanische künstliche Horizont funktionierte, und der verdammte Höhenmesser, dessen Zeiger sich immer noch wie wild drehten, zählte sie an bis zum endgültigen K.o.!

Außerhalb des Cockpits war alles grau in grau. Der Höhenmesser zeigte nur noch 1500 Fuß, aber die Lear fiel jetzt langsamer! Sie zog die Maschine wieder hoch. »Stall! Stall! Stall!«, hörte sie aus einem Lautsprecher, trotz des heulenden Windes. *Bitching Betty* bei der Arbeit. Das wusste sie selbst; die Kunststimme ging ihr auf die Nerven, aber sie konnte sich nicht erinnern, wo der verdammte Schalter war, der das Ding zum Schweigen brachte. Ein schwarzer Nebel stieg vor ihren Augen auf, durchzogen von rötlichen Schlieren, das Heulen des Windes wurde immer leiser. Blackout ... Oh Gott, nein, bitte nicht! Der Höhenmesser verschwamm vor ihren Augen, ihre Hand wirkte taub, alles rückte von ihr ab, wurde unwichtig ... Verdammt! *Nein!* Ich werde *nicht* ohnmächtig, das kann nicht sein, dazu bin ich zu stur! Irgendjemand sagte ständig *Scheiße*, sie war es selbst. Scheiße! Die

Maschine vibrierte immer stärker. Die Temperatur in den Triebwerken stieg, aber das war ihr egal. Hauptsache, sie hielten. Die Maschine reagierte wieder, aber sie waren zu schnell, zu tief! 1200, 1100, 1000, 900, 800, 700, 600, 500, 400, 350, 300, 250, 200, 170, 150, 120, 100, 90, 50, 40, mein Gott! 30, 30, 30, 40, 50, 60, 70, 80! Sie stiegen wieder!

Aber sie merkte, wie sie ohnmächtig wurde. Wenn das passierte, war alles aus ...

Eine Hand legte sich auf ihre und bewegte leicht den Knüppel. *Keine Kraft, Poppet, nur Gefühl. Gefühl. Siehst du, so klappt es!* Sie roch sein Rasierwasser und wurde auf einmal ganz ruhig. *Grandpa?* Sie war wieder vierzehn, flog das erste Mal ... Die Nebel vor ihren Augen wurden dichter, sie fühlte kaum etwas, ihr Sichtfeld war ein daumennagelgroßer Tunnel. Genau in diesen Tunnel leuchteten zwei Scheinwerfer, ein Truck auf einem nassen Asphaltband. Die Hand zog leicht, der Lear war immer noch im Stall-Bereich. Keiner konnte das schaffen, so gut flog keiner! Nur ein leichter Schlag, dann war der Truck weg, als wäre er nie da gewesen, und der Lear zog langsam wieder nach oben.

Ein Bergrücken tauchte vor ihr auf. Sie wusste nicht, wie sie ihn in der Nebelsuppe überhaupt sehen konnte, mitten in der Nacht, mit dem roten Film vor den Augen, dem Scheißwetter, dem Regen, der in Schlieren über das Cockpitfenster getrieben wurde. Der Scheibenwischer war aus, keine Zeit, den Schalter zu suchen ... Aber die Hand legte die Maschine vorsichtig zur Seite. *Ganz sanft, Poppet! Mit ihr, nicht gegen sie. Sie will fliegen, lass sie fliegen!*

Sie schaffte es gerade noch, dem Bergrücken auszuweichen. Pinien tauchten im Lichtkegel des Landescheinwerfers auf, schienen nach ihr zu greifen. Dann erreichte der Lear allmählich wieder die 1000-Fuß-Marke, das Rütteln und

Vibrieren ließ nach, die Maschine wurde langsamer. Sie tastete nach den Schubreglern, nahm den Schub ein bisschen zurück … Wieder meinte sie, sein Rasierwasser zu riechen. Sie blinzelte. Das ganze Cockpit war erfüllt von rot blinkenden Warnlampen, aber sie flogen noch. Und *Bitching Betty* war endlich still. Jemand hing in der Tür zum Cockpit. Mark.

»Was ist passiert?« Er musste gegen die Windgeräusche anbrüllen. Dann sah er George. »Scheiße!«

»Im Moment fliegen wir noch!«, rief Ann zurück. »Wie sieht es hinten aus?«

»Val hat es schlimm erwischt! Sie braucht dringend einen Arzt!«

»Mist! Und die anderen?«

»Samson hat sich den Kopf angeschlagen, ansonsten haben die Westen die Kugeln abgehalten.«

Ann setzte das Headset auf und bedeutete Mark, das Gleiche zu tun. Trotzdem war er nicht zu hören. Sie zeigte ihm, wo er den Stecker hineinstecken musste.

»Besser«, sagte Mark. Er stand immer noch in der schmalen Cockpittür und rieb sich über die Brust.

»Versuchen Sie, die Tür zuzuziehen.«

»Okay.« Nach mehreren Versuchen schaffte er es, sofort wurde es leiser im Cockpit.

»Was ist mit Val?«, fragte Ann.

»Bauchschuss. Sie hat gelegen, deshalb hat die Kugel sie unterhalb der Weste getroffen. Sie verliert viel Blut. Ich denke, der Kerl hat ihre Milz getroffen. Wer war das?«

»Der Mörder von Senator Malvern. Shakran.«

»Stimmt das? Ist der verrückt oder was? So einen Stunt zieht man nur im Film durch.«

»Ich brauche Ihre Hilfe. Schnell! Ziehen Sie George von seinem Stuhl runter, und schnallen Sie sich an!«

»Wohin denn? Hier ist kein Platz!«

Ann zögerte nicht. »Er ist tot. Werfen Sie ihn raus.«

Mark sah auf die blutüberströmte Leiche, er zögerte kurz, dann nickte er. Er zerrte George von seinem Stuhl, öffnete noch einmal die Cockpittür ... Den Rest erledigte der Luftsog. Mark kämpfte ein zweites Mal mit der Tür, dann setzte er sich. Er spürte, dass er feucht wurde am Hintern. »Und jetzt?«

»Sehen Sie die Tafel neben sich, wo *Circuit Breaker* draufsteht? Die Dinger, die rote Kappen haben, müssen Sie reindrücken.«

»Okay.«

Die meisten Sicherungen sprangen wieder heraus, aber Ann fing an zu hoffen, als das Funkgerät wieder funktionierte. Auch das Multifunktionsdisplay des Copiloten schien noch in Ordnung zu sein.

»Drücken Sie mal auf das Kartensymbol oben links am Rand des Bildschirms.«

Mark gehorchte, und auf dem Display wurde eine Karte sichtbar. Ann warf einen Blick darauf. »Vielleicht haben wir Glück. Wir sind in der Nähe von Wellis.«

»Was ist Wellis?«

»Ein Militärstützpunkt.«

»Was bedeuten die roten Lampen hier?«, fragte Mark.

Ann hatte hinter dem Sitz einen Packen Karten hervorgeholt und studierte sie hastig. »Nichts weiter.«

»Da steht *Fuel Tanks* drunter.«

»Stimmt. Die sind leer. Wir haben noch ungefähr fünf Minuten. Aber ich glaube, ich habe eine Möglichkeit gefunden.« Sie änderte die Funkfrequenz und rückte das Mikrofon näher an ihre Lippen heran. Die Registrierung der Maschine stand auf dem Armaturenbrett. *CFA109.*

»Hier ist Charlie Foxtrott Alpha One Zero Niner. Major Juliet Sebasto. Ich rufe Wellis Airbase. Ich melde Mayday. Mayday ...«

»Hier ist Wellis Airbase. Sergeant Tomlin. Dies ist eine militärische Basis, für zivile Flüge gesperrt. Wir leiten Sie weiter an San Francisco Tower.«

»Wir haben einen Notfall, unser Sprit reicht nicht bis Frisco. An Bord sind zwei FBI-Agenten, eine ist schwer verletzt. Wir brauchen dringend ärztliche Hilfe.«

»Ma'am, ich habe meine Anweisungen.«

»Ich komme jetzt rein. Sie können uns abschießen, oder Sie können uns verhaften, wenn wir gelandet sind!«

»Einen Moment, Ma'am ...« Er klang noch nicht einmal überrascht.

»Charlie Foxtrott Alpha One Zero Niner«, sagte er plötzlich.

»Ich höre Sie.«

»Sie haben Landerlaubnis. Ihr Callsign ist Redlight.«

»Danke, Wellis.«

»Roger, Redlight. Sie können Landebahn drei nehmen. Wir geben Ihnen einen Vektor.« Der Sergeant klang besorgt.

»Roger. Wir sind in ein paar Minuten da. Es kann sein, dass es eine Notlandung wird, ich komme mit leeren Tanks an.«

»Roger, Redlight. Die Sicherheitsmannschaften stehen bereit. Auch ein Krankenwagen wird da sein.«

»Gut, danke. Redlight out.«

»Was wird das?«, fragte Mark, als sie den Lear auf einen östlichen Kurs brachte. Fasziniert betrachtete er die Funken, die er durch die Einschusslöcher in der zentralen Konsole tanzen sah.

»Ein Glücksspiel. Ich wusste nicht, ob sie sich drauf einlassen. Seit 9/11 ist man vorsichtig geworden.«

»Ann, was hätten Sie gemacht, wenn man uns die Landeerlaubnis verweigert hätte?«

»Es trotzdem versucht. Auch wenn sie uns wegsperren und den Schlüssel wegwerfen, sie werden uns auf jeden Fall medizinisch versorgen. Das ist im Moment das Wichtigste.«

Vorsichtig trimmte sie, fuhr die Klappen aus, dann das Fahrwerk. Die Lampe neben dem Bugradhebel blieb rot.

»Mist, ich muss den Truck doch erwischt haben.«

»Truck?«

»Das wollen Sie gar nicht wissen«, knurrte Ann. »Ich erzähle es Ihnen später!«

»Charlie Foxtrott Alpha One Zero Niner, hier ist Bluebird One. Hören Sie mich?«

»Bluebird, ich höre Sie laut und deutlich. Das Callsign ist Redlight.«

»Ich habe die Anweisung, Sie zum Stützpunkt zu begleiten. Ich werde Sie in wenigen Sekunden in Sicht haben.«

»Bluebird, ich erbitte einen visuellen Check. Wir haben Probleme mit dem Bugfahrwerk.«

»Roger, Redlight.«

Ein Schatten tauchte neben ihnen auf und verschwand unter ihnen. Das Röhren der Triebwerke des Jets war im Wind kaum zu hören.

»Was war denn das?«, schrie Mark.

»Eine F 16, würde ich vermuten. Eine Eskorte. Die zweite ist hinter unserem Hintern, um uns abzuschießen, wenn was schiefläuft.«

»Redlight, Ihr Bugfahrwerk ist nicht arretiert. Und Ihr

Bauch ist auf einer Länge von drei Metern aufgeschlitzt. Sie scheinen Hydraulikflüssigkeit zu verlieren.«

»Danke, Bluebird One.«

»Viel Glück. Bluebird One out.«

Sie warf einen Blick auf die Anzeigen. »Wir haben mehr Glück als Verstand. Bis die Hydraulikflüssigkeit aufgebraucht ist, haben wir keinen Sprit mehr. Bluebird One, bin ich auf Kurs?«

»Redlight, der Tower hat Ihnen einen Vektor gegeben.«

»Bluebird One, die Navigation funktioniert nicht mehr. Ich fliege nach Kompass.«

»Roger. Ich fliege Sie ein.«

»Danke, Bluebird One. Wellis Tower. Dies ist Redlight. Das Bugfahrwerk ist defekt. Ich werde die Nase auf den Boden legen müssen.«

»Roger. Wir legen Schaum aus.«

»Danke, Wellis.«

Sie wandte sich zu Mark. »Was hat Val für eine Blutgruppe?«

»AB positiv.«

»Wellis, unsere Schwerverletzte hat Blutgruppe AB positiv. Außerdem möchte ich Sie bitten, eine Nummer in Washington anzurufen. Geben Sie bitte durch, dass wir hier landen.«

Sie nannte die Nummer.

»Danke. Ich leite es weiter. Wind kommt böig 22 Grad Nordost.«

»Ich merke es«, sagte Ann, während sie mit den Böen kämpfte. Irgendwo in ihrem Hinterkopf dachte Juliet, es wäre nett, wenn ich mal mit einem intakten Flugzeug bei gutem Wetter landen würde. Der kleine Jet bockte, ab und zu merkte sie, wie der Steuerknüppel weich wurde. Der Hydraulikdruck fiel konstant ab. Die F 16 vor ihnen wackelte hin und her, dann wurde es ruhiger.

»Bluebird One. Wie ist der Vektor?«

»Sie befinden sich genau im Korridor. Sie müssten jeden Moment die Landebahnbefeuerung sehen.«

»Roger!«

Ann blinzelte in den Sturm, ja, da vorne war etwas. »Ich sehe sie. Wellis, habe Landebahn erfasst. Bluebird One, danke.«

»Kein Problem, Redlight. Viel Glück!« Die F 16 zog nach rechts weg.

Klappen 35 Grad, Trimmung okay, Sprit nur noch Dämpfe. Der Drehzahlmesser des linken Triebwerks fiel rapide, die Maschine wollte zur Seite ausbrechen, aber noch konnte Ann sie kontrollieren.

Sie schaltete um auf die Kabinensprechanlage.

Mark sagte irgendetwas, aber sie hörte nicht zu. »Sorry, Leute, aber macht euch auf eine harte Landung gefasst. Sessel gegen die Flugrichtung drehen! Und anschnallen!«

Dann ging sie wieder auf Funk. »Wellis, habe nur einen Atmosphärenhöhenmesser übrig, ich weiß nicht, wie er geeicht ist. Geben Sie mir bitte Höhe über Grund durch.«

»Roger, Redlight. Sie haben 280 Fuß, 165 Stundenkilometer ... kommen rein wie an einem Seil.«

»Danke. Rufen Sie mir die Höhe bitte kontinuierlich aus.«

»Roger. 130, 120, 110 ... Sie sind etwas zu schnell ... 80, 70, 60, 50, 40, 30, 20, 10 ...«

»Touchdown.« Ann hielt die Nase oben, als sie am unteren Ende der Landebahn aufsetzte. Vergiss den Umkehrschub ... Die Bahn ist lang, für Kampfjets und Bomber gebaut ... Die Nase so lange wie möglich oben halten ...

Aber sie schaffte es nicht. Die Nase senkte sich und bohrte sich in den Schaumteppich, der wie Gischt die Cockpitscheiben bedeckte. Ein fürchterliches Kreischen und Rütteln erschütterte den Learjet. Nach einer Ewigkeit blieb die Maschine endlich still liegen.

Ann rührte sich nicht. Sie lebte noch. Was für eine Überraschung.

Das Funkgerät gab ein kratzendes Geräusch von sich. »Glückwunsch, Redlight. Sagenhafte Landung. Der Fire Chief meldet keine Brandentwicklung.«

»Wenigstens etwas. Danke. Redlight out.« Sie wandte sich an Mark. »In ein paar Minuten sind wir hier raus.« Sie legte mehrere Schalter um, um den Lear zu deaktivieren.

Mark beobachtete sie dabei, dann sah er auf seine Hände. Sie waren blutig. Georges Blut.

Ann blinzelte und blickte sich in dem Cockpit um, als sähe sie es zum ersten Mal. Langsam hob sie die Hände und öffnete den Gurt.

»Ist alles in Ordnung?«, fragte Mark besorgt. Ihm gefiel nicht, wie bleich sie war.

»Es geht so. Glauben Sie mir, an Bruchlandungen kann man sich nicht gewöhnen.«

»Das kann ich mir vorstellen! Ich werde das hundert Jahre lang nicht vergessen!«

Als Ann aufstehen wollte, fühlte sie einen stechenden Schmerz in der Seite. Ach ja, der Mistkerl hatte auch sie erwischt. Sie sog die Luft durch die Zähne. »Scheiße.«

Mark hatte sich abgeschnallt und beugte sich über sie. »Lassen Sie mal sehen.« Vorsichtig schob er ihre schusssichere Weste und die Bluse hoch. Die Kugel war knapp unter dem Rippenbogen eingedrungen.

»Es sieht schlimmer aus, als es ist.«

Ann nickte nur. Sie drehte sich um, als sie hinter sich Geräusche und Stimmen hörte. Die Cockpittür öffnete sich.

»Corporal Meyers«, hörte sie noch.

Sie merkte, dass sie anfing zu zittern, dann war alles dunkel.

57

Guten Morgen, Major Sebasto.«

Ann öffnete die Augen und blinzelte. Weiß getünchte Decke, typischer Geruch, das Piepsen und Gurgeln von Geräten. Sie fühlte Panik aufsteigen, dachte, sie wäre immer noch im Krankenhaus in San Francisco.

Dann kam alles wieder ...

Vor ihr stand ein Mann, Ende vierzig, eisgraue Schläfen, wettergegerbtes Gesicht, schmale, von Lachfalten umgebene blassgraue Augen. Ein Pilotengesicht. Trotz der Lachfalten sah er aus, als hätte er seinen Humor draußen vor der Tür gelassen. Seine Miene war betont neutral. Er trug eine Uniform der Air Force und hatte die Hände auf den Rahmen am Fußende ihres Bettes gestützt. Wie lange er dort schon stand, wusste sie nicht, aber sie vermutete, dass es schon eine Weile war.

»Guten Morgen, Oberst«, sagte sie, als sie die Rangabzeichen erkannte. Sie richtete sich auf und verzog das Gesicht, als sie den ziehenden Schmerz in ihrer Seite spürte. »Wie spät ist es?«

»Null-Dreihundert. Sie waren knapp zwei Stunden außer Gefecht. Darf ich mich setzen?«

Sie nickte. Er zog sich einen der zwei Besucherstühle heran, setzte sich rittlings darauf. Die blassgrauen Augen musterten sie.

»Das sieht nicht so aus wie ein Knast«, stellte sie fest.

»Ist es auch nicht. Ich bin Oberst Bernstein, und wenn es nach mir gehen würde, lägen sie jetzt in der Krankenzelle in unserem netten Knast. Wir haben sogar Blümchen an die Wand gemalt. Hätte Ihnen sicher gefallen.«

»Kann es sein, dass Ihnen das lieber wäre?«, fragte Ann langsam.

»Damit könnten Sie recht haben, Major. Was für ein Spiel wird hier eigentlich gespielt?«

»Ich weiß nicht, wovon Sie reden, Oberst.«

»Wir haben Ihre Fingerabdrücke genommen und sie nach Washington geschickt.« Er sah sie prüfend an.

»Und?«

»Natürlich waren sie in der Datenbank nicht zu finden. Außerdem haben wir die Nummer angerufen, die Sie uns gegeben haben.« Der Oberst klang nicht begeistert.

Wieder versuchte Ann, sich aufzusetzen, und wieder zog es an der Seite. Und am Oberschenkel.

Er seufzte. »Lassen Sie mich noch sagen, dass ich diese Spielchen hasse. Ich habe Anweisung, Sie zu unterstützen. Ich wurde darüber aufgeklärt, dass Sie den Rang eines Majors bekleiden und dass Ihr Auftrag, wie könnte es auch anders sein, nationale Sicherheitsinteressen berührt! Sie werden heute Morgen um Null-Sechshundert abgeholt und nach Washington gebracht. Das gilt auch für Ihre Begleiter, sofern sie transportfähig sind.«

»Wie geht es Mrs St. Clair?«

»Der FBI-Agentin?«

Ann nickte.

»Den Umständen entsprechend. Als die Sanitäter sie bargen, war sie fast schon tot, aber die Maßnahmen vor Ort waren erfolgreich. Sie wurde operiert, der Oberstabsarzt äußerte sich optimistisch.«

Ann musterte den Oberst. Sie hatte das Gefühl, dass das noch nicht alles war. »Was hat der Arzt noch gesagt?«

»Es gab Komplikationen.«

»Welcher Art?«

»Der hohe Blutverlust, der Schock, die Operation ... Es war zu viel für das Kind.«

Ann merkte, wie ihr das Blut aus dem Gesicht wich.

»Das war nicht bekannt?«

»Ich glaube, das wusste sie selbst nicht«, antwortete Ann leise.

»Verdammt!« Der Oberst sah auf seine Hände hinunter, dann wieder hoch zu ihr. »Wenigstens hat die Mutter überlebt. Agent St. Clair befindet sich nicht mehr in Lebensgefahr. Das Hauptproblem war der Blutverlust.«

»Was ist mit den anderen?«, fragte Ann.

»So weit gut. Sie sind in den Nachbarzimmern untergebracht, der Stabsarzt hat ihnen angedroht, die MP zu rufen, wenn sie nicht aufhören, Ärger zu machen. Mr Sonata hat eine Gehirnerschütterung und eine gebrochene Nase, die beiden anderen sind mit Prellungen davongekommen. Mr St. Clair befindet sich im selben Zimmer wie seine Frau. Der Stabsarzt bittet Sie allerdings, im Moment noch von einem Besuch abzusehen. Mr St. Clair hat einen Schock, er braucht selbst Ruhe, auch wenn er es nicht wahrhaben will. Sie selbst haben eine üble Quetschung an der Seite und eine gebrochene Rippe. Und einen Streifschuss am rechten Oberschenkel.«

Sie nickte. »Danke.«

»Nachdem wir nun die Freundlichkeiten abgehakt haben, will ich Ihnen ein paar Dinge sagen. Ich bin unglücklich. Und ganz und gar nicht amüsiert. Dies ist mein Stützpunkt, und wenn ich nicht glücklich bin, dann bedeutet das, dass ich leicht reizbar bin. Haben wir uns verstanden?«

»Ich möchte Ihnen wirklich keine Mühe machen ...«

Er sah sie einen Moment lang prüfend an, dann nickte er. »Das will ich schwer hoffen. Nun gut. Ich habe meine Anweisungen. Ich hoffe sehr, dass wir letzten Endes auf derselben Seite stehen. Wir hier auf Wellis werden Sie unterstützen, wie und wo wir können. Ihren Job möchte ich allerdings nicht haben.«

»Ich auch nicht mehr.«

Er nickte langsam. »Übrigens: sagenhafte Leistung, diese Landung. Ich habe mir die Flugdaten von unserem Radar angesehen. Und den Flieger. Wo haben sie fliegen gelernt?«

»Bei der Navy. Wo sonst.«

Er schnaubte kurz, dann breitete sich ein Grinsen auf seinem Gesicht aus. »Wo sonst. Wie auch immer, starke Leistung. Aber denken Sie immer dran, hätten sie es bei der Air Force gelernt, wäre der Vogel jetzt kein Schrott!« Er schüttelte den Kopf und schmunzelte. »Ich habe nicht wirklich vor, Sie zu mögen, Major. Aber Sie machen mir das sehr schwer. Bei der Navy. Meine Güte!« Er stand abrupt auf, stellte den Stuhl zurück und ging zur Tür. »Der Stabsarzt hat gesagt, Sie können aufstehen, wenn Sie darauf bestehen. Ansonsten würde er Ihnen gern zwei Wochen Bettruhe verordnen, allerdings glaubt er nicht daran, dass Sie sich auch daran halten würden. Da wir noch nicht Ihr ganzes Gepäck bergen konnten, habe ich mir erlaubt, eine Uniform für Sie in den Spind zu hängen, Major. Draußen wartet meine Ordonnanz, Lieutenant Beck. Er wird sich darum kümmern, dass Sie sich hier zurechtfinden. Wenn Sie mich brauchen, ich bin in meinem Büro.« Damit öffnete er die Tür und ging hinaus.

58

Mark sah auf, als die Tür zu seinem Zimmer aufging. »Sieh mal an«, sagte er. »Die Uniform steht Ihnen gut, Major.«

»Das klingt nicht gerade freundlich«, sagte Ann, während sie die Tür hinter sich schloss. »Haben Sie was gegen Uniformen?«

»Nicht doch, selbst jahrelang Uniform gewesen.« Er lehnte sich zurück und schüttelte sich eine Zigarette aus der Packung. Die letzte. Er warf die leere Packung in einen Papierkorb in der anderen Ecke des Zimmers. »Perfekt.«

Ann zog eine Augenbraue hoch. »Ich glaube, hier ist rauchen verboten.«

»Ja, und?«, fragte er bissig.

Ann lehnte sich gegen die Tür. »Was ist los?«

»Nichts. Ich komme mir nur ziemlich verarscht vor. Wer sind Sie wirklich? Wie viele Personen ziehen Sie noch aus dem Hut? Ann, die Lehrerin, Andrea, die Sexbombe, Juliet, die toughe Einzelkämpferin. Oder Kampfpilotin? Wissen Sie eigentlich selbst noch, wer Sie sind? Sind Sie nur eine Schachfigur, oder sind Sie eine begnadete Spielerin?« Er fischte sein Zippo aus der Jackentasche, aber es funktionierte nicht. Er steckte es wieder weg und spielte mit der Zigarette herum.

Ann nickte langsam. »Ich kann Sie verstehen. Besser, als Sie glauben. Aber das ist nicht alles. Hier …« Sie warf ihm eine Streichholzschachtel zu.

»Danke«, kam es knurrend zurück.

»Was ist sonst noch?«

»Als ob Sie es nicht wüssten. Es lässt Sie wohl kalt, Miss Superagent.«

Ann zog die Augenbrauen hoch. »Was?«

»Val war schwanger. Sie hat das Kind verloren.« Er zündete seine Zigarette an und ließ das Streichholz in eine Blechschale fallen, in der ein paar Pillen lagen.

»Sie sagen das so, als wäre ich schuld daran«, sagte Ann leise.

Mark zuckte mit den Schultern. »Seit wann haben Sie Ihr Gedächtnis eigentlich wieder zurück? Haben Sie es überhaupt jemals wirklich verloren? Wie lange spielen Sie dieses Spiel nun schon mit uns?«

Ann löste sich von der Tür und nahm sich einen der Besucherstühle.

»Ich verstehe das nicht«, sagte sie leise. »Habe ich in Ihren Augen irgendwie die Seite gewechselt?«

»Keine Ahnung.« Mark sah sie feindselig an. »Waren Sie jemals auf irgendeiner Seite? Außer auf der eigenen?«

»Sie wollen wissen, wer ich bin? Ist es das?«

»Das wäre nett. Vielleicht sagen Sie zur Abwechslung auch mal die Wahrheit«, knurrte Mark. »Jedes Mal, wenn Sie etwas sagen ...«

»Mein Name ist Marie Jacqueline Juliet Marchaut.«

»Marchaut!« Mark lachte bitter. »Noch ein Name. Ich dachte, Sie heißen Sebasto!«

»Lassen Sie mich ausreden!« Sie funkelte ihn an und holte tief Luft. »Mein Vater war Admiral Marchaut. Vielleicht haben Sie seinen Namen schon mal gehört.«

»Wurde irgendwann in den Achtzigern von einer Autobombe erwischt. Ging groß durch die Zeitungen.«

»*Erwischt,* sagen Sie. Und Sie beschweren sich über mein mangelndes Mitgefühl?« Ann merkte, wie ihr Tränen in die Augen steigen wollten. Es war alles schon so lange her, aber sie konnte sich erst jetzt wieder daran erinnern. Es war wie eine frische Wunde, die noch nicht verheilt ist.

»Tut mir leid«, sagte Mark rasch. »Verzeihung.« Er klang, als meinte er es auch so.

Ann senkte den Kopf, und als sie aufblickte, war ihr Blick wieder klar, wenn auch deutlich kühler als vorher.

»Meine Mutter hieß Charlotte Marie Marchaut-Sebastien. Sie war Botschafterin unseres Landes. 1972 wurde sie bei einem Angriff auf unsere Botschaft in Istanbul ermordet. Ich bin dreiunddreißig, nein, jetzt sogar vierunddreißig Jahre alt. Ich hatte gestern vor drei Wochen Geburtstag und wusste es nicht mal! Alles ist mir wieder eingefallen, als Shakran auf mich geschossen hat. Genau wie er es damals getan hat, bevor ich mit dem Mercedes über die Klippe gefahren bin.« Sie stand auf. »Er hat meine Familie getötet. Und jedes Mal hatte ich das zweifelhafte Glück, dass ich zusehen durfte. Ich möchte wetten, dass es für ihn nichts Persönliches ist. Business. Sie können Ihren Arsch darauf verwetten, dass ich auf einer Seite stehe. Auf *meiner* Seite. Und das ist, das sollte auch *Ihre* sein. Auf der verdammten Scheißseite des Guten!« Sie ging zur Tür, öffnete sie, blieb aber im Türrahmen stehen. »Seien Sie froh, dass mir alles wieder eingefallen ist, als ich sein Gesicht über dem Lauf seiner Pistole sah. Wäre das nicht passiert, könnte man Ihren und meinen Arsch jetzt mit einem Löffel vom Erdreich kratzen, wären Val *und* ihr Baby tot. Aber da ich jetzt weiß, wer ich bin, kann ich Ihnen eine wesentliche Frage beantworten: Der Mord an Malvern hatte mit mir oder meiner Vergangenheit rein gar nichts zu tun! Zufall, sonst nichts! Dass ich dort war, hatte nur einen einzigen Grund. Ich hatte einen Scheißtag, ich wollte mich nur frisch machen und meine Haare kämmen. Der Scheißtag hat bis jetzt noch nicht aufgehört, aber er wurde um einige Scheißtypen bereichert. Guten Tag, Agent Bridges.«

Sie ging hinaus und zog die Tür leise hinter sich zu.

»Das lernt man wohl beim Offizierslehrgang«, meinte Samson lächelnd. Er lehnte mit gekreuzten Armen an der Wand gegenüber von Marks Zimmer. Er hatte einen maßgeschneiderten Anzug an, Frackhemd, sogar eine Fliege um den Hals. Die war allerdings nicht gebunden, sondern baumelte locker herunter. Er wirkte piekfein und irgendwie fehl am Platz. Nur das dicke weiße Pflaster auf seiner Nase passte nicht ganz ins Bild. Lieutenant Beck, Anns stummer Schatten, musterte ihn, als käme er vom Mars.

»Was?«, fauchte Ann, die langsam die Geduld verlor.

»Das mit dem Abgang durch die Türen. Leise zuziehen und so weiter. Bei uns knallt man die Türen, wenn man so geladen ist wie du.«

Ann atmete tief durch. »Ist doch wahr!« Sie zwang sich zu einem Lächeln. »Hallo, Samson. Was ist mit deiner Nase? Ich dachte, sie wäre auf dem Weg der Besserung?«

»War sie auch. Bis ich in eine Stuhllehne gebissen habe.«

»Au!«

»Richtig.« Gemeinsam verließen sie das Krankenrevier. »Nicht zu fassen. Ich schwöre, diese Stützpunkte riechen alle gleich.«

»Du riechst noch was?«, fragte sie überrascht.

»Nein. Aber es war schon immer so, warum sollte sich das ändern?«, meinte Samson mit einem Grinsen. Er sah, dass sie wieder ernst geworden war. »Was ist los mit dir?«

Sie legte eine Hand auf seinen Arm. »Samson?«

»Ja?«

»Kannst du dich erinnern, wie ich dich gefragt habe, was ich über dich herausgefunden habe, als wir so besoffen waren?«

Er zog den Kopf zwischen die Schultern. »Und?«

»Jetzt weiß ich es wieder. Samson, du bist ein noch größerer Idiot, als ich jemals sein könnte. Warum hast du es nicht gemacht, als du raus bist aus der Navy?«

»Was?«

Sie griff nach dem dünnen Kettchen an seinem Hals und zog das Kreuz hervor. »Das.«

»Ich bin vom rechten Weg abgekommen, und ich habe immer gedacht, Gott will keinen mit blutigen Händen. Aber wenn das hier fertig ist, dann wird mich nichts mehr davon abhalten, ihm zu dienen.« Er legte seine Hand auf ihre. »Ich bin nie auf eine Offiziersschule gegangen. Aber ich weiß etwas, das Frau Major nicht weiß!«

»Und das wäre?«

»Wo die Kantine ist. Sie haben Tomatensaft. Ich habe nachgefragt.«

»Dann lass uns gehen. Ich brauche Kaffee, am besten gleich intravenös.«

»Keinen Tomatensaft?«

»Später. Jetzt muss ich mich erst mal beruhigen.«

Er nickte bedächtig. »Ich habe mal gehört, dass das mit Kaffee am besten geht ...«

Sie boxte leicht gegen seinen Arm. »Wie geht es Tom? Sie haben mich nicht in Vals Zimmer gelassen.«

»Beschissen. Ich habe mit ihm gesprochen. Er will auch in die Kantine kommen.«

59

Vier Uhr morgens, und in der Kantine ist Hochbetrieb. Alles hochmotivierte Leute«, sagte Samson anerkennend, während er mit dem Tablett in der Hand auf einen freien Tisch zusteuerte. »Und so jung.«

»Und so jung.« Während sie sich setzte, sah sie die Blicke, die die anderen Soldaten dem Zivilisten zuwarfen. Sie grinste. »Hast du dich deshalb so fein gemacht? Um die Damen und Herren ein bisschen zu irritieren?«

»Das ist der einzige knitterfreie Anzug in meinem Koffer«, sagte Samson mit unbewegter Miene, stellte ihr einen Becher Kaffee hin und setzte sich ihr gegenüber.

Sie nickte dankend und trank einen Schluck. Prompt verzog sie das Gesicht.

»Hast du richtig vermisst, den Teer, oder?«

»Eigentlich nicht. Aber er ruft Erinnerungen wach. Und wenn du jahrelang keine hattest, ist das was Kostbares. Samantha ... Du und Sammy, ihr seid ein Paar gewesen, nicht wahr?«

»Ja, das waren wir.« Er lehnte sich zurück. »Sie hat es erwischt, ich lebe noch ...« Er sah an ihr vorbei. »Hallo, Mr St. Clair. Bridges. Wie geht es Val?« Er wies auf zwei freie Stühle. »Setzen Sie sich.«

Tom nickte, stellte sein Tablett auf den Tisch und setzte sich. Er sah furchtbar aus. Auch Mark nahm Platz, sagte aber nichts. Ann hatte das Gefühl, als würde er ihrem Blick ausweichen.

»Unverändert. Die Ärzte sagen, es wird ihr bald besser gehen. Nur ... das mit dem Kind ...« Er strich sich durch die Haare und sah Ann und Samson ein wenig hilflos an. »Ich glaube, wir kennen uns jetzt gut genug, um die Förmlichkeiten wegzulassen.«

»Gut«, sagte Ann. »Wie geht es dir?«

Er zuckte mit den Schultern. »Ich weiß es nicht. Ich glaube, das weiß ich erst, wenn Val wieder zu sich kommt.« Er sah die anderen der Reihe nach an. »Hat einer von euch eine Ahnung, wer der Kerl war?«

Ann nickte. »Ich kenne ihn. Ich war lange genug hinter ihm her.«

»Also doch keine Lehrerin«, meinte Tom.

Sie sah ihn an. »Damals noch nicht. Jetzt schon. Du ahnst gar nicht, wie gerne ich jetzt zu Hause wäre, nur damit beschäftigt, den Unterricht für morgen vorzubereiten.«

»Aber damals ...?«

»... war ich Agentin der NSA, mit dem Auftrag, getarnt zu ermitteln und den Kerl zur Strecke zu bringen. Das habe ich auch geschafft. Dann hat er mich umgebracht.«

Tom nickte. »Das, was Ihnen, was *dir* in San Francisco passiert ist, nehme ich an.«

Sie nickte. »Als ich ihn da stehen sah, mit der Pistole in der Hand, kam meine ganze Erinnerung schlagartig zurück. Es war sein Lächeln. Amüsiert ...« Sie schüttelte den Kopf. »Das konnte ich wohl nicht vergessen.«

»Also gut. Du kennst ihn. Und wer ist es?«, fragte Tom.

»Ein international operierender Auftragskiller und Auftragsterrorist. Steht jedem zur Verfügung, der dafür bezahlt ...« Sie lehnte sich zurück und massierte sich die Schläfen. »Er hat auch Malvern umgebracht.«

»Was macht dich so sicher?«, fragte Mark.

»Ich habe ihn gesehen, schon vergessen?«, antwortete sie aggressiv.

Mark sah zu Boden. »Entschuldige.«

Sie lachte bitter. »Er hat meine Familie getötet. Ich bin seit Jahren hinter ihm her. Damals, auf der Klippe in San Francisco, habe ich gedacht, ich hätte ihn. Und dann hat er mich doch erwischt.« Sie trank noch einen Schluck. »Ich bin, ich *war* eine Anti-Terror-Spezialistin. Ich habe als verdeckter Ermittler gearbeitet. Mein einziges Ziel, mein einziger Auftrag war es, Shakran dingfest zu machen und mit ihm die Typen, die uns damals verraten haben.« Sie sah zu Samson hinüber. »Du hattest recht. Wir sind in eine Falle gelaufen, mittlerweile vermute ich, wer es war. Derselbe Typ, dem ich Shakran übergeben wollte. Unser Verräter saß damals im Planungsstab.«

Samson beugte sich vor. »Wer ist es?«

»Er ist nicht wirklich wichtig. Jetzt, wo ich meine Erinnerung wiederhabe, ist er so gut wie erledigt.«

»Egal. Wie heißt er?« Samsons Stimme klang gepresst.

»Das wäre eine Spur, die wir verfolgen können«, warf Mark ein.

Ann warf ihm einen Blick zu. »Du kennst ihn nicht. Er heißt Tony Moire. Man wird ihn zur Verantwortung ziehen. Du hast mein Wort darauf.«

»Moire? Der Typ vom Geheimdienst?«, fragte Samson.

Ann sah ihn überrascht an.

»Ich kenne den Mistkerl auch«, sagte Mark, und er klang richtig sauer. »Und ob ich ihn kenne! Er ist der Leiter der Abteilung Personenschutz beim Secret Service. Hat eine steile Karriere gemacht in den letzten Jahren. Malverns Sicherheit lag in seiner Verantwortung. Der Mistkerl hat mehrere seiner eigenen Leute geopfert!«

Ann sah ihn überrascht an.

»Der Mörder kannte alle Codes und das Timing, wir haben uns die ganze Zeit über gefragt, wie er an die Informationen kommen konnte. Jetzt wissen wir es.«

Ann nickte. »Das wundert mich nicht. Trotzdem, er ist nur ein kleiner Fisch. Da zieht ein anderer die Fäden. Und wenn dieser jemand Shakran angeheuert hat, um Malvern zu töten, dann kannst du davon ausgehen, dass es wirklich wichtig ist.«

»Moire«, sagte Samson und lächelte.

Tom beobachtete ihn und hatte plötzlich ein flaues Gefühl im Magen.

»So ein Mistkerl!«, fluchte Mark. »Was ist damals eigentlich genau passiert?«

»Ich hatte Shakran bereits in Gewahrsam genommen«, erzählte Ann. »Er war verpackt wie ein Truthahn. Beinahe hätte ich ihn selbst erschossen, aber ich habe mir damals gesagt, dass es das ist, was uns von den anderen unterscheidet. Also habe ich ihn am Leben gelassen. Ich habe ihn damals an Moire übergeben wollen, der kam dann auch zum Treffpunkt, doch als ich ihm Shakran übergeben wollte, hat Moire mich niedergeschossen. Als ich wieder zu mir kam, standen die beiden einträchtig nebeneinander und sprachen darüber, wie sie meine Leiche loswerden wollten. Zwischenzeitlich hatten sie mir das Gesicht eingeschlagen, jeden zweiten Knochen gebrochen ...«

Samson verzog das Gesicht. »Und dann?«

»Der Plan war wohl, mich mit dem Mercedes über die Klippen gehen zu lassen. Ich saß schon auf dem Fahrersitz. Ich hörte, wie die beiden über einen Küstenschutzkutter sprachen, der vor der Klippe kreuzte. Sie wollten warten, bis der Kutter weg war. So verletzt, wie ich war, hatte ich nur eine

Chance. Und die habe ich ergriffen: Ich habe Gas gegeben. An den Rest werde ich mich wohl nie mehr erinnern können. Als ich im Krankenhaus aus dem Koma aufgewacht bin, war ich Ann.«

»Und wer bist du jetzt?«, fragte Mark leise.

Sie wandte sich ihm zu. »Nett, dass du fragst.«

»Ann, ich möchte mich entschuldigen«, sagte Mark.

»Dies ist ein freies Land. Tu, was du willst.« Ann zuckte mit den Schultern.

»Was ist denn mit euch beiden los?«, fragte Tom überrascht. Sein Blick wanderte zwischen Ann und Mark hin und her. »Ich dachte, ihr mögt euch.«

Ann lächelte ein wenig. »Also gut, Entschuldigung angenommen.«

»Danke«, sagte Mark, und es sah aus, als meinte er es ehrlich.

»Ist Juliet Sebasto dein richtiger Name?«, fragte Samson neugierig.

»Nein. Ich heiße eigentlich Marie Jacqueline Juliet Marchaut. Aber Shakran hat Juliet umgebracht ...« Sie seufzte. »Jahrelang habe ich mit dem Hass gelebt, habe nur das eine Ziel gekannt, diesen Mistkerl zu erwischen. Genau daran bin ich gestorben. Kein Wunder, dass ich alles vergessen wollte. Ob ihr es nun glaubt oder nicht, ich bin Ann Mankowitz. Die Jahre, die ich als Ann gelebt habe, sind die einzigen normalen Jahre in meinem Leben, und das will ich wiederhaben.«

Alle schwiegen.

»Und wie geht es jetzt weiter?«, fragte Tom schließlich. Er ballte die Fäuste. »Ich will den Mistkerl, der Val das angetan hat.«

Ann lächelte, aber dieses Lächeln war kalt und ohne

jedes Gefühl. »Ich will ihn auch. Und ich kriege ihn, keine Angst.«

»Wer genau ist dieser Shakran?«, fragte Mark.

»Was ich weiß, ist, dass er aus einer Familie stammt, die für den Geheimdienst des Schahs von Persien gearbeitet hat. Assassinen. Auftragsmorde hatten in dieser Familie Tradition. Unsere CIA hat Shakrans Vater ausgebildet, vielleicht auch ihn selbst, obwohl er damals noch sehr jung gewesen sein muss. Er müsste so alt sein wie ich.« Sie trank noch einen Schluck Kaffee. »Von Carlos habt ihr sicher schon gehört. Shakran ist etwas Ähnliches. Der Name Shakran kommt aus dem Hebräischen und bedeutet *Lügner.* Oder auch *Luzifer.* Shakran ist vielleicht nicht nur eine einzige Person. Ein professioneller Killer mit diesem Namen und diesem Aussehen operiert seit den zwanziger Jahren. Manche sagen, er wäre unsterblich, der Teufel in Person. Wie auch immer.«

»Kann ein einzelner Mann so wichtig sein?«, fragte Tom. »Ich meine, für dich und für mich, ja, aber wieso warst du sogar im Auftrag der Regierung hinter ihm her?«

Ann lehnte sich zurück und überlegte, wie sie Tom am besten antworten sollte. »Es ist viel schlimmer, als du denkst«, sagte sie dann. »Ein Mann wie Shakran kann die Welt verändern, nein, er *hat* die Welt verändert. Ihm oder seinem Vater oder gar Großvater sind Menschen zum Opfer gefallen, deren Tod den Lauf der Geschichte verändert hat. Er hat Verbindungen in alle Länder der Welt, Politik und Wirtschaft beschäftigen ihn. Aber er braucht schon lange kein Geld mehr. Was er braucht, ist Nervenkitzel. Das ist das Einzige, was ihn noch bewegt. Und zu sehen, wie er Macht ausübt über Menschen. Die Macht, über ihr Leben oder ihren Tod zu entscheiden.« Sie schüttelte den Kopf. »Er ist ein Psychopath, und zwar ein gefährlicher und erfolgreicher. Nein, er will natürlich nicht gefasst werden. Das klassische FBI-Profil trifft auf ihn nicht zu. Er ist ein Profi, dem seine Arbeit Spaß macht. Er hat Amerika und der freien Welt mehr Schaden zugefügt als mancher Krieg. Indem er bestimmte einflussreiche Personen eliminiert hat, hat er unser Land indirekt in die eine oder andere Krise gestürzt. Deshalb hatte das Unternehmen eine sehr, sehr hohe Priorität. Ich bin, ich *war* dem Präsidenten persönlich unterstellt. Nur wenige wussten von mir. Ich hatte weitreichende Vollmachten.« Sie schwieg einen Moment. »Und wie es aussieht, scheinen sie es immer noch zu sein ...« Sie sah die anderen der Reihe nach an. »Nach der Notlandung haben sie in Washington angerufen. Dort hat man sofort reagiert. Das ist auch der Grund, warum wir uns hier relativ frei bewegen können. Wir bekommen sogar einen Taxiflug nach D.C. spendiert. Das ist doch was, oder?« Sie trank ihren Becher leer und verzog das Gesicht. »Ein Mann wie Shakran kann die Politik beeinflussen. Indem er Widerstände beseitigt. Genau das hat er mit Malvern getan.« Sie sah Samson an. »Wie du siehst, bin ich auch ein Müllmann. Oder eine *Müllfrau.* Mein ganz spezieller Haufen Dreck ist Shakran. Irgendwann werde ich ihn in die Tonne treten, sollte er seinen Stunt überlebt haben. Viel wichtiger ist es, in Erfahrung zu bringen, was Malvern wusste. Und die Hintermänner dieses Mordes zu stellen. Denn trotz allem ist Shakran nur die Waffe, jemand anderer hat sie benutzt. Ich will die Hintermänner.«

»Und wie sollen wir das machen?«, fragte Mark deprimiert. »Val schwebt zwar nicht in Lebensgefahr, aber wir sind so gut wie ausgeschaltet. Vielleicht kommen wir hier gar nicht mehr weg, und sie schmeißen uns in den Knast.«

»Das glaube ich nicht«, meinte Samson. »Der Herr geht mitunter seltsame Wege.«

»Wie meinst du das?«, fragte Tom.

»Nun, es war reiner Zufall, dass Juliet, ich meine, Ann diesem Shakran auf dem Flughafen über den Weg gelaufen ist, richtig?«

Alle sahen Ann fragend an.

Sie nickte. »Reiner Zufall. Ich habe mir zwei Wochen Urlaub in Italien gegönnt. Dabei habe ich eine Klassenfahrt vorbereitet, die ich demnächst mit meinem Lateinkurs machen wollte. Wirklich reiner Zufall.«

»Hast du mittlerweile eine Ahnung, warum Malvern dir den Schlüssel anvertraut hat?«, fragte Mark.

»Senator Malvern kannte mich«, sagte Ann leise. »Er hat in dem Komitee gesessen, das über eine solche Operation gegen Shakran entschieden hat. Ich musste dem Komitee zweimal Bericht erstatten, bevor die Operation genehmigt wurde. Malvern wusste, dass es Shakran gewesen war, der ihn angriffen hatte, und er kannte mich. Ob er mich, bevor er starb, erkannte und dachte, ich wäre noch immer hinter Shakran her ...« Sie zuckte mit den Schultern. »Ich weiß es einfach nicht. So oder so, es war alles reiner Zufall. Ich denke, er wollte den Schlüssel einfach irgendjemandem geben, damit eine ganz bestimmte Person ihn *nicht* in die Hände bekommen konnte. Alles andere ist wilde Spekulation.«

»In den Händen des Herrn gibt es keinen Zufall«, sagte Samson voller Inbrunst. »Es war einfach an der Zeit, dass du wieder zu dir findest.«

»Du meinst, dafür musste Malvern sterben?«, fragte Ann bitter.

»Wir müssen Ihn nicht verstehen«, sagte Samson. »Wir müssen nur wissen, was zu tun ist.«

»Gut, und was ist zu tun?«, fragte Mark ein wenig gereizt. »Wie ich schon gesagt habe, uns sind die Hände gebunden.«

»Nicht unbedingt«, sagte Tom, der Ann aufmerksam ansah. »Wenn du dein Gedächtnis zurück hast, dann kannst du doch Kontakt aufnehmen zu deinen früheren Auftraggebern, oder?«

»Das wird nicht nötig sein«, sagte Ann.

»Warum nicht?«

»Weil wir um Null-Sechshundert abgeholt werden. Und direkt nach Washington fliegen. Ich denke, ich *hoffe*, dass ich weiß, wer uns da erwartet.«

»Und wer ist das?«

»So ziemlich der einzige Mensch auf der Welt, dem ich uneingeschränkt vertraue.«

60

Lieutenant Beck kam in die Kantine, salutierte vor Ann und informierte sie, dass in wenigen Minuten eine Maschine aus Washington landen würde.

»Was ist mit meiner Frau?«, fragte Tom.

Der Lieutenant sah kurz auf sein Schreibbrett. »Ein Admiral Norman hat die Leitung der Operation. Er lässt Ihnen mitteilen, dass sich eine vollständig ausgerüstete Notfallstation an Bord befindet, dazu kompetentes medizinisches Personal. Der behandelnde Arzt hält unter den gegebenen Umständen eine Verlegung für unproblematisch. Ihre Frau wird gerade für den Krankentransport vorbereitet. Sie können den Transport begleiten.«

Tom stand auf, sah in die Runde und nickte den anderen zu. »Können Sie mich bitte hinbringen?«

Der Lieutenant nickte.

Der frühe Morgen löste in Ann ein seltsames Gefühl aus. Die weichende Nacht, der rote Streifen des nahenden Morgens, die Scheinwerfer, die Landebahnbefeuerung, das Geräusch startender Flugzeugmotoren, der Geruch von Kerosin und Gummi in der Luft, all das gab diesem Morgen einen unwirklichen Anschein. Neben dem Humvee, der sie zum Flieger bringen würde, stand eine Militärambulanz, die Blaulichter kreisten langsam, der Fahrer lehnte an seinem Wagen und rauchte eine Zigarette. Das war gegen die Vorschrift, aber während Juliet ihn früher darauf aufmerksam gemacht hätte, hatte Ann kein Interesse daran.

Trotz der Wärme des gestrigen Tages war es kühl hier, und sie fror. Sie wusste, es war nicht nur die kühle Luft. Ann hatte ihr Gedächtnis zurück, aber nichts war so, wie sie es erwartet hatte. Sie hatte recht behalten, es tat weh, sich wieder zu erinnern. Sie hatte immer gedacht, alle Fragen würden sich nahtlos klären. Trotzdem hatte sich nichts verändert für sie. Sie war Ann. In irgendeiner Weise hatte Juliet doch nicht überlebt, sie konnte sich mit der Person, die sie einmal gewesen war, nicht mehr identifizieren.

Sie warf einen Blick auf Mark und Samson, die mit ihr neben dem Humvee warteten. Mark Bridges, der mit seinen Ecken und Kanten irgendetwas in ihr ansprach, Samson, mit dem sie eine gemeinsame Vergangenheit teilte, der vielleicht wirklich ein Freund war.

Hier, an diesem Morgen, auf diesem Flugfeld, kam alles zu einem Ende, was auf der Herrentoilette am Washingtoner Flughafen begonnen hatte. Aber war es wirklich schon zu Ende?

Positionslichter bewegten sich über die Landebahn auf sie zu, Scheinwerfer zeichneten aus dem Dunkel erst die Konturen, dann den schimmernden Rumpf des Learjets, der wenig später vor ihnen hielt und einmal kurz wippte, als ob er sich vor ihnen verbeugte. Das Singen der Triebwerke ebbte ab. Das Bodenpersonal brachte die Bremsklötze vor dem Fahrwerk an, dann öffnete sich langsam die Tür der Maschine.

Ihr altes Leben wartete auf sie, es holte sie in diesem Augenblick ein. Sie wusste nur nicht, ob sie das wollte. Eine hochgewachsene Gestalt mit eisgrauen Haaren sah zu ihr herüber und kam nach einem kurzen Zögern die Treppe herunter. Als der Mann vor ihr stand, sah er sie und die anderen prüfend an. Dann lächelte er.

»Willst du nicht guten Tag sagen?«

»Onkel Chester.«

Sekunden später lag sie in seinen Armen. Sie roch das vertraute Aftershave, hörte seine Stimme, auch wenn sie nicht verstand, was er sagte.

Der Mann löste sich von ihr, dann hielt er ihr ein Taschentuch hin. Blütenweiß und gebügelt.

»Danke.« Sie schneuzte sich die Nase und sah ihn lange an. Es war acht Jahre her, aber er wirkte viel älter. »Was ist mit deinen Haaren passiert?«

Er lachte leise. »Sieh mich nicht so an, Juliet Kilo. Hättest du dich früher gemeldet, dann hätte ich noch meine schwarze Haarpracht. Es hat mich fast umgebracht, als du verschwunden bist.«

»Was ist mit Nasreen? Geht es ihr gut?«

Er nickte langsam. »Sie hat die Hoffnung nie aufgegeben ...« Er sah ihren Blick und nickte leicht. »Ja, anders als ich. Ich habe geglaubt ... Gott sei Dank habe ich mich getäuscht.«

»Du hast dir Vorwürfe gemacht?«

»Zu Recht, wie du weißt.«

Sie nickte langsam. »Absolut grundlos. *Ich* habe dich überredet, nicht andersrum.«

»Ich habe mich überreden lassen.« Er lächelte sie an. »Ich glaube, ich muss mich erst noch an die neue Juliet gewöhnen.«

»*Ann*, sag bitte Ann.«

Er nickte. »Ann. Sind das deine Freunde?«

»Ja. Mark Bridges, Samuel Sonata.« Sie wies mit dem Kopf hinüber zu der Ambulanz, wo Val gerade ausgeladen und zum Flugzeug geschoben wurde. Tom ging neben ihr her und hielt ihre Hand. Er sagte etwas. War sie wach, konnte sie ihn verstehen? Ann hoffte es.

»Das sind Valerie St. Clair und ihr Mann Tom.«

Norman sah hinüber und beobachtete, wie Vals Liege in das Flugzeug geschoben wurde. »Ich habe gehört, es bestünde keine Lebensgefahr mehr. Ich hoffe, sie wird bald wieder gesund.«

»Das hoffen wir alle«, sagte Mark und hielt Norman seine Hand hin. »Admiral.«

»Agent Bridges.«

Norman gab ihm die Hand. Dann hielt er sie Samson hin und zog dabei die Augenbrauen hoch. »Werden Sie nicht gesucht wegen Mordversuchs an Ann?«

Samson schüttelte Normans Hand und zuckte mit den Schultern. »Das war ein Missverständnis.«

Norman fixierte das Pflaster auf Samsons Nase. »War sie das?«

Samson nickte. »Wie gesagt, ein Missverständnis. Hätte sie mich erkannt, dann hätte sie mir wahrscheinlich nicht die Nase gebrochen.«

»Aber Sie haben sie erkannt?«

»Genau in dem Moment, als es knirschte.«

Ann sah zu Norman hoch. »Weiß Nasreen, dass ich noch lebe?«

»Ja.«

»Wer ist Nasreen?«, fragte Mark.

»Ihre Nichte«, sagte Norman.

»Meine *Tochter*«, sagte Ann.

Mark und Samuel sahen sie fassungslos an.

Norman fing an zu lächeln. »Bist du bereit, ihr das zu sagen?«

»Wenn das alles vorbei ist, ja.«

»Sie wird im siebten Himmel sein«, sagte Norman zu Ann. »Und dann wirst du ihr ein paar Fragen beantworten müssen.«

Sie nickte. »Ich weiß noch gar nicht, was ich ihr sagen soll.«

Norman wandte sich an die beiden Männer. »Bitte entschuldigen Sie uns einen Augenblick, ich habe ihr etwas Privates mitzuteilen.« Er nahm Ann zur Seite. »Ich finde es gut, dass du dich dazu entschlossen hast, es ihr zu sagen«, sagte er leise.

»Ich habe mich verändert. Ich habe in den letzten acht Jahren mehr gelernt, als ich dachte«, antwortete Ann.

»In einem Jahr wird sie achtzehn, dann hätte ich ihr die Wahrheit gesagt.«

»Welche Wahrheit?«, meinte Ann bitter. »Dass ihr Vater ...«

»... deine Jugendliebe war?«

Sie sah ihn an. Er lächelte. »Ja, es war Charles. Mein Sohn. Nasreen ist tatsächlich meine Enkelin, und ich bin verdammt stolz auf sie. Und auf dich. Ich habe einen DNS-Test machen lassen. Charles war ihr Vater. Und kein anderer. Auch *er* nicht ...« Er sprach nicht weiter.

Ann atmete tief durch und nickte. »Dann ist sie wirklich deine Enkelin?« Auf einmal fühlte sie sich schwach. »Ich habe gebetet, aber ...« Wieder traten ihr Tränen in die Augen.

»Ich habe dir mein Taschentuch schon gegeben«, sagte er.

Ann lächelte unsicher, als sie sich die Tränen wegwischte.

»Ich hätte früher daran denken sollen. An den DNS-Test, meine ich. Es hätte dir eine Menge Unsicherheit und viele

Ängste erspart. Und vielleicht wärst du nicht so fanatisch geworden.«

»Fanatisch?«

Sein Blick wurde ernst. »Fanatisch. Es gibt kein anderes Wort dafür, das weißt du. Aber sonst hättest du ihn wohl nicht aufspüren können.«

»Woher weißt du das?«

»Die Sache in San Francisco. Was ist schiefgelaufen damals?«

»Ich hatte den Dreckskerl. Ich wollte ihn übergeben. Ich habe mich an die Vorschriften gehalten. Ich hatte mir sogar überlegt, dich einfach direkt anzurufen. Leider habe ich es nicht getan.«

»Ich habe die Information nie erhalten«, sagte Norman. Sein Gesicht verdüsterte sich. »Also hatten wir einen Maulwurf, der die Nachricht abgefangen hat.«

Ann nickte.

»Ja. In dem Augenblick, als ich ihn sah, war es mir klar. Es war auch nicht das erste Mal, dass er Informationen verkaufte. Aber dabei ist es nicht geblieben. Es war Moire, der Shakran die Waffe gegeben hat, mit der er mich ...«

»Er hat dich nicht erschossen.«

»So gut wie.«

Norman rieb sich das Kinn. »Moire also. Das hätte ich ihm nie zugetraut.« Er löste sich von Ann und ging ruhelos auf und ab. »Ich wusste noch nicht mal, dass er sich mit dir treffen wollte. Ich wusste nur, dass er sich mit einem Agenten treffen wollte. Moire hätte gar nicht wissen dürfen, wer du bist. Ich bin mir nicht sicher, aber ich meine, er hätte in seinem Bericht geschrieben, dass der Agent angeblich nicht gekommen ist. Dieser verdammte Hund! Ein halbes Jahr später ist er dann zum Geheimdienst gewechselt.«

»Er kannte mich auch nicht. Weder meinen Namen noch sonst irgendwas. Aber es war ihm auch egal. Er kannte Shakran persönlich ...«

»Da sind eine Menge Dinge schiefgelaufen. Im Nachhinein weiß man es immer besser. Wie auch immer, ich glaube, ich freue mich auf ein Gespräch mit ihm.«

»Da kenne ich noch jemanden.«

Später, im Flugzeug, kurz nachdem der Learjet abgehoben hatte, wandte Ann sich Samson zu. »Hey, Großer?«

Er lächelte. »Was ist, kleine Schwester?«

»Wegen Moire. Wir brauchen ihn noch, um die ganze Sache aufzurollen.«

»Das weiß ich. Und?«

»Wenn jemand ein Recht auf den Kerl hat, dann bin ich das. Ich kenne dich, Samson. Du musst mir versprechen, den Typen in Ruhe zu lassen.«

»Wie meinst du das?«

»Du weißt, wie ich das meine. Du überlässt ihn mir. Versprich mir das.«

Samson sah sie an. »Er hätte es verdient.«

»Das tut nichts zur Sache. Versprich es mir!«

»Gut. Wenn du willst. Ich werde ihn nicht umbringen, ich werde ihm auch kein Haar krümmen.«

Sie sah ihn prüfend an. Dann nickte sie. »Danke.«

Der Learjet war auf die Navy registriert, dennoch war die Einrichtung relativ luxuriös. Einen Großteil des Platzes beanspruchte die komplette Krankenstation für sich, trotzdem reichte es in der Kabine für sechs bequeme Sitze. Mark und Admiral Norman saßen hinten, in der Nähe der Tür zur Notfallstation, während Samson und Ann es sich vorne, gleich hinter dem Cockpit, bequem gemacht hatten.

Mark warf einen Blick zu ihnen hinüber, dann widmete er sich wieder seinem Gesprächspartner. »Sie sind also Admiral?« Er sah kurz dorthin, wo dessen zweiter Arm hätte sein müssen.

»Ich kommandiere nur einen Schreibtisch«, antwortete Norman. »Sie scheinen ziemlich neugierig zu sein.«

»Das gehört zu meinem Beruf«, antwortete Mark.

»Rein berufliche Neugier?« Er sah Mark prüfend an.

Mark sah zu Ann hinüber und schüttelte langsam den Kopf. »Es war mal berufliche Neugier. Mittlerweile?« Er zuckte mit den Schultern. »Ich weiß es nicht. Wie denn auch? Wir kennen uns ja kaum.«

Norman lächelte. »Gut, das soll mir genügen. Juliets ... *Anns* Vater und ich haben uns bei der Marine kennengelernt. Er war Pilot, ich beim Nachrichtendienst. Ich war sein Trauzeuge, meine Frau war die beste Freundin seiner Frau.« Er sah an Mark vorbei, sein Blick verlor sich in der Ferne. »Wir haben Kontakt gehalten. Als Anns Mutter Botschafterin wurde, habe ich es arrangiert, dass ich mit meiner Familie dorthin versetzt wurde. Mein Sohn Charles war ein Jahr älter als Ann. Man kann nicht unbedingt sagen, dass sie sich gut verstanden haben. Dann kam der Anschlag auf die Botschaft. Anns Mutter wurde getötet, meine Frau wurde schwer verletzt, sie starb einen Monat später, und ich habe den Arm verloren ...« Er sah wieder Mark an. »Juliet... *Ann* hat überlebt. Juliet Kilo war ihr Codename bei den Sicherheitsbeamten.« Er atmete tief durch und rieb sich gedankenverloren über die Schulter, unter der ein sorgsam gefalteter Uniformärmel baumelte. »Normalerweise hätte das für mich und meine Karriere das Ende bedeutet. Und, glauben Sie mir, ich war am Ende. Anns Vater, ich weiß nicht, wie er es geschafft hat, aber er hat dafür gesorgt, dass ich nicht aufgegeben habe. Ich habe meinen Job behalten. Zum Denken braucht man nur einen Kopf, nicht zwei Hände. Ich war, wie soll man sagen, ausreichend motiviert. Da ihr Vater auf einem Flugzeugträger stationiert war, habe ich Ann zu mir genommen. Ich war damals in Paris als Verbindungsmann zum französischen Geheimdienst. Ein paar Jahre später haben sich Charles und Ann ineinander verliebt. Charles war mein Sohn. Sie wollten es geheim halten. Sie dachten wohl, wir würden es nicht mitbekommen.« Er lächelte wehmütig. »Wir haben darauf gewartet, dass sie es uns sagen. Dazu kam es nicht mehr. Ann wurde entführt, aber von französischen Spezialeinheiten befreit. Später haben wir herausgefunden, dass es nur den Zweck hatte, Anns Vater nach Paris zu locken. Ann wollte sich mit den beiden in einer Galerie treffen, warum, weiß ich nicht. Als ihr Vater und Charles vor der Galerie ankamen, wurden beide von einer Autobombe getötet. Es war Shakran. Sie hat ihn gesehen. Er hat sie angelächelt, ihr den Auslöser gezeigt und dann auf den Knopf gedrückt.«

»Mein Gott!«, entfuhr es Mark. Er schloss die Augen und versuchte sich vorzustellen, wie sie sich gefühlt haben musste. »Das ist ja furchtbar! Sie hat mit ansehen müssen, wie ihr Vater und ihr Freund ermordet wurden?«

Norman nickte langsam.

»Ich glaube, ich muss mich noch einmal bei ihr entschuldigen.« Mark sah kurz zu Ann hinüber. »Seit damals war sie also hinter ihm her?«

»Ja. Sie wusste, dass sie es nicht allein schaffen würde, also hat sie mich überredet, ihr zu helfen. Ich habe sie zur NSA gebracht. Sie war damals noch keine achtzehn. Es war nicht ganz einfach, ihr die Ausbildung zu ermöglichen.« Norman schwieg einen Moment. »Es schien so, als ob sie sich erst dann um Nasreen kümmern konnte, wenn sie Shakran erledigt hatte. Und sie war gut! Sie war einer der besten Rekruten, die wir jemals hatten.« Er schüttelte den Kopf. »Ich habe nie wieder erlebt, dass einer so konzentriert war wie sie. Es war schon unheimlich, wie schnell sie lernte. Was auch immer ihr Job war, sie löste ihn mit Bravour. Sie hat uns auch überzeugt, dass es ihr nicht nur um Shakran ging. Juliet war die beste Anti-Terror-Expertin, die wir hatten ... *haben.* Sie hat sogar Sicherheitslücken im Weißen Haus gefunden ... Schließlich war sie die Einzige, die Shakran ebenbürtig war. Und zum Schluss hat sie auch mich überzeugt. Zu diesem Zeitpunkt wussten wir auch schon etwas mehr über Shakran, und außerdem wussten wir, dass er, beziehungsweise seine Hintermänner, tatsächlich eine enorme Gefahr für uns darstellten. Er hat zwar jeden Auftrag angenommen, aber es schien so, als hätte er einen ganz speziellen Hass auf Amerika.«

»Da scheint mir noch mehr dahinterzustecken«, sagte Mark und beobachtete Norman genau.

»Ja. Aber das darf ich Ihnen nicht sagen. Ich habe sowieso schon zu viel gesagt. Das bedroht Anns Sicherheit.«

»Sicherheit? Bedeutet das, dass sie immer noch als aktiv geführt ist?«

Norman nickte. »Sie ist immer noch der beste Experte, den wir in Bezug auf Shakran haben. Ihr Auftrag ist heute genauso wichtig wie damals. Vielleicht sogar noch wichtiger, wenn man die jüngsten Ereignisse berücksichtigt ...« Norman runzelte die Stirn. »Ich werde das Gefühl nicht los, dass Shakran immer noch im Land ist. Das kann nur bedeuten, dass er noch einen Auftrag hat. Und Ann ... *Juliet* ist unsere einzige Chance, den Kerl zu finden.«

»Warum haben Sie Ann dann nicht früher unterstützt?«

»Sie war ja auch für mich verschwunden. Acht lange Jahre. Und wie sollte ich Miss Ann Mankowitz mit Juliet in Verbindung bringen? Ann Mankowitz, eine Lehrerin?«

»Ich dachte, Sie hätten ihr die neue Identität verschafft?«

Norman lachte leise und schüttelte den Kopf. »Nein, das war sie selbst.«

»Und wie kommen Sie jetzt ins Spiel?«

»Vielleicht waren Sie dabei, als sie die *Phoenix*-Datenbank aktiviert hat. Das hat mich auf den Plan gerufen, so habe ich dann von Captain Kramer gehört und von seiner Wasserleiche. Wissen Sie, dass er eine andere Leiche als die tote Juliet ausgegeben hat? Das hat ihr wahrscheinlich das Leben gerettet, aber mir jede Möglichkeit genommen, nach ihr zu suchen.«

Mark nickte langsam. »Ich gestehe, ich bin überrascht, dass sie so offen zu mir sind.«

»Das liegt daran, dass Sie jetzt, freiwillig oder unfreiwillig, zu unserem Team gehören. Irgendetwas ist wichtig an Malverns Hinterlassenschaft, es scheint so, als ob Regierungsstellen in die Sache verwickelt sind. Es gibt nicht viele Leute, denen ich vertrauen kann, die meisten davon sitzen hier in diesem Flugzeug.« Er beugte sich vor und fixierte Mark. »Als Sie damals bei den Marines waren, haben Sie unterschrieben, nie etwas über die Operationen verlauten zu lassen, an denen Sie teilnehmen. Das gilt immer noch. Ich berufe mich auf den National Security Act und erwarte schlicht und einfach von Ihnen, dass Sie sich entsprechend verhalten. Wenn Sie das nicht tun, dann lasse ich Sie in einem Loch verschwinden und werfe den Schlüssel weg. Juliet ... *Ann* wird man nicht noch einmal verraten!«

»Sie brauchen mir nicht zu drohen«, sagte Mark leise.

Norman schüttelte den Kopf. »Darum geht es nicht. Ich

gehe sogar davon aus, dass das unnötig war. Aber es musste gesagt werden. Sie mögen sie wirklich, nicht wahr?«

Mark sah kurz zu Ann und dann wieder zu Norman zurück. »Sieht man das?«

Norman schmunzelte.

»Sie ist meine Hauptzeugin.«

»Das hatte ich ganz vergessen.« Er lachte.

Mark lachte auch. »Ja, ich mag sie. Ist das ein Problem?«

Hinter ihnen öffnete sich die Tür, und einer der Ärzte kam heraus. »Wie geht es Mrs St. Clair?«, fragte Norman.

»Sie ist aufgewacht. Zwar nur für kurze Zeit, aber das war der Durchbruch. Es war hauptsächlich der starke Blutverlust, der so gefährlich war.« Er zog seine Handschuhe aus. »Sie ist bald wieder auf dem Damm.«

Ann hatte sich umgedreht. »Weiß sie, wer sie ist?«

Der Arzt sah sie verwundert an. »Warum sollte sie das nicht wissen? Sie hat ihren Mann erkannt und nach Ihnen allen gefragt. Wir haben ihr gesagt, dass es Ihnen gut geht und sie dann wieder schlafen lassen. Es wird eine ganze Weile dauern, bis sie wieder Turnübungen machen kann.« Er nickte ihnen zu. »Das wollte ich Ihnen nur kurz sagen.« Dann ging er wieder nach hinten.

Tom kam aus der Notfallstation, ging an ihm vorbei nach vorne und ließ sich in einen der Sessel fallen. Er sah geschafft aus. Seine Augen waren rot, er hatte geweint. »Ich musste ihr sagen, was der Bastard uns genommen hat.« Wieder traten Tränen in seine Augen. »Es hatte keine Chance ... eine Reaktion des Körpers.«

Ann stand auf und legte Tom einen Arm um die Schulter. »Das ist furchtbar. Wusste sie es?«

Tom schüttelte den Kopf. »Wahrscheinlich nicht ... Ich habe lange überlegt, ob sie es überhaupt erfahren soll.«

»Und wie geht es dir?«, fragte Ann.

Tom sah sie überrascht an. »Mir? Ich weiß es nicht. Beschissen, glaube ich.« Er wischte sich die Tränen weg und sah zu Ann hoch. »Ich will ihn haben, diesen Bastard . . .«

Norman nickte. »Ich glaube, das wollen wir alle.«

61

Auf dem Flughafen schüttete es wie aus Kübeln. Ann ließ sich nass regnen, während sie beobachtete, wie Val vom Flugzeug in einen Krankenwagen umgeladen wurde. Der Krankenwagen würde sie zum Walter Reed Hospital bringen. Tom fuhr mit ihr mit, hatte aber vor, sich später wieder mit Ann und den anderen zu treffen.

»Wie fühlst du dich?«, fragte Mark, der zu ihr gegangen war. Er schüttelte sich wie ein nasser Hund.

»Kann ich dir nicht sagen«, antwortete Ann. »Ich habe irgendwie die Orientierung verloren.«

»Was passiert jetzt?«, fragte Samson, der Mark gefolgt war. Hinter ihm kam Norman mit einem jungen Mann in einem grauen Anzug, der einen großen schwarzen Schirm über den Admiral hielt. Er selbst schwamm beinahe weg.

»Ich würde vorschlagen, wir nehmen das Auto«, meinte Norman und nickte in Richtung einer Limousine, die langsam heranfuhr.

Der Fahrer hielt an und sprang hinaus in den Regen, um ihnen die Türen aufzuhalten.

»Netter Service«, stellte Samson fest, während er sich in die Ledersitze fallen ließ. »Sie scheinen wichtig zu sein.«

»Manchmal«, antwortete Norman. Er wandte sich Ann zu, die neben ihm Platz genommen hatte. »Nach Hause?«

Sie schüttelte den Kopf. »Noch nicht. Ich muss das alles erst mal verarbeiten. Ein diskretes Hotel, in dem wir uns umziehen können, danach müssen wir zur Bank.«

»Eigentlich dürfte ich dich nirgendwo hinlassen, bis du nicht offiziell deinen Bericht abgeliefert hast«, sagte Norman.

»Ich dachte, ich bin nicht offiziell ...«, sagte Ann mit einem schiefen Lächeln.

»Es wird Zeit, dass du es wieder wirst.« Norman sah ihr in die Augen. »Ich muss nach Hause und von dort aus ins Büro. Ich werde versuchen, ein paar Dinge in Gang zu bringen ...« Er sah zu Mark. »Das, was Ihnen passiert ist, ist nur ein Teil davon. Außerdem gibt es da noch einen Fernsehbericht vorzubereiten, der von dem Absturz einer Privatmaschine berichtet.«

»Lass es«, meinte Ann müde. »Ich glaube nicht, dass er darauf reinfällt.«

»Du gehst also davon aus, dass er noch lebt ...«, sagte Norman.

»Ich weiß nicht. Aber schaden tut es nicht, oder? Halte uns lieber noch zwei Tage offiziell auf Wellis fest. Und mach es nicht publik. Dies hier ist mir, ehrlich gesagt, schon zu viel.« Sie wies auf die Limousine.

»Willst du damit sagen, dass du weiterhin allein vorgehen willst?«

Sie sah Mark und Samson an, dann schüttelte sie den Kopf. »Nein. Ich bin nicht mehr allein. Halte uns nur von offizieller Seite den Rücken frei. Sobald wir das Material aus dem Schließfach haben, melden wir uns.«

»Ich bin der Meinung, dass es einfacher wäre, wenn ich die Sache mit dem Schließfach übernehmen würde«, sagte Norman.

»Du würdest sie damit offiziell machen.«

»Du meinst, jemand in meiner Abteilung würde etwas mitbekommen und vielleicht sogar plaudern?«

»Könnte doch sein, oder? Noch wissen wir nicht, wer da alles mit drinhängt. Wer sagt, dass Moire der Einzige ist? Es könnte dein Stellvertreter sein.«

»Ich will hoffen, dass diese Gefahr nicht besteht.« Norman klang frustriert.

Wenig später hielt die Limousine vor einem Haus in einem der ruhigeren Vororte von Washington. Norman beugte sich zu Ann hinüber und gab ihr einen Kuss auf die Stirn. Sie starrte wie gebannt auf das Haus.

Der Fahrer sprang hinaus, öffnete einen Regenschirm und hielt ihn über den Admiral.

»Pass auf dich auf«, sagte Norman. »Ich will dich nicht noch einmal verlieren.«

»Mach ich«, sagte Ann leise.

Plötzlich öffnete sich die Eingangstür, und eine schlanke junge Frau tauchte im Türrahmen auf.

»Ist sie das?«, hauchte Ann.

Norman lächelte. »Ganz wie ihre Mutter. Ein ungestümes Fohlen …« Dann schloss er leise die Tür.

Während die Limousine davonfuhr, sah Ann durch die regennassen Scheiben, wie die junge Frau trotz des Regens auf ihren Großvater zulief und ihm um den Hals fiel.

Samson sah sie an. »Das war ein Fehler, Major. Niemand ist diesen Preis wert.«

Ann lehnte sich zurück und schwieg.

»Wir sind unter Zeitdruck«, sagte sie langsam. »Was sollte ich denn sagen? Hallo Nasreen, ich bin wieder da, muss aber gleich wieder weg? Nach so vielen Jahren?«

»Wir könnten das mit dem Schließfach erledigen«, schlug Mark vor.

»Da es auf den Namen Andrea Weston gemietet ist, könnte es sein, dass du auffällst«, sagte sie spitz.

Samson sah zu Mark hinüber. »Sie hat leider recht. Unser Job ist es, dass sie lebend da wieder rauskommt.« Er musterte Ann. »Trotzdem bin ich der Meinung, dass du einen Fehler machst.«

»Ich habe ihr versprochen, dass ich wiederkomme«, sagte Ann leise.

»Bis jetzt hast du dein Versprechen nicht gehalten«, knurrte er.

Ann sah ihn an. Tränen traten ihr in die Augen. »Ich glaube nicht, dass dich das etwas angeht.«

Samson blinzelte. »Da täuschst du dich aber, kleine Schwester. Wir waren Buddies. Du hast mir das Leben gerettet, jetzt gehörst du mir. Du hast meinen süßen schwarzen Arsch gerettet, aber ich war nicht da für dich, als das in San Francisco passiert ist. Ich schulde dir mehr, als ich dir zurückzahlen kann. Du bist meine Schwester. Sonst noch Fragen?«

Ann wischte sich die Tränen ab. Dann lächelte sie. »Nein, keine.«

62

Wenn jemand uns verfolgt hat, dann ist er jetzt halb tot. Genau wie wir«, grummelte Samson, als sie später am Tag um das Lincoln-Denkmal herumjoggten.

»Mag sein, dass ich paranoid bin«, sagte Ann. Sie blieb stehen, wischte sich den Schweiß von der Stirn und stützte die Arme auf die Knie. »Aber das wird mich wahrscheinlich nicht umbringen, oder?«

»Aber vielleicht mich. Ich kriege fast einen Herzinfarkt. Ich bin ein hochspezialisierter Killer, aber kein Marathonläufer!«, empörte sich Samson.

»Was ist aus dem alten *Semper Fi* geworden?« Mark keuchte. Er lehnte sich an das Denkmal und massierte sich die Schienbeine.

Samson winkte ab. »In den letzten achtundvierzig Stunden wurde mir zum dritten Mal die Nase gebrochen, ich wurde abgeschossen, angeschossen, habe gesehen, wie ein Arsch jemanden abschießt, den ich mag ... Und ich habe immer noch nicht zurückschlagen können. Ich habe gar nicht gewusst, wie sehr ich das vermisse ...«

Ann sah in den sonnigen Morgenhimmel über Washington. »Wie auf einer Postkarte«, sagte sie. »Und ich habe Angst vor dem, was wir in ein paar Stunden wissen werden«, fügte sie so leise hinzu, dass die anderen sie nicht verstehen konnten.

»Was machen wir jetzt?«, fragte Mark. »Wir würden sowieso nicht merken, ob wir verfolgt werden.«

Ann hielt sich die Seite und versuchte, den Schmerz zu ignorieren. »Ich wollte wissen, ob wir uns noch bewegen können. Speziell ich. Ich wollte wissen, wie schlimm es ist und ob einer von euch so dumm ist, auf knallhart zu machen. Wenn wir nicht fit sind, können wir das Ganze nämlich vergessen.«

»Und was meint der Major, sind wir fit genug?« Samson grinste.

»Ich würde sagen, nein. Der Arzt hat gesagt, es wäre nur ein Kratzer. Aber ich spüre die angebrochene Rippe stärker, als mir lieb ist«, sagte sie. Sie setzte sich, lehnte den Kopf gegen den kühlen Marmor und schloss die Augen.

»Geben wir auf?«, fragte Samson leise.

Ann öffnete die Augen wieder und sah hinauf in den strahlend blauen Himmel. Dann schüttelte sie den Kopf. »Nein. Wir müssen nur so vorgehen, dass wir keinen Marathonlauf machen müssen. Wir brauchen einen Plan.«

Mark holte seine Zigaretten heraus und zündete sich eine an.

»Kann ich auch eine kriegen?«, fragte Ann.

»Ich dachte, du rauchst nicht?«

»*Ann* raucht nicht. Juliet ...«

»Du hast nur ab und zu eine geraucht«, sagte Samson fast vorwurfsvoll, als Mark Ann Feuer gab. Sie nahm einen Zug, hustete, dann lächelte sie. »Das habe ich gebraucht.«

Beide Männer sahen sie skeptisch an.

»Was habt ihr denn? Es geht mir gut. Also, wo waren wir? Zwei Dinge: Wir müssen das Schließfach leeren und heil die Bank wieder verlassen. Nein, *drei* Dinge; Moire einpacken. Ich habe nämlich ein paar Fragen an ihn.«

»Moire ist eine harte Nuss. Mittlerweile hat er Karriere gemacht. Ist jetzt richtig wichtig, der Mann«, sagte Samson sarkastisch. »Möchte wetten, dass er bewacht wird.«

»Warum nicht offiziell vorgehen? Anns Aussage dürfte reichen, um den Kerl zu überführen«, meinte Mark.

»Ja. Aber das bedeutet auch, dass er auf seine verfassungsmäßigen Rechte pochen kann«, sagte Ann.

»Natürlich«, antwortete Mark.

Ann schüttelte den Kopf. »Da bin ich aber ganz anderer Meinung. Er hat mir mein verfassungsmäßiges Recht auf mein Leben genommen.«

»Wir können nicht einfach hingehen und ihn entführen!«, protestierte Mark.

Ann und Samson sahen sich an, dann blickten beide zu Mark.

»Doch, können wir«, antwortete sie. »Ich kann, wenn ich will, den Dreckskerl einfach so erschießen. Ich habe die Vollmacht dazu.«

»Du spinnst. Das gibt's nicht«, sagte Mark.

Ann sah ihn nur an.

»Mark«, schaltete sich Samson ein. »Du warst bei den Marines. Hast du auch mal einen Einsatz gehabt?«

»Natürlich.«

»Dir ist schon klar, dass es völkerrechtlich nicht in Ordnung ist, ein Kommandoteam auf fremdem Grund und Boden agieren zu lassen, oder?«, sagte Samson.

»Das ist was anderes.«

»Das ist *nichts* anderes«, sagte Ann mit Nachdruck. Ihre Stimme war hart. »Irgendwo im Zentralarchiv liegt ein Dokument, auf dem steht *Befehl des Präsidenten* drauf. Dann kommt mein Name. Und dann steht da noch, was ich alles tun kann. Wenn es noch Gültigkeit hat, dann kann ich ihn einfach erschießen. Anschließend muss ich Rechenschaft darüber ablegen.« Sie zuckte mit den Schultern. »Glaub mir, ich kann es.«

Mark dachte nach, dann nickte er langsam. »Das gefällt mir nicht, aber ich sehe durchaus die Vorteile.«

»Ich auch«, sagte Samson.

»Das heißt nicht, dass ich ihn umbringen will. Eher im Gegenteil. Ich will wissen, was er weiß. Haben wir uns verstanden?« Ann sah die beiden an.

»Gut, aber wie?«, fragte Mark.

»Ich habe da so eine Idee«, sagte Samson. »Ich kenne ein paar Leute, die eine Rechnung mit ihm zu begleichen haben.«

»Das ist lange her«, sagte Ann.

»Ich könnte mir vorstellen, dass der eine oder andere durchaus nachtragend ist.«

»Meine Vollmachten decken so was nicht ab«, gab Ann zu bedenken. Aber sie klang, als würde ihr die Idee gefallen.

»Kannst du dir vorstellen, wie scheißegal mir das ist?«, fragte Samson.

»Keiner von uns handelt auf eigene Faust. Ist das klar?«, fragte Ann entschlossen.

Mark nickte.

Samson ließ sich Zeit, dann nickte auch er. »Das ist klar. Also, soll ich es arrangieren?«

»Ja.«

»Und wie willst du das machen?«, fragte Mark. »Persönlich aufkreuzen?«

»Ich setze mich einfach für zwei Stunden in ein Café«, sagte Samson. »Ich kenne da eins in Washington, die haben echt guten Milchkaffee.«

Mark sah ihn fragend an.

»Es ist ein Internetcafé. Die wunderbare Welt der Kommunikation. Und sie haben wirklich einen guten Kaffee.« Er sah zu Ann hinüber. »Aber wie wir das Zeug aus dem Bankschließfach bekommen, ohne dass wir dabei gesehen werden, das weiß ich nicht.«

»Eigentlich sollten wir einfach reingehen und es holen«, sagte Mark.

Ann zuckte mit den Schultern. »Wir sollten es nicht zu offensichtlich machen. Mittlerweile weiß die Gegenseite, dass der Schlüssel, den sie sich von Benning geholt haben, ihnen nichts bringt. Sie werden die Bank beobachten. Vielleicht sogar versuchen, uns abzupassen. Wir wissen nicht, wie verzweifelt unsere Gegner sind. Sind sie verzweifelt genug, kann es zu einem Kampf kommen. Ich will keine unschuldigen Passanten da mit reinziehen.«

Mark nickte langsam. »Okay, also wie?«

Ann sprang auf. »Neue Kleider braucht die Frau!«

Die beiden Männer stöhnten auf.

»Wenn du nicht weißt, was du tun sollst, geh einkaufen.«

63

Um kurz nach elf betrat Ann Mankowitz als Andrea Weston die Bank. Sie wurde mit der üblichen geschäftsmäßigen Freundlichkeit empfangen. Ein Sicherheitsmann der Bank und ein Bankangestellter begleiteten sie zum Raum mit den Schließfächern. Der Bankangestellte benutzte den Schlüssel der Bank, danach sahen er, die Sicherheitskameras und der Sicherheitsmann diskret weg.

Schon wenig später war die junge Frau fertig. Das Schließfach wurde wieder geschlossen, und sie begab sich durch die Schalterhalle Richtung Ausgang.

Ein adrett gekleidetes junges Pärchen bewegte sich auf sie zu. Plötzlich traten ihr zwei Männer in den Weg.

»Andrea Weston?«, fragte der dunkelhäutige Mann.

Sie nickte.

»Samuel Clemens, FBI. Das ist mein Kollege Richard Small. Ich möchte Sie bitten, mitzukommen.«

»Bin ich verhaftet?«

»Nein, wir haben nur ein paar Fragen an Sie. Wenn Sie uns bitte folgen würden ...«

Das junge Pärchen schien sich plötzlich anders zu entscheiden, es wechselte die Richtung und suchte Blickkontakt zu einem anderen Pärchen. Dort zuckte jemand mit den Schultern. Die beiden Pärchen beobachteten, wie die FBI-Agenten zusammen mit Andrea Weston in eine dunkle Limousine stiegen und davonfuhren.

»Hast du es bekommen?«, fragte Mark, als Samson von der

Hauptstraße abbog. Er warf einen Blick nach hinten, obwohl er wusste, dass er sowieso nicht erkennen würde, ob sie verfolgt wurden.

Ann nickte. »Es war alles noch so, wie ich es hinterlassen habe.« Sie sah Samson an. »*Samuel Clemens*? Ich wette, dass das nicht auf dem Ausweis steht.«

»Ich finde, der Name hat was«, antwortete Samson. Dann wandte er sich an Mark. »Hast du sie in den Kasten bekommen?«

»Klar doch!« Mark lachte.

Samson nickte. »Vielleicht finden wir etwas heraus. Vielleicht nicht. Schaden wird es wohl kaum ...« Wieder warf er einen Blick in den Rückspiegel.

Ann öffnete ihre Handtasche und holte ein blaues Spiral-Notizbuch und einen CD-Rohling heraus. »Wie weit noch?«, fragte sie.

»Ungefähr zehn Minuten«, sagte Samson.

Auch Mark warf einen Blick nach hinten, dann ließ er sich in das Polster fallen. »Verdammt, meine Nerven sind total ruiniert. Diese Sorte Spielchen ist was für junge Leute.«

Ein Polizeiwagen zog an ihnen vorbei und schaltete das Blaulicht ein.

»Verdammte Scheiße!«, fluchte Mark.

Der Polizeiwagen schaltete die Sirene dazu, beschleunigte, wendete dann mit quietschenden Reifen genau vor ihnen und rauschte mit heulender Sirene wieder an ihnen vorbei.

»Das schlechte Gewissen ...«, sagte Samson und zeigte seine perlweißen Zähne.

Ann blätterte in dem Notizbuch.

»Hast du schon eine Ahnung, worum es geht?«, fragte Mark.

Sie schüttelte den Kopf. »Es ist Steno. Wie es aussieht, hat der Senator sich Notizen zu Treffen gemacht, an denen er teilgenommen hat. Bis jetzt sieht das aus wie mehrere hochkarätige Aufsichtsratstreffen.« Sie lächelte. »Der Gastgeber hat Wert darauf gelegt, dass die anderen Mitglieder des Komitees auf keine Annehmlichkeit verzichten müssen …« Sie blätterte weiter. »Sieht so aus, als ob hier jemand auf junge, rothaarige Mädchen steht. Der Senator schreibt: *Ich habe gefragt, wie alt die Mädchen sind. Man hat mir gesagt, jedes sei älter als sechzehn, auch wenn sie sehr jung aussehen, schließlich soll ja alles legal sein. Ich habe da meine Zweifel.*

»Mist. Ich kann kein Steno«, sagte Mark. »Wie sieht es bei dir aus, Samson?«

»Sehe ich aus wie eine Sekretärin?«

Ann zog die Augenbrauen hoch. »Dir ist doch wohl klar, dass diese Äußerung politisch nicht korrekt war …«

64

Das müsste es sein«, sagte Samson. Er hielt vor einem schmiedeisernen Tor. Der Kiesweg dahinter sah aus, als hätte ihn lange Zeit niemand benutzt.

»Bist du sicher?«, fragte Mark. Er sah sich sorgsam um, sein Blick blieb an einer Kamera hängen, die den Wagen von einem der Torpfosten aus anvisierte.

»Tom war sich sicher, dass er das arrangieren kann. Und bis jetzt habe ich den Eindruck, dass man sich auf ihn verlassen kann«, sagte Ann.

»Kann man auch. Aber er ist ein Amateur, ich bin mir nicht sicher, ob es so eine gute Idee war, ihn mit hineinzuziehen.«

»Er ist schon längst mittendrin. Und er ist motiviert ...« Sie griff unter ihr Jackett, prüfte, ob ihre Waffe richtig saß, und wollte aussteigen. Mark legte seine Hand auf ihren Arm. »Was willst du tun?«

»Aussteigen und klingeln. Was sonst?«

Mark ließ die Hand sinken. Ann stieg aus. Mit einem Seufzer öffnete Mark seine Tür und folgte ihr.

»Ist das nicht ein bisschen unvorsichtig?«, fragte er.

»Wenn sie hier auf uns warten, haben wir ein echtes Problem«, meinte Samson. Auch er war ausgestiegen.

Mark drehte sich zu ihm um. »Sollte nicht wenigstens einer von uns im Wagen bleiben?«

Samson zuckte mit den Schultern. »Die Tür ist offen. Du kannst dich gern reinsetzen.«

Ann blieb neben einer der Säulen stehen und wischte das Messingschild sauber. »Marisson Place. Wir sind richtig.« Sie drückte auf die Klingel.

Alles blieb still.

»Bist du sicher, dass das Ding funktioniert?« Mark warf einen Blick zur Kamera hoch. Die hatte sich nicht bewegt, sie waren alle drei nicht mehr im Focus.

»Das werden wir wohl bald herausfinden.«

Ein leises Surren war zu hören, als die Kamera sich bewegte. Die drei sahen sich an, dann zuckte Samson mit den Schultern, ging zurück neben den Wagen und winkte breit grinsend in die Kamera. Es klickte, mit einem lauten Knirschen öffnete sich der rechte Torflügel, ein paar Sekunden später auch der linke.

»Na also«, sagte Samson und setzte sich wieder hinters Steuer.

Als der Wagen in der Auffahrt anhielt, war Mark der Erste, der ausstieg. Er hatte die Hand am Griff seiner Waffe und sah sich sorgfältig um. »Das bezeichnet man also als Jagdhütte, wenn man Millionär ist«, sagte er kopfschüttelnd.

Das Haus sah aus, als wäre es Ende des vorletzten Jahrhunderts erbaut worden. Es war alles andere als eine Hütte.

»Wieso klingst du so überrascht?«, fragte Samson, der Ann die Tür öffnete. Auch seine Hand wanderte unter sein Jackett. »Das Ding hat bestimmt nicht mehr als zwanzig Zimmer.«

Die Eingangstür öffnete sich, Tom tauchte im Türrahmen auf. In der rechten Hand hielt er eine zweiläufige Schrotflinte. Der Lauf war abgesägt worden, wahrscheinlich erst vor Kurzem, denn das Metall glänzte noch.

»Alles in Ordnung?«, fragte er und warf einen nervösen Blick in die Umgebung.

»Bei uns schon«, antwortete Ann. »Tom?«

»Was?« Er sah sich immer noch nervös um.

»Dürfen wir reinkommen?«

Tom sah sie überrascht an, dann schüttelte er den Kopf, weil er immer noch die Tür blockierte. »Ach so. Klar doch.« Er ging voraus, Mark und Ann folgten ihm.

»Ist die Garage da drüben verschlossen?«, rief Samson.

»Nein, zurzeit nicht«, antwortete Tom.

»Gut. Ich parke noch schnell den Wagen.«

Mark sah sich in der Eingangshalle um und pfiff leise durch die Zähne. »Mannomann!« Die Eingangshalle war zwei Stockwerke hoch, die massiven Stützbalken waren unverputzt. Ein riesiger Kamin diente als Blickfang, links und rechts davon standen Ritterrüstungen aufgereiht.

»Geben einen interessanten Touch«, meinte Ann mit einem leichten Schmunzeln.

»Habt ihr es bekommen?«, fragte Tom ungeduldig und stieß eine Tür auf der rechten Seite auf.

»Haben wir. Wie geht es Val?«

Tom blieb im Türrahmen stehen. »Ganz gut. Sie will schon wieder aufstehen. Wenn sie noch lange im Krankenhaus bleiben muss, fürchte ich, wird man sie festbinden.«

»Netter Schuppen«, meinte Mark. Er goss sich aus der reich bestückten Bar einen Whiskey ein.

Der Raum war riesig, voller Jagdtrophäen, mit einem gigantischen Kamin und altmodisch wirkenden Ledersofas.

»Wie hast du das eigentlich arrangiert?«, fragte Ann. Sie hatte auf einem der Sofas Platz genommen, die Schuhe ausgezogen, ihre Beine untergeschlagen. Vor ihr stand eine Cola, sie blätterte im Notizbuch des Senators.

»Das war kein großes Problem, nur ein paar Anrufe ... Ich weiß ja, wo der Schlüssel liegt.«

»Hast du auf alles geachtet, was ich dir gesagt habe?«, fragte Samson.

Tom nickte. »Ich selbst habe keine Telefonate geführt und war so vorsichtig wie nur möglich.«

»Sicher ist sicher«, sagte Mark. Sein Blick folgte Samson, der vor einer Vitrine mit Gewehren stand.

»Wenn es um Val geht, ist mir nichts sicher genug«, sagte Tom. »Nach allem, was ich weiß, haben unsere Gegenspieler die Möglichkeit, fast überall einzugreifen. Da die Ärzte Vals Zustand als stabil bezeichnet haben, hat der Admiral arrangiert, dass sie in eine private Klinik eingewiesen wurde. Ich glaube, er kennt dort jemanden. Offiziell ist sie immer noch im Walter Reed. Wie auch immer, wenn jemand dort nachfragt, dann liegt Val im Koma, ihr Zustand ist aber stabil.« Tom zuckte mit den Schultern. »Das macht Val ungefährlich, hat er gesagt. Und sicherer.«

Mark nickte langsam und trank einen großen Schluck. »Wollen wir hoffen, dass er recht hat.«

»Wem gehört eigentlich das Haus?«, fragte Samson, der immer noch vor der Vitrine stand.

»Einem Freund von mir. Er hat es von seinem Großvater geerbt, als der vor knapp dreißig Jahren gestorben ist. Seitdem ist nur selten jemand hier hochgekommen. Er hat mir schon vor Jahren die Schlüssel gegeben.« Tom lächelte wehmütig. »Val und ich haben unseren zehnten Hochzeitstag hier gefeiert.« Er sah zu Mark hinüber. »Das dürfte dir gefallen. Der Großvater meines Freundes hat sein Geld während der Prohibition gemacht. Im Keller gibt es noch eine Destille und gut fünfzig Kisten mit illegalem kanadischen Whiskey. In einem sorgfältig getarnten Geheimraum.«

»Der Großvater deines Freundes war mehr als nur Whiskeyschmuggler«, sagte Samson und deutete auf die Vitrine.

»Darf ich?«

Tom nickte.

Samson öffnete die Vitrine und holte ein Gewehr heraus. »Hast du so was schon mal gesehen?«, fragte er Mark.

Er ging zu Samson und musterte das Gewehr. »Nein. Das muss eine Sonderanfertigung sein.«

»Ich glaube, das ist eine Browning 1500 SA. SA für *Spezielle Anwendung*. Iver Johnsons Arms hat sie gebaut. Von denen stammt auch der M1-Karabiner. Sind, glaube ich, in den achtziger Jahren pleitegegangen.«

Tom zuckte mit den Schultern. »Mag sein. Der alte Mann war ein Waffennarr. Alle Waffen in diesem Haus sind mindestens vierzig Jahre alt. Ich glaube kaum, dass man davon was gebrauchen kann.«

»Mag sein«, sagte Samson. »Aber abgesehen davon, dass man auch heute noch jemanden mit einer Steinschlosspistole erschießen kann, gibt es Waffen, die nicht so leicht veralten. Das ist eine davon.«

»Und was ist das Besondere an dieser Waffe?«, fragte Tom. »Wie ihr wisst, kenne ich mich damit nicht aus. Das Ding sieht noch nicht mal aus wie ein richtiges Gewehr. Und dieser große Knubbel am Laufende macht es richtig hässlich.«

Einige Sekunden lang herrschte Stille.

»Das glaube ich gerne. Hast *du* die Schrotflinte gekürzt?«, fragte Samson.

Tom nickte. »Ja. In der Garage gibt es eine Werkstatt. Ich dachte mir, mit Schrot treffe ich vielleicht auch was, und so ist das Ding handlicher.«

»Nur einer, der nichts von Waffen versteht, sägt eine Purdy ab«, sagte Samson.

Tom sah auf die abgesägte Schrotflinte, die auf dem Tisch lag. »Was ist so besonders daran?«

»Bis zu dem Moment, wo du die Säge angesetzt hast, war sie locker dreißigtausend Dollar wert.«

Tom zog die Mundwinkel nach unten. »Das wusste ich nicht. Ich dachte, Schrotflinten wären billiger. Ich habe absichtlich die genommen, die am ältesten aussah.«

Samson seufzte. »Ist schon okay. Bitte tu mir nur einen Gefallen.«

»Klar. Welchen?«

»Stell dich nicht hinter mich, wenn du abdrückst.«

Tom lächelte schief. »Ich werde versuchen, darauf zu achten. Was ist denn nun so besonders an dem Gewehr?«

»Kurz vor dem Ersten Weltkrieg entwickelte Browning ein Maschinengewehr, das bis heute noch verwendet wird. Das M2. Dafür wurde auch eine spezielle Munition entworfen. Die konnte sogar Panzer aufhalten. Es handelt sich um das Kaliber 50. Diese Waffe hier hat einen Bolzenverschluss. Kein Magazin. Immer nur ein Schuss. Der Lauf ist sehr lang, ab dem Schloss frei schwebend im Schaft gelagert, und der *Knubbel* ist eine Mündungsbremse. Hier muss irgendwo noch ein Zweifuß sein und ein Zielfernrohr.«

Mark öffnete die Schublade unter der Vitrine. »Hier.«

»Zeig mal her.«

Wenig später hatte Samson sowohl Zielfernrohr als auch Zweifuß montiert und die Waffe auf den Tisch gestellt.

»Ich muss euch recht geben«, sagte Tom. »Das Ding sieht gemein aus.«

»Gemein?« Samson drehte sich zu Tom um. »*Gemein*? Sag mal ...«

»Was?«

»Du bist doch ein waschechter Amerikaner. Du musst doch

mit John-Wayne-Filmen groß geworden sein. Und du kennst dich damit nicht aus?«

»Hat mich einfach nie interessiert. Val kennt sich mit so was aus.«

»Das ist ja schon fast unpatriotisch«, sagte Samson mit gespielter Empörung.

»Vielleicht klärt ihr mich endlich mal auf, was so interessant ist an dem Ding«, wollte Tom wissen. »Für mich sieht es aus wie ein ziemlich unhandliches Gewehr.«

Samson seufzte. »Dann wollen wir mal an deiner Bildung arbeiten. Dies ist ein waschechtes Scharfschützengewehr. Mit diesem Kaliber hat es eine große Reichweite und eine enorme Durchschlagskraft. Das Zielfernrohr ist alt, aber das muss nicht viel heißen.«

»Und?«

»Sollte es je zu einem Feuergefecht mit unseren Freunden von der Gegenseite kommen, verschafft uns dieses *Ding*, wie du es nennst, definitiv einen Vorteil. Dieses Baby stoppt so ziemlich jedes Auto.«

»Wenn es noch funktioniert«, sagte Tom zweifelnd.

Mark tippte mit dem Finger auf die abgesägte Schrotflinte, die immer noch neben dem Gewehr lag. »Die Purdy, die du so verunstaltet hast, ist über hundertzwanzig Jahre alt. Ich wette, die funktioniert auch noch.«

»Und ich glaube, wir brauchen alles, was uns einen Vorteil verschafft«, sagte Ann leise und senkte das Notizbuch. Sie war blass geworden.

»Was hast du herausgefunden?«, fragte Mark und setzte sich neben sie.

»Schade, dass ihr kein Steno könnt. Ich hätte gern, dass einer von euch das Buch liest. Falls ich etwas übersehe.«

»Ich kann Steno«, sagte Tom.

Mark und Samson sahen ihn überrascht an.

»Gut. Dann solltest du es auch lesen. Aber ich kann das Wichtigste schon mal kurz zusammenfassen.«

»Mach's nicht so spannend!«, knurrte Samson.

»Ihr erinnert euch vielleicht daran, wie massiv die Republikaner den Vizepräsidenten bedrängt haben, als bekannt wurde, dass er ein Herzleiden hat...«

»Was er bis heute bestreitet«, warf Tom ein.

»Richtig. Er musste zurücktreten, und Präsident Stanton bekam Malcolm Forrester aufs Auge gedrückt, einen Mann der Mitte, wie es heißt.«

»Und?«, fragte Samson.

Ann hob das Notizbuch hoch. »So wie es aussieht, war das ein abgekartetes Spiel. Hier steht drin, wer wie erpresst oder genötigt worden ist, damit die Sache in Gang kam. Wer Forrester unterstützt hat, wie man seine Gegner mundtot gemacht hat... Im Gegensatz dazu erwartete man von Forrester, dass er Stantons liberale Vorstöße bremst.« Ann schüttelte fassungslos den Kopf. »Malvern hat hier einiges aufgeschrieben über die eine oder andere Sitzung ... Die Leute, die er nur das *Konsortium* nennt, denken offenbar, dass Stanton das Schlimmste ist, was Amerika jemals passiert ist. Für diese Leute ist Stanton nicht nur ein Liberaler, sondern einer, der Amerika und seine Grundsätze verrät.«

»Das verstehe ich nicht«, sagte Mark. »Malvern war kein Demokrat, sondern ein Republikaner. Wenn auch ein gemäßigter. Warum sollte er den Leuten im Weg stehen? Ich meine, noch ist es nicht so weit, dass man gleich ermordet wird, wenn man nur moderat rechts steht. Selbst die christliche Rechte geht noch nicht so weit...«

»So sicher wäre ich mir da nicht«, meinte Ann. »Aber das ist nicht der Grund gewesen. Wenn ich das richtig verstehe, gehören zu diesem Konsortium hauptsächlich Geschäftsleute. Und die würden sich in einer christlich-rechten Regierung ganz offensichtlich wohler fühlen …« Sie sah Samson an. »Es stört sie weniger, dass der Präsident dunkelhäutig ist, er macht ihnen ihre Geschäfte kaputt. Darum geht es.«

»Aber von der Krise ist doch jeder betroffen«, sagte Tom überrascht.

»Das meinen diese Herrschaften auch nicht«, erklärte Ann grimmig. »Dafür, dass sie Forrester unterstützen, erwarten sie im Gegenzug, dass der Vizepräsident ihre politischen Ansichten unterstützt. Malvern war einer dieser Leute. Ihr könnt euch bestimmt an Stantons Südamerika-Vorstoß erinnern?«

Alle nickten.

»Im Fernsehen war in letzter Zeit von nichts anderem die Rede. Das Ganze wird immer noch ziemlich heiß diskutiert. Aber wie es aussieht, wird der Präsident sich durchsetzen können«, sagte Tom.

»Nicht, wenn es nach unserem Konsortium geht. Beim letzten Treffen dieser Leute in San Francisco, am vorletzten Wochenende, hat Malvern durch Zufall ein paar Sachen erfahren, die ihn schockiert haben. Zum Beispiel, dass die massiven Geldmittel, an denen er sich auch selbst bereichert hat, von einem kolumbianischen Drogenkartell stammen. Und dass Forrester das wusste. Forrester hat sich verpflichtet, Stanton zu überzeugen, seinen Vorstoß aufzugeben.«

»Sieht nicht so aus, als hätte er damit Erfolg gehabt«, sagte Tom. »Erst gestern hat Stanton im Fernsehen dazu Stellung bezogen. Er will das Drogen- und Einwanderungsproblem anscheinend im Alleingang lösen … und ich weiß auch schon, wie: indem er noch mehr Geld ausgibt …« Tom schüttelte den Kopf. »Vielleicht meint der Mann es gut, aber er ruiniert unser Land.«

»Du bist Republikaner?«, fragte Samson überrascht.

»Was ist falsch daran, steuerlich konservativ zu denken und sich dem christlichen Glauben verpflichtet zu fühlen«, verteidigte sich Tom.

»Nichts«, sagte Ann. »Es sei denn, man ist der Ansicht, dass man es besser weiß als das Volk und dass man gezielte Maßnahmen ergreift, um Stanton daran zu hindern, das zu tun, was er tun will.«

»Wie meinst du das?«, fragte Tom.

»In drei Tagen werden sich der mexikanische Präsident Mendez und Präsident Stanton hier in Washington treffen.« Sie machte eine Pause und sah die anderen mit ernstem Blick an. »Und bei dieser Gelegenheit wird Shakran beide ermorden.«

»Heilige Scheiße!«, entfuhr es Samson.

»Was hat das mit Malvern zu tun?«, fragte Mark, obwohl er es sich fast schon denken konnte.

»Das Attentat wurde beim letzten Zusammentreffen des *Konsortiums* beschlossen. Malvern war dagegen. Die anderen waren dafür ... und einer ganz besonders. Malcolm Forrester.«

»Mein Gott!«, entfuhr es Tom. »Das ist ein Scherz, oder?«

»Es ist todernst, Tom«, meinte Ann. »Damit es nicht herauskommt, musste Malvern sterben!«

»Forrester ist erledigt«, meinte Mark. »Wo ist hier ein Telefon?«

»Warte«, sagte Ann.

Mark sah sie fragend an.

»Es ist wahrscheinlich so, dass deine Stimmprobe hinterlegt ist. Wenn du ein Telefon benutzt, läuft automatisch eine

Fangschaltung. Und die Person, die du anrufst, bekommt dann wahrscheinlich auch Ärger. Außerdem wissen wir nicht, wem wir vertrauen können. Und noch wissen wir nicht alles ...« Sie sah zu Samson. »Kannst du dir mal ansehen, was auf der CD drauf ist?«

Samson nickte. »Wo kann ich den Computer aufbauen?«, fragte er Tom. »Am besten in einem Zimmer, in dem ein Telefon ist.«

»Das zweite Zimmer rechts von der Halle aus. Das ist das Arbeitszimmer. Da ist auch ein Telefonanschluss. Aber du wirst keine große Freude damit haben. Das Telefon sieht aus, als wäre es fünfzig Jahre alt«, antwortete Tom.

Samson zuckte mit den Schultern. »Wenn ich ins Netz muss, mach ich es über Anns Satellitentelefon. Zweite Tür rechts?«

Tom nickte, und Samson verließ den Raum.

Mark ging frustriert auf und ab. »Was sollen wir jetzt tun? Das ist eine Nummer zu groß für uns. Irgendeinen muss es doch geben, dem wir vertrauen können!«

»Den gibt es ganz bestimmt«, meinte Ann und lehnte sich zurück. »Wahrscheinlich könntest du den meisten beim FBI vertrauen. Wir wissen nur nicht, wem. Also überlass das am besten mir.«

»Und was willst du machen?«

»Ich werde den Admiral informieren, aber nicht von hier aus. Ich habe vor, heute Nacht in die Stadt zu fahren, das Buch zu kopieren und Kontakt zu ihm aufzunehmen. Ich werde ihm die Kopien geben. Er wird schon wissen, was er damit machen muss.«

»Warum nicht das Original?«, fragte Tom.

»Ehrlich gesagt, es gibt keinen Grund. Außer vielleicht Paranoia. Im Moment will ich das Buch nicht aus der Hand geben.« Sie wandte sich wieder Mark zu. »In dem Moment, wo der Admiral die Kopien in der Hand hält, ist der Spuk vorbei. Der Admiral kennt den Präsidenten persönlich. Sie sind Schulfreunde. Auf jeden Fall kann er sich kurzfristig mit ihm in Verbindung setzen.« Sie hob das Notizbuch hoch. »Morgen Abend sitzen die Leute, die hierin verwickelt sind, hinter Gittern. Man wird das Treffen mit dem mexikanischen Präsidenten verschieben, also wird es kein Attentat geben. Dann müssen wir nur noch Shakran finden. Ich bin mir sicher, dass er den Sturz aus dem Flugzeug überlebt hat. Danach ist alles vorbei.«

»Nur noch«, sagte Tom bitter.

»Ja, *nur noch*«, wiederholte Ann. »Im Vergleich zu dem, was hier drinsteht, ist Shakran unwichtig.«

Tom sah sie erstaunt an.

Ann zuckte mit den Schultern. »Wir werden ihn finden. Er ist älter geworden, unvorsichtiger.«

Mark schnaubte. »Ich sehe das nicht so. Mit dem Flugzeug hätte er es beinahe geschafft.«

»Du sagst es«, erwiderte Ann. »*Beinahe.* Er ist fixiert darauf, seine Opfer sterben zu sehen. Hätte er eine Bombe verwendet, wären wir alle tot. Nein, trotz seiner Gefährlichkeit ist er ein Relikt. Und das macht ihn berechenbar.«

»Ich hoffe, du hast recht.«

Samson kam wieder herein. Er wirkte frustriert. »So eine Scheiße!«

»Was ist?«, fragte Tom.

»Die CD ist verschlüsselt. Das hätte ich mir denken können.« Er ließ sich in eins der Sofas fallen und hieb mit der linken Faust auf die Armlehne. »Verdammt.«

»Dann gebe ich eine Kopie der CD an den Admiral. Er ist bei der NSA, die knacken Codes, seit es den Laden gibt«, sagte Ann.

Samson sah auf. »Das wird wahrscheinlich Tage oder gar Wochen dauern.«

»Ich dachte immer, das geht im Handumdrehen?«, sagte Tom.

»Heutzutage nicht mehr. Es gibt zu viel Industriespionage und zu viele Hacker. Jede Firma, die was auf sich hält, verschlüsselt ihre Daten sicherer als der KGB noch vor zehn Jahren. Es ist ein Code, der mit 512 Bit verschlüsselt wurde. Das dauert Wochen ...«

»Vielleicht gibt es im Notizbuch irgendeinen Hinweis«, schlug Mark vor.

»Vielleicht«, antwortete Ann. Sie blätterte weiter. »Hier ...« Sie sah auf. Und lächelte. »Malvern hat alles aufgeschrieben. Seine Gedanken, seine Eindrücke, jedes Detail, sogar wie die Leute gekleidet waren und was er dazu dachte.«

Tom nickte. »Ich kannte Malvern persönlich. Wir waren ja quasi Nachbarn. Er war schon immer so, er hat immer alles genau beobachtet. Er hat mal erwähnt, dass es ihm hilft, sich ein Bild von den Leuten zu machen.«

»Aber wohl nicht sorgfältig genug«, meinte Ann. »Sonst hätte er sich nie mit diesen Leuten eingelassen. Aber er hat tatsächlich etwas aufgeschrieben, das uns hilft. Er schreibt hier, wie er Forrester und noch jemanden, den er nicht kannte, in einem Arbeitszimmer belauscht hat. Er wollte eigentlich gar nicht lauschen, aber dann, als die ersten Worte fielen, hat er doch zugehört. In dem Raum stand ein Computer, auf dem der andere Mann Forrester etwas zeigte. Die *Finanzübersicht*, wie der Mann sich ausdrückte.« Sie lächelte. »Als die beiden gegangen waren, hat Malvern einfach im Computer nachgesehen. Das Programm war nämlich noch geöffnet. Er hat einfach einen CD-Rohling eingelegt und ein Backup gemacht.« Sie sah zu Samson hinüber. »Wahrscheinlich wusste er nicht mal, dass die Datei so brutal verschlüsselt ist.« Sie schüttelte den Kopf. »Die Verschlüsselung mag zwar gut sein, aber das Kennwort ist von ihm.«

»Unglaublich«, meinte Samson. »Amateure.«

»Hat er irgendwas über das Kennwort geschrieben?«, fragte Mark.

»Nein.«

»Dann hat er es mit ins Grab genommen!«, fluchte Samson.

»Vielleicht nicht«, sagte Tom. »Letzten Monat hat mir mein Sicherheitsexperte die Leviten gelesen.«

Samson sah auf. »Was hat das damit zu tun?«

»Heutzutage muss alles mit einem Kennwort gesichert werden. Wenn ich in den Computer meiner Firma will, um mich über etwas zu informieren, dann gibt es bestimmt dreißig Bereiche, die alle mit einem eigenen Kennwort gesichert sind. Einer meiner Angestellten, der in seinem Bereich eigentlich zehn Kennwörter bräuchte, hat es sich einfach gemacht und nur ein einziges Kennwort vergeben. Deshalb war mein Sicherheitschef so sauer.«

Samson schnaubte. »Das gibt's doch nicht!«

Tom zog eine Augenbraue hoch. »Siehst du, ich bin auch ein Amateur, denn auch mir ist es passiert. Ich habe auch überall dasselbe Kennwort verwendet. Und vielleicht war der Senator in dieser Beziehung auch ein Amateur.« Er zuckte mit den Schultern.

»Und was hilft uns das?«, fragte Mark.

»Val kennt sich besser mit Computern aus als ich. Und meine Tochter kennt sich noch besser aus als Val. Ich vermute, dass auch Malvern sich nicht so gut auskannte und ab und zu Hilfe brauchte. Vielleicht ...«

»Audrey«, sagten Mark und Ann gleichzeitig.

»Genau.«

»Wir können aber nicht einfach zu ihr gehen«, gab Ann zu bedenken. »Schließlich sind ihre Eltern umgebracht worden, und es ist noch gar nicht so lange her, was Shakran mit ihr gemacht hat... Sie hat sich mit Sicherheit zurückgezogen und wird wahrscheinlich immer noch vom Secret Service geschützt. Wenn wir da auftauchen, kommen wir nicht mehr weg.«

»Vielleicht. Aber was ist mit Moire ...«

Alle sahen Samson an.

»Der war Malverns Sicherheitschef.«

»Und?«

»Vielleicht sollten wir ihn höflich bitten, uns zu helfen.« Samson lächelte, es sah nicht nett aus. »Wir haben doch sowieso geplant, ihn zu besuchen.«

65

Guten Abend, Richards«, sagte Mr Watier.

»Guten Abend, Sir.« Richards warf einen Blick durch die Glastür. »Was für ein Wetter!«

»Das können Sie laut sagen.«

Richards bemerkte, dass Mr Watier leicht humpelte. »Ist Ihnen etwas passiert?«

Mr Watier winkte ab. »Nicht der Rede wert. Ich habe mir nur den Knöchel vertreten. Das wird schon wieder. Hat jemand nach mir gefragt?«

»Nein, Sir.«

»Danke, Richards.«

Watier war genauso vorsichtig wie immer, wenn er sein Apartment betrat. Er zog sich aus, wickelte langsam den Verband um seinen Brustkorb ab und humpelte nackt ins Bad. Dort musterte er sich im Spiegel. Sein Oberkörper war grün und blau. Auf der linken Seite entdeckte er eine Erhebung unter der Haut. Vorsichtig betastete er sie. Er atmete zischend ein, als der Knochen sich bewegte. Genau über seinem Herzen war ein großer Bluterguss. Sein linkes Bein sah nicht viel besser aus, das Knie war geschwollen und steif. Er sah auf seine Hände. Der linke Mittelfinger war geschwollen, aber so wie es aussah, war er nicht gebrochen. Zwei Blutergüsse zogen sich von seinen Hüften zum Schlüsselbein hoch, Spuren des Fallschirmgurtes. Er würde diesen Sturmritt nie vergessen. Er lächelte. Es war großartig gewesen.

Dann musterte er sein Gesicht. Wenn man genau hinsah,

waren die dunklen Haarwurzeln zu erkennen. Er hatte beide Kontaktlinsen beim Absprung verloren. Sein Gesicht war zerkratzt, die Augäpfel waren von roten Adern durchzogen, und er hatte Schatten unter den Augen. Er beugte sich vorsichtig zur Badewanne hinunter und öffnete die Wasserhähne. Dann stellte er sich wieder vor den Spiegel und schloss die Augen. Es knirschte laut, als er die Rippe zurück an die richtige Stelle drückte. Als er die Augen wieder öffnete, sah er im ersten Moment nur tanzende rote Flecken. Aber die Rippe war wieder da, wo sie sein sollte. Er wartete ein paar Minuten, bis ihm nicht mehr so schwindlig war. Dann nahm er aus einem Fach unter dem Waschbecken einen Spezialverband, der auch nass werden konnte, und wickelte ihn sich straff um die Rippen. Als er fertig war, zitterte er. Die Wanne war mittlerweile voll.

Mit zusammengepressten Zähnen ließ er sich ins Wasser gleiten. Er hatte drei Stunden Zeit, um sich zu erholen, dann musste er fit sein für den nächsten Job. Er hatte ihn während der Zugfahrt nach Washington erhalten.

Er runzelte die Stirn. Abgesehen von seiner körperlichen Verfassung, von der seine Auftraggeber nichts ahnten, gefiel ihm einiges nicht. Es war nicht sein üblicher Kontaktmann gewesen, und es war die Eile.

»So kurzfristig kann ich keine elegante Lösung anbieten«, hatte er eingewandt.

»Die Lösung muss nicht elegant sein. Diesmal gibt es nur eine Bedingung. Wie die Präsentation auch immer aussieht, unser Kunde muss noch heute Nacht zufriedengestellt werden. Einzelheiten erfahren Sie auf dem üblichen Weg.«

Er glitt noch tiefer ins Wasser. Das alles hatte noch Zeit.

Er wusste nicht genau, wie viel Zeit vergangen war, als er wieder aufwachte, aber das Wasser war schon fast kalt. Doch er fühlte sich nicht mehr so steif wie vorher, das wertete er als gutes Zeichen. Er stieg aus der Wanne, trocknete sich ab, zog einen Morgenmantel an, machte sich Kaffee und schaltete den Computer ein.

Die Unterlagen waren wie üblich hervorragend aufbereitet. Doch er stutzte, als er die Aufnahmen des Ziels sah. Er war sich sicher, dass er den Mann kannte. Er grübelte, dann zuckte er mit den Schultern. Er hatte nicht das Gefühl, dass der Mann eine Bedrohung war. Er blätterte durch die Bilder und stoppte bei einer älteren Aufnahme. Das Ziel war deutlich jünger, aber es war nicht allein. Ein Familienbild. Das Ziel mit Tochter und Schwiegertochter. Die Tochter war noch ein Baby. Das junge Mädchen, kaum älter als sechzehn, das neben dem Ziel stand, kannte er. Watier lehnte sich zurück und blinzelte einmal, zweimal. Er sah auf das Datum und lachte schallend auf. Sollte einer sagen, die Götter hätten keinen Humor. Er vergrößerte das Bild des jungen Mädchens.

So traf man sich wieder!

Sie war es.

Er rief das Dossier auf. Schusswunden ... schwere Schädelverletzungen ...

Das kleine Mädchen in der Botschaft in Istanbul, das ihm einen Apfel angeboten hatte, als er vorgab, der Sohn des Gärtners zu sein. Ob sie sich auch noch daran erinnerte? Er bezweifelte es.

Jetzt war er sich sicher, dass sie ihn schon in Rom gefunden hatte. Kein Zufall. Dass sie auf ihn angesetzt war. Er lehnte sich zurück, ignorierte die schmerzende Rippe und rieb sich die Stirn. Seine langjährige Gegnerin war genauso kaltblütig wie er. Und genauso zäh. Einen Augenblick lang fühlte er etwas Seltsames, wie kalte Finger, die über den Rücken streifen. Viermal hätte sie schon sterben sollen. Bei dem Raketenangriff, bei der Explosion des Wagens in Paris, auf der Klippe, im Flugzeug ... Nein, sie war nicht so gut wie er. Bisher hatte sie einfach nur Glück gehabt.

Er lächelte. In seiner Kultur war man es gewohnt, in langen Zeiträumen zu denken. Er respektierte ihre Zähigkeit und ihre Ausdauer. Sie war zwar nur eine Frau, aber sie war endlich ein Gegner, den er ernst nehmen konnte.

Er sah sich in seinem Apartment um und nickte. Er hatte eine Entscheidung getroffen.

Es wurde Zeit, dass Mr Watier verschwand.

66

Der Wagen, den er diesmal aus einem Parkhaus abholte, war eine klassische amerikanische Mittelklasselimousine. Er zog seine schwarzen Chirurgenhandschuhe an, öffnete den Kofferraum und die darin befindliche Tasche, warf einen prüfenden Blick hinein und nickte zufrieden. Dann stieg er ein, verließ das Parkhaus und fuhr ein Stück aus Washington hinaus. Irgendwann bog er in eine Seitenstraße ab, ein Stück weiter bog er wieder ab, diesmal auf einen Feldweg.

Watier hielt an, stieg aus und ging einmal langsam um den Wagen herum. Auch so sah er schon wie ein Regierungsfahrzeug aus, dunkelblau, so wenig Chrom wie möglich. Nachdem er die Antennen mit den Magnethaftfüßen aus dem Kofferraum geholt und an dem Wagen angebracht hatte, wirkte er noch mehr wie ein Regierungsfahrzeug.

In der großen Reisetasche im Kofferraum befand sich der Rest seiner Ausrüstung. FBI stand in großen weißen Buchstaben auf der Tasche. Sorgfältig verstaute er seine eigene Kleidung in einer anderen Tasche. Während er die schusssichere Weste anlegte, hoffte er, dass er sie nicht brauchte, die Rippe schmerzte stark, aber er konnte jetzt keine Schmerzmittel nehmen. Die festgeschnallte Weste half ihm sogar ein wenig, sie wirkte wie ein Korsett.

Zu seiner Ausrüstung gehörte eine Waffe mit Schulterholster, eine Glock. Das Holster wurde links getragen, für einen Rechtshänder. Er zögerte, dann legte er das Schulterholster mit der Walther auf der rechten Seite an.

Er überprüfte die Ausweise in seiner neuen, gebraucht aussehenden Brieftasche, testete das Funkgerät, stellte es auf die vorgegebene Frequenz ein und platzierte den Knopf im Ohr. Die Schuhe waren gepflegt, aber gebraucht, gutes, stabiles Schuhwerk, sie rochen leicht nach Desinfektionsmittel.

Wie immer war er von der Vorbereitung seiner Auftraggeber beeindruckt. Eine einfache Uhr, ein Ring, Handy, Manschettenknöpfe. Alles da. Einen Moment lang war er verärgert, als er den Handstaubsauger nicht fand, aber er war da, ganz unten in der Tasche.

Nachdem er sich sorgfältig abgesaugt hatte, überprüfte er die Waffen, einschließlich der Pump-Action-Schrotflinte im Kofferraum. Er nickte zufrieden. Nur noch die Nummernschilder wechseln, dann konnte es losgehen.

67

Ann stand im Bad des Jagdhauses und wischte den beschlagenen Spiegel ab. Zum ersten Mal seit Tagen hatte sie Zeit gefunden, in Ruhe zu baden. Sie musterte sich im Spiegel und dachte dabei an den Tag zurück, an dem sie aus Rom zurückgekommen war. Langsam fuhr sie mit den Fingerspitzen über ihr Gesicht. Jetzt, wo sie ihr Gedächtnis zurückhatte, suchte sie in ihrem Spiegelbild nach Juliet. Aber nur die Augen und das Kinn, für ihren Geschmack schon immer zu kantig, waren Juliet. Es war *Ann*, die ihr aus dem Spiegel entgegensah.

Sie wirkte müde und erschöpft.

Sie schloss die Augen und stützte sich auf dem Waschbeckenrand ab. Hätte sie gewusst, was sie finden würde, hätte sie weitergesucht?

Ja. Aber nur aus einem Grund: Nasreen und Admiral Norman. Das Gesicht eines jungen Mannes tauchte in ihren Gedanken auf. Charles. Mein Gott, das alles war so lange her! Damals waren sie beide so furchtbar jung gewesen. Und Charles ... Er hatte nie die Chance gehabt, erwachsen zu werden. Aber sie hatte eine Tochter, die fast schon erwachsen war und die mit einer Lüge aufwuchs. Für Ann war es kaum zu begreifen, dass sie, Juliet, damals so weit gegangen war.

Sie konnte sich daran erinnern, mit welcher Besessenheit Juliet Shakran gejagt hatte, aber das war alles weit weg für sie und fremd. Wenn das hier vorbei war, dann würde sie mit Freuden nach Villiamsburg zurückkehren.

Der Mensch habe Schwierigkeiten, sich selbst in die Augen zu sehen, hieß es. Jetzt verstand sie es.

Wieder hörte sie Marks vorwurfsvolle Worte. *Fanatisch* war das Wort, das Norman gebraucht hatte. Sie hob die Hand und wischte die Tränen weg.

Dafür ist jetzt keine Zeit, hörte sie Juliet sagen. Zum ersten Mal klang es nicht hart und fordernd, sondern verständnisvoll. Und jetzt war es Juliet, die ihr aus dem Spiegel entgegensah. *Nicht mehr lange, dann kann ich gehen. Dann brauchst du mich nicht mehr.*

Ann lehnte die Stirn gegen den kalten Spiegel. War sie schizophren? Vielleicht.

Es klopfte an der Badezimmertür.

»Ann?« Es war Mark.

Sie richtete sich auf. »Was ist?«

»Alles in Ordnung?«

»Ja, warum?«

»Du bist schon so lange da drin. Abgesehen davon solltest du dir mal was im Fernsehen ansehen.«

»Ich komme.«

»Okay.«

Sie griff sich ein Handtuch, wickelte es sich um die Haare, warf sich einen viel zu großen Morgenmantel über und eilte nach unten.

Der riesige Fernseher wirkte in dem altmodischen Wohnzimmer wie ein Fremdkörper. Auf dem Bildschirm war ein Bild von Val zu sehen. Wie üblich sah sie aus, als käme sie direkt von einer Modenschau.

»... aus gut unterrichteten Kreisen erfahren haben, wurde Mrs Valerie St. Clair heute Morgen im Walter Reed Hospital hier in Washington mit einer Schussverletzung eingeliefert. Ihr Zustand wurde als kritisch bezeichnet. Agent St. Clair und Agent Mark Bridges waren zuletzt an den Ermittlungen im Mordfall Malvern beteiligt. Agent Bridges ist zurzeit vom Dienst suspendiert, sein Aufenthaltsort ist unbekannt. Die Polizei und das FBI bitten um Ihre Mithilfe ...« Neben dem Bild von Val wurde eins von Mark eingeblendet, am unteren Bildschirmrand tauchte eine Nummer auf, die man anrufen sollte, wenn man ihn entdeckte.

Danach wurde ein Bild von Ann eingeblendet. Sie erkannte es wieder, es war aus dem Gruppenbild mit ihren Schülern herausgeschnitten und vergrößert worden. Es folgte eine Beschreibung von Samson, komplett mit Phantombild, auf dem er aber nicht zu erkennen war. Der Text besagte, dass wegen Mordversuchs nach ihm gefahndet wurde.

Eine junge Frau, deren Ähnlichkeit mit Tom und Val deutlich zu erkennen war, erschien im Bild. Im Hintergrund war ein Campus zu erkennen. Eine Reporterin hielt der jungen, überrascht wirkenden Frau ein gelbes Mikrofon unter die Nase.

»Kennen Sie Mark Bridges, den Partner Ihrer Mutter? Halten Sie es für möglich, dass er etwas mit den Verletzungen Ihrer Mutter zu tun haben könnte?«

»Verletzungen?«, fragte die junge Frau fassungslos. »Was erzählen Sie da?«

Ann warf einen Blick zu Tom hinüber, der fassungslos auf den Fernseher starrte.

»Ihre Mutter ist heute Morgen mit lebensgefährlichen Verletzungen ins Walter Reed Hospital eingeliefert worden. Sie liegt im Koma.«

»Koma? Was sagen Sie da?« Die junge Frau schlug das Mikrofon zur Seite, das Bild wechselte. Eine hochglanzfrisierte Nachrichtensprecherin sah in die Kamera.

»Offensichtlich haben die offiziellen Stellen versäumt, die junge Frau über das tragische Schicksal ihrer Mutter zu informieren. Unser Mitgefühl gehört Lauren St. Clair. Damit zurück zu dir, Nicola.«

Der Bildschirm wurde schwarz. Tom hatte die Fernbedienung in der Hand.

»Mein Gott, Lauren.« Er sprang auf. »Ich muss sie sofort anrufen!« Er griff nach dem altmodischen Telefon, aber Ann berührte ihn am Arm.

»Warte bitte eine Sekunde.« Sie sah zu Samson hinüber, der immer noch schweigend auf den Bildschirm sah. »Wo ist mein Satellitentelefon?«

»Ich hole es«, antwortete er und eilte aus dem Raum.

»Ich dachte, dein Admiral ist immer so sorgfältig!« Tom sah Ann vorwurfsvoll an. »Weißt du, was das bedeutet?«

Nur zu gut, dachte Ann. »Beruhige dich. Wir können froh sein, dass die Medien genau das melden, was wir wollen. Außerdem bin ich sicher, dass der Admiral versucht hat, deine Tochter zu erreichen. Wahrscheinlich war sie einfach nur im Unterricht.«

»Ich hoffe es«, sagte Tom kleinlaut.

Samson kam zurück. Er richtete die Antenne aus, wartete ein paar Sekunden, dann nickte er. Er gab Tom den Hörer. »Einfach nur wählen.«

Tom griff nach dem Telefon und wählte. Und wartete. »Hallo, Mrs Winters. Ist Lauren da?« Er hörte zu. »Ich danke Ihnen. Ja, es war ein schwerer Schlag ... Nein, ich brauche jetzt ein bisschen Ruhe. Die Geschäfte können warten ... Hat Lauren angerufen? ... Nein? ... Ich danke Ihnen.« Er legte langsam auf. »Sie hat heute Mittag angerufen. Seitdem hat unsere Haushälterin nichts mehr von ihr gehört.« Er sah sich hilflos um. Dann wählte er eine andere Nummer. Und wartete. Nichts. Er schüttelte den Kopf. »Auf ihrem Handy kann ich sie auch nicht erreichen.«

»Probier es später noch mal«, meinte Samson.

»Und sei vorsichtig mit dem, was du ihr sagst«, fügte Mark leise hinzu.

»Damit sie nicht auch noch in Gefahr gerät?«

Mark nickte langsam.

»Hat sie eine Freundin? Oder eine Kommilitonin, bei der sie öfter ist?«, fragte Ann.

Tom überlegte. »Daniela vielleicht. Sie kennen sich seit der Schule.«

Ann hielt ihm wortlos das Telefon hin. Tom wartete ungeduldig, dann hellte sich sein Gesicht auf. »Daniela? Hier ist Tom St. Clair. Ist Lauren da?« Er hörte kurz zu. Dann nickte er. »Ihr trefft euch nachher? Richte ihr bitte aus, dass es meiner Frau und mir gut geht ... Ja, ich habe es auch gesehen, deshalb rufe ich an ... Nein, es ist nicht so schlimm, wie es klingt ... Und bitte, sag Lauren Bescheid, ja? ... Nochmals vielen Dank, Danny.«

Tom legte auf und sah in die Runde. »Ich versuche es später noch mal auf ihrem Handy.«

»So leid es mir tut, Tom, aber lass es lieber sein. Mir fällt gerade ein, dass ihr Telefon möglicherweise abgehört wird«, sagte Mark.

Tom sah ihn fragend an, dann nickte er langsam.

Keiner sagte etwas.

Irgendwann räusperte sich Mark. »Ist euch eigentlich der Wortlaut der Fernsehmeldung aufgefallen? Mit keinem Wort wurde gesagt, dass einer von uns gesucht wird. Nur bei Samson sind sie deutlich geworden. Die eingeblendete Telefonnummer gehört wahrscheinlich zum Sender, und ich kann mir denken, wer da mithört.« Er schüttelte den Kopf.

Ann stand auf. »Ich ziehe mich jetzt an, dann mache ich mich auf den Weg.«

»Warte …« Samson wandte sich an Tom. »In der Garage steht ein Ford Taurus. Wem gehört der?«

»Meinem Freund«, antwortete Tom. »Der hat bestimmt nichts dagegen, wenn du ihn nimmst. Die Schlüssel hängen an der Wand.«

68

Norman wohnte ganz nett, fand er. Er hatte seinen Wagen zwei Straßen weiter geparkt. Er stand im Schatten eines Hauseingangs und sah sich das andere Grundstück erst einmal genau an.

Das Haus, wohl um die vorletzte Jahrhundertwende gebaut, stand auf einem ziemlich großen Grundstück. Viel Rasen, keine Bäume. Keine Deckung. Eine Auffahrt führte zur Doppelgarage, ein Plattenweg zum Eingang. Es gab noch einen Hintereingang durch die Küche. Auch die Garage hatte eine Tür zur Küche, dort war auch die Treppe zum Keller.

Seinen Informationen nach würde heute Nacht eine FBI-Agentin in der Küche sein. Bis vor zwei Tagen war Norman nur leicht bewacht gewesen, seit gestern war die Sicherheit verstärkt worden. Ein zweiter FBI-Agent lief Streife um das Gebäude.

Im Keller befand sich ein gut ausgestatteter Raum, in dem Videorecorder alles aufzeichneten, was auf dem Gelände passierte. Die Alarmanlage war erstklassig, das gesamte Gelände mit Infrarot- und Nachtsichtkameras abgedeckt. Der einzige Fehler war, dass die Signale nur auf einem Monitor in der Küche landeten. Die Sequenz, mit der die Außenaufnahmen gezeigt wurden, war zufällig generiert, sodass er nicht wusste, wann welche Kamera ein Bild zeigte. Aber um die Kameras brauchte er sich keine Sorgen zu machen.

Im Erdgeschoss waren Küche, Esszimmer, Arbeitszimmer, Wohnzimmer, eine Gästetoilette und ein Abstellraum.

Im ersten Stock befanden sich das Bad und drei Schlafzimmer. Der Admiral schlief im größten Schlafzimmer mit Zugang zum Bad, Nasreen hatte das zweitgrößte, das Gästezimmer war heute Nacht leer.

Der Tresor war im Arbeitszimmer. Im Schreibtisch dort war die erste Waffe versteckt. Der Admiral war ein wenig altmodisch, er benutzte immer noch die Kaliber-45-Automatikpistolen von Colt. Eine Schrotflinte im Abstellraum. Eine weitere Pistole im Esszimmer unter dem Esstisch. Eine oben im Bad, im Schrank für die Handtücher. Eine unter dem Kopfkissen des Admirals. Der Mann litt an Paranoia.

Alarmknöpfe im Arbeitszimmer, in der Küche, neben seinem Bett, in Nasreens Zimmer. Beim letzten Test hatte die Polizei drei Minuten zwölf Sekunden gebraucht, um hier zu sein. Ach ja, die Polizei. Dank des Admirals war dieses Viertel ziemlich sicher. In unregelmäßigen Abständen fuhr ein Polizeiwagen vorbei. Der Abstand betrug zwischen acht und vierzehn Minuten.

Die Fenster waren schusssicher, die Rahmen verstärkt. Bewegungssensoren bildeten eine Wand um das Haus. Selbst die Wände waren verstärkt. Dafür, dass das Haus so unscheinbar aussah, war es eins der sichersten, das er bisher gesehen hatte. Es dauerte ein paar Minuten, bis er den Mann gefunden hatte, der draußen Wache hielt. Anhand der Nummernschilder des dunklen Regierungswagens, der keine zehn Meter entfernt am Straßenrand parkte, wusste er sogar, wer es war. Der Mann war ziemlich gut, verharrte ab und zu mehrere Minuten bewegungslos im Schatten, bevor er weiterging.

Er wartete, bis der Mann pünktlich um sieben nach drei sein Walkie-Talkie hob und hineinsprach. Gleich würde die Agentin im Haus Meldung machen, das alles okay war.

Er schlenderte den Gehweg entlang und bemühte sich dabei, nicht zu hinken. Sein Bein war fest bandagiert, so konnte er die Schmerzen ignorieren.

Die Wache sah ihn auf sich zukommen, sah den Ausweis auf der Brust, den Knopf im Ohr, das Mikrofon am Kragenaufschlag.

»Agent Holstein?«, fragte er, als er fast bei ihm war.

Der Agent entspannte sich, als er seinen Namen hörte.

»Ich soll bei Ihnen etwas abgeben«, sagte er. Er griff unter die Jacke, zog und drückte ab.

Der Agent war schnell gewesen, als er starb, hatte er seine Pistole tatsächlich schon in der Hand gehabt. Gut, aber nicht gut genug. Er lächelte.

Er bückte sich, steckte dem Toten die Waffe wieder ins Holster und zog ihn die zehn Meter zu dessen Wagen. Jeder, der auch nur grob in die Richtung gesehen hätte, hätte sie entdecken können. Aber alles blieb ruhig. Manchmal, dachte er schmunzelnd, lohnte es sich, unverschämt zu sein. Der Agent hatte die Schlüssel dabei. Er öffnete den Kofferraum, verstaute die Leiche dort.

Das Ganze hatte nicht einmal zwanzig Sekunden gedauert.

Er wartete einen Moment. Es gab vierundzwanzig Kameras. Jede Kamera zeigte zwölf Sekunden lang ein Bild. Zwei der Kameras hätten den Mord aufzeichnen können. Eine Chance von eins zu zwölf. Und dann musste sie drinnen auch noch in genau diesem Augenblick auf den Monitor sehen. Wenn sie etwas gesehen hatte, würde es gleich interessant werden.

Er ging auf das Haus zu, direkt bis vor die Eingangstür, und schloss sie auf. Die Alarmanlage auf der rechten Seite blinkte, er gab den Deaktivierungscode ein. Er ging weiter bis zur

Küche und öffnete die Tür. Die Agentin machte sich gerade einen Toast. Die Waffe zuckte in seiner Hand, und ihr Hinterkopf explodierte.

Er war schnell genug, um sie aufzufangen und leise zu Boden gleiten zu lassen. Sein Bein und die Rippe protestierten, aber er ignorierte es.

Sie hatte zwei Geflügeltoasts gemacht. Wie nett von ihr. Er mochte Truthahn. Auf dem kleinen Monitor auf der Anrichte war jetzt der Wagen des Agenten zu sehen. Er lächelte. Es war alles eine Frage des Timings. Ganz einfach.

Er prüfte die Räume im Erdgeschoss. Arbeitszimmer leer. Esszimmer leer. Wohnzimmer leer. Er entlud die Waffen, alle befanden sich genau dort, wo man es ihm genannt hatte, dann ging er vorsichtig die Treppe hoch in den ersten Stock.

Plötzlich war ein durchdringendes Piepsen zu hören. Die Alarmanlage. Irgendwo hatte jemand ein Fenster geöffnet. Er rannte los, riss die Tür zum Schlafzimmer auf, rollte sich hinein, Waffe ausgestreckt, niemand da. Die Schmerzen waren wie eine Woge.

Ein Geräusch aus dem Badezimmer. Er trat die Verbindungstür auf, sah das offene Fenster. Es führte auf das Dach der Garage. Er sah noch, wie am anderen Ende eine schlanke Gestalt über die Kante verschwand. Er fluchte. Dann eine Explosion, irgendetwas traf ihn von hinten. Ein zweiter Schuss ging an seinem Kopf vorbei, durch das offene Fenster. Ihm wurde schwarz vor Augen. Während er zusammenbrach, schaffte er es, sich umzudrehen. Ein Schatten in der Badewanne. Wieder eine Explosion. Eine orangerote Mündungsflamme schien ihn zu berühren, sein rechtes Bein wurde weggerissen.

Die Waffe in seiner Hand zuckte, immer wieder. Jemand schrie. Der Schatten in der Badewanne wurde nach hinten gerissen, ruderte mit dem Arm, fiel in die Wanne zurück. Er kroch bis zum Rand, eine neue Explosion versengte sein Haar, dann hatte er die Glock in der Hand und drückte ab. Wieder und wieder. Und wieder.

Immer wieder Schreie, wie ein wütendes wildes Tier. Es dauerte einige Sekunden, bis er merkte, dass er es selbst war, der schrie.

Mühsam richtete er sich auf und sah über den Rand der Wanne. Der einarmige Mann regte sich nicht mehr, eine dunkle Flüssigkeit sammelte sich unter ihm.

Er hinkte zur Tür, machte das Licht an und zog den Badevorhang zur Seite. Der Admiral lag da, in einen altmodischen Pyjama gekleidet. Eine Wunde an der Schulter, eine andere am Bein. Sein Hals war grotesk verrenkt. Um ihn herum ein gutes Dutzend Löcher in der Wanne und in den Kacheln, aber was ihn umgebracht hatte, war das gebrochene Genick. Er musste ausgerutscht sein.

Er stand da und sah auf die Leiche hinunter. Der Mann war tot, aber es fühlte sich an, als wäre er ihm entkommen.

Weit entfernt hörte er eine Sirene.

Ich bin ein Profi, ich bin ein Profi. Wieder und wieder flüsterte er dieses Mantra vor sich hin. Er konnte sich kaum noch bewegen, die Gliedmaßen waren schwer wie Blei, er schien flüssiges Feuer zu atmen. *Ich bin ein Profi.*

Unten klingelte das Telefon.

69

Normalerweise ging der Admiral immer gleich dran. Es klingelte und klingelte. Endlich hob jemand ab, sagte aber nichts.

»Hallo?«

Im Hintergrund glaubte sie Sirenen zu hören.

»Ach, du bist es, Juliet...« Die geschmeidige, kultivierte Stimme kannte sie aus ihren Albträumen. »Nett, dass du anrufst...« Er lachte leise. »Schade, dass wir uns verpassen. Ich hätte dich gern wiedergesehen...« Es klickte. Er hatte aufgelegt.

Ann war wie gelähmt. Sie stand in einer Telefonzelle in einem Außenbezirk von Washington. Schließlich legte sie langsam den Hörer auf, zwang sich, ganz normal zum Auto zu gehen und loszufahren. Immer wieder hörte sie seine Stimme. Ihr wurde so übel, dass sie rechts ranfahren und anhalten musste. Im Rückspiegel sah sie ihre Augen. Sie weinte, sie hatte es gar nicht bemerkt. Das Make-up war verlaufen.

Sie fuhr weiter, hielt bei einem McDonald's auf dem Parkplatz und suchte den Waschraum auf. Dort schminkte sie sich neu, ging zum Wagen zurück und fuhr weiter.

Zwei Querstraßen von Normans Haus entfernt hielt sie an. Schon aus der Ferne sah sie die Blaulichter. Sie atmete tief durch, dann stieg sie aus, schloss den Wagen ab und ging auf sein Haus zu.

Ein junger Polizeibeamter hielt sie an der Absperrung auf. »Sorry, Miss, aber ich kann Sie nicht durchlassen.«

Ann hielt ihren Ausweis hoch. »Mein Name ist Jacqueline Marie Marchaut. Ich wohne hier.«

»Ja, Ma'am.« Er räusperte sich. »Sie kannten den Admiral?«

Ann nickte. »Er ist mein Schwiegervater ...« Wieder wurde ihr übel. »Was ist passiert?«

Der junge Mann schluckte. »Es tut mir leid, Ihnen das mitteilen zu müssen, Mrs Marchaut, aber ... er ist tot.«

Alles brach in ihr zusammen. Sie hatte es gewusst, tief in ihrem Innern hatte sie es gespürt, aber bis eben hatte sie noch gehofft.

Er sah sich Hilfe suchend um. »Am besten wenden Sie sich an Detective Goldkind. Die Frau mit dem schwarzen Mantel da drüben.«

Ann sah hinüber. Sie erkannte sie wieder. Sie hatte ihr vor dem Krankenhaus den Umschlag mit den Phantombildern von Shakran gegeben.

»Danke. Können Sie mich jetzt bitte durchlassen?«

Der Polizist nickte und hob das Absperrband an. Ann tauchte darunter durch. Sie musterte die Umgebung, ihr Blick verharrte kurz auf den Übertragungswagen zweier Sender auf der anderen Straßenseite, auf den Polizisten, die sorgfältig den Rasen den Grundstücks absuchten, auf der Leiter, die gegen die Garage gelehnt war, auf den weiß gekleideten Beamten der Spurensicherung, die auf dem Garagendach damit beschäftigt waren, eine Lampe aufzubauen. Das Gitter vor dem Badezimmerfenster war aufgeklappt, das Fenster offen. Aus dem Badezimmer drang in unregelmäßigen Abständen ein Blitzlicht. Ann wusste, was das zu bedeuten hatte.

Ihre Beine zitterten, während sie sich langsam um die eigene Achse drehte.

Plötzlich stand Detective Goldkind neben ihr und sah sie besorgt an. »Kann ich Ihnen helfen?«

Wieder hielt Ann ihren Ausweis hoch. »Jacqueline Marchaut. Ich wohne hier ...«

Terry musterte den Ausweis. »Das ging aber schnell. Es ist noch keine zwei Minuten her, dass ich mit dem Büro gesprochen habe. Sie wurden informiert?«

Ann schüttelte den Kopf. »Reiner Zufall. Ich war lange weg, acht Jahre. Ich bin gerade angekommen, dann habe ich die Blaulichter gesehen ...«

Terry nickte. »Es tut mir leid, dass Sie es auf diese Weise erfahren, aber der Admiral ist tot. Kannten Sie ihn gut?«

Ann nickte. »Was ist mit Nasreen? Nasreen Norman? Ist sie auch ...« Anns Herz schlug wie wahnsinnig, sie konnte kaum atmen.

»Ist das die Tochter des Admirals?«, fragte Terry.

Ann zögerte kurz. »Ja.«

»Nein. Wir haben sie noch nicht gefunden. Wie es aussieht, konnte sie über das Garagendach fliehen, während Admiral Norman versucht hat, den Täter aufzuhalten.« Sie lächelte. »Ich denke, ihr ist nichts passiert.«

»Besteht die Gefahr, dass sie entführt worden ist?«

»Das glaube ich nicht.«

Ruhig, sagte sich Ann im Stillen. Vergiss nicht, du hast so einen Tatort schon Dutzende Male gesehen. Bleib ruhig. Sie nickte in Richtung des Hauses. »Könnte ich ... Vielleicht sehe ich etwas, das Ihnen weiterhilft.«

»In acht Jahren kann sich viel verändern.«

»Vielleicht.«

Terry musterte sie. »Sind Sie sicher, dass Sie dazu imstande sind?«, fragte sie sanft.

Ann atmete tief durch. »Ja.«

»Also gut, kommen Sie mit.«

Als die beiden Frauen das Haus betraten, gab ihnen ein Beamter der Spurensicherung Überschuhe, Plastikmäntel, Plastikhauben und Handschuhe. »Achten Sie bitte darauf, wo Sie hintreten«, sagte er. »Er war hier unten in jedem Zimmer. Und im Keller.«

Ann sah Terry fragend an.

»Eine Agentin vom Secret Service.« Sie schüttelte den Kopf. »Das ist die zweite tote Agentin, die ich innerhalb von zwei Wochen sehe.«

»Sie bearbeiten auch den Mordfall Malvern, nicht wahr?«

»Woher wissen Sie das?«, fragte Terry.

»Ich habe mich mit Val St. Clair darüber unterhalten. Sie ist eine gute Bekannte des Admirals.«

»Und was machen Sie beruflich, Mrs Marchaut?«

»Ich arbeite für die NSA. In derselben Abteilung wie der Admiral.«

Terry sah sie an. »Das erklärt einiges«, sagte sie. »Sie haben es noch nicht gehört, oder?«, fragte sie dann leise.

»Was?«, fragte Ann.

»Valerie St. Clair ist heute Mittag im Walter Reed Hospital eingeliefert worden. Schwer verletzt.«

»Mein Gott. Ich habe vor wenigen Tagen noch mit ihr gesprochen!«, antwortete Ann. Ihr Entsetzen wirkte überzeugend. »Wie geht es Mark?«

Terry sah sie durchdringend an. »Sie kennen Mark auch?«

»Vals Partner? Natürlich ...« Sie log noch nicht einmal, aber es fiel ihr schwer, die Fassade aufrechtzuerhalten.

Terry lachte bitter. »Mark soll angeblich was damit zu tun haben.«

»Das glaube ich nicht«, sagte Ann.

»Ich auch nicht«, erwiderte Terry. »Waren Sie schon mal

an einem Tatort?«, fragte sie dann. Ihre Stimme hatte einen seltsamen Unterton bekommen.

Ann nickte nur.

»Gut. Dann folgen Sie mir bitte. Hier entlang.« Terry öffnete vorsichtig die Küchentür. »Wir wissen noch nicht, wie er ins Haus gekommen ist. Er ist irgendwie an der Alarmanlage vorbei. Die wurde nämlich erst später manuell aktiviert. So wie wir es zurzeit sehen, hat er als Erstes die Agentin getötet. Sie hatte einen Partner, aber den haben wir bisher noch nicht gefunden. Wir gehen vom Schlimmsten aus.« Terry deutete auf eine Blutspur. »Anschließend ist er durch alle Zimmer im Erdgeschoss gegangen. Dort hat er die versteckten Waffen des Admirals ausfindig und unbrauchbar gemacht.«

»Der Tresor im Arbeitszimmer?«

»Den haben wir noch gar nicht gefunden«, sagte Terry.

»Hinter dem Bild mit der Seeschlacht.«

»Da ist kein Tresor.«

»Hinter der Täfelung.«

Terry ging darauf zu.

»Wenn Sie ihn öffnen, sollte eine Person vom NSA dabei sein. Es könnte sein, dass sich geheime Unterlagen da drin befinden.«

»Was ist mit Ihnen?«, fragte Terry.

Ann schüttelte den Kopf. »Ich habe nicht die richtige Sicherheitsstufe.«

Terry nickte. »Dann werde ich das veranlassen.« Sie musterte Juliet.

»Was ist?«

»Dass er für die NSA arbeitete, könnte einiges erklären, zum Beispiel auch den Secret Service. Ich habe ziemlichen Druck von oben, dass ich den Fall behutsam behandeln soll.

Wie der Chief gesagt hat, interessiert sich sogar der Präsident persönlich dafür.«

»Chester Norman und Präsident Stanton kannten sich seit der Schule. Sie waren fast vierzig Jahre lang befreundet.«

Terry pfiff leise durch die Zähne. »Kommen Sie, ich zeige Ihnen den Rest.«

Sie führte Ann aus der Küche hinaus zur Treppe und in den ersten Stock hinauf. »Nachdem der Mörder die Räume im Erdgeschoss durchsucht hatte, ging er nach oben. Dort muss etwas passiert sein. Der Admiral hat die Alarmanlage ausgelöst und seine Tochter durch das Badezimmerfenster in Sicherheit gebracht. Dann hat er gewartet, versteckt in der Badewanne.«

Terry führte Ann durch das Schlafzimmer zum Bad. Es war voll von Beamten der Spurensicherung, aber es reichte, was sie sah. Einen Augenblick lang war Ann nicht sicher, ob es tatsächlich Norman war, auch wenn der hochgenähte Pyjamaärmel keinen Zweifel daran zuließ. Es war nicht das erste Mal, dass sie dachte, die Toten haben kaum noch Ähnlichkeit mit den Lebenden. Irgendetwas fehlt. Norman war ihr – *was?* Onkel, Vater, Stiefvater, Schwiegervater, Vorgesetzter … Freund? Sie hatte Charles, seinen Sohn und Nasreens Vater, nicht heiraten können … also bestand keine wirkliche verwandtschaftliche Beziehung, außer dass er der Großvater ihrer Tochter war. Aber jetzt, wo sie sich wieder erinnern konnte, erinnerte sie sich auch an das Gefühl, das sie jetzt hatte. Es war dasselbe Gefühl, das sie beim Tod ihrer Eltern gehabt hatte. Trauer, Verzweiflung, Wut … Erst wenn es zu spät war, konnte man das würdigen, was jemand einem bedeutet hatte. In diesem Augenblick hatte Ann das Gefühl, ihre Eltern wären ein zweites Mal gestorben …

Terry räusperte sich.

Ann schüttelte den Kopf. »Was ist hier passiert?«, fragte sie leise. Sie merkte, dass ihre Stimme belegt klang. Am liebsten wäre sie jetzt wieder das kleine Mädchen, dem Chester Norman jede Frage beantwortete. Beantworte mir auch diese Frage, dachte Ann, wieso ausgerechnet dich auch? Muss dieser Mistkerl wirklich jeden töten, der mir etwas bedeutet ... Nasreen ... Ann riss sich zusammen, aber sie merkte, wie ihr alles zu entgleiten schien.

Wie aus der Ferne hörte sie Terrys Stimme. »Der Admiral hat es noch geschafft, viermal zu schießen. Ein Schuss ist hier in die Wand eingedrungen. Wir gehen davon aus, dass er seinen Mörder dreimal getroffen hat. Einer der Schüsse muss eine Arterie verletzt haben, denn das meiste Blut hier ist von unserem Killer. Bei einem solchen Blutverlust ist es ein Wunder, dass er überlebt hat. Der Admiral hat ihn schwer erwischt. Auf jeden Fall ist der Mörder in Panik geraten.« Terrys Blick streifte über die Wände des Badezimmers mit den vielen Einschusslöchern. »Aber er hat sich wohl wieder beruhigt. Er hat die Waffe des Admirals mitgenommen, vielleicht als Trophäe. Er hat sich seine Wunden verbunden und ist noch einmal ins Schlafzimmer gegangen und von dort aus hinunter in den Keller. Von dort hat er die Videobänder des Überwachungssystems mitgenommen.«

Sie gingen wieder hinunter in den Hausflur.

»Er hat das Haus durch die Küchentür verlassen, nur wenige Minuten, vielleicht sogar nur Sekunden, bevor unsere Beamten hier waren.« Sie führte Ann in das Arbeitszimmer des Admirals und schob die Tür hinter sich zu. »Den Tresor haben wir nicht gefunden«, sagte sie dann. »Aber das hier ...« Sie fuhr mit den Händen unter der Platte des antiken Schreibtischs entlang. Auf der Rückseite sprang ein Geheimfach auf.

Terry holte ein dickes Fotoalbum heraus und schlug es auf. Auf der letzten Seite war ein nagelneues Bild eingeklebt worden. Darunter stand in Normans Schrift *Juliet/Ann* und das heutige Datum. Terry schlug langsam die vorletzte Seite auf. Ein Bild von Ann Mankowitz. Mit dem Datum von vor drei Tagen. Das nächste Bild zeigte Juliet, wie sie mit Nasreen spielte. Das Datum lag acht Jahre zurück.

Terry schloss das Album wieder und schob es zurück in das Geheimfach. Dann musterte sie die vielen Fotos, die an den Wänden hingen. Norman mit Stanton, Norman mit vielen einflussreichen Politikern. Norman mit Nasreen, immer wieder mit Nasreen. Oder Nasreen allein. Oder mit Juliet.

In einem Schaukasten waren die Medaillen des Admirals zu sehen. In einem anderen die von Juliet.

»Congressional Medal of Honor«, sagte Terry. Sie drehte sich zu Ann um. »Er war ein tapferer Mann, nicht wahr, *Miss Mankowitz*?«

»Tapferer, als Sie es sich vorstellen können«, flüsterte Ann. Sie ließ sich in einen der Sessel sinken, stützte ihre Ellbogen auf die Oberschenkel und barg ihr Gesicht in den Händen.

»Hier.« Terry öffnete ihre Handtasche, nahm ein Taschentuch heraus und gab es Ann. »Wissen Sie, dass Sie weinen, seit Sie das Bad gesehen haben?«

»Oh. Das habe ich gar nicht bemerkt.« Ann wischte sich langsam die Tränen ab.

Terrys Funkgerät knisterte. »Goldkind? ... Ja? ... Das ist fantastisch. Ist ihr irgendwas passiert? ... Nein? ... Gut, dann bringen Sie sie sofort zu mir ... Okay, sie kann sich Sachen aus ihrem Zimmer anziehen. Da war der Täter nicht ... Dann bringen Sie sie zum Arbeitszimmer. Danke.«

Ann sah zu ihr hoch.

Terry lächelte. »Wir haben Nasreen gefunden. Es geht ihr gut.« Sie lächelte noch breiter. »Sie hat sich versteckt, weil sie bei der Flucht das Hemd, dass sie im Bett anhatte, verloren hat und sie nur noch mit ihrem Slip bekleidet war. Es war ihr einfach peinlich. Aber dann hat sie sich doch getraut.«

»Gott sei Dank!« Vor Erleichterung wurde Ann fast übel.

»Ich habe Sie eben mit *Mankowitz* angesprochen, und Sie haben reagiert«, sagte Terry und beobachtete Ann genau.

»Habe ich das?«

Terry nickte.

»Das war unfair.«

Terry nickte wieder. »Das war es wohl. Ich hatte gerade die Fotos an der Wand angesehen, als Sie kamen. Es gibt sogar ein Bild Ihrer Eltern, aufgenommen an deren Hochzeitstag. Dieses hier ...« Sie tippte mit dem Fingernagel auf eins der Bilder. »Der junge Mann neben Ihrem Vater ist Norman, nicht wahr?«

Ann stand langsam auf und ging zu dem Bild hinüber. Früher hatte es hier nicht gehangen. Viele der Bilder kannte sie gar nicht. Norman hatte sie wohl erst aufgehängt, als er dachte, sie wäre gestorben. »Und jetzt? Wie geht es jetzt weiter?«

Terry sah sie prüfend an. »Wir warten einen Moment. Bleiben Sie bitte hier, ich habe noch was für Sie.« Dann verließ sie den Raum.

Im ersten Augenblick dachte Ann, ob es besser wäre, sie würde sich leise aus dem Staub machen, aber das konnte sie nicht. Nasreen würde bald hier sein.

Die Tür öffnete sich. Ann fuhr herum, aber es war nur Terry. In der Hand hielt sie einen Plastikbeutel.

»Ich weiß nicht, gegen wie viele Vorschriften ich damit verstoße, aber ich denke, es hat eine Bedeutung, dass der Admiral dies hier in seiner Brieftasche hatte.«

Vorsichtig öffneten ihre behandschuhten Finger die Brieftasche und zogen zwei Plastikkarten heraus. Sie hielt sie Ann hin. »Das sind Ihre, glaube ich.«

Eine ID-Karte und ein Ausweis der NSA. Beide ausgestellt auf den Namen Marie Jacqueline Juliet Marchaut. Mit Anns aktuellem Bild. Der NSA-Ausweis war sogar mit ihren Fingerabdrücken ausgestattet. Das Ausstellungsdatum war der heutige Tag. Zögernd nahm Ann die beiden Plastikkarten und sah sie ungläubig an.

Terry schob die Brieftasche vorsichtig wieder in den Plastikbeutel. »Wir haben Sie verzweifelt gesucht, Miss Marchaut.«

»Ich habe mit den Malvern-Morden nichts zu tun«, sagte Ann leise. »Ich habe nur den Mörder gesehen. Und ich habe meine schriftliche Aussage abgegeben.«

»Das weiß ich, Miss Mankowitz. Oder soll ich Marchaut sagen?«

»Mankowitz. Bitte.«

Es klopfte an der Tür.

»Herein.«

»Miss Nasreen Norman, Detective.«

Ann hatte das Gefühl, als bekäme sie keine Luft. Das Blut rauschte in ihren Ohren, während eine junge Frau zögernd das Zimmer betrat. Sie hatte lange schwarze Haare und leicht schräg gestellte Augen. Sie ähnelte sowohl Anns Mutter als auch Charles. Trotz des Schocks, den die junge Frau offenbar erlitten hatte, hielt sie sich kerzengerade.

»Ich übernehme, Officer Mandis.«

Die Polizeibeamtin nickte und schloss die Tür, blieb aber im Raum. Nasreen stand im Zimmer. Sie hatte sich frische

Sachen angezogen, aber Gesicht und Hände waren zerkratzt, die Augen rot unterlaufen. Und sie zitterte. Dennoch musterte sie die beiden Frauen im Arbeitszimmer ihres Vaters misstrauisch. Erst Terry Goldkind, dann Ann. Sie blinzelte. Plötzlich änderte sich ihr Gesichtsausdruck. »Tante Jackie?«

Ann konnte nicht sprechen. Sie nickte nur.

Nasreen warf sie fast um, als sie sich ihr in die Arme warf.

Terry Goldkind räusperte sich. »Officer Mandis. Miss Nasreen Norman ist vorerst in die Obhut ihrer Tante Jacqueline Marchaut entlassen. Wir werden sie ein anderes Mal vernehmen.«

Die Polizeibeamtin nickte und ging hinaus.

»Sie sollten sie wegbringen von hier, Miss Mankowitz«, sagte Terry leise. »Falls Sie meine Nummer nicht haben, hier ist meine Visitenkarte. Auf der Rückseite steht auch meine Privatnummer. Ich erwarte so bald wie möglich Ihre Aussage ...«

Umständlich, weil sie Nasreen immer noch festhielt, nahm Ann die Karte entgegen und sah Terry dankbar an.

Die zwinkerte ihr zu. Dann ging sie zur Tür und öffnete sie.

»Detective?«

Terry drehte sich zu Ann um und schloss die Tür wieder.

»Warum tun Sie das?«

Terry seufzte. »Ich hasse es, wenn mich jemand für dumm verkaufen will. Es war von Anfang an klar, dass Sie nichts mit Malverns Ermordung zu tun haben. Oder mit dem Verbrechen, dem seine Familie zum Opfer fiel. Trotzdem gibt es einen Haftbefehl, der genau das behauptet. Mark hat mit Sicherheit auch nichts damit zu tun. Ich kenne ihn sehr gut, eine Zeitlang dachte ich sogar, er wäre Mr Right für mich. Er war es nicht, aber ich weiß, dass nichts stimmt von dem, was man ihm vorwirft, und bestechlich ist er auch nicht. Diesen Samson und Tom, Vals Ehemann, kenne ich nicht. Ich weiß nur, dass die Ergebnisse meiner bisherigen Untersuchungen keinen von ihnen belasten. Die Sache hat von Anfang an gestunken. Ich hoffe, dass man es mir erklärt, wenn alles zu Ende ist.«

»Tante Jackie?«, fragte Nasreen zögernd. »Was bedeutet das alles?«

»Einen Augenblick.« Mit Nasreen im Arm ging sie zum Schreibtisch und kniete sich davor hin. Dann drückte sie auf eine Verzierung. »Verdammt«, sagte sie, als nichts passierte.

»Lass mich mal.« Nasreen kniete sich neben sie. »Diesen Stern drücken ...«

»Danke, Nessie.«

Nasreen sah auf. »So hat mich lange keiner mehr genannt.«

Ann legte ihr den Arm um die Schulter und drückte sie an sich, spürte ihr fast unmerkliches Zittern. Dann holte sie ein kleines schwarzes Kästchen heraus.

»Der Admiral fand es praktisch. Batteriebetrieben, über Induktion mit dem Telefon verbunden. Keine Drähte, keine Leitungen.« Ann legte das kleine Kästchen auf die Schreibtischplatte. »War damals, vor acht Jahren, das Neueste, was es gab. Wie auch immer ...« Sie atmete tief durch. »Ich wollte vorhin den Admiral anrufen. Sein Mörder, der auch den Senator und dessen Familie ... Er ist ans Telefon gegangen.« Sie sah Terry an. »Das war sein erster großer Fehler.« Sie drückte auf einen Knopf, eine Klappe mit einer Mikrokassette sprang heraus. Sie drückte die Klappe mit der Kassette wieder zu. »Die Aufzeichnung ist verschlüsselt, aber es ist Shakrans Stimme.«

»Shakran?«, fragte Terry, die sich fasziniert das kleine schwarze Kästchen ansah.

»Der Codename des Mörders. Sie werden eine Menge Material finden, wenn Sie nach ihm suchen.«

»Danke«, sagte Terry. »Sie sollten jetzt gehen.«

»Wohin gehen wir, Jackie?«, fragte Nasreen leise. Sie hatte der Unterhaltung zwischen Terry und Ann aufmerksam zugehört, ihre Tränen waren versiegt.

»Zu Freunden«, sagte Ann und strich Nasreen sanft über die Haare. Terry Goldkind musterte die beiden Frauen, die Arm in Arm vor ihr standen und sich leise unterhielten. Sie schüttelte langsam den Kopf. Sie wusste selbst nicht, warum sie so handelte. Aber es war so, wie sie es Ann Mankowitz erklärt hatte. Sie leitete die Untersuchungen, und sie wusste genug, um eine Beteiligung von ihr auszuschließen. Die ganze Sache stank zum Himmel. Und mehr brauchte sie eigentlich nicht, um ihr Handeln vor sich selbst zu rechtfertigen.

Im Türrahmen blieb Ann noch einmal stehen.

»Ich hätte noch eine Bitte.«

Terry hob eine Augenbraue. »Noch eine?«

Ann nickte. »Ich müsste mich mit Audrey Malvern unterhalten, ohne dass es bekannt wird. Könnten Sie das arrangieren?«

»Ich kann das mit Moire abstimmen. Er ...«

Ann schüttelte den Kopf. »Er war für Malverns Sicherheit verantwortlich. Ich weiß ... Nein, keiner sollte das Treffen mit Audrey mitbekommen. Speziell nicht Moire. Sie können ihm nicht trauen, er steckt bis zum Hals drin in der Sache ... Er hat dem Mörder Zugang zu Malverns Haus verschafft ...«

Terry blinzelte. »Das ist eine schwere Anschuldigung.«

»Aber es ist die Wahrheit. Und ... Detective ... Ich danke Ihnen von ganzem Herzen.«

Sie zog die Tür hinter sich und Nasreen zu.

Terry blieb allein im Arbeitsraum des Admirals zurück. »Hoffentlich weiß ich, was ich hier tue«, sagte sie zu sich. Sie seufzte, atmete tief durch und ging hinaus.

70

Ann fuhr langsam. Sie hatte Schwierigkeiten, sich auf den Verkehr zu konzentrieren. Sie wollte einfach nur zurück zum Landhaus fahren, wo sie endlich zusammenbrechen konnte, und sie fragte sich, wie lange sie es noch schaffen würde, sich zusammenzureißen. Die Umrisse der Autos vor ihr verschwammen, sie wischte sich immer wieder über die Augen.

»Sieht man, dass ich geweint habe?«, fragte sie unvermittelt.

»Nur wenn man dich kennt.« Nasreens Stimme war leise. Sie schluckte. »Jackie, heute Nacht . . . Das war Shakran?«

Ann fuhr beinahe in den Straßengraben. »Was weißt du über Shakran?«

»Gestern Nachmittag hat Großvater mich vom College abgeholt.«

»Du bist schon auf dem College?« Ann entdeckte einen McDonald's. Es war derselbe, bei dem sie sich vorhin frisch gemacht hatte. Sie fuhr auf den Parkplatz, ihre Hände und Knie zitterten.

»Ich habe eine Klasse übersprungen und bin schon fast fertig.«

»Es gibt so einiges, an das ich mich erst noch gewöhnen muss«, sagte Ann. Sie zog die Handbremse an, schaltete den Motor aus und wandte sich Nasreen zu.

Deren Augen waren immer noch verquollen, aber ihr Blick war ruhig und gefasst.

»Nachdem er dich abgeholt hat, was war dann?«, fragte Ann.

»Als wir zu Hause waren, hat er mir alles erzählt«, antwortete Nasreen.

»Alles?«

»Alles. Dass er dich wiedergesehen hat, warum du nicht zu mir gekommen bist, was dir passiert ist, als du noch jünger warst als ich jetzt.«

Ann merkte, wie sie blass wurde, aber Nasreens Augen ließen sie nicht los. »Er hat versucht, mir zu erklären, warum du hinter ihm her bist. Hinter Shakran, meine ich. Was dir in San Francisco passiert ist. Wer du bist, was du machst, dass du ihm versprochen hast, zu uns zurückzukehren, wenn das alles vorbei ist.«

»Zurückzukehren ...«, hauchte Ann.

»Ich habe geweint, und Großvater ist zu mir ins Zimmer gekommen. Die Tür war auf, dann hörten wir dieses *Plopp*. Wie eine Champagnerflasche, die geöffnet wird. Er hat zu mir gesagt, dass er mich ganz stark liebt, und dann hat er mich gezwungen, durch das Badezimmerfenster zu steigen und wegzulaufen. Hätte ich mich nicht so lange gewehrt, hätte er auch fliehen können ...«

Nasreen weinte. Ann nahm sie in die Arme und strich ihr über die Haare. Es war ein seltsames Gefühl nach all den langen Jahren, aber es war ein richtiges Gefühl. Sie schloss die Augen und atmete den Geruch ihrer Tochter ein. Eigentlich wollte sie zusammenbrechen, alles hinwerfen, aber ihre Tochter in den Armen zu halten gab ihr Kraft.

»Ich glaube, er wollte gar nicht fliehen«, murmelte Nasreen an Anns Schulter.

»Das glaube ich auch. Er war ein großartiger Mensch«, antwortete Ann.

»Ich habe gehört, dass er dieses Miststück getroffen hat. Stimmt das?«

»Es scheint so ...«

Nasreen befreite sich aus Anns Umarmung. Ihre Augen glänzten, und Genugtuung schwang in ihrer Stimme mit. »Ich hoffe, Shakran verreckt wie ein dreckiger Hund.«

Ann lehnte sich zurück. »Er hat dir alles erzählt?«

Nasreen nickte und lächelte zaghaft. »Er hat gesagt, es würde ihm leichter fallen als dir ... War es schlimm für dich?«

»Jetzt nicht mehr.« Ann wischte sich über die Augen. »Wenn er dir alles erzählt hat, dann weißt du, dass ich mein Leben an diesen Shakran verschwendet habe.« Sie atmete tief durch. »Wäre ich nicht so verbohrt gewesen, wäre der Admiral noch am Leben.«

»Shakran hat meinen Großvater und meinen Vater auf dem Gewissen. Beide Großväter ...« Nasreen sah Ann entschlossen an. »Es war deine Pflicht.« Nasreen sagte es so, als glaubte sie es wirklich.

Ann lachte bitter. »Dein Großvater konnte dir nicht alles erzählen, weil er nicht alles gewusst hat. Du bist mit einer Lüge aufgewachsen, du hast keine Mutter gehabt. Das war keine Pflichterfüllung mehr. Das war Fanatismus. Das hat dein Großvater mir vorgeworfen, und er hatte recht. Dieser Fanatismus hat deine ganze Familie umgebracht, deine Großeltern, deine Onkel und Tanten und auch deinen Vater.«

Nasreen schüttelte den Kopf. »Großvater hat gesagt, dass es Shakran war, der sie umgebracht hat, nicht dein Fanatismus. Und er hat gesagt, es wäre die Pflicht jedes Einzelnen, sich in Gefahr zu begeben, um für das einzustehen, woran man glaubt. Und so sehe ich das auch. Ich will helfen,

Shakran zu erwischen!« Nasreen strich über Anns Wange. »Du hast gesagt, ich hätte keine Mutter gehabt. Aber glaub mir, ich habe immer gewusst, dass du nicht meine Tante bist. Du warst oft weg … Ich habe immer daran geglaubt, dass du wiederkommst. Du hattest es mir ja versprochen!«

Ann nahm sie in den Arm und hielt sie fest. Lange saßen sie so da, bis Nasreen sich schließlich aus ihren Armen löste.

»Was machen wir jetzt? Ich bringe wahrscheinlich deine Pläne durcheinander.«

»Sag das nicht. Du hast keine Ahnung, wie wichtig es mir ist, dass ich dich bei mir habe. Trotzdem, ich werde dich zu einem Freund von mir bringen.«

»Damit ich aus der Schusslinie bin?«

Ann nickte.

Nasreen sah sie lange an. »Okay. Aber nicht heute. Erst will ich Mark, Val und Samson kennenlernen.«

Ann sah sie überrascht an. »Du weißt von ihnen?«

Nasreen lächelte. »Ich schaue fern und lese Zeitung. Abgesehen davon, hat Großvater mir gesagt, dass es Agent St. Clair nicht so schlecht geht, wie man offiziell sagt.«

»Das war unvorsichtig von ihm.«

Nasreen nickte. »Das hat er auch gesagt …« Sie legte eine Hand auf Anns Arm. »Lass uns weiterfahren. Mir geht es besser.«

Ann musste lächeln, auch wenn es fast ein bisschen wehtat. »Mir geht es aber noch nicht besser.«

»Das wird schon. Jetzt, wo wir zusammen sind«, sagte Nasreen. »Lass mich fahren.«

Ann blinzelte. Nasreen war alt genug, um Auto zu fahren! Sie hatte so viele Jahre verpasst … Sie nickte und rutschte auf den Beifahrersitz, während Nasreen um den Wagen herumging. Shakran … Ihre Hände ballten sich zu Fäusten. Nicht Shakran. Moire. Sie hatte Shakran ja schon gehabt. Ohne Moire wäre das alles nicht passiert.

»Jackie?« Nasreen hatte den Motor angelassen und sah Ann besorgt an.

Es war ein seltsames Gefühl, diese Sorge in den Augen ihrer Tochter zu sehen. Ann nickte und schnallte sich an. »Es ist okay. Du kannst losfahren.« Sie öffnete das Handschuhfach und nahm ein Ledermäppchen heraus. Sie hatte die Pistole im Landhaus gefunden. Die Waffe mochte zwar alt sein, aber es war der gleiche Typ wie Normans Lieblingswaffe. Eine Colt 45 ACP. Sie hielt die matt glänzende Waffe hoch. Nasreen sah sie mit großen Augen an.

»Kannst du damit umgehen?«, fragte Ann.

»Wenn ich muss …«

71

Als Mark die Tür hörte, war es kurz vor Sonnenaufgang. Ich muss wohl eingeschlafen sein, dachte er, während er aufstand und sich den verkrampften Nacken massierte. So bequem, wie er aussah, war der Sessel wohl doch nicht. Samson hatte es besser erwischt, er hatte das Sofa bekommen. Seine Beine ragten über die Lehne hinaus. Was sind wir nur für Idioten, dachte Mark, es gab genügend Zimmer mit Betten hier, aber irgendwie hatten sie es nicht geschafft ... Dann wurde ihm bewusst, was ihn geweckt hatte.

Mit der Glock in der Hand bewegte er sich zur Tür und öffnete sie vorsichtig. Das Erste, was er in der Halle sah, war eine junge Frau, vielleicht siebzehn oder achtzehn. Sie hatte lange schwarze Haare und grüne Augen, die ihm irgendwie bekannt vorkamen. Sie trug Jeans, T-Shirt und eine Windjacke darüber. In der Hand hielt sie eine 1911 Kaliber 45 Colt Automatik. Sie war kreidebleich, ihre Augen waren gerötet, ihre Hände zitterten. Es regnete draußen, er konnte den Regen hören, die junge Frau war nass geworden, aber nicht sehr. Sie war also nicht länger als ein paar Sekunden im Regen gewesen.

Durch die halb offene Eingangstür hinter ihr konnte er die Rücklichter des Ford Taurus sehen, der gerade in die Garage gefahren wurde.

»Guten Morgen ...« Mehr fiel ihm nicht ein. Es war erstaunlich, wie schnell man wach wurde, wenn so ein Ding auf einen gerichtet war, und es war noch erstaunlicher, wie sehr so eine Mündung das Denken fokussierte. Oder einfror. Wie jetzt bei ihm.

»Guten Morgen«, antwortete die junge Frau und schluckte. »Ich hoffe, wir sind auf derselben Seite.«

Sie war wacher als er, bemerkte Mark. Reiß dich zusammen!

»Das hoffe ich auch.« Seine Stimme war belegt, er hatte einen Frosch im Hals. In den letzten Tagen hatte man mehrmals versucht, ihn zu ermorden, man hatte auf ihn geschossen, aber diese Situation ... war genau eine von denen, auf die er in Quantico vorbereitet worden war. Wenn ihm doch bloß einfiel ... »Nasreen?«, fragte er vorsichtig.

»Mein Name ist Nasreen Norman, richtig. Könnten Sie Ihre Waffe bitte woandershin richten? Sie machen mir Angst.«

Er bemerkte erst jetzt, dass auch er sie ins Visier genommen hatte. *Reflex* nannte man das wohl. Er war definitiv noch nicht ganz wach. Gleichzeitig ließen sie die Waffen sinken.

»Ich bin Mark Bridges.«

»Das dachte ich mir schon«, sagte Nasreen mit einem schiefen Lächeln.

Er steckte seine Waffe zurück ins Schulterhalfter und betrachtete mit grimmigem Respekt die schwere Automatik in ihrer Hand. Die 45er Colt Automatik mochte zwar technisch veraltet sein, aber sie war immer noch ein ziemlich durchschlagendes Argument.

»Haben Sie immer so ein Ding im Reisegepäck?« Das klang bissiger, als er wollte. Es wurmte ihn immer noch, dass sie ihn so kalt erwischt hatte.

»Ich denke, das hat mit ihrem Großvater zu tun. Der ist eben gerade ermordet worden«, sagte Samson. Er stand hinter Mark in der Tür.

Die junge Frau zuckte zusammen und hob die Waffe.

Samson hatte die Hände schon oben. Er lächelte freundlich. »Du wirst mich doch nicht erschießen, oder?«

Die Tür hinter Nasreen öffnete sich, bevor sie antworten konnte. Ann kam herein. Sie schüttelte den Regen aus ihren Haaren. »Alles in Ordnung, Nasreen?«

Sie nickte.

Mark drehte sich zu Samson um. »Was hast du gesagt?«

»Ich habe es vorhin in den Nachrichten gehört.« Er ging auf Ann zu und streckte die Arme aus. Ann zögerte kurz, dann ließ sie sich in seine Arme sinken. »Schwester ... Wie geht es dir?«

»Wie soll es mir gehen? Beschissen«, antwortete sie. Er drückte sie kurz an sich, dann ließ er sie wieder los.

»Danke dir, Samson«, sagte sie und wischte sich mit dem Handrücken über die Augen.

Mark gab ihr ein Taschentuch. Sie nahm es, wischte sich die Tränen ab und schneuzte sich.

»Tut mir leid wegen dem Admiral«, sagte Mark leise.

Ann legte ihren Arm um Nasreen und nahm ihr die Pistole ab, sicherte sie und steckte sie sich hinten in den Hosenbund. Alle konnten sehen, wie sehr sie sich zusammenriss. Sie versuchte zu lächeln, aber nur mit mäßigem Erfolg. »Ich brauche einen Kaffee. Wie ist es mit euch?«

Auch die Küche war riesengroß. Mit der altmodischen Ausstattung, dem nachgedunkelten Holz und den Naturholzmöbeln wirkte sie einladend und gemütlich. Nasreen setzte sich an den Tisch und beobachtete Mark, Samson und Ann. Besonders Ann, die gerade den alten Colt auf den Küchentisch legte und dann kurz ins Leere starrte, bevor sie sich aufraffte und an der Kaffeemaschine zu schaffen machte.

»Mein Beileid, Ann, Nasreen«, sagte Mark leise. Er zögerte, dann legte er seine Hand auf Anns Schulter. Er war überrascht, wie zerbrechlich und zierlich sie sich anfühlte. »Ich habe ihn leider nur kurz gekannt. Er war ein beeindruckender Mann.«

Ann drehte sich zu ihm um, und ohne dass er wusste, wie es passierte, hatte er seine Arme um sie gelegt. Sachte fuhr er mit einem Finger über ihre Wange. Sie lehnte ihren Kopf an seine Schulter.

Nasreen sah zu Samson. »Sind die beiden zusammen?«, fragte sie flüsternd.

Samson schüttelte den Kopf und grinste. »Nicht dass sie es wüssten.«

»So ist das also ...« Nasreen lächelte.

Samson war beeindruckt von Nasreen. Sie war ruhig, aufmerksam, und auch wenn ihre Augen gerötet waren, wirkte sie sehr gefasst. Vielleicht sogar mehr als Ann. Nasreen spielte mit einer Kette um ihren Hals, an der zwei goldene Ringe und eine Erkennungsmarke hingen. Samson kannte die Kette sehr gut.

»Das mit deinem Großvater tut mir leid«, sagte er leise.

»Er hatte keine andere Wahl. Er musste es versuchen ...« Sie senkte den Kopf. »Er hat sich wohl eine Chance ausgerechnet, Shakran zu erwischen ...« Sie wischte sich übers Gesicht und sah zu Samson. »Hatte er ...? Ich meine, was hat man in den Nachrichten gesagt? Haben sie Shakran erwischt?«

Samson schüttelte den Kopf. »Leider nicht. Aber dein Großvater hat ihn wohl schwer verletzt.«

Sie schüttelte den Kopf und sah zu Mark und Ann hinüber, die regungslos neben der blubbernden Kaffeemaschine standen. Dann blickte sie wieder zu Samson zurück, ihre Augen, genau wie die von Ann, musterten ihn.

»Deine Mutter hat mich manchmal auch so angesehen. Meistens dann, wenn sie darüber nachgedacht hat, was sie machen soll mit mir«, sagte Samson leise.

»Ich überlege, wann ich Sie das letzte Mal gesehen habe«, antwortete Nasreen.

Samson war überrascht. »Du hast mich schon mal gesehen? Abgesehen von meinen Fernsehauftritten in der letzten Zeit, meine ich.«

»Es ist vielleicht neun Jahre her. Ich weiß nicht genau. Wir hatten gerade Pause in der Schule. Sie hatten beide Uniform an, glaube ich ... War das Jackie? Die Frau, mit der Sie da waren? Damals hatte ich das Gefühl, als hätte sie mich besonders genau angesehen.« Sie lächelte unsicher.

Samson versuchte sich zu erinnern. Während des Trainings zu jener verfluchten Mission hatte das Team genau zweimal Freigang gehabt, einmal war er mit Juliet nach Washington gefahren. Er erinnerte sich, dass sie einen Umweg gefahren war und an einer Schule angehalten hatte.

Er nickte langsam. »Ja, sie war es. Du hast ein gutes Gedächtnis.«

Nasreen nickte. »Wie Jackie.« Plötzlich traten ihr Tränen in die Augen. »Das war das letzte Mal, dass ich sie gesehen habe. Bis heute ...« Sie senkte den Blick vor sich auf die Tischplatte, ihre Schultern fingen an zu zucken.

Ann löste sich von Mark, setzte sich neben Nasreen und nahm sie in den Arm.

Mark beobachtete die beiden, dann sah er zu Samson hinüber.

»Warum fällt der Bastard nicht einfach tot um?«

72

Wahrscheinlich wären einige Leute glücklicher, wenn ich jetzt einfach tot umfallen würde, dachte Shakran. Allzu weit war er nicht mehr davon entfernt. Dieser Gedanke erheiterte ihn irgendwie. Sein rechtes Bein war taub, er spürte noch nicht einmal den Gürtel, den er benutzt hatte, um es abzubinden. Viel Zeit hatte er nicht mehr, sonst würde er das Bein verlieren. Dann hatte ein Krüppel ihn zum Krüppel gemacht. Er lachte. Dann schüttelte er den Kopf und versuchte, sich zu konzentrieren. Vor ihm, in der Querstraße, fuhr ein Polizeiwagen vorbei, die Sirene war ausgeschaltet, aber das Licht eines Scheinwerfers streifte über die Häuser und Bäume in der Nachbarschaft. Das Haus des Admirals war von hier aus nicht zu sehen, aber sehr wohl die Lichter der Einsatzwagen, welche die umliegenden Häuser anstrahlten. Der Wagen stand vielleicht achtzig Meter von dem Haus des Admirals entfernt. Zwei Polizisten suchten die Nachbarschaft ab, leuchteten mit ihren Taschenlampen Hinterhöfe und Bäume aus. Ein Wagen fuhr direkt an ihm vorbei, ein Fahrzeug der Hundestaffel der Polizei. Ein Deutscher Schäferhund sah ihn mit hechelnder Zunge an. Spätestens dann, wenn der Köter im Einsatz war, würde es nicht mehr lange dauern, bis sie ihn hatten.

Das Etui mit der Spritze lag neben ihm auf dem Beifahrersitz. Es war ein Schmerzmittel, das vom Militär verwendet wurde. Angeblich sollte es verwundeten Soldaten helfen, weiterhin kampffähig zu sein. Soldaten mussten nicht denken.

Aber er! Allmählich musste ihm etwas einfallen. Denk nach, Mann! Er fühlte sich wie in Watte gepackt, ohne Zweifel wirkte das Medikament. Und dann der Blutverlust. Er starrte das Etui an. Was wollte er damit tun? Ach ja, wegpacken. Was noch? Er brauchte einen Arzt. Der Wagen, mit dem er zu Norman gefahren war, musste entsorgt werden. Im Kofferraum lagen noch seine Sachen. Spuren, die keiner finden durfte.

Der Wagen hier, der Wagen, in dem er saß, war heiß. Ein kleines Feuerchen tat not, machte schnell den Wagen tot ... Es war der Wagen des Secret-Service-Mannes, der lag immer noch im Kofferraum. Lag da tot drin. Schwer zu erklären, Officer. Also, das war so ... Bis jetzt schien ihn noch keiner zu vermissen. Aber das war nur eine Frage der Zeit. Viel zu früh zum Sterben. Um diese Zeit lief immer eine Talkshow, aber er konnte sich nicht erinnern ... Er brauchte Zeit ... Verbrauchte sich die Zeit, oder blieb sie übrig ...? Wenn ja, wer bekam eigentlich die gebrauchte Zeit ...? Er richtete den Blick nach vorn und blinzelte. Da stand sein Wagen. Wie kam der denn hierher?

Richtig. Er war hierhergefahren, um den Wagen zu wechseln.

Er musste nur in den anderen Wagen gelangen, dort hatte er alles, was er brauchte. Vielleicht fand er dort auch etwas von der Zeit. Als er sich mühsam aus dem Auto quälte, fuhr ein Polizeiwagen an ihm vorbei. Die Polizisten sahen ihn nicht, weil er hinter dem Wagen in Deckung ging.

Das Anwesen des Admirals ähnelte einem Ameisenhaufen. Irgendwann würden diese blauen Ameisen ihn einfach nur dadurch finden, dass sie über ihn hinwegkrabbelten. Er kicherte, als er sich eine Kette krabbelnder Polizisten vorstellte. Der Himmel fing schon an, rötlich zu leuchten, bald war seine Zeit abgelaufen. Schon wieder.

Mary had a little lamb... In der Schule hatte er das gesungen, als er Englisch lernte.

Im Nachhinein wusste er nicht mehr, wie er in sein Auto gekommen war. Der Laptop war in der Tragetasche, der Reißverschluss erwies sich als echtes Hindernis.

Langsam klärte sich die Watte in seinem Kopf, die Wunderdroge begann zu wirken. Jetzt fühlte er sich, als ob er Tango tanzen könnte. Und Bäume ausreißen. Zwei auf einmal. Aber er wusste, das war eine Täuschung.

Über das Internet fragte er seinen eigenen Server ab. Dort waren die aktuellen Adressen von Ärzten gesammelt, die keine Fragen stellten. Er brauchte vier Versuche, um das Kennwort richtig einzugeben, das brauchte verdammt noch mal zu viel verdammte Zeit!

Jeder Arzt war verpflichtet, eine Schusswunde zu melden. Die, die auf seiner Liste standen, vergaßen das gegen entsprechendes Entgelt.

Noch etwas war zu tun. Aber was? Er hatte es eben noch gewusst. Ein kleines Feuerchen, ach ja.

Er stieg aus. Das Bein hielt ihn, aber es war ein seltsames Gefühl, als würde er auf Luft gehen. Aus dem Kofferraum holte er eine Plastikschachtel, so groß wie ein Schuhkarton. Er brach zusammen, als die Luft unter ihm nachgab. Das war bei Luft eben so. Man konnte sich einfach nicht darauf verlassen. Er schüttelte den Kopf wie ein angeschlagener Boxer und richtete sich wieder auf. Er hatte eine Plastikschachtel in der Hand. Was war das? Was wollte er damit? Er fing den Gedankengang ein wie mit einem Lasso. Ein sogenanntes Erasedevice. Und genau das machte das Gerät. Ausradieren. Thermit funktionierte bei so etwas besonders gut. Machte ein kleines, aber feines Feuerchen. Feuerchen ... Er schüttelte sich wie ein nasser Hund, um sich zu konzentrieren. Wunderdroge. Pah! Das Einzige, was die Droge wirklich konnte, war, ihn wunderbar blöde zu machen!

Er nahm sechs faustgroße Würfel aus der Plastikschachtel. Sie reichten aus, um ein Haus auszuradieren, sie würden es wohl auch mit einem Auto tun. Eine im Motorraum, drei im Innenraum, zwei im Kofferraum, wo der Agent ihn vorwurfsvoll anstarrte.

Selbst schuld, antwortete Shakran wortlos. Hättest halt besser aufpassen müssen.

Du hast gut reden, antwortete der Secret-Sercice-Mann. Sieh dich doch mal an! Hat dich doch auch erwischt!

Für diese Unverschämtheit steckte Shakran ihm den einen Würfel in den Mund.

Als er losfuhr, war er für das Automatikgetriebe dankbar. Nicht zu schnell fahren. Nicht zu langsam. Geradeaus, keine Schlangenlinien. Er musste sich konzentrieren. Hinter ihm leuchtete der Wagen des Agenten gleißend hell auf.

Shakran achtete nicht darauf. Er hatte mehr als genug damit zu tun, einfach nur zu fahren. Was vorher automatisch gegangen war, war jetzt eine bewusste Entscheidung. Jede Sekunde. Aber er war ein Profi. Der Beste. Und er hatte noch knapp drei Tage Zeit, um das zu beweisen.

Schon wieder Zeit, diese verdammte Zeit ...

73

Und was machen wir jetzt?«, fragte Mark. Er lehnte an dem altmodischen Kühlschrank, der groß genug war, um ein ganzes Rind aufzunehmen, und hielt einen Kaffeebecher in der Hand.

»Ich weiß es nicht«, antwortete Ann. Nasreen hatte sich an sie gelehnt, ihre Augen waren geschlossen. Ann strich ihr vorsichtig übers Haar.

»Ich sage es nur ungern, aber ohne den Admiral sind unsere Karten deutlich schlechter«, sagte Samson. Er füllte sich gerade seinen Becher, als sich die Tür zur Küche öffnete. Er sah hinüber, eine Hand über der Waffe. Dann atmete er erleichtert auf. »Guten Morgen, Tom.«

»Guten Morgen.« Tom ließ seinen Blick über die Anwesenden schweifen. An Nasreen blieb er hängen. Sie hatte sich nicht gerührt, wahrscheinlich schlief sie. Er bemerkte Anns gerötete Augen, schloss leise die Tür hinter sich und ging zum Tisch hinüber, um sich hinzusetzen. Samson füllte wortlos einen Becher für ihn und stellte ihn vor Tom auf den Tisch.

»Sieht nicht nach einem guten Morgen aus«, stellte Tom fest. »Was ist passiert?«

»Shakran hat den Admiral erschossen«, sagte Ann leise.

»Wenigstens hat der Admiral den Bastard auch erwischt. Dass der Dreckskerl abhauen konnte, grenzt an ein Wunder. Eins von der falschen Sorte«, fügte Mark bitter hinzu.

»Tut mir leid. Ich glaube, ich ahne, wie viel er euch bedeutet hat. Und die junge Lady…« Tom sah fragend zu Nasreen.

»…ist meine Tochter. Nasreen«, sagte Ann leise.

»Schläft sie?«

Ann nickte nur.

Tom sah Nasreen lange an. »Ich wollte, Lauren wäre auch hier«, sagte er dann. Als er merkte, dass Ann etwas sagen wollte, hob er abwehrend die Hand. »Ich weiß, dass das nicht wirklich gut wäre, aber dann wäre sie bei mir. Es ist nur so ein Gedanke.« Er trank einen Schluck und verzog prompt das Gesicht. »Mann, das ist kein Kaffee, das ist…«

»*Richtiger* Kaffee. Drei Löffel pro Tasse.« Samson lächelte. »Auf jeden Fall macht er wach.«

»Was ist mit Val?«, fragte Ann.

»Ich habe gerade mit dem Krankenhaus telefoniert. Sie wollte gestern Abend schon aufstehen. Ich habe dem Arzt gesagt, sie sollen sie ans Bett fesseln, sollte Val es tatsächlich versuchen.« Er lächelte schief. »Das ist doch ein gutes Zeichen, oder? Aber sie sollte sich schonen. Val hat nie besonders viel Geduld, aber es ist kaum einen Tag her, dass sie angeschossen wurde. So was braucht viel Zeit…«

»Hast du noch mal versucht, Lauren zu erreichen?«, fragte Mark.

Tom schüttelte den Kopf. »Nein. Ich glaube, es ist besser, wenn Val sie morgen anruft. Sie soll es von ihrer Mutter selbst hören. Glaubt ihr, sie könnte in Gefahr sein? Lauren, meine ich?«

Samson zog die Mundwinkel nach unten. »Es könnte sein, dass man sie observiert, weil sie denken, sie zeigt ihnen den Weg zu uns.« Er stellte den Becher ab, bewegte seinen Nacken und massierte ihn. Es knackte vernehmlich.

»Ich überlege immer noch, was wir als Nächstes tun können«, warf Ann ein. »Audrey kann uns vielleicht helfen, die CD zu entschlüsseln.« Sie seufzte. »Weil wir nicht wissen, wer alles drinsteckt in der Sache ... Ich muss mich mit Präsident Stanton in Verbindung setzen. Ich weiß nur noch nicht, wie ich das am besten mache.«

»Der Secret Service nimmt jeden Anruf ernst«, erinnerte Samson sie.

»Das weiß ich. Aber das wird nicht reichen, um den Staatsbesuch abzusagen. Außerdem hätten wir sie nur Sekunden nach dem Anruf auf unserer Fährte ...« Ann strich sich frustriert die Haare aus dem Gesicht. »Am liebsten würde ich ihn einfach anrufen, ganz direkt. Aber das geht nicht.«

Nasreen hob den Kopf. »Warum sollen wir ihn nicht direkt anrufen können?«, fragte sie.

»Weil man den Präsidenten nicht einfach so anruft«, antwortete Tom. »Spätestens in der Vermittlung bleibt man hängen.« Er lächelte Nasreen an. »Hallo. Ich bin übrigens Tom. Schön, dass wir uns kennenlernen.«

Nasreen lächelte zurück. »Natürlich kann man ihn direkt anrufen.« Nasreen rieb sich die Augen und sah Ann an. »Er kennt dich, er kennt Großvater. Mich kennt er auch. Ich bin schon zweimal mit seinem Sohn Todd ausgegangen.« Sie sah in überraschte Gesichter. »Todd ist ganz okay, aber er nimmt sich ein bisschen zu wichtig. Und man kann nicht mit ihm reden, weil ständig einer vom Secret Service danebensteht. Das nervt auf Dauer.«

Samson schmunzelte. »Das kann ich mir vorstellen.«

Mark sah Ann an. »Geht das wirklich so einfach?«

»Präsident Stanton und Admiral Norman waren zusammen auf der Schule, sie waren eng befreundet. Ich habe Stanton ein paarmal gesehen, aber das ist lange her, noch bevor er Senator wurde. Ich glaube nicht, dass er sich an mich erinnert.«

»Und ob er das tut. Großvater hat Präsident Stanton sogar dazu gebracht, deine Befugnisse zu erneuern«, widersprach Nasreen.

Ann, die gerade einen Schluck aus ihrem Becher trank, verschluckte sich und bekam einen Hustenanfall. Mark klopfte ihr auf den Rücken, aber sie ignorierte ihn. Fassungslos sah sie ihre Tochter an.

»Er hat *was?*«

»Er hat *Phoenix* wieder aktiviert.« Nasreen sah ihre Mutter an. »*Phoenix* bist du doch, oder?«

Ann nickte. »Woher weißt du das alles?«

»Großvater hat es mir erzählt. Als er mir alles andere erzählt hat. Er hat gemeint, es wäre wichtig, dass ich das weiß, sollte ihm ...« Sie schluckte.

Ann sah die anderen an. »Damit haben wir eine Chance.«

»Und was genau bedeutet das?«, fragte Mark.

»Um Shakran zu stellen, habe ich umfassende Befugnisse bekommen. Für mich bedeutet das, dass ich ausschließlich dem Präsidenten Rechenschaft ablegen muss, sonst niemandem.«

»Hat man Shakran so ernst genommen?«, fragte Mark verwundert.

»Er war wie ein Geist. Er hat nie Spuren hinterlassen, und wenn es doch mal welche gab, dann waren es falsche. Ja, wir haben ihn so ernst genommen. Hauptsächlich wegen seiner Kunden. Alles Leute von der Most-Wanted-Liste weltweit. Er bietet die Möglichkeit, an die Hintermänner heranzukommen. Deshalb hatte ich auch den Befehl, ihn, wenn möglich, lebend zu fassen.« Unbewusst strich sie über ihren linken Wangenknochen. Ihr Gesicht verdüsterte sich. »Keiner wollte es zugeben, aber wir mussten einsehen, dass möglicherweise auch hochrangige Personen aus unserer Regierung zu den Hintermännern gehören. Deswegen musste die Untersuchung außerhalb er üblichen Kanäle laufen.«

»Das war noch vor Stanton?«, fragte Mark.

Ann nickte und trank einen Schluck Kaffee. »Für uns heißt das, dass ich im Grunde ganz einfach so ins Weiße Haus reinspazieren kann.«

Alle sahen sie sprachlos an. Außer Nasreen.

»Du solltest ihn aber vorher anrufen, Mama.«

»Das würde ich gern tun, Schatz.« Ann lächelte. Sie stand auf und ging zur Kaffeemaschine, um sich ihren Becher zu füllen. »Aber leider habe ich seine Nummer nicht.«

»*Ich* habe sie.« Nasreen griff in ihre Windjacke und hielt ein lila Notizbuch hoch. Vorne stand ihr Name drauf, mit Herzen eingerahmt.

»Und wieso, Nessie?«, fragte Ann vorsichtig.

»Ich hatte vor einem halben Jahr diese Blinddarmoperation. Grandpa konnte nicht dabei sein, weil er einen Termin beim Präsidenten hatte. Da hat er mir diese Nummer gegeben und gesagt, ich soll sie anrufen, wenn es notwendig ist. Mit der Operation ist alles gut gegangen, aber ich habe trotzdem angerufen. Ein anderer Mann ist drangegangen, und als ich gefragt habe, ob Grandpa da wäre, hat er gesagt *Moment, Nasreen* und den Hörer weitergegeben. Ich bin sicher, das war der Präsident. Ich kenne die Stimme.« Sie strahlte. »Das ist doch gut, oder?«

»Ja«, sagte Ann langsam und drückte Nasreen an sich. »Das ist gut.«

»Sag mal, was hältst du eigentlich von Terry Goldkind?« Ann sah zu Mark hinüber. Sie hatten sich mit Samson ins Arbeitszimmer zurückgezogen.

Mark zündete sich eine Zigarette an. »Terry? Eine Menge, warum?«

»Sie hat mich gehen lassen, zusammen mit Nasreen. Ich glaube, sie hat mich sofort wiedererkannt.«

»Ich denke, sie ahnt, dass das alles zusammenhängt ...«

»Sie hat mir sofort geholfen, ohne den ganzen bürokratischen Kram. Stell dir vor, ich hätte zuerst zum Jugendamt gemusst, um zu beweisen, dass ich die Mutter von Nasreen bin ... Also, wie ist diese Terry?«

Mark beobachtete nachdenklich den aufsteigenden Rauch seiner Zigarette. »Ich habe sie nach der Scheidung von Marcia kennengelernt. Wir haben gemeinsam ermittelt. Eine Zeitlang haben wir beide gedacht, wir würden zusammenpassen ...« Er zuckte mit den Schultern. »Sie ist immer noch eine sehr gute Freundin.« Er sah zu Ann hinüber. »Aber du willst wahrscheinlich wissen, ob sie eine gute Polizeibeamtin ist. Das ist sie, ganz ohne Zweifel. Sie hat Instinkt, und sie ist vorsichtig. Ich kann mir gut vorstellen, dass ihr das alles nicht ganz koscher ist und dass sie dir deshalb geholfen hat. Warum?«

»Ich glaube, sie könnte arrangieren, dass wir Audrey sprechen, ohne dass Moire davon erfährt.«

Samson lehnte sich zurück. »Um den sollten wir uns so schnell wie möglich kümmern.«

»Wenn wir uns Moire greifen, dann ist die Katze aus dem Sack. Wenn man uns dabei erwischt ...«, gab Mark zu bedenken.

»Dann dürfen wir uns nicht erwischen lassen.«

Ann warf Samson einen prüfenden Blick zu. »Moire wird auch noch drankommen.«

Er hob entschuldigend die Hände. »Alles klar.«

»Ich überlege, wir wir Terry am besten kontaktieren«, sagte Mark.

Samson stand auf und streckte sich. »Ganz einfach. Wir rufen sie an. Nicht einer von uns, sondern Nasreen.«

»Nasreen?«, fragte Ann überrascht.

Samson nickte. »Sie kriegt das hin.«

»Aber ...«

Samson schmunzelte. »Es ist nur ein Anruf!«

»Wie gehen wir jetzt vor?«, fragte Tom, der gerade zur Tür hereinkam. »Val will wissen, ob ihr schon eine Idee habt.«

Ann sah zu ihm hoch. »Wie geht es ihr denn?«

»Sie sagt, ihr geht es blendend, und wenn ich sie weiter daran hindere, aufzustehen, will sie sich scheiden lassen.«

74

Im Unterschied zu den meisten Adressen in Shakrans Datenbank lag die Praxis von Dr. Vorman nicht in einer schmuddeligen Kellerwohnung. Es war eine ganz normale Praxis mit ganz normalen Patienten. Abgesehen davon, dass Shakran es vorzog, in einer sauberen Umgebung behandelt zu werden, hatte Dr. Vorman noch einen anderen Vorteil für ihn: Der Mann tat es nicht nur für Geld, er hatte auch was zu verlieren.

Die stolz im Sprechzimmer aufgehängte Urkunde mit dem Doktortitel war eine Fälschung. Gerüchten zufolge hatte er in Russland Medizin studiert, war aber vor mehr als zwanzig Jahren vom KGB als Schläfer in Washington etabliert worden.

Dr. Vorman schien nicht gerade begeistert zu sein, als er Shakrans Anruf erhielt, aber das musste er auch nicht sein, Hauptsache, er flickte ihn wieder zusammen.

Wie durch ein Wunder hatte Shakran es bis zur Praxis geschafft.

Aus den Fenstern des Bungalows fiel Licht, obwohl es gerade erst kurz nach Sonnenaufgang war. Es hatte seine Vorteile, wenn man Privatpatient war. Shakran saß im Auto und musterte den Plattenweg, der zum Eingang der Praxis führte. Vielleicht zwölf, dreizehn Meter.

Die Wirkung der Droge hatte nachgelassen, er war wieder imstande, einigermaßen klar zu denken. Und das bedeutete, er wusste wieder, in welchem Zustand er war. Wenn er sich nicht aufraffte, würde er hier im Auto verbluten.

Da er noch einen Auftrag hatte, konnte er das nicht zulassen, aber zum ersten Mal befürchtete er, dass sein Wille allein nicht ausreichte. Er sah sich um.

Eine junge Frau führte ihren Hund spazieren, sonst war es ruhig. Also los.

Aber wenn er tatsächlich über den Plattenweg kriechen musste und plötzlich jemand kam ... Er griff nach seinem Handy und rief den Doktor an.

Wenige Minuten später kam der Doktor mit einem Rollstuhl heraus.

Dr. Vorman war ein großer, breitschultriger Mann Mitte vierzig, blond, mit einem etwas zu breiten Gesicht. Merkwürdig, die Konturen des Arztes verschwammen ... Shakran blinzelte ein paarmal, aber es half nichts. Wo war der Arzt geblieben ...?

Irgendwann hörte Shakran, dass jemand gegen die Scheibe klopfte. Er wollte reagieren, aber er schaffte es nicht. Ganz langsam, nur mit äußerster Willensanstrengung, führte er die Hand zum Türschloss. Die Tür sprang auf, schlug gegen etwas Hartes, wahrscheinlich gegen den Rollstuhl, dann fiel Shakran durch die offene Tür aus dem Wagen.

75

Alexander Stanton war ein viel beschäftigter Mann. Bevor er seinen jetzigen Job angenommen hatte, hatte er nicht gewusst, wie viele unterschiedliche Termine man an einem Tag haben konnte, wie wenige Minuten ein Tag hatte. Die Nachricht vom Tod Chester Normans hatte er kurz vor seiner Rede vor der Stahlarbeitergewerkschaft in Pittsburgh erhalten. Dieser verdammte Job gab ihm noch nicht einmal Zeit, die Umstände in Erfahrung zu bringen.

Chester war sein Freund gewesen, verdammt noch mal. Was für einen Sinn hatte es, Präsident zu sein, wenn man sich noch nicht einmal darüber informieren konnte, was genau passiert war?

Während des Rückflugs hatte er ein paar Minuten Zeit. Er verlangte den Polizeibericht, und als man ihm den nur kurz referieren wollte, wurde es ihm zu viel.

Er sagte ein paar Termine ab. An dem Dinner heute Abend sollte auch Vizepräsident Forrester teilnehmen. So uneinsichtig, wie der sich zurzeit verhielt, war es vielleicht gut, dass er ihn heute allein hingehen ließ …

Stanton drückte auf einen Knopf der Sprechanlage. Er war in seinem privaten Arbeitszimmer im Familientrakt des Weißen Hauses. Hier fühlte er sich wohler als im Oval Office, wo er oft das Gefühl hatte, seine Amtsvorgänger würden ihm über die Schulter schauen.

Die Tür öffnete sich. Kyle Edwards, der die Spätschicht des Secret Service leitete, kam herein. Er war ein großer, schlaksig wirkender Mann, der für die Aufgabe, die er zu meistern hatte, viel zu jung wirkte.

»Mr President?«

»Was ist mit diesem Polizisten? Ich dachte, er hätte den Termin um zehn bestätigt?«

»Sie ist gerade eben angekommen. Sie durchläuft noch die Sicherheitskontrolle.«

»Sie?«

»Detective Goldkind ist eine Frau.«

»Gut. Halten Sie sie nicht zu lange auf.«

»Sir, wir haben noch nicht alle Unterlagen. Sie ist zum ersten Mal hier und ...«

»Bevor ihr sie stundenlang auf biologische Waffen und den anderen Kram überprüft, nehmt ihr einfach die Dienstwaffe ab und schickt sie rein. Wenn es Ihnen dadurch besser gehen sollte, können Sie auch ein paar Leute auf dem Gang postieren. Aber ich will sie sehen. Jetzt.«

Edwards hob die Schultern. »Sir, wir versuchen nur ...«

Stanton winkte ab. »Sehen Sie zu, dass sie nicht noch länger aufgehalten wird!«

»Sir ...«

»Edwards!«

»Jawohl, Sir!«

Edwards zog die Tür hinter sich zu.

Stanton lehnte sich hinter seinem Schreibtisch zurück und sah auf das Bild an der Wand rechts von ihm. Es war über zwanzig Jahre alt. Der Mann in der blauen Gala-Uniform eines Marines schien ihm aufmunternd zuzuzwinkern.

Es klopfte an der Tür.

»Herein.«

Die Tür öffnete sich, Edwards führte Detective Goldkind

herein. Stanton stand auf und warf Edwards nur einen Blick zu, woraufhin dieser hastig die Tür von außen schloss.

»Detective. Vielen Dank, dass Sie so kurzfristig kommen konnten.« Stanton hielt ihr die Hand hin.

»Ich konnte ja wohl kaum anders«, antwortete Terry und erwiderte Stantons Händedruck überraschend fest.

Beide musterten sich gegenseitig.

Terry Goldkind war in vielerlei Hinsicht eine Überraschung für den Präsidenten. Die meisten Menschen, die er hier sah, waren bemüht, sich ins bestmögliche Licht zu rücken. Goldkind dagegen sah aus, als hätte sie auf dem Weg vom Revier zu sich nach Hause einfach nur einen Umweg gemacht. Sie trug Sneakers, Jeans, ein T-Shirt und eine Windjacke, unter der er ihr leeres Schulterholster sehen konnte. Seiner Meinung nach trug sie noch nicht einmal Make-up. Detective Goldkind war klein und zierlich, knapp über der Mindestgröße für Polizistinnen, ihre Haare waren fast militärisch kurz geschnitten. Obwohl sie offensichtlich müde war, wirkten ihre Augen wach und lebendig. Er hatte erfahren, dass sie zäh war, eine der besten Ermittlerinnen, die das Police Department hier in Washington zur Verfügung hatte.

Terry wiederum sah einen Mann, der älter wirkte, irgendwie grauer als beim letzten Mal, als sie ihn im Fernsehen gesehen hatte. In den letzten zwei Jahren schien er rapide gealtert zu sein.

Für sie war der heutige Tag voller Überraschungen gewesen. Seit mehr als achtundvierzig Stunden hatte sie nicht mehr richtig geschlafen, und als der Chief sie persönlich anrief, um ihr mitzuteilen, dass sie heute Abend pünktlich um zehn Uhr im Weißen Haus zu sein hätte, war sie viel zu beschäftigt gewesen, um darüber nachzudenken. Ein Wagen des Secret Service hatte sie direkt vom Revier abgeholt. Erst auf dem Weg hierher war sie sich darüber klar geworden, zu wem sie gefahren wurde.

»Setzen Sie sich doch«, sagte Stanton und zeigte auf eine gemütlich aussehende Sitzgruppe. »Kann ich Ihnen etwas bringen lassen?«

Sie schüttelte den Kopf, doch Stanton hob die Hand. »Ich brauche selbst einen Kaffee, und man hat mir versichert, es würde keine Umstände machen.«

»Einen Kaffee nehme ich gerne«, sagte Terry und setzte sich.

Stanton beugte sich über seinen Schreibtisch und drückte auf einen Knopf. »Wir hätten gerne Kaffee und etwas zu beißen. Belegte Brötchen oder so ...« Er bemerkte ihren Blick. »Ich muss auf meine Linie achten. Heute Abend hätte es ein Galadinner gegeben ... deshalb habe ich heute kaum etwas gegessen.«

Terry musste lächeln. Fast gegen ihren Willen reagierte sie auf Stantons Charme. Als sie es merkte, wurde sie sofort wieder ernst. Deswegen war sie nicht hier. »Haben Sie mich wegen dem Fall Malvern oder dem Fall Norman kommen lassen?«

Stanton ging zu ihr und setzte sich ihr gegenüber. »Man hat mich gewarnt, dass Sie jemand sind, der sofort zur Sache kommt.« Er sah sie prüfend an. »Könnte es sein, dass Sie keine Politiker mögen?«

»Ich bin Polizist in Washington.«

»Was heißt das?«

»Ich mag keine Politiker, die ihr Amt missbrauchen, Sir ... Mr President.«

»Und Sie halten die Tatsache, dass Sie jetzt hier sind und ich Sie hindere, die beiden Fälle zu bearbeiten, für Amtsmissbrauch?« Stantons Stimme klang ungewollt scharf.

Es klopfte an der Tür, ein weiß gekleideter Steward schob einen kleinen Servierwagen herein, machte eine knappe Verbeugung und zog die Tür wieder hinter sich zu. Stanton stand auf und schenkte Terry und sich Kaffee ein. »Milch?«

»Schwarz, danke.« Terry versuchte, sich zusammenzureißen. Sie war müde, und Stanton verdiente es nicht, ihren Frust abzubekommen.

»Tut mir leid, Sir«, sagte sie leise.

Stanton nahm seine Tasse, lehnte sich an seinen Schreibtisch und musterte die Polizistin.

»Sie sind wegen dem Fall Norman hier«, sagte er nach einer Pause. »Er war mein Freund. Er ist auch der Grund, warum ich heute dieses Amt bekleide. Sein gewaltsamer Tod war kein gewöhnliches Verbrechen, genauso wenig wie der Mord an Malvern.«

Terry nickte. »Das ist mir klar, seit ich ungefähr zwanzig Besuche von Anzug tragenden Personen hatte, die so wichtig sind, dass mindestens die Hälfte von denen ihren Namen als Geheimsache gehandelt hat. CIA, FBI, NSA, der ganze Buchstabensalat. Alle haben mich an meine patriotische Pflicht dem Vaterland gegenüber erinnert, alle waren der Meinung, es wäre hilfreich, wenn ich jeden Schritt meiner Ermittlungen mit ihnen abstimmen würde ...« Sie hatte Mühe, ihre Wut im Zaum zu halten. »*Das* ist es, was mich wahnsinnig macht und was meine Ermittlungsarbeit behindert.«

Stanton nickte. »Ich verstehe. Wie gesagt, der Admiral war mein Freund. Außerdem hatte er eine leitende Position innerhalb der NSA. Und wenn ich Ihnen nun sage, dass Sie nach unserem Gespräch mit dem Buchstabensalat, wie Sie es nennen, keine Probleme mehr haben werden? Dass man Sie nicht länger stören oder aufhalten wird?«

»Das wäre eine Premiere, Sir.« Sie seufzte, dann nickte sie. »Ich glaube Ihnen.«

»Gut. Dann lesen Sie sich das hier mal durch.«

Er nahm eine dünne Mappe von seinem Schreibtisch und gab sie Terry.

Sie öffnete sie und fing an zu lesen. Irgendwann pfiff sie leise durch die Zähne. »Hier steht im Prinzip, dass ich mich selbst zu erschießen habe, wenn ich ein falsches Wort sage.«

Stanton nickte. »Oder jemand anders erledigt das für Sie.« Er tippte auf den Umschlag des Dokumentes. »Nachdem Sie das hier unterzeichnet haben, sind Sie Geheimnisträger. Damit kann man Sie nicht mehr blockieren, indem man Ihnen sagt, dass Sie nicht befugt sind, etwas zu erfahren.«

Terry sah zuerst ihn an, dann das Dokument. Dabei kaute sie auf der Unterlippe herum. Schließlich hob sie den Blick wieder. »Okay.«

Bevor Stanton ihr seinen Füllfederhalter reichen konnte, hatte sie schon einen Kugelschreiber aus ihrer Jacke geholt und unterschrieben. Sie hielt ihm die Dokumentenmappe hin.

»Danke«, sagte Stanton und nahm sie wieder an sich. »Und jetzt berichten Sie mir bitte kurz über den Stand der Ermittlungen. Mit Ihren eigenen Worten. Und halten Sie sich bitte nicht zurück mit eigenen Gedanken.«

»Sir, das könnte länger dauern.«

Stanton trank einen Schluck Kaffee. »Sehe ich aus wie jemand, der keine Zeit hat?«

Genau in diesem Moment klingelte das Telefon.

»Verdammt!«, sagte Stanton. »Einen Moment, bitte.« Er legte die Mappe auf den Schreibtisch und hob ab. »Was ist?« Er drehte Terry den Rücken zu und senkte die Stimme. »Nasreen ... Ich hätte dich morgen angerufen ... Es tut mir leid wegen deinem Großvater. Du weißt ... *Was!?* ... *Jacqueline!?*... Natürlich kann ich mich an sie erinnern! Ich ...« Er hörte länger zu.

Terry beobachtete amüsiert, dass irgendwer es wagte, den Präsidenten der Vereinigten Staaten von Amerika nicht zu Wort kommen zu lassen.

»Ich werde sie abholen lassen ... Ja ... bis dann.« Er legte auf und fuhr sich mit der Hand übers Gesicht. Dann drehte er sich wieder um und sah Terry an. Es schien, als würde er sie nicht erkennen.

Entschlossen drückte er auf einen Knopf der Sprechanlage. »Kyle? Ich habe einen kleinen Auftrag für Sie. Für Sie persönlich ...«

76

Es war kurz vor vier Uhr morgens. Samson war gerade dabei, sein Jackett abzubürsten, als Ann die Tür seines Zimmers öffnete.

»Da ist einer am Tor.«

»Verdammt!« Er griff seine Waffe und eilte hinter ihr her. Mark beobachtete die Sicherheitskamera. Sie zeigte eine schwarze Limousine vor der Einfahrt. Vorne, am rechten Kotflügel, lehnte ein schlaksiger junger Mann. Er trug einen Anzug, das Jackett war geöffnet. Darunter war ein Schulterholster zu erkennen. Der Mann, der einen Knopf im Ohr hatte, zog gerade mit spitzen Fingern eine Pistole heraus. Dann nahm er das Magazin heraus und zog den Schlitten zurück. Pistole und Magazin legte er auf die Motorhaube. Dann hob er beide Hände und sah in die Kamera. Und wartete.

Mark sah zu Samson und Ann. »Ohne nach draußen zu gehen, kann ich nicht abschätzen, ob da noch mehr sind. Aber er scheint allein zu sein.«

»*Scheint* ist das richtige Wort«, meinte Samson. »Ich habe den Kerl noch nie gesehen.« Er blickte zu Ann. »Was machen wir jetzt, Major?«

»Das wird unser Taxi sein. Wir lassen ihn rein«, sagte Ann. Sie drückte auf den Knopf, das Tor öffnete sich.

»Ich glaube nicht, dass er allein ist«, sagte Mark. Er beobachtete, wie der Mann gemächlich den Weg zum Haus entlangging, bis er aus dem Kamerabereich verschwand.

»Natürlich sind da noch andere, aber wenn sie halbwegs gut sind, werden wir sie nie sehen ...« Ann sah Samson an. »Mark und ich werden mit ihm mitfahren. Du bleibst hier und passt auf Nasreen und Tom auf. Lass dir von ihm diesen Whiskeykeller zeigen. Okay?«

»Geht klar, Major.« Samson nickte und verließ gemächlich den Raum.

»Mark?« Ann sah ihn prüfend an. »Halt dich zurück, bis wir wissen, ob er okay ist.«

»Und was machst du?«

»Ich werde auf den Herrn warten. Er braucht ein paar Minuten. Die Auffahrt ist lang.«

Ann hatte gerade noch Zeit, sich anzuziehen und ein wenig frisch zu machen, denn wenig später klopfte es schon an der Tür. Ann atmete tief durch und öffnete sie, ohne dass sie zu sehen war. »Drehen Sie sich um, legen Sie die Hände in den Nacken, und kommen Sie rückwärts herein. Keine schnellen Bewegungen.«

»In Ordnung, Ma'am.« Der Mann gehorchte.

»Gehen Sie fünf Schritte in die Halle. Sehen Sie dabei weiterhin zur Tür.« Ann ließ die Tür ins Schloss fallen.

Der Mann blieb in der Mitte der Halle stehen.

»Wer sind Sie?«

»Kyle Edwards, ich bin der Leiter des Personenschutzes beim Secret Service. Mein Auftrag ist es, den Präsidenten der Vereinigten Staaten von Amerika zu beschützen. Unser Gespräch wird abgehört und aufgezeichnet.«

»Tun Sie, was Sie nicht lassen können«, sagte Ann. Ihre Stimme war neutral, sie atmete tief und regelmäßig. Der Mann musterte sie prüfend.

Edwards, schätzte sie, war älter, als er aussah, er wirkte, als wäre ihm etwas über die Leber gelaufen. Irgendwie wurde sie das Gefühl nicht los, dass er unglücklich darüber war, hier zu sein.

Kyle Edwards war nie der Meinung gewesen, er hätte einen langweiligen Job. Von älteren Kollegen hatte er hochinteressante Geschichten gehört, wie zum Beispiel der Geheimdienst Gäste ins Weiße Haus geschleust hatte, von denen keiner etwas wissen sollte. Ein mittlerweile pensionierter Kollege schwärmte immer noch von Marilyn Monroe ... Aber ihm, Kyle Edwards, ging so eine nächtliche Aktion gehörig gegen den Strich. Es wäre ihm lieber gewesen, Präsident Stanton hätte ihn nicht mit einer solchen Aufgabe betraut. Dessen Sicherheit beruhte zum größten Teil auf genauen Vorbereitungen und ausführlichen Informationen. Bevor Edwards jemanden in die Nähe von *POTUS*, vom President of the United States, kommen ließ, war es ihm lieber, wenn er mehr über den Besucher wusste als der über sich selbst.

Gegen diese Aktion heute Nacht hatte er offiziell Einspruch erhoben, war sogar fast bereit gewesen, den Befehl zu verweigern. Jetzt fragte Edwards sich, ob er damit vielleicht nicht doch besser gefahren wäre.

Mit der Zeit, hatte man ihm gesagt, entwickle man einen Instinkt für Menschen. Könne deren Gefährlichkeit abschätzen. Die älteren Kollegen sagten, man müsse ihnen genau in die Augen sehen. Neuere Ausbildungsmethoden legten Wert auf Körperhaltung und Sprache.

Die Frau, die vor ihm stand, ließ sämtliche Alarmglocken schrillen. Ihr Blick aus diesen grünen Augen war neutral, beinahe gleichgültig. Die Waffe hielt sie in beiden Händen, die Mündung leicht gesenkt, die Ellbogen locker. Ihre Beine waren ein wenig gespreizt, das Gewicht leicht auf die Ballen verlagert. Sie stand fünf Meter von ihm entfernt, nahe genug für einen sicheren Schuss, viel zu weit entfernt für ihn, um eine sinnvolle Aktion überhaupt in Erwägung zu ziehen.

Die älteren Kollegen hatten recht. Es waren die Augen. Sie zogen ihn in ihren Bann, verhinderten, dass er sich auf etwas anderes konzentrierte.

Was ihn am meisten irritierte, war, dass er *spürte*, wie gefährlich die Frau war, ohne dass diese Gefährlichkeit sich gegen ihn richtete.

Diese Situation widersprach allem, was er bisher gelernt hatte.

»Vielleicht sollte ich Ihnen den Grund meines Hierseins erklären, bevor es zu Missverständnissen kommt. Präsident Stanton möchte Sie und Mark Bridges sprechen. Und diesen Samson.« Er war überrascht, wie normal seine Stimme klang.

Ann entspannte sich und lächelte sogar. »In Ordnung. Wir haben Sie erwartet, Sie waren nur schneller als gedacht. Ich möchte mich für den unfreundlichen Empfang entschuldigen. Allerdings steht Mr Sonata im Moment nicht zur Verfügung. Sie müssen mit Special Agent Bridges und mir vorliebnehmen.«

Edwards blinzelte, als hätte er etwas gesehen oder an ihr wahrgenommen, das ihn überraschte oder aus dem Konzept brachte. Er fixierte Anns Waffe. »Nun, Miss Marchaut, Sie haben einen Termin im Weißen Haus. Wir vom Secret Service werden Sie sicher dorthin bringen. Ich muss Sie allerdings bitten, Ihre Waffe abzugeben.« Er zuckte mit den Schultern. »Vorschrift.«

Sie sicherte ihre Waffe und legte sie auf einen Beistelltisch. »Das scheint mir eine vernünftige Vorschrift zu sein«, meinte sie. »Ich sage Mr Bridges Bescheid. Bitte tun Sie mir den Gefallen und nennen Sie mich *Mankowitz.* Ihre Kollegen werden bestimmt das Haus durchsuchen wollen. Gehen wir solange in die Küche?«

Ann trug ein konservatives Kostüm, sie wirkte wie eine erfolgreiche Anwältin. In den fünfzehn Jahren, in denen Edwards diesen Job machte, waren seine Instinkte immer schärfer geworden, und sie rieten ihm nach wie vor, der Frau gegenüber vorsichtig zu sein.

Brinks und Mayers erschienen in der Tür.

Brinks, der die Aufgabe gehabt hatte, den Keller zu durchsuchen, strich sich Staub aus den Haaren und schüttelte den Kopf. »Keiner da, außer Miss Mankowitz und Mr Bridges. Wir haben das ganze Haus durchsucht. Lange können die anderen noch nicht weg sein.«

Edwards nickte. Er traute ihr nicht, irgendwie wusste er, dass sie ihn ausmanövriert hatte. Jetzt musste er nur noch herausfinden, wie.

»Sie können uns wirklich nicht sagen, wo Mr Sonata sich aufhält?«

»Doch, ich kann. Aber ich will nicht. Mr Sonata hat mit der Angelegenheit nichts zu tun.«

»Der Präsident hat mir den Auftrag erteilt …«

Sie hob die Hand. »Mr Edwards, Sie haben den Auftrag, *mich* zu Präsident Stanton zu bringen, sonst niemanden. Dass Agent Bridges mich begleiten soll, ist allein Ihre Idee.«

Edwards fühlte beinahe so etwas wie einen Schock, als ihre Augen ihn fixierten.

»Sie dachten sich, bei dieser Gelegenheit kann ich gleich eine weitere Gefahrenquelle ausschalten, nicht wahr? Aber das geht über Ihren Auftrag hinaus. Mr Sonata interessiert jetzt nicht. Haben wir uns verstanden?«

Edwards zögerte, dann nickte er. »Wir haben uns verstanden.«

»Gut …« Sie strahlte ihn an. »Haben wir nicht einen wichtigen Termin?«

77

Etwas später, während der Fahrt zurück nach Washington, saß Ann Mankowitz neben Edwards im zweiten Wagen der Kolonne. Sie hatte den Kopf an die Kopfstütze gelehnt und versuchte zu entspannen. Sie war müde und gleichzeitig wie aufgedreht.

Als sie und Mark in Begleitung von Secret-Service-Leuten den langen unterirdischen Gang zum Weißen Haus entlanggingen, hatte Ann ein Gefühl von Déjà-vu. Vor über zehn Jahren war sie diesen Gang schon einmal entlanggegangen, damals mit dem Auftrag, eine Möglichkeit zu finden, unerlaubt ins Oval Office vorzudringen und eine Sprengladung anzubringen. Wie alt war sie damals gewesen? Auf jeden Fall zu jung. Jetzt war sie zu alt.

Seit damals hatte sich einiges verändert. Auf halbem Weg gab es einen Kontrollposten. Sie beobachtete, wie ihre Begleiter eine Retinaprüfung über sich ergehen ließen. Auch ihre Waffen wurden überprüft.

Dann wurde bei Mark das rechte Auge abgetastet, danach wurden seine Fingerabdrücke genommen. Wie erwartet, reagierte das Gerät mit einem roten Blinken. Ein anderer Agent gab Mark einen Ausweis und fügte hinzu, er solle ihn immer offen am Revers seines Anzugs tragen. Das Foto war gerade erst gemacht worden, der Ausweis war noch warm.

Dann war sie an der Reihe. Das Gerät blinkte zweimal gelb. Sie registrierte Edwards' überraschtes Gesicht. Aber nicht nur er war überrascht, auch Ann. Der Agent mit der Kamera runzelte die Stirn, als er auf den Monitor vor sich sah.

»Jacqueline Marchaut, Major, USMC?«

Ann nickte. Der Agent öffnete eine Schublade, holte eine Stahlkassette heraus und öffnete sie. Er nahm einen Ausweis heraus, sah von dem Ausweis zu ihr und wieder zurück, dann nickte er.

»Bitte Ihre Hände, Major.«

Auch sie legte ihre Hände auf das graue Feld auf dem Tisch des Agenten. Ein rotes Licht leuchtete auf. Der Agent sah zu ihr hoch, die anderen Agenten reagierten mit erhöhter Wachsamkeit. Plötzlich lag eine knisternde Spannung in der Luft.

»Was gibt es für ein Problem?«, fragte Edwards, der hoffte, dass er vielleicht irgendwann einmal erfuhr, was hier gespielt wurde.

»Der kleine Finger der linken Hand«, sagte der Agent am Kontrolltisch und berührte den Monitor vor ihm. Zwei Bilder tauchten nebeneinander auf, auf dem einen war deutlich eine Narbe zu erkennen.

»Wie alt ist das Set, Carstairs?«, fragte Edwards.

»Etwas über neun Jahre.« Carstairs berührte den Bildschirm ein zweites Mal. »Mehr kann ich nicht sagen, der Datenanhang ist gesperrt.«

»Darf ich Ihre Hand sehen, Major?«, fragte Edwards.

Ann hielt ihm wortlos ihre linke Hand hin. Edwards entdeckte ein halbes Dutzend feiner weißer Linien. Er rieb mit dem Daumen über die Narben. Die Haut fühlte sich kühl an.

»Ein Unfall«, sagte Ann.

Edwards nickte, ließ ihre Hand los und nickte Carstairs zu. Der Agent gab Ann den Ausweis. Sie warf einen Blick darauf und befestigte ihn am Revers ihrer Kostümjacke.

Langsam öffnete sich die massive Tür vor ihnen.

»Nach Ihnen, Major.«

»Wie fühlt es sich an, wenn man wieder man selbst ist?«, fragte Mark, während sie weitergingen.

»Seltsam«, antwortete Ann. »Sehr seltsam.«

Der Gang endete in einem gepanzerten Raum im Keller des Weißen Hauses, wo noch einmal eine Kontrolle stattfand.

Als sie das Erdgeschoss erreicht hatten, sah Mark sich um. Er war vor über dreißig Jahren mal hier gewesen, mit der ganzen Schulklasse. Nichts hatte sich verändert.

Doch als sie in der ersten Etage durch eine Tür gingen, stockte er. Der Raum, der sich vor ihm öffnete, war weiß, ganz in Chrom und Stahl eingerichtet, hell, fast grell erleuchtet. Die alten Gemälde, die er in Erinnerung hatte, waren nicht mehr da. An ihrer Stelle hingen farbenfrohe moderne Gemälde.

Edwards bemerkte seine Reaktion und lächelte. »Das sind die Privaträume. Der Präsident mag es ein bisschen moderner.«

Ann nickte. Es gefiel ihr. »Es wirkt heller und offener. Was sagt die Presse dazu?«

Zum ersten Mal, seit sie ihn gesehen hatte, grinste Edwards. »Nichts. Sie weiß nichts davon.«

Er klopfte an eine andere Tür, sie hörten ein leises »Herein«.

Edwards öffnete die Tür und trat in den angrenzenden Raum. »Mr President. Major Marchaut und Agent Bridges, Sir.«

»Danke.«

Edwards kam wieder heraus und gab ihnen ein Zeichen. Als sie den Raum betreten hatten, zog Edwards die Tür hinter ihnen zu, dann herrschte Stille.

Der Präsident musterte Ann ungewöhnlich lange, dann trat er auf sie zu und schüttelte ihr die Hand.

»Jacqueline. Es tut mir so leid ...«

»Er wird uns beiden fehlen.« Ihre Stimme war ganz leise.

»Ich habe ihn gestern noch gesehen«, sagte Stanton. »Er hat mir berichtet, was Ihnen passiert ist.« Er musterte sie immer noch. »Die Augen sind noch dieselben.«

»Ich habe mich daran gewöhnt«, antwortete Ann. Ihr Ton war zurückhaltend. Stanton schien es zu bemerken. Er sah zu Mark hinüber, schüttelte auch ihm die Hand und wies auf die Sitzecke. Nachdem sich alle gesetzt hatten, sprach Stanton weiter. »Der Admiral war mein Freund. Als ich wissen wollte, was da genau passiert ist, hat man mir zu viele ausweichende Antworten gegeben. Also habe ich Detective Goldkind gebeten, vorbeizukommen. Sie ist eine gute Polizistin. Sie kennen sie?«

Ann und Mark nickten.

»Ich habe sie mit der Order nach Hause geschickt, einmal richtig auszuschlafen. Ich werde das Gefühl nicht los, dass Sie, Jacqueline, mir zu dem Tod von Senator Malvern und von Admiral Norman mehr sagen können als Detective Goldkind.«

Ann nickte. »Können Sie mir einen Gefallen tun, Sir?«

Der Präsident legte erwartungsvoll den Kopf zur Seite.

»Nennen Sie mich Ann.« Sie tippte auf ihren Ausweis. »Im Moment habe ich Schwierigkeiten, *sie* zu sein.«

Stanton nickte. »Der Admiral hat es mir erzählt. Es tut mir leid, dass Sie das durchmachen mussten.«

»Sir«, sagte Ann und gab dem Präsidenten einen dünnen Ordner. »Wir haben nicht viel Zeit. Lesen Sie das bitte. Es ist die Abschrift von Senator Malverns Notizbuch. Sie werden die Dringlichkeit der Situation bald erkennen. Bitte lesen Sie zumindest die markierten Stellen.«

Stanton sah sie überrascht an.

»Wenn Sie das gelesen haben, wissen Sie alles, was wir wissen.«

Mit dem Ordner in der Hand setzte sich Stanton an seinen Schreibtisch. Er nahm eine Brille aus einer Schublade, setzte sie auf, lehnte sich zurück und begann zu lesen.

Niemand sagte etwas. Irgendwann blickte Stanton auf und sah zu Ann. Er runzelte die Stirn. »Sagen Sie, besteht irgendeine Möglichkeit, dass dies eine Fälschung ist, eine Falle, um Forrester zu diskriminieren?«

Sie schüttelte den Kopf. »Es sind zu viele Menschen gestorben wegen dieser Sache ... Ich bin mir sicher, Sir.«

Stanton tippte auf den Ordner. »Hier ist eine CD erwähnt.«

»Agent Edwards hat sie.«

Stanton dachte nach. »Im Augenblick möchte ich nicht, dass irgendetwas hiervon bekannt wird. Ich brauche ein bisschen Zeit, um das alles zu verdauen. Der Vizepräsident, gekauft von einem Konsortium, das wahrscheinlich vom Drogenkartell finanziert wird? Das ist unfassbar!« Er ließ den Ordner auf den Schreibtisch fallen. »Aber das ist noch nicht alles. Wenn das stimmt, dann hat dieses Konsortium Teile des Regierungsapparates unterwandert. Das bringt mich in eine prekäre Lage, weil wir nicht wissen, wer alles mit drinsteckt! Der Senator erwähnt hier mehrere Namen ... Undenkbar! Ich hoffe, dass die NSA den Code auf der CD schnell genug knackt.« Er sah Ann durchdringend an. »Wenn Chester nicht mein bester Freund gewesen wäre, wenn er Ihnen nicht so rückhaltlos vertraut hätte ... Ich würde das alles für einen ausgemachten Blödsinn halten! Und Sie sind sich absolut sicher, dass das hier echt ist?«

»Ja, Sir«, antwortete Ann bestimmt.

Stanton schüttelte den Kopf. »Das bedeutet auch, dass ich niemandem mehr trauen kann.« Er sah Mark und vor allem Ann durchdringend an.

»Sind Sie beide bereit, wieder in den aktiven Dienst zurückzukehren?«

Beide blickten ihn überrascht an.

»Selbstverständlich, Sir«, sagte Mark, aber Ann zögerte noch.

»Sir, ich habe mich erst vorgestern daran erinnert, *wer* ich bin. Und ehrlich gesagt ...«

Stanton lächelte. »Hören Sie sich erst einmal an, was ich von Ihnen will. Irgendwo da draußen ist dieser Shakran noch unterwegs. Ich will ihn haben. Ich will, dass er zur Strecke gebracht wird. Ich will das Konsortium hinter Schloss und Riegel bringen. Und ich will die Namen jeder Frau und jeden Mannes in meiner Regierung wissen, die sich haben kaufen lassen. Dazu werden Sie zusammen mit Detective Goldkind eine Task-Force bilden. Sie, Agent Bridges, werden das FBI vertreten, Jacqueline, *Ann*, Sie werden die Verbindung mit den Geheimdiensten und dem Militär übernehmen, Detective Goldkind die Koordination mit der zivilen Strafverfolgung. Ich werde Ihnen einen Präsidentialbefehl ausstellen, der Ihnen die Vollmachten dazu gibt.«

»Ich bin mir sicher, dass es Personen gibt, die für eine solche Aufgabe viel besser geeignet sind«, sagte Ann vorsichtig.

»Da bin ich mir nicht sicher«, antwortete Stanton ruhig. »Ich denke, ich kann Ihnen allen vertrauen. Im Moment ist das für mich die wichtigste Qualifikation.«

»Das meine ich nicht, Sir.«

»Sie meinen diese Vollmacht?«

Ann nickte.

Der Präsident lächelte. »Warum? Das kennen Sie doch schon, *Phoenix.* Nur dass ich diesmal erwarte, dass Sie sie auch nutzen.« Er bedachte Ann mit einem prüfenden Blick. »Nach allem, was ich über Shakran weiß, hätte er normalerweise nach dem Mord an Malvern das Land verlassen. Wie mir der Admiral berichtet hat, sieht es so aus, als wäre Malverns Tod sehr kurzfristig angeordnet worden. Also gibt es einen anderen Grund, warum Shakran hier ist.« Er lächelte schief. »Ich habe das unangenehme Gefühl, dass ich der Grund bin. Sie haben nur noch zwei Tage Zeit, um ihn zu finden. Denn wenn der Vertrag mit Mexiko erst einmal ratifiziert ist, nützt mein Tod dem Konsortium nichts mehr. Ich gehe also davon aus, das Shakran in den nächsten achtundvierzig Stunden zuschlagen wird.« Er sah Ann und Mark eindringlich an. »Ich möchte verständlicherweise, dass Sie das verhindern. Die Vollmachten, die ich Ihnen erteilen werde, dienen dazu, Ihnen jedes Hindernis aus dem Weg zu räumen. Nutzen Sie sie, Jacqueline. Finden Sie Shakran.«

»Sir«, begann Mark vorsichtig. »Warum verschieben Sie dieses Treffen nicht einfach?«

»Weil ich mich einem solchen Zwang niemals beugen werde.«

»Kann ich Sie irgendwo hinbringen lassen?«, fragte Edwards eine knappe Stunde später. Die Tagesschicht war eingetroffen, das Weiße Haus wachte langsam auf. Nicht dass es jemals wirklich schlief, rund um die Uhr waren hier Dutzende von Menschen aktiv. Mark und Ann waren auf dem Weg nach draußen, sie hatten gerade den Tunnel hinter sich gelassen. Für Edwards ging eine lange Nacht zu Ende, aber er begleitete die beiden späten Gäste noch hinaus.

»Nein, danke«, antwortete Ann. Dann sah sie zurück auf das Weiße Haus auf der anderen Straßenseite. »Kennen Sie eigentlich Tony Moire?«, fragte sie wie nebenbei.

Edwards sah sie überrascht an.

»Natürlich. Seit sechs Jahren oder so. Guter Mann.«

Ihre Augen fixierten ihn.

Er wusste nicht, was genau er darin sah, aber es war etwas, das ihn frösteln ließ. »Warum?«

»Nur so eine Frage.« Sie nickte ihm zu und ging. Mark folgte ihr.

Edwards sah hinter ihnen her. Er wollte sich schon umdrehen, doch dann zögerte er. Vielleicht war es professionelle Neugier, vielleicht etwas anderes. Jenseits der Absperrungen, die den Verkehr vom Weißen Haus fernhielten, sah er, wie ein bullig wirkender Farbiger aus einem Lexus ausstieg und die Türen öffnete. Alle drei stiegen ein, dann fuhr der Lexus davon. Er wusste beim besten Willen nicht, was er von diesen Leuten halten sollte. Aber er hatte seine Anweisungen, ob sie ihm gefielen oder nicht. Er würde sie befolgen. Die Frage nach Moire war bestimmt kein Zufall gewesen ... Vielleicht sollte er sich den Mann mal genauer ansehen.

78

Woher wusstest du, dass wir genau hier wieder rauskommen würden?«, fragte Mark.

»Elementar, Mr Watson, elementar.« Samson zeigte seine perlweißen Zähne. »Der Ausgang liegt nicht weit vom nächsten Taxistand entfernt. Ich dachte mir, dass Ann sich nicht von einem Secret-Service-Mann zu Moire fahren lassen würde.«

Ann sah ihn an. »Ist alles klar für den Einsatz?«

»Es kommt ein bisschen drauf an, was da drinnen passiert ist.«

»Der Präsident weiß, dass er eins von Shakrans Zielen ist. Wir sollen eine Task-Force bilden, unauffällig natürlich, die das Komplott aufdeckt und Shakran festsetzt. Am besten bis morgen. Ich habe allerdings keine Ahnung, wie wir das anstellen sollen.«

Samson schnitt einem Taxifahrer den Weg ab, als er auf die linke Spur wechselte. Das Hupkonzert war im Wagen kaum zu hören.

»Wie offiziell sind wir denn jetzt?«, fragte er Ann.

»Ziemlich. Man könnte dir vielleicht die Sache im Park anhängen, aber es hat nie eine gute Beschreibung von dir gegeben.«

»Den Angriff auf Ann nehme ich dir immer noch übel«, warf Mark ein.

»Mann, bist du nachtragend! Was soll ich denn sagen? Es war *meine* Nase, die sie gebrochen hat. *Ich* bin hier der

Geschädigte, nicht sie«, erwiderte Samson schmollend. Er griff sich an die Nase, auf der ein frisches Heftpflaster klebte. »Au!«

Mark schüttelte den Kopf. »Netter Versuch.«

»Also«, sagte Samson und wurde wieder ernst. »Was ist jetzt? Wie offiziell ist *ziemlich* offiziell?«

»Wir sollen kein Aufsehen erregen, aber wenn uns jemand behindert, dann ist der Präsident persönlich bereit, sich mit dieser Person zu unterhalten«, antwortete Ann. Sie beugte sich vor. »Was ist mit Nasreen und Val und Tom?«

»Val geht es schon viel besser. Tom und Nasreen werden sie heute Nachmittag besuchen. Im Moment sind sie noch im Jagdhaus.«

Ann runzelte die Stirn. »Das gefällt mir nicht.«

Samson zuckte mit den Schultern. »Tom meint, dass es der sicherste Ort ist, schließlich war der Secret Service schon da und hat keinen gefunden. Wenn es Val besser geht und die Wogen sich geglättet haben, will Tom sie mit nach Hause nehmen. Er hat schon mit Val darüber gesprochen, dass Nasreen vorerst bei ihnen bleibt.«

»Gut«, meinte Ann.

Samson sah sie im Rückspiegel an. »Moire wohnt ein Stück außerhalb. Ich schlage vor, dass ihr euch ein bisschen ausruht.«

»Wir können da nicht einfach so reingehen. Wir brauchen einen Haftbefehl oder zumindest einen Durchsuchungsbefehl«, gab Mark zu bedenken.

Ann ignorierte ihn. »Was wissen wir über ihn?«, fragte sie Samson.

»Alain Moire, achtunddreißig, ledig. Ist seit sieben Jahren beim Secret Service. Quereinsteiger von der NSA, vorher CIA. Unser Freund hat sehr gute Beurteilungen bekommen und eine rasante Karriere hingelegt. Er hat einen Porsche und eine Harley in der Garage stehen, gut zwanzigtausend Dollar auf dem Konto, eine blütenweiße Weste. Keine Haustiere, noch nicht einmal einen Hamster oder Goldfisch. Er leistet sich eine Putzfrau, aber die kommt erst morgen wieder. Er lebt sehr zurückgezogen, ist höflich zu seinen Nachbarn, redet aber nicht viel. Von denen weiß keiner, was er beruflich macht. Wie Mark ja schon weiß, gehört Moire der Sonderkommission an, die die Morde in Malverns Haus aufklären soll. Er gilt als fleißig, sorgfältig und gewissenhaft. Vor drei Jahren gab es ein Problem. Er hatte wohl eine Affäre mit einer Sekretärin, die allerdings folgenlos blieb, sieht man davon ab, dass die Sekretärin entlassen wurde. Sein Haus ist mit einer Sicherheitsanlage von Zenith Securities ausgestattet, etwa vier Jahre alt, recht gut. Fünf Handfeuerwaffen sind auf ihn zugelassen, dazu ein gutes Dutzend Langwaffen. Unser Freund hat vom Secret Service eine Scharfschützenausbildung bekommen, aber er war nie wirklich gut. Neunter von zehn. Mit der Pistole ist er allerdings erstklassig. Ich glaube, das ist eine Voraussetzung für den Secret Service.«

Ann sah Samson erstaunt an. »Wie hast du das alles herausgefunden?«

Samson zuckte mit den Schultern. »Ich habe es erst mal mit meinem Zugang versucht. Aber die Zentrale hat wohl mitbekommen, dass ich nicht mehr für sie arbeite. Ich bin nicht durchgekommen. Aber ein paar alte Freunde haben mir geholfen.«

»*Unsere* alten Freunde?«, fragte Ann.

Samson nickte. »Richtig. Rollo, Linda und die anderen ...«

Mark sah ihn ungläubig an. »Und woher wollen die das alles wissen? Diese Daten dürften nicht so einfach zugänglich sein ...«

»Waren sie auch nicht. Rollo arbeitet daran, seit ich ihm gesteckt habe, wer uns damals verraten hat.« Samson drehte sich kurz zu Mark um. »Wir haben alle unsere Freunde. Ein paar von denen sind keine Zivilisten ...« Er sah wieder nach vorne, überholte einen Lastwagen. »Zurück zu Moire. Linda hat sich mit der Sekretärin unterhalten, von der er sich damals getrennt hat, und die war geradezu begierig, ihr etwas über unseren Freund zu erzählen. Von ihr wissen wir ein paar Einzelheiten über sein Haus. Heute hat er übrigens um acht Uhr Dienstschluss. Normalerweise bleibt er noch ein bis zwei Stunden länger. Isst etwas in einem Restaurant, das auch von anderen Secret-Service-Leuten frequentiert wird, und macht sich dann auf den Heimweg. Wir haben also Zeit.«

»Wer ist Linda?«, fragte Mark.

»Sie war der Sicherheitsexperte unseres Teams. Jetzt baut sie Alarmanlagen. Wie es der Zufall will, kennt sie sich mit der Alarmanlage aus, die Moire verwendet.«

Mark lehnte sich zurück und gähnte.

Samson warf einen Blick in den Rückspiegel. »Ihr solltet wirklich versuchen, ein bisschen zu schlafen. Bei dem Verkehr dauert es bestimmt eine Stunde, bis wir da sind.«

Mark sah auf die Uhr. Kurz vor sechs. »Ihr wollt das wirklich machen?«

Ann sah ihn mit ernstem Gesicht an. »Wir werden seine Grundrechte ein kleines bisschen verletzen. Aber er wird eine Verhandlung bekommen. Ich bin sicher, dass wir genügend Beweise finden. Dann kann er sich schon mal auf den Stuhl vorbereiten.«

»Ich kann euch wahrscheinlich nicht davon abhalten, oder?«

»Warum solltest du? Aber du brauchst nicht mitzumachen.«

Mark atmete tief durch. »Ich bleibe bei euch«

Ann legte ihre Hand auf seinen Arm. »Danke.«

Dann wurde es ruhig im Wagen. Ann legte den Kopf an Marks Schulter und schlief sofort ein.

79

Es dauerte länger als erwartet, bis Samson anhielt. »Da wären wir«, meinte er und schaltete den Motor aus.

Ann und Mark sahen durch die abgedunkelten Scheiben nach draußen. Sie waren in irgendeinem Vorort, in irgendeiner Straße, gesäumt von irgendwelchen Einfamilienhäusern.

»Nummer 18 ist das Haus von Moire«, sagte Samson und stieg aus, um Ann die Tür zu öffnen. Anschließend ging er zum Kofferraum und holte einen Aktenkoffer heraus.

»Einfach so? Am helllichten Tag?«, fragte Mark überrascht, als er ausgestiegen war. »Wir können doch nicht einfach so ...«

»Wir können«, sagte Ann schmunzelnd. »Solange man so tut, als wäre alles ganz normal, fällt keinem etwas auf. Tust du allerdings so, als hättest du etwas zu verheimlichen, fällt es gleich Dutzenden von Leuten auf ...«

Samson überquerte die Straße und ging direkt auf das Haus zu. Am Vordereingang holte er einen Schlüssel aus der Tasche und tat so, als würde er aufschließen. Schon sprang die Tür auf.

Nur wenige Sekunden später war es Mark, der die Tür hinter sich zuschob. Im Flur gab Samson Ann und Mark ein Paar Chirurgenhandschuhe.

Ann zog sie an und nickte dann in Richtung eines offenen Sicherungskastens, der mehr als nur Sicherungen barg: die Alarmanlage, die bereits ausgeschaltet war.

»War das Linda?«, fragte Mark.

»Ich weiß nicht, was du meinst.« Samson grinste. »Keine Ahnung, warum Moire so unvorsichtig ist.«

Ann zog eine Augenbraue hoch. »Warum habe ich das Gefühl, dass du auch dann hier wärst, wenn Mark und ich nicht wieder aus dem Weißen Haus rausgekommen wären?«

»Weil es so ist«, antwortete Samson trocken. »Können wir jetzt weitermachen? Wir sind nicht zum Plaudern hier.«

»Wann hast du das alles angeleiert?«, wollte Mark wissen.

»Gleich nachdem ihr euch mit Geleitschutz Richtung Weißes Haus verabschiedet habt.«

»Und was hattest du vor?«

»Ihm ein paar Fragen stellen. Es wäre auf seine Antworten angekommen. Vielleicht wären sie geeignet gewesen, dir und Mark zu helfen. Linda hat sich so viel Mühe gemacht, da wäre es doch eine Schande, die Chance ungenutzt verstreichen zu lassen.«

»Wenn wir das jetzt tun, gefährden wir den Prozess gegen Moire«, wandte Mark ein. »Damit riskieren wir, dass der Dreckskerl mit einem blauen Auge davonkommt.«

»Nur wenn wir sagen, dass wir hier waren«, meinte Samson.

Ann öffnete vorsichtig die Tür zum Wohnzimmer und warf einen Blick hinein. »Wir sind uns einig darüber, dass es wahrscheinlich Moire gewesen ist, der Shakran die Informationen über das Sicherheitssystem in Malverns Haus gegeben hat. Er muss also eine Möglichkeit gehabt haben, mit Shakran zu kommunizieren. Vielleicht führt uns das zu Shakran. Bist du bewaffnet?«, fragte sie Samson.

»Hier.« Er öffnete den Aktenkoffer, den er aus dem Kofferraum mitgebracht hatte. Der enthielt zwei Schulterholster mit Glock-Pistolen und ein Fach mit elektronischen Geräten.

»Ich an eurer Stelle würde mich nackt fühlen. Deshalb habe ich gedacht, ich nehme ein paar Waffen mit. Man kann ja nie wissen. Und ein paar Kleinigkeiten, die wir vielleicht brauchen können.«

»Wir sind wieder offiziell. Wofür das Ganze?« Mark klang immer noch nicht überzeugt.

»Hast du deinen Dienstausweis schon wieder zurück?«, fragte Samson.

»Noch nicht. Der ist wahrscheinlich noch in San Francisco.«

»Lieber ein falscher Ausweis als gar keiner.«

Ann zog ihr Jackett aus, legte das Schulterholster an, zog das Jackett wieder darüber und prüfte die Waffe. Sie sah Mark an, und was auch immer er in ihren Augen las, er nickte.

»Ich hoffe, du weißt, was du tust.«

»Das ist eine ihrer Stärken«, meinte Samson. »Küche klar, Arbeitszimmer klar. Ich nehme den ersten Stock, du den Keller?«

Ann nickte.

»Gut. Im Keller ist auch der Sicherheitsraum mit den Aufzeichnungsgeräten.«

Wenig später war das ganze Haus überprüft.

»Keiner da. Und jetzt?«, fragte Mark.

»Jetzt sehen wir mal, wie intelligent Moire wirklich ist«, antwortete Samson.

Sie gingen in Moires Arbeitszimmer.

Samson sah sich sorgfältig um. Auf dem Schreibtisch stand Moires Computer. Wie ein Raubtier schlich er darum herum, dann setzte er sich vorsichtig und startete den Rechner.

Mark musterte den Fußboden und schob schließlich den Teppich zur Seite. »Hier ist ein Safe.«

»Das wusste ich«, sagte Samson abwesend. »Hat er ganz offiziell einbauen lassen. Ich glaube nicht, dass er da etwas versteckt. Und einen anderen Safe hat er nicht. Sagt jedenfalls Linda.«

»Und was Linda sagt, ist Gesetz?«, fragte Mark.

Samson verdrehte die Augen.

80

Ich glaube, ich habe was gefunden. Ich bin mir nur nicht sicher, ob es uns weiterhilft«, meinte Samson eine Viertelstunde später.

Ann und Mark hatten inzwischen das Haus durchsucht. Ohne Erfolg.

»Der Typ ist klinisch sauber«, sagte Mark. »Wenn du da nichts findest, haben wir eine Niete gezogen.«

»Warte ab, was unser Freund uns selbst erzählen wird«, sagte Ann. »Was hast du gefunden, Samson?«

»Nur einen Hinweis. Sein Rechner ist mit einem Wechselplattensystem ausgerüstet, er hat häufig einen anderen Datenträger verwendet als den, der jetzt gerade aktiv ist.«

»Also hat er irgendwo einen anderen Datenträger versteckt?«

»Ich denke, schon. Habt ihr was gefunden?«

Ann schüttelte den Kopf. »Noch nicht. Moire ist kein Dummkopf.«

Ann musterte Moires Schreibtisch. Die große Platte war fast leer, das Einzige, was sich außer dem Monitor, der Tastatur und der Maus darauf befand, war eine Schale, in der zwei Kugelschreiber, zwei kleine Schrauben, ein Bleistift und ein Schraubenzieher lagen.

Dann sah sie sich den Rechner genauer an, der unter der Platte in einem offenen Fach stand. »Das Gehäuse ist nur mit einer Schraube gesichert.«

Samson nahm den Schraubenzieher, und schon war das

Gehäuse offen. Er schüttelte den Kopf. »Darauf hätte ich auch kommen können.« Er fuhr den Rechner herunter und steckte dann ein frei liegendes Kabel in eine Steckbuchse an der zweiten Festplatte.

»Der sicherste Schutz ist, die Daten nicht online zu haben.«

Er startete den Rechner neu und wartete einen Moment. »Bingo!« Er grinste breit. »Da sind verschlüsselte Daten. Ich glaube, wir haben Glück.«

»Er muss sich ziemlich sicher fühlen«, meinte Mark zweifelnd.

»Moire war schon immer ein überhebliches Arschloch.«

Plötzlich gab es ein leises Piepsen. Samson verzog das Gesicht. »Wenn man vom Teufel spricht ...« Er holte einen Pieper aus der Tasche und sah auf die Nummer. Er nahm sein Handy, wählte eine Nummer, hörte kurz zu, klappte es wieder zusammen. Er selbst hatte keinen Ton gesagt.

»Was ist?«, fragte Mark.

»Rollo hat Moire in die Straße einbiegen sehen.«

»Rollo? Der ist hier?«

»Er füttert Vögel auf dem Kinderspielplatz. Nichts Verbotenes«, sagte Samson. »Was jetzt?«

Ann sah auf ihre Uhr. Halb sieben.

Samson zuckte mit den Schultern. »Keine Ahnung, warum der Kerl ausgerechnet heute früher Feierabend macht.«

Ann sah sich um. »Macht auch nichts. Dann stellen wir unsere Fragen eben etwas früher als geplant.«

»Einfach so?«, fragte Mark.

»Ich bin sicher, dass er etwas weiß. Aber wir haben nicht die Zeit, höflich zu sein. Wenn wir mit ihm fertig sind, kannst du ihm gerne seine Rechte vorlesen.«

Das Erste, was Moire sah, als er durch die Tür von der Garage in die Küche trat, war Anns Waffe. Dann hörte er eine Stimme hinter sich.

»Schön ruhig bleiben.« Mark Bridges.

Moire überlegte, was er tun sollte, dann sah er ihre Augen. Diese Augen kannte er ... Diese Augen gehörten ... Moire wurde blass, er stieß einen Schrei aus und warf sich herum, griff zur Waffe ... Er wollte einfach nur fliehen!

Etwas Hartes traf ihn an der Schläfe, dann wurde alles schwarz.

»Du hast ein Talent, Leute zu erschrecken«, meinte Samson trocken.

Ann betrachtete den am Boden liegenden Mann. Sie zwang sich, ruhig zu bleiben.

Samson beugte sich hinunter, zog Moires Ersatzpistole aus dem Beinholster und steckte sie ein. Dann band er ihm mit Kabelbindern die Hände hinter dem Rücken fest und hob ihn am Gürtel hoch. »Wohin?«

Ann überlegte kurz. »Ins Arbeitszimmer.«

81

Der Mann auf der anderen Straßenseite zog die Augenbrauen hoch, als er sah, wie Moire in den Sessel geworfen wurde. Die Vorhänge im Arbeitszimmer waren zugezogen, aber mithilfe der Thermooptik konnte er genug erkennen. So wie es aussah, war Moire gerade eben verhaftet worden. Wenn man in einem Sessel sitzt, behält man nicht die Hände hinter dem Rücken.

Seine Zieloptik verharrte kurz auf der Frau, die sich über Moire beugte. Keine Ahnung, wer die sind, dachte er. Es machte seinen Job nur schwieriger. Aber nicht unmöglich.

Das Fadenkreuz schwenkte wieder auf den Mann im Sessel. Die drei anderen Clowns hatte er lange genug beobachtet, um zu wissen, dass keiner von ihnen Moire war. Der saß im Sessel. Wie auf dem Präsentierteller.

Er atmete langsam aus und zog den Abzug gleichmäßig durch. Der Lauf ruckte einmal.

Als er seinen Wagen startete und gemächlich davonfuhr, war nicht einmal eine Minute vergangen.

82

»Verdammte Scheiße!« Mark richtete sich vorsichtig auf und wischte sich die Glassplitter aus den Haaren. Dann sah er Ann neben dem Sessel auf dem Boden liegen. Einen Herzschlag lang dachte er, sie sei tot, denn ihr Gesicht war voller Blut. Doch dann bewegte sie sich und rollte sich hinter den Sessel.

»Bleibt unten!« Ihre Stimme klang ruhig. »Er hat eine Thermooptik. Damit kann er durch den Vorhang sehen!«

Samson kroch auf den Flur und weiter zur Eingangstür. Vorsichtig öffnete er sie.

Ann griff sich einen schweren Aschenbecher von einem kleinen Beistelltisch.

»Jetzt!« Sie warf den Aschenbecher. Die Reste der Scheibe und der Vorhang wurden nach außen gedrückt, gleichzeitig rollte sich Samson durch die Eingangstür nach draußen und hechtete hinter einen parkenden Wagen.

Nichts.

Endlose Minuten vergingen, dann kam Samson wieder herein. Er blieb vor Moires Leiche stehen und schüttelte den Kopf. »Verdammt gute Arbeit.«

Ann richtete sich auf. In der Ferne waren Sirenen zu hören. Mark warf einen Blick in ihr Gesicht und schluckte. Er rannte ins Bad, holte ein Handtuch und gab es ihr wortlos.

»Warum starrt ihr mich so an?« Ann sah von Mark zu Samson und wieder zu Mark.

Samson streckte einen Finger aus und fuhr ihr damit über

die Wange Dann zeigte er ihr den blutverschmierten Finger.

Ann sah auf Moire hinunter. Der größte Teil seines Kopfes fehlte.

Sie fuhr sich selbst mit der Hand übers Gesicht und sah sich die blutverschmierten Finger an. In dem vielen Blut entdeckte sie weiße Knochensplitter und graue Brocken. Sie würgte, hielt sich schnell die Hand vor den Mund und stolperte ins Bad. Nur mit Mühe konnte sie sich zusammenreißen. Sie beugte sich über das Waschbecken und drehte das Wasser auf.

Das Wasser lief noch, als die ersten Polizisten Moires Haus betraten.

83

Als Detective Terry Goldkind den Raum der Malvern-Task-Force betrat, wirkte sie weder ausgeschlafen noch glücklich. Aber sie hatte ein Tablett dabei, auf dem mehrere große Becher mit dampfendem Kaffee standen. Sie blieb an der Tür stehen und sah sich langsam um.

Es war ein sehr großer Raum, weiß getüncht, er roch noch nach Farbe. Die wenigen Möbelstücke wirkten darin wie verloren. An einer Wand hing eine große 24-Stunden-Uhr, anscheinend Vorschrift für solche Räume. Von der Decke hing ein großer Fernsehmonitor an einem schwenk- und drehbaren Stahlgestell. Gerade liefen die Nachrichten. In einer Ecke war ein Computerarbeitsplatz eingerichtet. Dort saß ein großer Farbiger und sah auf den Monitor. Präsident Stantons Sicherheitschef, Kyle Edwards, stand neben ihm. Beide wandten den Kopf, als sie mit einem Hüftschwung die Tür hinter sich schloss.

»Feiert ihr eine Party?«, fragte sie.

»Erst wenn wir Shakran haben«, sagte der große Farbige, der von seinem Computer aufstand und freundlich lächelnd auf sie zukam. »Prima, Sie haben Kaffee dabei.«

Sie beobachtete, wie er einen Kaffeebecher vom Tablett nahm. »Sie sind also Samson.«

Samson deutete eine Verbeugung an. »Es ist mir eine außerordentliche Freude, Sie endlich kennenzulernen, Detective Goldkind.«

»Sparen Sie sich das Gesülze«, sagte Terry. Sie stellte das

Tablett mit den restlichen Kaffeebechern auf einem großen Tisch ab und stemmte die Hände in die Hüften. »Das war nicht gerade eine Glanzleistung von euch.« Sie warf einen Blick auf den Fernseher, wo eine Nachrichtensprecherin die Rekonstruktion des Tathergangs kommentierte. »Fehlt nur noch, dass einer von euch im Fernsehen auftritt!«

»Wenigstens das ist uns erspart geblieben«, antwortete Mark, der im Moment weder auf Ann noch auf Samson gut zu sprechen war. Er trank einen Schluck von seinem Kaffee und zog überrascht die Augenbrauen hoch. »Der ist ja gut!«

Terry fixierte immer noch Samson. »Und was machen Sie hier?«

»Ich mache gerade meine Zeugenaussage.« Er lächelte sie freundlich an.

Er saß wieder an dem Computer. Ann hatte sich zu ihm gesellt, nachdem sie Terry mit einem Nicken begrüßt hatte. Ann war ungeschminkt, sie trug eine Polizeiuniform ohne Rangabzeichen. Ihr Haar war noch feucht. Samson nickte zu Edwards hinüber, der gerade vorsichtig an seinem Kaffee nippte und das Gesicht verzog. Die Herrschaften im Weißen Haus sind wohl was Besseres gewöhnt, dachte Terry. Sie erinnerte sich an den Kaffee, den der Präsident ihr persönlich eingeschenkt hatte. Ja, waren sie.

»Damit sind ja wohl alle hier«, sagte sie bissig. Dann wandte sie sich an Edwards. »Was verschafft uns die Ehre?«

Edwards sah sie über den Rand seines Bechers hinweg an. »Guten Tag, Detective. Die NSA hat die Daten auf Moires Festplatte entschlüsselt. Deshalb bin ich hier. Unsere Befürchtungen scheinen sich bewahrheitet zu haben.«

Ann tätschelte den Monitor, vor dem Samson saß. »Unser Mr Moire hat ein Verschlüsselungssystem verwendet, das in der Öffentlichkeit als nicht zu knacken gilt. Angeblich bräuchten unsere Rechner ein paar Millionen Jahre dafür. Kurz gesagt, er hat sich getäuscht. Eine halbe Stunde nachdem wir den Rechner hier aufgebaut hatten, hatten wir auch schon die Daten. Seitdem sehen wir uns an, was wir gefunden haben. Moire hat uns durch seine Vorsicht in die Hände gespielt. Er hat eine vollständige Installation auf dieser Platte und ist mit dieser Installation auch ins Internet gegangen. Dort hat er immer wieder eine einzige Domain aufgesucht. Nach jedem dieser Besuche hat er den Verlauf wieder gelöscht. Da die Platte selten verwendet wurde, konnten wir die Daten rekonstruieren. Von besonderem Interesse dürften diese Datensätze hier sein.« Sie beugte sich vor und drückte auf eine Taste.

Der Rechner war an einen Projektor angeschlossen. Eine sich langsam drehende 3-D-Ansicht eines Hauses wurde an die Wand geworfen. Terry trat einen Schritt vor. »Malverns Anwesen?«

Ann nickte. »Ja. Was wir hier gefunden haben, würde ausreichen, um Moire auf den Stuhl zu bringen, wenn er nicht schon tot wäre. Es handelt sich hier um eine komplette Beschreibung des Anwesens von Senator Malvern. Inklusive der Möglichkeit, einen 3-D-Durchgang durch das Haus zu machen. Beiliegend die Sicherheitsanweisungen, ein Vernetzungsplan der Alarmanlage, die Zugangscodes zum Telekommunikationsnetz, über das die Alarmanlage arbeitet, außerdem Beschreibungen der Personen, die sich zur Tatzeit im Haus aufgehalten haben. Mit Akten und Beurteilungen.«

»Verflucht!« Terry sah fassungslos auf die 3-D-Darstellung, die sich immer noch vor ihr an der Wand drehte.

»Die Informationen können nur von Moire selbst zur Verfügung gestellt worden sein. Die beiden anderen Datensätze sind ähnlich gut aufbereitet. Einer davon bezieht sich auf ein Wohnhaus in Washington. Damit konnten wir zuerst nichts anfangen. Inzwischen haben wir erfahren, dass dieses Haus bei einer Gasexplosion zerstört worden ist. Drei Tote. Eine alte Frau, eine junge Frau und deren Verlobter, ein Gunter Henssen. Finanzprüfer. Dessen Aufgabe war es, Regierungsbudgets zu prüfen. Wir wissen immer noch nicht, wieso dieser Henssen ermordet wurde. Wir können nur vermuten, dass er irgendwas herausgefunden hatte. Genauso ausführlich ist das Anwesen von Admiral Norman beschrieben worden.« Ann atmete tief durch. »Da ist noch mehr. Das letzte Datenpaket ist grafisch noch nicht aufbereitet, aber es beinhaltet eine genaue Aufstellung des geplanten Tagesablaufs des Präsidenten für heute, morgen und übermorgen, und auch den seines Besuchers, des Präsidenten der Republik Mexiko, Carlos Mendez. Inklusive der Dossiers über die beteiligten Personen, über den Sicherheitsdienst, auch über den des Gastes, deren Positionierung, über die Ruf- und Meldecodes, die Frequenzen, die geplanten Verhandlungen und die vorbereiteten Reden der beiden Präsidenten.« Sie massierte sich den Nacken und sah zu Edwards hinüber. »Eins ist sicher: Shakran wird tatsächlich versuchen, einen, vielleicht sogar beide Präsidenten zu ermorden. Und das ist der eigentliche Grund für die Anwesenheit von Agent Edwards.«

Terry sah ihn an. »Besteht die Möglichkeit, den Staatsbesuch noch zu verschieben?«

Edwards schüttelte den Kopf. »Präsident Stanton hat es abgelehnt. Er hat mit dem mexikanischen Präsidenten gesprochen, die beiden sind sich einig, dass das Abkommen übermorgen Abend unterzeichnet wird.«

»Und wie wir soeben erfahren haben«, warf Mark ein, »kann man die Sicherheitsvorkehrungen kaum noch ändern.«

Terry sah Edwards ungläubig an. »Das kann doch nicht Ihr Ernst sein.«

Der zuckte mit den Schultern. »So etwas wird monatelang vorher geplant. Fast dreihundert Agenten sind im Einsatz. Die sind inzwischen eingewiesen und haben sich mit dem Gelände vertraut gemacht. Weder können wir die Agenten ersetzen, noch können wir den Einsatzplan grundlegend verändern. Was wir tun können, und was wir auch tun werden, ist, Details zu verändern und alle beteiligten Personen noch einmal zu überprüfen.« Er trank einen Schluck Kaffee. »Vielleicht kann Malverns CD uns weiterhelfen. Die NSA konnte den Code bislang noch nicht knacken, aber sie werden es schaffen. Trotzdem, wenn es zu lange dauert ... Deshalb wollen wir uns mit Audrey Malvern unterhalten.«

Terry sah zu Ann hinüber. »Bevor wir das tun, würde ich gern wissen, wer oder was Sie sind, Miss Mankowitz. Sie sind mir ein Rätsel. Sie bewegen sich auf Wegen, die mir nicht gefallen.«

Ann sah zu Mark hinüber, dann zu Edwards. »Das ist schwierig zu erklären ...«

»Das finde ich nicht«, sagte Edwards. »Am Anfang hatte ich auch Bedenken, mit Miss Mankowitz zusammenzuarbeiten. Aber Präsident Stanton hat es mir erklärt. Seit sechzehn Jahren gehört Ann Mankowitz dem US Marine Corps an. Ihr derzeitiger Rang, seit heute Morgen, ist der eines Oberst. Seit fast zwölf Jahren ist sie freigestellt für Sonderaufgaben. Zuerst für die NSA, später für den Geheimdienst.« Er sah zu Ann hinüber. »In gewissem Sinne sind wir also seit fast zehn Jahren Kollegen.«

Sein Blick sollte ihr wohl sagen, dass er keine Vorbehalte mehr gegen sie hatte. Sie reagierte mit einem leichten Nicken.

Edwards fuhr fort: »Es gibt einen entsprechenden Präsidentialbefehl. Ich habe ihn gesehen. Miss Mankowitz, bitte zeigen Sie Detective Goldkind Ihren Ausweis.«

Wortlos griff Ann in die Innentasche ihrer Jacke und gab Terry das kleine Ledermäppchen.

Terry öffnete es, sah ein Bild von Ann auf der rechten Seite, das Staatssiegel der Vereinigten Staaten als Hintergrund, und einen Text auf der linken Seite. *Der Träger dieses Ausweises handelt in meinem Namen und Auftrag und ist nur mir zur Rechenschaft verpflichtet. Alle Regierungsstellen werden aufgefordert, den Träger dieses Ausweises so weit als möglich zu unterstützen.* Terry sah auf. Sie pfiff leise durch die Zähne, während sie Ann das Ledermäppchen zurückgab. »Ich dachte, so was gibt es nur in Filmen.«

»Ich auch«, sagte Mark und sah Ann fragend an.

»Der Text ist viel zu kurz, um echt zu sein«, meinte Samson grinsend. »Ich hätte mindestens zwei Seiten erwartet. Kurz, knapp, sachlich ... Und das von einem Politiker ...?«

Terry zog die Augenbrauen hoch. »Ich habe nur noch eine Frage. Was ist mit ihm?« Sie zeigte auf Samson, der immer noch grinste. »Sollte der nicht im Knast sitzen? Oder, besser noch, in einem Zwinger?«

Ann schmunzelte. »Er gehört zu mir. Ich passe schon auf, dass er keinen beißt.«

»Ich verstehe das nicht«, sagte Samson und blickte die anderen der Reihe nach an. »Normalerweise mag mich jeder.«

»Ich nicht«, sagte Terry.

»Das habe ich schon bemerkt.«

84

Audrey Malvern wirkte bleich und zerbrechlich. Kein Wunder, überlegte Mark, wenn man bedenkt, wo sie ist. Ein Sicherheitsbeamter hatte Terry Goldkind, Ann und ihm die Tür zu Audreys Zimmer geöffnet. Es war nicht ihr Elternhaus, sondern ein Sicherheitshaus, das die CIA zum Befragen von Überläufern aus anderen Nationen eingerichtet hatte. Ein Bungalow in einem Vorort von Washington, der von außen eher unauffällig wirkte, aber in Wirklichkeit mehr einer Festung entsprach. Der Raum war freundlich eingerichtet, es lagen Stapel von Büchern herum. Stimmt, dachte Mark, sie studiert ja noch.

Sie bemerkte seinen Blick. »Es ist trotzdem ein Gefängnis. Ich freue mich, Sie wiederzusehen, Agent Bridges«, sagte sie und warf Ann einen fragenden Blick zu.

»Das ist Agent Mankowitz, der neue Partner von Agent Bridges«, sagte Terry, während sie die Tür hinter sich schloss.

»Was ist mit Agent St. Clair?«, fragte Audrey. »Setzen Sie sich doch.« Sie trug einen Handschuh an ihrer rechten Hand.

»Agent St. Clair ist verletzt, sie kann ihren Dienst zurzeit nicht ausüben«, antwortete Mark.

»Das tut mir leid. Ist es schlimm?«

»Ja. Es war derselbe Mann, der auch Ihren Vater auf dem Gewissen hat«, sagte Ann. Ihre Stimme war so kühl, dass Terry und Mark sie überrascht ansahen. »Aber sie ist außer Lebensgefahr. Wollen Sie uns helfen?«

Audrey nickte. »Wenn Sie mir sagen, wie?«

»Wir wissen mittlerweile, wer der Mörder Ihres Vaters ist«, fuhr Ann fort. »Ein Profikiller. Aber der Mann führt nur Befehle aus. Wir wollen herausfinden, wer ihm den Auftrag dazu gegeben hat. Und dazu brauchen wir Ihre Hilfe.«

»Miss Mankowitz!«, mischte Terry sich erbost ein. »Geht das nicht mit etwas mehr Taktgefühl?«

Audrey hob die Hand. »Ist schon gut. Seitdem das passiert ist, tänzelt hier jeder um mich herum, aus Angst, meine zarte Person könnte zu sehr belastet werden. Ich bin nicht so zerbrechlich, wie ich aussehe. Was kann ich tun, um Ihnen zu helfen? Und wer ist der Kerl?«

»Im Augenblick kann ich Ihnen dazu nicht viel sagen. Ich denke, dass ich Sie in spätestens drei Tagen genauer informieren kann, Miss Malvern.«

»Sie *können* nicht, oder Sie *wollen* nicht?«

»Ich *darf* nicht. Das ist ein Unterschied.«

Audrey nickte. »Dann muss ich eben warten. Das lerne ich gerade. Und wie kann ich Ihnen nun helfen?«

»Wir haben ein EDV-Dokument Ihres Vaters gefunden. Wahrscheinlich ist es genau das, was der Mörder bei Ihnen zu Hause gesucht hat. Wir vermuten, dass Ihr Vater darin Informationen hinterlegt hat, die uns helfen können, die Hintergründe des Verbrechens aufzudecken. Wir können leider nicht warten, bis der Code geknackt ist. Miss Malvern, hatte Ihr Vater ein Kennwort, das er häufig benutzt hat?«

Audrey sah sie grübelnd an. »Mehrere, nachdem man ihm Ärger gemacht hatte, weil er sie so selten wechselte. War es eine offizielle Datei?«

Mark schüttelte den Kopf. »Nein.«

»Probieren Sie es mit *numerisch 3* und dann *Return.*«

»Wie bitte?«, fragte Terry ungläubig.

»Dad hat immer gesagt, es wäre seine Glückszahl. Ich bin am dritten März geboren. Um drei Uhr dreißig.«

85

»Unglaublich«, sagte Samson eine Stunde später. Auf dem Bildschirm des Rechners der Task-Force blätterte er durch endlose Tabellen.

»Hauptsache, es war das richtige Kennwort«, sagte Edwards. »Haben Sie noch die Original-CD?«

Samson hob die silberne Scheibe hoch. »Hier.«

Edwards nahm die CD und steckte sie sorgfältig in seinen Aktenkoffer. »Die Daten dürfen im Moment niemandem außerhalb dieser Personengruppe zugänglich gemacht werden.«

Samson nickte, während er weiterhin gebannt auf den Bildschirm starrte.

»Suchen Sie etwas Bestimmtes?«, fragte Edwards.

Samson nickte. »Ja. Sie.«

»Oh. Und haben Sie etwas gefunden?« Edwards' Stimme klang neutral.

»Nein. Nur mich selbst.«

»Oh.«

Samson sah zu Edwards hoch. »Sie ahnen gar nicht, wie sehr es mich anpisst, dass ich meinen Namen hier finde. Ich habe es zwar nicht anders erwartet, aber es ist ein Scheißgefühl, zu wissen, dass ich Leuten geholfen habe, die den Präsidenten ermorden wollen.«

Edwards nickte langsam. »Kann ich verstehen.« Er sah auf seinen Aktenkoffer hinunter, der plötzlich schwerer wog, als er sollte. »Auf der anderen Seite haben wir hier einen Volltreffer gelandet.« Er warf einen Blick in die Runde. »Ich werde die Daten persönlich dem Präsidenten überbringen. Ich komme dann wieder hierher zurück, um mich um den Sicherheitsschirm des Präsidenten zu kümmern. Werden Sie dann noch hier sein?«

»Nein«, sagte Ann. Sie hatte die ganze Zeit telefoniert. »Ich denke, wir werden einen gewissen Mr Watier unter die Lupe nehmen. Ihm gehörte der Internetanschluss, von dem die Sicherheitsinformationen heruntergeladen wurden.«

»Ich dachte, so etwas könnte man nicht so leicht ermitteln«, sagte Terry. Sie war neugierig geworden. »Das haben mir die Kollegen von der Sitte gesagt, die nur zu gerne wissen würden, wo die Internetseiten der Kinderschänder versteckt sind. Die werden sich freuen, zu hören, dass es technisch möglich ist. Damit können sie mehr Druck machen.«

Edwards ging zur Tür. »Ich hoffe, Sie fassen den Bastard. Viel Glück.« Er nickte allen zu und verließ den Raum.

Ann ging zu Samson hinüber und warf einen Blick auf den Bildschirm. »Meine Güte! Den Namen kenne ich. Noch ein Senator!«

»Wie viele Namen sind es denn?«, fragte Mark.

Samson warf einen Blick auf die Liste. »Über vierzehnhundert.«

Mark pfiff leise durch die Zähne.

»Sie können nicht alle für das Konsortium arbeiten«, sagte Samson. »Ich vermute mal, dass es hauptsächlich um Wahlkampfspenden geht. Viele der Leute ahnen wahrscheinlich nicht mal, dass sie dadurch kompromittiert werden. Bei manchen ist allerdings deutlich genug zu erkennen, dass sie gekauft worden sind. Wie bei dem hier.« Samson zeigte auf einen Eintrag in der Liste. »Im Schnitt zweihunderttausend Dollar im Jahr. Seit acht Jahren. Hübscher Nebenjob.«

Mark las den Eintrag und fluchte. Es war der stellvertretende Leiter des FBI-Büros hier in Washington.

»Damit wissen wir auch, warum Shakran den Buchhalter ermordet hat«, sagte Ann. »Der war Spezialist darin, Geldflüsse zurückzuverfolgen und genau solche Dinge aufzudecken.«

»Mann, was für eine Menge Geld!«, sagte Terry, als sie den Saldo las.

»Verbrechen zahlt sich eben aus«, meinte Samson und schenkte Terry sein strahlendstes Lächeln.

Sie ignorierte ihn.

Ann sah zu Terry hinüber. »Ich glaube, es wird Zeit, diesem Mr Watier einen Besuch abzustatten. Vielleicht liegt er in seinem Bett und schlummert friedlich. Ich würde ihm allzu gern ein unschönes Erwachen bescheren.«

86

Ein Meer von Schmerzen. Das war das Bild, das Shakran einfiel, als er das erste Mal erwachte. Er lag auf einem Bett, es roch antiseptisch. Nachdem er langsam die Augen geöffnet hatte, dauerte es eine Weile, bis er die Zimmerdecke in allen Einzelheiten sehen konnte.

Aus dem Nebenzimmer kamen Stimmen, und als er die Vorsorgeplakate an den Wänden sah, wurde ihm endlich klar, wo er sich befand. Richtig, der russische Arzt.

Vorsichtig richtete Shakran sich auf. Er verzog das Gesicht, als der Schmerz an ihm riss. Aber er konnte sich bewegen, auch wenn er sich schwach fühlte wie ein Kind. Er hoffte, dass sich das bald gab. An der Wand hing ein Kalender. Noch zwei Tage.

Er ließ sich wieder zurücksinken. Es könnte knapp werden, dachte er und lächelte verbissen. Jeder andere würde jetzt aufgeben. Aber er war ja nicht jeder andere.

Sorgfältig führte er eine Bestandsaufnahme durch. Sein Bein fühlte sich taub an, aber er konnte es bewegen. Sein Oberkörper war straff bandagiert, die Rippen protestierten bei jeder Bewegung. Aber alles schien zu funktionieren. Noch zwei Tage. Zum ersten Mal hatte er versagt, denn er hatte in jener Nacht sein zweites Ziel nicht erreicht. Er lächelte grimmig, aber es war eher eine Grimasse. Wer hätte denn auch gedacht, dass ein alter Mann, noch dazu ein Krüppel, ihm so zusetzen würde? So, wie er lag, konnte er nicht aus dem Fenster blicken, und seine Uhr war nicht mehr da. Aber vom Licht her war es Mittag, was bedeutete, dass Moire auch erledigt war. Sein Backup hatte zwar nicht so viel Flair, aber man konnte sich auf ihn verlassen. Der junge Mann war kein begnadeter Künstler, eher ein Handwerker, aber sorgfältig … Mit diesem Gedanken schlief er beruhigt wieder ein.

87

Richards sah auf, als das Pärchen hereinkam. Wahrscheinlich Interessenten für Apartment 19b. Er nickte freundlich. Beide waren dezent und gut gekleidet, und als sie einen Blick tauschten, musste er lächeln. Ohne Zweifel verliebt. Wahrscheinlich Karrieretypen, keine Kinder, beide um die dreißig, er etwas älter als sie. Geschäftsleute, vielleicht Anwälte. Er hoffte, dass sie nicht zu lange gewartet hatten. Aber 19b war ideal für ein Pärchen, es bot genügend Raum für Nachwuchs. Richards war stolz darauf, dass dieses Haus familienfreundlich war.

Als sie zu seinem Glaskasten kamen, stand er auf und griff nach dem Schlüssel für 19b. »Willkommen bei *Greenbelle Apartments.* Die Maklerin ist noch nicht da, aber wenn Sie wollen, können Sie sich das Apartment schon einmal ansehen.«

Die beiden wechselten einen überraschten Blick, dann lächelte die Frau. »Das ist nett von Ihnen. Wir sind schon ziemlich lange auf den Beinen. Es wäre schön, wenn wir nicht allzu lange warten müssten.«

Richards gab ihr den Schlüssel.

»Zweiter Stock, vierte Tür rechts. Ich bin sicher, es wird Ihnen gefallen.«

»Die junge Frau lächelte. »Das Apartment ist uns von Mr Watier empfohlen worden. Wissen Sie zufällig, ob er da ist?«

»Nein, er ist leider außer Haus.«

»Schade, dass wir ihn verpassen«, meinte der Mann. »Wissen Sie vielleicht, wo er ist? Ist er nur zum Essen gegangen?«

»Tut mir leid, Sie zu enttäuschen. Wahrscheinlich ist er wieder in Birma.«

Als er ihren überraschten Blick sah, lächelte er. »Wie Sie vielleicht nicht wissen, er ist Geologe. Er sucht dort nach Opalen.«

Die junge Frau warf einen Blick auf sein Namensschild. »Und Sie sind ganz sicher, dass er nicht da ist, Mr Richards?«

»Ganz sicher. Er hat mir den Schlüssel gegeben, damit ich mich um seine Pflanzen kümmere.«

»Das machen Sie auch?« Der Mann schien überrascht.

»Ich versuche, mich um unsere Mieter zu kümmern«, sagte Richards. »Ich war früher einmal Streifenpolizist, da kannte ich fast jeden, der mir auf der Straße begegnet ist. Ich mag es, wenn ich anderen Menschen helfen kann.« Er lächelte. »Eine alte Gewohnheit, Sir.«

»Und eine gute, Mr Richards«, sagte die junge Frau.

Der Mann nickte. »Ich bin sicher, wir können auf Ihre Mithilfe zählen. Mein Name ist Mark Bridges.« Er griff in die Innentasche seines Sakkos und zog einen Ausweis heraus. »FBI. Wir haben da ein paar Fragen bezüglich Mr Watier.«

»Ich hoffe, ihm ist nichts zugestoßen ...«

Die beiden wechselten wieder einen Blick.

Richards war enttäuscht. Er dachte, er hätte eine bessere Menschenkenntnis.

Mark öffnete die Tür, während Ann ihn deckte. Der Flur war leer. Sie wiederholten das bei jedem Zimmer, bis sie sich vergewissert hatten, dass tatsächlich niemand in dem Apartment war. Ann steckte ihre Waffe ein, stellte sich in die Mitte des Wohnzimmers und drehte sich langsam im Kreis. Alles war ordentlich, blitzblank. Sie ging ins Badezimmer und warf einen Blick auf Armaturen und Porzellan.

»Verdammt!«, sagte sie leise.

»Er hat aufgeräumt.«

»Hat er ...« Ann klang frustriert. »Vielleicht findet die Spurensicherung etwas. Aber ob wir das auch gebrauchen können ... Das bezweifle ich.«

»Und sein Computer?«, fragte Mark.

»Ich bezweifle erst recht, dass er so unvorsichtig ist wie Moire.«

»Ist er auch nicht«, sagte der Mann von der Spurensicherung eine halbe Stunde später.

»Kein Glück?«

Der Experte schüttelte den Kopf. »Er hat alle Daten überschrieben. Die Festplatte hat er vorher low-level-formatiert.«

»Ich habe selten einen so sauberen Ort gesehen.« Der Leiter der Spurensicherung, schmal, hager, mit einer Brille, die ihm die Ähnlichkeit mit einer Eule verlieh, stemmte die Hände in die Seite. »Der Bursche ist so gut, er könnte glatt bei mir anfangen. Wir werden in den Abflüssen etwas finden, aber nicht viel, er hat ein Reinigungsmittel verwendet. Also können wir beweisen, dass er sich hier aufgehalten hat. Aber das ist noch kein Verbrechen.«

»Danke«, meinte Ann, fuhr sich mit der Hand über die Stirn und massierte sich die Schläfe. Sie ging zu Mark hinüber, der eine Korkwand studierte. Daran hingen etwa dreißig Autoschlüssel unterschiedlicher Fabrikate.

»Seltsames Hobby«, meinte Mark.

»Shakran hat keine Hobbys. Diese Schlüssel haben bestimmt irgendeine Bedeutung, ich weiß nur nicht, welche«, sagte Ann und zuckte mit den Schultern. »Wir können gehen.«

»Falls es dich beruhigt«, sagte Mark, »Shakran wird sich ärgern. Wir haben in einer Schatulle Opale im Wert von einer halben Million Dollar gefunden.«

Ann schüttelte langsam den Kopf. Sie wirkte müde. »Es geht ihm nicht um das Geld.« Sie sah zu ihm hoch. »Es ist die Legende ...«

88

Ich darf Sie beglückwünschen zu Ihrer Konstitution«, sagte Dr. Vorman und nahm Shakran die Messmanschette ab.

»Das ist das gesunde Leben«, antwortete er und massierte sich den Arm. Er fühlte ein leichtes Kribbeln in den Fingerspitzen, ein Effekt, der, wollte er Dr. Vorman glauben, bald vergehen würde. Es war Abend, die Praxis war geschlossen. Erst nachdem die Sprechstundenhilfe gegangen war, hatte sich der Doktor um seinen Privatpatienten gekümmert.

»Ich hätte nicht gedacht, dass Sie so schnell wieder auf den Beinen sein würden. Sie wissen, dass ich Ihnen fast vier Liter Blut geben musste?«

Shakran wusste es nicht, es war ihm sowieso egal. »Was bin ich Ihnen schuldig?«, fragte er.

»Der Tarif steht fest. Zehntausend.«

Shakran nickte. Günstig. Er richtete sich auf.

»Einen Moment noch«, meinte der Arzt. »Ich habe Krücken für Sie besorgt. Sie müssen das Bein noch schonen. Wenn Sie es belasten, besteht die Gefahr, dass die Wunde sich wieder öffnet. Ein Rollstuhl wäre eigentlich besser.«

Ein Rollstuhl. Gute Idee.

»Ich habe nichts besonders Anstrengendes vor«, antwortete Shakran mit einem leichten Lächeln.

»Gut.«

»Sie wissen nicht zufällig, wo meine Waffen sind?«

Der Arzt sah auf. »Nein, keine Ahnung. Beide Schulterholster waren leer, als ich sie hereingetragen habe. Wahrscheinlich sind sie noch im Auto. Ich habe nicht danach gesucht. Ich mag keine Waffen.« Der Doktor musterte den Verband und nickte zufrieden. »Sieht alles gut aus. Ich bin der Meinung, dass man auch ohne Waffen auskommen kann ...«

»Da stimme ich Ihnen zu«, antwortete Shakran.

Der Schlag gelang nicht so präzise, wie er sollte. Der Doktor hatte wohl recht gehabt, er war wirklich noch nicht wieder fit.

Shakran beugte sich hinunter und fühlte den Puls des Arztes. Der gute Mann lebte noch. Vorsichtig humpelte Shakran zum Medikamentenschrank. Er brauchte ein paar Sekunden, bis er das gefunden hatte, was er suchte. Er zog die Spritze auf und injizierte sie dem Doktor.

Dann griff er dem bewusstlosen Mann in den Mund und öffnete ihn, um sich dessen Zähne anzusehen. Perfekt, gesund. Wie erwartet. Eine der Voraussetzungen für die Rekrutierung durch den KGB.

Wenig später fand er die Adresse des Zahnarztes. Fünf Besuche in acht Jahren. Glück gehabt.

Humpelnd begab er sich zur Garage. Er verzog das Gesicht, als er das alte Blut roch. Er holte seinen Koffer aus dem Wagen. Beide Waffen lagen auf dem Boden vor dem Beifahrersitz. Er nahm sie mit. Sie mussten sowieso gereinigt werden.

Wenig später hatte er die Wagenschlüssel des Doktors gefunden. Im Schreibtisch entdeckte er eine Pistole. Einen 45er Colt. Die amerikanische Waffe schlechthin. Jeder gute Haushalt sollte eine haben. Nur der 45er Colt-Revolver, in zahlreichen Filmen als Peacemaker verewigt, war erfolgreicher. Der gute Doktor mochte nichts von Waffen halten, aber offenbar konnte auch er nicht darauf verzichten.

Danach packte er den Doktor in den Rollstuhl und fuhr ihn in die Garage. Nachdem er seine Ausrüstung in den Wagen des Doktors gebracht hatte, musste er sich erst einmal ausruhen. Das Bein pochte, die Schmerzen wären unerträglich, würde er sie beachten.

Dass er sie ignorieren konnte, war ein Trick, den er mühsam erlernt hatte.

Doch der Doktor verstand sein Handwerk. Die gebrochenen Rippen schmerzten kaum, selbst als er den Doktor auszog, dann in Position brachte und ihm seine eigene schusssichere Weste überstreifte.

Die Waffe des Admirals war ein schönes Stück, eine Jubiläumsausgabe. Eine Papprõhre diente Shakran als Schalldämpfer. Der Doktor zuckte, als die Kugel ihn ins Bein traf. Der zweite Schuss traf die Weste knapp unter dem linken Schulterblatt, genau da, wo schon ein Riss im Gewebe der Weste zu sehen war. Shakran zog dem Doktor die Weste wieder aus und verstaute sie in seinem Koffer. Mit chirurgischem Garn vernähte Shakran die Wunden und verband sie. Er achtete darauf, dass er die Verbände so anlegte, wie der Doktor selbst es getan hatte. Es musste ja nur grob stimmen. Dann kleidete er den Arzt fertig an und setzte ihn in seinen Wagen.

Er sah sich nach einem Reinigungsmittel um, ein unverzichtbarer Bestandteil jeder Praxis. Und so leicht entflammbar. Nachdem er alles zu seiner Zufriedenheit arrangiert hatte, beugte er sich in den Wagen. Dr. Vorman blutete massiv. Shakran schüttelte den Kopf. Offenbar war er selbst kein so guter Arzt wie der gute Doktor. So hatte eben jeder sein Spezialgebiet. Er sah auf die Uhr. Elf.

Eine weitere Stunde lang ging er aufmerksam durch die gesamte Praxis. Dann schloss er ab und stieg in den Wagen des Arztes. Es war schon spät, aber nachdem er eine halbe Stunde durch die Nacht gefahren war, entdeckte er jemanden, der genau passte. Er fuhr mit dem Wagen an den Straßenrand, öffnete das Handschuhfach, nahm eine Straßenkarte heraus, stieg aus und breitete sie auf der Motorhaube aus.

Wie nicht anders zu erwarten, war der Mann hilfsbereit. Als er die Waffe sah, war er auch kooperativ genug, um sich auf den Beifahrersitz zu setzen. Auf dem Weg zu Dr. Vormans Praxis redete er wie ein Wasserfall. Irgendetwas über seine schwangere Frau. In der Garage musste der Mann sich umziehen. Die Schuhe des Doktors waren ihm etwas zu klein, aber nach gutem Zureden schaffte er es dann doch.

Shakran sah die Tränen in den Augen des Mannes, aber er hatte nur Verachtung übrig für ihn. Er musste den Doktor im Wagen gesehen haben, er musste sich ausgerechnet haben, dass das hier nicht gut enden würde. Anstatt irgendeinen Versuch zu unternehmen, anzugreifen, ließ er sich von Shakrans Beteuerungen einlullen. Er glaubte sie nicht. Er *wollte* sie glauben. Idiot.

Der erste Schuss aus der 10 mm traf den Idioten im Bauch, selbst da winselte er noch, die zweite traf ihn in den Kopf, damit hörte das Winseln auf. Anschließend presste Shakran die Waffe des Doktors in die Hand des Toten, richtete sie auf den Wagen, stutzte, schüttelte den Kopf, öffnete die Wagentür ein Stück, ging dann zu dem Toten zurück und schoss das ganze Magazin leer. Anschließend warf er einen der Behälter mit Reinigungsflüssigkeit um und ließ eine leere Patronenhülse in die Lache fallen. Mit einem Feuerzeug zündete er die Pfütze an. Dann verließ er die Garage durch das Haus und zog die Tür zum Nebeneingang hinter sich zu.

Während er langsam wegging, fragte er sich, ob die Bullen

auf den Trick reinfallen würden. Wahrscheinlich nicht. Aber einen Versuch war es wert. Auf dem Nachbargrundstück war Licht angegangen, ein Hund bellte. Er sah einen Schattenriss am Fenster. Ein Nachbar, der noch nicht so richtig wusste, was er tun sollte.

Eine Straße weiter fand er einen passenden Wagen. Viel weiter hätte er es auch nicht geschafft. Sein Bein pochte wie ein Hammerwerk. Er ließ den Wagen in der Nähe des Busbahnhofs stehen. Hatte die Wunde sich geöffnet? Nein, noch nicht. Dann nahm er ein Taxi zu seinem Hotel.

Auf dem Weg zum Holiday Inn öffnete er seinen Koffer und ging noch einmal die Unterlagen durch. Wayne Parker. Was für ein Name!

Er ging zur Rezeption und verlangte seinen Zimmerschlüssel. Er achtete genau auf die Reaktion des Portiers, aber der sah kaum auf.

Zimmer 503. Der Schlüssel passte, niemand wartete auf ihn. Er schloss die Tür hinter sich, nahm einen Orangensaft aus der Minibar und ging zum Fenster. Die Kuppel des Kapitols leuchtete in der Ferne.

Er überprüfte seinen Verband, dann zog er den Koffer unter dem Bett hervor. Einen Samsonite. Das Beste, was man für Geld bekommen konnte. Mit vernünftigen Schlössern. Sowohl Kombinationsschloss als auch Schlüssel. Sorgfältig ging er seine Ausrüstung durch. Alles da. Seine Auftraggeber hatten sich wieder einmal als zuverlässig erwiesen.

Er gähnte. Noch knapp vierunddreißig Stunden. Zeit, sich ausruhen. Aber nicht hier.

89

Als Mark sie weckte, wusste Ann im ersten Moment nicht, wo sie war. Dann fiel ihr alles wieder ein. Sie spürte Panik aufkommen, aber dann erinnerte sie sich wieder an ihre Kindheit, an Juliet, es war noch immer alles da. Es war vielleicht unbegründet, aber sie hatte Angst, sie könnte irgendwann aufwachen und alles vergessen haben.

Ann war im Bereitschaftsraum der Task-Force, wo sie sich für ein kurzes Nickerchen auf ein Notbett gelegt hatte.

Mark hielt ihr einen Becher Kaffee hin. Sie griff dankbar danach. »Wie spät ist es?«

»Kurz vor vier.«

Er hatte sie länger schlafen lassen, als es ausgemacht gewesen war, aber sie verzieh ihm.

»Gibt es was Neues?« Sie trank einen Schluck von dem Kaffee und riss überrascht die Augen auf. »Was ist mit der Kaffeemaschine los?«

»Nichts. Die vergiftet immer noch jeden, der sich an sie rantraut. Aber dieser Kaffee ist von dem Nachtcafé auf der anderen Straßenseite.«

»Manchmal hat auch er eine gute Idee«, sagte Samson, der gähnend im Türrahmen auftauchte. »Was soll die Hektik?«

»Terry wird bald hier sein«, erklärte Mark. »Sie hat gerade Meldung bekommen von einer Schießerei.« Er sah Ann bedeutungsvoll an. »Es sieht so aus, als wäre Shakran tot.«

»Ich kann das einfach nicht glauben«, sagte Ann eine halbe Stunde später. Sie lehnte an der Motorhaube von Terrys Einsatzwagen und beobachtete, wie die Feuerwehr ihre Schläuche einrollte.

»Ich auch nicht«, sagte Mark. »Fragen wir ihn mal, was er dazu meint.« Er wies auf einen bulligen Mann in einem Schutzanzug, der sich ihnen näherte.

»Wer ist das?«, fragte Ann.

»Mike Mulligan, der Brandschutzinspektor.« Er winkte den Mann zu ihnen heran.

»Das ist Ann Mankowitz, ich bin Agent Bridges«, stellte Mark sie vor. »Vielen Dank, dass Sie Zeit haben für uns.«

Mulligan nickte, nahm den Helm ab und kratzte sich im Nacken. Dann sah er zu der abgebrannten Garage hinüber. Der größte Teil der Praxis stand noch.

»Sie gehen von Brandstiftung aus?«, fragte Mulligan.

Beide nickten.

Mulligan seufzte. »Genaues kann ich Ihnen noch nicht sagen. Die offene Tür zum Haupthaus würde darauf hinweisen, wegen der Sauerstoffzufuhr. Ansonsten ... In der Garage war genügend Brandbeschleuniger, um ein solches Feuer auszulösen. Für mich sieht es so aus, als hätte es in der Garage ein Feuergefecht gegeben, jemand hat einen Kanister umgeworfen, eine Patronenhülse hat das Feuer ausgelöst ...« Er zuckte mit den Schultern. »Darum müssten sich dann die Kollegen vom Morddezernat kümmern. Es ist möglich, dass das alles geplant war, aber wenn das der Fall ist, dann hat unser Feuerteufel sorgfältig gearbeitet. Ich habe den Nachbarn gefragt. Der hat bestätigt, dass der Doktor die Kanister mit dem Reinigungsmittel in der Garage aufbewahrt hat.« Mulligan seufzte wieder. »Das findet man leider viel zu häufig. Die meisten Leute wissen gar nicht, was sie da für eine Zeitbombe in der Garage stehen haben.«

»Danke sehr. Vielleicht können Sie uns später ja mehr sagen«, meinte Ann.

»Ich denke, schon. Wenn wir es mit Brandstiftung zu tun haben, dann werde ich es herausfinden.«

»Wie lange würde das dauern?«

»Circa eine Woche.«

»Ich brauche die Ergebnisse aber schon morgen. Hi, Mike«, sagte Terry, die gerade zu ihnen getreten war.

Mulligan seufzte noch einmal. »Hallo, Miss Goldkind. Ich dachte mir schon, dass Sie so was sagen würden.«

»Mrs Reuter, bitte«, verbesserte Terry.

»Wie Sie meinen, Detective. Aber wir haben hier in D. C. nur ein Brandlabor, und das ist ausgebucht ...«

Sie sahen hinter dem bulligen Mann her, der zu den Feuerwehrleuten hinüberging.

»Wie sieht es aus?«, fragte Mark.

»Wir können noch nicht so viel sagen. Die Garage ist vollständig abgebrannt, das Löschwasser hat Gott weiß wie viele Spuren vernichtet. Was wir mit Sicherheit wissen, ist, dass wir zwei männliche Leichen haben. Sie wurden vor dem Brand erschossen. Viel mehr haben wir noch nicht. Die Spurensicherung wird noch ein Weilchen brauchen.« Sie sah Ann an. »Auf dem Beifahrersitz des Wagens in der Garage haben wir die Waffe des Admirals gefunden. Sie ist fast unversehrt. Ich werde sehen, was sich machen lässt, damit Sie die Waffe zurückbekommen.«

»Danke«, sagte Ann leise.

»Also könnte es Shakran sein?«, fragte Mark.

»Alles ist möglich«, meinte Terry. »In einer Stunde wissen wir mehr.«

Ann schüttelte langsam den Kopf. »Ich weiß nicht, wer die beiden Toten sind, aber ich bin mir sicher, Shakran ist keiner von ihnen.«

»Warten wir's ab«, sagte Terry.

Ein alter, verbeulter Jeep Cherokee wurde durch die Absperrung gelassen. Dr. Leonhardt stieg aus, holte seinen Koffer aus dem Wagen und kam zu ihnen herüber. In der anderen Hand hielt er ein paar Gummistiefel.

»Hallo, Doc«, begrüßte Mark ihn.

»Agent Bridges, Detective Goldkind. Guten Morgen ...« Er sah Ann interessiert an. »Ich werde das Gefühl nicht los, dass ich Sie schon einmal gesehen habe.«

»Sie ist ein Fernsehstar«, meinte Mark trocken.

Der Pathologe zog eine buschige graue Augenbraue hoch. »Ach ja. Dieselbe Komödie, in der Sie eine Nebenrolle haben?«

»Genau die.«

Der Mediziner gab Ann die Hand. »Ich bin Dr. Leonhardt, Chefpathologe für den Distrikt Washington.«

»Ann Mankowitz.«

Dr. Leonhardt sah Mark fragend an. »Was ist mit Agent St. Clair?«

»Verletzt, aber auf dem Weg der Besserung.«

»Ich werde ihr Blumen schicken. Was haben wir hier?«

»Zwei Leichen, beide männlich, beide Mitte dreißig. Einer wahrscheinlich der Hausbesitzer, ein Dr. Vorman, der andere möglicherweise ein Straftäter. Es sieht aus wie ein Feuergefecht. Ergebnis: beide tot«, sagte Terry. »Das Problem ist, dass wir dieses Szenario nicht glauben.«

»Verbrannt?«

»Beide. Es sieht so aus, als ob dieser Dr. Vorman mehrere Kanister mit einer entflammbaren Reinigungsflüssigkeit in der Garage aufbewahrt hat, und die hat sich entzündet. Auch das Fahrzeug hat Feuer gefangen, aber das hat verhindert, dass das Garagendach auf die Leichen heruntergefallen ist.«

Der Doktor warf einen Blick auf das teilweise zerstörte Gebäude.

»Na, dann wollen wir mal.« Er lehnte sich neben Ann gegen die Motorhaube und zog seine Gummistiefel an. Mit einem Nicken in ihre Richtung ging er los.

»Den Job möchte ich nicht haben«, meinte Terry kopfschüttelnd. Dann sah sie Mark und Ann an. »Das Setup scheint auf den ersten Blick plausibel. Shakran fuhr zu dem Arzt, ließ sich behandeln. Das passt sogar, wir haben mehrere Hinweise, dass Dr. Vorman Kriminelle behandelt hat. Danach bezahlte er den Doktor und wollte wieder fahren. Warum es dann zum Schusswechsel kam, wer weiß das schon. Vielleicht war dem Doktor das Honorar zu gering ...« Sie sah auf ihren Block hinunter. »Ein Kollege hat die Sprechstundenhilfe befragt. Er hatte ihr verboten, den Ruheraum zu betreten, und zwar den ganzen Tag. Es wäre besser für sie, hat er gesagt.« Sie klappte den Block wieder zu. »Das scheint alles zu passen. Trotzdem sagt mir meine Nase, dass hier was nicht stimmt.«

Ann beugte sich vor. »Shakran will uns an der Nase herumführen. Sie haben DNA-Proben von Shakran, nicht wahr?«

»Haben wir. Aus dem Haus des Admirals. Wir werden einen DNA-Vergleich machen, sobald wir können.« Terry zögerte. »Aber es wird dauern, bis das Ergebnis vorliegt. Wir haben wahrscheinlich auch die 10 mm, mit der Ihr Onkel erschossen wurde. Die Ballistik muss das noch prüfen. Im Moment weist alles darauf hin, dass der eine der Toten hier wirklich Shakran ist ...«

»Ist er aber nicht. Das ist nur ein Ablenkungsmanöver«, sagte Ann entschlossen.

»Wir werden die Fahndung nach ihm nicht einstellen, solange wir nicht ein positives Ergebnis haben«, versprach Mark.

»Die Fahndung …« Anns Stimme klang bitter. Anhand der Beschreibung des Portiers war ein Phantombild von Mr Watier angefertigt worden. Es hatte kaum Ähnlichkeiten mit dem Phantombild, das nach Anns Beschreibung gemacht worden war. »Der Mistkerl ist ein Chamäleon!«

90

Also Entwarnung?«, fragte Edwards, nachdem die anderen wieder in der Einsatzzentrale angekommen waren. Sein Anzug hatte immer noch messerscharfe Bügelfalten, er sah aus, als könnte er für für ein Hochglanzmodemagazin Modell stehen. Mittlerweile hatte jemand ein paar Kleidungsstücke aus Anns Wohnung geholt, sodass auch sie sich nach dem Duschen umziehen konnte. Die Kleidung passt nicht mehr zu ihr, dachte Mark, der sie verstohlen musterte. Zu verhalten und zu bieder.

»Nein«, sagte Terry. »Im Moment sieht es so aus, aber ich teile die Meinung von Miss Mankowitz. Der Kerl will uns hinters Licht führen. Wir müssen davon ausgehen, dass er noch lebt und dass er weiterhin sein Ziel verfolgt.«

Mittlerweile war die hintere Wand des Task-Force-Raums mit einer detaillierten Karte der Bereiche rund um das Weiße Haus und den Capitol Hill zugehängt. Hunderte von Magnetmarkern stellten die eingesetzten Sicherheitsbeamten dar. Die auf der Karte dargestellte Szenerie war die relativ kurze Fahrt vom Weißen Haus zum Capitol. Feine orangefarbene Linien stellten mögliche Schussbahnen dar. Ein Counter Sniper, ein Scharfschütze, spezialisiert auf das Ausschalten anderer Scharfschützen, war hinzugezogen worden.

Draußen vor dem Raum standen zwei Mitarbeiter des Secret Service, die den Zugang zum Raum kontrollierten. Die Informationen, die hier aufbereitet wurden, waren zu brisant, niemand durfte hier zufällig hereinstolpern.

Im Lauf des Tages waren mehrere Rechner aufgebaut worden, sogar ein Safe wurde mit stabilen Mauerankern am Boden montiert. Er enthielt die CDs mit den Unterlagen über die Secret-Service-Leute, die von Moire eingesetzt worden waren und die immer noch an der Operation teilnahmen.

Die eigentliche Operationszentrale des Secret Service befand sich im Gebäude des Schatzamtes mit direkter Sicht auf das Weiße Haus. Es hatte eine längere Diskussion gegeben, ob es nicht einfacher wäre, die Einsatzgruppe dorthin zu verlagern, aber im Augenblick, so hatte man sich entschieden, war dies hier unauffälliger. Es gehörte dem Verteidigungsministerium.

Auf einer Seite des Raumes stand ein Aktenschrank, der sich immer schneller füllte. Er enthielt die Akten und elektronischen Datenträger über alle Personen, die auf Malverns CD genannt wurden. Ein junger weiblicher Luftwaffenoffizier saß vor einem der neu aufgestellten Rechner. Als Datenanalystin war es ihr Job, die eingehenden Daten über die Personen auf der Liste zusammenzufassen und zu ordnen. Lieutenant Maria Lee bekam zwar immer wieder große Augen, wenn sie über etwas stolperte, aber sie hielt sich zurück und machte nur ihren Job.

Die Task-Force war um eine weitere Person aus den Reihen des FBI verstärkt worden: Marian Lester. In den vergangenen Tagen hatte sie weitere Informationen über Malverns Mörder zusammengetragen. Aber das war nicht ihre eigentliche Aufgabe. Sie koordinierte den Informationsaustausch mit dem FBI. Diesmal, so der Präsident, durfte es nicht passieren, dass eine Information nicht rechtzeitig weitergegeben wurde.

Aus dem gleichen Grund war auch jemand von der Homeland Security und von der CIA anwesend, beides junge Leute, die in der Hierarchie noch nicht weit aufgestiegen waren, die aber den großen Vorteil hatten, dass sie nicht auf der verhängnisvollen Namensliste standen.

»Schon irgendwelche Ergebnisse, Lieutenant?«

Lee blickte auf und blies sich die Haare aus dem Gesicht. »Es ist noch viel zu früh, um etwas zu sagen. Wir konzentrieren uns zurzeit auf die Zielgruppe, die Zugang zu den Informationen hat.«

Mark, der danebenstand, nickte und nahm ein Dossier von ihrem Tisch. Er hielt es hoch, damit die anderen es sehen konnten. »Beispielsweise Frank Halberg. Stellvertretender Leiter des FBI«, sagte er verbittert und hielt ein zweites Dossier hoch. »Oder Staatsanwalt Thomas Bonlin.« Er warf beide Dossiers auf den Tisch zurück.

»Wir brauchen einen Vertreter des Staatsanwalts«, meinte Ann.

»Was wir vor allem brauchen, ist absolute Geheimhaltung.« Edwards streckte sich, es knackte vernehmlich. Er unterdrückte ein Gähnen. »Wenn das hier herauskommt, ist die jetzige Regierung sowieso am Ende. Man wird dem Präsidenten Unfähigkeit vorwerfen.« Er brach ab. »Als ob der etwas dafür könnte ...«, murmelte er.

»Sie wollen das doch nicht alles vertuschen, oder?«, fragte Ann ungläubig.

»Natürlich nicht!« Edwards schüttelte grimmig den Kopf. »Wir haben unsere Lektion gelernt. Wir müssen nur das Timing bedenken. Einige Personen, die wir in Verdacht haben, sind hochgestellte Persönlichkeiten. Und im Moment ist unsere Beweislage recht dünn.«

»Dünn!? Die Leute haben Geld dafür bekommen!«, brauste Mark auf. Es wurmte ihn immer noch, dass man ihn wegen einer Geldzahlung auf sein Konto vom Dienst suspendiert hatte. »Ich wurde wegen fünfzigtausend Dollar an den Pranger gestellt! Dieser Senator hat das Zehnfache eingesackt!«

»Und wenn er ordnungsgemäß Buch geführt hat, dann kann er den Verbleib der Gelder nachweisen. Die Leute sind nicht dumm«, sagte Ann und legte Mark beruhigend die Hand auf den Arm.

»Die Gelder sind eine Sache. Aber hier geht es um Hochverrat. Leider fehlen uns dazu noch die Beweise.«

»Richtig, Agent Bridges. Aber Miss Mankowitz hat recht. Auch was den Vertreter der Staatsanwaltschaft angeht. Wir brauchen jemanden, der für uns die Anklagen vorbereitet.«

»Ich hätte da einen Vorschlag«, meinte Samson.

»Lassen Sie hören«, sagte Edwards.

»Stacy Williams. Staatsanwältin. Eine gute, wie ich gehört habe. Sie arbeitet unter Bonlin, sie kennt ihn. Und es gibt noch etwas, das für sie spricht.«

»Und das wäre?«

»Vor einem Jahr hat Tonio ihr auf die Füße getreten.«

»Tonio?«, fragte Ann verwirrt.

Samson lächelte. »Mein verehrter Partner aus dem Park.«

»Erzähl!« Mark klopfte seine Taschen ab. Keine Zigaretten mehr. Er sah sich um und entdeckte Lieutenant Lee. »Hätten Sie eine Zigarette für mich?«

Lee warf ihm kommentarlos ein Päckchen zu. Er fing es auf, klopfte eine Zigarette heraus und zündete sie an.

»Alter Schnorrer!« Ann schüttelte lächelnd den Kopf.

»Miss Williams hat einen Prozess gegen jemanden geführt, aber der Boss meinte, es wäre besser, wenn die Anklage zurückgezogen würde. Also wurde Tonio geschickt, um ihr das zu erklären. Er lauerte ihr in der Tiefgarage auf und wollte ihr deutlich machen, was sie zu tun hat.« Samson grinste breit. »Sie hat ihm in die Eier getreten, seine Finger beinahe in der Autotür zerquetscht und ihn schließlich auch noch angezeigt. Tonio hat immer davon gesprochen, dass er es ihr heimzahlen will, aber der Boss hat ihn zurückgepfiffen. Man hat ihr den Fall abgenommen. Bonlin hat die Anklage selbst geführt und – wie gewünscht – verloren. Was sagt uns das?«

»Und sie steht nicht auf der Liste?«, fragte Edwards.

»Oh doch. Aber sie hat das Geld zurückgehen lassen, als sie nicht herausfinden konnte, von wem es stammte. Die Frau ist cleverer als Mark.«

Mark warf ihm einen bösen Blick zu. »Als ob ich Gelegenheit dazu gehabt hätte!«

»Gut«, entschied Edwards. »Ich werde den Präsidenten informieren. Wenn er zustimmt, muss jemand Miss Williams zu uns einladen.«

»Das würde ich gern übernehmen«, sagte Samson überraschend. Als alle ihn ansahen, zuckte er mit den Schultern. »Die Frau gefällt mir. Sie hat Biss.«

»Von mir aus. Aber seien Sie vorsichtig, Mr Sonata. Ihr momentaner Status ist kein Garant dafür, dass Sie ungeschoren davonkommen«, erinnerte Edwards ihn mit kühlem Blick.

Samson nickte und zeigte mit dem Daumen auf Mark. »Ich habe unserem weißen Ritter schon gesagt, dass ich für alles geradestehen werde.«

Edwards nickte nur. »Wie gesagt, ich werde den Präsidenten informieren.« Er sah auf die Uhr. »Er wird in einer halben Stunde aufstehen. Aber ich möchte Sie daran erinnern, dass es nicht unsere Hauptaufgabe ist, die anderen Straftäter zu überführen. Wenigstens noch nicht. Wir müssen verhindern, dass dem Präsidenten etwas passiert. Das allein ist unsere Aufgabe.«

»Das sehe ich anders«, widersprach Ann. »Jemand hat Shakran angeheuert. Und dieser Jemand weiß etwas über dessen Auftrag.« Sie nickte mit dem Kopf in Richtung der Karte an der Wand. »Ich werde das Gefühl nicht los, das wir hier falschliegen. Shakran geht nie so vor, wie man es von ihm erwartet.«

»Shakran ist wahrscheinlich tot«, sagte Edwards.

»Mit einer Wahrscheinlichkeit von einem halben Prozent«, erwiderte Ann bissig. »Ich bleibe dabei, wir müssen herausfinden, was er vorhat.«

»Und wie sollen wir das in der kurzen Zeit hinbekommen?«, fragte Edwards.

Samson räusperte sich. »Ich könnte mich beispielsweise mit Halberg unterhalten. Ganz gemütlich unter vier Augen. Sozusagen intim. Er wird mir bestimmt etwas zu erzählen haben. Alles, was er weiß, zum Beispiel. Er muss einfach mit jemandem zusammengearbeitet haben. Er hat Befehle ausgeführt, denn er hat aktiv eingegriffen und seine Stellung missbraucht.«

»Schon«, sagte Edwards. »Aber ich möchte mir lieber nicht vorstellen, wie Sie dabei vorgehen würden. Nein, das gefällt mir nicht.«

»Ich will Sie mal was fragen, Agent Edwards.« Samson sah Edwards fest in die Augen. »Wenn Sie wüssten, dass das Überleben des Präsidenten davon abhängt, würden Sie zögern, jemanden zu foltern?«

Edwards schüttelte den Kopf. »Wohl kaum.«

»Woher wissen Sie, dass es *nicht* davon abhängt?«

Edwards warf ihm einen unergründlichen Blick zu. Dann

griff er seine Jacke und seinen Aktenkoffer. »Ich werde jetzt dem Präsidenten Bericht erstatten.« Damit verließ er den Raum und zog die Tür langsam, aber bestimmt hinter sich zu.

»Ein bisschen dick aufgetragen, oder?«, sagte Mark leise.

»Stimmt. Aber ich habe es satt, dass man diese Leute immer mit Glacéhandschuhen anfassen muss. Die meisten dieser Typen werden wahrscheinlich noch nicht einmal angeklagt. Aber jeder, der auf dieser Liste steht und seit Jahren regelmäßig Geld einsteckt, ist an der Situation schuld. Wie in einer Bananenrepublik. Nur dass es Dollar sind, nicht Pesos.«

Terry betrat den Raum und sah sich stirnrunzelnd um. »Dicke Luft?«

Mark winkte ab. »Irgendwas Neues?«

Sie schüttelte den Kopf. »Nichts, was uns weiterhelfen könnte.« Sie sah Ann an. »Sie sind sich immer noch sicher, dass Shakran nicht tot ist?«

»Hundertprozentig.«

»Wir haben einen vorläufigen Bericht vom Pathologen. Die Leiche im Auto hatte eine behandelte Einschusswunde im Bein und gebrochene Rippen, wie sie von einem Schuss auf eine Weste herrühren können. Im Moment sieht es so aus, als wäre es unser Mann.«

»Erst wenn die DNA-Analyse das Gleiche aussagt, kann ich anfangen, das zu glauben. Und selbst dann wird es mir schwerfallen«, antwortete Ann. Sie trat an die Wandkarte und musterte den Stadtplan von Washington. »Irgendwo dort ist der Kerl, er hat etwas vor. Nur was?«

Sie sah auf die Uhr an der Wand. »In zwei Stunden empfängt Präsident Stanton den mexikanischen Präsidenten Mendez am Flughafen. Dann fliegen sie im Hubschrauber des Präsidenten zum Weißen Haus. Dort bleiben sie bis zur

Ansprache im Senat. Danach gibt es die Unterzeichnung. Der mexikanische Präsident wird dann zum Hilton gebracht, wo er die Präsidentensuite bezieht.«

»Was, wenn nur der mexikanische Präsident das Ziel ist?«, fragte Terry.

Ann dachte darüber nach, dann schüttelte sie den Kopf. »Nein, es geht um Stanton. Das rieche ich ...«

»Was ist mit dem Empfang, den die mexikanische Botschaft ausrichten will?«, fragte Lieutenant Lee. Sie hatte bisher so wenig gesagt, dass alle sich überrascht zu ihr umdrehten und sie ansahen.

»Ein solcher Empfang steht nicht auf dem Programm«, antwortete Ann irritiert.

»Nun, er würde in den Block passen, der hier mit persönlichen Gesprächen markiert ist.« Lee wirkte auf einmal unsicher. »Aber vielleicht täusche ich mich.«

»Woher wissen Sie das mit dem Empfang?«, fragte Ann nach.

»Moment.« Sie tippte etwas in den Computer ein und zeigte dann mit einem Stift auf den Monitor. Es war eine Einladung. An Senator Richards. Auch jemand, der auf der Liste stand.

»Hier. Der Empfang wird im Franklin MacVeagh House stattfinden. Das ist das mexikanische Kulturzentrum hier in Washington, die alte mexikanische Botschaft. Ich bin einfach davon ausgegangen, dass die beiden Präsidenten dort erscheinen. Schließlich wird der Empfang ihnen zu Ehren gegeben.«

»Müsste das nicht der Sicherheitsdienst wissen? Um den Besuch vorzubereiten, meine ich?«, fragte Mark.

Ann nickte nachdenklich.

»Die Frage ist: Weiß der Präsident das?« Samson beugte

sich vor, um die Passage auf dem Bildschirm zu lesen. »Würden Stanton und Mendez absagen? Auch kurzfristig?«

Ann schüttelte den Kopf. »Wo für beide dieses Abkommen so wichtig ist? Sie werden die Gelegenheit nutzen wollen, um die guten Beziehungen zwischen unseren Ländern hervorzuheben.«

»Welche guten Beziehungen? Frag mal unsere Grenzpolizei«, sagte Samson.

Ann warf ihm einen bösen Blick zu. »Genau darum geht es ja!« Sie ging zum Telefon und wählte eine Nummer. »Agent Edwards? Mankowitz hier. Nur eine Frage. Wird der Präsident an einem Empfang der mexikanischen Botschaft im Franklin MacVeagh House teilnehmen? ... Sie wissen nichts davon? Sind Sie sicher? ... Ja, danke.« Sie legte auf und drehte sich zu den anderen um. »Agent Edwards sagt, er weiß nichts davon, dass der Präsident beabsichtigt, auf diesen Empfang zu gehen. In dem Terminkalender, der ihm vorliegt, ist nichts eingetragen.«

»Also Fehlanzeige?«, fragte Mark.

»So wie es aussieht, ja.« Ann wandte sich an Lee. »Trotzdem, Lieutenant, gute Arbeit.«

Ann musste lächeln, als sie sah, wie Lieutenant Lee eine leichte Röte ins Gesicht stieg.

Sie unterdrückte ein Gähnen und warf wieder einen Blick auf die Uhr an der Wand. Es war Null-Fünf-Dreißig.

Mark ging auf sie zu. »Du solltest dich noch mal hinlegen. Wir alle sind viel zu müde, um noch einen klaren Gedanken zu fassen.«

Ann zögerte, dann nickte sie. »Du hast recht. Bitte weckt mich spätestens in zwei Stunden.« Sie ging auf den Ruheraum zu.

»Nicht hier. Für jeden von uns ist ein Hotelzimmer reserviert worden.« Er bemerkte ihren kritischen Blick. »Auf der anderen Straßenseite, keine hundert Meter von hier.« Er grinste breit. »Die Betten sollen besser sein, habe ich gehört.«

»Stimmt«, meinte Terry. »Glauben Sie mir, es ist besser so. Übrigens, dort wartet jemand auf sie.«

91

Als die Tür des Hotelaufzugs mit einem leisen Bing aufging und sie den Polizisten sah, der vor dem Aufzug saß und sofort aufsprang, stellte Ann überrascht fest, dass Mark ihre Hand hielt. Als sie sie wegziehen wollte, hielt Mark sie fest.

»Major Marchaut, Agent Bridges. Guten Morgen.«

Der Polizist hielt einen portablen Scanner in der Hand. Er war nicht allein, aus dem Zimmer, das direkt neben dem Aufzug lag, kam ein weiterer Polizist in SWAT-Ausrüstung mit schussbereiter Maschinenpistole heraus und fragte nach ihren Ausweisen.

Sekunden später gab er ihnen die Ausweise mit einem freundlichen Lächeln zurück.

»Sie haben Zimmer 504 und 505.« Er griff in seine Tasche und gab jedem von ihnen einen Magnetschlüssel.

»Danke.« Ann lächelte. »Es ist immer wieder seltsam, wenn ich meinen Namen höre. Ich habe das Gefühl, er gehört mir nicht mehr«, sagte sie leise, während sie den Flur entlanggingen.

»Ich finde den Namen Jacqueline schön«, meinte Mark.

Wieder lächelte sie, doch als sie einen weiteren Polizisten vor ihrer Zimmertür sitzen sah, wurde sie sofort wieder ernst.

»Gute Nacht, Ann«, sagte Mark. Er klang enttäuscht.

»Warte mal.« Sie legte ihm die Arme um den Hals, gab ihm einen Kuss, der ihm den Atem raubte, löste sich wieder von ihm, zog ihre Schlüsselkarte durch das Schloss, warf ihm noch ein bezauberndes Lächeln zu und verschwand in ihrem Zimmer.

Ann schob die Tür hinter sich zu, lehnte sich dagegen und schloss kurz die Augen. Irgendwo im Hintergrund hörte sie Juliet sagen, dass jetzt keine Zeit dafür war, aber Ann sah das anders. Wenn nicht jetzt, wann dann? Sie öffnete die Augen wieder. Und erstarrte. Jemand war in ihrer Suite.

Sie hatte keine Ahnung, woher sie das wusste, vielleicht hatte sie etwas gehört oder gerochen, aber es war jemand da. Vorsichtig zog sie ihre Waffe und entsicherte sie. Langsam ging sie durch den dunklen Flur. Rechts war das Badezimmer, links das Schlafzimmer. Das Badezimmer war benutzt. Eine Frau, der Haarbürste und der Hautcreme nach zu urteilen. Die Zahnbürste war noch feucht, die Zahnpastatube frisch angebrochen.

Unter der Schlafzimmertür fiel schwaches Licht hindurch. Wie von einer Nachttischlampe.

Vorsichtig öffnete sie die Tür.

Die schlanke Gestalt auf dem Doppelbett schlief tief und fest, ihr Atem ging regelmäßig. Sie sah aus wie ein Engel.

Mit zitternden Fingern sicherte Ann die Waffe, steckte sie weg und atmete tief durch. Leise zog sie sich aus und legte sich auf die andere Seite des Bettes.

»Jackie?«, fragte Nasreen verschlafen und öffnete ein Auge.

»Ja, Nessie«, antwortete Ann leise.

»Ich habe mein eigenes Zimmer, aber ich wollte hier auf dich warten. Tom und Val sind auch hier«, murmelte Nasreen. »Darf ich bleiben?«

Ann öffnete ihre Arme, Nasreen kuschelte sich eng an sie.

»Ich bin froh, dass du wieder da bist.« Nasreen gab einen lang gezogenen Seufzer von sich.

Die Vorhänge vor dem Fenster waren zugezogen, aber es wurde langsam hell. Ein neuer Tag brach an.

Ann schloss die Augen und schlief sofort ein.

92

Bitte schön.« Die Serviererin lächelte den Gast freundlich an, als sie ihm das Frühstück brachte. »Ein englisches Frühstück und die Morgenzeitung.«

Der ältere Mann mit den grauen Haaren und dem konservativen Anzug bedankte sich und beobachtete, wie sie davonging. Er griff zum Kaffeekännchen. Als er die zwei gut gekleideten Männer sah, die die junge Frau abfingen, stockte er. Einer der beiden griff in seine Tasche und zeigte ihr etwas. Dann redeten sie kurz miteinander. Die Bedienung schüttelte den Kopf und ging weiter ihrer Arbeit nach.

Um diese Uhrzeit waren im Speisesaal des Hotels noch viele Tische frei, nur ein paar Gäste frühstückten bereits. Der ältere Mann schenkte sich Kaffee ein, griff nach Messer und Toast. Die beiden Männer gingen von Tisch zu Tisch und fragten höflich. Er hatte seine erste Tasse Kaffee schon fast leergetrunken, als die beiden Männer zu ihm kamen.

»Dr. Bauer?«

Der ältere Mann sah auf. »Ja?«

Beide Männer zeigten ihren Ausweis.

»Agent Jenssen. Das ist Agent Forsythe. FBI. Es tut uns leid, dass wir Sie stören müssen, aber wir führen eine Sicherheitskontrolle durch.«

»Routine?«

»Ja. Seit den Vorfällen am 11. September sind wir sehr vorsichtig geworden«, sagte Agent Jenssen.

Der ältere Mann nickte. »Das kann ich verstehen. Schrecklich, was da passiert ist. Ich habe es damals im Fernsehen gesehen. Was kann ich für Sie tun?«

»Sie sind Deutscher?«

Er nickte. »Ich bin geschäftlich hier.«

»Wir würden gern Ihren Ausweis sehen.«

Der ältere Mann holte seine Brieftasche heraus und hielt ihnen seinen Ausweis hin. »Bitte.«

Jenssen betrachtete ihn sorgfältig, holte einen Palmtop heraus und tippte die Ausweisnummer ein. Dann gab er Dr. Bauer den Ausweis zurück.

Forsythe griff in seine Innentasche, holte eine kleine Ledermappe heraus und klappte sie auf. »Haben Sie diesen Mann schon einmal gesehen?«

Der ältere Mann sah auf die drei Phantombilder. »Das ist jedes Mal derselbe Mann?«

Der Agent nickte.

Der ältere Mann schüttelte bedauernd den Kopf. »Tut mir leid, nein. Was hat er denn verbrochen?«

»Er wird wegen verschiedener Verbrechen gesucht.«

»Und Sie vermuten ihn in diesem Hotel?« Der ältere Mann wirkte nervös. »Bin ich hier sicher?«

Die beiden Ermittler sahen sich an. »Ich denke, schon«, sagte Jenssen. Er warf einen Blick auf den Gehstock, der an einem Stuhl lehnte.

»Haben Sie sich verletzt?«

Der ältere Mann nickte. »Schon ein paar Jahre her. Bin aus einer Straßenbahn ausgestiegen, dumm gefallen, seitdem ist mein Knie kaputt.« Er zuckte mit den Achseln. »Man gewöhnt sich an alles.«

Jenssen nickte. »Wir wünschen Ihnen einen schönen Aufenthalt in den USA.«

Der ältere Mann wirkte erleichtert. »Hoffentlich finden Sie ihn.«

»Das hoffen wir auch.«

Er sah hinter den beiden Männern her und beobachtete, wie sie eine alte Dame am Nebentisch befragten. Er aß noch eine Scheibe Toast, goss sich Kaffee nach und griff nach der Zeitung.

Immerhin, sie gaben sich Mühe.

93

Als Ann aufwachte, lag sie allein im Bett. Im ersten Moment bekam sie Panik, doch dann hörte sie Nasreens Stimme. Die Tür zum Flur öffnete sich, und sie kam herein. Sie hatte Jeans und ein T-Shirt an, wirkte frisch und ausgeschlafen, auch wenn ihre Augen immer noch leicht gerötet waren.

»Lauren St. Clair war an der Tür, um dich zu wecken. Die anderen sind schon unten und warten auf dich«, sagte Nasreen mit einem Lächeln.

Ann richtete sich auf und strich sich die Haare aus dem Gesicht. Sie sah ihre Tochter an, sah plötzlich deren Ähnlichkeit mit dem Admiral. Es waren dieselben wachen Augen.

»Lauren? Die anderen?«, fragte sie verwirrt.

»Unten, beim Frühstück. Lauren ist cool. Sie studiert schon. Tom und Val sind auch da. Und Mark.«

Nasreen ließ sich aufs Bett fallen. »Ich mag Val. Sie sagt, Tom hat sie an einen Rollstuhl gefesselt, damit sie ihm nicht wegläuft.« Sie lachte. »Tom sagt, es wäre eine gute Idee.«

»Aber ihr solltet euch doch noch verstecken ...«

»Val hat gesagt, es gibt keinen Grund mehr, hinter uns her zu sein. Es wäre zu spät.« Sie setzte sich auf, zog die Beine an und legte die Arme um die Knie. »Sie ist sauer, weil man sie nicht helfen lässt.«

Ann sah Nasreen an. »Wie geht es dir, Nessie?«

Nasreen legte den Kopf zur Seite. »Etwas besser, seit Lauren da ist. Wir haben uns auf Anhieb gut verstanden. Ich hoffe, wir werden Freundinnen.« Ihre Miene verdunkelte sich. »Ich glaube, ich werde Grandpa immer vermissen. Gestern Abend hatte ich plötzlich das Gefühl, er wäre da gewesen.« Sie fuhr sich über die Augen, als wischte sie Tränen weg. »Du kriegst ihn doch, oder? Shakran, meine ich.«

Ann nickte. »Wir werden ihn fassen«, versprach sie. Ihre Stimme klang belegt.

Nasreen nickte und sprang wieder auf. »Komm schon! Die anderen warten!«

Ann schwang die Beine aus dem Bett. »Ich beeile mich.« Sie verzog das Gesicht, als ihr Rücken protestierte.

Nasreen beobachtete sie und lächelte. »Grandpa hatte Angst, dass ich dich vielleicht nicht wiedererkennen würde. Aber da hat er sich getäuscht. Ich habe dich sofort erkannt! Und ich mag, wie du aussiehst. So jung. Wir könnten Schwestern sein!« Sie eilte aus dem Zimmer.

Ann stand auf und musterte sich im Spiegel des Kleiderschranks. Vorsichtig fuhr sie mit den Fingerspitzen über ihr Gesicht. Unvermittelt fing sie an zu lachen. Leise nur. Sie wusste selbst nicht, warum, aber sie fühlte sich leichter. »Danke, Onkel Chester«, flüsterte sie.

Sie warf einen Blick auf ihre Uhr. Zehn. Sie hatte viel zu lange geschlafen.

Val sah immer noch blass aus. Dass sie in einem Rollstuhl saß, schien sie jedoch nicht zu behindern. Sie trug eine Pistole im Gürtelholster. In ihrem modischen Business-Kostüm zog sie wie üblich die Blicke der Anwesenden auf sich. Tom sah besser aus als beim letzten Mal. Lauren hatte große Ähnlichkeit mit ihrer Mutter, nur ihre Augen waren die von Tom. Sie war ungeschminkt, ihre Haare hatte sie mit einem Band zusammengebunden. Sie unterhielt sich mit Nasreen, die neben ihr saß.

»Wie geht es dir, Val?«, fragte Ann, nachdem sie die anderen begrüßt hatte.

»Viel besser«, meinte Val lächelnd. »Aber viel wichtiger ist, was ihr herausgefunden habt.«

Mark stand auf und ging um den Tisch herum zu ihr. »Du bist noch krankgeschrieben.«

Val verzog das Gesicht. »Ich habe schon gefragt, ob ich nachher mal rüberkommen kann zu euch.«

»Was macht das Loch in deiner Seite?«, fragte Mark.

Val warf ihm einen bösen Blick zu.

»Besser, aber noch nicht gut«, antwortete Tom für Val. »Sie hat immer noch Schmerzen, und sie wird schnell müde.«

»Verräter!« Val sah die anderen an. »Tom hat leider recht. Ich bin froh, dass ich hier sitzen kann, aber ich werde mich bald wieder hinlegen müssen. Trotzdem, es macht mich verrückt, dass ich nichts tun kann.«

»Kann ich verstehen«, sagte Mark, »aber du solltest dich schonen, Val. Ich bin heilfroh, dass du hier bist, aber wenn es dich tröstet, es geht uns allen so. Shakran ist wie ein Geist, und wir finden ihn einfach nicht. Keiner von uns kann im Augenblick was tun.«

»Keine verwertbaren Ergebnisse?«

Mark warf einen Blick zu Nasreen und Lauren, die aufmerksam zuhörten. »Keine, die uns weiterbringen.«

»Ich muss nachher rüber aufs Revier«, sagte Nasreen. Sie sah plötzlich ernst aus. »Meine Aussage machen.«

»Ich werde dich begleiten«, sagte Ann.

Nasreen schüttelte den Kopf. »Nein. Kümmere du dich um diesen Kerl. Ich schaffe das schon.«

»Wieso seid ihr eigentlich alle hier?«, fragte Ann.

»Das war Samson«, antwortete Val. »Er hat angerufen und gesagt, dass ihr den Inhalt der CD jetzt kennt. Er ist sich sicher, dass das Konsortium das mittlerweile auch weiß, deshalb gibt es für die keinen Grund mehr, hinter uns her zu sein. Seiner Meinung nach sind sie gerade dabei, alle Brücken hinter sich abzureißen und sich unsichtbar zu machen.«

»Ich hoffe, er hat recht«, sagte Mark.

Val nickte. »Das hoffe ich auch. Wir sind hier sicherer als sonst irgendwo. Wir haben Polizeischutz, die Etage, auf der wir alle untergebracht sind, ist komplett abgesperrt. Die Polizei bringt hier häufiger ihre Leute unter, das Hotel ist darauf vorbereitet. Wenn wir das Hotel verlassen sollten, bekommen wir zusätzlichen Polizeischutz.«

Mark warf einen Blick auf Nasreen und Lauren. »Dann kann ja nichts mehr passieren.«

»Genau«, sagte Val. Sie klang fast überzeugt.

94

Terry stand vor der Wand, die als Projektionsfläche diente, und musterte den Grundriss eines Gebäudes, als Mark und Ann den Task-Force-Raum betraten. Sie wandte den Kopf. »Gut geschlafen?«

Beide nickten.

»Wie lange wussten Sie schon, dass Nasreen da ist?«, fragte Ann.

Terry lächelte. »Sie und die anderen sind angekommen, während wir noch bei dem Arzt am Tatort waren.«

Ann nickte. »Ich habe gehört, dass Sie das alles organisiert haben. Danke.«

»Samson hatte die Idee.«

»Was gibt's Neues?«, fragte Mark ungeduldig.

»Eine ganze Menge. Das Wichtigste zuerst. Stanton und Mendez werden zu dem Empfang gehen.«

»Das kann doch wohl nicht wahr sein!«, protestierte Ann.

»Leider doch. Heute Morgen wurde der Terminplan ergänzt. Edwards hat uns sofort Bescheid gegeben.«

»Wie konnte das passieren?«, fragte Mark ungläubig. »Ich dachte, so was wird lange im Voraus geplant?«

»Wurde es auch. Die Einladung liegt seit Wochen vor, es war nur nicht klar, ob die beiden Präsidenten zustimmen würden.«

»Und das haben sie jetzt getan?« Ann konnte es immer noch nicht fassen. »Sind die denn lebensmüde?«

»Wir werden uns von einem Terroristen nichts diktieren lassen. Zitat Ende«, sagte Terry. »Genau so hat Edwards es mir wiedergegeben.«

Samson kam mit einer offenen Packung Donuts herein. »Ihr habt es schon erfahren?« Er hielt Ann die Packung hin.

»Danke.« Ann nahm sich einen Donut und wandte sich wieder an Terry. »Was meint der Secret Service dazu?«

»Die nehmen es gelassen. Als damals die Einladung kam, wurden sofort Sicherheitsvorkehrungen ausgearbeitet. Die haben den Plan einfach aus der Schublade geholt und abgestaubt.«

»Und was bedeutet das für uns?«, fragte Ann und biss in ihren Donut.

»Keine Ahnung. Wir haben eine Liste der beteiligten Personen angefordert. Agent Edwards bringt sie nachher mit.« Terry beugte sich vor und suchte sich einen Donut aus.

»Könnte man nicht das ganze Personal austauschen und gegen Personen ersetzen, die nicht zur ursprünglichen Planung gehören?«, fragte Mark. Er beobachtete fasziniert, wie Ann den Zucker von ihren Fingern leckte.

»Das will man versuchen. Auf jeden Fall wird man alle Beteiligten noch einmal unter die Lupe nehmen«, meinte Terry.

»Was ist mit den Gästen?« Ann ging hinüber zu der Wand, auf die der Grundriss projiziert war. »Das ist das Kulturinstitut, oder?« Mit gerunzelter Stirn starrte sie darauf. »Wie viele sind es denn?«

»Über zweihundert. Wir haben eine vorläufige Gästeliste bekommen, die endgültige folgt bald. Diplomaten, Geschäftsleute, Musiker, Literaten, die übliche Mischung. Ausschließlich Personen mit einwandfreiem Leumund, wie man uns gesagt hat.«

»Was ist mit den Angestellten?«

Terry zog ihr Notizbuch heraus und blätterte darin. »Keiner dabei, der erst seit Kurzem dort arbeitet. Die Catering-Firma hat schon mehrere Empfänge im Weißen Haus ausgerichtet, sie wird ständig überprüft. Wie üblich werden ein paar Mitarbeiter vom Secret Service die Gäste bedienen.«

»Und das Haus?«

»Anfang des letzten Jahrhunderts erbaut. Große Fenster, ein Garten. Es war bis in die achtziger Jahre die Botschaft der Republik Mexiko, aus der Zeit stammt auch noch die Sicherheitstechnik. Aus unserer Sicht ein Albtraum.«

Sie sahen sich gegenseitig an.

»Das ist es. Hier wird er es versuchen«, sagte Ann entschieden. »Wir müssen die beiden Präsidenten davon überzeugen, dass sie auf keinen Fall dort erscheinen!«

»Und wenn wir das nicht schaffen?«, fragte Terry.

Anns Blick ging ins Leere. »Wenn wir Shakran nicht finden, brauchen wir bald einen neuen Präsidenten«, sagte sie dann.

»Wie hast du Shakran damals eigentlich gefunden?«, fragte Mark.

»Ich habe ihn herausgefordert. Er hat mich gesucht und gefunden. Ich habe es ihm auch nicht allzu schwer gemacht. Die ganze Operation hat mehrere Jahre gedauert. Und zum Schluss hatte ich ihn.«

»Irgendwann musst du mir mehr darüber erzählen«, sagte Samson. Er sah sie nachdenklich an. »Wie gut kennt er dich?«

»Zu gut. Deshalb denke ich auch, dass er den Admiral ...« Sie brach ab, als Mark sie berührte.

»Vergiss diese Gedanken, Ann«, sagte er tröstend. »Das führt zu nichts.«

Ann nickte nur.

»Der Bastard kann sich sehr gut tarnen, das wissen wir«, sagte Samson langsam. »Wir können nicht unbedingt davon ausgehen, dass wir ihn erkennen ...«

»Man wird alles versuchen, den Empfang so sicher wie möglich zu machen. Shakran ist verletzt, das wissen wir. Er ist nicht Superman, er muss irgendwann einen Fehler machen!« Mark war aufgebracht.

»Er hat schon Fehler gemacht. Das ist sicher. Wir haben seine Fehler nur noch nicht gefunden«, meinte Ann.

»Vielleicht doch«, sagte Samson leise. »Gut, wir erkennen ihn nicht. Setzen wir das mal voraus. Was meinst du, wie reagiert er, wenn er dich bei dem Empfang sieht und erkennt?«

Mark sah Samson entgeistert an. »Du willst sie als Köder benutzen? Nach allem, was beim letzten Mal passiert ist?«

Samson antwortete nicht, sein Blick ruhte auf Ann.

Sie war blass geworden. Sie war plötzlich wieder auf der Klippe in San Francisco. Das Brecheisen hob und senkte sich, immer wieder. Sie hörte, wie ihre Knochen brachen ... Sie schwankte. Schnell ging sie zu einem Stuhl und setzte sich. Sie senkte den Kopf, versuchte, die Kontrolle zurückzugewinnen, dann sah sie wieder auf. »Ich kann das nicht«, sagte sie leise.

»Im Flugzeug sah das ganz anders aus«, sagte Samson. Seine Augen fixierten sie.

»Damals hatte ich keine Zeit, nachzudenken ...« Sie lächelte verkrampft. »Hätte ich gewusst, dass er an Bord ist, ich glaube, ich wäre vor Angst erstarrt. Wenn ich mir vorstelle, in dem Kulturinstitut zu sein und darauf zu warten, dass er mich erkennt ...«

»Du glaubst also, dass es funktionieren würde«, stellte Samson fest.

Sie sah zu ihm hoch. »Was willst du von mir?«, fragte sie leise.

»Er ist nicht wegen dir da, sondern wegen den beiden Präsidenten. Aber du gehst davon aus, dass er, wenn er dich erkennt, auf dich reagieren wird. Vielleicht etwas gegen dich unternimmt. Deshalb hast du Angst. Angst, dass er von seinem Plan abweicht und versucht, dich auszuschalten.«

Ann sah ihn lange an. Dann nickte sie langsam.

95

Als Ann und Mark diesmal das Weiße Haus betraten, waren die Sicherheitsvorkehrungen noch strenger. Nicht Agent Edwards brachte sie zum Arbeitszimmer des Präsidenten, sondern ein Vertreter der Tagschicht, der beide misstrauisch beäugte.

Es war kurz nach der ersten Pressekonferenz der beiden Präsidenten. Das Treffen mit Ann und Mark war kurzfristig in den engen Terminplan eingeschoben worden. Viel Zeit würden sie nicht haben.

Gerade als der Agent an die Tür klopfen wollte, öffnete sie sich, und Vizepräsident Forrester kam heraus. Er schenkte ihnen ein unverbindliches Lächeln und ging an ihnen vorbei.

Der Präsident schien bester Laune zu sein. Doch als sich die Tür hinter Ann und Mark schloss, erstarb Stantons Lächeln. Er nahm die Brille ab und rieb sich die Augen. Auf einmal sah er müde aus. Und älter.

»Jacqueline, Agent Bridges. Setzen Sie sich.« Der Präsident wies auf die Sitzecke. »Wir haben nicht viel Zeit. Man hat mir gesagt, es wäre wichtig. Worum geht es?«

Nachdem sie sich gesetzt hatten, ergriff Mark das Wort. »Es geht um den Empfang im mexikanischen Kulturzentrum. Wir gehen im Augenblick davon aus, dass Shakran dort zuschlagen wird.«

»Ich habe gehört, dass man Shakrans Leiche gefunden hat. Damit wären doch alle Probleme gelöst, oder?«

Ann schüttelte den Kopf. »Es war ein Trick.«

Stanton nickte langsam. »Schade. Aber Sie sind ihm weiterhin auf der Spur, oder?«

»So nahe waren wir ihm noch nie. Wir haben zwei seiner Fingerabdrücke, sein Blut und damit seinen DNA-Code. Außerdem seine Stimme. Diesmal werden wir ihn finden. Aber es ist nicht gesagt, dass wir es rechtzeitig schaffen. Das Einzige, was wir wissen, ist, dass er Sie ermorden will. Und wenn Sie auf diesen Empfang gehen, wird es ihm auch gelingen.« Ann beugte sich vor. »Sir«, sagte sie eindringlich, »wir möchten Ihnen und Präsident Mendez dringend raten, an diesem Empfang *nicht* teilzunehmen!«

Stanton sah sie an. »Wie ich schon sagte, Shakran kann nichts wissen von dem Empfang.«

»Was ist mit Vizepräsident Forrester?«, fragte Ann. »Er schien bester Laune zu sein.«

Stanton zog ein blütenweißes Taschentuch aus seiner Brusttasche und begann, seine Brille zu putzen. »Wir haben keine Beweise gegen ihn. Nur Malverns Aussage. Also hat Malcolm auch keinen Grund, schlechte Laune zu haben. Wenn alles läuft, wie er es sich denkt, ist er morgen Präsident.«

»Und warum unternehmen Sie nichts?«, fragte Mark ungläubig.

»Sollte mir etwas passieren, wird Malcolm Forrester *nicht* mein Amt übernehmen.« Stantons Stimme war auf einmal kalt, seine Augen wirkten wie Eis.

»Dennoch bleibt meine Bitte an Sie, nicht an dem Empfang teilzunehmen. Wir können für Ihre Sicherheit nicht garantieren!«, sagte Ann mit fester Stimme.

Der Präsident sah sie lange an. »Ich muss«, sagte er schließlich. »Es ist zu wichtig, zu viel hängt davon ab. Wie ich

Edwards schon gesagt habe, ich kann mir von einem Terroristen nicht diktieren lassen, was ich tue. Edwards ist genauso stur wie Sie, Jacqueline. Er will es mir unbedingt ausreden. Ich habe ihm dasselbe gesagt wie Ihnen. Das Abkommen und alles, was damit zusammenhängt, ist zu wichtig, und wir können keinen Rückzieher machen. Ich will mich während meiner Amtszeit dem Drogenproblem stellen. Es ist eins der größten Probleme, die wir haben. Drogen vernichten unsere Kinder ...« Er machte mit seinem Arm eine weit ausladende Geste. »Dies ist das wichtigste Gebäude der Welt, manche behaupten, der Präsident wäre der wichtigste, der mächtigste Mann auf diesem Planeten. In Wirklichkeit ist es ein Gefängnis. Ich kann nicht einmal meinen Töchtern gute Nacht sagen, ohne dass der Secret Service dabei ist. Und das nur, weil es Terroristen und Verrückte gibt. Wir werden uns nicht erpressen lassen!«

»Ist das Ihr letztes Wort, Mr President?«, fragte Ann.

»Ja.«

Mark wollte etwas sagen, aber Ann kam ihm zuvor. »Wenn Sie darauf bestehen, an diesem Empfang teilzunehmen, dann muss ich anwesend sein. Wenn er es tatsächlich schafft, durch die Sicherheitskontrollen zu kommen, dann bin ich vielleicht die Einzige, die eine Chance hat, ihn rechtzeitig zu erkennen und aufzuhalten.«

Stanton setzte seine Brille auf und sah Ann lange an. »Sie sagen also, dass Sie die einzige Person sind, die mein Leben retten kann? Dass Sie besser sind als mein Geheimdienst?«

Ann hielt seinem Blick stand. »Ja, Mr President.«

»Der spinnt«, sagte Mark, nachdem sie das Weiße Haus verlassen hatten.

»Mag sein, aber er hat auch recht«, antwortete Ann. »Man muss sich einer solchen Bedrohung stellen. Wegrennen hilft nicht.«

Mark sah auf seine Uhr. »Wir müssen zurück zur Task-Force. Mittlerweile sollte Halberg verhaftet und schon ein bisschen vorgegrillt sein. Gegen den haben wir immerhin was in der Hand.«

Er berührte sie am Arm. »Du willst das doch nicht wirklich tun, oder?«

Sie sah ihn an. »Was würdest du an meiner Stelle tun?«

Mark nickte langsam.

Sie lächelte und gab ihm einen Kuss auf die Wange. »Siehst du.«

96

Raoul Ramirez wusste vor lauter Freude nicht, was er tun sollte. Über einen Monat lang hatte er gehofft und gebangt. Und jetzt war es Wirklichkeit geworden.

»Kann ich schon zu ihnen?«, fragte er den Mann, der neben ihm auf der Parkbank saß. Der Mann war groß, blond, gut gekleidet. Ramirez konnte seine Augen gar nicht abwenden von seiner Frau und seiner Tochter, die gerade eben aus einem Greyhoundbus gestiegen waren und ein wenig verloren am Busbahnhof herumstanden. Seine Frau sah auf ein Stück Papier hinunter, das sie aus ihrer Handtasche geholt hatte, und blickte sich um. Ramirez hoffte, dass sie ihn entdeckte, aber er war zu weit weg.

»Noch nicht.« Der Mann neben ihm griff in seine Brusttasche. Er holte Papiere heraus und zeigte sie Ramirez. »Das hier ist die Aufenthaltserlaubnis für Ihre Frau und Ihre Tochter. Sie sehen, wir halten unser Wort. Wir haben Ihnen gesagt, wir bringen beide her.« Er lächelte beruhigend. »Und da ist auch schon Ihr Cousin Costa. Sehen Sie?«

Ramirez nickte. Mit feuchten Augen beobachtete er, wie Maria die Arme um seinen Cousin warf und vor Freude weinte.

»Sie müssen nur diesen Koffer in den Geräteraum bringen, dann bekommen Sie die Papiere. Versprochen ist versprochen.« Der Mann hielt einen kleinen schwarzen Aluminiumkoffer hoch.

»Das ist doch nichts Unrechtes, oder?«, fragte Ramirez.

Mit Mühe riss er den Blick von seiner Familie los und sah den Mann neben sich an.

Der Mann lachte. »Natürlich ist es etwas Unrechtes. Sonst bräuchten wir Sie nicht. Aber, sehen Sie ...« Der Mann öffnete den Koffer und zeigte Ramirez den Inhalt. Im ersten Moment sah es aus wie eine Bohrmaschine. Aber der Einsatz mit der Bohrmaschine ließ sich herausnehmen, der Raum darunter wurde von einem Computer ausgefüllt. »Industriespionage. Jeder macht das, unsere Konkurrenz tut es auch. Aber diesmal wollen wir verhindern, dass jemand uns zuvorkommt. Stellen Sie einfach den Koffer in den Raum für die Gartengeräte. Den Rest macht der Computer. Morgen bringen Sie ihn dann wieder mit, und Sie bekommen die Papiere. Einfach, oder?«

Ramirez betrachtete den Inhalt des Koffers. Der Computer sah kompliziert aus. »Wie kann ich sicher sein, dass es keine Bombe ist oder so was?«, fragte er leise.

Der Mann sah ihn erstaunt an, dann lachte er. Er machte den Koffer wieder zu und klopfte mit der Faust darauf. Fest. »Wenn das eine Bombe wäre, würde ich das dann tun?« Er lächelte. »Nein. Wir wollen nur die Gespräche von zwei Handynummern mitschneiden. Das ist alles.« Er klopfte Ramirez auf die Schulter. »Machen Sie sich keine Sorgen.«

»Sie wissen gar nicht, was es für mich bedeutet, dass ich meine Familie hier habe«, sagte Ramirez leise.

Der Mann lächelte aufmunternd. »Nun gehen Sie schon.«

Ramirez stand auf, nahm den Koffer und ging auf seine Familie zu. Der Mann beobachtete, wie Ramirez seine Frau umarmte und seine Tochter durch die Luft wirbelte.

Er sah auf seine Uhr. Er hatte noch fünf Stunden Zeit, bis er auf seinem Posten sein musste.

97

Mark lehnte an der Wand und beobachtete Halberg durch die Glasscheibe des Verhörzimmers.

»Er wirkt sehr ruhig«, sagte er zu Samson, der sich in militärischer Haltung, Hände hinter dem Rücken verschränkt, zusammen mit ihm den ehemaligen stellvertretenden FBI-Chef ansah. Halberg saß entspannt auf dem festgeschraubten Stuhl, eine Zigarette in der Hand, einen Kaffee vor sich. Ab und zu warf er einen ironischen Blick zum Einwegspiegel.

»So ruhig ist er nicht«, meinte Samson. »Er hat in den letzten fünf Minuten viermal auf die Uhr gesehen. Schicke Uhr übrigens. Eine Piaget. Sechstausend Dollar oder so.«

»Er wartet auf seinen Anwalt«, sagte Terry, die gerade mit zwei Kaffeebechern in der Hand hereinkam.

Hinter ihr betrat Ann den Raum, auch sie mit zwei Kaffeebechern. »Er bekommt keinen Anwalt«, sagte sie und gab einen Becher weiter an Mark. »Extrastark, keine Milch, kein Zucker.«

Mark und Terry sahen sie überrascht an.

»Wie meinen Sie das, Ann?«, fragte Terry.

»Genau so, wie ich es gesagt habe. In zwölf Stunden ist Stanton wahrscheinlich tot. Ich weiß nicht, ob Halberg was weiß, was uns weiterhelfen kann. Aber spätestens in zwei Stunden müssen wir wissen, was er weiß.«

»Wir können uns doch nicht über seine verfassungsmäßigen Rechte hinwegsetzen!«, protestierte Mark. Selbst in seinen Ohren klang das nicht sehr überzeugend.

Ann sah ihn an. »Können wir. *Ich* kann es. Das ist der Typ, der uns verraten hat. Er hat alle Informationen an unsere Gegner weitergegeben. Er hat das Leben meiner Tochter riskiert. Er lässt zu, dass der Präsident vielleicht ermordet wird. Glaubt mir ... Er bekommt keinen Anwalt.« Sie sah Mark durchdringend an. »Du kannst ihm ja klarmachen, wie das Spiel läuft. Sag ihm von mir aus, dass in zwei Minuten jemand hereinkommt, der ihm das rechte Knie wegschießt. Wenn er nicht spurt, mache ich das nämlich.«

Samson nippte an seinem Kaffee. Terry sah Ann an und zögerte kurz. Schließlich nickte sie langsam. Mark schluckte, dann nahm er seinen Kaffee und verließ den Raum.

Kurze Zeit später öffnete sich die Tür zum Verhörzimmer, und Mark betrat den Raum.

»Guten Morgen, Mr Halberg«, hörten sie ihn sagen.

Halberg sah ihn spöttisch an. »Guten Morgen, Mark. Wieder im Dienst?«

Mark trank einen Schluck Kaffee. »In zwei Minuten kommt jemand und schießt Ihnen das rechte Knie weg«, sagte er. Dann lehnte er sich zurück und sah Halberg an.

»Das meinen Sie doch nicht ernst, oder?«, fragte Halberg erheitert. Er lachte sogar, aber es klang gepresst. »Wollen Sie mich provozieren?«

Mark nippte wieder an seinem Kaffee und antwortete nicht.

Ann zog ihre Glock, löste das Magazin und nahm eine Patrone heraus. Samson gab ihr seinen Leatherman, damit löste sie das Projektil aus der Patronenhülse. Dann nahm sie eine Kugelschreiberkappe, sägte die Spitze ab und presste sie anstelle des Projektils in die Hülse.

Sie sah, dass Terry blass wurde. »Haben Sie Probleme damit, Detektive Goldkind?«

Terry nickte langsam. »Ich weiß mittlerweile nicht mehr, ob ich Sie richtig eingeschätzt habe. Sie meinen das wirklich ernst?«, fragte sie.

Ann nickte. Sie tippte mit dem Finger auf das metallene Geschoss, das vor ihr auf dem Tisch lag. »Ich würde auch eine richtige Kugel verwenden.« Sie hielt die manipulierte Patrone hoch. »Das ist jetzt nur noch eine Platzpatrone. Sie wird ihm ein bisschen wehtun, aber sie wird ihm wahrscheinlich nicht das Knie zerstören. Er muss nur glauben, dass es so ist ...«

»Und wenn doch was passiert?«

»Halberg hat zurzeit noch alle seine Rechte. Wenn ich den Raum betrete, sind sie ausgesetzt.« Sie sah auf ihre Uhr. Noch fünfzehn Sekunden. »Ich brauche Handschellen.«

»Drüben in der Schublade«, sagte Terry und zeigte auf einen Wandschrank. Ann nickte, ging zu dem Schrank, nahm die Handschellen heraus und verließ den Raum.

Wenig später öffnete sich die Tür des Verhörraums.

»Das wurde auch Zeit.« Halberg setzte sich aufrecht hin.

»Was Sie nicht sagen, Mr Halberg. Aber ich bin nicht Ihr Anwalt. Sie haben jetzt keine Rechte mehr. Halten Sie ihn fest, Agent Bridges.«

Mark stellte seinen Kaffeebecher weg und drückte Halberg in den Stuhl zurück. Ann gab ihm die Handschellen. Halberg versuchte sich zu wehren, aber Mark war größer und schwerer. Er hielt seinen ehemaligen Chef fest. Wenige Sekunden später war Halberg mit Händen und Füßen an dem Stuhl fixiert.

Ann zog ihre Waffe und schraubte einen Schalldämpfer auf.

Halberg grinste. »Das trauen Sie sich nicht. Wer auch immer Sie sind. Wie weit wollen Sie das Spiel denn noch treiben? Ich sage nichts ohne meinen Anwalt!« Er sah zu Mark hinüber. »Das bringt Ihnen ein Disziplinarverfahren ein! Sie wollen mich doch nur einschüchtern! Aber das wird Ihnen nicht gelingen. Ich ...«

Ann beugte sich vor, hielt die Waffe genau auf Halbergs Knie und drückte ab. Es knallte laut in dem kleinen Raum, aber Halbergs Schrei war noch lauter.

Ann nickte Mark zu und verließ den Raum.

Halberg schrie immer noch. »Aaaah! ... Ich brauche einen Arzt! ... Aaaah! ... Mein Knie!« Er wand sich in seinen Fesseln. »Das werden Sie bereuen, Bridges!«

Mark lehnte sich zurück. »Vielleicht. Aber Sie bekommen nur dann einen Arzt und einen Anwalt, wenn Sie mich überzeugt haben, dass Sie uns nichts vorenthalten.«

»Verfluchter Scheißkerl!« Halberg schwitzte vor Schmerzen und vor Angst. »Sie meinen das wirklich ernst!«

Mark nahm seinen Becher und nippte wieder an seinem Kaffee. »Todernst.«

»Effektiv«, meinte Samson, als Ann wieder hereinkam. Er nickte in Richtung des Fensters. Man sah Halberg, der redete und redete. Mark zeichnete alles mit einem Diktiergerät auf.

»Alles, was er jetzt sagt, kann vor Gericht nicht gegen ihn verwendet werden«, sagte Terry leise. Sie war blass.

Ann atmete tief durch. »Was weiter mit ihm passiert, ist mir egal. Das entscheiden andere. Und wenn er davonkommt, auch gut. Solange wir was rausfinden.«

Terry sah Ann nur an, dann verließ sie den Raum.

»Du hast sie ganz schön erschreckt«, stellte Samson fest.

Ann sah zu ihm hoch. »Jetzt fang du nicht auch so an! Wie sollen wir ihn sonst knacken?«

Samson zuckte mit den Schultern. »Es hat ja funktioniert. Ich an deiner Stelle hätte die Kugel dringelassen.«

98

Edwards, der mittlerweile wieder eingetroffen war, Ann und Mark gingen das Protokoll von Halbergs Verhör durch.

Terry trat zu ihnen. »Hat es wenigstens was gebracht?« Ihre Stimme klang müde und verbittert.

»Zum Teil ja, zum Teil nein«, antwortete Mark. Er richtete sich auf und streckte sich. »Er hat dem Konsortium Hintergrundinformationen besorgt und das FBI dazu benutzt, um bestimmte Leute unter Druck zu setzen.« Mark rieb sich die Augen. »Wir haben Dutzende von Namen, Fakten, Zahlen … aber nichts über den Anschlag auf Stanton.«

Ann wandte sich an Mark. »Wer kommt als Nächster?«

Mark wollte gerade antworten, aber Terry schüttelte den Kopf. »Bonlin. Der Staatsanwalt. Aber diesmal machen wir es auf meine Art.« Sie warf Ann einen durchdringenden Blick zu. »Wissen Sie, was Sie aufgegeben haben, Miss Mankowitz? Ihr Gefühl für Menschlichkeit …«

Ann wollte antworten, aber Mark war schneller. »Ann wird heute Abend versuchen, Shakran zu stellen. Als Köder, damit er nicht an den Präsidenten herankommt.«

»Ich habe großen Respekt vor dem, was Sie bereit sind zu tun. Aber ich kann und will keine rechtswidrigen Methoden gutheißen.«

»Ich auch nicht«, sagte Edwards, der sich bisher zurückgehalten hatte. »Aber mittlerweile sehe ich ein, dass wir einfach nicht die Zeit haben, um herkömmliche Methoden anzuwenden.«

»Und was hat Sie zu diesem Stimmungswandel veranlasst?«, fragte Terry.

Edwards sah zu Ann hinüber. »Sie. Da sie in Gegenwart des Präsidenten eine Waffe tragen wird, wollte ich mehr über sie wissen. Ich habe im Beisein des Präsidenten Ihr Dossier gelesen, Miss Mankowitz. Ich kann nur sagen, dass ich Sie jetzt verstehe.« Er schluckte. »Ich muss mich bei Ihnen entschuldigen, Miss Mankowitz. Ich habe ein paar Dinge über Sie gedacht, die unangebracht waren ...«

Ann winkte ab. »Vergessen Sie's. Da kommt Bonlin.«

Der Staatsanwalt wurde in das Verhörzimmer geführt. Ihm folgte eine junge Farbige, deren Gesicht Ann bekannt vorkam. »Stacy Williams?«, fragte sie Samson.

Er starrte die Frau durch den Einwegspiegel an und reagierte nicht.

»Samson?«

»Ja, das ist sie«, antwortete er. »Die stellvertretende Staatsanwältin.«

Terry schüttelte den Kopf. »Nicht mehr. Seit zwei Stunden ist sie Leitende Staatsanwältin. Und Bonlin ist erledigt.«

»Hübsche Frau«, sagte Ann.

Samson nickte. »Das ist sie.«

»Und Sie sind sicher, dass sie sauber ist?«, fragte Edwards.

»Ganz sicher.«

»Sie haben Sie doch persönlich kontaktieren wollen. Warum haben Sie es noch nicht getan?« Edwards sah Samson fragend an.

»Persönliche Gründe. Sie hat mich mal gekannt.«

Edwards nickte. »Wäre das nicht von Vorteil für uns?«

Samson drehte sich langsam zu Edwards um. Er wirkte entspannt, aber Ann bemerkte, dass er seine Hände zu Fäusten geballt hatte.

»Sie bezieht seit sieben Jahren Hinterbliebenenrente. Ihr Mann ist im Dienst für Uncle Sam gefallen ...« Samsons Stimme klang betont neutral.

Edwards blinzelte. »Ich wollte es nur wissen.«

»Shht!«, machte Mark. »Sonst verstehe ich nichts.« Er hatte Kopfhörer aufgesetzt.

Bonlin lief auf und ab und fuchtelte dabei mit den Händen in der Luft herum. Sein Kopf war krebsrot. Stacy Williams wirkte ruhig. Was sie sagte, gefiel Bonlin offensichtlich ganz und gar nicht.

»Was ist?«, fragte Terry.

»Sieht so aus, als ob Bonlin nicht ganz so clever war, wie er gedacht hat. Miss Williams informiert ihn gerade darüber, dass sie jetzt auf seinem Stuhl sitzt, dass sie den Schlüssel zu seiner Zelle wegwerfen wird und dass er nie wieder rauskommt«, sagte Mark.

Bonlin fing plötzlich an zu weinen.

»Das gibt's doch gar nicht«, meinte Edwards angewidert.

»Der Kerl hat ja noch nicht mal das Format, dazu zu stehen.« Ann wandte sich ab.

»Man braucht nicht immer eine Kanone«, sagte Terry.

»Wenn es nach mir ginge, bräuchte niemand eine Kanone«, erwiderte Ann. Ihre Stimme klang neutral, beinahe desinteressiert.

Mark hob eine Hand. »Sie hat das Signal gegeben. Es wird Zeit, sein Geständnis aufzunehmen.«

99

»Verflucht!« Mark warf einen Blick auf die Uhr. Es war schon kurz nach vier. Er saß mit Ann in einem Nebenraum, der der Task-Force als Kantine diente.

»Was ist?«, fragte sie. Sie war in den letzten Stunden immer ruhiger geworden.

»Ich verstehe das nicht. Wir graben jeden Stein um in Washington, aber wir finden den Mistkerl nicht.«

»Dafür finden wir immer mehr über das Konsortium heraus. Keiner wird ungestraft davonkommen.«

»Der Skandal ist größer als Watergate. Und das bedeutet das Aus für die Stanton-Administration.« Mark zündete sich eine Zigarette an. »Das hat er nicht verdient.«

Ann zuckte mit den Schultern. »Vielleicht. Ich weiß nicht. Mein Job ist es, dafür zu sorgen, dass er am Leben bleibt.« Sie beobachtete, wie der Rauch von Marks Zigarette langsam immer höher stieg, bis er von einem Klimaschacht aufgesogen wurde.

Mark sah wieder auf die Uhr. »Es wird allmählich Zeit, nicht wahr?«

Ann nickte. »Der Empfang ist um zwanzig Uhr. Ich muss mich vor Ort umsehen, mich mit den Leuten vertraut machen, die Dossiers der Gäste studieren …«

»Die Gäste sind schon überprüft worden«, sagte Edwards, der hereingekommen war, einen Stuhl nahm und sich zu den beiden setzte. Er hatte einen Kaffeebecher in der Hand.

»Dann werden sie eben noch einmal überprüft«, meinte Ann.

Edwards nickte und trank einen Schluck. »Wir sind schon dabei.« Er griff in seine Brusttasche, holte eine kleine Mappe heraus und schob sie über den Tisch zu Ann.

Sie öffnete sie und entdeckte verschiedene Ausweise, Telefonnummern, sogar ihre Blutgruppe war vermerkt, außerdem eine Prioritätsmarkierung, die dem Rettungspersonal, sollte es eingesetzt werden müssen, klarmachte, dass sie eine VIP war.

»Der Teamchef vom Secret Service heißt Richard Firster. Die Planung des Ganzen ist von ihm. Er ist richtig gut in seinem Job. Bitte funken Sie ihm nicht dazwischen, wenn es nicht unbedingt sein muss.«

»Wofür halten Sie mich? Er ist der Spezialist vor Ort. Glauben Sie mir, mir wäre es am liebsten, wenn er das alles ganz allein im Griff hätte.«

»Ich wollte es nur erwähnen. Es hat mich ein bisschen Überredungsarbeit gekostet, um ihn zu überzeugen, dass es Sinn macht, Sie dort zuzulassen. Die Telefonnummern sind für etwaige Notfälle. An den entsprechenden Telefonen sind Stimmmusteranalysatoren geschaltet, die Ihre Stimme identifizieren können. Das kennen Sie ja schon. Mit diesen Ausweisen haben Sie Zugang zum gesamten Haus, zum Grundstück, zu den Sicherheitsfahrzeugen. Agent Firster wird Sie seinen Leuten vorstellen. Er wird Sie auch vor Ort ausrüsten. Wir haben nur noch eine Sache zu klären.« Edwards lächelte. »Wie lange ist Ihr letztes Qualifikationsschießen her?«

100

Wir sind stolz auf unsere Schießbahn«, sagte Sergeant Ferrier, der Schießwart. Obwohl er nicht begeistert war, dass seine Tagesroutine unterbrochen wurde, gab er sich Mühe, der jungen Frau die Schießbahn und die Technik zu erklären.

»Wir haben hier eine der neuesten Schießkinoanlagen. Mit der 3-D-Brille ist es Ihnen möglich, die gesamte Situation zu erfassen. Der Computer berechnet exakt Ihre Schüsse. Leider können Sie sich nicht in das Szenario hineinbegeben, aber die Softwarefirma sagt, dass sie daran arbeitet.«

Terry, Samson, Mark und Edwards hatten Ann zur Schießbahn begleitet und beobachteten nun, wie Ann den unförmigen Helm aufsetzte.

»Welche Waffe wünschen Sie?«, fragte Ferrier.

»Eine Glock 10 mm«, antwortete Ann, ohne zu zögern.

»Eine gute Waffe.« Der Sergeant ging zu einer Vitrine und öffnete sie. Die Waffe, die er herausnahm, sah echt aus. Er warf das Magazin aus und ersetzte es durch ein anderes.

»Gewicht, Rückstoßverhalten ... Alles entspricht dem Original.« Er gab ihr die Waffe.

Ann überprüfte sie. »Ein zweites Magazin?«

»Hier.« Er hielt es ihr hin. Dann setzte er selbst einen Helm auf und überprüfte die Anlage noch einmal. »Sind Sie bereit?«

Ann nickte, die Waffe locker in der linken Hand.

»Gut.« Ferrier drückte auf einen Knopf.

Das Szenario war für die anderen Zuschauer nicht zu sehen, sie konnten nur verfolgen, wie Ann reagierte. Ihre linke Hand zuckte hoch, sie feuerte, immer zwei Schüsse, wechselte blitzschnell das Magazin, schoss mit der rechten Hand weiter. Dann stand sie ruhig da ... Es schien, als ob das Szenario zu Ende wäre, doch dann feuerte sie überraschend noch zwei Schüsse ab.

Sie warf das Magazin aus, entleerte und sicherte die Waffe, dann gab sie sie Ferrier zurück. Sie nahm den Helm ab und schüttelte ihr Haar.

»Und?«, fragte Mark.

Ferrier sah sich die Computerauswertung an, dann schüttelte er den Kopf. »Durchgefallen. Nur vierzig Prozent.«

Ann sah ihn überrascht an.

»Warum?«, fragte Edwards, auch er wirkte verblüfft.

»Ganz zum Schluss schießt sie einem Mann vom FBI ins rechte Bein«, erklärte Ferrier. »Damit ist das Szenario geplatzt. Ich verstehe es nicht. Bis dahin schien es ein perfekter Run zu werden.«

Edwards sah zu Ann hinüber, die schweigend dastand.

Der Sergeant zeigte auf einen Computermonitor, wo nun die Szene zu sehen war, auf die Ann reagiert hatte.

»Warum haben Sie auf den Mann geschossen?«, fragte Ferrier.

»Der Mann mit der FBI-Jacke war derselbe, der gleich am Anfang den Geiselnehmern die Befehle erteilt hat. Gleicher Ring an der rechten Hand, gleiche Stiefel mit abgewetztem linkem Absatz, gleiche Hose, gleiche Waffe.«

»Sie haben ihn doch vorher schon erschossen«, sagte Ferrier und beugte sich über den Monitor, wo er das Bild nun in zwei Einzelbilder splittete.

»Es ist dieselbe Person«, sagte Ann ruhig.

Ferrier benutzte einen Drehregler und zoomte die Szene heran. »Verdammt!«

Sie zuckte mit den Schultern. »Es ist eindeutig der Drahtzieher der Geiselnahme, der sich, als FBI-Agent getarnt, aus dem Staub machen wollte. Oder die Produktionsfirma hat einen Fehler gemacht«, erklärte sie.

Samson grinste breit.

Edwards sah Ferrier an. »Verändert das ihr Ergebnis?«

Der Schießwart nickte. »Ich werde bei der Produktionsfirma nachhaken. In der Szenariobeschreibung haben sie das nämlich nicht erwähnt. Ja, es ist derselbe Mann. Damit hat sie das Szenario perfekt gelöst.«

»Wie viele Tote?«, fragte Terry.

Der Schießwart sah auf. »Einen. Die anderen hat sie nur kampfuntauglich geschossen.« Ferrier sah Terrys kritischen Blick. »Der Schuss war notwendig, ein Rettungsschuss.«

Terry nickte langsam, sah dabei aber nicht besonders zufrieden aus.

Während Edwards zusammen mit Ann den Raum verließ, hielt Mark Terry zurück. »Sag mal, was ist denn los mit dir? Ich dachte, du magst sie?«

Terry sah ihn an. »Ich *mochte* sie. Bis zu der Sache mit Halberg. Die Frau ist ein eiskalter Killer.«

»Denkst du das wirklich?«, fragte Mark leise.

Terry nickte, dann schüttelte sie den Kopf. »Nein, du hast recht, das ist sie nicht. Aber sie *kann* es sein.« Plötzlich grinste sie breit. »Ich glaube es nicht! Du hast dich in sie verliebt!«

Mark sah sie überrascht an.

Terry grinste noch breiter und legte ihm eine Hand auf den Arm. »Das ist keine verspätete Eifersucht. Ich freue mich für dich. Aber sei vorsichtig. Sie hat eine Tochter, Mark.

Trotzdem ist sie bereit, ihr eigenes Leben aufs Spiel zu setzen.«

Mark schüttelte den Kopf und lächelte gezwungen. »Nein, dazu ist sie nicht bereit. Nicht leichtfertig. Sie hat schon ganz andere Sachen überlebt.«

Terry nickte. »Ich hoffe, du hast recht.«

»Hat er«, sagte Samson. Er lehnte an einer Wand der Schießbahn und sah versonnen vor sich hin.

»Samson?«, fragte Mark, nachdem Terry gegangen war.

»Ja?«

»Wie hat sie das gemacht?«

»Sie hat ein perfektes optisches Gedächtnis. Was sie einmal sieht, vergisst sie nicht. Wie ein Videorecorder. Deshalb macht sie sich auch keine Notizen.«

»Sie ist fantastisch. Das erklärt auch, warum sie so eine gute Lehrerin ist.«

»Ist sie das?«, fragte Samson leise. Er schien mit seinen Gedanken ganz woanders zu sein.

»Die Leitung ihrer Schule ist begeistert. Und ihre Schüler sind es auch.«

Samson nickte und löste sich von der Wand. Langsam ging er in Richtung Ausgang. Mark folgte ihm. Er hatte das Gefühl, dass Samson etwas sagen wollte.

»Was ist?«

Samson blieb stehen und sah ihn mit seinen dunklen Augen an. »Sie vergisst nichts. Niemals. Nicht das Schöne ... aber auch nicht das Hässliche.«

101

Ann ging noch einmal zum Hotel, um Nasreen zu sehen. Samson stand neben Edwards am Fenster, beide beobachteten, wie sie die Straße überquerte.

»Es war Ihre Idee, Mr Sonata«, sagte Edwards leise.

Samson nickte. »Und ich verfluche mich dafür. Aber vielleicht ist es der einzige Weg. Wenn sie es nicht probiert, und es würde etwas passieren, würde sie es sich nie verzeihen.«

»Ich habe den Bericht des Sicherheitschefs gelesen. Ich kann mir nicht vorstellen, wie Shakran durch die Kontrollen kommen will. Es wird nichts passieren.«

»Das hoffen Sie.«

»Richtig. Das hoffe ich.« Edwards sah zu Samson hoch. »Was wollen Sie?«

»Ich will vor Ort sein. Im Einsatzwagen.«

»Dazu haben Sie keine Legitimierung. Es besteht immer noch die Möglichkeit, dass Sie angeklagt werden.«

»Mag sein ... Aber darum geht es hier nicht, das wissen Sie. Und Sie haben die Möglichkeit, mich zu legitimieren. Ich will in der Nähe sein.«

Edwards überlegte. »Ich weiß nicht, wie und was Sie dazu beitragen wollen. Es sind weit über hundert Leute im Einsatz. Außerdem bin ich da. Und Agent Bridges. Warum auch Sie?«

Samson zuckte mit den Schultern. »Ich weiß es nicht. Ich will nur da sein. Das bin ich ihr schuldig.«

Sie sahen sich an.

Dann nickte Edwards langsam. »Ich kann Ihnen nichts versprechen, aber ich werde sehen, was möglich ist.«

102

Franklin MacVeagh war Schatzmeister unter Präsident William Howard Taft. Nathan C. Wyeth war der Architekt des Hauses. Es hat damals, im Jahr 1911, hundertzwanzigtausend Dollar gekostet. Ein Vermögen«, erklärte Agent Firster, während er Ann durch das Haus begleitete. Firster war schlank und blond, er trug seinen schwarzen Anzug wie eine zweite Haut. Er hatte ein freundliches, gewinnendes Lächeln und einen jungenhaften Charme. »Der Kasten hat fünfundzwanzig Zimmer, Cueva del Rio hat das Wandgemälde im zweiten Stock gemalt. Es zeigt die Einigkeit der westlichen Welt, wenn ich es richtig verstanden habe.« Firster lächelte schief.

»Wie passend«, sagte Ann. Sie beobachtete zwei Techniker, die mit Detektoren die breite Treppe absuchten, die sie und Firster gerade betraten.

»Die Mexikaner haben das Haus 1921 gekauft. Bis zum Ende der achtziger Jahre war es die mexikanische Botschaft. Aus dieser Zeit stammt das ursprüngliche Sicherheitssetup.«

»Ich habe gehört, die Sicherheitseinrichtungen wären eine Katastrophe.«

Firster nickte. »Waren sie auch. Aber vor zwei Jahren wurden sie vollständig überarbeitet. Sie wissen, Miss Mankowitz, dass wir eine Sicherheitseinstufung haben für jedes Gebäude hier in Washington?«

Ann nickte.

»Dieses Haus steht auf der Liste der zehn am besten gesicherten Gebäude. Wenn jemand einen Anschlag auf den Präsidenten verüben will, dann tut er das auf keinen Fall hier.«

Ann sah ihn an. »Ich hoffe, Sie haben recht. Aber unternehmen Sie auch alles für den Fall, dass Sie nicht recht haben?«

Firster hielt ihrem Blick stand. »Ich mache meinen Job. Ich weiß nicht, wer Sie sind, und ich weiß auch nicht, wieso Sie hier plötzlich etwas zu sagen haben, aber ich mache meinen Job. So gut ich kann.«

Ann nickte. »Wenn Sie sich auf den Fuß getreten fühlen, sagen Sie es ruhig. Aber auch ich mache meinen Job. Genau wie Sie. Im Unterschied zu Ihnen muss ich allerdings davon ausgehen, dass Sie nicht recht haben. Es ist nichts Persönliches, ich zweifle auch nicht an Ihrer Qualifikation. Verstehen wir uns?«

Firster nickte. »Okay. Verstanden.« Er blieb vor einer Wand stehen. Wenige Sekunden später öffnete sie sich vor ihnen. »Der Sicherheitsraum.«

Der Raum war recht groß, ausgestattet mit modernster Technik. Ein gutes Dutzend Personen beobachtete dreimal so viele Monitore. Ein gut aussehender Mann Mitte dreißig, offenbar spanischer Abstammung, stand auf und verbeugte sich galant vor Ann. Er trug einen Abendanzug.

Firster stellte sie einander vor. »Ann Mankowitz. NSA. Anti-Terror-Spezialistin. Major Cortez. Er ist verantwortlich für Präsident Mendez' Sicherheit.«

»Ich freue mich, Sie kennenzulernen«, sagte Cortez, während er sie mit einem Funkeln in den Augen musterte. Ann trug ein hochgeschlossenes Abendkleid mit Abendhandschuhen. Er beugte sich über ihre Hand und deutete einen Handkuss an.

»Keine Weste?«, fragte er.

Ann schüttelte den Kopf. »Das Kleid ist eine Spezialanfertigung. Wie Sie sicher schon gesehen haben …« Sie lächelte. Cortez hatte ihrem Busen ziemlich viel Aufmerksamkeit geschenkt. »Können wir jetzt vielleicht die Liste der Gäste durchgehen?«

103

Der blonde Mann zog seinen Sicherheitsausweis durch den Magnetschlitz. Es piepste leise. Danach folgte der Retina-Scan. Anschließend öffnete sich die Tür zum Besprechungsraum. Gut ein Dutzend Secret-Service-Leute war vor Ort. Ein Projektor warf den Lageplan des Hauses an eine Wand. Agent Firster stand hinter einem Pult. Er benutzte gerade einen Laserpointer, um wichtige Punkte des Geländes zu markieren. Neben ihm stand eine junge Frau in Abendgarderobe.

Firster sah auf, als der blonde Mann den Raum betrat. »Mason! Pünktlich wie immer. Nehmen Sie sich einen Stuhl. Wir sind gerade dabei, die Streifen einzuteilen.«

Special Agent Andrew Mason nickte und zog sich einen Stuhl heran. Dabei warf er einen Blick auf die junge Frau. Er wusste mittlerweile, wer sie war. Ann Mankowitz. Sie war gekleidet wie ein Gast, das bedeutete, sie wollte unauffällig agieren.

Firster bemerkte Masons Blick. »Da wir jetzt alle anwesend sind …« Er zeigte auf Ann. »Das ist Ann Mankowitz. Heute Abend ist sie der Boss. Sie ist der persönliche Sicherheitschef von Präsident Stanton. Was bedeutet, dass sogar er springt, wenn sie in die Hände klatscht. Er fragt vielleicht noch, wie hoch. Wir fragen das nicht. Wir springen, so hoch wir können. Verstanden?«

Ein paar Leute schmunzelten.

Valder, ein Senior Agent mit fast zwanzig Jahren Dienstzeit, meldete sich zu Wort. »Unser Job ist es, unseren Körper zwischen eine Kugel und den Präsidenten zu werfen. Für uns geht es immer um Leben und Tod. Und jetzt kommen Sie und reißen die ganze Sache an sich. Verstehen Sie mich nicht falsch, aber ich würde gerne etwas mehr über Sie erfahren.«

Mehrere Leute nickten.

Ann ließ ihren Blick langsam über die versammelten Agenten wandern.

Sie wirkt zierlich, fast zerbrechlich, dachte Mason, dann fühlte er ihren Blick.

Grüne Augen, wie die einer Katze. Mason spürte, wie seine Nackenhaare sich aufstellten. Auf einmal war sie keine Frau mehr für ihn, sondern eine Gefahr. Er versuchte herauszufinden, warum. Er war darauf trainiert, Personen einzuschätzen. Ihre Körperhaltung sagte ihm nichts. Sie stand entspannt da, nicht, wie er erwartet hätte, militärisch stramm. Das Kleid stand ihr, es betonte ihre Weiblichkeit, wenn auch nur zurückhaltend. Sie sah nicht gefährlich aus, aber sie war es. Ihr Blick verriet sie. Und ihre Selbstsicherheit. Die Frauen und Männer in diesem Raum gehörten zur Elite. Und sie war offenbar der Meinung, dass sie gut genug war, um ihnen zu sagen, was sie zu tun hatten.

»Mein Name ist Ann Mankowitz. Ich arbeite bei der NSA, Spezialgebiet Terrorismusabwehr. Mein Auftrag ist es, sicherzustellen, dass beide Präsidenten dieses Haus lebend wieder verlassen. Wir haben Informationen vorliegen, die auf einen Anschlag auf Präsident Stanton oder Präsident Mendez oder auf beide zusammen hindeuten. Dieser Anschlag soll heute Abend, hier, in diesem Haus, von einem der weltweit meistgesuchten Terroristen ausgeführt werden.«

Sie nickte Firster zu, auf den Monitoren erschien das computergenerierte Gesicht eines Mannes.

Mason sah es sich interessiert an.

»Der Name des Mannes ist Shakran. So wie hier sieht er wirklich aus. Aber so wird er heute Nacht *nicht* aussehen. Er ist ein Verwandlungskünstler. Ich bin eine der wenigen Personen, die ihn gesehen haben *und* die noch am Leben sind. Mein Job ist es, ihn wiederzuerkennen, egal, wie sehr er sich verwandelt hat.« Sie sah in die Runde. »Wenn ich ihn identifiziert habe, ist es *nicht* Ihr Job, ihn zur Strecke zu bringen. Sie sorgen dafür, dass der Präsident in Sicherheit gebracht wird. Wenn ich den Befehl dazu gebe, dann will ich kein Zögern sehen. Ich weiß nicht, was Shakran plant, wie viel Zeit wir haben. Wenn ich ihn nicht wiedererkenne, wird Präsident Stanton den heutigen Abend nicht überleben. Noch eins. Ich traue niemandem in diesem Haus. Ich traue Agent Firster nicht, und ich traue auch Ihnen nicht. Es gibt Hinweise darauf, dass die Reihen des Secret Service unterwandert sind. Jemand von Ihnen ist möglicherweise Shakrans Komplize.«

Valder sah sie an. »Und Sie, eine uns völlig unbekannte Person, sind über diesen Verdacht erhaben?«

Sie durchbohrte ihn mit ihrem Blick. »Genauso ist es.«

104

Was hältst du von ihr?«, fragte Stonehard. Wie Mason war er seit gut zehn Jahren beim Secret Service. Beide hatten schon öfter ein Team gebildet. Diesmal würde Firster Mason und ihn zur Außenkontrolle einsetzen.

»Sie hält sich für eine harte Braut«, meinte Mason, während er die Tür zum Geräteschuppen öffnete. »Hast du die Liste?«

Stonehard holte sie aus seiner Tasche. Er las die einzelnen Posten vor, und Mason verglich sie mit dem Inhalt des Geräteschuppens.

»Hier steht was Neues. Eine Bohrmaschine.«

»Ich sehe sie«, sagte Mason und beugte sich über den Kasten. Er öffnete ihn und sah sich den Inhalt sorgfältig an. »Alles okay.« Dann richtete er sich wieder auf.

Stonehard machte eine Notiz auf der Liste. Mason verließ den Geräteschuppen wieder und schloss sorgfältig ab. »Was jetzt?«

Stonehard zog seine Liste zur Rate. »Der Test der Bewegungsmelder und Außensensoren.« Er blieb stehen und sah sich um. Alles friedlich. »Meinst du wirklich, jemand versucht, den Präsidenten hier anzugreifen?«

Mason kratzte sich hinterm Ohr. »Vielleicht, vielleicht auch nicht. Wir werden sehen.« Er griff in seine Jackentasche und holte eine Rolle Pfefferminz heraus. Er nahm eins. »Du auch?« Er hielt Stonehard die Rolle hin.

»Klar. Danke.«

Mason beobachtete, wie Stonehard ein Pfefferminz nahm. Stonehard war ein guter Kollege, irgendwie tat er ihm leid. Aber mit ein bisschen Glück würde er nichts merken.

105

Schick«, meinte Samson, während er gebückt durch die niedrige Seitentür den Hänger des Sattelschleppers betrat. »Vor allem so unauffällig.«

Edwards warf ihm nur einen Blick zu. Der Kommandoanhänger stand auf der Rückseite des mexikanischen Kulturzentrums. Darum herum waren verschiedene Einsatzfahrzeuge geparkt, Beamte des FBI und des Secret Service liefen kreuz und quer.

Hinter Samson stieg Mark in den Anhänger. Er zog die Tür hinter sich zu und pfiff leise durch die Zähne, während er sich umsah. Im Innern befand sich eine genaue Replik des Sicherheitsraums im Kulturzentrum. Dutzende Spezialisten überwachten die Monitore. Hier wurden nicht nur die Räume des Hauses überwacht, sondern auch die Anfahrtswege und der gesamte Luftraum darüber. Neun zu einem Quadrat angeordnete Monitore zeigten ein und dasselbe Bild in unterschiedlichen Farben.

Edwards bemerkte Marks Blick. »Satellitenüberwachung, Falschfarben, Infrarot, Radar, Restlicht ... Sie können rausgehen und sich selbst zuwinken.«

Mark hatte keine Schwierigkeiten, Ann auf einem der Monitore zu erkennen. Sie ging in einem großen Raum, dem Festsaal, langsam auf und ab, manchmal blieb sie stehen und drehte sich um die eigene Achse, wie eine Tänzerin in einem geheimnisvollen Tanz. »Was macht sie da?«, fragte er Samson leise.

»Sie orientiert sich. Merkt sich, was wo ist. Deckung, Feuerlinien …«

Mark bemerkte, dass Ann die Augen geschlossen hielt. »Als ich bei den Marines war, stand das nicht auf dem Ausbildungsplan.«

Samson nickte. »Bei uns auch nicht. Nur wenige können das. Man kann es nicht lernen.« Er sah Mark an. »Du kannst es dir nicht vorstellen, wie gut sie ist. Sie ist die Beste.« Er wandte sich an Edwards. »Können wir Kopfhörer bekommen?«

Edwards nickte, woraufhin ein Techniker ihnen Kopfhörer mit Mikrofon gab.

»Sie sind jetzt online. Im Moment sind Sie so geschaltet, dass Sie mit Agent Mankowitz kommunizieren können. Sie hört Sie, und wir hören sie«, erklärte der Techniker.

»Danke«, sagte Samson.

»Ann, hörst du uns?«, fragte Mark.

»Laut und deutlich«, kam die Antwort.

»Hier wird ein enormer Aufwand getrieben«, sagte Mark.

Edwards nickte. Er hatte sich einen Sitzplatz gesucht, von dem aus er die meisten Monitore sehen konnte, wo er aber niemandem im Wege stand. Mark und Samson gingen zu ihm.

»Wir haben fast dreihundert Leute im Einsatz, von den zweihundert zusätzlichen Polizeikräften, die den An- und Abfahrtsweg sichern, gar nicht zu reden.« Edwards sah zu Mark hoch. »Wir nehmen die Warnung sehr ernst, wie Sie sehen.«

Samson sah sich in aller Ruhe um. Links von ihm war ein Statusmonitor mit einer Liste von Namen, direkt daneben war wieder die Satellitenaufnahme des Gebäudes zu sehen, nur dass sie hier von gut vier Dutzend roten Punkten überlagert war.

»Das ist das Personal innerhalb des Gebäudes.« Edwards beugte sich vor und sprach einen der Techniker an. Das Bild zoomte heran und veränderte sich zu dem Abbild eines gläsernen Gebäudes. »Wir können hier im wahrsten Sinne des Wortes durch Wände sehen. Wir sind mit einem Rechner verbunden, der die Bilddaten aus dem Gebäude auswertet und dreidimensional aufbereitet. Damit haben wir ein virtuelles Kamerasystem, das uns erlaubt, auch dorthin zu sehen, wo eigentlich keine Kamera ist.« Er lächelte. »Es hat sich einiges geändert in den letzten Jahren. Jede der Personen im Haus hat mit ihrem Ausweis auch einen Sender bekommen. Der Computer weiß, wer wann wo ist. Sieht er irgendjemanden ohne Sender oder jemanden, der nicht dort ist, wo er sein sollte, wird auf der Stelle Alarm ausgelöst. Das System ist sicher. Perfekt. Shakran hat keine Chance«, erklärte Edwards.

»Wollen wir hoffen, dass es was nützt«, sagte Ann über Funk.

Mark sah ihr über Monitor zu, wie sie die Tür zu einem Gang öffnete, der von der Bühne des großen Saals über die Küche ins Freie führte. Auch diesen Weg prägte sie sich ein.

»Beeindruckend«, sagte Samson. »Schwer vorzustellen, wie Shakran das schaffen will.«

»Er weiß es. Er hat die Schwachstelle gefunden, die wir nicht kennen. Vielleicht ist er schon hier«, sagte Ann leise über Funk. »Wie sieht's aus, Agent Edwards? Sind unsere beiden Ehrengäste schon unterwegs?«

»Ja. Die beiden Präsidenten werden in etwa neunzig Minuten eintreffen. Die ersten Gäste werden innerhalb der nächsten zehn Minuten erwartet.«

»Es geht los«, sagte Samson.

Mark nickte nur. Er hatte ganz plötzlich einen trockenen Mund.

106

Mason sah seinen Kollegen mit gespielter Besorgnis an. Stonehard hatte sich gegen die Mauer gelehnt. Er war blass. Und er hatte Schwierigkeiten, zu atmen. »Was ist los mir dir?«

»Nichts«, flüsterte Stonehard. Mason konnte ihn kaum verstehen. Stonehard suchte hektisch in seinen Taschen, bis er die kleine Spraydose fand. Erleichtert führte er sie zum Mund und drückte auf das Ventil. Nichts. Die Dose war leer.

»Was ist?«, fragte Mason.

»Ich ... habe ... dir doch gesagt ...« Stonehard keuchte.

»Ah, richtig ... leichtes Asthma. Du hast aber gesagt, es würde dich bei der Arbeit nicht behindern.« Bis jetzt lief alles wie am Schnürchen. »Verstehe nicht ... Auto ... anderes Spray ...« Stonehard sah Mason hilfesuchend an. »Wenn das ... herauskommt ... lande ich im ... Innendienst ... Hilf mir ...«

Mason lächelte und klopfte ihm auf die Schulter. »Mach dir keine Gedanken. Wofür sind Freunde da?«

Mason wandte sich über Funk an Firster. »Mason hier. Stonehard und ich melden uns für zehn Minuten ab.«

»Warum?«, fragte Firster. Er klang genervt.

»Er hat seine Weste im Auto gelassen.«

Stonehard warf Mason einen bösen Blick zu. Mason zuckte mit den Schultern, als ob er sagen wollte, irgendeine Erklärung musste ich doch geben.

»Das ist schon das zweite Mal! Wenn er es noch mal vergisst … Okay. Haben Sie die Außenkontrolle abgeschlossen?«

»Ja. Wir sind in zehn Minuten wieder da.«

»Okay. Zehn Minuten.«

Mason sah zu Stonehard hinüber. Schweißperlen standen auf dessen Stirn. Er hyperventilierte.

»Dann wollen wir mal.«

Stonehards Van stand auf dem Parkplatz hinter dem Haus. Unweit des Kommandoanhängers. Ein paar Kollegen sahen Stonehard seltsam an, sagten aber nichts, als Mason abwinkte. Stonehard holte mit zitternden Fingern seine Schlüssel heraus, der Wagen piepste. Er wollte die Beifahrertür öffnen, aber Mason zog die Seitentür auf.

»Hier.«

»Aber …« Erstaunt sah Stonehard in sein eigenes lächelndes Gesicht. Plötzlich spürte er einen Schubs von hinten. Er taumelte nach vorn, gleichzeitig zogen ihn starke Arme in seinen eigenen Van. Er versuchte noch, an seine Waffe zu kommen, dann fühlte er einen dumpfen Schmerz an der Schläfe, und ihm wurde schwarz vor Augen.

107

Ann stand im Vorraum, wo die Sicherheitsüberprüfung vorgenommen wurde. Sie hatte ein Schreibbrett in der Hand und bemühte sich, wie einer der Organisatoren zu wirken.

Einer der Agenten vom Secret Service wandte sich an den nächsten Gast, einen älteren Mann mit Gehstock. »Dr. Bauer?«

Der Mann nickte.

Der Agent lächelte ihn freundlich an. »Tut mir leid, Dr. Bauer, aber wir müssen eine Sicherheitsüberprüfung durchführen. Es ist zu Ihrem eigenen Schutz.«

Dr. Bauer zuckte mit den Schultern, breitete seine Arme aus, überließ seinen Gehstock bereitwillig dem Agenten, der ihn durchleuchtete. Ein anderer bat ihn, in einen Apparat zu sehen und seine rechte Hand auf eine Glasplatte zu legen.

»Bitte sprechen Sie mir nach: *Dr. Markus Bauer.*«

»Dr. Markus Bauer.«

Ein anderer Agent las das Ergebnis der Stimmenanalyse ab und nickte. Ein weiterer Agent tastete ihn sorgfältig ab. Das Schweizer Taschenmesser in seiner Hosentasche wurde konfisziert. »Sie erhalten es zurück, wenn Sie das Haus wieder verlassen«, entschuldigte sich der Agent.

Sogar die Brille und die Uhr wurden überprüft, genauso die Gürtelschnalle und die Schuhe. Danach wurde Dr. Bauer freundlich durch einen Türscanner geleitet.

»Wir wünschen Ihnen einen angenehmen Abend«, sagte der Agent zum Schluss.

Ann sah von ihrem Schreibbrett auf. Die beiden Agenten warteten geduldig. »Agent Mason und ... Agent Stonehard?«

Stonehard nickte. »Sie haben ein gutes Gedächtnis, Agent Mankowitz.«

»Was ist mit Ihrer Stimme, Agent Stonehard? Sie klingt belegt.«

»Eine leichte Erkältung, nichts weiter. Ich bin fit«, sagte Stonehard schnell.

Sie nickte. »Wenn es Ihnen schlechter gehen sollte, sagen Sie Bescheid.«

108

Dieser Dr. Bauer. Hat Siemens ihn bestätigt?«, fragte Ann.

Der Agent nickte. »Ja. Wir haben seine Fingerabdrücke und seine Retinawerte extra heute Morgen noch einmal angefordert. Sogar die Deutsche Botschaft hat ihn bestätigt. Und sein Gehstock ist aus Holz. Kein Metall, gar nichts. Hier ist die elektronische Akte. Sein Foto. Seine Fingerabdrücke. Siemens ist ein Riesenkonzern da drüben in Deutschland und ...«

»Ich weiß.« Ann musterte die beiden Bilder. Das eine aus Deutschland. Das andere gerade eben aufgenommen. »In Ordnung.«

Sie ging zu der Konsole, die zum Torscanner gehörte. »Irgendwas Besonderes?«

Der Agent schüttelte den Kopf. »Sehen Sie selbst. Fast wie ein Röntgenbild.«

Ann beugte sich vor und tippte mit dem Fingernagel auf eine Schliere am rechten Oberschenkel. »Und das?«

»Keine Ahnung. Aber der Scan ging durch. Der Mann hat nichts dabei, was gefährlich werden könnte.« Der Agent lachte. »Kein Toupet, kein Bart, keine Einlagen, keine Schminke. Keine Verkleidung. Hier kommt keiner rein. Auch nicht der größte Verkleidungskünstler.«

Ann nickte nachdenklich. »Trotzdem. Dieser Dr. Bauer könnte sein Bruder sein. Bis auf die grauen Haare.« Sie rief das Bild von Shakran auf. »Sehen Sie?«

Der Agent musterte das Bild. Es stimmte, die Ähnlichkeit war da. »Aber er ist es nicht, oder?«

»Nein. Ich vergesse sein Gesicht nicht. Niemals.«

»Bauer ist Ende sechzig.« Der Agent warf einen Blick auf seine Unterlagen. »Neunundsechzig, um genau zu sein. Shakran müsste viel jünger sein.«

»Trotzdem.«

»Warum sind Sie so versessen auf den Deutschen?«

Ann sah den Agenten nachdenklich an. »Ich weiß es nicht. Abgesehen von der Ähnlichkeit ... Ich bin nervös. Und das bin ich immer, wenn ich etwas übersehen habe ...«

Der Agent nickte langsam. »Ich weiß, was Sie meinen. Instinkt.«

»Richtig. Auf den kann ich mich normalerweise verlassen.«

Der Agent runzelte die Stirn. »So sorgfältig, wie wir arbeiten ... Er kann hier nicht durchgekommen sein. Wenn ich Sie richtig verstanden habe, haben Sie ihn erst kürzlich gesehen ... Es gab nicht genug Zeit für eine Gesichtsoperation ... Wir überprüfen jeden Gast, ob er sich irgendwie verkleidet hat ...«

»... und wenn er verkleidet war, als ich ihn damals gesehen habe ... und jetzt nicht mehr verkleidet ist?«, fragte Ann.

Er hob die Hände, als wollte er sich ergeben. »Okay. Instinkt. Wenn Sie recht haben, ist er irgendwie durchgekommen. Sollten Sie dann nicht drinnen nach ihm sehen?«

»Damit Sie mich los sind?«

»Auch das.« Der Agent lächelte.

Ann wandte sich ab und berührte ihr Mikrofon. »Delphi hier.«

»Odysseus.« Die Stimme von Edwards.

»Dieser Dr. Markus Bauer«, sagte Ann. »Ich möchte die Telefonnummer seiner Frau. Und zwar von seiner Sekretärin.«

»Finden Sie nicht, dass Sie übertreiben?«, fragte Edwards. Er klang gereizt.

»Sie wissen doch, was man über Paranoia sagt«, antwortete Ann.

Edwards seufzte. »Ich werde es versuchen. Aber versprechen kann ich Ihnen nichts.«

Ann wandte sich wieder um und drückte dem Agenten neben der Tür ihr Schreibbrett in die Hand. »Sie haben recht. Vielleicht sollte ich mich drinnen umsehen.«

Samson und Mark beobachteten auf den Monitoren des Kommandoanhängers, wie immer mehr Gäste eintrafen. Als sich schließlich der Konvoi mit den beiden Präsidentenlimousinen dem Kulturzentrum näherte, konzentrierte sich die Aufmerksamkeit aller auf den Neuner-Block aus Monitoren, die das Satellitenbild zeigten.

Mark rief Ann an. »Delphi, bitte kommen.«

»Delphi hier. Was gibt's?«

»Präsident Stanton und sein Gast werden in wenigen Minuten eintreffen.«

»In Ordnung.«

»Gibt es was Neues?«

»Ich bin sicher, dass er es geschafft hat, hier reinzukommen. Ich fühle es.«

»An dir vorbei?«

»An mir vorbei. Der Mistkerl hat mich ausgetrickst, ich weiß nur nicht, wie.« Sie kappte die Verbindung.

Mark sah zu Samson. »Sie sagt, er ist da.«

»Sie hat ihn identifiziert?«, fragte Samson überrascht.

»Nein. Aber sie ist sich sicher, dass er es geschafft hat.«

»Also nur ein Gefühl?«, schaltete Edwards sich ein.

Samson sah ihn an. »Wenn sie sagt, er ist da, dann *ist* er da!«

Edwards nickte langsam. »Und was jetzt? Wir haben alles getan, was wir tun konnten.«

»Verhindern Sie, dass der Präsident das Haus betritt«, sagte Mark eindringlich. »Lassen Sie den Konvoi weiterfahren.«

Edwards schüttelte den Kopf. »Sie haben den Präsidenten gehört. Er ist nicht davon abzubringen.«

»Aber Shakran ist da!«, beharrte Mark.

Edwards nickte. »Sogar ich glaube Miss Mankowitz. Aber wir haben keine Identifizierung. Egal, wie sicher Sie sich ist... Es ist nur ein Gefühl. Wegen einem Gefühl kann ein so wichtiger Auftritt nicht abgesagt werden ...«

»POTUS hat das Haus erreicht, Sir«, teilte ihnen einer der Techniker mit. Alle sahen auf den Monitor, der den Zugang zum Haus überwachte. Präsident Stanton stieg aus. Sofort bildeten sechs Sicherheitsbeamte einen dichten Ring um ihn.

»Warum geht er nicht weiter?«

»Er wartet auf Mendez«, sagte Edwards leise und hielt die Luft an.

Der Wagen des mexikanischen Präsidenten fuhr vor, Mendez stieg aus, gemeinsam gingen die beiden Präsidenten in Richtung Eingang. Erleichtert stieß Edwards die Luft wieder aus.

»Keiner von ihnen sieht nervös aus«, sagte Mark.

Samson nickte. »Deswegen mag ich keine Politiker. Sie

sind allesamt hervorragende Schauspieler.« Er beobachtete die Leibwächter und schüttelte den Kopf. »Wie, zur Hölle, will Shakran an ihn rankommen? Außer den Sicherheitsleuten schafft das keiner.«

Mark sah auf. »Was hast du gesagt?«

Samson zuckte die Schultern. »Dass außer den Sicherheitsleuten keiner an ihn rankommt.«

Mark griff nach seinem Telefon und rief die Task-Force an. »Lieutenant Lee? Wir haben doch die Liste des kompletten Sicherheitspersonals, oder? Machen Sie einen Abgleich. Welcher Agent sieht Shakran am ähnlichsten ... Ja, genau ... Bitte übertragen Sie die zwanzig wahrscheinlichsten Möglichkeiten hier an den Kommandowagen ... Am besten gestern ... Danke.«

Edwards sah ihn fassungslos an, schüttelte dann aber den Kopf. »Ich weiß, was Sie denken. Aber das ist unmöglich. Jeder hier ist Dutzende Male überprüft worden.«

»Es ist ja auch nur eine Idee ...«

Eine Technikerin wandte sich an Edwards. »Wir haben die Frau von Dr. Bauer erreicht und ihr die Stimmprobe vorgespielt. Sie hat ihn erkannt.«

»Sie hat ihn erkannt?«, wiederholte Edwards.

Die Technikerin nickte.

»Gut. Geben Sie das an Agent Mankowitz durch.«

Die Technikerin nickte und wandte sich wieder ihrer Arbeit zu.

In dem Ballsaal war eine kleine Bühne aufgebaut worden. Zwei Rednerpulte trugen die Staatssiegel der USA und Mexikos. Von diesem Teil des Saals gingen zwei Türen ab, beide waren als Fluchtwege freigehalten.

Dutzende von Tischen füllten den Rest des Saals aus, daran saßen die Personen, die in den USA und in Mexiko, aber auch auf der restlichen Welt etwas zu sagen hatten. Das Catering-Personal bewegte sich entlang der Wände, die meisten von ihnen waren bewaffnet und gehörten zum Sicherheitsschirm.

Dutzende Sicherheitsleute hatten sich entlang der Wände positioniert. Einige Gäste hatten sich schon beschwert, sie hielten das Ganze für übertrieben.

Von ihrer Position aus, am Rand der Bühne, wo Stanton und Mendez ihre Ansprache halten würden, konnte Ann den ganzen Saal überblicken. Shakran war hier. Aber sie wusste immer noch nicht, was er vorhatte. Aufspringen, Waffe ziehen und schießen? Wohl kaum. Shakran war kein Selbstmörder. Sie warf einen Blick auf Dr. Bauer. Der Deutsche scherzte mit seiner Tischnachbarin. Vielleicht hatte sie doch überreagiert.

Ein Agent kam auf sie zu und bat sie, ein bisschen zurückzutreten, da sie sonst zu viel Aufmerksamkeit wecken würde.

Sie zog eine Augenbraue hoch. »Das ist die beste Position für mich. Sorgen Sie einfach nur dafür, dass sich keiner vor mich stellt.« Sie erkannte, dass er sie nicht verstand. »In meine Schussbahn.«

Der Agent sah ihren Blick, nickte und zog es vor, sich zu verziehen.

Rechts hinter Ann öffnete sich die Tür, sie hörte die gedämpften Stimmen des Sicherheitspersonals. Die Gäste im Saal sahen auf.

Ein älterer Mann betrat die Bühne. »Ladies and Gentlemen, begrüßen Sie mit mir Präsident Stanton und Präsident Mendez!«

Die Gäste erhoben sich, die meisten fingen an zu klatschen.

Ann fragte sich flüchtig, wie viel politisches Gerangel es wohl gegeben hatte um die Frage, wer zuerst genannt wurde.

Sie entdeckte Shakran noch immer nicht.

109

Mason und Shakran führten ihre nächste Außenkontrolle durch. Wieder schloss Mason den Geräteschuppen auf. Shakran ging zu dem Koffer mit der Bohrmaschine. Er öffnete ihn, hob die Abdeckung mit der Bohrmaschine heraus, danach den angeblichen Computer. Er überprüfte den Inhalt und nahm etwas heraus. Dann zog er aus dem Koffer ein Kabel bis zur nächsten Steckdose und vergewisserte sich, dass sie Strom hatte. Zum Schluss holte er zwei Flash-Bangs, zwei flache Infrarotbrillen, aus dem Koffer, das Neueste, was es gab.

»Ist alles okay?«, fragte Mason.

»Sofern Sie sicher sind, dass der Schuppen nicht an die Notstromversorgung angeschlossen ist«, sagte Shakran mit einem angedeuteten Lächeln.

Mason schüttelte den Kopf. »Ist er nicht. Warum sollte er? Ein Geräteschuppen ist nicht so wichtig.«

Shakran nickte, ging zur Rückwand des Geräteschuppens und legte die Hand dagegen. Er spürte leichte Vibrationen. Dann schloss er den Koffer wieder und stellte ihn vor die Wand auf den Boden. Er sah sich um. Eine schwere Werkbank stand an der Seite.

»Helfen Sie mir.«

Gemeinsam wuchteten sie die Werkbank vor die Rückwand des Schuppens und legten sie nach hinten um. Shakran verzog das Gesicht. Er entlastete sein Bein und atmete tief durch, bis er den Schmerz wieder unter Kontrolle hatte.

»Wofür das?«, fragte Mason, der sehr wohl sah, dass Shakran Schmerzen hatte, aber er zog es vor, nicht zu fragen.

»Konzentriert den Explosionsdruck etwas stärker in Richtung der Wand.«

»Ist das nötig?«, fragte Mason.

Shakran zuckte mit den Schultern. »Wahrscheinlich nicht. Nur um sicherzugehen.«

Mason schloss den Geräteschuppen ab. »Ich verstehe nur nicht, weshalb die Hunde den Sprengstoff nicht gerochen haben.«

»Die Blöcke sind eingeschweißt und ein Dutzend Mal abgewaschen worden. Auch Hunde können nur etwas riechen, wenn es etwas zu riechen gibt.« Er warf einen Blick auf die Uhr. »Noch zwanzig Minuten.«

110

Ich habe fünfzehn Treffer«, sagte Lieutenant Lee. »Ich habe Ihnen die Namen und die Akten überspielt.«

»Danke, Lieutenant«, sagte Mark und sah zu Edwards. Der nickte und wandte sich einem Terminal zu. Langsam blätterte er durch die Akten.

»Die meisten wurden ausgetauscht«, sagte er dann. »Heute sind nur diese drei im Einsatz: Kleppers, Garcia und Stonehard.« Er sah zu Mark. »Jeder dieser Männer ist seit Jahren beim Secret Service. Wir kennen uns alle. Wir arbeiten immer in Zwei-Mann-Teams. Selbst wenn Shakran es schafft, so auszusehen wie einer von ihnen, wie will er seinen Partner täuschen?«

»Keine Ahnung«, sagte Mark. »Ist einer von denen im Haus eingesetzt?«

Edwards rief eine Datei auf. »Nein. Nicht direkt. Stonehard und Mason, das ist sein Partner, sind auf dem Außengelände eingesetzt. Aber sie haben Zugang zum Haus. Außerdem sichern sie Fluchtweg zwei, sollte es einen Alarm geben.«

»Rufen Sie die beiden ab«, sagte Mark. »Vielleicht täusche ich mich. Wenn nicht ...«

Edwards zögerte kurz, dann nickte er und griff zum Telefon.

Die Uhr im Kommandowagen sprang auf 21:59.

111

Agent Firster nahm den Hörer ab und verdrehte die Augen, als er Edwards Stimme hörte. »Alles ruhig. Ich melde mich schon, wenn mir was auffällt. Keine Sorge.«

»Darum geht es nicht«, sagte Edwards. »Ich möchte, dass Sie Stonehard und Mason abziehen und zum Kommandowagen schicken.«

»Warum? Nur weil Stonehard schon wieder vergessen hat, seine Weste anzuziehen?«

»Wie bitte? Warum sagen Sie das erst jetzt?«

»Ich dachte ... Nichts, Sir. In Ordnung, ich sage es ihnen.«

Die Uhr sprang auf 22:00.

Das Licht ging aus.

Alle Monitore flackerten kurz, dann wurden sie schwarz. Die Verbindung war tot. Über der Tür leuchtete plötzlich die *Exit*-Lampe auf.

»Scheiße! Was ist mit dem Notstromaggregat?«, rief Firster.

Tief unten im Gebäude begann etwas zu wummern. Das Licht ging wieder an.

»Läuft schon«, sagte ein Techniker erleichtert.

»Bringen Sie die Monitore wieder online!«, rief Firster. Er war schon wieder am Telefon. »Edwards ... Was zur Hölle, ...«

Ein dumpfes Grollen breitete sich aus, während sich der Boden unter Firster wölbte und ihn aus dem Stuhl kippte. Noch sah es so aus, als ob der Boden halten würde ... Dann spürte Firster, wie er riss und auseinanderbrach. Er hörte Schreie ... Vielleicht waren es seine eigenen ... Und noch während er in die Tiefe stürzte, fragte er sich, was er übersehen hatte.

112

Ann spürte, dass sie auf dem Rücken lag, wahrscheinlich vor der Bühne. Irgendetwas bohrte sich ihr schmerzhaft in den Rücken. Sie hörte nichts außer einem Pfeifen in ihren Ohren, es dauerte einen Augenblick, bis sie begriff, dass sie taub war. Sie schmeckte Kalk auf ihren Lippen.

Die Dunkelheit wurde nur von einem schwachen gelben Flackern gebrochen. Irgendwo brannte es. Ann wälzte sich zur Seite und versuchte aufzustehen. Nur mit Mühe gelang es ihr. Staub hing in der Luft, einzelne Lichtkegel bohrten sich durch die Dunkelheit. Nach und nach hörte sie die Schreie der anderen, sie wurden immer lauter, als ihre Taubheit allmählich nachließ. Ihr Kleid war feucht, aber sie spürte keinen Schmerz, noch nicht, nur ein dumpfes Pochen.

Der Präsident … Immer noch unsicher, fast taumelnd, rannte sie los. Es war stockdunkel, aber sie wusste, wo die Tür war, durch die der Präsident im Notfall in Sicherheit gebracht würde. Ihre Hand fand das kühle Metall der Tür, den Knauf, sie drehte ihn, sie hatte die Tür gerade einen Spaltbreit aufgeschoben, als es im Gang dahinter zwei grelle Lichtblitze gab, gefolgt von zwei fürchterlich lauten Schlägen. Die Druckwelle schlug ihr die Tür vor der Nase zu.

113

Im Gang war die Wucht der Schockwelle verheerend. Auch wenn Shakran die Infrarotbrille mit der Hand abgedeckt hatte, brauchte sie einen Moment, um sich zu rekalibrieren.

Er lag auf dem Boden. Wo war er? Er hatte Schwierigkeiten, sich zu orientieren. Mühsam stand er auf und schüttelte den Kopf, wie ein nasser Hund. Sein Bein fühlte sich an wie flüssiges Feuer, aber der straffe Verband hielt. Das allein war jetzt wichtig.

Er sah, wie auch Mason sich aufrichtete. Er hielt sich beim Aufstehen an der Wand fest.

Shakran ging auf die am Boden liegenden Sicherheitsleute zu. Einer der Männer war zäh genug, um sich aufzurichten und benommen den Kopf zu schütteln.

Shakran schoss. Das Blut spritzte gegen die Wand. Durch seine Brille war es als helle Flecken zu erkennen. Er schoss methodisch weiter. Mason auch.

Die Tür am Gangende öffnete sich. Mason schoss als Erster, aber niemand war zu sehen. Dann erkannte Shakran eine Bewegung an der Tür. Mason schoss immer noch. Die Mündungsflamme im Türrahmen blitzte zweimal auf. Mason fiel röchelnd zu Boden.

Shakran presste sich an die Wand. Auf dem Boden vor ihm lagen mehrere Körper, einer bewegte sich noch. Shakran schoss. Der Körper zuckte. Wieder ein Lichtblitz im Türrahmen. Shakran feuerte einen Schnellschuss in Richtung Tür, im selben Moment traf ihn etwas mit der Wucht einer

Dampframme und schleuderte ihn nach hinten. Benommen rutschte er an der Wand herunter. Es tat nicht weh ... noch nicht. Er sah nur noch einen weißen Riss, der wie ein Wetterleuchten über sein linkes Auge lief. Mit einer Hand wischte er die Splitter der Brille von seinem Gesicht. Er fühlte die feuchte Masse, wo das linke Auge hätte sein müssen.

Wankend richtete er sich auf. Er fühlte die ersten Anzeichen von sengendem Schmerz, er fing an zu laufen, unsicher, wankend ... Er rechnete jeden Moment mit der Kugel, die alles beendete ...

Nichts.

Gerade als er die Tür erreichte, wurde sie aufgestoßen. Zwei Agenten rannten ihn fast um, hielten ihn fest, stützten ihn, als sein Bein unter ihm nachgab.

»Stonehard ... Was zur Hölle ist passiert?«, fragte einer der beiden. »Sanitäter!«, schrie er nach hinten.

Der andere leuchtete mit einer Taschenlampe den Gang hinunter.

»Der Präsident!«, rief Shakran mit erstickter Stimme. »Rettet den Präsidenten! Ich komm schon klar! Los!«

Widerwillig ließen die Agenten von ihm ab und rannten den Gang hinunter.

Mühsam holte Shakran ein Taschentuch heraus und presste es gegen sein Auge. Agenten rannten durch den Gang, er schleppte sich weiter.

Plötzlich stand ein Sanitäter neben ihm, half ihm hoch und führte ihn zur Ambulanz. Shakran hatte Mühe, etwas zu erkennen. 57. Die Nummer stand groß auf dem Fahrzeug. Er hob das Taschentuch vom Auge, während der Sanitäter ihn auf der Liege festschnallte. Mit zitternden Fingern zog er sein Handy heraus und gab per SMS die Nummer der Ambulanz weiter.

»Lassen Sie das«, sagte der Sanitäter und nahm ihm das Handy aus den kraftlosen Fingern.

Mit Blaulicht und Sirene setzte sich die Ambulanz in Bewegung.

Der Sanitäter streifte Handschuhe über und fing an, die Wunde zu versorgen. Er sah den Mann auf der Pritsche an, bewunderte dessen Mut. Dass jemand so mutig war, sich zwischen die Kugel eines Attentäters und den Präsidenten zu werfen, konnte er nur bewundern, nachvollziehen konnte er das nicht.

114

Mark folgte Samson, der sich wie ein Eisbrecher den Weg durch das Chaos bahnte. Lichtkegel aus tragbaren Lampen zeichneten wirre Streifenmuster in die Luft. Irgendwo musste Edwards sein. Mark konnte hören, wie er Anweisungen gab.

Samson riss Mark gerade noch zurück, sonst wäre er auf eine junge Frau getreten, die auf dem Boden lag und ihn anstarrte. Eine dünne Blutspur lief ihr von der Nase über die Wange, aber sie lebte noch.

Sie hatten den Rand der Bühne erreicht. Samsons Handscheinwerfer leuchtete hektisch hin und her. Endlich fand er Ann. Sie saß am Boden, den Rücken an die Wand gelehnt, beide Hände in die Magengrube gedrückt, die Knie angezogen. Sie lächelte.

Sanitäter und Agenten liefen an ihnen vorbei in Richtung Gang, der inzwischen hell erleuchtet war, um die Verwundeten zu versorgen.

Mark sah nur Ann. Er kniete sich neben sie und fühlte die feuchte Wärme auf dem Boden.

Samson richtete den Strahl seiner Handlampe auf die sich langsam ausbreitende Blutlache, mittendrin Anns Glock, der Schlitten hinten, leer geschossen.

Mark beugte sich vor und versuchte, ihre Hände von ihrem Bauch wegzuziehen, aber sie schüttelte den Kopf. Sie bewegte die Lippen. Mark beugte sich vor und hielt sein Ohr an ihren Mund. »... Präsident ...«

»Sie will wissen, ob der Präsident noch am Leben ist«, sagte Mark. Samson verschwand in Richtung Gang.

Es vergingen endlose Sekunden, endlich kam Samson zurück und nickte. »Er ist schwer verletzt, aber er lebt.«

Doch das hörte sie nicht mehr.

115

Ein Haus irgendwo in Virginia. Der Schatten, der vorsichtig die Tür zum Schlafzimmer öffnete, wusste genau, wo die Agenten des Secret Service positioniert waren. Er kannte das Sicherheitsprotokoll, er wusste genau, wie das Haus überwacht wurde. Er sah zwei Personen im Bett, die eine ohne Zweifel weiblich. Zu jung für die Ehefrau, die schlief in einem anderen Zimmer. Die Frau war eine Agentin des Secret Service, was der Mann neben ihr allerdings nicht wusste. Der Mann schnarchte. Laut, regelmäßig.

Auf leisen Sohlen ging der Schatten um das Bett herum bis zum Kopfende auf der Seite des Mannes. Ein kleine Spraydose, mit einer kleinen Plastikröhre versehen, tauchte in der Hand des Mannes auf. Vorsichtig führte er das Plastikröhrchen an den offenen Mund. Ein kurzes Zischen. Das Schnarchen stockte, wurde unregelmäßig, hörte auf.

Zu diesem Zeitpunkt zog der Schatten die Tür schon wieder hinter sich zu. Er wusste genau, was als Nächstes passieren würde. Die Frau würde die Augen öffnen, zu dem Mann an ihrer Seite hinübersehen und dessen Puls fühlen. Bald darauf würde es an der Tür klopfen. Mehrere Männer würden die Nachricht überbringen, dass Präsident Stanton nicht imstande sei, seine Amtsgeschäfte auszuüben, und dass der Mann nun de facto Präsident der Vereinigten Staaten von Amerika sei. Dann würde man das Licht einschalten und versuchen, den Mann zu wecken. Alle würden seine gebrochenen Augen sehen, und die junge Frau würde anfangen zu schreien. Einer der Männer würde in den Sicherheitsraum gehen und eine Nummer anrufen. Er würde der Person am anderen Ende mitteilen, dass der Vizepräsident einem Herzanfall erlegen sei. Der Arzt sei zwar noch nicht eingetroffen, aber auch er würde zu keinem anderen Ergebnis kommen.

116

»Wie bedauerlich«, sagte Edwards und klappte sein Handy zu. Er sah durch die Glaswand in den Operationsraum, wo die Ärzte um das Leben von Präsident Stanton kämpften.

Stanton hatte es versprochen. Forrester würde nie Präsident werden. Edwards setzte sich auf einen der Besucherstühle und sah wieder in den OP-Raum. Wie das unwirkliche Szenario in einem Science-Fiction-Film.

Soeben hatte er einen Menschen töten lassen. Dass es eine Anweisung des Präsidenten gewesen war, war nicht wichtig. Es war *seine* Entscheidung gewesen, den Befehl auszuführen. Er fragte sich, was er jetzt fühlte.

Nichts. Nur eine gewisse Genugtuung.

117

Die Ansprache von Präsident Alexander Stanton, im Rollstuhl sitzend von der Terrasse des Weißen Hauses aus, wurde weltweit live übertragen. Der Anschlag lag fünf Tage zurück. In ruhigen, leisen Worten gedachte der Präsident der Menschen, die diesem Anschlag zum Opfer gefallen waren. Er dankte Gott dafür, dass sein Amtskollege, der mexikanische Präsident Mendez, unverletzt geblieben sei. Er ehrte die Männer und Frauen des Secret Service, die ihr Leben für ihn gelassen hatten. Auch gedachte er der indirekten Opfer des Anschlags, und er erwähnte ausdrücklich den tragischen Unfall, den die Ambulanz mit der Nummer 57 erlitten hatte.

Natürlich würdigte er auch die Verdienste von Vizepräsident Forrester.

Dann folgte der entscheidende Teil seiner Rede, die später mit der berühmten Gettysburg-Rede von Präsident Lincoln verglichen wurde. Der Präsident benannte erstmals öffentlich die ungeheure Verschwörung, die weite Teile des Landes umfasste, vor allem die politischen Strukturen bis hin in die Regierung. Er versprach, dass er alles in seiner Macht Stehende veranlassen werde, um die Verschwörung aufzuklären. Anschließend werde er sein Amt zur Verfügung stellen, um einen grundlegenden Neuanfang zu gewährleisten.

118

Mark verfolgte die Ansprache des Präsidenten von einem Krankenzimmer aus. Er drückte auf den Knopf der Fernbedienung, das Bild flackerte, dann wurde es schwarz.

»Du magst ihn nicht, stimmt's?«, fragte Ann leise.

Er wandte sich zu ihr um. Sie hatte die Augen geöffnet und sah ihn an. Er ging zu ihr und nahm ihre Hand. Vorsichtig, denn sie war immer noch schwach, ihre Haut wirkte durchscheinend. Sie hatte viel Blut verloren. Unter ihrem Kleid hatte sie eine extra angefertigte kugelsichere Weste getragen, trotzdem hatte sie schwere innere Verletzungen davongetragen. Die gebrochenen Rippen waren harmlos dagegen.

»Er ist ein Politiker. Sie werden ihn wiederwählen«, sagte Mark. Er beugte sich über sie und küsste sie auf die Lippen.

»Es ist das Amt, das zählt, nicht der Mann«, sagte sie leise.

Im nächsten Moment war sie schon wieder eingeschlafen.

119

Zwei Monate später.

Ein Mann im Priestergewand, ein großer, breitschultriger Farbiger, ging eine lange Auffahrt entlang. Als er das Luxushotel vor sich liegen sah, blieb er kurz stehen. Es war weltberühmt, nur die oberen Zehntausend stiegen hier ab.

In der linken Hand trug er eine große Bibel. Er drehte sich um. Ein cremefarbener Mercedes stand am Anfang der Auffahrt. Thomas St. Clair lehnte am Kotflügel und las die Zeitung. Er schien auf jemanden zu warten. Der Mann neben ihm war alt, groß und hager, hatte dichtes weißes Haar. Er trug einen altmodischen Anzug. Er stand nur so da, beide Hände auf einen Gehstock gestützt, tief in Gedanken versunken. Für Agent Sigton ging heute eine über vierzig Jahre andauernde Jagd zu Ende.

Der Mann im Priestergewand drehte sich wieder um und ging weiter. Er interessierte sich für einen der Bungalows, die hinter dem Hotel versteckt lagen. Beim vierten Bungalow blieb er stehen. In aller Ruhe sah er auf seine Uhr. Eine Minute noch, dann würde Linda die Sicherheitskameras ausschalten.

Die Minute war vorüber, der Priester ging gemessenen Schrittes um das Haus herum. Linda hatte ihm mitgeteilt, dass er die Zielpersonen hinter dem Haus am Swimmingpool finden würde. Genauso war es auch.

Dort saßen zwei Männer. Der eine war weißhaarig, ziemlich alt, vielleicht achtzig, immer noch drahtig und gut in Form. Der Mann neben ihm war jünger, vielleicht Mitte, Ende dreißig. Er hatte eine Narbe quer über dem linken Auge. Sie war noch frisch. Man konnte nicht erkennen, dass das Auge aus Glas war. Beide sahen sich sehr ähnlich.

Der Mann im Priestergewand lächelte ein wenig. Anfang und Ende einer Legende.

Auf dem Tisch zwischen ihnen lag eine Zeitung. Darunter war das Ende eines Pistolenlaufs zu sehen. Der junge Mann hatte einen Laptop auf seinem Schoß. Am Tisch lehnte ein Gehstock.

Der Mann im Priestergewand öffnete die Bibel. In einer speziell dafür angefertigten Vertiefung lag eine Pistole, die er extra aus der Asservatenkammer des FBI besorgt hatte. Eine Walther. Mit Schalldämpfer. Mit der geöffneten Bibel in der Hand ging er auf die beiden Männer zu.

Der ältere reagierte als Erster, griff nach der Pistole.

Der Mann im Priestergewand schoss. Zwei Schüsse pro Person. Mit Schalldämpfer war die Walther wirklich leise. Er sammelte die Hülsen ein und warf einen Blick auf den Laptop. Offensichtlich waren die beiden Männer gerade dabei gewesen, Gelder zu transferieren.

Der Mann im Priestergewand grinste breit, klappte den Laptop zu, klemmte ihn sich unter den Arm und wandte sich ab.

Plötzlich sah er am Hals des jüngeren Mannes etwas glitzern. Ein filigranes silbernes Kreuz. Er zögerte. Eine Erinnerung regte sich. Es war ein Bild, das er früher einmal gesehen hatte, das Bild eines jungen Mädchens, das genau diesen Anhänger um den Hals trug. Er beugte sich vor und nahm dem Toten das Kreuz ab.

Der Mann im Priestergewand wog es in der Hand und sah zum Himmel hinauf. Dann zuckte er mit den Schultern, lächelte und ging davon.

120

Sie saßen im Frühstücksraum ihres Hauses. Im Hintergrund hörten sie laute Musik. Nasreen hatte die Anlage wieder mal viel zu weit aufgedreht.

Ann öffnete die Post, während Mark Zeitung las. Er bemerkte, dass sie still wurde, und sah zu ihr hinüber.

Ann hielt einen Zeitungsausschnitt in der Hand. *Doppelmord in Atlanta* lautete die Schlagzeile. Das Passbild eines der Opfer war neben dem Artikel abgedruckt. Shakran.

Sie war blass geworden. Wortlos gab sie Mark den Zeitungsausschnitt.

Plötzlich fiel noch etwas aus dem Umschlag. Ein kleines silbernes Kreuz. Ann hob es hoch. Es bewegte sich leicht hin und her. Beide sahen es lange an.

Plötzlich stürmte Nasreen in den Raum.

»Hi!«, sagte sie. Dann sah sie das Kreuz. »Wo kommt das denn her?«

Ann stand auf und drückte es ihr in die Hand. »Dein Vater... hat es mir vor langer Zeit geschenkt«, sagte sie stockend.

»Cool.« Nasreen sah sich das Kreuz genauer an. »Kann ich es behalten?«

Ann nickte.

Nasreen hängte es sich um und setzte sich zu ihnen. Sie warf einen Blick auf den Zeitungsausschnitt. »Ist irgendwas Wichtiges passiert?«

Ann und Mark sahen sich an. Dann lächelte Ann und schüttelte den Kopf. »Nein. Nichts Wichtiges.«

In den Tiefen des Ozeans lauert der Tod. Er ist gekommen, um die Welt auszulöschen

Peter Sasgen
CODE RED
Thriller
480 Seiten
ISBN 978-3-404-15966-6

Terroristen planen einen Anschlag auf die Zivilisation. Ihre Waffe: Ein Atom-U-Boot. Ihr Gegner: Commander Jake Scott. Für ihn beginnt ein ungleiches Rennen. Mit einem betagten russischen U-Boot jagt er die Gegner durch die Tiefen des Ozeans. Er muss alles auf eine Karte setzen, denn es gibt nur eine Alternative: Sieg oder totale Vernichtung.

»Sasgen bringt das Blut zum Kochen!« *Associated Press*

Bastei Lübbe Taschenbuch